释诗

中国诗学研究论文选粹

杨柏岭　凤文学◎主编

安徽师范大学出版社
·芜湖·

责任编辑：侯宏堂　　刘　佳
装帧设计：丁奕奕

图书在版编目（CIP）数据

释诗：中国诗学研究论文选粹 / 杨柏岭，凤文学主编. —芜湖：安徽师范大学出版社，2015.12

ISBN 978-7-5676-1919-7

Ⅰ.①释… Ⅱ.①杨… ②凤… Ⅲ.①诗歌研究－中国－文集 Ⅳ.①I207.22-53

中国版本图书馆CIP数据核字（2015）第036213号

本书由 安徽高校省级学科重大建设项目（中国语言文学）、安徽师范大学学术著作出版基金项目、中国诗学研究中心资助项目 资助出版

释诗——中国诗学研究论文选粹

杨柏岭　凤文学　主编

出版发行：安徽师范大学出版社
芜湖市九华南路189号安徽师范大学花津校区　　邮政编码：241002
网　　址：http://www.ahnupress.com/
发 行 部：0553-3883578　5910327　5910310（传真）　E-mail：asdcbsfxb@126.com
印　　刷：虎彩印艺股份有限公司
版　　次：2015年12月第1版
印　　次：2015年12月第1次印刷
规　　格：787mm × 1092mm　1/16
印　　张：27.25
彩　　插：4
字　　数：600千
书　　号：ISBN 978-7-5676-1919-7
定　　价：58.00元

王蒙（1934—），河北南皮人，著名作家、学者。著有《心有灵犀》(古典文学论集)、《王蒙文集》（45卷）等。

傅璇琮（1933—），浙江宁波人,历任中华书局总编辑，国务院古籍整理出版规划小组秘书长、副组长，清华大学中文系教授等。著有《唐代诗人丛考》《唐代科举与文学》《唐诗论学丛稿》《李德裕年谱》等。

邓小军（1951—）,四川成都人，文学博士，首都师范大学文学院教授、博士生导师。著有《唐代文学的文化精神》《儒家思想与民主思想的逻辑结合》《诗史释证》《古诗考释》等。

胡晓明（1955—），四川成都人，文学博士，华东师范大学中文系教授、博士生导师，华东师范大学图书馆馆长，中国古代文学理论学会会长。著有《中国诗学之精神》《万川之月：中国山水诗的心灵境界》《文化江南札记》《诗与文化心灵》等。

严云受（1937—），又名严云绶，安徽桐城人，曾任安徽师范大学教授、副校长，安徽省新闻出版局副局长。著有《文学象征论》《诗词意象的魅力》等。

严明（1956—），江苏苏州人，上海师范大学人文学院教授、博士生导师。著有《清代广东诗歌研究》《中国诗学与明清诗话》《东亚汉诗研究》等。

潘啸龙（1945—），上海龙华人，安徽师范大学文学院教授、博士生导师。著有《楚汉文学综论》《屈原与楚辞研究》《诗骚与汉魏文学研究》等。

刘运好（1955—），安徽六安人，文学博士，安徽师范大学文学院教授、博士生导师。著有《魏晋哲学与诗学》《陆士衡文集校注》《陆士龙文集校注》等。

陶礼天（1962—），安徽天长人，文学博士，首都师范大学文学院教授、博士生导师。著有《司空图年谱汇考》《艺味说》等，合著有《文心雕龙研究史》等。

祖保泉（1921—2013），安徽巢湖人，安徽师范大学文学院教授。著有《司空图诗品解说》《文心雕龙解说》《司空图诗文研究》《王国维词解说》等。

张国庆（1950—），云南昆明人，云南大学人文学院教授、博士生导师。著有《儒道美学与文化》《〈二十四诗品〉诗歌美学》等。

陈文忠（1952— ），上海人，安徽师范大学文学院教授。著有《中国古典诗歌接受史研究》《美学领域中的中国学人》《文学美学与接受史研究》等。

方锡球（1962—），安徽枞阳人，文学博士，安庆师范学院文学院教授，博士生导师。著有《许学夷诗学思想研究》等。

蒋寅（1959—），江苏南京人，文学博士，中国社会科学院文学所研究员、研究生院博士生导师。著有《大历诗风》《大历诗人研究》《王渔洋事迹征略》《古典诗学的现代诠释》《清代诗学史》（第一卷）等。

彭玉平（1964—），江苏溧阳人，文学博士，中山大学中文系教授、博士生导师。著有《诗文评的体性》《人间词话疏证》《中国分体文学学史·词学卷》《王国维词学与学缘研究》等。

刘学锴（1933—），浙江松阳人，安徽师范大学文学院教授、博士生导师。著有《李商隐诗歌集解》《李商隐文编年校注》《李商隐资料汇编》《李商隐传论》《李商隐诗歌研究》《李商隐诗歌接受史》《汇评本李商隐诗》《温庭筠全集校注》《唐诗选注评鉴》《唐音浅尝集》等。

余恕诚（1939—2014），安徽肥西人，安徽师范大学文学院教授、博士生导师，首届国家级教学名师。著有《唐诗风貌》《唐诗与其他文体之关系》《"诗家三李"论集》《唐音宋韵》等，合著有《李商隐诗歌集解》等。

周啸天（1948—），四川渠县人，四川大学文学与新闻学院教授。著有《唐绝句史》《雍陶诗注》《古典诗词鉴赏方法》《隋唐五代诗词鉴赏》《宋元明清诗词曲鉴赏》等。

储泰松（1966—），安徽潜山人，文学博士，安徽师范大学文学院教授、博士生导师、语言研究所所长，安徽省语言学会副会长。著有《唐五代关中方音研究》等。

蒋立甫（1937—），安徽休宁人，安徽师范大学文学院教授。著有《诗经选注》《古文辞类纂评注》等。

陈冠明（1952—），浙江宁波人，鲁东大学文学院教授。著有《杜甫亲眷交游行年考》《苏味道、李峤年谱》《唐代裴度集团平叛日历考》等。

查洪德（1957—），河南内黄人，南开大学文学院教授、博士生导师。著有《元代诗学通论》《理学背景下的元代文论与诗文》《辽金元文学研究》等。

高桥幸吉（1976—），日本神奈川县人，日本庆应义塾大学商学部准教授，主要研究金元诗文。发表《金末元初非士大夫阶层的诗作——以杨宏道与河汾诸老为例》《金末文人对韩门文学接受——以李纯甫、赵秉文为中心》等论文多篇。

胡传志（1964—），安徽庐江人，文学博士，安徽师范大学文学院教授、博士生导师。著有《金代文学研究》《宋金文学的交融与演进》等。

彭国忠（1966—），安徽霍邱人，文学博士，华东师范大学中文系教授、博士生导师。著有《元祐词坛研究》《唐宋词学阐微——文本还原与文化观照》等。

丁放（1957—），安徽淮北人，文学博士，安徽师范大学文学院教授、博士生导师。著有《金元词学研究》《宋元明词选研究》《中国诗学通论》（合著）等。

钟振振（1950—），江苏南京人，文学博士，南京师范大学文学院教授、博士生导师。著有《东山词校注》《北宋词人贺铸研究》《唐宋词举要》等。

杨柏岭（1968—），安徽定远人，文学博士，安徽师范大学文学院教授、博士生导师。著有《近代上海词学系年初编》《唐宋词审美文化阐释》《龚自珍词笺说》等。

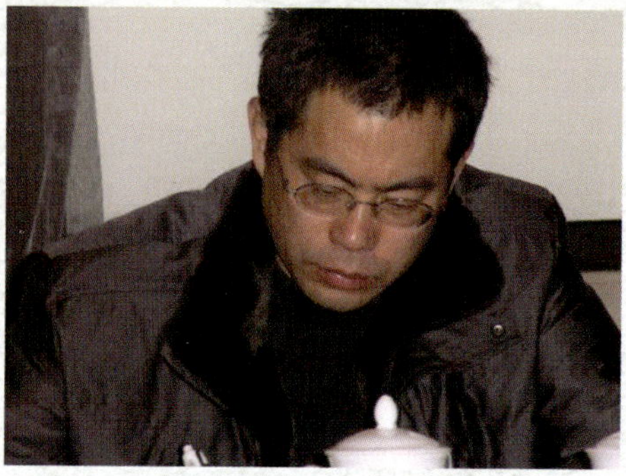

陈水云（1964—），湖北武穴人，文学博士，武汉大学文学院教授、博士生导师。著有《明清词研究史》《清代前中期词学思想研究》《中国古典诗学的还原与阐释》等。

蓝棣之（1940—），四川新津人，清华大学中文系教授。著有《正统的与异端的》《现代诗的情感与形式》《现代文学经典:症候式分析》等。

谢昭新（1949—），安徽淮南人，安徽师范大学文学院教授、博士生导师。著有《老舍小说艺术心理研究》《中国现代小说理论史》等。

杨四平（1968—），安徽宿松人，安徽师范大学文学院教授、博士生导师。著有《20世纪中国新诗主流》《中国新诗理论批评史论》等。

蔡玉辉（1955— ），男，安徽宿松人，文学博士，安徽师范大学外国语学院教授。著有《每下愈况：新文化史学与彼得·伯克研究》等。

目录

中国诗学研究座谈纪要（代序）

2000年6月4日至7日，安徽师范大学文学院邀请了上海、南京、武汉、合肥等地高校和研究机构的著名诗学专家，在芜湖、黄山两地举行“中国诗学研讨会”。安徽师范大学原党委书记、校长丁万鼎教授，原文学院院长谢昭新教授到会祝贺、致词。南京大学周勋初教授，南京师范大学郁贤皓教授、钟振振教授，复旦大学黄霖教授，华东师范大学邓乔彬教授，上海师范大学曹旭教授，武汉大学王兆鹏教授、尚永亮教授，安徽省社会科学院陈友冰研究员在会上作了精彩的发言。会议由安徽师范大学文学院余恕诚教授主持，安徽师范大学文学院潘啸龙、刘学锴、汪裕雄、孙文光、蒋立甫、赵庆元、陈文忠、孔令达、丁放、李守鹏、袁立庠、余大芹、胡传志、俞晓红、李平、刘运好等先生，以及原科技处马三保副处长、学报编辑部凤文学编审参加了会议。此次座谈会拉开了安徽师范大学学报（人文社会科学版）中国诗学研究栏目的序幕，故以此为本论文集的代序。

余恕诚：各位先生，今天很荣幸，有客自远方来。邀请了多位我们素所敬重的著名学者参加此次学术会议。我们想请各位就当前中国诗学研究以及我校中国诗学研究中心如何开展工作问题展开讨论，提出宝贵意见。

我校中文系古代文学教研室的教师，在从事教学的同时，对科研一直比较重视。其中在诗歌方面，从事研究的人要多一些。在《诗经》、《楚辞》、汉乐府、唐诗、唐宋词、金代诗歌、龚自珍诗歌等项研究上，都曾经获得一定的成果。除古代文学组外，文艺学教研室一些老师，从古代文论、美学等角度，对中国古代诗学，也有比较深入的研究。基于此基础，学校在今年年初决定把古代文学教研室和文艺学教研室有关力量组合起来，成立中国诗学研究中心。这个中心从现有基础出发，划分了三个研究方向。

一个方向是中国古代诗人诗作研究，实际上就是作家作品和诗史研究。这里面既包含文献方面的整理研究，历史文化背景方面的研究，也包含形式体制和思想艺术方面的研究，整体来讲还是比较传统的。但我们想努力做到文献学和文艺学的结合，想把传统的“知人论世”纳入到历史唯物主义研究方法中去。我们想避免蹈空，更力图使研究跟当代接近，具有现代的眼光，现代的气息。这是第一个方向——诗人诗作研究。

再一个方向是中国诗学理论研究，想从一些方面，系统清理中国古代诗学理论遗产，致力于传统诗学的现代转换。系统清理，指对中国古代诗论、词论、曲论等诗学理论遗产，一方面作历史通观，一方面作综合研究，发掘它的文化哲学底蕴、美学精神。我们过去对诗学史、中国诗歌意象理论作了比较系统深入的研究，目前正在对孔颖达的诗学和美学作发掘性研究，这项研究涉及儒学诗学的全盘，不单是个案研究。这一个方向的研究，从根本上讲，是想在现代条件下阐释和汲取传统诗学，促使其实现现代转换。

第三个研究方向是古代诗歌接受史研究。它是借鉴接受美学的理论和方法，以历代诗话、词话及其他接受史材料为基础，对中国诗歌史上经典作家和经典作品接受史作系统的考察研究，还想在作家、作品和断代诗歌接受史的基础上，撰写总的“中国诗歌接受史”。我们这里还有研究诠释学的，作西方诠释学和中国传统诠释学融通互补的研究，也跟诗歌接受史研究有密切关联，这是我们的第三个方向。

从总体上看，因为我们这里人员有限、力量有限，目前只能有这些方向。今后，我们的研究，很可能就先是大体在这范围内进行，能否取得多一点的大一点的成果，应该怎样拓宽、深化、更新，一直渴望着求教国内享有盛誉的、取得多方面成就的专家，所以今天特地举办这样的会议，希望各位先生，结合自己的治学经验，就学界当前诗学研究情况，有哪些应该注意的问题，有哪些可做的课题，应该怎样做等发表高见，给我们指点和启发。

曹旭（上海师范大学）：1995年，我曾来安徽师范大学，受到很好的接待，这次再来，在心灵上对安徽师范大学有一种很亲近的类似乡情的感觉。安徽师范大学这几年，变化不是很大。但随着改革开放，其他各地高校发展变化却很大。使我心情沉重的是，安徽师范大学作为安徽最老的学校，竟然没有进入博士学位授予单位，像安徽师范大学这样最早的一批硕士学位授予单位，至今已经很少没有博士点的了。我一直钦佩刘学锴、余恕诚、潘啸龙诸先生的学术成就。如潘啸龙先生能在《中国社会科学》杂志上发表四篇文章，在全国都是不多的。另外，祖保泉、梅运生等先生在古代文论研究上也很著名。安徽师范大学虽无博士点，但师资力量是很强的，培养的硕士研究生十分优秀，留在校内的不说，在外的如胡晓明（华东师范大学）、邓小军（首都师范大学）、陶礼天（首都师范大学）都很出色。在现有基础上，安徽师范大学组建“诗学研究中心”是有条件的。今年，安徽师范大学、南京大学、首都师范大学、武汉大学都申报了“诗学研究中心”，我作为首都师范大学的外援，曾作了不少努力。首都师范大学的打算是，即使这次申报不成功，他们的“中心”也要作为北京市的一个重点，进行长远的建设。我想安徽师范大学也应该这样，应作为安徽省重点科研单位，作长远规划。这对于凝聚人才，争取重大科研项目和博士点建设，都至关重要。

王兆鹏（武汉大学）：我校诗学中心也正处于创建阶段。安徽师范大学有很好的队伍和很好的学风。刘学锴、余恕诚、潘啸龙等先生均是厚积薄发，虽不是著作等身，但绝对处于一流地位。硕士生培养，也以高质量见称。今后如何发扬？除了自身努力外，学校要作为重中之重来抓，多加扶持，尤其是经费方面，应全力投入，向古代文学倾斜。安徽师范大学是地方性学校，想全面开花，各方面都领先于人不太可能，但古代文学投资小，见效快，产出大。这个专业本身，属于厚重型的长线专业，认实力。而论实力，安徽师范大学是强的，成功的。所以以此为重点，优先发展，求得突破，在战略上是可取的。下面，我想就建立“中国抒情学”，谈一点想法。

20世纪六七十年代，西方兴起了叙事学，专门研究叙事文学的内在形式、结构和功能，已形成完整的理论体系和方法。以前研究叙事文学，重心在故事情节、思想主题和人物性格等“内容”方面。而叙事学则把研究的重心放在叙事的“形式”方面，研究叙事角度、叙事时间、叙事结构等。叙事学的最大特点，一是把叙事作品视为一个内在的实体，注意从作品的内部寻找规律，而不用历史、社会、作者生平等外在的因素来解释文学；二是注重抽象的理论模式的建立，力图通过有限数量的结构模式和叙述方式来说明叙事作品中隐蔽的秩序，以建立叙事作品的共时的模式和类型，而无意于研究具体的操作层面的创作技巧或叙事手法。叙事学理论传入我国后，学者们努力建立起中国的叙事学，杨义先生的《中国叙事学》（1997）就是一个成功的尝试。

中国素来说是诗歌的国度，严格说来，应该是抒情诗的国度。抒情艺术非常发达，但至今还没有类似于叙事学那样的“抒情学”，或“中国抒情学”理论。

中国诗学理论著作无疑是非常丰富的，但传统的中国诗学理论主要是对历时性的多变的风格、流派的概括；或者是对诗歌外在的功能、关系的考察；或者提出具体的创作理论主张和总结具体的创作手法，以指导当时的创作实践。刘永济先生曾说：“大抵古人立言，多在救时弊。南宋之末，词尚雕绘，故玉田（张炎）非之以质实。明季词多浮采，故竹垞（朱彝尊）救之以清空。浙中诸子之弊也，故有止庵（周济）、蕙风（况周颐）之论。而静安（王国维）之言，又为近世词学梦窗者之药石也。”（《词论·风会》）这虽然是针对词学而言，但中国古代诗学的不少理论主张也同样如此。

传统的中国诗学理论缺乏现代叙事学那样的抽象的类型学的研究。“中国抒情学”应该从中国古典诗歌的创作实践出发，结合传统的诗歌理论，借鉴现代叙事学的思维方式和理论方法，寻绎、探寻中国古典诗歌内部隐含的审美规范，建立起中国抒情诗歌的抒情模式和抒情类型学。

中国抒情学应该包含哪些层次、哪些方面，它的研究对象、范围如何确定，如何建立中国抒情学的理论范畴和方法，都有待探索。中国古典诗歌中抒情人物类型、抒情角度、抒情时间、抒情方式、抒情结构等更有待系统的理论总结。

有些问题还需要在理论上重新认识，如诗人与“抒情者”（诗歌中的抒情主体）关系一直是模糊混淆的。我们向来是把诗歌中的抒情者与写诗的诗人等同看待，把诗中所表现的情感态度完全认同为诗人的情感态度。叙事学认为，叙述者不同于作者，“叙述者和人物主要是‘纸头上的生命’，一部叙事作品的（实际的）作者在任何方面都不能同这部作品的叙述者混为一谈。”（巴特《叙事作品结构分析导论》）而在中国古典诗学中，诗人与抒情者是混同合一的。“诗如其人”的思维定势更强化了这种观念。诗人与抒情者的关系，到底是一种什么样的关系，有哪些类型？需要系统的清理。

这里我只能提出建立“中国抒情学”的希望，以期引起大家的关注，来共同探讨这一全新的研究领域。

陈友冰（安徽省社科院）：我想结合“中国诗学研究中心”的组建谈几点意见。一、校方的决策是对的。将“诗学研究中心”作为重点科研单位建设，有坚实的基础。举几项证明：①前几年我在省重点学科评审会上得知，安徽师范大学古代文学硕士点，在国家教委组织的质量评估中，曾以92分的成绩，被评为A级甲等，是省内当次参评中唯一获得这样成绩的硕士点；其次是文艺学硕士点，成绩也是A级，这可以确定这两个学科在国内同行学科中的地位。现在将这两个学科点有关教师组合起来成立“中国诗学研究中心”，它的发展前景无疑是好的。②我去年赴台湾“中央研究院”工作半年，接触了一些台湾、日本的学者，他们所称道的安徽师范大学学者中，大部分是古代文学专业的。国际互联网上发表的日本学者对中国大陆古代文学研究的述评，其中就评到了安徽师范大学学者的《李商隐诗歌集解》。最近，台湾一家网站，发有专门评《唐诗风貌》的文章，在2000字以上。可见安徽师范大学的诗学研究在海峡两岸乃至国际上确有影响，应珍惜这一地位。有了这种地位，有高质量的成果，即使博士学位点上迟了一步，也可以无愧。当然不等于说不要全力以赴去争取学位点的提高和发展。二、对中青年人才流失深感痛惜。校方应尽一切努力挽留人才，给他们提供尽可能好的工作条件，发挥他们的专长。“诗学中心”的建立，有利于凝聚人才，多出成果。三、安徽省社科院今年年初已成立了“海峡两岸唐宋文学研究交流中心”，同时申报的2000年度国家社科课题“五十年来海峡两岸唐代文学研究比较与前瞻”，已获立项。我们希望能与安徽师范大学“诗学研究中心”密切合作，携手共事，并协作完成有关课题。

周勋初（南京大学）：南京大学与安徽师范大学关系一直深切，安徽师范大学考南京大学的也很多（如张智华、俞士玲……），留在南京大学的也有。安徽师范大学学风严谨，培养的学生质量很好，我们向来器重。我这次主持的硕士论文答辩会中的一篇研究生的论文，就可称不可多得的优秀硕士论文。我80年代开始就与安徽师范大学的老师有联系，与祖保泉、余恕诚、刘学锴先生都是多年的朋友，我十分佩服他们的建树。由他们牵头组建“中国诗学中心”，很适合，条件已经具备，这块牌子在全国也是能打响的。这个中心的覆盖面、容量也大，能包括很多古代文学领域中的东西。因为诗是中国古典文学的主要代表，中国是诗的国度。如果细分，词、曲也都是诗。中国诗歌的格律是最大特点。以后这个中心应逐步扩大，向词、曲扩展。成立这个中心的意义也很重要。培养人，最终、最重要的是学有所成，多出专著，才能在全国站住脚，崭露头角，否则是空架子。

尚永亮（武汉大学）：承蒙安徽师范大学的盛情邀请，能来参加这次会议。很感谢这个学习交流的机会。安徽师范大学刘学锴、余恕诚先生厚积薄发，《李商隐诗歌集解》《唐诗风貌》《李商隐诗歌研究》都是力作。我与潘啸龙先生是20年的朋友，关系很好，我也佩服并经常关注潘啸龙的楚辞研究，同他实力相当的学者是不多的。蒋立甫等先生虽是初次谋面，但也久闻大名。有这些先生，再加上一批青年学者，安徽师范大学成立“诗学研究中心”已具备了较好条件。至于诗学研究，我有一些不成熟的看法。诗学是中国文学中的一部分，有自己的一些特殊性。诗是最悠久的文学体式，历时长，抒情性、表现性、音乐性、格律、体式，与其他文学样式既有不同，又有相通之处。我的想法是，在研究上可分为五个层面。

（1）文献学：这是一个重要基础，如同地基的作用，有了它，才够坚实，才值得去花力气。但它毕竟不是文学研究本身，而是前文学研究，必须上升到文艺学。

（2）文艺学：主要是研究文学的规律、特点，包括语言、技巧、审美等。但仅以文艺学为研究层面，仍嫌单薄，因为是就文学论文学，所以还应再上升到一个文化学的层面。

（3）文化学：这一研究，目前势头很强。在国内方兴未艾，在社会、政治、宗教等领域出现了一系列很有成就的文学研究专著，如程千帆先生的《唐代进士行卷与文学》、傅璇琮先生的《唐代科举与文学》、戴伟华先生的《唐代幕府与文学》。最近余恕诚先生的《唐诗风貌及其文化底蕴》是文学与文化研究相结合的范例。

（4）人本学：因为文学是人学，研究文学实际上是研究人的生存状况、理想追求、终极归宿、心理流程等。人本学是五个层面中的一个重要环节，但还应上升到哲学层面。

（5）哲学：因为真正的、优秀的诗应具有哲学的深度，而深刻的哲学也应具有诗的意蕴。诗学与哲学在某些方面是相通的。上升到哲学层面，就有高屋建瓴的观照，可以深刻地展现出文学研究的意义。

作为研究者，不可能在一篇学术论文或一部专著中同时涉及这五个层面，只要有其中一个或若干个就够了，但作为文化知识储备，则是必要的，五个层面都应有所涉猎才好。

就诗学来讲，又有以下几个侧重点：

（1）对唐诗的研究，有一个文献、文艺学研究孰轻孰重的问题。近些年来，关于唐诗，有侧重文献，忽视文艺的倾向，在贵阳举行的唐代文学研讨会上曾提出诗学研究应把主要力量放到诗的本身上，如诗的体例、规律、变迁等。文献固然不可忽视，但文艺学研究似更重要些。

另外，诗学研究又应是超艺术的，不能就艺术论艺术，我可以引用余恕诚先生《唐诗风貌》中的一段话说明这一点："诗（尤其是抒情诗）这种文体，从更本质意义上说，是超越技巧的，是性情的升华……中国古代诗歌潮起潮落，从根本上看，是受民族精神变迁支配。在五言诗的艺术不算十分精巧的时代，可以出现建安诗歌那样的高潮；在诗艺达到顶峰的唐朝之后，可以出现五代时期那样荒陋的低谷。"所以，仅限于艺术研究还是不能说明问题的。

（2）共时性研究与历时性研究，二者都进入了研究者的视野，就诗歌研究整体来说，对共时性的研究多，对历时性的研究少。即对每一段的横向研究相对多，而对纵向的变迁研究少。所以，应把注意力放在历时性上，弥补这一缺陷。目前，用比较方法研究较多，但比较不只是比出异同，其真正目的，在于研究产生同异的原因，后人比前人多提供了哪几个方面的东西，由此可见文学是怎样发展的。目前的研究状况是，往往只有一个大致的脉络，在具体环节上有缺失，有待于补充。

（3）面向古典和面向当代的问题。古代文学研究大部分时间、精力放在古代文学本身，这是对的，但有弊端——不利于中国文学的延续和持久发展。专业分得细并不是坏事，但分得太细、太窄，各段之间互不了解，专门化程度太强，就会导致衰落。从自然界生物进化、发展的角度来看，物种的灭绝原因之一就在于过于专门化。所以，希望古代文学研究关注现当代诗歌的发展。20世纪初的几十年，研究者往往是学者兼诗人，但现在少了。学者写出的论文往往是"经院气"甚至"头巾气"重，没有感动激发人的力量，没有鲜活的生命意趣，显得呆板。其实，论文不光是阐释，也应是创造，其中应该有一些读后让人怦然心动的东西。现在，这种感觉也有，但不太多了。古代文学研究更多是精神的创造，现在的古代文学研究有著书不立说的现象，从事低层次的重复活动。光看论文，题目相同的就太多了，这是一种财力、人力的浪费。总之，应有当代意识，研究古典诗词怎样影响当代，当代诗歌发展应如何向古代学习。如林庚先生，既是学者，又是诗人。有作诗的经验，在谈新诗创作时就讲到了九言、十言诗如何避免古诗"三字律"的问题。所以，"诗学研究中心"也可以此作为研究课题之一。

钟振振（南京师范大学）：尚先生五个层面的说法很精彩，但也有太大的难度，必须是第一流的大学者、大师级的人物方可达到，我是心向往之的，但还是走一步看一步。"诗学中心"能做到五个层面当然更好，如果限于条件，做不到，也可采取切实可行的方法。安徽师范大学经过数十年的积累，这方面的经验不能丢。应看清自己的长处，发扬光大。如刘学锴、余恕诚二位先生的《李商隐诗歌集解》，如果能再搞四五种出来，对中国诗学研究的贡献就更大，唐诗学是显学，研究得也最充分，但就此而言，仍有一些重要的作家没有校注本。唐诗研究的学术水平仍有待提高。唐诗校注如果能像刘、余二位先生这样来做，中等作家好的小集多一些，研究就会大大推进，但目前达到这一水平的不多。整个宋诗研究来看，一流大诗人如王安石、苏轼、黄庭坚的笺注根本无人去做，只有钱仲联先生的《剑南诗稿校注》站得住脚，这项工作也迫切需要去做，宋诗也是诗之大宗，宗唐宗宋争议一直很大，但宋诗存在的价值无疑应予以承认。宋诗的文献整理，现在基本上是一个开荒阶段。明诗不太好，但清诗清词也真的很好，研究却不够，而唐诗宋词研究则相对多，大概是因为时代太近，人们厚古薄今，大家一股脑儿地去研究唐诗、宋词。中国诗学包罗万象，光文献就大有文章可做。安徽师范大学诗学中心可据现有的专家队伍、学术积累，考虑发挥自己的特色，发扬光大之。百年老店要有自己的特色，能开成超市、武库、博物馆当然也好，但目前不太可能做到“五兵俱陈”，所以要先有特色。至于到底在五个层面中哪个层面处于领先地位？我觉得在那五个层面中只要有一个别人无法替代、取得最高成就的，就能站得住脚，否则，全而不精，在评价上就难说了。“伤其十指不如断其一指”，要拿出来的话，绝对是一流的。当然，在各个方面奋起直追，不足之处，尽量弥补，也是好的，五个方面能平衡更好，但难度很大，按我的想法，抓住本中心的某两个特色还是可以做得到的。

郁贤皓（南京师范大学）：我对安徽师范大学古典文学专业的情况很了解，也很清楚、佩服他们的实力。我觉得即便不上博士点，也无损于安徽师范大学的光辉形象，因为有实力作证明。安徽师范大学古典文学方向全，梯队合理。但如果在发展上面面俱到也很困难，五个层面能做到当然好，但更应在强化优长的基础上，进一步扩展。诗学中心应该抓住最主要的方面，发挥安徽师范大学最主要的特色。如果全面铺开，不易有自己的特色。在现有基础上扩展，则容易出成果，见特色。

黄霖（复旦大学）：听余恕诚先生介绍说，安徽师范大学的中国诗学研究拟从三个方向展开，即第一个是中国古代诗歌作家作品的研究，第二个是中国诗学理论的研究，第三个是中国古代诗歌接受史的研究。这个设想相当全面。刚才各位先生大都偏重在第一个方向，即有关诗歌作家作品的研究发表了许多高见，而我感兴趣的则是第二个方向。至于第三个研究方向很新。它与第二个方向的角度与侧重有所不同，但也有重叠、交叉的地方，因而广义一点说，似乎第三与第二个方向也可以统在一起看。

长期以来，安徽师范大学在中国古代诗学史研究方面是很有成绩和影响的。早在20世纪60年代初，我在大学念书初涉中国文学批评史的时候，祖保泉先生就以《二十四诗品》的研究蜚声学界。因此，他一直是我心目中十分敬仰的一位前辈。后如梅运生先生在钟嵘《诗品》等研究方面也取得了不少成绩。近年来，我的学长汪裕雄先生对“意象”等中国古代诗学范畴有精湛的研究和出色成果。实际上，即使致力于作家作品研究的一些先生，在诗学史方面也有不少令人瞩目的成绩，如以李商隐研究著称于世的刘学锴、余恕诚先生的《李商隐诗歌集解》，其“笺评”部分也就是一部李商隐诗歌的研究史，孙文光先生对龚自珍及晚清诗学有精深的研究，潘啸龙先生研究屈原与楚辞成绩卓著，同时也写了不少有关屈、楚研究史方面的精彩文章。安徽师范大学还培养出了诸如胡晓明、朱良志等在中国诗学、美学方面学有所成的“名学生”。这些都是大家熟悉的。这足以说明：安徽师范大学在中国诗学史研究方面具有优良的传统与雄厚的实力。可以毫不夸张地说，安徽师范大学是中国在古代诗学研究方面能脚踏实地、锲而不舍地进行研究并取得可观成绩的屈指可数的几所高校之一，令人敬佩。

目前，学界对于中国古代诗学史的研究正在不断地深入，有关的论著也不断在出版。从不同的研究角度和研究方法来看，有喜欢作宏观扫描的，也有爱好微观探索的；有尝试用新的方法来解读的，也有执着于用传统的方法来考察的；有侧重在纵向的史的评述，也有着意在横向的论的梳理的；有继续在诗学批评、理论、观念、美学方面作深入分析的，也有在诗学文献学方面，包括研究古代诗歌的校、注、笺、解、辑佚、考证以及版本、目录等方面作进一步拓展的，真是百花齐放。应该说，各种方法、各个角度的研究都各有价值。或许有人会说，中国古代诗学的资料浩如烟海，在对众多的个案未作足够的研究之前，宏观的描述无异于空中楼阁。但事实上，微观的研究可以说永远是没有尽头的，要等到理想的那一天再去作宏观的研究，无异于取消了宏观研究的存在。实际上，在某一个历史阶段所作的宏观研究尽管对以后来说总是有缺陷的，但在当时来说还是能反映从前的一种认识，能历史地满足人们的精神需求，而且能及时地对微观研究从正的或反的方面起到一种引导、刺激、促进的作用，因而还是有价值的。反过来，也不要对微观的研究不屑一顾，觉得它琐碎，缺乏思想，无关于国计民生，乃至对当前的精神文明建设不能起直接的作用等。实际上，扎实的微观研究正是宏观研究的基础，更何况有的微观研究本身是很有思想，小中见大的。再如，对于那种重在还原性的史的阐释，不要轻易地用缺乏新意去简单否定；对于中国诗学理论的横向概括，也不要觉得古人的论著缺乏系统而说它没有意义。诸如此类，我觉得对待人家的学术探索，特别是对待人家研究方法与研究角度，要有今天会议主持人的名字那样的态度，能讲究“恕”，讲究“诚”，要真心诚意，与人为善，能设身处地，多正面理解；不要用一个框框去把别人框死。只有这样，我们的诗学研究才能欣欣向荣，才能在不断的探索中求得进步。安徽师范大学的学者们多为谦谦君子，不但有深厚的学术修养，而且有很好的学术品格，因而一定能把中国诗学的研究搞得好上加好。

刚才我讲的是各种方法与角度都有它的价值的问题，但从当前来说，我觉得对于中国诗学文献学的研究似乎特别需要加强。“五四”运动以来，我们对于诗话、序跋等直接的诗学理论批评著作相对比较重视。近年来，已有一些学者注意从创作中探究诗学思想，而从诗歌文献整理工作中研究中国的诗学思想还不是太多，影响也不大。而这方面的工作量又恰恰极大，在这种意义上它正是衡量整个中国诗学史研究水平的一个重要标准。因此，这方面的工作大有可为。听说，安徽师范大学有先生正在从事对孔颖达的研究，这是一件很有意义的工作，衷心祝愿他能快出成果。

最后，我要说的是，我们复旦大学中国古代文学研究中心也有一些先生在从事中国诗学史的研究工作。我们深感任务艰巨，希望以后能加强交流，相互帮助，一起为中国诗学史的研究作一点贡献。

邓乔彬（华东师范大学）：安徽师范大学文学院在诗学研究上是有很好基础的。老一辈的且不说，现在五六十岁的几位教授，在好几个研究领域，都是很有影响的。如刘学锴、余恕诚教授的唐诗研究，在国内外都有很高的知名度，尤其是《李商隐诗歌集解》，在前人（如冯浩、张尔田）研究的基础上又前进了一大步，堪称是集大成之作。即以近年的研究成果言，刘学锴先生的《李商隐诗歌研究》、余恕诚先生的《唐诗风貌及其文化底蕴》，都是有影响的力作。孙文光教授的近代文学及龚自珍研究，在学术界也颇有影响。潘啸龙教授的《楚辞》研究，史、论、评兼到，既有功底，又有特色。至如诗学的文艺学研究，汪裕雄教授的《审美意象学》《意象探源》，陈文忠先生的《中国古典诗歌接受史研究》，都从不同角度为诗学研究作出了贡献。年轻一辈的如胡传志博士的《金代文学研究》，则对一个较新的领域作了开拓。以上还只是不全面的了解，未免挂一漏万。

安徽师范大学文学院在诗学研究的人才培养上也是卓有成效的，这已成为学界的共识，我自己更有切身的体验。如宛敏灏教授培养的邓小军，祖保泉教授培养的胡晓明，都是学界新一代的代表人物。安徽师范大学的研究生培养实行的是“精品工程”，听余先生讲，这里奉行“宁缺毋滥”的原则，古典文学的研究生往往每届只招一人，由于师多而生少，教师各施所长，学生多方汲取，加以有勤奋、踏实的学风，培养出来的学生都是高质量的。在我名下攻读博士学位的，就有两位安徽师范大学毕业的硕士生：彭国忠和杨柏岭，前者是宛先生、刘先生、余先生的学生，后者是祖先生的学生，前者在文献学、后者在文艺学上各有所长，都得益于安徽师范大学老师的教诲。

安徽师范大学既有很好的传统和有影响的学科带头人，又有一批自己培养的新人，按理说早就应该设立古典文学博士点了。但由于所处地理位置不够理想，加以别的原因，至今未获得博士点，人才流失了不少，这是至为可惜的。相信通过校、院不懈的努力，亡羊补牢，增强凝聚力，一定会有美好的前景。

下面，想谈谈对诗学研究的一些看法。

我很同意刚才尚永亮先生关于诗学研究五个层次的看法，就中国诗歌的特质及研究现状而言，恐怕主要还是体现在文献学、文艺学、文化学三个层次上。由于目前正值世纪之交，回顾20世纪的诗学学术史，我觉得有几位大师级的人物及其研究方法很可以给我们以启示。王瑶先生主编了一本书《中国文学研究现代化进程》，收入了十几位大师的研究成果，起于王国维，止于王元化，我个人最感兴趣的是陈寅恪和闻一多先生的研究法。陈先生的文史互证法，现在已成了一种典范。闻先生的传统的笺释学与现代的文化学相结合的方法，则是另一种典范。前不久我到西安参加王维诗歌学术讨论会，写了一篇论文《长安文化与王维诗》，引起了一些年轻的博士生、硕士生的兴趣，同我讨论起关于长安文化的范畴问题。其实，此文是我阅读陈先生《唐代政治史述论稿》所得，除了从物质文化以外，还从精神、制度文化层面，以窥王维诗歌的底蕴，我也深感以陈先生的论点看问题，文史互证，确可收知人论世之效。至于闻一多先生，我从1993年起就从“研究的研究”角度，陆续写了一些论文，去年因是闻先生百年诞辰，我与博士生赵晓岚合写了《学者闻一多》一书，对闻先生的治学方法尤为钦佩。闻先生虽然只活了47岁，但所治古代文学，从上古神话直到唐诗，跨度极大，就诗学而言，无论《诗经》、《楚辞》、乐府、唐诗，首先都是从文献学的角度做大量的基础工作，然后是文艺学与文化学相结合的研究，其中以感应巫术、生殖崇拜原理论《国风》，以“仙真人诗”、巫史文化角度论《楚辞》，将传统的名物训诂与文化学的考释相结合，都堪称得风气之先，当今很活跃的萧兵、叶舒宪等人，都低首于闻先生在文化人类学研究上的开创之功。在唐诗研究上，闻先生作了大量的基础工作且不论，他的《唐诗杂论》，今人或以为有持论偏颇之处，但那种贯通上下的眼光，作为诗人的独到的艺术感受力，举重若轻的表述，都为我们树立了榜样。陈先生与闻先生的治学方法和方向，在今后很长的一段时间内，都将是我们的坐标。

至于安徽师范大学文学院的诗学研究设想，刚才已经聆听了余恕诚教授的讲话，我深表赞同。从目前情况看，我更认同钟振振教授的看法，即在基础最为坚实的唐诗研究上，像李商隐研究一样，能再选取几位诗人作系统、深入的研究，取得批量性的成果，就可充分奠定在唐诗学界的地位。另外，《楚辞》研究的队伍很有扩大的必要。金代文学的研究则可作进一步的延伸。诗学的文艺学的研究，可有进一步的发展。只要留得住人，充分发挥新老结合的优势，相信安徽师范大学文学院的诗学研究一定能在全国确立自己应有的地位。

[原以《中国诗学研究座谈纪要》为题刊于《安徽师范大学学报》(人文社会科学版) 2000年第3期，袁晓薇、袁茹记录，并经作者审阅。]

说“无端”

◆王　蒙

【关键词】李商隐；无端；情感；语言活性；化恶为美；有端

【摘　要】李商隐诗的一个关键词是“无端”。“无端”就是没来由。有些诗没有缘起和本事，语言背后也没有特别明确的对象和内容，这就是无端。“无端”又包含着一种解释上的困难。诗本身就表达了一种情感，这种情感从现实生活中抽象、升华出来，无需去解释，它更需要你来感悟。其实这种“无端”和“有端”，是分不开的。某些“无端”诗并不是什么都“无”，它有什么？它有诗。

李商隐研究会成立到现在已经十年了，第一届年会是1992年在广西平乐召开的，第二届在温州，第三届在烟台，第四届在博爱，第五届在桂林，第六届到芜湖来了。这是一个佳话，中国诗歌研究史上的一个佳话。李商隐从来没有被人们这样重视过。按照中国的传统，自古对李商隐的评价并不是特别高，总是对他有所保留。因为他的诗歌不够乐观，消极情绪多了一些，忧愁情绪重了一些。我看李商隐的诗就常常想起《红楼梦》里贾政教训贾宝玉。宝玉的才情比他老爹强得多，但贾政总要板起面孔，说宝玉没有大志，没有积极乐观的态度，没有吞吐宇宙的豪情，所以宝玉写的诗虽然很好，但贾政把脸一变，说“颓丧”，很有点像现在有些家长批评孩子“没出息、整天就会玩电脑”的意思。李商隐的诗长期以来就处在这种情形。不知道生辰八字怎么走的，走到20世纪90年代，中国居然成立了李商隐研究会，十年里还不断召开年会，我想如果李商隐天上有知，应该感到欣慰。

我们自古强调诗教，强调诗言志，强调诗中要有健康的精神，要有自强不息、厚德载物的精神，但是李商隐的诗在中国传统诗歌中是一个变数。事物往往很奇怪，有时总出来个变数。有人谈当代文学说，在“十七年文学”（1949—1966）中，孙犁就是一个变数。孙犁是老区来的老作家、老同志，河北“白洋淀”派的代表作家，他写抗日，也写农民，但他整个的风格和50年代的嗓门很大、气很粗的那种风格不同，他写得很委婉，很有他个人的一些情致，有很多精致的而不是粗糙的艺术趣味。还有人跟我谈，作曲界50年代的《梁祝》是个变数，因为50年代有不少很好的歌，像“雄赳赳，气昂昂，跨过鸭绿江”，《陕北组曲》也是很好的歌曲，或者是一些关于战争、关于革命的歌曲，“山连着山，海连着海，全世界无产阶级联合起来”，或者是“东风吹，战鼓擂，现在世界上究竟谁怕谁?”结果这时候出来个很抒情、很忧伤的《梁祝》，这也算一个变数。这种变数，当然让你产生研究的兴趣。

我今天谈的题目仍然不想离开李商隐研究，也许我们下次有机会再谈别的题目。我想就李商隐诗的一个关键词来进行探讨，一个什么词呢？就是“无端”。我们都知道，李商隐最有代表性的诗是《锦瑟》，《锦瑟》头一句就是“锦瑟无端五十弦”。其实我没有资格谈这些，因为我的学问非常差，特别是在安徽师范大学中国诗学研究中心和李商隐研究会的各位老师面前，我讲这个东西，绝对是班门弄斧，不自量力。所以我也老老实实地告诉大家，我准备讲“无端”时赶紧去查《辞源》。《辞源》一上来就解释“无端”最早出现于《楚辞》。我一分钟前还在休息室请诗学研究中心的潘啸龙教授给我进行“恶补”，其中有一个字到底怎么念，我还没弄清楚。《辞源》里对“无端”是这样解释的：一、无因。《楚辞》宋玉《九辩》：“蹇充倔而无端兮，泊莽莽而无垠。”然后它注“媒理断绝”，没有一个中介的环节，“媒理断绝，无因缘也”，引申为，无缘无故。其实古人讲的“无端”就是没来由。而《宋书·谢晦传》上表：“血诚如此，未知所愧，而凶狡无端，妄生衅祸。”这是说坏事情，是说凶狡无端，他的凶恶和狡猾无端，你抓不着它，又凶恶又狡猾而且毫无道理。“无端”在这里有“没有道理，没有线索”的意思，你抓不着它，妄生衅祸，“衅”就是挑衅，随便产生挑衅，产生灾难。第二，《辞源》上注：“没有起点，没有尽头。”《庄子·达生》：“彼将处乎不淫之度，而藏乎无端之纪。”《史记·田单列传》：“奇正还相生，如环之无端。”就是讲它是一个没有起点的、没有终点的、没有非常确定的因果关系。

很多诗都是有端的，就是李商隐的很多诗也是有端的。比如送某个友人，或者怀古，都是有端的。他的叙述一句一句，他的思路，事物发展的因果关系、过程都非常清晰。但是，李商隐之所以是李商隐，不在于他写了大量有端的诗，恰恰在于他写了一些无端的诗，无因无果，没有起始，也没有终点。当然这无端不是绝对的。没有起始，怎么没有起始呢？“锦瑟无端五十弦”，五十弦不就是从锦瑟起始的吗？这不是绝对的，我们只是相对地说，它“有诗情、无端的”这方面的特征。我在过去的文章里也常常讲，有很多情感或者诗的灵感的到来，非常清晰，比如说悼亡，你的妻子或者一个友人去世了，你写悼亡诗，这个非常清晰。你整个的叙述，你的感情脉络清楚极了，像最著名的元稹的悼亡诗《遣悲怀》三首，写得明白如话，非常清晰，而且非常真实。“尚想旧情怜婢仆，也曾因梦送钱财”，跟大白话一样，在当时就是老百姓的话。“今日俸钱过十万，与君营奠复营斋”，又说得很俗，意思是当时我们一块过得非常的苦，那么我现在有钱了，可以大张旗鼓地祭奠你了，而当年我们在一块儿生活的时候是那样的贫苦，“贫贱夫妻百事哀”，这是有端的。但也有一类诗，诗的后面，它的缘起是什么，它的本事是什么，你说不太清。这有两种情形：一种可能是不便于说，不好说，没法讲，不应说。中国封建社会各种道德的要求很严格，这些道德要求有的是有道理的，我并不认为它们完全没有道理，但任何哪怕是最有道理的要求被凝固化以后，又同时可能变成一种桎梏。另一种可能是原因太多了，“端”太多了，愁不打一个地方来，北京话说“气儿不打一个地方儿来”，悲哀不打一处来，无话说来。“无端”者，多端也，都是端。譬如天气不好，因沙尘暴而不愉快，你咏沙尘暴；也可能喝多了酒，“伤酒”也可以；也可能是伤别的什么。但你的诗里又没有谈环保、劝戒酒的明确动机，你就是不愉快，所以无端，所以多端，都有可能。

我们有一个传统的治学习惯，也是好习惯，我们研究一首诗，非常希望弄清这首诗的缘由是什么，本事是什么，不弄清楚不放心，心里不踏实。为什么会写这么一首诗，他要干啥呀？他怎么了？他究竟是吃了哪种药片，得出了这样的情感？非常希望弄清楚。那么李商隐有批诗，这批诗歌出现了一个很奇怪的现象：一方面，它们家喻户晓，脍炙人口，朗朗上口，几乎受过中等教育的人都会背诵；但是，另一方面，它们又歧义很多，所谓聚讼纷纭，各有各的说法，似乎有多么难解释似的。就说对《锦瑟》诗的“锦瑟”，一种解释说，令狐家有一个婢女，这婢女名字就叫锦瑟，李商隐很想念这个婢女，有一种不成功的或者没有完成的、甚至没有表达出来的、藏在心里面的对这个婢女的爱恋。我真希望这个解释是正确的，为什么呢？因为这本身就是一个非常美的故事。我是写小说的人呀。如果此说能够成立，那就不仅仅是一首诗了，这诗后面是一篇小说！可惜这种解释不完全能说得通。它是无法证明的，尤其是无法证伪的。

西洋有一个比较新的哲学观念，给科学下的定义是：只有能够证伪的东西才是科学的。因为科学规律的总结，一般都是靠归纳法，做一千次试验都是一个结果，所以得出那样一个公式、一个定理。但从理论上说，一千次试验是不够的，也许存在第一百零二万三千四百六十四次的那次试验得出的是另外的结果，但是你恰恰还差九千六百四十次，所以用归纳法作证明是不足恃的。为什么它是科学的？因为这个定理从理论上说可以证伪，你证不了伪，所以它是不科学的。如果你有次做的试验跟这个结果不符合，就证明它是伪定理。你认为令狐家有这么一个婢女，究竟是想象的产物，还是善良的愿望，还是真实的，你没有足够多的证明，更无法穷尽证伪，所以它不可能是一个科学的判断。

我们假设李商隐是一个多情种子，假设有个叫锦瑟的婢女，假设这个姑娘非常美，但是她能够到“沧海月明珠有泪”的地步吗？能有这么阔大的悲哀吗？能够有这种迷茫吗？不完全能够说得通。笼统地说悼亡，似乎这也能说得过去，因为他确有一种追悼，有一种哀思。可惜这同样没有足够的证明和证伪。这类缺少缘起，又缺少本事的抒情，它有一种弥漫性，你怎么解释都行，就是刚才说的“泊莽莽而无垠”，是弥漫开的。我常常举一个很恶劣的例子，我想不到好的例子来：你若得小病，很容易诊断出病因，比如你流鼻涕，大夫说你受凉了，昨晚睡觉没有关窗户，或者昨夜衣服穿得少，这个很容易解释。可是有些病就非常难解释，癌症就非常难解释。你说他因为情绪不好而得癌，这就可以证伪，我可以马上找出四五个人比他情绪还不好，比他的遭遇还倒霉，比他流的眼泪还多甚至产生过轻生的想法，但是他就是不得癌；你说他因为吸烟多了得癌，我立刻也可以找出几个不吸烟而得癌的和长期吸烟不得癌的。一个人到了得癌的程度，你已经很难用一个端来加以解释。我的意思就是这位伟大的诗人李商隐，他有一种感情上的“病变”，反正他感情上有点不对劲儿，他倾向于悲观，像他咏榴花、咏笋，都太过了。有次考试不第，他就写道“忍剪凌云一寸心”，把心都剪掉了，这人怎么悲哀成这样啊！所以你从他的个性上、气质上，觉得他有很多的问题，但是这些问题又不是一件事造成的，还有很多事，大家都知道，我就不讲了。包括他与牛党、李党的事，这点我们很容易理解，就是说站错了队。李商隐他就站错了队了，站错了队，这个事不好办。当然还有爱妻早丧等很多很多的原因。好多好多的原因以后就无时不是原因，无地不是原因。看到花落是原因，看到树叶黄是原因，看到树叶不黄也是原因。它怎么老绿啊？别的树叶都黄了。我们能不能理解一种不需要说明理由的，或者无法说明理由的感情？我们能不能去感受这种感情，即便不知道它的缘起？

“无端”又包含着一种解释上的困难。我们中国人读诗有喜欢解释的传统，就是希望每字每句每段每节，互相之间的照应，它的含义，都能够有一个解释。我们是把诗当作一个框架或者当作一个符号，而这个符号的后面应该有一个具体的对象，这个符号的后面应该有一个主体。这种读诗的传统无可厚非，也很好，你总要弄清楚是与不是。某人写的是马，这马是什么意思，你总要弄清楚，起码你应该知道这是马不是牛，不是狗，也不是鸟。如“马上”，现在表示“迅速、立即”，但有时就不作“立即”讲，“马上相逢无纸笔”，那时是真的骑在马上相逢。但是我们要探讨一个问题，就是可能不可能这个诗本身就是诗，它更需要你来感悟，而不是需要你去解释。这样的事情非常多，这样的艺术作品也非常多。比如说音乐就是一个需要感悟的艺术，你听着好听爱听，基本上你就算听懂了。可是过去我们的广播电台经常要做一个工作，这个工作对初听音乐的人也有好处，就是说它要给你解释音乐。有的还比较容易解释，比如《命运交响曲》，表示命运的威严和不可抗拒。有的音乐更简单一些，它是模仿的，比如《百鸟朝凤》，这是很好的音乐，用唢呐来吹，说这段吹的是蝉的鸣声，然后出来黄莺的声音，又出来布谷鸟的声音，又出来山鸡的声音，又出来什么什么鸟的声音，广播员都给你一一解释。但是不是所有的音乐都可以这样被解释呢？越是高级的音乐越难以解释，也很难解释清楚。那么在诗里有没有这种情况？当然有！

这种重解释的传统有时会和国外的文化发生某种冲突。在国外，我曾经不止一次被邀请参加文学作品朗诵会，有时我也应邀念一段我自己的作品，但是没有翻译。朗诵会上有人用英语念，用英语念比较普通，因为懂英语的人比较多。但有人用西班牙语念，有人用德语，有人用法语，有人用阿拉伯语，还有人用很怪的少数民族语言念。我就用中文念，他们听了也不懂。一开始我也不理解这种活动，这是干啥呀？弄一堆聋子到这儿，你念我不懂，我念你也不懂。后来慢慢习惯了，觉得这也是一个有趣的活动。起码，如果是一个女作家念，我就会看见她个人是高是矮，是胖是瘦，是很腼腆还是很泼辣。有的刚开始念的时候，我觉得这个姑娘长得够丑的，她要不丑也不会写这些东西，念一段后，我觉得她声音非常好，慢慢地感动了我，哎呀，她有那么美好的声音，相信写的一定是非常美好的故事。当然人家也会议论我。他们说，我们听你念的还真有点意思。我心想我有什么意思，你哪知道啊？1986年，有一个中国的作家代表团，都是我的一些朋友，他们被邀请到德国参加一个作品的朗诵会，但没给他们配翻译。第一，是无法翻译，我这儿朗诵，你那儿翻译，这工作连联合国组织系统的同声翻译也干不了；第二，你翻译的话，别人还怎么听啊？所以就没人给他们翻译。于是，我们的中国朋友、中国同行非常愤怒，回来后就写了一篇文章，认为自己受到了虐待。为什么不给我们配中文翻译？既然邀请我们又不给配中文翻译，就是对我们中国的不尊敬，就是对中文的轻蔑和侮辱。同样在德国，还发生了另外一件事。江苏昆剧院在德国演出《牡丹亭》。他们准备了曲词的幻灯片，德语的幻灯片，因为这昆曲，不要说是德国人，就是中国人也要看幻灯片，不看幻灯片你不知道它那个词是什么呀。不仅仅是意大利美声唱法不注重口齿清楚，昆曲、京剧都不大注重口齿清楚，注重口齿清楚的是评剧，"巧儿我自幼儿许配赵家"，"他帮助我，我帮助他，争一对模范夫妻立业成家呀"，清楚极了。可是京剧、昆曲里面，你听不清，他吐字归音，发声方法不一样，你听不清楚。但是德国方面就提出不能装幻灯片，这是听歌剧，听歌剧哪有看幻灯片的呢？看了幻灯片，艺术欣赏的效果就没有了。中国方面就说，那怎么办？没有幻灯片哪行呢？德国人就提出只发一张说明书，简要说明一下剧情就行了。结果这么唱完后，效果极佳，谢幕了好多次。这说明他们有一个感悟的习惯，不要求什么都懂。

那么反过来说，你读古典诗词，是不是知道词句是什么意思，你就算懂了呢？人家告诉你说"蓝田"是陕西省蓝田县，那里有蓝田玉，这个知识对于你读这首诗来说很有用，但是它能帮助你理解那句"蓝田日暖玉生烟"吗？瑟，这个乐器，现在到底什么样，我也弄不清楚。它是像古琴，还是像筝？现在演变成了什么乐器？是琵琶吗？它弦那么多，有50弦，有的注解说是25弦，从50弦到25弦，又考证出来是断弦，断弦就是老婆死了。这个考证是很费劲的，还不如"有个婢女叫锦瑟"更吸引人。但我们知道这个瑟是什么样的，又能帮助我们理解这首诗多少呢？比如徐悲鸿的马，画得很精细的，一看就明白他画的是马，所以没有人说看不懂徐悲鸿的画。为什么？一看，马！齐白石画的虾也很清楚，虾！再看一幅齐白石的画，一个倭瓜，一个大白菜，全都认得。那么这个人就懂得齐白石的画了吗？他一看就知道是倭瓜，是白菜，是虾，他真聪明。这个你夸奖三岁以下小孩是可以的，但是你这样夸一个成年人就是讽刺了。所以对艺术鉴赏，对诗，我们不能仅仅要求知道它背后的，而且要知道它本身的，它弥漫开的、它代表的那种情绪。比如李商隐，我觉得他的诗的意蕴传达到了极致，"沧海月明珠有泪"，它又阔大又寂寥，又有一种超然。海是那么大，珠是那么小，珠的泪会更小，当然你还可以考证这不是珠泪，而是指鲛人之泪，因泪成珠等，这些都很好，这些知识都很必要。然而我们要承认有一种感情的抽象化，要承认一种感情弥漫的可能，就是说在不同的背景下或者不同的所指，不管它所指的是不是一个对象的下面，它有它的共同性。其实一些最“有端”诗，仍然有这种感情的概括和弥漫。“问君能有几多愁，恰似一江春水向东流”，这个很有端，李煜他是亡国之君，他亡了国了，他当然很愁。可是我们读这首词时，我们没有几个是亡国之君，亡国之君的数量还是太少太少了，连一小撮都谈不上。但是“一江春水向东流”本身的概括性已经超过了他亡国之君的经历。电影《一江春水向东流》，是写抗日战争时期以重庆为中心，国民党政权统治下社会的黑暗、人民的痛苦，它也是一江春水向东流。

这里又牵涉一个诗学的问题，就是在诗里面形式和内容是怎么划分的。一首诗就是形式就是内容，还是形式后面另有内容。另有内容的诗也有，字面上是一层意思，它背后又有一层意思。比如说“欲得周郎顾，时时误拂弦”（李端《鸣筝》），这个背后有一个意思：一个封建社会的臣子怎样能够得到君王的注意。我们古人用“香草美人”象征国君，这是非常奇怪的，是全世界独有的。因为外国诗歌传统，是喜欢用各种美好的东西来象征爱情，来表现情人，特别是表现以男性为中心的女性情人的，就是来表现美女。我知道唯一的是中国，能够用“香草美人”，能够用自己对美女的思恋，来表达自己对国君思恋。中国人这种爱君王的方式，真是全世界非常罕见。但这种感情又非常真诚，不是虚假的。《红楼梦》里写贾政给元妃跪下磕头，叩告说：“贵妃切勿以政夫妇残年为念。”这时他们已经不是父女关系，而是君臣关系。贵妃是他的大女儿，他跪着说不要以你老爹老娘老两口为念，我们老了，你要好好侍候好“今上”。我每看到这一段都掉眼泪，我觉得贾政非常真诚，不然他不会说“切勿以政夫妇残年为念”的。

有的诗有背后，但有的诗本身就表达了一种情感。这种情感从现实生活中抽象出来了，升华出来了。悲哀就是悲哀，可以是为失意而悲哀，为失恋而悲哀，也可以是为老病而悲哀，为离家而悲哀，也可以是为人生中的各种挫折或者失去了自己的亲人而悲哀，总之它已经变成了一个悲哀。就悲哀写悲哀，写的多种样式的悲哀都和你的悲哀有相通之处，这不能绝对化，但确有这种可能。这确是诗之一种。

我想再谈一下结构的无端。大致来说，我们写文章讲起承转合，叙述一个故事讲前因后果。或者“倒插笔”，先讲果再讲因，这也可以。有些东西非倒插笔不可，比如说推理小说。还有的时候所谓“花开两朵，各表一枝”，就是说不是一条线，而是两条线，三条线，多条线，有分有合，等等。它们都有各自清楚的逻辑，但是，也有所谓的“无端”的抒情之作，它缺少这样的逻辑。我们看《锦瑟》，“锦瑟无端五十弦，一弦一柱思华年”，这逻辑很清楚，起兴从锦瑟的音乐或者从乐器上想到逝去的光阴，一弦一柱都想起逝去的光阴。但是后边的就有点对不上了，“庄生晓梦迷蝴蝶，望帝春心托杜鹃”，这换成别的两句也不是不可能的，这是事实。从情绪上说它是一致的，一种弥漫的情绪，但是作为诗来说，如果韵差不多的话，你说“锦瑟无端五十弦，一弦一柱思华年。春蚕到死丝方尽，蜡炬成灰泪始干”也凑合。把另一首无题诗的两句拉过来，插到这儿，这很有趣。中国有一个传统，就是“集句”，古典文学是很讲究集句的，姓张的和姓李的，“关公战秦琼”，都可以放到一块。有的集得非常漂亮。曹禺根据巴金小说《家》改编的话剧《家》，里面有一个最可恶的糟老头子，就是冯乐山。实际上冯乐山也不过四十多岁，现在看也只是一个中年人，当时在激进的巴金、曹禺们眼里，已经是老朽，不可救药了。而这种老朽的文化最可鄙、最无聊之处就在于冯乐山很喜欢集句，他的客厅里头挂着一副对联，上联是“人之乐者山林也”（欧阳修《醉翁亭记》），下联是“客亦知夫水月乎”（苏东坡《赤壁赋》），对得非常工整，特别是几个虚字，一对是“者”“夫”，一对是“也”“乎”，不管是平仄还是音韵，这是对得很好的一个联。但是当时把它作为腐朽代表，冯乐山就是一个恶魔的形象，封建恶魔。但是他喜欢的这个集句，这个联不错，这是没有问题的。我还曾经写过，李商隐的许多诗句，最美的是中间四句。有的诗开始比较平实，结尾也是比较平实的，但是中间四句非常美，是高潮。为了解释方便，只要头尾四句连读即可；要美化必须有中间四句。“沧海月明珠有泪，蓝田日暖玉生烟”，“春蚕到死丝方尽，蜡炬成灰泪始干。晓镜但愁云鬓改，夜吟应觉月光寒”，这都是他中间四句。李商隐这一类无题诗，结构上不是我们习惯的线性结构。

还有语言。李商隐的语言最有意思，他的语言始终给我一种活性的感觉。他的无题诗，或者以起始两个字为题的无题诗，语言有一种弹性，有一种活动的空间。他的语言颠来倒去的，老是表达那么一种情绪。我曾经做过一个试验，把《锦瑟》56个字颠来倒去重组，合并重组，当然没有李商隐原来组得好，但是也能凑合，也能组得出来。在座的同学恐怕不知道，我把我重组的这56个字给大家念一念。一个是七言的，格律上差一点：“锦瑟蝴蝶已惘然，无端珠玉成华弦。庄生追忆春心泪，望帝迷托晓梦烟。日有一弦生一柱，当时沧海五十年。月明可待蓝田暖，只是此情思杜鹃。”还是那56个字，也还是那个情调。我又把它变成长短句：“杜鹃、明月、蝴蝶，成无端惘然追忆。日暖蓝田晓梦，春心迷。沧海生烟玉。托此情，思锦瑟，可待庄生望帝。当时一弦一柱，五十弦，只是有泪珠，年华已。”还是那56个字。然后我把56个字变成28个字一句的上下联，这个上下联也不工稳，但咱们凑合一下：“此情无端，只是晓梦庄生望帝，月明日暖，生成玉烟珠泪，思一弦一柱已。（上联）春心惘然，追忆当时蝴蝶锦瑟，沧海蓝田，可待有五十弦，托年华杜鹃迷。（下联）”我原以为这种重组是我的一点发明呢，后来发现这不足为奇，不是发明。大家都知道《兰亭集序》有名，“群贤毕至，少长咸集”，很多人会背。如果你到绍兴兰亭去，就发现那儿有一个清朝人吴门石韫玉氏，把《兰亭集序》完全打乱，重新写一篇，叫作《颠倒兰亭集序》，字数比《锦瑟》多多了，几百个字。所以我就联想到西方现代派文学有“扑克牌小说”，这小说跟扑克牌一样，你可以洗，洗完了以后，第一章可能变成第二章了，你就这么连着读，读出来也是一篇小说。我们过去都把它看作资本主义国家文学的堕落，文学已经恶劣到这般地步了，变成杂耍了，斯文扫地了。当然，这是一种极端的做法，不足为训。但是文学的弹性、活性与可重组性，仍然是一个有趣的话题。那么我做这个试验的目的是什么呢？就是想证明它语言的活性，语言的弹性，语言的可塑性。

我想任何一种语言，最美最好的语言，所谓一字不可更换，“添一字则肥，减一字则瘦”，像《吕氏春秋》，吕不韦一字赏千金，你能修改一字，我赏你千金。那是唬人的，吕不韦权力那么大，谁敢给他改？但是文字把你的思想出色地表达、固定出来的同时，又把你的思想和感情凝固了。语言对思想和感情的表达，第一是利器，没有语言表达不出思想感情；但第二它又是一个桎梏，把思想感情变成语言，变成文字，但你的思想感情永远比你表达出来的话更丰富、更生动，有更大的空间。一些最好的语言也是这样，“有志者事竟成”，这是很好的话，但是这话能概括全吗？“有志者事竟成”，那得看什么事了，是不是你有志发明永动机，你有志于“空手套白狼”，一夜变大款，你的事竟成吗？也许事成不了，你先完蛋了。任何一种语言，一旦你表达出来，就不好办了。所以“禅”讲究不可说，你一说出来，味就变了。孔子“述而不作”，即使是这样，《论语》记录下来以后，慢慢被后人一解释，再一发挥，再一利用，好东西变成坏东西，活东西变成死东西了。

文艺学学者鲁枢元先生主张语言分若干个层次。第一层次是潜语言，就是潜在的语言，还没完全形成的语言。一种情感，一种感觉，所谓若有所动，若有所悟，若有所思，若有所悲，这都是潜语言。包括身体语言，你看他脸上的表情，手的一个动作这也是潜语言。潜语言很美，是非常微妙的。潜语言往往会成为艺术的一个触媒，当你感觉到自己若有所动的时候，一个新的作品、一首新的诗、一篇新的小说或者一段新的描写，可能就诞生了。第二层次就是语言，就是把它说出来或者写出来的，经过反复斟酌，反复推敲，反复修正，固定下来，非常的明显，具有了一种确定性，也容易传播、容易记载。关于“反复推敲”这一点，我随便插一句。香港中文大学的国学大师饶宗颐先生，给我讲过一段话，我很赞成。他说他最不喜欢的就是“推敲”，“僧推月下门”，“僧敲月下门”没有什么了不起，“推”也行，“敲”也行，根本用不着在那儿又推又敲，做诗的人如果把精神都用到推和敲上面，他的诗反倒做不好了，为什么贾岛不是一个很好的诗人呢，他整天推啊敲啊，还行吗？因为好诗都是天成的，“唰”就出来了。当然，推敲也是一种手法。饶先生的话证明，即使是“推敲”这个美好经典的故事，也是经不起推敲、经不起抬杠的。文学上的东西最经不住抬杠，我今天讲的这些，如果哪位起来愿意批判指正，我立刻就体无完肤，因为都不难找到相反的例子。“推敲”很好很美，我原来一直以为这故事很好，韩愈碰到贾岛，贾岛手还在那儿比划呢，是敲还是推，这有点像京剧的动作，但是饶大师这么一讲呢，我也顿开茅塞，真是无聊得很，什么推呀敲的！这是语言。最后一个层次是超语言。语言，一般为了交际，为了表意，说“把那个苹果拿来”，这是很普通的一种语言。超语言，就是话里边还有话，话外边还有话，话本身也可能倒没话了。最通俗的例子就是侯宝林讲乡下人搞对象，两人见面不知道说什么好，然后这男的就问："你看见过大老虎吗?"这话本身没有现实意义，女方看没看见过老虎，男方完全没有关切的必要，因为他既不是动物学家又不是动物园的饲养员，也没有准备推销老虎。然而这又表达了此情此景。

把语言坐实了以后，一句最美好的语言，也会变得索然寡味。最煞风景的是我在一家晚报上看到的一篇文章，文章叫《诗谜》。说白居易一首著名的诗："花非花，雾非雾。夜半来，天明去。来如春梦几多时，去似朝云无觅处。"这有点李商隐作品的味道，我也非常喜欢，我上高中的时候学会唱的就有这么一首歌。那篇文章说，其实这诗是一个谜语，还说这个谜语，他给家里南方的小保姆一讲，保姆立刻猜出来了："知道了，知道了，这就是那个霜花。"他的小保姆也是位天才，因为她说霜花贴切极了。说白居易写的是个谜语，谜底就是霜花。我看了真有受挫了的感觉，确实比走在大街上钱包被摸去了还要难受。我这么喜欢的一首诗，这么流连徘徊不已的一首诗，我老想着这种美妙境界，末了，它不过是一个谜语，而谜底已经找出来了，还是他家的小保姆找出来的，小保姆居然还不费吹灰之力！那么就是说，我们的文学，能不能保持一点语言的弹性、语言的活力、语言活动的空间、语言互相替代的可能、语言的流动性？我们能不能保留语言本身的美呢？

这个"美"的问题，更是一个深不见底的问题。我们觉得李商隐的诗非常的美，美得非常奇怪——他把"颓丧"表现得很美。颓丧不好，我完全无意提倡青年人都学李商隐，一个个都是"先期零落更愁人""忍剪凌云一寸心""一寸相思一寸灰"，青年都这样就完蛋了，中国就完蛋了。但是李商隐的这些消极的、悲哀的、软弱的情绪怎么能表现得这样美丽呢？"一春梦雨常飘瓦，尽日灵风不满旗"，太软弱了，连雨都飘到瓦上，而不是落到瓦上，更没有毛泽东"大雨落幽燕，白浪滔天"的豪迈，他连"一江春水向东流"的气势都没有，那儿还有个江水。"尽日灵风"连一个旗子也吹不起来！可是所有这些东西又为什么这么美丽呢？李商隐是通过修辞，他喜欢用一些今天诗人不喜欢的东西，金呀、玉呀、珠呀、翡翠呀，用这些东西来表达美丽的感情。对不起啊，我记得恩格斯引用过一句话，谁的话记不清了，说"少女为失去的爱情而歌唱，商人却无法为失去的金钱而歌唱"。引用的这句话也是非常美丽的。但如果你要硬抬杠的话，李商隐用金啊玉啊这些东西，用很富贵的含金量很高的这些东西，也能够构成一个很幽深的、很美丽的意境。他真是一个变数。当然，这是硬抬杠。

我们中国人对美的理解与教化是分不开的。"诗三百，一言以蔽之，曰：思无邪"。无邪是美的前提，我也很赞成。但我有个很大胆的探索性疑问，就是那些从道德上，或者从人生的价值取向上是反面的东西，它能不能是美的？作为价值取向，我个人不是李商隐类型的，那种悲悲戚戚、颓颓丧丧的，甚至我也不喜欢这种人。我宁愿喜欢一个痛快一点，幽默一点，豁达一点，积极一点的人。但是他把愁绪编织成一个美丽的殿堂时，他的修辞功夫，表意的功夫，把消极的情绪加以规范，使它进入了一个诗的境界，美的境界。我举一个极端的例子：三个人都发愁，一个人发愁去写诗，一个人发愁去喝闷酒，还有一个发愁去吸毒，三者不一样，既然这么愁，那么我们宁愿提倡还是写一些悲哀的诗吧，写点令人泪下的诗吧，你自个儿愿意一边写诗一边流泪，你就尽情地流吧，这给社会不造成什么大的危害。这个问题我思索了很久，在这里求教于大家。消极的东西可以有这种审美的功能，那么恶的东西能不能变成审美的东西呢？这话有一点敏感性，但这是事实。我看京剧《狮子楼》，武松杀嫂从内容上，我不喜欢，里头涉嫌暴力，杀嫂当然不是好办法，也涉嫌色情。一个暴力，一个色情，都是我们不喜欢的。可是《狮子楼》的戏非常好看，潘金莲穿着一身白绸子衣服，在那里跳各种特技，从桌子上翻跟头下来，又翻过去，这大概叫"卧鱼"（身体往后仰180度），有很多特技。一边是凶神恶煞一般的，也是正义凛然的英雄武松；一边是潘金莲，她的恐惧、求生欲望和她本身的条件（她身材很好，相貌很美），构成一种非常美的舞台效果。中国人欣赏的时候，可以持欧阳予倩的观点，也可以持魏明伦的观点，把更多的同情心给潘金莲，这个我也不反对，因为也没有什么硬道理要潘金莲必须死守武大郎。潘金莲本身就是被毁灭的美，被毁灭的青春。潘金莲下毒药谋杀亲夫当然是坏手段，但戏曲舞台上的表演实际上是让人欣赏的，你说这种欣赏很丑恶，这可以，但是它归根结底是让人欣赏的。和《狮子楼》有点像的是1999年我在爱尔兰都柏林看王尔德的《莎乐美》。我们过去一般都把王尔德、萧伯纳当英国人，可是爱尔兰独立了，人家强调这些都是爱尔兰人，不是英国人。莎乐美是位非常美丽的公主，她爸爸抓住了一个邪教头子，邪教头子一直在舞台上被绑着。莎乐美一出来就爱上了邪教头子，可是邪教头子对莎乐美不屑一顾。宫廷卫队队长爱上了莎乐美，莎乐美对宫廷卫队队长也不屑一顾。于是卫队长当场拔剑自刎，尸体被抬出去了。这就很不吉利。这时她爸爸就提出来：莎乐美，你给我们跳个舞吧。莎乐美的舞大概跳得很好。莎乐美坚决不跳，她爸爸说：你跳，你跳一个舞，你提的任何要求我都答应。莎乐美说：真的吗？你说话算话？她爸爸说：算，算！演莎乐美的小姑娘当然是非常的美，而且有英国人最喜欢的那种沙哑嗓音，热乎乎的很温暖的嗓音。莎乐美就说：我的要求就是把邪教头子的脑袋割下来送给我。她爸爸说：不，不，你不要提这种要求，太可怕了。但莎乐美说：你已经说过了，当着我的母亲说了，当着所有的大臣说了，一个国王必须遵守自己的诺言。然后莎乐美跳了一个舞，她爸爸就把邪教头子的脑袋割下来。莎乐美就抱着那个脑袋，亲吻那个脑袋说："我终于得到你啦，我爱你啊！"这剧中国人看着太刺激了，由于爱，就把脑袋割下来了，以后哪个男士还敢被人爱啊？这里头美和恶、残忍联系起来了，和暴力、血腥联系起来了。我不知道欧洲人是怎么一种心理。我还看过一个法国现代人写的吸血鬼的故事，因为欧洲特别流行吸血鬼的故事，就像我们中国的白骨精的故事。我还翻译过一个吸血鬼的故事，写一个女人非常美丽，但她要经常地吸一些人的血保持美丽。这个说远了，好在李商隐的作品中没有暴力倾向，色情得也不厉害，固然说他有狎妓，有和女道士一起游的故事，我倒宁愿他这些故事都是真实的，这样的话除了诗歌以外，还会有一些小说可看。

最后，我再谈一点，其实这种“无端”和“有端”，是分不开的。我说李商隐有一部分诗是无端的诗，是缘起和本事付之阙如的诗，或者是缘起和本事不便说出的诗，或者没有缘起和本事、语言背后并没有特别明确对象和内容的诗，或者我说它结构和语言都带有某些无端的特点。但它并不是什么都“无”，它有什么？它有诗。“有之以为利，无之以为用。”我刚才重组了那么多花样，也是因为有他56个字在那儿摆着呢，没有那56个字，玩不出来什么花样。我们中国有一些奇特的说法，比如中国古代哲学，有时我读起来跟读天书一样，我看着跟说绕口令一样。但是你用来读一读李商隐的诗，你对中国的那些说法就增加了一些了解。比如说：“无”：“无”非“无”，“无”并不是“无”，你觉得这开什么玩笑呢？王蒙非王蒙，安徽非安徽，师大非师大，李商隐非李商隐，你不知道这话什么意思，但是放在这里我就懂了。“无”非“无”，“无”不是什么都没有，“无”里有“有”的根据，有“有”的契机，有“有”的框架，“无”非“无”，“无”非“非无”，这就是语言的限制，你没法表达了。你怎么表达？你用绕口令都表达不出来。“无”非“无”，“无”非“有”，“无”非“非无”，越绕越绕不清。但是你若能绕到这一步，你对李商隐，对中国的哲学，中国的美学，中国的诗学也可能就增加了一些了解。办事的时候，“无”和“有”，就说“Yes”或“No”就行了，你收到一千块钱，你不能写成“我未收到一千块钱”。但是在哲学上、在语言上有那种“有”“无”“非无”“非非无”的现象。有年我去德国，考证出一件事情，侯宝林说的绕口令“吃葡萄不吐葡萄皮，不吃葡萄倒吐葡萄皮”。我一直不明白，这是什么意思，侯宝林是现代派么？吃葡萄不吐葡萄皮，这个可以理解。所有的外国人和中国的兄弟民族，吃葡萄都可以不吐葡萄皮。葡萄皮是可以吃的，还可以不吐葡萄籽，葡萄籽也是可以吃的。嗑葡萄籽的时候，牙不会倒，那个酸就解除了。吃葡萄不吐葡萄皮，这可以做到。但是“不吃葡萄倒吐葡萄皮”，这个我惊了，不吃葡萄倒吐葡萄皮，它是从肚子里什么地方，长出葡萄皮来了？我在德国一位汉学家家里看到一本20年代初的《北京俗语辞典》，里头就有这样一句话，它是反过来的，是正常的，“吃葡萄您就吐葡萄皮，不吃葡萄您就不吐葡萄皮”，这个很合乎逻辑，但是缺少趣味，侯宝林把它改了。他是相声演员，要把语言变得幽默一点，有趣一点。侯宝林被北京大学聘为客座教授不是没有道理的，在语言上他是有想法的。那么在“无”和“有”之间，“无端”和“有端”之间，我们能够使我们的诗学更多一些弹性，更多一些精神活动的空间，更多一些感悟，同时也不废我们对它的理解、解释和注释，这样也许我们会变得聪明一点，视野开阔一些，离鲜活的真理更近一些。

我今天的讲话属于“没吃葡萄乱吐葡萄皮”的性质，大家姑且听之。

（本文由韦秀芳、谷曙光根据录音整理而成，经王蒙审定。）

[原载《安徽师范大学学报》（人文社会科学版）2002年第4期]

门外谈诗词

◆王　蒙

【关键词】诗言志；寄托；整体性与个体性；传统诗词

【摘　要】中国诗论提倡“诗言志”，不但指表达自我，而且有表现精神生活走向的问题；既包含着价值判断，也包含着审美判断。中国诗词讲寄托，有巨大的涵括力和理解的灵动性，解诗尽可能不要超出情理所允许的范围，要留有联想的余地。中国的诗词好比一棵大树，用传统诗词形式写出来的就是这棵大树的一片叶、一个芽，必须与这棵大树“匹配”。讲匹配、整体性，还要讲个性。真正能言“志”就有个性，否则就只能人云亦云，成为应酬之作。

我讲的题目是《门外谈诗词》，是拿我的短项和安徽师范大学的长项来切磋，这是一种带有自杀性的但并不恐怖的行为。我主要的目的是为了求教。这是不是也反映了我的一些自私心理：如果我有什么长项可讲，譬如谈小说创作什么的，预备留到下次，以后我还不断地来安徽师范大学。所谓“门外谈”，就是因为它是我的弱项。我对中国传统诗词的阅读，大致保持在《唐诗三百首》和《千家诗》的水平上，但是我有兴趣，一些问题爱瞎琢磨，就是我说过的“野狐禅”。所以希望在座的真正的诗学专家能给予指导。我想就三个问题和各位同好们进行讨论。一是关于“诗言志”；一是关于诗歌的寄托和它的含意；一是中国传统诗词的整体性与个人性。

一、诗言志

我觉得“诗言志”这个说法很有意思，和西洋的文论不同。西洋文论大体上就是“再现说”和“表现说”。“再现说”基本上是反映论：诗歌也好，其他的文学作品也好，都是现实生活的一种反映。俄国的车尔尼雪夫斯基就有一个著名的命题：“美即生活”。“表现说”则认为主要是自我的表现。“诗言志”不像是“再现说”，不像是“反映论”，也不像是“自我表现论”，因为“自我表现”什么都能表现，既表现“志”，表现“情”，也表现“思”，西洋文学还喜欢表现“欲望”。“诗言志”和“自我表现”有相通之处，但不太一样。我觉得孔子讲“兴”“观”“群”“怨”更集中，因为“兴”“观”“群”“怨”说包含了“表现”和“再现”的东西。“诗言志”不但指表达自我，而且有表现精神生活走向的问题——我的精神生活往哪里走，往什么方向去；既包含着价值判断，也包含着审美判断——我倾向于什么，喜欢什么，因为“志”就是“志趣”。当然“志”也可以再现，因为“志”也可以是“县志”“人物志”的“志”。

“志”不是绝对的，有许多诗，不太好分析它是言什么志，如“两个黄鹂鸣翠柳，一行白鹭上青天”；“明月松间照，清泉石上流”有点“志”，就是返归大自然。不过确实有许多动人的诗表现了诗人的精神走向。这里举一些最简单的例子。杜甫，很有仁者之风，如《茅屋为秋风所破歌》“安得广厦千万间，大庇天下寒士俱欢颜。风雨不动安如山！呜呼！何时眼前突兀见此屋，吾庐独破受冻死亦足！”这里“志”很容易理解，无需解释。李白那些脍炙人口的诗，也表现了他的精神上的一些走向。如“天生我材必有用，千金散尽还复来！”（《将进酒》）有点儿说大话——李白喜欢说大话，说大话也不见得坏，既无损于别人，也不会给他带来虚名和多少实惠。中国诗里说大话非常多，这与“诗言志”的观念有关——“志”越大越好，不是越小越好。这两句诗很乐观，很自信。实际上，“天生我材必有用”是一种人生，“天生我材没有用”也是一种人生，“天生我材不得用”也是一种人生，“天生我材更倒霉”也是一种人生，“古来才命两相妨”也是一种人生，“文章憎命达”（杜甫《天末怀李白》）同样是一种人生，但到李白这儿是“必有用”。这个大话说得很好，对人有鼓舞作用。李白诗多表达这种东西，如“蓬莱文章建安骨，中间小谢又清发。俱怀逸兴壮思飞，欲上青天揽明月”（《宣州谢朓楼饯别校书叔云》）；“仰天大笑出门去，我辈岂是蓬蒿人”（《南陵别儿童入京》）更是说大话了，其实他不是蓬蒿人，跟蓬蒿人也差不多，他没有看透这一点。

我举一个李商隐的例子。李商隐的诗不大容易看出“志”，它有一种弥漫性和惶惑。“沧海月明珠有泪，蓝田日暖玉生烟”（《无题》），这是达到了极致的境界，既是“物境”，也是“心境”；既是客观的，又是主观的。李商隐多少有点儿唯美，他能够把悲哀、失望、惶惑乃至于颓废变成非常美的东西。人生有很多消极的东西，就好比病毒，对于大多数人来讲，它有毒化精神的作用，但经过唯美处理以后呢——就好像是病毒经过培养、稀释——就不再是毒害，而是丰富你精神的东西，它可以增强你的免疫力。李商隐和别人不同，他喜欢用“金”啊、“玉”啊这些很贵族很繁复的语言来表达那些最悲哀的情绪。没有经过这种“免疫”处理的，就好比一出门就碰到一件很悲哀的事，譬如一个好朋友死了，或是一场车祸，或是一个人吊在你眼前，你会觉得非常晦气，一天的情绪都很低落。但是，经过“免疫”处理就不一样了。同样是出门碰到丧事，如果治丧者请你修改一首非常漂亮的追悼死者的诗，你对文字、章句的爱不释手、“爱不释目”就会减轻你对死亡的痛苦，使这种痛苦变得比较能够忍受。我讲《红楼梦》时，常举一个例子——《宝玉探晴雯》，这也是一出非常有名的梅花大鼓的段子。晴雯死了，大家非常痛苦，贾宝玉尤其痛苦，他作了一篇《芙蓉女儿诔》，在那儿读，被林黛玉听见了。黛玉说作得非常好，但“红绡帐里，公子多情。黄土垄中，女儿薄命！”几句词应该改一改。宝玉改了一个词儿，林黛玉又感到这个词儿是针对她的，忽然变得非常难过。这里写的就是把一件十分悲哀的事审美化、文字化、语言化、文学化，变成一种纯美的东西，使得人和悲哀之间有了一种间离的感觉。这个问题比较复杂，我在这儿不细说。

外国的这种唯美主义更可怕，不仅可以美化悲哀，还可以美化暴力事件。去年我在《读书》杂志上写过谈莎乐美和潘金莲的文章，莎乐美是位很乖张却很漂亮的公主，她爱上“先知”，可是“先知”不爱她，于是她要求菲力王把“先知”的脑袋割了下来，她捧着这个脑袋亲吻。中国人看了，会觉得非常恐怖，可是王尔德经过一些处理，使它纯美化了。所以在李商隐的诗里，我们读到的既不是杜甫的那种“仁者爱人”的“仁”，也不是李白的那种乐观、阔大、浪漫、说一些大话，而是一种弥漫的对美的追求。这里引用一段梁启超关于李商隐诗的评论文字：“义山这些诗，他的《锦瑟》《碧城》《圣女祠》等，讲的什么事，我理会不着。拆开一句一句的叫我解释，我连文义也解不出来。但我觉得他美，读起来令我精神上得一种新鲜的愉快。须知美是多方面的，美是含有神秘性的。”①

关于“诗言志”，我想更多地举一些今人和近人的例子，因为这些人在诗学上不太被重视。咱们的诗学研究不大研究今人、近人的诗歌，但今人、近人在“言志”上所达到的成就，有些方面超过了古人。我特别想从清朝的龚自珍说起。我觉得现在很多人的“言志”传统是从龚自珍那里来的，因为龚自珍面临的是清朝社会的解体和腐烂，他自己才能又很高，个性又比较强，又有很多毛病——据说龚自珍也是一个爱说大话的人，而且好赌，黄、赌、毒他至少占一样——他与社会环境、体制之间有各种各样的矛盾，所以他的诗里处处表达出他的那种自信的胸怀和不得志的悲哀。如《夜坐》：“春夜伤心坐画屏，不如放眼入青冥。一山突起丘陵妒，万籁无言帝坐灵。”“一山突起丘陵妒”——小山包都嫉妒高山，这写的显然不是山和山之间的关系。我们只知道人和人之间有这种嫉妒的关系，山和山之间没有，黄河不会嫉妒长江，珠江也不会嫉妒黄河；动物之间有没有嫉妒还待考——可能有，因为一群马里有两匹公马，它们就斗得不可开交——但是人之间比较明显。再如《己亥杂诗》“落红不是无情物，化作春泥更护花”，将自己比喻成“落红”，“化作春泥”还要“护花”，这已经成为经典了。毛泽东也引用过龚自珍的诗：“九州生气恃风雷，万马齐喑究可哀。我劝天公重抖擞，不拘一格降人才。”有人批评龚自珍这首诗写得并不好，太直白了。但是，要知道许多名诗都非常直白，杜甫很多诗直白，李白很多诗也很直白。我觉得龚自珍这首诗还是非常的好，不管他吹牛也好，好赌也好，还是以天下为己任，觉得“本人不出，如苍生何？”——中国的诗人都觉得自己非常重要，所以他要管到“天公”那里去，希望“天公重抖擞”，“不拘一格降人

① 梁启超：《中国韵文里头所表现的情感》，《饮冰室合集》文集卷三七，中华书局1989年版，第120页。

才”——好赌一点，也还算是人才。当然，“万马齐喑究可哀”是非常沉痛的，沉痛表达了深度。有时候，诗写得越是沉痛，就越显得有深度；如果写得快乐就显得傻（这不一定对，因为一个人快乐也可能是很深沉的），你必须作悲戚状，作沉痛状，作痛心状。我也正在思考这个问题，以后给你们讲什么，少讲一点儿笑话，多含一些泪水。再如《湘月》（天风吹我）：“屠狗功名，雕龙文卷，岂是平生意？”把历史上的立业、立德、立言、立功都放在了脚下；“怨去吹箫，狂来说剑，两样消魂味”，把一切全概括进去了。我觉得龚自珍这样的词，已经超越了很多古人，但没有得到很高的评价。我们再举秋瑾的例子。她写物，显然是言志，是表现她的志趣、她的“品”，中国人讲“诗品”“境界”“格调”，都和“诗言志”这个传统有关。秋瑾并不是专业诗人，主要是革命家，她的诗从专业的角度看或许不免为人所诟病，但的确写得好，如《宝剑诗》：“神剑虽挂壁，锋芒世已惊。中夜发长啸，烈烈如枭鸣。”剑挂在墙上，其锋芒却使世界震惊——这位“鉴湖女侠”真是不简单。又如《咏梅》：“开遍江南品最高，数枝庾岭占花朝。清香犹有名人赏，不与夭桃一例娇。”显示出自己与众不同和那种特别的锐气。

讲到现代知识分子，人们总是爱提到几乎被树为偶像了的、被神圣化了的一些人。今天不讨论思想史的问题，可以看看他们的诗究竟言的是什么“志”。譬如王国维，他是不愿看到清朝灭亡而自杀的，对此有各种说法和解释。他有极高的才华和地位。这里举一首他的《咏史诗》：“西域纵横尽百城，张陈远略逊甘英。千秋壮观君知否？黑海东头望大秦。”王国维是一位学者，但志趣不仅仅是考证一下文字，或者是写写词话什么的；他也志存高远，充满了治国平天下的壮志，或者说是一个情结，甚至超出了别人对他的期许。

再看建国以后，有些言志的诗写得太有味道了，值得我们稍微回顾一下。先说邓拓。他是一个老革命，书法很好，曾任《人民日报》主编，常受到毛主席的批评，有时也受表扬；后任北京市委书记处书记，管文教工作；“文革”开始后不久，坠楼自杀。他的《留别〈人民日报〉诸同志》影响比较大。“笔走龙蛇二十年，分明非梦亦非烟。文章满纸书生累，风雨同舟战友贤。屈指当知功与过，关心最是后争先。平生赢得豪情在，举国高潮望接天。”这是一首七律，但真正的内容只有三句。第一句是“笔走龙蛇二十年”，是说做革命文字工作，包括传媒工作、写作工作、文教工作，已经二十年了；“分明非梦亦非烟”，完全可以不要，是用来凑韵脚的。第二句是“文章满纸书生累”，也是最关键的一句，是说我写的东西太多了，变成了一个累赘、一个负担、一个麻烦——果然，他最后死在这上面，因为写了《燕山夜话》。“风雨同舟战友贤”，这句也用不着，一是为了对仗，“文章”对“风雨”，“满纸”对“同舟”，“书生”对“战友”，“累”对“贤”，对得很工整；一是为了表达一些积极的思想——因为他毕竟是党的高级干部——但从意思上看，总觉得别扭，“文章满纸书生累”怎么变成“风雨同舟战友贤”了呢？从哪出来这么正确、这么好听的一句呀？第三句是“屈指当知功与过”。这话任何人都可以说，但邓拓这儿很沉痛，因为他编《人民日报》老受批评，这么多年自己的功过，谁与评说？他感到很沉重，很悲伤。“屈指功过”这话太消极了，所以必须加上一句“关心最是后争先”，就是说，我是落后了，但我要争取先进。这真是一个好党员，一个好同志，完全符合保持先进性的要求。就凭这三句，我觉得这首诗写得非常好。

再讲陈寅恪。陈寅恪也不以诗著名，他是一位史学家，双目基本失明，在广州中山大学。我们看他的《丁亥春日阅花随人圣庵笔记深赏其游旸台山看杏花诗因题一律》：“当年闻祸费疑猜，今日开编惜此才。世乱佳人还作贼，劫终残帙幸余灰。荒山久绝前游盛，断句犹牵后死哀。见说旸台花又发，诗魂应悔不多来。”这里我们能看到什么？我说不好，因为我对陈寅恪不太熟悉。但从诗里如“世乱”“闻祸”“断句”这些词中明显感觉到，面对社会的动荡，他有一种生不逢时、正逢乱世之感，这和后面要说的革命家完全不一样。再如“荒山”，还流露出荒芜感；“死后哀”，又流露出悲剧感。此诗所表现的正是陈寅恪在大变动中的那种六神无主和悲哀。

聂绀弩也写了很多沉痛诗篇。他是左翼文人，后来划为右派，去劳动。他本不写旧诗，而写杂文、评论。“大跃进”时，劳动队要求他一天写二十首诗歌颂“大跃进”。他写劳动的诗极好，有些很沉痛，有许多刺人的句子，如《血压》三首之三：“尔身虽在尔头亡，老作刑天梦一场。哀莫大于心不死，名曾羞与鬼争光。余生岂更毛锥误，世事难同血压商。三十万言书说甚，为何力疾又周扬？”“哀莫大于心不死”，改自孔子“哀莫大于心死”，意思是说你必须死心，否则更悲哀。“余生岂更毛锥误，世事难同血压商”，大概是因血压高而生感慨：诗文工作已耽误我半辈子，余生还会因为搞诗文而受害？但世事如同高血压，没法商量，所以他显得很无奈甚至很沉痛。《胡风八十》：“无端狂笑无端哭，三十万言三十年。”胡风曾因“三十万言”谈文艺问题而被打入另册，到八十寿辰时已三十年。此诗写得也非常沉痛。《挽雪峰》颔联“文章信口雌黄易，思想锥心坦白难”，也极为沉痛——文章可以乱写，但真正的思想像锥子扎着我的心，没法子说呀！哪里敢说呀！哪里能被人理解呀！这样字字见血，掷地有声的句子古往今来是不多见的。聂绀弩诗里有许多名句，如“男儿脸刻黄金印，一笑心轻白虎堂”（《林冲》二首之二《题壁》），前句用的是林冲的典故——因误入白虎堂而判罪，脸上被刺字，对此，聂绀弩却是豪言壮语——“一笑心轻白虎堂”；再如“高低深浅两双手，香臭稠稀一把瓢”（《清厕同枚子》二首之一），写淘粪；“一丘田有几遗穗，五合米须千折腰”（《拾穗同祖光》二首之一）写拾麦穗的牢骚，都表现了他很特殊的“志”。

再看钱锺书，他的诗非常古雅，不大容易看出“志”来，但有几首“志”很惊人。如“弈棋转烛事多端，饮水差知等暖寒。如膜妄心应褪净，夜来无梦过邯郸。”（《赴鄂道中》）。最后一句写的大概是夜坐火车过邯郸，用了“邯郸一梦”的典故，然而钱先生过邯郸却没有梦，这是钱先生的特点，因为他看一切都非常透彻，从不跟着“往上走”。此诗作于1957年，当时一些知识分子对一些事情非常热心，激动万分，如新中国成立前编过《观察》杂志的储安平先生，因为被吸收为宪法起草委员会委员，兴奋不已，以为受到知遇，将要为国家作出巨大贡献，钱先生却觉得他未免太天真——果如所料，储安平不久即被划为右派，最后不知所终。钱先生就是这么透彻、清凉，所以他“无梦”。不过我觉得钱先生是不是太凉了点（体温绝不到37度），人活一辈子连点“梦”都没有，未免有些遗憾；再说大家都这么透彻，国家还有救吗？我忍不住插这么一句，并无对钱先生不敬之意，钱先生这诗写得非常好，值得学习。钱先生有些诗写得淡一点，也非常好，如《老至》：“徙影留痕两渺漫，如期老至岂相宽。迷离睡醒犹余梦，料峭春回未减寒。耐可避人行别径，不成轻命倚危栏。坐知来日无多子，肯向王乔乞一丸？”颈联是说我只能避开众人另辟蹊径，如若不然就等于不要命。诗写到这一步，不再是诗，而是人生的况味，生命的体验，精神的呼号和巨大的叹息。历史上这类诗不少，如文天祥的《正气歌》就不是作为纯诗来写的。

当然，1949年后的知识分子也有很愉快、很幸福的体验，如老舍《今日》：“晚年逢盛世，日夕百无忧。儿女竞劳动，工农共戚休。诗吟新事物，笔扫旧风流。莫笑行扶杖，昂昂争上游！”在社会变革中，一些坚定的革命家也写出了许多脍炙人口的诗篇，他们的“志”同样非常感人。如毛主席著名的《沁园春·长沙》，“独立寒秋，湘江北去”，表达了非常高远的志向，特别是“鹰击长空，鱼翔浅底，万类霜天竞自由”，表达了人与万物欣欣向荣的“竞自由”的精神；还有“怅寥廓，问苍茫大地，谁主沉浮”，“指点江山，激扬文字，粪土当年万户侯”。毛泽东青年时代所表达的志向是他人无法比拟的。

周恩来的诗也是非常好的，但后来不写了。《大江歌罢掉头东》：“大江歌罢掉头东，邃密群科济世穷。面壁十年图破壁，难酬蹈海亦英雄。”第三句是经典，是人生的哲学原理，人都要有“面壁十年图破壁”的决心，但“面壁”不是目的，“面壁”是“图破壁”，“破壁”是摆脱束缚，从必然王国进入自由王国。仅此一句这首诗就非常好。

陈毅的诗，特别是在战斗中写的诗也非常好，如“断头今日意如何？创业艰难百战多。此去泉台招旧部，旌旗十万斩阎罗”（《梅岭三章》其一），这种革命的豪情，这种激越，让人不能不钦佩。

总之，“诗言志”为诗词带来了一些很不寻常的东西。诗词能见境界、见个性、见修养，以至含有某种神学意味，有时像寓言，有时似谶语，诗人在诗中好像预见了自己命运，由诗可以判断诗人的命运。

二、诗词的寄托与含意

诗什么都可以写，如风花雪月、花鸟虫鱼、阴晴寒暑、生离死别，但除所写的这些外，我们往往觉得还有“言外之意”，有象征意味。有些写爱情的诗表达的是对君王的感情，是政治热情，这是最令人纳闷的，因为外国人与此相反，他们认为最本初的、最激动的是男女之情，写什么都以爱情为最高参照系。如俄国杜勃罗留波夫去世后，著名诗人涅克拉索夫写追悼诗，有一句“他爱祖国就像爱女人”。这在中国是太反动了！爱祖国怎么能就像爱女人呢？小流氓也爱女人啊！我曾经请教叶嘉莹先生这个问题，她说：不得不承认，中国历代知识分子都有一种情结，即希望为世所用，受到明君赏识，希望自己不仅仅是“屠狗”“雕龙”，而能够辅佐明君，“修身齐家治国平天下”，这种感情非常深，在基因里代代相传，变成中国人尤其是中国诗的文化密码、语码。

有的非常明显，如“香草美人”，屈原就写了很多的“香草”“美人”，表达的是对楚王的一腔忠诚，屈原说自己爱楚王如同爱美人。再如王建《新嫁娘》：“三日入厨下，洗手作羹汤。未谙姑食性，先遣小姑尝。”讲的实际是官场，“新嫁娘”指新上任的官员，“姑”指“老板”，即上司。新官员要想得到“老板”的赏识，起码不让他讨厌，就必须了解他的习性，但又不能直接问，所以就多咨询“小姑”——“老板”身边的人。我觉得这样理解是有道理的。当然，将它看成仅仅是描写新嫁娘也是合适的。

也有些值得争论。如杨巨源《城东早春》：“诗家清景在新春，绿柳才黄半未匀。若待上林花似锦，出门俱是看花人。”有的说是讲作诗的，诗人的构思就像新春，必须抓住时机，不能等到大家都写才去写，不要趋时，不要从众。而诗论家却认为它是讲用人的，即在人才刚萌芽时，就要察微识渐，实施培养、使用计划，这种理解不能说没有道理。我认为如何理解此诗关键不在于杨巨源当初写这28个字是否有意献给吏部，而在于世界上有许多事理是相通的，只要事理相通，怎样理解都可以，譬如说是讲科研、经商、管理、体育锻炼等都可以。

我对这个问题有兴趣并非始于诗，而是散文。四十年前我读鲁迅《雪》，看到冯雪峰先生的解释，他说《雪》作于大革命时期，文中南方的雪代表革命力量，是明艳的、美丽的，北方的雪则象征军阀，是腐朽的、垂死的。而我阅读的感受截然相反，如鲁迅者，他的爱是在北方的雪，鲁迅的性格正是北方的雪而不是南方的雪。所谓“几个孩子来访问他，对了他拍手，点头，嘻笑”，“晴天又来消释他的皮肤，寒夜又使他结一层冰”，“嘴上的胭脂也褪尽了”，都有春秋笔法，包含着他对表面浓艳、美丽，青春一样的南方雪的某些怜悯乃至嘲弄；“在晴天之下，旋风忽来，便蓬勃地奋飞，在日光中灿灿地生光，如包藏火焰的大雾，旋转而且升腾，弥漫太空；使太空旋转而且升腾地闪烁”，“是孤独的雪”，“是死掉的雨”，“雨的精魂”，这才与鲁迅的精神相通。同时我又认为，鲁迅《雪》就是写雪，写北方雪无意于“夫子自道”，写南方的雪也无意于象征别的什么，但这却是鲁迅的雪，不是冰心、张爱玲的雪，也不是胡适、巴金的雪，这里的雪有鲁迅的个性。

写作上常常有这样的情况，有时甚至能构成文字狱。你如实地写一样东西，但读者能够联想到很多，因为你已经将自己的灵魂与所写对象融合起来。这里我举一个自己的例子。1956年9月我发表《组织部新来的年轻人》，次年初老作家康濯写了一篇批评文章。小说有一段写主人公林震与赵惠文告别，赵惠文说：“你嗅见槐花的香气了没有？平凡的小白花，它比牡丹清雅，比桃李浓馥，你嗅不见？真是！”我写作时并无任何动机，只是表现二人之间心情的交流，但康濯老师作了特别精彩的分析，说两个主人公用桃李比喻芸芸众生，牡丹比喻权贵，他们既看不起芸芸众生又看不起权贵。这样的分析尽管有对我产生不良后果的可能，但我不能不佩服，它比我写的伟大，也许与我所写的真的存在着某种联系，因为它反映着人们精神生活的走向。

古典诗词更是如此。我曾经与叶嘉莹先生讨论温庭筠《菩萨蛮》：“小山重叠金明灭，鬓云欲度香腮雪。懒起画蛾眉，弄妆梳洗迟。　照花前后镜，花面交相映。新贴绣罗襦，双双金鹧鸪。”词描写一位美丽女子的闺中生活，但清人张惠言认为是表达士人不为所用的苦闷。我实在无法理解温庭筠写此词就是为作政治的讽刺，但世上的事有许多是相通的，一个女子的貌美得不到世界的承认，既不能参加选美，也不能参加模特儿大赛，甚至不能被某个“大老板”看中给“包”过去，在那儿闲置着，她和一个很有才能的人在那种体制下得不到重用是一样的。而偏偏中国的知识分子人人都相信自己有伟大的才能，李白、杜甫、李商隐、韩愈、王安石、苏轼等都相信。再举杜甫《春夜喜雨》：“随风潜入夜，润物细无声。”现在频频被使用，不是作为对雨的描写，而是作为一种道德的标准，尤其是师范教育的标准——我们要为人师表，要桃李满天下，要“润物细无声”。但诗本身字字写的是雨，尤其是“晓看红湿处，花重锦官城”。

由此我们得出结论：如果你是“仁人”，你所写的雨、雪、花、风、草、山、水就都有“仁心”存焉；你是“义士”，就都有“义气”存焉；你是不合时宜的“牢骚鬼”，你写的酒、肉、娶媳妇、聘闺女，也都会充满牢骚。相反，如果非常执着地用考证的方法解释诗，说它是为写什么而不为写什么，就会煞风景，扼杀诗意。越是好的诗，相通的东西越多，与人生况味相通，与诗人自己的精神走向相通，与刚刚发生的某些大事相通，甚至与某种科学道理相通，就像鲁迅《雪》一样。解诗不能非得坐实，关键是诗本身有没有概括性和普遍性；有时坐实了，反倒会把一首诗杀了。我在《新民晚报》上看过一篇文章，作者说自己一直弄不懂白居易的《花非花》：“花非花，雾非雾。夜半来，天明去。来如春梦几多时，去似朝云无觅处。”可他们家保姆一看就懂，说这是谜语，谜底是冬天玻璃上的“霜花”。她解释得好极了，简直是个天才保姆，可也是白居易的天才“杀手”。我原来非常喜欢这首诗，可是现在每每想到这个保姆的解释，就如同吃了一只苍蝇。所以我们解诗，尽可能地不要超出情理所允许的范围，不要忘了它是一首诗，要留有联想的余地。

三、传统诗词的整体性特征与个性特征

中国的诗歌传统与外国不同，譬如讲“出处”。《红楼梦》十八回写元春省亲，

命贾宝玉题诗，贾宝玉用了“绿玉”二字，薛宝钗说元妃最讨厌“绿玉”，叫他改成“绿蜡”，宝玉问“绿蜡”可有出处，宝钗说出自唐朝钱珝《未展芭蕉》开头第一句“冷烛无烟绿蜡干”。什么都用典，什么都得用陈言，要求无一字无出处，无一字无来历，这确实讨厌，“五四”时期最受批判；真正的大诗人，是敢于用新鲜词语的。但这也是有原因的，中国的诗词好比一棵大树，一棵汉语的大树，一棵文学的大树，你用传统诗词形式写出来的就是这棵大树的一片叶、一个芽，必须与这棵大树“匹配”。

我所以想到这点，是受一些老朋友写旧体诗词的启发。现在一些老人喜欢写旧体诗词，有的写得还行；有的写得实在可怕，怎么看都不像。其原因很简单，他们没看过《唐诗三百首》，也没有背过《千家诗》，不是说“熟读唐诗三百首，不会作诗也会吟”吗？对此，叶嘉莹老师有一个很有意思的解释，她说中国的传统诗词有自己的语言系统，学写诗词就像学外语，必须背，背下来，写得就像。人们写诗词并不把自己的创作放在第一位，而是把中华民族的精神之树，语言之树放在第一位，所以要找“出处”，这样味儿才对。现在有些人的诗词，虽然也用一些词，就是味儿不对，以致让人觉得他倒不如去写快板、三句半、顺口溜什么的，就是不应该写旧诗词。

中国人是不讲知识产权的，欧阳修有一首《蝶恋花》（庭院深深深几许），李清照非常喜欢这首词，写了许多“庭院深深深几许”，这是抄袭吗？不是抄袭。再如毛主席的“天若有情天亦老”，来自李贺《金铜仙人辞汉歌》（衰兰送客咸阳道，天若有情天亦老）；“一唱雄鸡天下白”来自李贺《致酒行》（我有迷魂招不得，雄鸡一声天下白）。最近，《文汇报》上有一场争论，著名诗人流沙河说苏轼《念奴娇·赤壁怀古》中“乱石穿空，惊涛拍岸”是“剽”诸葛亮的《黄牛庙记》中“乱石排空，惊涛拍岸”；另一位老师反驳说并非如此，因为《黄牛庙记》可能是伪作，而且可能是苏轼以后人的伪作。我觉得即使《黄牛庙记》确实是诸葛亮之作，苏轼在词中化用这两句，也与剽窃毫不相干，因为中国诗词里这种情况太多太多，根本不能用现在的知识产权的观念去作评判。化用你的词，和你的韵脚，可以传为佳话。

但是讲“匹配”也产生另外一个问题，即陈陈相因，难有个性。中国古代大量诗词很雅、很美、很贴切，音韵、用字、炼字达到很高水平，就是缺少个性，结果是有这首诗不多，无这首诗不少。如乾隆皇帝一生写了两万四千多首诗，都没有大毛病，但没有一个人承认他是诗人，其诗还不如“张打油”的《咏雪》：“江上一笼统，井上黑窟窿。黄狗身上白，白狗身上肿。”这首诗虽是胡闹，反倒给人留下点儿印象。“张打油”的这首诗，我觉得还有点味儿。“江上一笼统”，就挺有意思。“井上黑窟窿”，有艺术感觉，能够把井看成黑洞，而且“黑洞”是非常摩登的概念，“黑洞”概念原来是“张打油”首先提出来的！“黄狗身上白，白狗身上肿”，也还有些幽默，不算黑色幽默，也不好算黄色幽默，可以算“白色幽默”。由此可见，先得“面壁十年”，好好背《唐诗三百首》《千家诗》，然后还须“图破壁”。

讲到这最后一个问题，我要和第一个问题联系起来，真正能言“志”就有个性，否则就只能人云亦云，成为应酬之作。

中国诗词既是个人的又是整体的，如果你对中国诗词不熟悉，不背上几百首诗词，就贸然写传统诗词，是会很令人遗憾的；反过来说，你如果不能写出个性，不能写出锥心之语，不敢破壁，也写不出好诗来。

本人作为一名传统诗词的爱好者，见识不多，以此就教于安徽师范大学的专家们！谢谢。

（本文由徐礼节、袁晓薇整理。）

[原载《安徽师范大学学报》（人文社会科学版）2006年第2期]

新世纪中国诗歌研究三题

◆傅璇琮

【关键词】诗歌创作；沟通古今；域外汉诗

【摘　要】中国诗学研究应该在研究的角度实现创新，从纯文艺批评、文艺理论的研究中走出来，多从创作的角度去研究古典诗歌创作；要沟通古今，在古代诗歌与“五四”以后诗歌的渊源联系上，在传统与现代的结合上求得突破；要加强古典诗歌研究的中外交流，既要加强对域外流传汉诗的研究，也要加强中外古典诗歌比较研究以及学术交流。

一

从创作的角度出发来进行中国古代诗歌理论的研究。我们过去对古代诗歌进行理论研究，多是从各个时期的研究角度出发，没有能把研究工作和当时创作的实际结合起来。今后，我们的眼界可以更开阔一些。文学史上有一个值得注意的现象，对中国古代文学、古代诗歌的研究比较有影响的一些理论家，往往本身就是作家。他们经常从当时创作的要求出发，对过去以及当时的一些文学理论、文学创作进行有益的研讨，提出自己的理论见解。我是研究唐代文学的，就以唐代为例。初唐中期，如王杨卢骆“四杰”、陈子昂等都对当时文坛崇尚齐梁绮靡文风提出过批评。“四杰”之一的杨炯在《王勃集序》一文中，明确提出要反对当时以上官仪为代表的所谓“龙朔文体”的绮靡文风，所谓：“思革其弊，用光志业。”王勃、杨炯当时提出改革文体，是从当时的创作也就是改革那时的文体出发。稍后的陈子昂在《与东方左史虬修竹篇序》中云：“仆尝暇时观齐梁间诗，彩丽竞繁，而兴寄都绝，每以永叹……风雅不作，以耿耿也。”也是从创作出发，提出如何改变当时文坛风气。文学史上这样的例子比比皆是，如中唐时韩愈、柳宗元倡导的古文运动提出的一些理论主张，北宋时江西诗派黄庭坚的一些诗歌见解如“点铁成金”等，一直到明清时众多的诗歌流派及其诗歌理论创作主张，都是从自己的诗歌创作及当时的创作风气着眼，而不单纯是为了搞研究而提出自己的理论见解。所以我们今后的诗学研究应该更多地从当时的文学实际出发，来研究他们的主张。单纯的文艺批评、文艺理论对创作的影响并不大，南朝时刘勰的《文心雕龙》，无疑是中国古代文论的巨著，但以其对当时和稍后的隋唐诗文创作的实际影响来说，并不是很大，甚至还不如当时搞创作的人提出的主张影响大。前些年南开大学的罗宗强先生主编的“中国文学思想通史”丛书曾提出，我们搞文学思想史研究应当与作家本身的创作体验结合起来，也是说的这个意思。这很值得我们搞诗学研究的人注意。

二

我们现在作中国诗学研究，应该扩展视野，其中重要的一点是沟通古今，即把传统的诗歌与“五四”以来的新诗结合起来进行研究。长期以来，存在这样一种情况，研究中国古代诗的人不但不染指新诗，而且也逐渐不关心新诗创作，而搞新诗创作的也不读古诗，认为古代的格律诗与现在的自由体诗，完全是两条路，这样古和今就被人为地割裂。其实把两者贯通起来，对古代诗的研究和现代诗的创作都有好处。应该说，“五四”以来的新体诗，其社会影响还是很广的，对社会进步和文学发展都起了很大的作用，出现了不少杰出的诗人。虽然我们的专业重点是搞古诗研究，但也应该读一些新诗的优秀之作。当然我们对新诗没有对古诗记得那么多，但有些新诗也是百读不厌、堪称经典的。像闻一多先生的《祈祷》：“请告诉我谁是中国人，启示我，如何把记忆抱紧；请告诉我这民族的伟大，轻轻的告诉我，不要喧哗！”艾青有两句诗也很好：“为什么我的眼里常含泪水，因为我对这土地爱得深沉。”（《我爱这土地》）再比如1976年清明节天安门事件中悼念周总理的诗，“人民的总理人民爱，人民的总理爱人民。总理和人民同甘苦，人民和总理心连心”。通俗易懂而朗朗上口。这些新诗虽没有格律，但同样富有艺术魅力。

沟通古今的诗歌进行研究的前提是把现代诗歌和古代诗歌衔接起来。过去，胡适先生有一个观点，他认为唐代的元白一派是现代白话诗的前例。朱自清先生在20世纪20年代编的《中国新文学大系・诗集》导言中，谈到中国新诗的第一个十年出现过自由诗派、格律诗派、象征诗派。闻一多先生就主张格律诗，他在新诗的格律化方面作过一些探索。理论方面，他的《诗的格律》一文中说：“律诗的格律与内容不发生关系，新诗的格式是根据内容的精神制造成的”，“可以……随时构造”，“层出不穷”的。创作方面，他有一篇作品叫《死水》，五节各四句，每句九字，整齐匀称。后来格律诗派却逐渐趋于衰落了。

其实，新诗在自身发展过程中，始终存在着如何继承和借鉴古今中外诗歌传统与经验的问题。我们可以考察一下新中国成立以后关于新诗创作的实践与理论。从50年代起，就有与“自由诗”相抗衡的“现代格律诗”的理论与实践。此时的“现代格律诗”是由何其芳、卞之琳等诗人提出来的。他们主张有许多内容更适宜写成现代格律诗。臧克家先生在《毛泽东同志的新诗观》中讲到毛泽东认为新诗“太散漫”，因而主张“新诗，应该精炼，大体整齐，押大致相同的韵”（1957年1月12日毛泽东致臧克家信）。这一主张与何其芳等先生的见解是一致的。《文学评论》在1959年第3期出了一个“诗歌格律问题讨论专辑”，发表了包括王力、周煦良、罗念生、朱光潜、唐弢等先生的多篇探索诗歌格律问题的文章。让我们回顾一下当时那场关于新格律诗的讨论。这次讨论主要涉及在旧体诗词格律之外建立新格律诗的必要性，建立什么样的新格律诗和新格律诗能否建立成功等三个方面的问题。当时的大多数论者均肯定建立新格律诗的必要性。何其芳先生认为新诗不能完全自由体，他在《再谈诗歌形式问题》等文中，详细阐述了有一定格律便于表现反复回旋、一唱三叹之情，以及表现丰富复杂的内容并非自由诗的特点等。他主张有一种“和现代口语更相适应的新格律诗”①。林庚先生则提出了新诗应由诗行构成，合乎“半格律”要求的新格律诗②。林庚先生的贡献在于他不但倡导了以“九言诗五四体”为中心的新诗形式，而且以数十首格律体新诗实践了自己的理论。当时持反对意见者认为何其芳等的主张行不通，有人认为，企图用来取代其他一些诗歌形式的新格律诗体是建立不起来的。我们必须认识到何其芳先生所说的新格律诗并不等同于旧体诗，何其芳先生是把建立新格律诗作为我国新诗在形式发展方面的一个关键问题来看待的。有必要再引何其芳先生在《再谈诗歌形式问题》中的一段话，他说：“要解决新诗的形式和我国古典诗歌脱节的问题，关键……就在于继承我国古典诗歌和民间诗歌的格律的传统，而又按照五四以后的文学语言的变化，来建立新的格律诗。”③

这并不算完，到了20世纪80年代以后，在诗坛上又再度兴起关于“现代格律诗”的探讨。值得注意的是，大陆和台湾地区，还纷纷成立中华诗词学会一类的民间诗歌团体。现在的情况是，新诗的作者已比较重视过去的旧体诗即传统的诗歌；而我们搞古代诗歌的倒不太注意新诗的发展、新诗的创作。关于新诗作者重视旧体诗，我们可以拿《诗刊》为例，提请大家注意。众所周知，《诗刊》一向都是刊登一些自由体诗的，但从前两年开始，《诗刊》每期辟一专栏，刊登旧体诗，分量并不多，采用竖排的形式。另外还有一栏叫“新古体诗”，是横排的，标有七律、五律等体。又，2001年第1期起，于每期第一篇即卷首，设“诗家读名诗”，专门请当代的诗人写古代诗歌的类似赏析与研究结合起来的文章。从今年第1期到第4期，依次所读之诗为王维《山居秋暝》（“空山新雨后，天气晚来秋”五律）、汉乐府《箜篌引》（“公无渡河”）、李商隐《嫦娥》（“云母屏风烛影深”七绝）、李白《将进酒》（“君不见黄河之水天上来”），都是现代诗人写的，这很值得我们思考。受这一启发，我们搞古典诗歌研究的，是否也可选一些新诗名篇，来谈谈我们的体会呢？又如，《诗刊》今年有一篇“诗人访谈录”访屠岸，也值得介绍一下。文中提到一位年轻诗人丁芒，丁芒认为“未来的中国诗将以新诗为河床，以新诗和旧体诗互

① 何其芳：《关于诗歌形式问题的争论》，《文学评论》1959年第1期。
② 林庚：《再谈新诗的建设问题》，《文汇报》1959年12月27日。
③ 何其芳：《再谈诗歌形式问题》，《文学评论》1959年第2期。

补和融合而逐渐形成”。屠岸认为这是很有见地的。屠岸建议今天的年轻诗人，“要多读古典诗歌、五四以来的优秀诗歌和外国经典作品。”他又说，许多大诗人都是学养极高的，李白、杜甫就不必说了，“当代年轻诗人要继承遗产、革新传统，没有创新的仿古等于赝品，没有继承的创新则很可能是短期效应”。以上都是很好的见解，很值得我们作进一步的思考。由此可见，搞现代诗的人已在逐步地重视传统的遗产，反过来说，我们搞古诗的是不是也应该借鉴现代人的诗歌方面的东西呢？就诗体形式来看，传统的格律诗与“五四”以来的白话自由体诗，区别是很大的，但中国诗歌的传统应该是贯通古今的，这方面很值得我们作新的探讨，必要时我们还可邀请搞新诗创作的人，与我们一起开会研讨。

最近当代作家王蒙先生送我一本书，书名为《绘图本王蒙旧体诗集》（上海古籍出版社2001年版），有一百四十几首诗（包括用旧体诗翻译德国诗）。以写小说著称的当代作家写有那么多旧体诗，这很值得注意。另外，王蒙先生还是李商隐研究学会的名誉会长，写了好几篇关于李商隐研究的文章。他并非像一般的研究者，而是从作家创作的角度来写的，所以独具匠心。他的《雨在义山》一篇谈到李商隐诗中的特点，分为三个层次来谈。第一层次是义山诗中“雨”的自然特征，也就是诗中“雨”的最表层特点：其一是细，细雨；其二是冷，冷雨；其三是晚，暮雨、夜雨。第二层次即李商隐对于雨的主观感受，又有四个意思：（1）雨对于李商隐，带来了一种漂泊感，一种乡愁；（2）“阻隔”是李商隐对于雨的另一层感受；（3）“迷离”；（4）“忧伤”。第三层次，结合上述，义山诗中“雨”的意象成为一种非义山难以达到的美的境界。王蒙又将李商隐笔下的雨与韩愈诗、李后主词、温庭筠诗、王驾《雨晴》诗、苏轼诗、韦应物诗、谭用之《夜宿湘江遇雨》诗等作了比较。我们自己搞古代文学的人恐怕不会像他那样从创作的角度来写的。其实，让懂创作的人来搞研究，往往能抉出作家作品的真正精神与内涵，因为他们也搞创作，知晓这其中的甘苦。

我们确实应该考虑把传统的诗与现代的诗特别是“五四”以来的新诗结合起来研究。“五四”以后的新诗数量很多，但真正的精品不多。今后新诗应该如何发展，而传统的旧体诗能给新诗哪些启迪与借鉴，这些都可以作深入的探索与研究。

三

在中外文化交流中，存在着中国古典诗歌传播与影响海外的历史问题，这一研究工作才刚刚起步。中国古典诗歌传播与影响海外的历史包括两个方面：其一是中国汉语汉诗的传播海外史，特别是亚洲方面，主要指古代日本、古代朝鲜、古代越南。日本古代写作汉诗，源远流长，据历史记载，可上溯到我国的初唐。日本在中国的初唐至中唐期间，曾编有三部汉诗集：《怀风藻》（751年）、《文华秀丽集》（818年）、《凌云集》（841年），里面的诗完全是根据我国格律诗的特点写的，这三部汉诗集对古代日本文学的发展影响不小。不止如此，连诗集前面的序言也是依据中国当时传统的诗的理论而写。譬如《怀风藻》序中有云：“调风化俗，莫尚于文；润德光身，孰先于学。”而之前唐太宗李世民于贞观末期所作《帝范》，其中的《崇文编》已有：“弘风守俗，莫尚于文；敷教训人，莫尚于学。”可见两者之间的渊源关系。又据日本学界统计，从奈良时期到明治时期，编印的日本汉诗总集、别集共有769种，2339册，20余万首诗，这是非常惊人的数字，要知道我们的《全唐诗》也不过五六万首。应当说汉诗在国外的传播是很值得我们研究的。除了古代日本，古代朝鲜和古代越南在这方面的诗歌也很多。此外，前几年有学者指出古代朝鲜有不少用汉文写的诗话。这些古朝鲜诗话一方面评价古朝鲜的诗歌，另一方面评价中国的诗歌，特别是对中国唐宋时的白居易、苏轼、黄庭坚等人的评价比较多。其中，我们不仅可以考察他们怎样看待中国的汉诗，而且也能研究汉诗怎样影响东亚的国家。

与中国古诗向外传播的研究相对应的，是国外对中国古诗的研究以及一些理论上的见解，这同样值得探讨。前几年，我和中国社会科学院文学研究所的周发祥先生共同编了“中国古典文学走向世界丛书”（江苏教育出版社出版），中有《国外中国古典诗歌研究》一书，介绍了欧美、日本一些国家对中国古典诗歌的研究。这对于我们今后研究日本、韩国等怎样用汉诗的形式即旧体诗的形式来创作是有很大帮助的。还以日本为例，日本学者小西甚一著有《芭蕉与唐宋诗》，谈到江户时代著名俳谐诗人松尾芭蕉沿承杜甫、李白、寒山、苏东坡、黄庭坚等人，形成了自己独特的诗风，这是学术界的共识。但他并非直接接受中国诗人的影响，而是通过禅林学人的解说。从天和期到贞享期芭蕉风格的形成，以禅的模式理解唐宋诗乃是重要的契机。这是17世纪日本诗坛的一般动向，芭蕉卓有成效地表现出了这一点。这一实例描述了中国文学外播的轨迹：唐宋诗→五山学僧→松尾芭蕉。

再如江户时期日本一位著名学者兼诗人赖襄，有一首《夜读清国诗人诗戏赋》，所评及清朝诗人，有陈子龙、钱谦益、吴梅村、施闰章、朱彝尊、王士禛、宋琬、冯班、蒋士铨、袁枚。异国诗人的评价对我们的古诗研究当然具有参考价值。由此可见，无论是从纵向角度梳理中国古典文学向外传播的历史，还是以横向角度清理国外研究中国古典文学的成果，都是大有可为的。

关于我国的研究者收集、整理、出版日本的汉诗，可以上溯到晚清时候。晚清学者俞樾在日本学者协助下编有《东瀛诗选》，正编40卷，补遗4卷，共选了500多位诗人的5200首诗。20世纪80年代中期，江苏古籍出版社出版过《日本汉诗选评》，由程千帆先生、孙望先生选评，吴锦等注释。此书选约200位诗人300余首汉诗，自8世纪至20世纪初，有律诗、绝句、古体乐府等。这是具有开创性的工作，还可以继续做下去。我建议由我们研究者编一本大型的、可以反映古代日本汉诗发展面貌的日本古代汉诗集，选一部分有代表性的作品，每一位诗人写一个作家小传，这对于我们了解日本的汉诗会有帮助，就中外文化交流而言也是一件大好事。

总之，中国古典诗歌的外播与国外对中国古典诗歌的研究，应该采用历时研究与共时研究两种方法。一面以纵向角度去梳理中国古典诗歌向外传播的历史，一面从横向角度去清理国外研究中国古典诗歌的成果。

以上是我对新世纪中国古代诗歌研究的一些想法。总的来说，就是：首先，中国诗学研究应该在研究的角度实现创新，注意从纯文艺批评、文艺理论的研究中走出来，多从创作的角度去研究古典诗歌创作；其次，要在研究的走向上有所创新，要沟通古今，在古代诗歌与“五四”以后诗歌的渊源联系上，在传统与现代的结合上求得突破；第三，要加强古典诗歌研究的中外交流，既要加强对域外流传汉诗的研究，也要加强中外古典诗歌比较研究以及学术交流。

当然，中国诗学研究的范围还是相当广的，包括诗歌文本的艺术探索，诗歌与其他艺术形式的比较，中国诗学史的历史回顾（特别是20世纪诗学史研究）。我这里讲的三点，也算是作一些研究领域拓展的尝试。

（本文由谷曙光根据录音整理而成。）

[原载《安徽师范大学学报》（人文社会科学版）2001年第3期]

谈以史证诗[①]

◆邓小军

【关键词】以史证诗；文学性；古典字面；今典实指

【摘　要】以史证诗是中国诗学的方法和传统之一，它有益于文学性研究，而古典字面今典实指的释证方法，则是诗史互证的一个特种方法，适用于研究那些使用古典字面今典实指表现手法的诗歌。

我想就以史证诗问题谈几点自己的意见。

第一，以史证诗是中国诗学的方法和传统之一。

这一方面，往往适用于研究写实性的诗歌。以史证诗、以诗证史，是一个硬币的两面。从文学研究立场说，主要是以史证诗。

《毛诗》是中国诗学的原始典范，开创了以史证诗。

《毛诗序》注重以史证诗，往往以史——时事或本事——说诗。

《毛传》注重解释诗歌赋比兴艺术。

《毛诗》既注重以史证诗，又注重比兴艺术。因此是完善的诗学经典。

例如《燕燕》，《诗序》云："燕燕，卫庄姜送归妾（作者按：戴妫）也。"《郑笺》用了46个字，解释春秋时期卫国发生的这一本事，《孔疏》由此进一步用《左传》等史料详尽解释。——这是以史证诗。

《燕燕》："燕燕于飞，差池其羽。"《毛传》："燕之于飞，必差池其羽。"揭示此是用比兴。故《郑笺》云："差池其羽，谓张舒其尾翼，兴戴妫将归，顾视其衣服。"（象喻戴妫临难之际，从容不迫，仪容端庄，人格尊严。）——这是比兴说诗。

《毛传》依据《诗序》所提供的全诗意义训释字句。

这样，《毛诗》的注释方法，实际包括两种方法，从全体的理解到局部的理解（宋学式的方法），和从局部的理解到全体的理解（汉学式的方法），两种方法兼而有之（这与现代解释学神理相合）。因此是完善的注释方法。

凡此皆对于中国两千年诗歌史和诗学史产生了极其深远的影响。

① 本文系作者在安徽师范大学举办的中国诗学研讨会上的发言。

钱谦益《钱注杜诗》，标志以史证诗的重要发展。这是运用辩证性考证方法，对杜诗和作为杜诗背景的相关唐史的研究，取得突破性成就的著作。[①]

陈寅恪《读哀江南赋》《元白诗笺证稿》《柳如是别传》，则是诗史互证的高峰。

以史证诗是很有趣味，也很有意义的工作。

第二，以史证诗有益于文学性研究。

具体说，以史证诗往往有益于诗意的了解，韵味的体会。

举一个最简单的例子。王维《使至塞上》“大漠孤烟直，长河落日圆”，“孤烟”指什么？自赵殿成以来，历代注家都是并列了两种或三种解释：尘卷风、烽火、平安火，莫衷一是。至于烽火、平安火的区别，则含糊不清。

唐代杜佑《通典》卷一五二《兵五·守拒法》“烽台”条：“每晨及夜平安，举一火；闻警，因举二火；见烟尘，举三火；见贼，烧柴笼；如每晨及夜，平安火不来，即烽子为贼所捉。”可知举一道火是报平安，举二道火、三道火是报警。这是唐代的军事制度。

“每夜平安，举一火”，是指黄昏时分的平安火。《资治通鉴》卷二一八唐玄宗天宝十五载六月己丑：“及暮，平安火不至，上始惧。”胡三省注：“《六典》：唐镇戍烽候所至，大率相去三十里。每日初夜，放烟一炬，谓之平安火。”杜甫《夕烽》：“夕烽来不近，每日报平安，塞上传光小，云边落点残”，“闻道蓬莱殿，千门立马看”，都可以为证。

王维诗中“落日”与唐代军事制度所规定的入夜时分相合，“孤烟”与所规定的“举一火”相合，可见诗是描写黄昏时的平安火。

“大漠孤烟直，长河落日圆”的象外之意是：广大边塞，平安无事；守边健儿，功绩卓著。

全诗写经过居延国、萧关，写都护在燕然山，都表示唐朝边塞远在汉代边塞以远，唐朝版图阔大、国防巩固。这两句诗写广大边塞平安无事，正与全诗主题相合。

这幅画面，是对健儿守边功绩最含蓄的赞美，是对盛唐边塞巩固的全诗主题最有力的暗示。

第三，说说古典字面今典实指的释证方法。

这是诗史互证的一个特种方法，适用于研究那些使用古典字面今典实指表现手法的诗歌。在政治幽暗时期，诗人要揭示现实真相，表达真情实感，而又不能明言，往往采用古典字面今典实指的表现手法。如阮籍《咏怀诗》、陶渊明《述酒》、庾信《拟咏怀》、辛弃疾晚年词、谢翱诗文、钱谦益《有学集》和《投笔集》、陈三立《散原精舍诗》等。

① 辩证性考证与述证性考证之分别，请参看严耕望《治史三书·史学二陈》，辽宁教育出版社1998年版，第178页。

古典字面、今典实指的诗歌释证方法，是由陈寅恪先生所创建的。[①]

举一个例子。陶渊明《述酒》结尾："天容自永固，彭殇非等伦。"

历代注家以为"天容"指恭帝，或以为是指夷、叔齐，其实皆难以讲通。解释"彭殇"所指，更莫衷一是。

《春秋繁露·符瑞第十六》："极理以尽情性之宜，则天容遂矣。"天容，即天之容颜，指天之灾瑞、天之态度，体现天对政权合法性的判断。"极理以尽情性之宜，则天容遂矣"，表示统治者的行为符合天理人情，则天容舒展（出现祥瑞），亦即天承认政权具有合法性，其政权之历数可以长久。相反，统治者违悖天理人情，则为天所不容（出现天灾），其政权之历数不会长久。简言之，天容，指判断政权有无合法性的天理。这是天容的古典。

《庄子·齐物论》："莫寿于殇子，而彭祖为夭。"是"彭殇"的古典。王羲之《兰亭诗序》："固知一死生为虚诞，齐彭殇为妄作，后之视今，亦犹今之视昔，悲夫！"则是其近典。

《宋书·武帝本纪下》永初元年夏六月丁卯即皇帝位册文，自称"天命"降于有宋，"天保永祚于有宋"。这是此两句诗的今典（时事）。

"天容自永固，彭殇非等伦"，是针锋相对地痛斥刘裕即皇帝位册文所谓"天命"降于有宋，及"天保永祚于有宋"。是用《春秋繁露》"极理以尽情性之宜，则天容遂矣"之语意，和用《兰亭诗序》"彭殇"之语并借用其下文"后之视今，亦犹今之视昔"之语，表示：天理自绝不会以无道者之意志为转移，有道政权、无道政权寿命之长短亦将绝不会相同。喻指：刘裕篡弑违悖天理人情，虽自称天命，但是天理自绝不会以刘裕之意志为转移；晋、宋政权寿命之长短亦将绝不会相同，宋开弑篡之恶例，将自食遭篡弑之恶果，后之视宋，犹宋之视晋。

这是陶渊明对刘裕政权的严厉批判和预见。后来萧齐篡宋弑帝，正如刘裕篡晋弑帝；宋立国59年，亦远不及晋立国155年。历史应验了陶渊明的预见。

陶渊明同情晋朝，是因为东晋再造，使南中国免于陆沉（参看陈寅恪《述东晋王导之功业》），以及东晋明帝能够正面面对西晋早期的阴暗历史并表示惭愧（《世说新语·尤悔》"王导、温峤俱见明帝"条）。《述酒》诗开头"重离照南陆"，言东晋的白日重新照亮中国南方，正是对东晋所有这些政治光明面的赞美，同时亦是对刘裕篡晋册书抹杀东晋历史功绩、所谓"晋自东迁，四维不振"的驳斥。

人们常说，陶渊明"乱也看惯了，篡也看惯了"，这是对的，但只是一方面，另一方面，他还是乱也看不惯、篡也看不惯。

[原载《安徽师范大学学报》（人文社会科学版）2001年第3期]

① 主要论述见《读哀江南赋》，《金明馆丛稿初编》，第209—216页；《柳如是别传·缘起》，第7—15页；古典字面、今典实指一语，见《柳如是别传》下册，第1169页；皆为上海古籍出版社1980年版。

落花之咏：陈宝琛、王国维、吴宓、陈寅恪之心灵诗学

◆胡晓明

【关键词】落花诗；陈宝琛；王国维；吴宓；陈寅恪；心灵诗学

【摘　要】透过长达近百年的一组"落花诗"，挖掘近现代诗学一支深隐的心灵诗学谱系。即从陈宝琛到王国维、吴宓、陈寅恪，代代相传、自觉而灵心相通、有文化托命意识的一种精神传统。"落花之咏"成为认知的图式和抒情的背景，笼罩着众多繁杂深细的诗学书写。其中又隐藏着有关近现代诗与思、历史与政治、个人命运与家国大局、信仰与理性等论域的重大信息。在百年中国文学与文化的传统与变革大背景中，既属知识心灵的一种诗性记忆，亦不失为极富启示意义的一笔美学遗产。

一、陈宝琛的落花诗

（一）陈宝琛"前落花诗"及其相关古典

陈宝琛1919年作《落花》4首，世称"前落花诗"。1924至1925年间作《落花续作》4首，世称"后落花诗"。此外，1931年作《次韵仁先春尽日赋落花》七律一首，至此，凡落花诗共9首。王静安自沉昆明湖之前为学生谢国桢书扇，其中两首落花诗，即"前落花诗"之三、四首。兹录"前落花诗"四首如下：

楼台风日似年时，茵溷相怜等此悲。著地可应愁蹋损，寻春已是恨来迟。繁华自忏三生业，衰谢难酬一顾知。岂独汉宫寒食感，满城何限事如棋。

痴蜂冶蝶太猖狂，未替灵修惜众芳。本意阴晴容养艳，那知风雨趣收场。昨宵秉烛方张乐，隔院飞英已命觞。油幕锦幡竟何用，空枝斜照百回肠。

生灭原知色即空，眼看倾国付东风。惊回绮梦憎啼鸟，罥入情丝奈网虫。雨里罗衾寒不耐，春阑金缕曲方终。返生香岂人间有，除奏通明问碧翁。

流水前溪去不留，余香骀荡碧池头。燕衔鱼唼宁相厚，泥污苔遮各有由。委蜕大难求净土，伤心况是近高楼。庇根枝叶从来重，长夏阴成可小休。

略示其中所及历代落花诗典故辞语如下：

1.《梁书》："缜答曰：人之生，譬如一树花，同发一枝，俱开一蒂，随风而堕，自有拂帘幌坠于茵席之上，自有关篱墙落于粪溷之侧。"

2. 韩愈《落花》："已分将身著地飞，那羞践蹋损光辉？无端又被春风误，吹落西家不得归。"

3. 杜牧《叹花》："自是寻春去校迟，不须惆怅怨芳时。狂风落尽深红色，绿叶成阴子满枝。"

4. 韩翃《寒食》："春城无处不飞花，寒食东风御柳斜。日暮汉宫传蜡烛，青烟散入五侯家。"

5. 白居易《和梦得〈洛中早春〉见赠七韵》："众皆赏春色，君独怜春意"，"开迟花养艳，语懒莺含思"。

6. 朱弁《曲洧旧闻》："蜀公居许下，于所居造大堂，以长啸名之。前有荼蘼架，高广可容数十客。每春季花繁盛时，燕客于其下，约曰：有飞花堕酒中者为余釂一大白。或语笑喧哗之际，微风过之，则满座无遗者，当时号为'飞英会'。"

7. 田汝成《西湖游览志余》："白乐天为杭州刺史，令访牡丹。独开元寺僧惠澄近自京师得之，植于庭。时春景方深，惠澄设油幕覆其上。"明代彭孔加："春来迟，春去急，风雨番番畏花湿。牡丹颜色谁相及，朱栏油幕围轻碧，王孙不归心郁邑。"

8. 李白《清平调》："名花倾国两相欢，长得君王带笑看。解释春风无限恨，沉香亭北倚阑干。"王国维《蝶恋花》："最是人间留不住，朱颜辞镜花辞树。"

9. 李煜《浪淘沙》："帘外雨潺潺，春意阑珊，罗衾不耐五更寒。"《金缕曲》："有花堪折直须折，莫待无花空折枝。"

10.《太平御览》卷九五二引《十洲记》："聚窟洲中，申未地上有大树，与枫木相似而华叶。香闻数百里，名为返魂树。于玉釜中煮其汁如墨粘，名之为返生香。香气闻数百里，死尸在地，闻气乃活。"

11. 韩偓《惜花》："总得苔遮犹慰意，若教泥污更伤心。"

12. 陶谷《清异录·天文》："晋出帝不善诗，时为俳谐语。咏天诗曰：'高平上监碧翁翁'。"

13. 陆游《花时遍游诸家园》："为爱名花抵死狂，只愁风日损红芳。绿章夜奏通明殿，乞借春阴护海棠。"

（二）《落花诗》的文化意蕴

所谓"文化意蕴"，与"今典"不尽相同。共同点是，二者都是诗中所蕴藏的寄托。然而今典更多是指涉具体的人事，而"文化意蕴"不一定是具体的人事，更多是诗中隐含的大的时代精神感受，更具诗与思的相关性。陈宝琛在诗中除了有关士人与家国命运的“纯忠苦志，幽忧隐痛”，还有今典，即与清亡相关的具体的人事。关于今典，本文略人之所详。[1]这里只论王国维所感觉的落花诗的意蕴：

第一，一个花果飘零的时代正在来临。第二，催花的也是爱花的，爱花不仅不能保证花长在，而且更加速了花期。这正是悲剧时代的无可奈何。第三，然而赏花人恩重如山，无可报答。第四，对于落花来说，泥污的命运可能是免不了的。即不断有更大的灾难要到来。这个时代整个就是劫难。第五，返魂香的希望虽只留于想象之中，仍作为托之梦寐、存乎遐想的慰藉。第六，落花之最后残败入水，也要化而为庇根的养料。这是以最痴绝的想象，来为落花之美及其所代表的人物，画最后一笔。

总之，所谓“哀怨起骚人”，以中国诗学传统的美人香草的语言，以李义山、韩致尧绮丽风华之唐调抒情语式，为千年文化之命运，作一种预告。作为近代文学一大事件，揭开了其后绳绳相续的心灵诗学序幕。[2]

二、王国维的命运诗学

王国维自沉前一日，手书陈宝琛落花诗[3]，完成他骨子里一诗性人格最后一笔。落花诗，正是留给后人的密码信息，正是他一生的诗性的总结，也正是他所探索而得的人生命运奥秘的诗的解答。然而要取得答案，还须与他的生命历程，步步相扣，细心探求诗人埋下的丝丝线索。

（一）学术转向之谜：惊回绮梦憎啼鸟，罥入情丝奈网虫

王国维一生受科学理性等启蒙现代性的吸引，试图克服自己的古典情怀，但内心深处仍有很隐秘的抵抗，就像他那一条辫子（不是封建）。终于克服不了，抵抗成功，现代性失败，回归（殉）了中国文化。

那么，什么是古典情怀呢？那就是，对生斯养斯的文化族群的关心、对造次颠沛于斯的精神传统的关心，超过了对一己生命荣辱的关心。

王国维的逻辑是：从审美自觉出发，终回归政治性、回归文化。王的回归，恰是中国审美文化的一个先验的逻辑。中国审美文化，必然要走王国维走过的道

---

① 关于陈宝琛《落花诗》的解读与评价，可参看黄浚《花随人圣庵摭忆》（上海书店出版社1998年版）“陈弢庵之感春诗及落花诗”，吴宓《吴宓诗话》（商务印书馆2005年版）“空轩诗话”第十三条“陈宝琛前后落花诗”，钱仲联《论近代诗四十家》（载《梦苕庵论集》，中华书局1993年版）、高阳《高阳说诗》（辽宁教育出版社1998年版）、高拜石《古春风楼琐记》（台湾新生报社出版部1985年版），陈绛《落花诗所陈宝琛的晚年心迹》（载《近代中国》第十二辑，上海社会科学院出版社2002年版），以及刘永翔《沧趣楼诗文集》（上海古籍出版社2006年版）前言。影响当时及后世，仍是其文化意蕴。故本文略今典。

② 韩愈、李商隐、韩偓，以及唐寅、王夫之、龚自珍以及俞樾等，都写过传诵一时的落花诗。落花诗乃中国诗学一大抒情传统。陈宝琛之前，本文暂不涉及。

③ 最早载于《国学月报》“王静安先生专号”，第二卷第八、九、十号合刊。朴社，1927年10月31日。

路——从审美出发，终归于政治文化。

王氏的三次学问转向都包含了很深的挣扎：由旧学转向新学，由哲学转向文学，由文学转向史学（由新学转向旧学）。为什么转回来？因为国史之学有两重性格：对情感的满足，对理性的满足。

王国维的心灵，是近代中国文化的一幅缩影：既有理性与知识的觉醒，又有感性与意义的皈依。一方面他的自主性很强，这是父亲权威的内化；一方面他又暗暗地寻求潜在的“母亲”（对生命意义需求的满足）。

转向也包含着重要问题：（1）文学究竟能否安顿生命？（2）文史哲的关系是否和谐？（其结论是不能、不和谐）

他四岁丧母，父常外出。精神分析表明：母亲向往与父亲内化的紧张，是一种童年创伤。他永远追忆着母亲，成为一种自恋、情感丰富的自我认同。又常常想象着父亲，孤僻成性。情理分开发展，永没有交流。

第一次学问转向：由科举旧学转向新学。甲午战争后，到沪，《时务报》书记校对，师事并依附于罗振玉。中国危机最明显化[①]，是其“母亲”的又一次丧失。其诗“千秋壮观君知否？黑海东头望大秦”（《读史》十二）；“至今碧眼黄须客，犹自惊魂说拔都”（《读史》十九）。一是进化论，这是理；一是国族之爱，这是情。

1906年，罗调入京，王任学部图书局编译，对西哲有兴趣。始产生现代性焦虑：科学与人文、理与情、主与客。在《教育世界》发文，解决种种焦虑与冲突。

第二次学术转向：哲学不但解决不了，而且加深危机。由哲学而文学，从穷途到歧路到空无。《天寒》：“天寒木落冻云铺，万点城头未定乌。只合杨朱叹歧路，不应阮籍哭穷途。穷途回驾元非失，歧路亡羊信可吁。驾得灵槎三十丈，空携片石访成都。”可爱不实用，可信不可爱，矛盾抉择中，迷茫、意义不安，正是精神危机的反映。

1908年《人间词话》，1912年《宋元戏曲考》，一般认为表现了中西的融合，其实更是体现传统与现代的冲突。

有人认为《人间词话》体现了现代主义如存在论之类思想。我不能同意。如果王氏是存在论的，其思维方式就不会是主体客体二分式的，那么，他在词话中所津津乐道的写境与造境、理想与写实、有我与无我等话语，就完全是多余的了。而且，“境非独谓景物也”，也迹近废话。因为，存在论根本就不承认人的意识之外的“景”还有什么“境”的意思。“能写真景物、真感情者，谓之有境界。否则谓之无境界。”这是最明白的主体美学了。存在论根本不划分这样的二元论式。

从存在论是“极端的主观主义”来说，王国维的词话中非常明显列举了客观之诗人应多阅世，阅世越多，越有变化，而主观之诗人不必多阅世；以及理想家必有写实，而写实也必邻于理想，这种主客观的辩证法，也是与存在论异趣的。

① 张灏：《危机中的中国知识分子：寻求秩序与意义》，新星出版社2006年版，第6—10页。

主体性的消解与存在的澄明，“无我之境”有点像，但是“无我之境”是中国哲学（庄子、邵雍等）以物观物的传统，与存在论无涉。

最类似于存在论的是二则：李后主之词，有释迦、基督担荷人类罪恶之意。以及忧生、忧世。

然而王国维过度阐释了李后主。释迦、基督的说法，是有关人生悲剧性的一个相当强烈的表达。这表明王氏认同人生是悲剧性的。他之所以认同人生根本是悲剧性的，跟他强烈的不可排解的近代存在感受有关。此比喻也相当于禅宗所说的“深深海底行”。是对人生悲剧困境的不可解，以及觉世情怀的知其不可为而为之的执着。后来王国维的自沉，与此性格有关。

忧生、忧世，也是中国思想传统。即内恕孔悲，即兼济与独善。当然也有近代存在感受。

《人间词话》是个什么文本呢？其实是个碎片化的文本。一方面，是作者学习消化西方哲学如康德、叔本华、尼采等，结合中国诗词学抒情传统的一个心得，使中国文艺思想中很多明而未融的东西讲清了，有一个理论的框架了，而且，也第一次打成了一个中西方融合的新传统，这是开创性的，功不可没。另一方面，又是庞杂、零碎，不成体系的，既保存了相当多的传统词学的鉴赏论批评论，又将他的近代存在感受生命体验不经意地流露出来，却没有来得及变成一种诗学，混合着19世纪前的词学传统，19世纪的哲学思维，20世纪的存在意绪，其实骨子里是冲突不安的。

辛亥革命后，第三次转向，由文学而史学。日本新材料是一因素。然而更重要的，是心灵危机。《欲觅》：“欲觅吾心已自难，更从何处把心安？诗缘病辍弥无赖，忧与生来讵有端。起看月中霜万瓦，卧闻风里竹千竿。沧浪亭北君迁树，何限栖鸦噪暮寒。”

学问不能止忧，诗又不能疗病，理与情不能相救。

1924年冯玉祥逼宫，王自杀未遂。史学看似安顿了生命，但隐含的辫子还在，即对中国文化命运的担忧。1927年北伐军至河南，王留遗嘱“五十之年，只欠一死；经此世变，义无再辱”，自沉于昆明湖颐和园之鱼藻轩。

（二）自沉之谜：委蜕大难求净土，伤心况是近高楼

王国维自沉之谜，是现代文化世纪之谜。[①]

王国维自杀前，同乡学生何士骥及北大教授马叙伦等，告诉他北伐军杀遗老，劝他剪辫。[②]关于辫子，王东明回忆母亲每天“仔仔细细为他顺着发，再编结起

① 罗继祖编：《王国维之死》，广东教育出版社1999年版；陈平原，王枫编：《追忆王国维》，中国广播电视出版社1997年版，最可读。

② 姜亮夫：《忆清华国学研究院（选录）》，陈平原，王枫编：《追忆王国维》，中国广播电视出版社1997年版，第320—331页。

来”。问他留着做什么？他回答：“留着便是留着了。”[1]然而据他的学生姜亮夫的回忆，他自杀前不久，也惶恐辫子会大祸临头。“五月二日，某承教在侧时先生云：闻冯玉祥将入京，张作霖欲率兵总退却，保山海关以东地，北京日内有大变。”联系到自杀前一天对姜亮夫说：“亮夫！我总不想再受辱，我受不得一点辱！”[2]可以知道他所谓再受辱的具体所指。

王国维论自杀：“非力不足以副其志而入于绝望之域，必其意志之力不能制其一时之感情而后出此也。”表明：为保护自己人格和灵魂不受辱而牺牲自己的肉体。

最重要评论是梁启超与陈寅恪。梁说：

> 启超以为先生盖情感最丰富而情操最严正之人也，于何见之，于其所为诗词及诸文学批评中见之，于其所以处朋友师弟间见之。充不屑不洁之量，不愿与虚伪恶浊之流同立于此世，一死焉而清刚之气乃永在天壤。[3]

即王国维所引尼采说：一切文字，吾爱以血书者。以及论李后主词：有释迦牟尼担荷人类罪恶之意。中国文化中，对于人间责任最具肯定性的人生姿态，由中国儒家仁人志士所自觉。

因而王国维之死的美学意义是：（1）传统诗学的典型，即人成为诗，人重于文。道成肉身。（2）王国维之死的诗学意义，即保存此一典型（以悲剧的形式），提示20世纪一大课题：究竟以不游戏的真诚，为挺立诗心，能坚持多久？诗之精神是否最终走向自杀、走向悲剧？陈寅恪有“文化精神共尽论”：

> 寅恪以谓古今中外志士仁人，往往憔悴忧伤，继之以死。其所伤之事，所死之故，不止局于一时间一地域而已。盖别有超越时间地域之理性存焉。而此超越时间地域之理性，必非其同时间地域之众人所能共喻。然则先生之志事，多为世人所不解，因而有是非之论者，又何足怪耶？[4]
>
> 凡一种文化值衰落之时，为此文化所化之人，必感苦痛，其表现此文化之程量愈宏，则其所受之苦痛亦愈甚；迨既达极深之度，殆非出于自杀无以求一己之心安而义尽也。吾中国文化之定义，具于白虎通三纲六纪之说，其意义为抽象理想最高之境，犹希腊柏拉图所谓Idea者。若以君臣之纲言之，君为李煜

① 王东明：《最是人间留不住》，陈平原，王枫编：《追忆王国维》，中国广播电视出版社1997年版，第455页。

② 姜亮夫：《忆清华国学研究院（选录）》，陈平原，王枫编：《追忆王国维》，中国广播电视出版社1997年版，第320—331页。

③ 梁启超：《〈王静安先生纪念号〉序》，陈平原，王枫编：《追忆王国维》，中国广播电视出版社1997年版，第99页。

④ 陈寅恪：《王静安先生遗书序》，《金明馆丛稿二编》，生活·读书·新知三联书店2001年版，第248页。

亦期之以刘秀；若以朋友之纪言之，友为郦寄亦待之以鲍叔。其所殉之道，与所成之仁，均为抽象理想之通性，而非具体之一人一事……

盖今日之赤县神州值数千年未有之巨劫奇变，劫尽变穷，则此文化精神所凝聚之人，安得不与之共命而同尽，此观堂先生所以不得不死，遂为天下后世所极哀而深惜者也。①

极可注意其背景："已而俄国果覆亡，公以祸将及我，与北方某耆宿书言：观中国近状，恐以共和始而以共产终。""祸"即俄苏革命，背后，也是现代性的价值取向。

1927年，中国有三个世界，武汉（共产党）、南京（国民党）、北平（北洋政府）。南京是反共反革命，四·一七；武汉是激进（所谓"痞子运动"）；北洋是镇压学生运动，三·一八。中国是血雨腥风。武汉大事记：1927年5月17日，英国撤代表牛敦，认为中国"完全缺乏文明国家之责任能力"。5月14日，取缔擅行逮捕令，禁止擅行没收人民财产。②

（三）肉身的诗学：返生香岂人间有，除奏通明问碧翁

1. 释"五十之年，只欠一死"

核心即中国文化的节节崩溃，中国社会的重重危机，中国历史的悲观预感；自己精神生命的几番生死大劫，以及生死大劫中所体会到的剧烈冲突：可信与可爱等。最终只欠一次完全意义上的死亡，以解脱难以承受的悲剧命运，以成全自己人格的完美。其内外因相互作用的谱系如下：

外部原因A：世变（北伐军南下，梁启超、容庚、刘节等的说法）。外部原因B：五十年之变。

内部原因A：辫子（王东明、日本人、吴宓、谢国桢等人说法③）意味不甘受辱，保全人格。内部原因B：解脱个人悲剧与民族悲剧，辫子，编织了文化的信念，个人的珍贵情感和人格的自由独立，以及无力回天的幽愤。

2. 释"经此世变，义无再辱"

（1）"恐慌时代"（梁启超语）。北伐军的到来，是再辱。

（2）"辱"。1925年冯玉祥逼宫的"甲子之变"。"一月以来，日在惊涛骇浪间。十月九日之变，维等随车驾出宫，白刃炸弹夹车而行……赤化之祸，旦夕不测。"④

---

① 陈寅恪：《王观堂先生挽词序》，《陈寅恪集·诗集（附唐筼诗存）》，生活·读书·新知三联书店2001年版，第12—13页。

② 韩信夫，姜克夫：《中华民国史大事记》（第4卷，1925—1927），中华书局2011年版，第2709页。

③ 均见《追忆王国维》中相关文章。

④ 王国维致狩野直喜信，见狩野直喜：《回忆王静安君》，陈平原，王枫编：《追忆王国维》，中国广播电视出版社1997年版，第346页。

即“南斋侍从欲自沉，北门学士邀同死”（陈寅恪《王观堂先生挽词》）。

（3）辫子。学生以去其辫为请。“吴（其昌）谢（国桢）诸君，皆速余剪其辫，实则此辫只有待他人来剪，余则何能自剪之者。”[①]王视剪辫的凌辱无时不在，成为心理学意义上的压力感来源。

辫子的象征意义是殉文化。启示意义：①剪，还是不剪？成为一种文化心理的誓咒。②人的命运的文化诗学意象。通过留辫，保持对文化旧统的信心、对弱势文明的同情；对理性暴力的怀疑、保留，对历史必然性的抵抗。为什么必然是一种诗学？因为其中最典型地表现了个体意义、生命情操、隐秘情感；表现了独立自由精神，以及恋旧、怀乡、保守秩序、尊重权威、危机体验、幽愤、人格理念等，本质无疑是诗性的要求，以一条古典主义的辫子来加以象征。

（四）意境诗学：流水前溪去不留，余香骀荡碧池头

意境诗学的根本，是对有情生命、有情宇宙的徘徊流连。

王国维将诗歌文学的“观”（即所达到的人生阶位），空前地视为最尚标准。

“词以境界为上。有境界，则自成高格，自有名句。五代、北宋之词所以独绝者在此。”（《人间词话》）

“夫文学之所以有意境者，以其能观也……自夫人不能观古人之所观，而徒学古人之所作，于是始有伪文学。学者便之，相尚以辞，相习以模拟，遂不复知意境之为何物，岂不悲哉！”（《〈人间词〉乙稿序》）

这正是他从康德那里知道的：“知物之式，存于能知，不存于物。”（《汗德像赞》）

静安之为词，真能以意境胜。静安之作，“天末同云”“昨夜梦中”“百尺朱楼”等阕，“皆意境两忘，物我一体，高蹈乎八荒之表，而抗心乎千秋之间”（《〈人间词〉乙稿序》）。

这是对于哲学型的文学境界的提倡。超越于此世，又不离此世。这使他超出一般近代诗人。试看他提到的几首作品：

《浣溪沙》：天末同云黯四垂，失行孤雁逆风飞。江湖寥落尔安归？　陌上挟丸公子笑，座中调醯丽人嬉，今宵欢宴胜平时。

《蝶恋花》：昨夜梦中多少恨，细马香车，两两行相近。对面似怜人瘦损，众中不惜搴帷问。　陌上轻雷听隐辚，梦里难从，觉后那堪讯。蜡泪窗前堆一寸，人间只有相思分！

《蝶恋花》：百尺朱楼临大道，楼外轻雷，不间昏和晓。独倚阑干人窈窕，

① 周光午：《我所知之王国维先生——敬答郭沫若先生》，陈平原，王枫编：《追忆王国维》，中国广播电视出版社1997年版，第162页。

闲中数尽行人小。　　一霎车尘生树杪，陌上楼头，都向尘中老。薄晚西风吹雨到，明朝又是伤流潦。

试结合词话与作品，分析“境界”的含义：

1. 针对传统诗学而言：气格、神韵，不如境界：气格太重人本，偏于宋诗学；神韵太重文本，长于唐诗学。超越唐宋，用哲思融诗，诗哲相通。

2. 境界又是生命的阶位，文艺通于宗教，通往人生的精神成就。

3. 境界通于“风人深致”（《人间词话》），更在于：深深的情，执着的爱，不死的心灵。这是王国维留给后人最重要的诗学遗产之一，参读《人间词话》中的“蒹葭”“独上高楼，望尽天涯路”等。

有两种表现形式，一洒落，唱叹式；一悲壮，歌哭式。

又有悲与乐两个抒情维度：悲即忧生忧世。忧生，是自己的生命求安顿、求意义。忧世，是客观的生命求正当化、求理性化。二者有联系，但不是一回事。乐即雅量高致，即成就人生与人格的圆融无忧之境。而雅量高致与忧生忧世的结合，是天、人相会，是深深海底行与高高山上立的结合。

4. 境界与接受者。王国维举出的例子（李后主、三境界等），往往赋予个人特有的解读，这是突出的主观型批评。大大释放了文学对于人的生命情意的助引作用。境界与接受者的完成，是一种机缘和合，就王国维而言，其中有（历史生命）存在感受与词境的交互：危苦心境、忧患意识、悲剧体验三者的结晶。作者心中有境界的诗歌是：

“可堪孤馆闭春寒，杜鹃声里斜阳暮。”（秦观《踏莎行·雾失楼台》）

“风雨如晦，鸡鸣不已。”（《诗经·郑风·风雨》）

“树树皆秋色，山山唯落晖。”（王绩《野望》）

“古道西风瘦马。”（马致远《天净沙·秋思》）

“西风残照，汉家陵阙。”（李白《忆秦娥·箫声咽》）

“高树鹊衔巢，斜月明寒草”（冯延巳《醉花间·晴雪小园春未到》），比“流萤度高阁”（韦应物《寺居独夜寄崔主簿》）、“疏雨滴梧桐”（孟浩然诗）好；“和泪试严妆”（冯延巳《菩萨蛮·娇鬟堆枕钗横凤》），比“画屏金鹧鸪”（温庭筠《更漏子·柳丝长》）好。

上引句子，都是《人间词话》中选出的佳句，代表了作者的旨趣。

（五）红学、屈子与现代性命运的关系

王国维诗学中的红学与屈子文学，其根本是一种无可奈何时代的解脱诗学。

现代性即理性化、分化，以及主体化、世俗化。即世界的意义冲突、主体战争、欲望化以及人生整体与历史整体的无意义、去魅。王国维是近代中国最早感受现代性后果的哲人。其自沉意义重心不在于融合中西，而在于回应现代性。有两个王国维，一个是启蒙主义现代理性的，一个是反启蒙主义的、主张传统价值的。以下几项，是《红楼梦评论》中的现代性及反省现代性的因素：

1. 普遍性的冲动。“能就个人之事实，而发见人类全体之性质。”（《红楼梦评论》）以更高、更典型的理想，去作为改造现实人生的标准。正如陈寅恪《海宁王静安先生遗书序》所说：“神州之外，更有九州，今世之后，更有来世”；“盖别有超越时间地域之理性存焉”。

2. 悲剧中的悲剧，是不幸“为人生所固有”、普通人相互关系“交施之而交害之”，无特别的恶人祸首（超善恶二元论）。（怪谁？贾母、凤姐、袭人？《奥赛罗》中的伊阿古；《威尼斯商人》中的夏洛克；古希腊悲剧中的俄狄浦斯王，以及罗、朱）可与韦伯多神世界的降临相联系。林毓生教授所谓“无解的悲剧命运”也类此。

3. 欲＝生活＝痛苦。玉即欲。玉，既是欲，又是无欲（人的灵明本性，见《红楼梦》第二十五回“通灵玉蒙蔽遇双真”。喻之二柄）。欲望的解放，是现代性的主题（食色即现代性的正名化，是现代性的根本动力。人性解放，恢复自然本性，反对禁欲）。王氏说生活之欲及其惩罚（罪与罚）即生活本质，已看透“解放”所带来的后果，智人化解放而为解脱，开启历史人生的另一向度（晴日、海岸、脱网、出笼、天使、梦、匣剑帷灯、意淫）。似比鲁迅的《阿Q正传》高明许多，《阿Q正传》是说凡是超脱欲望的，都是欲望得不到满足的酸葡萄心理。但是如果承认：那欲望所得到的，也不过是“罚”（欲欲不尽），就比鲁迅看得高明（拥有和得到，是相互依存与彼此成理，核心是主体对客体的对列哲学，这是现代性的根本。而美学之目的，在于忘却物我之关系）。

4. 两种解脱：一是疲于生活之欲而解脱，是宗教的（惜春、紫鹃是也，前现代的，逃遁式的）；二是顺承生活之欲，而又以智力审美观玩之，而得到解脱，是审美的、悲剧的、文学的、诗歌的（宝玉，乃《红楼梦》主角的理由所在，《红》的精神即在此。是现代的，非逃遁式的）。即禅宗所谓“深深海底行”。现代性的态度是顺承式的，因而，是悲剧性的、诗歌的（感性、真实、冲突。韦伯“看我能承受多少”是最深刻的一句形容现代性的话）。“且北方之人，不为离世绝俗之举”，才有诗歌。王国维从叔本华那里借来“欧穆亚”（Humour）这一观念。叔本华：“幽默依赖了一种主观的、然而严肃和崇高的心境，这种心境是在不情愿地跟一个与之极其抵牾的普通外在世界相冲突，既不能逃离这个世界，又不会让自己屈服于这个世界。”（《意志与表象的世界》）

5. 文艺、美术，本质是由清心寡欲而自娱，以纯知纯想安顿生命。王氏这一论述，背后是传统的、清教式的，其实传统中即有现代，与现代价值可以相通。这是响应现代性的形上层面的缺失、科学一元主义优势。蔡元培有相同的努力。现代价值即：（1）以形式理性为目的（引申为以工作为天职，而不是以工作带来的功利好处为目的，为思而思、为艺术而艺术）。（2）对工具理性的制衡，对实用理性的淡化。后来的“五四”，将此传统中的现代性丢失了，以工具理性统制一切。

6.“生平颇忆挈卢敖，东过蓬莱浴海涛。”（李白“先期汗漫九垓上，愿接卢敖游太清”）个人的解放（解脱），以最大多数人的解放（解脱）为条件；而后者之不可能解脱，依世界有限、人生无限的本质，可以断定。所以好的伦理学，也与《红》一样，只是文学诗歌，只是理想、梦。生生主义（解放），与无生主义（解脱），本质上都只是“虚拟的救济”。（依叔本华，意志既然是同物，就没有“我”，那么，个人的解脱，即小我的解脱，本身就是矛盾的。）钱锺书又发现一个矛盾：依叔本华，满足即痛苦，去欲即欢乐，那么，《红》的真正悲剧，应是大团圆的结合。然而，《红》并不团圆，或者，悲剧不仅不存在于团圆，而且存在于缺失、分离。因此，从叔本华哲学看来，《红》并不是真正的悲剧。钱锺书进而认为，《红》不符合悲剧的哲学定义，这表明，文学与哲学并不是一回事。

7. 王国维之死，即道成肉身。道即对现代性命运的承受；道成肉身，即转型时代的文化先知。王恩洋《王国维先生之思想》说：“王氏对解脱的评价之高，与其求解脱之情之热烈……何不出家证道？何为考古、自杀？”这是不懂王国维并不是一传统中人，不懂得他对现代性有很深的了解；然而有人将之归于“矛盾”（叶嘉莹），亦是不懂得现代性命运要慧觉者来肉身承当，即“深深海底行”，以身证（示）道。启示是：必须接受现代性的挑战，才能证明生命的意义（逃不行，同流合污更不行）；必须有现代立场，才能证明古典情怀的合法性。

下面，再看《屈子文学之精神》中与此相关的两项论述。

1. 古典情怀（深挚之感情、贞正之情操），“Humour”之态度（我瞻四方，戚戚靡所骋），诗与哲之冲突。可以说是中国文学之精神，中国诗人之精神，实际上是预见中国文学中厚重热烈之情感即将消失，随着中国文化的危机加深，极富于儒家有情有义、国身通一的圣贤气象的诗歌文学，将被个人主义的文学所替代，这是时代危机感的曲折体现。《文学小言》（六）：无高尚伟大之人格，而有高尚伟大之文学者，殆未之有也。（五）：古今之成大学问者必经之三种阶级：修养之文学、苦炼之文学。（七）：济之以学问、德性。这都表明了，道德与善的价值，在文学中的真实地位。《奏定经学科大学文学科大学章程书后》一文，反对张之洞分经学与文学为二科，强调文学与经学不可分，这正是一个背景。分的思路，是现代性的思路，神学院，是西哲的事与上帝的事相分的现代产物。王国维认为张之洞是学习模仿西方神学院的思路，他表示反对。他主张研究态度与信仰情操不分，美与善与真不分。现代性是德与美分，人与文分，情与理分，个体与群体分。

2. 自沉的意义。认真做人，求解脱，殉自己的信念。“厚重真挚”的反面是“儇薄冷淡”。王国维这里几乎是作一种谶论。即冥冥中有一种力量让他写此文。为了印证他的自沉的结局，而成为音乐中的和声、美术中的照应、文章中的伏笔。

（六）余论

1. 真实的诗学动力，不是中西比较，或援西入中，而是存在感受，文化命运的焦虑。

2. 解脱与文艺的功能，多少奠定了中国20世纪诗学的问题意识。接下来一系列都与此相关：安顿生命、意境、超越、逸格、冥想、走向形而上玄思。好处是清凉剂，缓冲政治历史的苦难，修补中国现代性的结构性缺失：形上层崩溃。

3. 王国维的道成肉身，当下就发生了重大影响。就是通过落花诗传递的文化悲情与慧命。中国诗学的传道方式，即生命与生命的照面，精神与精神的交流，意念与意念的融贯。往往是通过某种秘传的方式，而这种秘传方式，又不是宗教式的神秘主义的和排他的，而是人文主义的灵性、情感和文学的。有赖于对诗歌的修养和美的锐感，有赖于对于传统的微言相感方式的熟习与运用。什么是文化，文化就是活生生的存在感受。为理论而理论，是西方学术的特点，有时会缺乏真正的存在感受。存在感受就要关怀担当人的命运，在场体味严肃生命的痛苦。如佛家说“香象过河”，即真实、彻底、不欺瞒地活着。文化有托命人，活生生的化身。王国维不是新旧不能调和而死，而是殉了旧文化而死。

三、吴宓：诗的救赎

（一）1929年：吴宓的落花诗及其文化意蕴

吴宓《空轩诗话》第十三条，专门有对陈宝琛前后落花诗的全文引录与笺解，且将王国维所书扇第一次指明为陈宝琛落花诗：

> 王静安先生国维自沉前数日，为门人谢国桢字刚主书扇诗七律四首，一时竟相研诵。四首中，二首为唐韩偓致尧之诗。余二首则闽侯陈弢庵太傅宝琛之《前落花诗》也。兹以落花明示王先生殉身之志。为宓《落花诗》……之所托兴。[①]

王国维“以落花明示殉身之志”，即陈寅恪“此文化精神所凝聚之人，安得不与之共命而同尽”。从陈宝琛到王国维，再到吴宓，表明“落花”之咏，是一承传的心灵诗学之统。其中，殉清的政治意味，由于陈寅恪的解读，渐转而为文化兴亡的意味。因而，陈寅恪对落花诗的阐释，实为一种文化诗学。

吴宓之所谓“托兴”，即依托王国维诗意而深思寄兴，亦为一种文化情怀。吴宓《落花诗八首》序曰：“古今人所为落花诗，盖皆感伤身世。其所怀抱之理想，爱好之事物，以时衰俗变，悉为潮流卷荡以去，不可复睹，乃假春残花落，致其依恋之情。近读王静安先生临殁书扇诗，由是兴感，遂以成咏，亦自道其志而已。”

第一首：“江流世变心难转，衣染尘香素易缁。”“早知生灭无常态，怨绿啼红枉费辞。”自注：“此首总起，言世变俗易，我所爱之理想事物，均被潮流淘汰以去，甘为时代之落伍者也。”

第二首：“色相庄严上界来，千年灵气孕凡胎。含苞未向春前放，离瓣还从雨后

① 吴宓：《吴宓诗话》，商务印书馆2005年版，第196页。

开。根性岂无磐石固，蕊香不假浪蜂媒。辛勤自了吾生事，瞑目浊尘遍九垓。”自注：“此首言我之怀抱未容施展，然当强勉奋斗，不计成功之大小，至死而止。”

第三首：“飘茵堕溷寻常事，痛惜灵光委逝尘。”自注：“此言我生之时，中国由衰乱而濒于亡。”

第四首：“曾到瑶池侍宴游，千年圣果付灵修。”自注：“此言我至美洲，学于白璧德师。比较中西文明，悟彻道德之原理，欲救国救世，而新说伪学流行，莫我听也。”

第五首：“绿叶成阴空结子，春归却悔让人先。”自注：“此言吾有志于文学创造及著述之业，恐终至奄忽而无成也。”

第六首：“一夜罡风变古今，千红万紫堕园林。每缘失意成知己，不计缠绵损道心。”自注：“时衰俗变，不重学德，无复感情，故朋友中之贤者多不得志，而某女士之身世亦可伤也。”

第七首：“渺渺香魂安所止，拼将玉骨委黄沙。”自注：“宗教信仰已失，无复精神生活。全世皆然，不仅中国。”

第八首：“未容溯沕污真色，耻效风流斗艳妆。”自注：“新文化家新教育家主领百事，文明世运均操其手。”①

同日，又作《六月二日作落花诗成复赋此律时为王静安先生投身昆明湖一周年之期也》：“心事落花寄，谁能识此情？非关思绮靡，终是意凄清。叹凤嗟尼父，投湘吊屈平。滔滔流世运，凄断杜鹃声。”吴宓又写入一段说明文字：“予所为《落花诗》虽系旧体，然实表示现代人之心理，即本刊第七十四期所译登罗素评克鲁奇之书，所谓过渡时代之病候。而在曾受旧式（中西）文学教育而接承过去之价值之人为尤显著者是也。惟予诗除现代全世界知识阶级之痛苦外，兼表示此危机贫弱文物凋残之中国之人所特具之感情。而立意遣词，多取安诺德之诗，融化而入。细观自见。”②

吴宓与王国维、陈宝琛的不同，是融入了不少西方古典主义价值。诸如全世界知识心灵所遭受的深刻痛苦，以及中国知识人的加倍痛苦。英雄与凡俗人生、理想与现实、本与末、一与多，以及“过渡时代”即现代世界道德崩毁、信仰流失、美之凋零破败、社会之向下沉沦，都是吴宓“落花之咏”的新内容。表明吴宓更有一超越陈宝琛仅以清朝为参照的世界精神文化背景。

（二）1932年：落花诗表现文学与人生的紧张

上引“未容溯沕污真色，耻效风流斗艳妆”，正是以反新文学的姿态，表明文学与人生的紧张。

吴宓的西方资源十分专一。即白璧德新人文主义，认为科学崇尚有二弊：事之律（law for thing）代替了人之律（law for man）（埃默森警语）；走向进步，忽

① 吴宓：《吴宓诗集》，商务印书馆2004年版，第173—174页。

② 吴宓：《吴宓诗话》，商务印书馆2005年版，第148页。

视了道德。社会的整体进步，不能带来个人品格的完善，对治之道：克己、中庸。

吴宓的传统资源：①杜甫的忠爱诚挚的人生态度。以己身见大时代的精英写作精神。②李商隐的刻意伤春复伤别，以中国文化花果飘零的体味、忧思。回忆怀旧想象与抒情姿态。③吴梅村的瑰丽婉转、忏情。④孔子的中正崇高。

现代是相分的一大势力，吴宓即响应这一大势力的，有得有失。表现在文学与人生，有一种空前的紧张。

与王国维相比，从哪里来，到哪里去，都不一样了。如果说，王是从苦欲而来，而吴是从诗而来（情与爱）；王是到解脱那里去，而吴是到理智那里去。

文学与人生的紧张具体表现为：

第一，对人文学的学习态度（区别于研究态度）。19世纪20年代，美国大学由英式转德式，白璧德反对德国式的研究，德国式的重科学训练、科学方法，大学的人文课程，由欣赏评判，转而为批判考订。研究的态度，是不掺个人好恶之情，是对象化、工具化的。其成果，以同行为阅读对象。见《文学与美国大学》（*Literature and American College in Defense of the Humanities*）。

第二，对人生的艺术态度（区别于实用态度、宗教道德态度和游戏态度）。为何这种态度是“艺术的态度”？吴氏将艺术等同于爱情。艺术与人生之间有几种组合：①爱情是爱情，道德是道德，不混淆，各有规则。②爱情是爱情，理想是理想，各有领域，爱情是过日子。③爱情是爱情，艺术是艺术（找一个爱人，跟完成一件艺术品，不是一回事）。④所以，他基本上是要把爱情艺术化，把艺术理想化、爱情化。这是一。他用追忆来给自己的生活命名，表明生活本身不重要，而生活留下的雪泥鸿爪、梦影流连，才是重要，“时失方为得”，这也是一种典型的浪漫主义诗学性格。

《壬申（1932）岁暮述怀》之四：“种花终萎枯，插柳忽骀荡。乐彼灌园叟，日且倾瓶盎。美艳共眩惑，精灵费培养。色香遍大千，吾庐春风敞。壁画九州游，梦逐蓬莱仗。映丽见天人，如玉颜俊爽。时失方为得，造境从心仿。斗室艺术宫，馀生足俯仰。”吴宓将此诗作为他的落花诗的总结之作。其自注云：

> 第四首叙现在及今后吾之生活态度。仍将（1）爱情（2）理想（3）道德（4）艺术认为一事。天人，即今春《春阴》诗中“蓬岛无槎梦可求”所指之人，然亦寓意。与民国十七年《落花诗》……遥遥相对，为吾此一段生活之首尾起结。“时失方为得”一句，用法国小说家普鲁士特（Marcel Proust）之生活及其所撰小说之命名。予得暇亦拟撰小说。“造境从心仿”即亚里士多德所著《诗学》（Poetics）中所论模仿（Imitation）之义，一切文学艺术之根本原理也。[①]

① 吴宓：《吴宓诗集》，商务印书馆2004年版，第266页。

可见，他的落花之咏，是积极的浪漫精神的自我写照。

第三，对创作的求真态度（区别于游戏和暴戾态度），即所谓“入实求幻、写幻成真”。什么叫“入实求幻、写幻成真”？第一步，要有真实的动机，真实的事情，不是游戏和虚构，比如情诗，就是真的追求一个人，海伦是有血有肉的人。第二步是求幻，幻影，美和魅，即用海伦来美化、梦化生活中的情人，以扩大文学的精神系谱和美学资源，营造美魅的世界。第三步是写幻成真，即最终不只停留在“幻影”上（这样仅是一种游戏而已），而是回到人生的真情，命运的真谛，比如，通过情诗，最终达到自己的理想和信念的坚守，回到对真实的人生价值有所肯定、有所执着。

第四，生活与艺术合一，其缺点是人生过于直截写实地在诗歌中表现，缺乏一种悠游从容之趣和回旋往复的余地。而且，文学过热与诗歌中心主义，使得生活变得不太真实了。可能两方面都有伤害。

然而，吴宓执着于人生与诗为一的大愿，仍是真诚动人的。《空轩诗话》第五十条：（一）渐能至理窥人天，离合悲欢各有缘。侍女吹笙引凤去，改用李义山诗句花开花落自年年。（二）殉道殉情对帝天，深心微笑了尘缘。闭门我自编诗话，梅蕊空轩似去年。[①]自注：凡古今中西之人，其生活及事业，皆有外阳功业、道德、思想、责任。与内阴生活、婚姻、恋爱、情感。之二方面，而诗人文人尤为显著。表里如一，乃为真诚。情智双融，乃为至道。阴阳合济，乃为幸福。窥此二者之全，乃为真知。[②]这是他对诗的总结性看法。

与王国维的共同点是，他们都是充满文化的花果飘零之感，落花之咏都是从较大的感慨出发的。而吴宓自觉依王国维的落花而“托兴”，不是一般的诗歌艺术手法，而是人文生命的相知赏、相认同，而寄兴托命，是心灵诗学的谱系。比较而言，王是从苦痛出发，吴是从痛与乐出发；王是走向解脱，吴是走向执着；王是走向生活与艺术相分，吴是走向相合；王是走向悲观的人生，吴是走向神性救赎的人生。

（三）落花诗的新意与新人文主义诗学的终极关怀：宗教情感与道德理性相通

《空轩诗话》第二十四则，“炉火烛光依皎日”。

这是道的体认，融合了中国思想传统与西方宗教精神，乃古典主义之本。表明个人的精神动源，深深来自比个人更大的力量。今天则此一比个人更大的力量已经渐渐消失，此即宗教退出现代社会之一种后果。个人独自面对此一苍苍茫茫世界，独自承担勇气与力量，即现代社会之特征。

第一，理想主义者的精神动源。“盖喻言，每个人之感情炉火及理智烛光极渺小微弱，但其源皆出于上帝。上帝有如皎日，其光热为无穷大、无穷久。是故人之辛

① 吴宓：《吴宓诗话》，商务印书馆2005年版，第255页。

② 吴宓：《吴宓诗话》，商务印书馆2005年版，第256页。

苦致力于理想事业，所谓殉道殉情者，皆不过表扬上帝之精神、执行上帝之意志而已。”[①]“敬事上帝，笃信天命，对人间万事，一切众生，皆存悲悯之心。”[②]表明个人的精神动源，深深来自比个人更大的力量。

第二，吴宓诗学的终极关怀的来源。主要是来自西方宗教文明的启发。“世之誉宓毁宓者，恒指宓为儒教孔子之徒，以维持中国旧礼为职志；不知宓所资感发及奋斗之力量，实来自西方。质言之，宓爱读《柏拉图语录》及《新约圣经》，宓看明（一）希腊哲学（二）基督教，为西洋文化之二大源泉，及西洋一切理想事业之原动力，而宓亲受教于白璧德师及穆尔先生。亦可云，宓曾间接承继西洋之道统，而吸收其中心精神。宓持此所得之区区以归，故更能了解中国文化之优点与孔子之崇高中正。”[③]无西洋文明之鼓舞，则或为李易安，或为黄仲则。表明，中国哲学文学缺少宗教性的终极关怀。

第三，诗化人生的理想人格。有此信念，一方面不至于“贪天之功以为己力，因自私虚荣而忮刻争竞”；另一方面不至于“由于一己之孤危失败，而遂感觉诸种努力为无益无补，前途全成黑暗”。[④]前者是知人之才智必然有限，后者是知人之精神可以无限。表明有人生信念与终极关怀的人，一方面可以把自己看作是上帝的服役者（中国的话叫替天行道），看透人间种种为功利的争竞终是小道，用陶渊明的话来说是人生似幻化，终当归空无。另一方面在理想不能实现努力终归空无之时，又不至于灰心丧气。前一方面是理智，而后一方面则是情感。吴宓“深信宗教与上帝。所谓宗教，乃融合（一）深彻之理智（二）真挚之感情，信所可信，行所当行，而使实际之人生成为极乐。上帝者，即兼具无上之感情与理智之理想的人格。”[⑤]深彻之理智，实为一种超越之智慧；真挚之感情，实为一种道德之感情。

在《文学与人生》中，表达为诗与哲学的目的，在于仁智合一，情理兼到。始于感动，终于智慧，不是解脱，而是贞定。

第四，一多关系。“千百房室之内，各有其炉火烛光，则可喻，理想事业之合作在于无形，理想感情之表现在于无迹。”[⑥]虽然是看不见的，也没有多少明显的效果的，但是炉火烛光之永在，即表明了理想人生之永在；炉火烛光之不息，即灵性生命之不死。一多并在的完成。从诗（多）到哲学（一），目的：仁智合一、情理兼到。天（基督）、人（中国）、物（现代）三层价值论。“人是一多并在”。①除现实世界外，还有一理想世界。一与多，一多并存。②诚者天之道也，诚也者，人之道也。即尽性，求完成，如天之运行，始终不懈，尽天命，道心与人心，执两用中。

---

① 吴宓：《吴宓诗话》，商务印书馆2005年版，第214页。
② 吴宓：《吴宓诗话》，商务印书馆2005年版，第256页。
③ 吴宓：《吴宓诗话》，商务印书馆2005年版，第214—215页。
④ 吴宓：《吴宓诗话》，商务印书馆2005年版，第214页。
⑤ 吴宓：《吴宓诗话》，商务印书馆2005年版，第214页。
⑥ 吴宓：《吴宓诗话》，商务印书馆2005年版，第215页。

第五，中国诗学资源：束草低根留性在，寸稊寒柳待春分。黄节：“人伦苟不绝，天意必有寄，方冬木尽脱，生机盖下被。”顾亭林，矢志于学术，三百年后，颠覆异族，成自立之业。以诗歌代宗教，以天道启人心。中西人文主义诗教。互文的诗学建构。（古典今事、真人真事，艺事与人生为一）

（四）1949年：落花早惜故园春——文化抵抗与诗

1949年春，吴宓往重庆任教。《吴宓与陈寅恪》一书引吴宓“文革”中写交代材料：“在私立湘辉文法学院任教授，并在梁漱溟主办之私立勉仁文学院讲学。此时，宓仍是崇奉儒教、佛教之理想，以发扬光大中国文化为己任。”[①]

是年作《将入蜀先寄蜀中诸知友》诗。诗云：

余生愿作剑南人，万劫惊看世局新。野烧难存先圣泽，落花早惜故园春。避兵藕孔堪依友，同饭僧斋岂畏贫。犹有月泉吟社侣，晦冥天地寄微身。

第四句中的“早惜”，即不仅指上引1928年吴宓《落花诗八首》，而且指王国维所书陈宝琛“前落花诗”。“早惜”二字，即将古典今事融贯为一，“故园春”即中国文化的衰亡。

关于这首落花诗中古典今事的笺解，参读邓小军《吴宓〈将入蜀先寄蜀中诸知友（步陈寅恪兄〈己丑元旦〉诗韵）〉笺证稿》[②]。本文要强调指出的是：（1）在一个众人趋新、纷纷放弃传统、拥抱政治权势的潮流中，诗人要做文化遗民。（2）这是吴宓在大变动时代的严肃誓言，表示对于晦冥天地里坚守文明与文化价值、以文明抵抗“野烧”的决心。（3）歌咏落花，成为一种秘传的心灵诗学的符语，成为一种灵魂生命的归宗。最近出版的《吴宓日记续编》，可以证明上述结论。如1958年受批判时，仍坚持落花之咏的文化信念，明确表示：“自1903《国粹学报》，宓即知即忧中国文化之亡，1928作《落花诗》，即有殉身之志。”[③]1955年哀叹沧桑巨变：

自解放六年以来，宓每深切感觉，华夏数千年之礼教风俗、衣冠文物，我生所寝馈之中西学术典籍思想文艺，以及吾父吾师吾戚吾友之声音笑貌、风度言谈，昨日尚在者，今日忽尔尽亡。盖从来沧桑之变，未有如近年中国之全且骤者。[④]

---

① 吴学昭：《吴宓与陈寅恪》，清华大学出版社1992年版，第128页。

② 邓小军：《吴宓〈将入蜀先寄蜀中诸知友（步陈寅恪兄〈己丑元旦〉诗韵）〉笺证稿》，《中国文化》2001年第17、18期。

③ 吴宓：《吴宓日记续编（第3册，1957—1958）》，生活·读书·新知三联书店2006年版，第444页。

④ 吴宓：《吴宓日记续编（第2册，1954—1956）》，生活·读书·新知三联书店2006年版，第167页。

明确抵抗文化专制，是吴宓的生命实践。1962年论及“强驱全中国人为彼等所信奉之……思想……其结果，则中国数千年之文字、文学、文化全亡。而解放后全国之学术文艺衰退不知多少……盖彼……之私，实远过于民族征服者之私，而中国之为中国，亦仅矣！”[①]而落花诗之“殉道”，也正如他自言坚持作日记之动机，即“明道”“证道”：

日记所载，皆宓内心之感想……窃仿顾亭林《日知录》之例，皆论理而不论事，明道而不责人，皆不为今时此地立议陈情，而阐明天下万世文野升降之机，治乱兴衰之故。皆为证明大道，垂示来兹，所谓守先待后……宓乃一极悲观之人，然宓自有其信仰，如儒教、佛教、希腊哲学人文主义，以及耶教之本旨是。[②]

这样，诗与政治与文化生命实践，已然贯通为一。

四、陈寅恪的文化诗学[③]

1988年，冯友兰《中国哲学史新编》接近完成，欲“起寅恪先生于九原”，为《新编》“作第三次之审查”，写了《怀念陈寅恪先生》一文。提到了俞曲园参加会试极受曾国藩赏识的那首有名的落花诗句：“花落春仍在”。他写道：

静安先生与寅恪先生为研究、了解中国传统文化之两大学者，一则自沉，一则突走，其意一也。静安先生闻国民革命军将至北京，以为花落而春意亡矣；不忍见春之亡，故自沉于水，一瞑不视也。寅恪先生见解放军已至北京，亦以为花落而春意亡矣，故突然出走，常往不返也。其义亦一也。一者何？仁也。爱国家，爱民族，爱文化，此不忍见之心所由生也。不忍，即仁也。孔子门人问于孔子曰：“伯夷、叔齐怨乎？”孔子回答说：“求仁而得仁，又何怨。”静安先生、寅恪先生即当代文化上之夷齐也。[④]

冯先生的这段话，用最简洁的语言，说出了王、陈与落花诗的深刻联系。

---

① 吴宓：《吴宓日记续编（第5册，1961—1962）》，生活·读书·新知三联书店2006年版，第356页。

② 吴宓：《吴宓日记续编（第1册，1949—1953）》，生活·读书·新知三联书店2006年版，第111—112页。

③ 关于陈寅恪部分，是由《陈三立陈寅恪海棠诗笺证稿》的一部分改写而成，请参《九州学林》2005年夏季号，香港城市大学出版社1992年版。

④ 冯友兰：《怀念陈寅恪先生》，张杰，杨燕丽选编：《追忆陈寅恪》，社会科学文献出版社1999年版，第28页。

（一）与落花诗谱系的自觉相承

我们来看陈寅恪的五首海棠诗。“寻春”“绮梦”等意象词语，是来自陈宝琛、王国维的诗歌谱系。试比较以下诗句：

陈宝琛诗：“……伤心况是近高楼。庇根枝叶从来重，长夏阴成可小休。”（《落花》其四）

陈寅恪诗：“看花愁近最高楼。”（《庚辰暮春重庆夜宴归作》）

陈寅恪文：“譬诸冬季之树木，虽已凋落，而本根未死，阳春气暖，萌芽日长，及至盛夏，枝叶扶疏，亭亭如车盖，又可庇荫百十人矣。”（《邓广铭宋史职官志考证序》）

分明是同样的关心，同样的诗语符码。再看陈宝琛的落花名句：

寻春已是恨来迟。（其一）

惊回绮梦憎啼鸟。（其三）

返生香岂人间有，除奏通明问碧翁。（其三）

试比较陈寅恪有关落花的诗：

寻春只博来迟悔，望海难温往梦痕。（《吴氏园海棠二首》其一）

闻道通明同换劫，绿章谁省泪沾巾。（同上，其二）

寻梦难忘前度事，种花留与后来人。（《清华园寓庐手植海棠戊子阳历三月廿五日作》）

小园短梦亦成陈，谁问神州尚有神。“不信神州尚有神”，王湘绮《圆明园词》句也。（《庚寅仲夏友人绘清华园故居图见寄不见旧时手植海棠感赋一诗即用戊子春日原韵》）

上述诗句，有三点是陈寅恪特有的感受：第一，20世纪二三十年代的学术文化之春，以及战后复苏民族文化之梦，在诗人看来似只不过是一场短短的春梦而已。此即所谓“短梦成尘”“魂梦难温”也。第二，梦已成空的感觉，不仅是绮梦，不仅是与皇恩相连的贵族人生，而且是与义宁陈氏三代知识精英以及王国维的悲观命运相连，对中国文化命运的前赴后继的操心联系起来，就越发成为“遗恨塞乾坤”的深重悲哀了。

第三，陈寅恪有关“种花人”“惜花人”“后来人”这三个意象，是陈宝琛、王国维没有的，属于他的新创意。

世上欲枯流泪眼，天涯宁有惜花人。（《乙酉春病目不能出户室中案头有瓶供海棠折枝忽忆旧居燕郊清华园寓庐手植海棠感赋》）

吃菜共归新教主，种花真负旧时人。（《庚寅仲夏友人绘清华园故居图见寄不见旧时手植海棠感赋一诗即用戊子春日原韵》）

寻梦难忘前度事，种花留与后来人。（《清华园寓庐手植海棠戊子阳历三月廿五日作》）

相当频繁的“种花”意象，与陈、王、吴都不大一样，而与其父三立海棠诗中“历历阿爷手布列”“成癖爱花株”“牵怀海棠枝”等，隐隐相关。不仅表明此一“种花惜花”并非泛泛抒情，乃是原有一精神谱系，而且更表明对于“繁枝容易纷纷落”的现实面前，人们纷纷共事新教主，而背叛、遗弃、辜负旧时种花人。诗人只能悲叹。此一精神谱系只能成为一种非常个人化的隐秘的存在而已。

（二）落花诗与诗人命运的相连

从陈寅恪落花之咏自身前后相绾、环环相扣的暗码系统来看，最重要的是落花的形象有一个丰富复杂的变化。如果不注意这个特点，就不能从整体、从变化中去理解“落花”及其中国近代民族文化命运的象征意义。这里试以陈寅恪四首有关海棠花的落花诗作一组分析。先看第一首：

无风无雨送残春，一角园林独怆神。读史早知今日事，看花犹是去年人。梦回锦里愁如海，酒醒黄州雪作尘。闻道通明同换劫，绿章谁省泪沾巾。（《吴氏园海棠二首》其二）

此诗写于1936年。用吴宓的解释：“用海棠典故如苏东坡诗。而实感伤国事世局（《其一》即 Edgar Snow *Red Star Over China* 书之内容——‘二万五千里长征’）。”[①]最关键的一句是“读史早知今日事，看花犹是去年人”。读史之史，指近代史。尾联“闻道通明同换劫”，即隐含了陈宝琛“除奏通明问碧翁”，不仅向陈宝琛落花诗致敬，而且用“同换劫”，表明不仅是世间秩序的崩坏，而且是精神秩序的毁灭，指向晚清以来日益深重、全面破败的中国文化危机。这仍然是重申自己的文化思想态度。为什么要重申呢？因为在这样的时代，陈寅恪感到，忧患越来越加深了。因而这里的“读史”之知，即是与王国维最为心印的共识：神州的“巨劫奇变”、文化的即将消亡。[②]在这样分裂、战争的时代，难以逃脱的命运是越发切近真实了。然而即使是知道这样的命运，依然还坚持“看花犹是去年人”，而且后来还再

① 吴学昭：《吴宓与陈寅恪》，清华大学出版社1992年版，第81页。

② 陈寅恪：《王观堂先生挽词序》，《陈寅恪集·诗集（附唐筼诗存）》，生活·读书·新知三联书店2001年版，第13页。

三写："读史早知今日事，看花还忆去年人"（《残春》）[①]，这就只能用亚里士多德的必然性来解释什么是悲剧了。

另一首落花之咏作于1945年。吴宓钞稿作《乙酉春病目不能出户室中案头有瓶供海棠折枝忽忆旧居燕郊清华园寓庐手植海棠感赋》，[②]应是初稿。诗云：

今年病榻已无春，独对繁枝一怆神。世上欲枯流泪眼，天涯宁有惜花人。雨过锦里愁泥重，酒醒黄州讶雪新。万里旧京何处所，青阳如海隔兵尘。

前述那首以老杜、东坡的颠沛流离与劫难人生自比："梦回锦里愁如海，酒醒黄州雪作尘。"这里"雨过""酒醒"两句自我照应，表明心灵苦绪如昨，十年来不仅没有什么变化，而且更劫难"重"、更"新"。而在兵荒马乱的流离生活中，诗人泪眼欲枯地想念的，仍然是清华园，因而落花仍是中国文化一大象征，心之所系，仍是"此花今不知如何"的文化命运。落花的形象，无论是遥想的，还是眼前的，背后都有一看花人深情之眼。

第三首写于战后回到北平的1948年。春天里，诗人已经回返清华园，看到了手植的海棠，按理说应该高兴轻松，可是诗人却不免有"繁枝虽好近残春"的不祥之感：

北归默默向谁陈，一角园林独怆神。寻梦难忘前度事，种花留与后来人。江城地瘴怜孤艳，东坡定惠院海棠诗云："江城地瘴蕃草木，只有名花苦幽独。"海国妆新效浅颦。李文饶谓凡花木之以海名者，皆本从海外来也。胜取题诗记今日，繁枝虽好近残春。[③]（《清华园寓庐手植海棠戊子阳历三月廿五日作》）

那么，诗人的不祥之感由何而来呢？我们知道"前度事"指维新旧事，是陈宝琛、王国维心系的国族文化命运，"后来人"既指清华学子，更泛指抗战胜利后的中国知识人。然而，走过老杜、东坡那样的流离道路，白头伤春、泪眼流枯，诗人看到春天的海棠，所思所感，却是"江城地瘴怜孤艳"那样的"命定"是孤独之美，这不是一般所谓自怜自爱，而是如王国维那样文化哲人的孤独寂寞之感。因为整个战后的知识界与思想界，既根本不可以延续文化精神的自由人格大义，也根本不可能保持"孤艳"即陈寅恪所强调的民族独立之精神。这在1948年的思想背景下，问题显得尤为紧迫了，因此尽管终于回到清华园教书，面对如此局面，这时不免感到

① "去年人"乃唐诗成语。李益《惜春伤同幕故人孟郎中兼呈去年看花友》："畏老身今老，逢春解惜春。今年看花伴，已少去年人。"岑参《韦员外家花树歌》："今年花似去年好，去年人到今年老。始知人老不如花，可惜落花君莫扫。""逢春解惜春"，"落花君莫扫"，有惜残春之意。

② 陈寅恪：《陈寅恪集·诗集（附唐篔诗存）》，生活·读书·新知三联书店2001年版，第40页。

③ 陈寅恪：《陈寅恪集·诗集（附唐篔诗存）》，生活·读书·新知三联书店2001年版，第62页。

了“繁枝虽好近残春”的深深忧虑。[①]

（三）无神的神州

两年后的1950年仲夏，陈寅恪已到中山大学。有一位北平的友人，画了清华园故居一幅图，寄给南下广州的陈寅恪。细心的陈发现故居图竟然少了旧时手植海棠，于是就写了他此生最后一首落花诗，并在其中暗藏了他重要的思想：

> 小园短梦亦成陈，谁问神州尚有神。“不信神州尚有神”，王湘绮《圆明园词》句也。吃菜共归新教主，种花真负旧时人。鸿毛一例论生死，马角三年换笑嚬。岭表流民头满雪，可怜无地送残春。[②]（《庚寅仲夏友人绘清华园故居图见寄不见旧时手植海棠感赋一诗即用戊子春日原韵》）

“小园短梦”即指抗战胜利后，回北平在清华园短暂的教书生活，以及当时对于复兴民族文化的一点理想及其最终破灭。引用王湘绮的诗句，在诗人眼中，是用古典表明，自晚清始，神州就开始了“无神”的过程，即失去“国魂”的过程。今典的神州无“神”，一方面暗指无神论，另一方面即喻在新政权下，士阶层已经失去了独立人格、自由精神。“吃菜”即以北宋“吃菜事魔”的民间新宗教，比喻改换门庭的共和国知识分子[③]，按陈寅恪的诗学对具体时地人的强调，“归新教主”，可能特指当时“在海内外知识界引起很大震动”[④]的陈垣公开“交心”，一年前的5月11日，陈垣《给胡适之一封公开信》就发表于《人民日报》[⑤]。而这时候，陈垣已经通过冼玉清读到了陈寅恪针锋相对表明自己态度的诗：

> 花事已随浮世改，苔根犹是旧时栽。[⑥]（《纯阳观梅花》）

“旧时栽”一语绾合这里的“旧时人”。“种花真负旧时人”，如果我们从陈宝

---

① 更详细的分析，请参看《陈三立陈寅恪海棠花诗笺证稿》。

② “吃菜事魔”典故在以下几个要素是隐喻1949年以后新意识形态的。第一，此俗乃张角、黄巾等遗风。志磐《佛祖统纪》卷四十八：“吃菜事魔……盖黄巾之遗习也。”方勺《青溪寇轨》：“后汉张角、张燕辈……其流至今，吃菜事魔，夜聚晓散者是也。”第二，尚勤俭、崇互助。李心传《建炎以来系年要录》卷七十六：“同党则相亲，相亲故相恤……甘淡薄，务节俭，有古淳朴之风。”第三，与外来宗教有关。志磐《佛祖统纪》卷四十八：“尝考《夷坚志》云：吃菜事魔……称为明教会……又名末摩尼。”

③ 陈寅恪：《陈寅恪集·诗集（附唐筼诗存）》，生活·读书·新知三联书店2001年版，第73页。

④ 刘乃和，周少川等：《陈垣年谱配图长编》（下），辽海出版社2000年版，第540页。

⑤ “读了《毛泽东选集》内其他的文章，我更深切地了解毛泽东思想的正确，从而了解到许多重要的东西……如果早能看到，我绝不会这样渡过我最近十几年的生活……说到治学方法……脱不开那反人民的立场。如今我不能再让这样一个违反时代的思想所限制。这些旧的‘科学的’治学的方法，在立场上是有着他基本的错误的。”

⑥ 陈寅恪：《陈寅恪集·诗集（附唐筼诗存）》，生活·读书·新知三联书店2001年版，第70页。陈智超编《陈垣往来书信集》，上海古籍出版社1990年版，第759页。按，陈垣通过冼玉清关切陈寅恪的动向，但不见他对诗的反应。1949年11月14日致乐素书，述简经纶语：“又云‘陈寅恪夫人对时局认识不清，尚疑为大乱将至。’亦新闻也。”

琛、陈三立、王国维、吴宓落花诗，这样一脉读下来，不仅如高山滚石、空潭传响，而且“种花人”“惜花人”的人格突显出来，壁立千仞，到这一句诗，真是一部近代史，多少惊心动魄事！

五、结语

（一）这一落花诗的谱系，具有很强的政治性，毋宁说是一种文化/政治诗学。政治在他们心中固然不是最高价值，然而，正如亚里士多德所说，只有野兽与神，是可以不谈政治的，人类社会离不开政治。也正如吴宓所说，诗，果真是至道、深情、品格、性情、事业、理想，以铸造其生活而为诗之材料，于是，真正体现人类生命尊严与创造性自我的高尚政治，乃是最大之诗性、最美之诗学表现。而近五十年来中国诗学深受舶来之美学与文艺观念影响，突出王静安所谓“意境”，突出海德格尔所谓“存在”，汗牛充栋、陈陈相因之所谓审美诗学，几乎坠入无性情、无思想、无真诗之田地矣。

（二）“落花之咏”毕竟是一种关切，一种操心，代表了某种认知的图式和抒情的背景，笼罩着众多繁杂深细的诗学书写，是一种有根源感和深度的诗歌美学。本文对王国维诗学各个面向的分析，正显示了一种不可化约为心理学、社会学或文艺学的更深刻的存在感受。我们通常所习见的诗美学，要么是一种学院式的理论游戏，要么是一种写作要义式的辞章之学，要么是一种呓语式的个人幻思发明，总之，缺少大气贯注的人文气脉，缺少深度的关切与重大的预设。

（三）从陈宝琛到王国维、吴宓、陈寅恪，代代相传、自觉而灵心相通、有文化托命意识的一种精神传统，不是西方表现主义意义上的个人体验，也不是现代主义的破裂、孤立、自我冲突与否定的诗学，而是由小共同体到更大的共同体的持久而忠实的认同、对话、守望与承诺。从这个意义上说，也是具有准宗教的特点。如何发展出诗性的共同体，这正是真诗的命运。

［原载《安徽师范大学学报》（人文社会科学版）2014年第5期］

略说诗词中的水意象

◆严云受

【关键词】 诗词；水意象；约定性；时间意象；情感意象

【摘　要】 水意象的某些方面的涵义由于长期的递相沿用，获得了约定性。水的最具约定性的含义是时间的流逝。诗人借此表达时光难驻的嗟叹、生命短促的伤感，表示情感、情思的强烈与悠久。

水是与人的关系最密切的自然物质之一。人的生命、生产活动与日常生活都要依靠水才能正常进行。西周时期开始出现的五行观念在说明世界时，把水作为构成宇宙万物的五种基本元素之一。由此可见，古人对水的重要性的认识，是十分深刻的。随着社会的发展，水不仅仅是实用功利领域内的认识对象，而且成为审美观照的物象，进入诗歌领域。我国的第一部诗歌总集《诗经》中，“水”，频频作为描写、吟唱对象出现。此后的两千多年中，篇中出现过“水”的诗章，不可胜数。水意象在不同的题材不同的意象组合中，呈现出极其多样的形态，各具异彩，各有情韵。另一方面，在长期的反复使用中，某些方面的含义又相互承续，递相沿袭，因而具有约定性。这种具有约定性的含义，对于后来的写作者，实际上是稳定的现成的意义，可以自由沿用，融入自己的诗中。这里，试对水意象的常见的现成意义，略作分析。

作为一个使用频率非常高的意象，水的最具约定性的含义是时间的流逝。可以说，水是一个时间意象。

屈原在《离骚》中，就已经把流逝的水与不停运行的时间联结在一起：“汩余若将不及兮，恐年岁之不吾与……日月忽其不淹兮，春与秋其代序。”“汩”（yù），楚方言，水流很急的样子。屈原感到，时间就像流水一样过去，而自己的美政理想却迟迟不能实现。“汩”这个水意象，透露出诗人心中时不我待的深重的焦虑感。不过，在水与时间的联系上，屈原之前的孔子的一段话，似乎对后世的影响更深刻一些。《论语·子罕》中有这样的记述：“子在川上曰：‘逝者如斯夫，不舍昼夜！’”《论语》并不是诗，但这句话却既深含哲理，又有诗意。伟大的先哲把人们对无形的时间的感受，借助有形的水，生动而深刻地表达出来了。日月代序，永不停息，水也流逝不止；水流永不回头，时间一直向前，也不会逆转。孔子从川中的水流，感受到时间的运动特性。在楚文化土壤中生长出来的奇葩《离骚》，是否受到孔子这句话的启示，现在已无法论定了，但是，后世大量用逝水表示时间的诗作，显然主要是从《论语》的这段记述中受到启示。

山水诗之祖谢灵运，以其精工的笔触，刻画了永嘉地区的山色水光。在他的笔下，水，作为自然美的一个构成因素，显得多彩多姿。不过，下面这首诗中的水意象，若仅仅从自然美的角度进行解读却是远远不够的：

羁心积秋晨，晨积展游眺。孤客伤逝湍，徒旅苦奔峭。石浅水潺湲，日落山照曜。荒林纷沃若，哀禽相叫啸。（《七里濑》）

谢灵运当时被贬谪于永嘉，政治上的失意，使他常常登山涉水，在林泉木石间寻求精神的安憩与补偿。《七里濑》正是一次游赏活动的记述。“孤客”为了消散“羁心”，清晨就到山水间“游眺”。可是，湍急的逝水，反倒使“孤客”心生伤悲。“逝湍”并非不给人以美感；它之所以引发悲伤之情，乃是因为，游眺人由它想到急速流逝的时间，一去不回的时间。诗中的“逝湍”意象，既是自然山水的写照，又具有文化讯息：时间日夜不停地流逝。而且，从语符传达看，“逝湍”一词分明由“逝者如斯夫”演化而来。

稍后于谢灵运的鲍照，也利用逝水意象，寓含时光流逝的感伤。他的《代蒿里行》写道：“驰波催永夜，零露逼短晨。”鲍照用“驰”字来修饰水波的流淌，强调水流的急速、动荡，体现了他对时间流逝的感受十分强烈。《登黄鹤矶》诗则把诗人面临茫茫大江，联想到处境多艰，而时光空空逝去的“旅人”之忧表达出来：“木落江渡寒，雁还风送秋。临流断商弦，瞰川悲棹讴……泪竹感湘别，弄珠怀汉游。”“瞰川”而生悲，正是因为滔滔流水，在诗人心中意味着悠悠岁月。逝水，作为时间意象，经过反复使用，获得了约定性。明确了这一点，人们就会对下列诗句中的“水”意象的含意，作出深层的抉发：“月随碧山转，水合青天流……归路方浩浩，徂川去悠悠。”（李白《月夜江行寄崔员外宗之》）“行人莫听宫前水，流尽年光是此声。”（韩琮《暮春浐水送别》）“是处红衰翠减，冉冉物华休。惟有长江水，无语东流。”（柳永《八声甘州·对潇潇暮雨洒江天》）“徂川”“宫前水”“长江水”，既是眼前的景色，又负载着诗人对时间的体验。

同样，对于许多怀旧题材中的水意象，人们也不能仅仅把它看作一种景色点染。怀旧之作以回忆往事、观照当时为基本内容，诗人的思绪，在过去到现在这条时间链锁上往返。水这个时间意象的现成含意，自然为许多诗人熟悉，并随手拈来：

往岁曾随江客船，秋风明月洞庭边。为看今夜天如水，忆得当时水似天。（雍陶《望月怀江上旧游》）

明月双溪水，清风八咏楼。昔年为客处，今日送君游。（严维《送人入金华》）

紫金山下水长流，尝记当年此共游。今夜南风吹客梦，清淮明月照孤舟。（欧阳修《行次寿州寄内》）

人们常说，时光如水。水，长流长在，但人事已非。水，意味着“当年”的一切，已经梦一般地流失了。

人的生命总是在时间中延续的。古人对时间的叹息，实质上是一种生命的感伤。从屈原的“汩余若将不及兮”，到鲍照的“瞰川悲棹讴”，都因为想到生命白白消逝，而事业处处受挫，因而才睹水生悲。在这方面，唐代诗人发出的倾吐，似乎更为直率、更加强烈：

黄河走东溟，白日落西海。逝川与流光，飘忽不相待。春容舍我去，秋发已衰改。人生非寒松，年貌岂长在！（李白《古风·十一》）

君不见黄河之水天上来，奔流到海不复回。君不见高堂明镜悲白发，朝如青丝暮成雪。（李白《将进酒》）

聚散有期云北去，浮沉无计水东流。一尊酒尽青山暮，千里书回碧树秋。（许浑《京口闲居寄京洛友人》）

江边烽燧几时休，江上行人雪满头。谁信乱离花不见，只应惆怅水东流。（韦庄《江边吟》）

“天地之精，所以生物者，莫贵于人。”①人最宝贵的东西莫过于生命。生命过程，正像时间运动一样，日夜流逝，不会驻足停顿，更不能返回。这种运动，只有奔流到海不复回的东流水，才是最恰当的比拟。李白、许浑、韦庄，不约而同地用逝水意象抒写青春消逝、红颜难驻、人生易老的悲哀。这充分表明，水意象的现成含意（时间）多么普遍地深入人心！而且，诗人们着力表达生命流逝的快速：“飘忽不相待”，“千里书回碧树秋”，朝夕之间，红颜已成白首，把焦虑、无奈与痛惜的感情抒写得十分充分。诗人们的这种怅恨，既是个人的生命体验，又体现了民族的集体无意识。中华民族从来重视生命，宝爱生命。流水意象所蕴含的生命流逝易老的叹息，正表现了对生命的高度肯定与无限留恋，正是珍视生命的民族心理的鲜明表现，正是悲歌中唱出了对生命的赞颂！

逝水意象在吊古题材的诗篇中，也常常是重要的构成因素。诗人们凭吊历史遗踪，每每慨叹兴亡无定，历史沧桑，在这种思绪中，表示时间流逝的水意象，自然与诗人心中的感悟十分贴合。卢照邻在《行路难》中，以强烈的诘问，来表达他对

① 董仲舒撰，凌曙注：《春秋繁露》，中华书局1991年版，第204页。

历史的领悟与慨叹：

人生贵贱无终始，倏忽须臾难久恃。谁家能驻西山日，谁家能堰东流水？汉家陵树满秦川，行来行去尽哀怜。

李白则对这种历史变化作出诗的概括，《古风·三九》：

荣华东流水，万事皆波澜。

“东流水”意象，直接的含意是比喻“荣华”，“万事”都瞬息即逝，不能长久；深层的含意则是暗示：在流逝不居的时间的淘洗中，一切都是短暂的，富贵常在的幻想，终将落空。

卢照邻、李白诗对历史演进的一般轨迹，发出沧海桑田之叹，下面这些作品，则是诗人面对具体王朝、时代或家族的遗迹，在昔盛今衰的震撼中，感受到时间的无情：

鹳雀楼西百尺樯，汀洲云树共茫茫。汉家箫鼓空流水，魏国山河半夕阳。（李益《同崔邠登鹳雀楼》）

繁华事散逐香尘，流水无情草自春。日暮东风怨啼鸟，落花犹似坠楼人。（杜牧《金谷园》）

邺苑人空花自落，铜台伎散鸟争呼。五官事业埋荒陇，七子才名付酒垆。惟有漳河东逝水，年年春涨浴飞凫。（尤珍《邺都怀古》）

倚槛春愁玉树飘，空江铁锁野烟销。兴怀何限兰亭感，流水青山送六朝。（龚鼎孳《上巳将过金陵》）

鹳雀楼，旧址在山西永济。楼高三层，登楼眺望，面临黄河东去，青山耸秀，亲近汉魏故土，令人油然发生怀古之思。金谷园，西晋富豪石崇的别墅园林，地在洛阳北邙山附近的金谷涧旁。石崇常在园中与宾朋“昼夜游宴”。“坠楼人”，指石崇的爱妾绿珠。石崇后来在朋党之争中败亡，绿珠为其殉情，跳楼而死。邺都，遗址在今河北省临漳县邺镇东，濒临漳水。曹操消灭袁绍势力，统一北方后，以邺城为政治中心，先后在此城西北隅筑铜爵、金虎、冰井三台。曹操曾在台上宴客赋诗。金陵，今南京。西晋于永嘉七年（313）灭亡，晋室南迁，以建业（即金陵）为都，是为东晋。自此以后，宋、齐、梁、陈朝都以建业为京城。各位诗人凭吊的对象并不相同，但最终的理性反思内容却大致类似。他们把遥想中的往事与眼前的逝水作对照：不论是汉魏、六代的宫阙威严，还是石崇的金谷繁华，都烟消云散了，只有曾见证过它们的种种悲喜剧的黄河、金谷水、漳水、长江，仍然滔滔滚滚，奔腾不息。诗人们慨叹：流水无情，不因汉家箫鼓而喜，也不因绿珠坠楼而悲。它送走了一个又一个朝代，一种又一种风流。在它的淘洗下，什么权贵、富贵，都是短暂的，易逝的。时间、历史正像流水。在它的运动中，富贵只能炫耀于一时，任何权威都有尽头。诗人们在逝水意象中寄寓的历史意识不免过分突出了历史的空幻感，但却反映了它的某个方面的轨迹。

诗人们在忆念个人往事时，也常用水意象表达沧桑之感。许浑在《重游练湖怀旧》中写道："荣枯尽寄浮云外，哀乐犹惊逝水前。"这里的"逝水"意象，很好地表达了诗人在经历了重重哀乐后产生的生命流失的惊心与悲哀。贺知章的《回乡偶书》其二也渗透着相同的心理体验："离别家乡岁月多，近来人事半消磨。唯有门前镜湖水，春风不改旧时波。""少小离乡老大回"的诗人，本已为人事消磨而惆怅，"不改旧时波"的湖水，更使他体会到人事易变，岁月无情。

逝水，既然是时间意象，自然也就与无限、永恒联系起来。因此，当诗人对人生的沉思深入到哲理层次时，它也成为富于表现力的传达符号。如，张九龄的《登荆州城望江》二首：

> 滔滔大江水，天地相终始。经阅几世人，复叹谁家子。
> 东望何悠悠，西来昼夜流。岁月既如此，为心那不愁。

滔滔江水，日夜不息地流逝，与天地相终始，而人生则渺小、短暂，无法抗拒岁月的流逝。敏感而多思的张九龄在凝望长江时，自然要为世世代代的生命叹息。李白的《古风·十八》把这种宇宙无限，人生短促的体悟，表达得更加惊心触目：

> 天津三月时，千门桃与李。朝为断肠花，暮逐东流水。前水复后水，古今相续流。新人非旧人，年年桥上游。

桃李花，个体生命的象征；流水，既是古人、今人相续接的写照，又是时间、宇宙的象征。前者朝荣暮残，后者相续无限。前者短暂，后者永恒。李白用这种对比，对那些"行乐争昼夜，自言度千秋"的人提出棒喝：富贵不可长，功成当退身。诗人提出的救世之方并不高明，但他把永恒的时间长流与短暂的生命所作的对照，却能给人以有力的警醒，使人认识生命的可贵。

水意象的现成含意还有一种，那就是表示情感、情思的强烈与持久。因此，水又是情感意象。

《诗经》中已有不少用水意象来形容或烘托情感的佳作。《郑风·溱洧》描绘古时三月上巳之日，人们聚集河边举行祭祀，青年男女谈情说爱，寻觅情侣的盛况，全诗生动、热烈："溱与洧方涣涣兮，士与女方秉蕑兮。女曰：'观乎！'士曰：'既且'。'且往观乎！'洧之外洵訏且乐。维士与女，伊其相谑，赠之以勺药。"诗中清波荡漾的涣涣春水，烘托着热烈交谈的青年男女，强化了全诗的节日氛围，同时也是青年男女春意盎然，激情涌动的内心世界的写照。《秦风·蒹葭》全诗也离不开水："蒹葭苍苍，白露为霜。所谓伊人，在水一方。溯洄从之，道阻且长。溯游从之，宛在水中央。"全诗境界凄迷、清冷而幽远，其中，秋水意象特别突出。诗人为了寻找所思念的"伊人"，清晨冒着寒霜，在岸边久久徘徊。悠长、曲折的秋水，阻碍了他追求的道路，他只能遥望遥想；绵绵的思念与怅惘，正像那湛湛秋水，没有尽头。再如《周南·汉广》《召南·江有汜》《邶风·泉水》等篇，也成功地用水意象作情感的形容，耐人寻味。

产生于泽国水乡的楚辞中，用于表现情感的水意象，更加丰满、多彩。《湘夫人》中的"袅袅兮秋风，洞庭波兮木叶下"，为相互思念、等待的湘君、湘夫人烘托了哀愁怅望的氛围，暗示了内心的层层思绪。《河伯》中的"波滔滔兮来迎"，同样是人物内心情意的对象化。《九章》中的水意象，与抒情主体的情感世界，渗融一体，活跃激荡。被谗放逐后的屈原，流离于汉北、沅湘，常常涉水渡江，行吟泽畔。胸中的抑塞、悲愤、愁怨、彷徨之情，郁结、涌动，与他周边的滔滔流水，自然构成了对应。他不断通过奔腾、激荡的水流意象，来抒写内心的情思：

乘舲船余上沅兮，齐吴榜以击汰。船容与而不进兮，淹回水而凝滞。（《涉江》）

顺风波以从流兮，焉洋洋而为客。凌阳侯之泛滥兮，忽翱翔之焉薄？（《哀郢》）

浩浩沅湘，分流汩兮。修路幽蔽，道远忽兮。（《怀沙》）

惮涌湍之礚礚兮，听波声之汹汹……漂翻翻其上下兮，翼遥遥其左右。泛潏潏其前后兮，伴张弛之信期……悲霜雪之俱下兮，听潮水之相击。（《悲回风》）

屈原笔下的水意象有三个特色：1. 大，浩浩荡荡，蔚为壮观。2. 急，汹涌澎湃，不可约束。3. 响，涛声阵阵，摄人心魄。这种以湍流为特色的水意象，既表现了沅湘地区泽国的自然物象，又与屈原的愤激、壮烈的悲剧情怀相契合，在诗中构成了波澜壮阔、深沉悲壮的境界。

人的情绪、情感、情思，属于主体内心世界的精神活动，难以为他人直观地感知。水，为有形之物。将复杂、激烈的情意活动，寄寓于水意象，增强了表达的具体性、可感性。《诗经》、楚辞的这一艺术创造，给后世诗人留下了珍贵的经验与启发。

在用水意象形容情感时，一代又一代的作者各逞巧思。创作了丰富多彩的诗句。他们或者用水作比喻，形容某种情意的浓烈、持久。如：

思君意不穷，长如流水注。（何逊《野夕答孙郎擢》）

思归若汾水，无日不悠悠。（李白《太原早秋》）

问君能有几多愁，恰似一江春水向东流。（李煜《虞美人·春花秋月何时了》）

忆君心似西江水，日夜东流无歇时。（鱼玄机《金陵愁望有寄》）

或者省略“如”“似”等比喻连接词，直接用水来作情感的写照：

横江欲渡风波恶，一水牵愁万里长。（李白《横江词六首》）
即今千种恨，惟共水东流。（杜甫《忆弟二首》）
人生有情泪沾臆，江水江花岂终极。（杜甫《哀江头》）
肥水东流无尽期，当初不合种相思。（姜夔《鹧鸪天·元夕有所梦》）
欲知别后思今夕，汉水东流是寸心。（钱起《秋夜送赵冽归襄阳》）
何须更赋山阳笛，寒月沉西水向东。（许浑《同韦少尹伤故卫尉李少卿》）

上引诗句中，何逊、钱起的诗作写送别的惆怅，李白《太原早秋》与杜甫《忆弟》为思归之作，鱼玄机与姜夔写怀人的愁虑，许浑写悼念亡友之情，李煜《虞美人》抒发故国沦亡之悲，杜甫的《哀江头》感时伤世。李白的《横江词》宣泄胸中的郁闷。诗人的情感的具体内容不同，但都借助水意象得到了生动、直观的表现，使人体会到它的悠久与强烈。虽不用“如”“似”等比喻联词，实质上仍是以水喻情，艺术效果同样强烈。

或者大胆想象，把流水拟人化。如李白《渡荆门送别》：“仍怜故乡水，万里送行舟。”《金陵酒肆留别》：“请君试问东流水，别意与之谁短长！”流水被诗人赋予人的意识，具有惜别伤离的情思，一直伴送离人的行舟，不忍舍去；离人可以向流水发问，倾诉离别之苦。由此，读者可以联想：流水都懂得伤别，离别的人的痛苦自然更难以承受了。

还有一类作品以水作为情意的象征，并不指明。诗境中的水似乎只是自然景象的一个构成因素，需要仔细体会，方能领略水意象的象征意味。如：

江上相逢皆旧游，湘山永望不堪愁。明月秋风洞庭水，孤鸿落叶一扁舟。（贾至《初至巴陵与李十二白裴九同泛洞庭湖》三首其一）

丹阳郭里送行舟，一别心知两地秋。日晚江南望江北，寒鸦飞尽水悠悠。（严维《丹阳送韦参军》）

青山隐隐水迢迢，秋尽江南草未凋。二十四桥明月夜，玉人何处教吹箫！（杜牧《寄扬州韩绰判官》）

梳洗罢，独倚望江楼。过尽千帆皆不是，斜晖脉脉水悠悠，肠断白蘋洲。（温庭筠《梦江南·梳洗罢》）

贾至，洛阳人。唐乾元二年（759）秋，因事被贬为岳州（即巴陵，今湖南岳阳）司马。其时，流放夜郎中途遇赦的李白返回，在岳州、江夏等地稍作停歇，意外相遇，一同游赏洞庭湖，赋诗抒情。两人同是天宝年间就已成名的诗人，此次相逢异地，却是迁谪流离之身，又值国家安史大乱之后，因此，湖山之趣也难以完全消解他们胸中的郁闷，诗中渗透着浓烈的沦落孤寂之慨。“湘山永望不堪愁”，正是其心境的真诚的袒露。后两句连续用六个意象，将愁怀形象化。孤鸿、落叶、扁舟意象，飘零、孤独，是贾至的自况，写他被贬江南，有家难归。明月、秋风、洞庭水，都是与思念有关的意象。明月、秋风，暗示对故园的怀念，洞庭水，是愁绪的象征，用洞庭水的浩渺无涯形容忧虑的绵绵难尽，浸渍一切。杜牧的七绝抒写他对扬州友人和扬州的忆念，情深调高。杜牧于唐大和七年（833）到扬州淮南节度使幕府中掌书记，大和九年（835）离去、两年多的扬州生活，在他心灵中留下了不可磨灭的记忆。离开扬州后，他不止一次地在诗中回忆这段生活经历。这首诗，就是为寄赠扬州友人韩绰而作。前两句从大处着眼，展示遥想中的南方自然风貌：青山、绿水、凋零的草木，秀美的景色中，微微染上一点萧瑟的气氛。后两句写扬州有代表性的人文名胜与传说：二十四桥，一说扬州城里原有二十四座桥，一说就是吴家砖桥，因为古时有二十四位美人吹箫于桥上而有此名。诗中的“玉人”，既指传说中的美女，也指韩绰；这两句诗巧妙地把美丽传说与遥忆中的友人生活联结在一起，体现出扬州生活的风流倜傥、潇洒多趣。杜牧对友人的怀念、对扬州的赞美与留念，也就自然地含寓在其中。“水迢迢”，既表现了南方自然美的一个特征，又象征着诗人忆念之情。严维的诗为送别之作，温庭筠的词写思妇怀人的失落，水悠悠，作为情思的暗示，更为明显。

除了暗示悠悠的情思这一种现成含意外，作为情感意象的水还往往作为悠闲、淡泊、自由，与大自然亲和的心境的对应体，出现在吟咏林泉隐逸之乐的篇章中。如左思《招隐》：“何必丝与竹，山水有清音。”王维《山居秋暝》：“明月松间照，清泉石上流。”《终南别业》：“行到水穷处，坐看云起时。”《归嵩山作》：“流水如有意，暮禽相与还。”于鹄《春山居》：“独来多任性，惟与白云期……水流山暗处，风起月明时。”清澄的潺潺的流水，恰与诗人的超脱尘俗的心地，浑融为一体。

水意象又有非约定性的一面；非约定性的水意象随其所在的诗篇的题材、语境，而具有多种多样的意义。

在古典诗词中，像水意象这种具有人所见习，递相沿用的现成含意的意象，还有很多。它们的生成，或由于民族文化历史传统的影响，或由于艺术发展中前后承续的规律的作用。一旦生成，则成为后世作者乐于使用的表达情意的现成符号。这一类意象，显然值得我们作更深入的探讨。

[原载《安徽师范大学学报》（人文社会科学版）2003年第1期]

东亚国别汉诗特征论

◆严　明

【关键词】东亚汉诗；汉诗艺术；国别汉诗

【摘　要】东亚汉诗是中国文化艺术与东亚各国思想、语言、文学、艺术融合的结晶，是历史上东亚文化共同体的集中体现。东亚汉诗虽然有着相同的艺术形式和艺术规范，但是从不同的民族文化土壤中培育出来的东亚诗人，写出来的汉诗却往往有着形同神异的妙处。正是这些丰富的同中之异，表现出了东亚诗歌艺术精神的独特魅力，并对东亚各国诗歌文化乃至社会发展产生巨大而深远的影响。

中国古代诗歌（汉诗）曾在周边的朝鲜、日本、琉球、安南（现越南）等国（地区）盛行达千年以上。东亚汉诗属于中国文学的一种诗歌形式，同时也属于诗人所在国的一种文学形式，而且在较长历史时期内还是占据主流地位的文学形式，象征着高雅修养及尊贵地位。用非母语进行诗歌创作并保持长期兴盛的东亚汉诗，成为持续影响东亚各国诗歌及文学发展的重要因素，也成为本民族文学艺术乃至社会文化的重要组成部分，这在世界文学史上极为罕见，弥足珍贵。

一

对东亚国别汉诗的研究很早就开始了，从朝鲜和日本现存的众多汉语诗话著作中，可以大体看出东亚汉诗的发展轨迹。古代东亚各国汉诗主要围绕着如何接受和消化中国诗歌的中心内容而展开，而汉诗研究内容则基本上局限在接受中国名家诗歌影响的范围内，也包括少量的本国汉诗人及诗作的研讨。东亚国家中早就有一些有识之士提出过把中国诗文进行本民族化改造的主张，比如15世纪的朝鲜李朝学者徐居正就指出："我东方之文，非宋元之文，亦非汉唐之文，而乃我国之文也，宜与历代之文并行于天地间，胡可泯焉而无传世也哉？"[①]这种对汉诗进行本民族化改造的努力，使得朝鲜和日本都出现了一大批独具特色的关于评论汉诗的诗话以及极为

① 徐居正：《东文选序》，《东文选》第七册，（韩国）民族文化刊行会1994年版，第163页。

兴盛的汉诗创作。其中较为突出的比如日本江户时代后期的赖山阳，他的诗歌理论以及汉诗创作实践，都堪称日本汉诗中佼佼者，如果将其诗论及诗作放到同时代的中国清代诗人以及朝鲜李朝诗人当中进行比较，可以发现它们是极具特色的，他的诗论和诗作既是中国诗歌的一种延续，更是一种变异和发展，从许多方面可以充实和拓展对中国诗歌理论以及诗作实践的研究。

中国对朝鲜、日本汉诗的记载以及研究也是历史悠久。《汉书》中对朝鲜半岛上新罗汉诗早有记载，唐代诗人与朝鲜、日本汉诗人的交往唱酬也多见于史籍。明清时期，与朝、日、越、琉球等国间的汉诗交流十分广泛，东亚汉诗创作也达到了全面繁荣。比如清末光绪年间，著名学者俞樾应日本友人之邀，编撰了洋洋四十二卷的《东瀛诗选》，把日本江户时代的汉诗佳作几乎囊括殆尽，在中日两国出版后引起极大反响，成为东亚汉诗史上的一则佳话。

19世纪中叶以后，随着清政府的衰败和西方列强势力在东亚的扩张，作为亚洲汉字文化圈中文化交流主要载体的东亚汉诗创作趋向萧条，对汉诗的研究也随之陷入尴尬境地。不仅日、韩、越的文学研究者中出现了贬低汉诗价值的观点，中国古典文学研究界对朝鲜、日本、琉球、越南的汉诗也不够重视，文学研究者中少有人涉足这一领域。尤其是一百多年来西风东渐及全球化的热潮过程中，东亚传统的共同文化因子被有意无意地贬低或摒弃，这对于东亚各国的和谐相处及持续发展都带来不利影响。

这一现象在近二十年来逐步得到了改变。越来越多的学者认识到，东亚汉诗除了具有中国传统文学的特色之外，还具有各国本民族文学的特性和价值。中日韩越学者已经开始超越本国汉诗的研究视野，从东亚文化交流与接受的角度拓展对东亚汉诗研究。然而，对东亚汉诗发展史、诗学理论体系以及东亚国别汉诗相互间的影响、各自的特征探讨等重大方面，还有待于深入的辨析探讨。进行东亚汉诗整体的对比研究无疑具备了不同于以往诗学研究的独特视角，深入进行这样的研究可期待对于中国及东亚各国诗歌及诗学取得一些突破性认识。可惜迄今为止对东亚汉诗进行整体研究的还少见，不少领域还有待于后来者进行开拓。

除了对现存的东亚汉诗进行资料保存和版本整理之外，还很有必要对汉诗在东亚各国中有过哪些发展和变化的轨迹进行梳理辨析，即开展系统的东亚汉诗史及东亚汉诗学的研究。比如在汉诗创作曾经十分发达的古代朝鲜、日本、越南，不仅汉诗作品浩如烟海，而且有关汉诗的评论著作也是数量可观。①可是对这数量巨大的东亚汉诗和诗学理论的宝贵遗产，至今仍未见对于中日韩越汉诗的整体对比研究。因

① 韩国学者赵钟业编撰并于1989年出版的《韩国诗话丛编》（修正增补版）中，收集了古代朝鲜人撰写的汉诗话129种（其中有15种有目无书或只有洪万宗《诗话丛林》的摘录本，实际收114部诗话）。中国学者蔡美花、赵季主编的《韩国诗话全编校注》（人民文学出版社2012年版）收录了诗话136部。而在日本学者池田胤编的“日本诗话丛书”“日本艺林丛书”等大型丛书中，收集的古代日本人撰写的汉诗诗话也在百部以上。至于中国的历代诗话，数量更是洋洋大观，仅明清时代传到朝鲜和日本并产生过显著影响的中国诗话就在百部以上。

而有关朝韩、日本、琉球、越南汉诗的创作特色，东亚汉诗学的理论特点，以及中国诗歌和诗学传播到了朝鲜、日本、琉球、越南之后发生过哪些重要的解构和重构，出现过哪些重要的变化等，对这些重要的诗作实践和诗学理论的问题，学术界还期待着进行深入细致和扎实的整体研究。

二

在东亚各国中，相对而言朝鲜与中国朝廷关系最为密切，对于中华文化的学习和吸收也最为积极深入，在思想观念及国家体制方面都是深受儒家思想的影响。朝鲜李氏王朝时期的汉诗发展，与中国明清时期的诗坛风气转变密切相关。中国和朝鲜使臣都以汉诗文作为两国文化政治沟通的方式。朝鲜文臣来中国，往往与中国的文人切磋诗文，明朝皇帝有时亦赐诗给朝鲜文臣。而中国使臣赴朝鲜后也经常在朝会、交游、宴请、倾谈之际以诗抒怀，以文会友。明代中朝使节频繁往来，明廷先后遣使170余次，使节多达200余人。明使一般择文学之士充任，朝鲜国王也必选文学之臣为馆伴，宾主赓和酬赠，朝鲜还把明使节酬唱之诗刊为《皇华集》，自明景泰初至崇祯朝，共刊行50卷。

朝鲜汉诗通过各种渠道陆续传入明清时期的中国，比如万历二十六年（1598），学者吴明济先后两次随明朝使臣赴朝。吴氏有心搜求朝鲜诗人文集，汇集了包括新罗著名诗人崔志远，高丽诗人崔承佑、金富轼、郑道传，李朝诗人许筠、许葑、李穑、成三问、郑麟趾等人诗作，“自新罗至朝鲜，共百余家”，编为《朝鲜诗选》，回国后刊布流传。全书以五言古诗、七言古诗、律诗、绝句体裁分为7卷，收录了112人的340首作品，成为中国文人选编的第一部朝鲜古代汉诗总集。明末清初学者钱谦益、朱彝尊、钱曾等人所撰藏书目都对此书做了著录，钱谦益《列朝诗集》、朱彝尊《明诗综》还分别选录了《朝鲜诗选》中的重要诗作数十首，成为明清时期记录中朝汉诗交流的重要资料。总之，明清时期的东亚诗坛已经是联成一体，尤其是中朝两国的人员往来及诗歌交流极为密切，这就为明清诗风对朝鲜汉诗产生影响创造了条件。

李朝初年诗坛仍然继承着高丽朝末年的风气，汉诗人普遍喜欢宋诗，尤其是苏东坡的诗作被奉为汉诗圭臬。出现这样的诗坛风气与两个因素关系甚大，其一是李朝道学的强势兴起，使得儒教哲学与汉诗创作开始有所区分，汉诗可以不再充当儒教道德宣讲师的角色，这样自然就会促进更多富有个性化的汉诗作品的出现；其二是朝鲜谚文的创制，使得更多的朝鲜人能够流畅地阅读和写作汉文汉诗，这就极大地促进了汉诗创作在全社会的普及，也使得汉诗创作内容愈加接近平民社会，朝鲜汉诗风格方面于是也开始趋向于通俗化。李朝前期诗坛宋诗风气盛行，苏东坡的诗风大受欢迎，模仿者很多。其中有成为诗坛巨擘的朴訚（1479—1504）、李荇（1478—1534），还有先后出现的成伣、朴祥、申光汉、郑士龙、卢守慎等著名的汉诗人[1]。值得注意的是，当时在普遍流行宋诗风格的诗坛上，出现了“海东江西派”的说法，也就是上述这些著名的汉诗人，都明显表现出了仿学宋代江西诗歌的倾向，无论是写诗和论诗都讲究气格声韵。尤其是对苏轼、黄庭坚的诗风研究得很深，其诗作也往往表现出凝练的笔法和纯熟老道的格调。

李朝中叶诗坛兴盛，此时正逢明王朝中叶，前后“七子”学唐风气正浓。这一风气也很快影响到朝鲜诗坛，于是李朝诗人模仿唐诗风貌者越来越多，出现了以崔庆昌、白光勋、李达为代表的“三唐”诗人，诗作往往场景阔远，气势雄壮，细节描写清丽优美，朝鲜汉诗创作出现了新一轮的繁荣。

朝鲜后期的诗坛，受东亚时局的动荡和中国明末清初诗风转变的影响，论诗著述中出现了一些重视自我和彰显个性的言论观点，在李朝尊唐诗崇理学的基调中出现这样的声音是值得注意的。朝鲜汉诗与朝鲜语诗歌之间，尽管有着雅俗的根本区别，并不形成此消彼长的对立关系。汉文诗歌的发展，对朝鲜国文诗歌来说，往往使其得到提升和发展的机会；反过来也一样，朝鲜国文诗歌的发展进步，对朝鲜汉诗来说，也往往成为促进其发展和形成特色的机会。李朝汉诗的蓬勃发展，使得对汉诗的研讨也随着兴起高潮。朝鲜文人的诗歌意识日益自觉和强化，出现了许多用汉语写作的优秀诗话著作，如《东人诗话》（徐居正）、《惺叟诗话》（许筠）、《五山说林》（车天辂）、《百家诗话抄》（李钰）、《小华诗评》（洪万宗）、《东国诗话汇成》（洪重寅）等，显示出朝鲜汉诗学的成熟。

三

日本汉诗创作历史悠久，名家辈出，佳作如林，现存的诗作数量庞大，从东亚汉诗整体发展格局的视野看，日本汉诗研究方面尚有不少值得深入探讨的领域等待着研究者的拓展深耕。与朝鲜、越南汉诗相比较，日本汉诗从产生初期就倾向于群体的抒情，注重汉诗吟诵在营建君臣和谐氛围、缔造群体协作关系方面所发挥的重要作用。

早在公元603年，圣德太子向往繁华的大陆先进文明，借鉴隋朝吏治，制定了日本社会的冠位十二阶，以儒家的伦理道德为衡量标准，以德行和才能作为选择朝臣良吏评品位阶高低的主要依据。第二年，圣德太子颁布著名的《十七条宪法》，具体规定贵族、官吏的道德原则和行为规范。其中第一条曰：“以和为贵，无忤为宗。人皆有党，亦少达者。是以或不顺君父，乍违于邻里。然上和下睦，谐于论事，则事理自通，何事不成？”第九条曰：“信是义本，每事有信。其善恶成败，要在于

① 成伣（1439—1504），有《虚白堂集》诗集十四卷，补集五卷，风雅录二卷，拾遗一卷，文集十四卷。朴祥（1474—1530），有《讷斋集》七卷，续集四卷，别集一卷，附录二卷，附集二卷。申光汉（1484—1555），有《企斋集》十二卷，附录二卷，别集七卷，文集三卷。郑士龙（1491—1570），有《湖阴杂稿》八卷。卢守慎（1515—1590），有《穌斋集》十卷，附年谱、行状、内集二卷。

信。群臣共信，何事不成？群臣无信，万事悉败。”第十条曰：“绝忿弃瞋，不怒人违。人皆有心，心各有执。彼是则我非，我是则彼非。我必非圣，彼必非愚，共是凡夫耳。是非之理，讵能可定？相共贤愚，如环无端。是以彼人虽瞋，还恐我失。我独虽得，从众同举。”其十七条曰：“夫事不可独断，必与众宜论。少事是轻，不可必众。唯逮论大事，若疑有失，故与众相辩，辞则得理矣。”从上述引文可知，这篇出自1400多年前圣德太子之手的优秀汉文，从中国古籍中汲取了大量的词语和思想，如“以和为贵”出自《礼记·儒行篇》、“人皆有党”出自《左传·僖公九年》等。而圣德太子所提出的“以和为贵，无忤为宗”“上和下睦，谐于论事”“相共贤愚，从众同举”等观念，早已成为日本社会中为人处世的主要方式，全社会公认的道德标准，人际关系和社会结构的基本准则，至今仍然有着巨大的影响作用力。

受到日本社会中这些基本观念的深刻影响，日本汉诗人在为人处世及撰文吟诗等方面都表现出了一些共同的观念倾向性，正是这些共同的观念倾向性，成为日本汉诗与朝鲜汉诗、越南汉诗形成区别的内在因素。比如东亚汉诗学的基本理念“诗言志”，源于汉代的《毛诗序》。《毛诗序》是中国诗歌理论的第一篇专论，是从先秦到西汉时代儒家论诗的理论总结，其在中国及东亚诗论史上的重要意义不言而喻。《毛诗序》对先秦儒家诗论的继承和发展首先表现在阐述诗歌的来源和特征方面，比如说：“诗者，志之所之也，在心为志，发言为诗。情动于中而形于言，言之不足故嗟叹之，嗟叹之不足故永歌之，永歌之不足，不知手之舞之，足之蹈之也。”继承了先秦诗、乐、舞本来密不可分的传统观点，也阐述了诗言志的内涵包括了抒情和言志，情与志在人的内心是合二为一的东西，它们感发出来，就是诗（准确地说是诗的内容）。对于东亚汉诗学这一基本观念的经典解释，日本汉诗人在诗歌创作实践中实际上有着自己的独特理解及选择倾向性。

比较一下《毛诗正义序》与《古今和歌集序》可以看出中日诗歌基本倾向的有所不同。《毛诗正义序》的开头说“夫诗者，论功颂德之歌，止僻防邪之训。”而《古今和歌集序》的开头就说“夫和歌者，托其根于心地，发其花于词林。”所以从总体上看，日本诗人虽然也奉行“诗言志”的宗旨，但是与中国诗人相比，日本诗人更倾向于“情”的表现，更注重表现个人的爱好情趣以及不同的性格旨趣。这一倾向性的爱好选择，或许就是平安朝（781—1192）日本诗人对唐诗的选择中，独赏白居易诗的内在原因。对此，铃木修次有精辟的分析：

> 中国之凡自认为一流文学的作品，传统上都无不是置于与政治的关联中而自觉到其文学的存在意义，一些方面可以看出他们将文学和政治扯上关系的意识非常强烈，而与此相对日本的文学，则从其出发之原点即可见出它的脱政治性。①

① 铃木修次：《中国文学与日本文学》，东京书籍株式会社1981年版，第43页。

铃木修次所论，主要针对日本和歌与中国汉诗相比较，其结论固然没错。但是针对日本汉诗而言，结论却没有那么简单。日本汉诗创作中有受到其和歌影响而出现的“脱政治性”的倾向，但是也有受到中国诗歌影响的主流一面。特别是到了江户时代之后，日本汉诗中对于天下国家朝政的关切是极为普遍的，而且还表现出强烈的个人情感色彩，这又与日本汉诗重情的传统特点密切相关。到了幕末近代，日本汉诗人又表现出对于时局变迁、国政变革的强烈兴趣，汉诗创作中涌现出许多关切时政、鼓吹变革的佳作，这些诗作往往指陈时事，剖析时局，分辨利害，慷慨激昂，充满激情。日本汉学研究者也意识到，幕末此类汉诗的大量出现，与中国诗歌关切现实以及日本汉诗重情的传统都有着密切的关系。①

从明治至昭和年间的国分高胤（1857—1944），吟诗六十年，指陈时事，诗风苍劲，关怀民生，豪情慷慨，被认为是日本汉诗千年创作史上的殿军。②现择其两首古体，以展现其诗作基本风格：

> 清廷改官制，任免各大臣。锐意学西法，百弊期一新。衰弱两百年，岂无其原因。头小而尾大，国势竟不振。上下只征利，徒说义与仁。苞苴公然行，水火悲斯民。近来有所悟，制度仿东邻。各省拔才俊，留学日问津。从来宪政美，先要得其人。愿不趋皮相，沉潜养精神。（《改官制》）

> 羽书飞万里，时局日艰难。月晕天将雨，唇亡齿竟寒。干戈盟独露，玉帛失清韩。叹此焦眉急，茫然袖手看。窥机齐虎视，振翼乍鹏抟。豹起南山雾，鲸翻北海澜。壮夫空按剑，大将漫登坛。宁复有长策，不曾惭素餐。短长歌踯躅，忼慨泪阑干。谁护蜻蜓国，置之磐石安。（《袖手看》）③

国分高胤生活在日本明治维新成功之后国力逐渐强大的历史阶段，人心思变，追求民族强盛，学习西方，政体改革，推动经济发展。但同时处在西方列强侵略东方，推行殖民政策，朝鲜李氏王朝和清朝急速衰败，日本虽然得到发展，但同为东方古国，自然会有唇亡齿寒、岌岌自危的意识。作为民族自尊心和社会责任感极为强烈，对于国内外时局形势极为关注的知识分子，国分高胤自然在其汉诗中倾诉了自己对于时局、对于自身国家、对于东亚前途的种种担忧和深入思考，因而其汉诗

① 菅野礼行、德田武校注：《日本汉诗集解说》，见《日本古典文学全集》第86册，小学馆2002年版，第536页。

② 木下彪《青崖诗存序》：“先生以诗鸣天下者几六十年，篇什之富，洵如陆放翁云六十年间万首诗。古人所谓读万卷书、行万里路、作万首诗者，先生有焉。我国自有诗人而还，未有盛于先生者也。先生既殁之后，国势衰落，人心丕变，风雅之道，遂坠于地，固势之无可如何者。则自王朝以来，千数百年之传统，至此而尽，盖天以先生为之殿军欤噫！”

③ 诗见《青崖诗存》卷九、卷五，载《诗集·日本汉诗》第二十卷，汲古书院，平成二年（1990）七月刊行。

创作就具有极其鲜明的当代意识。坦率地说，国分高胤在其汉诗创作中表现出了强烈的大和民族自豪感，也袒露出与德国、俄国争夺和瓜分东亚领土的强烈意愿，这些都是当时日本思想界的主流意识，也是近代日本汉诗中普遍表现出来的主导意识。唯有如此，国分高胤才能成为从明治到昭和年间日本汉诗创作的代表性诗人。

日本汉诗人关注民族国家整体利益，追求社会内部的协力发展及和谐关系，注重人情，关怀民生，并在汉诗吟诵中有着强烈的情感色彩，这些因素都在国分高胤的诗作中得到了充分的体现。日本汉诗历程以国分高胤作为最终谢幕的殿军，是合乎逻辑的发展结果，也称得上是名副其实的自然选择。

四

历史上的琉球王国，主要是指从1429年尚巴志建立统一政权起，到1879年被日本吞并为止，在日本九州和中国台湾之间的琉球群岛上存续了450年的一个统一王国。琉球王国统一之前，琉球群岛上有山南、中山、山北（所谓“三山”）三个地方政权，它们早在明代初年即已相继朝贡中国[①]。1429年中山王尚巴志统一了三山，建立琉球王国。他承续前规，定期遣使赴北京朝贡，并接受中国朝廷的册封，因此在明清两代，琉球和朝鲜、越南一样，是中国的属国。虽然日本萨摩藩主岛津氏曾于1609年一度侵略琉球，逼其进贡，江户幕府亦在此后一再命令琉球向其派遣使节，但直到19世纪中后期，琉球在公开外交场合一直以中国属国自居，中琉之间也一直保持着东亚传统册封朝贡体系中所有的基本关系。直至1879年，日本明治政府悍然“废琉置县”，吞并了琉球王国。

在东亚秩序中，明清两朝与琉球始终维持着宗主国与藩属国的稳定关系[②]。据1999年日本帝国书院版《地図で訪ねる歴史の舞台》（日本卷），“南西诸岛：以中转贸易而繁荣的琉球王国”下，有一统计，有明一代，东亚诸国入贡明朝，日本19次，李氏朝鲜30次，安南89次，琉球高居榜首，竟达171次。与日朝相比，足见琉球与中国关系之亲密，其国君即位，必定循例请明帝遣使册封，难怪《明史·琉球传》结语赞道：“其虔事天朝，为外藩最云。”琉球的首里，也得名于明万历皇帝赐给琉球国的诏书中的一个词：守礼之邦。这四个字被刻上匾额，高悬在首里古城最显眼的一座中国风格的牌楼上。这座牌楼被称为“守礼门”，成为整个琉球群岛的代表性建筑。琉球国王居住的首里城正殿不是坐北朝南，而是坐东朝西，面向中国方向。这并非是建筑师的失误，而是为了显示“归慕之心”，琉球皇家建筑的正殿正厅

① 据《明史·琉球传》，洪武五年（1372），明太祖遣使“以即位建元诏告”中山国，其王即派其弟随使入贡。可见中国与琉球的贡封关系最少也有五百年。

② 见《隋书》云：“流球国居海岛之中，当建安郡东，水行五日而至。”《元史》云：“瑠求在外夷最小而险者也。”《明一统志》云：“本朝洪武中，其国（琉球）分为三：曰中山王，曰山南王，曰山北王，皆遣使朝贡。”《明史·琉球传》《清史稿·琉球传》等皆有记录。另见潘相《琉球入学见闻录》，乾隆二十九年（1764）成书，作者为清朝国子监琉球官学教习，对琉球学生来华学习状况多有实录。

都是面向中国海。首里城正殿内原先悬挂着中国皇帝赐给琉球国王的9块匾额，全在二战末期毁损。如今已复原3块，分别是清朝康熙皇帝题写的“中山世土”、雍正皇帝的“辑瑞球阳”和乾隆皇帝的“永祚瀛壖”。

相对于朝鲜和日本，琉球汉诗人出现的时间较晚，保留下来的琉球汉诗作品数量也较少。[①]三山时期琉球汉诗作品保留下来的仅为单篇断章，到明王朝藩属时期，琉球汉诗有了快速发展。此时不仅有琉球学子来华学习，还有闽人三十六姓迁居至琉球传授中国文化技术，包括汉诗文，其中便涌现出不少知名汉诗人及汉诗佳作。到了清王朝藩属时期，琉球汉诗的发展达到繁盛期，中琉使节交游唱和篇章众多，琉球来华官生与中国文人的交游唱和也是佳作迭出，足见琉球汉诗人虽然起步较晚，但刻苦学习，领悟力强，在东亚汉诗圈内堪称后来居上。从被日本南部萨摩入侵开始，琉球王国经历了以弱对强艰难挣扎的痛苦历程，而清末国势的衰弱逐渐丧失宗主国的实力与权威，则是导致琉球王国最终被日本吞并的重要背景。在此阶段中，琉球汉诗人与中国及日本汉诗人交往密切，使得琉球汉诗不仅保持着创作繁荣的发展势态，而且出现了新的因素，其中琉歌的兴起并与汉诗的结合最为明显。

学术界对琉球汉诗的研究尚处于起步阶段[②]，琉球汉诗发展历程及独特之处还需要进行深入的考辨细究，比如琉球汉诗中有关“大海”的意象表述，就极有特色。下面举三篇同名诗作略作申述：

八月凉风拂江滩，扁舟挂帆泛轻澜。一朝经过千余里，银涛忽上恣奇观。是时明月挂河汉，浮云舒卷星光阑。岛屿隐见雾中小，波涛澒洞天涯宽。东风号怒助声势，一夕欲卷沧溟干。迴涛倒撼地舆坼，轻舟一叶随奔湍。平生不履险阻地，逸居谁知客路难。（阮宣诏《海上观潮歌》）[③]

平生喜游眺，未见海上奇。今王嗣位庚子岁，乘槎海上历险巇。长帆十幅出姑米，苍茫万里无津涯。元黄不辨乾坤色，中流一气相溁洄。银涛雪浪掀天至，素车白马惊交驰。霆击雷轰碎天鼓，十洲三岛愁崩摧。冯夷鼓舞出游戏，此时潮头百怪来。长鲸掉尾鳌背赤，随波出没天昂低。却看波外悬落日，金轮激荡迷东西。中流一叶忘奇险，随波起伏天东陲。三日初看鸡笼岭，四日已到五虎台。从来沧溟纳浩荡，众流百渎皆来归。即今圣德被遐迩，螺车羽轮朝皇

① 复旦大学出版社于2012年出版了高津孝、陈捷主编的《琉球王国汉文文献集成》，其中汇集琉球汉诗人别集、选集近三十种。据说还有近四十种汉诗文别集等待续编刊出，但已大体可知现存琉球汉诗总量不多。

② 可参考日本学者上里贤一，中国学者毛翰、陈福康等人的相关论著。

③ 阮宣诏等：《琉球诗录》卷一，见《琉球王国汉文文献集成》三十一册，清道光二十四年刊本，复旦大学出版社2013年版，第129页。

巇。奔鲸骇浪不复有，天光海镜清涟漪。（郑学楷《海上观潮歌》）①

十丈高帆挂海上，乘风鼓棹凌浩荡。海人平生狎风波，海波愈险心愈壮。银涛忽来百丈山，洪波疑泻银河间。东风万里助声势，疾雷震电相掀翻。前潮到岸散飞雪，后潮十层高巇嶪。一日直恐龙宫干，东南更愁地轴裂。扶桑东望连鸿蒙，红日涌出波涛中。蓬莱瀛洲波上走，群灵出没金银宫。巨鳌连山掉长尾，赤眼长鲸戏海水。冯夷击鼓天吴歌，万变出没金波里。天风吹月出沧瀛，星汉灿烂波中明。但见苍茫海，化为冰壶清。游子对酒歌，慷慨万里情。平生忠信涉波浪，十丈高帆海上行。（东国兴《海上观潮歌》）②

这三首诗的作者分别是阮宣诏、郑学楷和东国兴，皆为琉球来华官生，在清朝教习的指导下学习写作汉诗文。琉球来华留学生都有乘船渡海的经历，而这三首同名诗作，看来是教习根据这一情况而出的题目。诗中有一些描述大海的壮词，如“银涛”“长鲸”“冯夷”“沧溟”等在汉诗中常用，由此亦可见琉球汉诗人对中国诗歌传统的继承，功底扎实。然而此三首琉球汉诗的真正佳处还是在于写出了不同的观察视角，也表现出了迥异的艺术个性。第一首侧重从天空俯视海涛，其“一夕欲卷沧溟干”“迴涛倒撼地舆坼”的诗句极为生动传神。第二首侧重于描写大海的波澜壮阔及海涛中的神奇景观，其表现出航海中的清晰地理概念同样令人赞叹。第三首侧重表现航海中的壮怀激情，诗中古今相通，人神交汇，又能突显安踏洪波，慷慨抒情，收放自如，显示出驾驭全局的出众才华。清朝教习孙衣言高度评价这首佳作：“兼有昌黎、供奉（李白曾任翰林供奉）之长，视黄仲则作似尤豪逸。”确实如此，将其置于清代诗集中也堪称上乘佳作。

总之，琉球汉诗研究还是一块有待开垦的处女地。尽管时过境迁，有着五百年辉煌的琉球王国自近代以来已被日本并吞为一个县，然而中山古国的文化命脉至今尚存，中华古风的纯朴人情随处可见，而这一些都凝聚在琉球汉诗的字里行间，等待着有识者的开拓和发扬。

五

越南（安南）毗邻中国南方的云南、广西地区，地理空间上与朝鲜、日本、琉球等东北亚地区相距较远，其山川气候、自然环境及文化传统都有着鲜明的特征。虽然千百年来同属东亚汉字文化圈，但是东亚各国彼此间的经济政治思想文化差别

① 阮宣诏等：《琉球诗录》卷一，见《琉球王国汉文文献集成》三十一册，清道光二十四年刊本，复旦大学出版社2013年版，第159页。

② 阮宣诏等：《琉球诗录》卷一，见《琉球王国汉文文献集成》三十一册，清道光二十四年刊本，复旦大学出版社2013年版，第241页。

还是很明显的，这些因素都对古代越南汉诗的发展带来了直接的影响。

越南汉诗发展历程中最为突出的一点，便是宋明理学渗透到安南社会生活的各个侧面，形成了在东亚儒学发展史上最为稳固的儒学教育体系，包括持续时间最久的科举取士制度。宋代形成的程朱理学自陈朝初年（13世纪中叶）传入后，备受越南朝廷推崇，在古代越南，只有受过正规儒学教育的学子才可能有机会成为士大夫。

宋明理学以儒家伦理为核心，具有糅合儒、释、道而形成“三教归一”的特征，崇尚宋明理学的越南儒教则更为强调这一点，这与越南社会文化的发展历史有着密切的关系。越南在中古时代就流行“三教同源”的思想，来源于中国的儒、释、道三家之间往往互有斗争，但又彼此渗透。在佛教占据优势的历史时期，僧侣大都精通儒学，能撰写汉诗文，其汉诗创作往往既阐明释家禅义，又蕴涵儒家哲理。到了“三教并尊”的李陈时期，儒佛道兼容的倾向更为普遍。陈朝皇帝不少既研佛学，又通儒学，如陈太宗本身就是越南历史上著名的佛学大师，他所撰《课虚录》为越南竹林禅派的奠基之作，其中贯彻了儒释合一思想。

从整个思想体系方面考察，越南儒教确实是长期仿效中国儒学，并以学得像而自豪。胡朝越帝胡季犛（1336—1407）在《答北人问安南风俗》中这样写道：“欲问安南事，安南风俗淳，衣冠唐制度，礼乐汉群臣。玉甕开新酒，金刀斫细鳞。年年二三月，桃李一般春。”[①]这首诗，显然是向中国使臣夸耀越南社会的衣冠礼乐所达到的文明高度，可以与汉唐相媲美，此虽言过其实，但也形象地反映出了安南学习中原汉族文化的积极性，也可看出中国文化在越南所受到的极大尊重和所发挥的广泛影响。

与朝鲜、日本、琉球相比，越南古代同样是长期接受汉文化的全面影响，但是在如何消化和改造汉文学方面，越南的汉学家中借鉴模仿者居多，而开辟新境、独创一格者相对而言较少。在使用汉字作为正式文字的同时，越南人创造的“喃字”虽也得到广泛使用，但是持续时间并不长久。儒家学说在越南长期占主导地位，但是大多数越南汉学家恪守旧规，主要从事于解经教学，没有出现像朝鲜、日本那样此起彼伏、互相争辩的汉学流派。然而，越南科举制度中的儒、佛、道三教并试的情况，是在东亚其他国度从未有过的。越南汉诗作品中所大力张扬的大越民族自豪精神，在东亚汉诗界中也是最为强烈的。

越南汉诗文创作的历史悠久，但是对于汉诗文的研究还是显得相对保守，保留下来的论著较少。相对于朝鲜、日本都有大量的汉诗文评论之作，越南则显得相对薄弱。在公元939年以前，北部越南是中国的一部分；公元939年以后，越南的一切政令、建制律典皆摹中国旧法，公私文牍悉依中国文体。在文学批评方面，越南也是沿袭中国诗学文体，主要有序跋、书札、笔记三种文体。至于在中国、朝鲜和日本都较为常见的诗话，在古代越南则极少看见，目前保存下来的仅有两部，其一是

① 潘孚先编辑，李子晋批点：《皇越诗选·闰胡》，越南国家图书馆藏书，第13页。

绵审的《仓山诗话》，其二是黎贵惇的《芸台类语·文艺》，其形式与中国诗话及学术笔记并无二致。中国学者王小盾指出：越南古代诗学是在俗文学和应用文学环绕的情况下发展起来的，“总的看来，越南诗学最显著的特点有二：一是接受中国诗论尤其是经学诗论的极大影响，重视‘诗言志’、‘兴观群怨’、‘温柔敦厚’、诗尊词卑等较富伦理学色彩的诗歌理论；二是基于本民族的文学实践，主张多种风格兼收并蓄，在明清以来的种种诗学流派中偏爱重视自然情感的性灵理论。同中国诗学流派化的局面相比较，越南诗学有一种调和的性质。”[①]调和的性质，显示出儒家中庸正统观念的影响，从另一方面看，也是在思想上缺乏创新意识的一种表现，综观越南古代的汉诗创作及评论，基本情况确然如此。

客观而论，历代越南汉诗人中也不乏呼吁张扬安南民族特色、独创安南汉诗格调的言论，也有在汉诗写作中糅合进越南语言的节奏声调的尝试。比如在七言律诗中加入两句越南人习惯的七言，中国七言习惯的节奏是前偶后奇，就是2–2–3，或者是4–3形式，而越南人习惯的七言节奏是前奇后偶，就是3–2–2，或者是3–4形式，这样糅合的结果就是越南人吟诵起来就觉得更为朗朗上口。比如陈朝的仁宗有一首《幸天长行宫》就如此：

景清幽亦物清幽，十二仙洲此一洲。百部笙歌禽百舌，千行奴仆橘千头。月无事照人无事，水有秋涵天有秋。四海已清尘已静，今年游胜昔年游。

此诗被裴璧收入《皇越诗选》卷一，其特点就在于前奇后偶的句式和前偶后奇的句式交替使用，第一联和第三联是3–1–3句式，第二联和第四联是2–2–3句式，也就是说首联及颈联用了越南的七言节奏，颔联及尾联用了中国的七言节奏，这样不同句式的直接糅合，打乱了中国七律原本有的沉稳节奏感，从而使得整首诗呈现出一种安南风土“百部笙歌禽百舌”的喧闹效果，颇为别致。这样的糅合不同句式，中国诗人读起来或许会感到节奏乱，不顺口，但是越南诗人读起来就没有这样的不习惯感，这与中越两国语言节奏感有所不同是直接相关的。这样写汉诗，到底是有意为之，独创一格（即所谓的越化汉诗）？还是汉诗功力不到家，或随意为之的结果？仅凭此诗，还是很难定论。值得注意的是，从裴璧《皇越诗选》所选的陈仁宗五首七言诗作看，糅合不同句式节奏的只有这一首，其他四首都是严格遵守中国七言格式的，摘录如下：

半窗灯影满床书，露滴秋庭夜气虚。睡起砧声无觅处，木樨花上月初来。（《月》）

村后村前淡似烟，半无半有夕阳边。牧童笛里归牛尽，白鹭双双飞下田。

① 王小盾，何仟年：《越南古代诗学述略》，《文学评论》2002年第5期。

（《天长晚望》）

绿暗红稀倍寂寥，雾云吞雨土花销。斋堂讲后僧归院，江馆更初月上桥。三十仙宫横夜榻，八千香刹动春潮。普明风景浑如昨，仿佛羔墙入梦饶。（《天长府》）

飘飘行李岭云南，春入梅花只两三。视一同仁天子德，生无补世丈夫惭。马头风雪重回首，眼底江山少驻骖。明日泸江烟水阔，葡萄嫩绿洗心谈。（《答北使乔元朗》）[①]

看得出来，陈仁宗擅长于七言汉诗，绝律皆佳，基本上还是遵守中国诗歌的声调格律，上引《幸天长行宫》一诗的变换节奏的写法，也就是偶一为之而已，并非有意创制新调之举。再说，从中国诗歌的角度看，文人诗所习惯的节奏确实是前偶后奇，也就是2–2–3或者是4–3形式。但是在中国民间俗文学中，尤其是到了明清时代的市井说唱文学中，前奇后偶的句式比比皆是，并不少见。从中越长期密切交往，尤其是中国俗文学在越南也是传播广泛影响深远的背景看，即使陈仁宗在诗中偶尔采用了前奇后偶的句式，也不能排除其受到中国俗文学影响的可能性，至少不能仅凭此点就认定是越化汉诗。

六

从方法论的角度看，对东亚国别汉诗的研究必将对现在通行的古典文学和比较文学中的诗歌观念及理论体系进行反思，因为用现行的诗歌理论框架难以给东亚汉诗进行准确的理论定位。比如探讨不同的母语因素对东亚各国汉诗人创作的影响，像日本江户时期伊藤仁斋、荻生徂徕等著名学者的汉诗中，还是能看出受到汉文训读法的影响；又如朝鲜李朝汉诗人的作品也深受朝鲜语言中谚文的影响。细致辨析这些母语的影响和差异，对中国古典诗学和比较文学理论的充实和发展无疑有着十分积极的价值。

汉诗属于中国文学的一种传统形式，同时也属于东亚各国的一种主流文学形式。用非母语进行诗歌创作并保持长期兴盛的东亚汉诗，成为持续影响东亚各国文学文化发展的重要因素，也成为本民族文学文化的优秀传统，这在世界文学史上极为罕见，独具东亚特征。

汉诗不仅是中华民族传统文化的精华，也是东亚各国优秀传统文化的共同代表。东亚汉诗虽然有着相同的艺术形式规范，但从不同民族文化土壤中培育出来的东亚汉诗人及汉诗却有着形同神异的妙处。正是这些丰富的同中之异，表现出东亚汉诗艺术精神的独特魅力。东亚汉诗是东亚思想、语言、文学、艺术的结晶，是逾

① 裴璧：《皇越诗选》卷一，汉喃研究院馆藏。

越千年东亚精神传统的共同代表。

珍惜和传承这份丰厚的艺术和精神遗产，对于东亚社会的今日及将来，对东亚各国关系的良性发展，都有着温故知新、继往开来的重要意义。

[原载《安徽师范大学学报》（人文社会科学版）2014年第3期]

"诗""骚"诗学思想四题

◆潘啸龙

【关键词】诗；骚；诗学思想；辩证关系；诗论偏颇

【摘　要】通过对"诗""骚"创作实践的考察，总结了其所体现的诗学思想，包含着"言志"与"缘情"功用观的共容，"中和"与"激切"审美取向的兼有，"含蓄"与"明快"表现方式的并用，"虚静"与"骚动"创作状态的俱存，带有相当鲜明的辩证色彩；批评了割断作诗"言情"与政治教化内容联系，否定非"中和"的情感"激切"取向，排斥"明快"的表现方式，以及创作构思只贵"虚静"等偏颇意见；提出了重视古代诗歌创作实践研究以总结诗学经验的主张。

对中国古代诗学思想的考察和探讨，人们往往以古代诗论家的著述或言论为重点，这无疑是一条重要途径。不过，我们也可以改换一种选择，将古代作诗人自己的看法及其诗作本身作为考察、探讨的重点，或许可以从创作主体的实践层面上，提供一个参照和检验的系统。正如卫姆塞特·布鲁克斯所说："自始以来的诗人，多喜欢谈论自己的作品，把文学见解写入自己的诗篇。所以，人类自有了诗歌，雏型的文学理论便相偕出现。"[①]将作诗人及其作品所体现的诗学见解和经验，与诗论家的阐释和总结联起来考察，不仅可丰富诗学思想之内涵，而且可以匡正诗论家研究中可能出现的某些偏颇或失误。本文的考察，即想以中国古代诗歌的光辉源头——"诗""骚"为对象，探讨一下它们在创作中所体现的某些诗学思想，并对古代诗学研究中的有关论断提出一些不同的看法。

一、"言志"与"缘情"："诗""骚"所体认的诗之功用

自从诗歌产生以后，人们似乎就开始了"诗究竟为什么而作"的理论追问，它因此也成了中国古代诗学所面对和回答的第一个重大课题。这个回答以《尚书·尧典》的"诗言志"说最为简约和权威，朱自清先生甚至称它为中国诗论的"开山的

① 卫姆塞特·布鲁克斯著，颜元叔译：《西洋文学批评史》，中国人民大学出版社1987年版，第1页。

纲领”[①]。但在阐释这个纲领的“言志”内涵时，朱氏却引用春秋时期的“赋诗言志”、作诗以讽实例，以及《诗经》中作诗者明确标示的“谏”“刺”“讯”“告”之意，而断言这种“言志”其实“是与政治、教化分不开的”，并认为这与西晋陆机《文赋》提出的“诗缘情而绮靡”说对应，体现了两种不同的文学“标准”或“尺度”：“‘言志’其实就是‘载道’，与‘缘情’大不相同。陆机实在是用了新的尺度。”至于《诗经》，虽也有“一半是‘缘情’之作”，但“乐工保存它们却只为了它们的声调，为了它们可以供歌唱。那时代是还没有‘诗缘情’的自觉的”。[②]

先秦时代的人们作诗，是否还根本没有“诗缘情”的自觉？先秦时代“诗言志”的诗学思想，是否只与“政治、教化”相联系，而根本未包含“缘情”的内涵？要回答这些问题，我们恐怕不能只从春秋时代政治、外交上的赋诗、用诗实例着眼，而应该更多从诗歌创作的客观实践作深入的考察。因为那个时代政治、外交场合的赋诗和用诗，本身就受到实际交流目的之限制，而使其“言志”内涵偏向了“政治、教化”方面。但这决不等于说，当时的诗人只是为了政治、教化的需要而作诗的。

诚然，在《诗经》中确实存在着许多直接为政治、教化而作的诗歌。所谓“夫祀，国之大节也；而节，政之所成也”（《国语·鲁语上》），《诗经》的“周颂”“商颂”“鲁颂”，就都是为着宗庙祭祀而作的政治、教化诗。在“大小雅”中，更有大量歌咏朝觐、宴饮、征伐、狩猎、婚姻的诗作，一边称颂着天子、王公的威仪德行，一边表现着赫赫王朝的“礼乐”“文章”：当然也与政治、教化结了不解之缘。特别是产生于西周后期的一批讽喻诗，作诗人更在诗中大声疾呼“王欲玉女，是用大谏”（《大雅·民劳》）、“犹之未远，是用大谏”（《大雅·板》）、“寺人孟子，作为此诗。凡百君子，敬而听之”（《小雅·巷伯》）、“君子作歌，维以告哀”（《小雅·四月》），均直接表明了其所以作诗的政治讽谏之意。至于战国诗人屈原所作的“楚骚”，由于诗人自身在楚国政坛上所处的重要辅臣地位，以及“遭谗放逐”的不幸遭际，故除了直接为沅湘民间的“俗人祭祀之礼”改作的《九歌》外，几乎每一篇诗作都带有鲜明的政治倾向。屈原是一位博闻强识的诗人，他当然熟悉西周以来有关“诗言志”的诗论“纲领”，而且在自己的诗作中也多次表明：“恐情质之不信兮，故重著以自明”（《九章·惜诵》）、“介眇志之所惑兮，窃赋诗之所明”（《九章·悲回风》）——可见他所奉行的“言志”，正包含着抒写“政治”情志的内涵。

但这只是问题的一个侧面。《诗经》、“楚骚”所体认的“言志”内涵，除了与政治、教化有关外，还有同样值得注意的另一侧面，即后来的《毛诗序》所指出的“吟咏情性”的意旨。

黑格尔曾经指出，抒情诗是“愉悦或痛苦的心情的自由流露，有了这种心情，

① 朱自清：《朱自清古典文学论文集》（上），上海古籍出版社1981年版，第190页。
② 朱自清：《朱自清古典文学论文集》（上），上海古籍出版社1981年版，第6、202页。

要把它歌唱出来，心里才舒服。”[①]这大抵是人类咏唱歌诗的共同需要。从中国古代诗歌的发生、发展历史看，创作诗歌以舒泄内心的哀乐之情，远早于抒写“政治、教化”之意的诗作。被称为“实始作为南音”的《候人歌》，据传即产生于“诗言志”说发生的舜禹时代：“禹行功，见涂山之女。禹未之遇而巡省南土。涂山氏之女乃令其妾待禹于涂山之阳，女乃作歌，歌曰：‘候人兮猗。’”[②]这首歌诗即纯为“缘情”之作，与所谓的政治、教化并无关系。而到了《诗经》时代，这类与政治、教化没有直接关联的“缘情”之作，可以说在《诗经》特别是“十五国风”中已俯拾即是，以至于连朱自清先生也承认，它们几乎占了《诗经》的“一半”。

有“缘情”诗歌的大量创造，就必有“缘情”作诗思想的逐渐“自觉”。我们当然无法断言，夏禹时代“涂山之女”的作歌，就已有了“缘情”的自觉思想。但到了《诗经》出现的春秋时代，还断言“那时代是还没有‘诗缘情’的自觉的”，就显得过于偏执了。我们根本不能设想，那在“诗三百”的第一篇《关雎》中，反复抒写“窈窕淑女，寤寐求之”，以至为“求之不得”而彻夜“辗转反侧”的“君子”，居然还不自觉他之作歌，乃出于舒泄失恋痛苦之情的需要。我们当然也不能设想，那在《唐风·葛生》中怆然泣歌“角枕粲兮，锦衾烂兮。予美亡此，谁与独旦”的凄苦妻子，居然还没有“缘情”悼亡的作歌之“自觉”！最有力的证据，还不如让当时的作诗人自己来提供：《召南·江有汜》有“江有沱，之子归，不我过。不我过，其啸也歌”一节。据闻一多考证，此诗“诗人盖以江水之别出而为汜为渚为沱，喻夫德之不专”，并解“其啸也歌”句为“谓忧伤之情，发为歌啸”，“啸歌者即号歌，谓哭而有言，其言又有节调也”。[③]依此解说，则《江有汜》之作诗人（即弃妇）自己就明白揭示了她之所以作为此歌，乃在于舒泻其无端被弃的“忧伤之情”。再看《小雅·四牡》。现代的研究者多以此诗为迫于“王事”而颠沛道路的行役者之歌。诗之结句曰：“是用作歌，将母来谂。”毛传：“谂，念也。”[④]是作诗人又明确吐露，他是因为“王事靡盬，不遑将父（母）”，抑制不住对父母的思念忧情，而歌咏此诗的。此外还有《小雅·何人斯》。旧说多依“毛序”定此诗为“苏公刺暴公”的“绝交”之作，其实不确。闻一多指出“《小雅·何人斯》篇亦女子之词”，诗中“以飘风喻男子之无情也”[⑤]，较合此诗本义。此诗结句也直接告白了女主人公作歌的意图：“作此好歌，以极反侧。”“好歌”者，男女情爱之歌也；“反侧”即《关雎》“悠哉悠哉，辗转反侧”之意。联系全诗内容可知，女主人公因为早已被摈弃别室而难见其夫，陷入了“壹者之来，云何其盱”的绝望和痛苦之中，才唱出了这首舒泻婚姻失败之情的哀伤之歌，以挨过彻夜难眠的“反侧”。则此诗之为“缘情”而作，其

① 黑格尔著，朱光潜译：《美学》（第三卷下），商务印书馆1981年版，第208页。
② 吕不韦：《吕氏春秋·音初》，《二十二子》本，上海古籍出版社1986年版，第646页。
③ 闻一多：《古典新义》（上），古籍出版社1956年版，第96、154页。
④ 郑玄笺，孔颖达疏：《毛诗正义》，《十三经注疏》本，中华书局1980年影印本，第406页。
⑤ 闻一多：《古典新义》（上），古籍出版社1956年版，第175页。

"自觉"程度在结句的告白中，更已表露无遗。至于战国时代诗人屈原的"缘情"作诗，恐怕已用不着多加举证：他所创作的《离骚》《天问》《九章》诸诗，既表现着鲜明的政治讽喻倾向，同时又显现着舒泄愤懑的"缘情"自觉，有了他自己在《惜诵》中"惜诵以致愍兮，发愤以抒情"，以及《抽思》中"道思作颂，聊以自救兮"的凄怆呼告，难道还有任何怀疑吗？

这样看来，先秦时代诗、骚所显示并体认的"诗言志"思想，不仅有着抒写"政治"情志的内涵，而且包含着"缘情"作歌、"吟咏情性"的自觉。其间并不存在只讲"政治、教化"，而不重"缘情"作诗的褊狭。正因为这样，即使到了竭力强调诗之政治、教化功能的汉代，儒者们在解说"诗言志"的涵义时，也依然将"志"与"情""意"联系起来，指明了"哀乐之心感而歌咏之声发"，"感于哀乐，缘事而发"的特点①。这样的阐释，无疑是符合"诗言志"之古义的。现代某些古代诗学的研究者，鉴于封建专制时代总是强调诗歌创作为"政治、教化"服务，从而钳制了人们的自由创造精神，便以为先秦时代的"诗言志"，是只讲政治教化而不讲"吟咏情性"的。这种将"诗缘情"之内涵，从"诗言志"的开山纲领中剔除出来，并将之与"诗言志"对立起来的判断，既不符合先秦时代"诗""骚"所体现的作诗思想，也不符合"去古未远"的汉代儒者对"诗言志"内涵的具体阐释，显然只是一种似是而非的误解。

与这种误解相联系的，还有另一种较为普遍的看法：即以为歌诗之创作只有摆脱与"政治、教化"的关系，才是"缘情的、审美的"；倘非如此，歌诗的审美价值就一定会受到损害。

将这种看法放到"诗""骚"创作的实践中去检验，人们将会发现：它同样是偏颇和似是而非的。因为歌诗之创作，虽然多由作诗人内心"哀乐"之情的感发而促成，但触动这种"哀乐"之情的，毕竟还是作诗人所处的社会生活状况。只要社会生活的状况还与一定的"政治、教化"秩序相联系，则歌诗所表现的"哀乐"之情，就很难完全摆脱政治、教化的内容。诗歌的是否具有审美价值，并不在于它们内容上是否与政治、教化相关，而在于它们艺术表现上的是否真挚动人。《王风·采葛》"一日不见，如三岁兮"的感人咏唱，固然未与政治、教化相关；但《齐风·南山》的"取妻如之何？匪媒不得"的"教化"之语，却并未减损此诗讽刺齐襄公的情韵。《周颂·敬之》谆谆自戒的"日就月将，学有缉熙于光明"，至今读来仍给人以深长的启迪；《小雅·采薇》表现征戍生涯的"昔我往矣，杨柳依依；今我来思，雨雪霏霏"，不正因为抒写了与个人命运相关的"政治"生活，而更见得沉郁感人？屈原那"奇文蔚起"的抒情长诗《离骚》，如果不是紧密联系着自身的政治遭际，而表现了"虽体解吾犹未变兮，岂余心之可惩"的道德人格和恋国深情，难道能长久震撼两千余年的中国诗坛？

① 班固：《汉书·艺文志》，《二十五史》本，上海古籍出版社、上海书店1986年版，第528、531页。

韦勒克、沃伦曾经指出：“某些较早的‘纯文学’的提倡者出于改革的热情，把小说或诗中仅有的一些道德或社会思想与‘说教的异端’等同起来。但是，如果思想和人物、背景等一样是作为材料而成为文学作品的必要的构成成份，那它就不会对文学造成损害。”[①]苏珊·朗格在批评穆尔将“倾向事物、信仰和原则的态度，以及所有一般的议论”，包括在诗中表现作者的某种“道德关注”，均“视为不纯”而排斥的“纯诗”说时，也明确指出：“禁止诗人进行严肃的思考（笔者注：此指对社会政治、道德问题的考虑和关注），就要割去整块诗歌创作的领地——深刻的、不幸的感情的表现”；“穆尔所提出的作好诗标准的‘纯诗’，把全世界历代伟大抒情诗歌的大多数划入了劣诗”。[②]令我们感到欣慰的是，处在我国诗歌创作源头上的“诗、骚”所体认的诗学思想，却没有这种偏颇：它们既未否定“缘情”作诗、“吟咏情性”的自由，也未割断“言情”与政治、教化的联系，从而显现了“诗言志”这一诗学“开山纲领”海纳百川的气象。

二、“中和”与“激切”：“诗”“骚”所兼有的审美取向

说到中国古代诗歌的审美取向，人们都不会忘记孔子评论《诗经》的两句名言：“《关雎》乐而不淫，哀而不伤”，“《诗》三百，一言以蔽之，曰：‘思无邪’。”按照后儒的解说，孔子的这些评述，实际上提出了诗、乐情感表现上的最高原则，即“致中和”思想。所谓“乐不至淫，哀不至伤，言其和也”[③]，所谓“论功颂德，止僻防邪，大抵皆归于正”[④]，用《诗大序》的话说，其实就是“发乎情，止乎礼义”七字而已。现代的美学研究者，则将它总结为儒家提倡的一大审美理想，即“中和之美”。这种有节制的情感表现规范，与孔子在其他场合提出的“温柔敦厚”的“诗教”说，后来几乎成了中国古代诗学思想的圭臬，而为大多诗论家所津津乐道。由此也令现代有些诗学研究者产生了某种错觉，以为先秦时代的诗歌，只是尊奉“乐而不淫，哀而不伤”规范创作的，先秦诗歌的审美取向，似乎就只有“中和之美”这一种。

事实是否如此呢？我们还是从“诗”“骚”创作的客观实际进行考察。在具体考察之前，尚有一点先须说明：从《尚书·尧典》在提出“诗言志”说的同时，还强调了歌乐的“直而温，宽而栗，刚而无虐，简而无傲”以及“八音克谐”“神人以和”的要求看，中国古代的诗学思想，早在《诗经》以前，大抵已有了对“温”

---

① 雷纳·韦勒克、奥斯汀·沃伦著，刘象愚译：《文学理论》，生活·读书·新知三联书店1984年版，第273页。

② 苏珊·朗格著，刘大基等译：《情感与形式》，中国社会科学出版社1986年版，第295—296页。

③ 何晏注，邢昺疏：《论语注疏》引孔安国注，《十三经注疏》本，中华书局1980年影印本，第2468页。

④ 何晏注，邢昺疏：《论语注疏》引孔安国注，《十三经注疏》本，中华书局1980年影印本，第2461页。

"宽""和""谐"的有意识追求。而传为帝舜与皋陶相续所作"股肱喜哉，元首起哉，百工熙哉!""元首明哉，股肱良哉，庶事康哉!""元首丛脞哉，股肱惰哉，万事堕哉"[①]之歌诗，无论是颂是戒，确实也都宽谐、温和，体现了上述表现要求。

到了《诗经》时代，与周公的"制礼作乐"相适应，周初的庙堂之歌（《周颂》），天子诸侯的朝会、宴乐之诗，当然更遵循着"神人以和"、君臣相谐的礼义，表现着"乐而不淫，哀而不伤"的适度。例如《周颂·闵予小子》，其抒成王在武王新丧中的继位之情，正以"遭家不造，嬛嬛在疚。於乎皇考，永世克孝"之语，吐露着虽然悲痛却又颇有节制的哀情。《大雅·既醉》描述太平之世成王与群臣的宴乐，在"既醉以酒，尔肴既将"的大快朵颐中，也依然保持着"朋友攸摄""威仪孔时"的自制。如果说《周颂》《大雅》的抒情，多有对"发乎情，止乎礼义"要求的较自觉遵守的话，在"十五国风"中，则有着虽未必全都自觉，却也符合"中和"要求的颇多实例。表现欢乐者如《郑风·将仲子》，虽然满心期盼着与心上人的私会，却又担心着对方"逾墙""折桑"的有违礼义，而再三地叮嘱着"仲子"小心克制；《唐风·蟋蟀》在时光流逝中抒写及时行乐之思（"今我不乐，日月其除"），同时又自敬自戒"无已大康，职思其居。好乐无荒，良士瞿瞿"。这样的情感表现，无疑是"乐而不淫"，把握着一定的"礼义"尺度的。表现哀伤的如《王风·君子于役》，虽然"君子"之征役已"不日不月"、无有归期，但妻子的忧伤却只用了"如之何勿思"一句倾吐，最终归结到"君子于役，苟无饥渴"的深挚祈愿；《邶风·谷风》的女主人公，分明已沦于被丈夫遗弃的境地，但在回忆所受"有洸有溃，既诒我肄"的虐待时，依然期望着丈夫的改悔，甚至哀哀地企求着"德音莫违，及尔同死"。这样的悲情抒写，当然也是委婉有节、"怨而不怒"的。

即使到了战国时代，并且是直接揭举"发愤以抒情"主张的屈原，其"抒情"之作也还保留着这种温婉、"中和"的"诗教"之一脉。如《九章·惜诵》，写诗人在"忠何罪以遭罚兮"的痛苦，不平中，仍不忘诉说对君王的思念，表达着"欲横奔而失路兮，坚志而不忍""欲高飞而远集兮，君罔谓女何之"的伏节和守志。《九章·抽思》写诗人远在被流放的"汉北"，尽管君王"憍吾以其美好兮，敖朕辞而不听"，却还一再申说"何独乐斯之謇謇兮，愿荪美之可光"的心迹，抒写着"惟郢路之辽远兮，魂一夕而九逝"的无限依恋。

由此看来，先秦时代的"诗""骚"，在情感表现的审美取向方面，确实有着"发乎情，止乎礼义"的"中和"有节的一面。孔子以"乐而不淫，哀而不伤""思无邪"概括《诗经》的表现风貌，后儒指称"楚辞不皆是怨君"、《离骚》"如赤子婉恋于父母侧而不忍去"的情感特点[②]，应该说都是精当而有据的。这种有节制的情感表现要求，倘若剔去儒家所过分强调的"礼义"规范的严格限制（如"喜莫大笑，

① 孔安国传，孔颖达疏：《尚书正义·益稷》，《十三经注疏》本，中华书局1980年影印本，第144页。

② 沈德潜：《说诗晬语》，丁福保编：《清诗话》，上海古籍出版社1978年版。

怒莫高声"，"坐莫露膝，行莫摇裙"之类)，那么它也自有一种蔼然、平和的温婉之美。这种美，其实正是对人们日常生活中相对和谐关系的反映，表现着哀乐之情抒发的一种常态。因为"和谐"是一切社会下人们所追求的生存状态，"适度"更是人们获得行动和精神自由的重要途径。只要不是在人性受到压迫、摧残的大痛、大苦境地，只要不是在意外遭逢的大喜、大乐之际，"中和"应该是人性之美的正常表现，也是艺术之美的重要准则。亚里士多德就曾指出，"优秀的艺术家在创作的时候总是求适度，如果美德比任何技艺更精确更好……那么美德也必善于求适中……因为这种美德与情感及行动有关，而情感有过强、过弱与适度之分……而太强太弱都不好；只有在适当的时候，对适当的事物、对适当的人，在适当的动机下、在适当的方式下所发生的情感，才是适度的最好的情感，这种情感即是美德"①。亚氏后于孔子一百多年，其提出的"适中"是"美"的情感表现主张，竟与孔子如出一辙。可见，"诗""骚"所体现，并为儒家总结的"中和"思想，实为中、西方古代"诗学"之共识。

不过，正如天地之间除了丽日皓月、和风细雨，还常有紫电惊雷、骤雨疾风一样，人们的情感表现，也并非只有克制、适度的唯一选择。当意外的喜悦超出了预期的企望，有节制的微笑就会情不自禁变为敞怀大笑；当身受的痛苦已为呻吟、咽泣所难以舒泄，则捶胸、顿足的号哭，亦为人情之所难免；至于郁积的愤懑终于无可遏抑，那么又有谁能阻挠它怒火万丈的喷发？在这种处境或条件下，人们的情感表现就难以选择"不淫""不伤"的"中和"，而总要发为敢笑、敢怒的"激切"了。

"诗""骚"的情感表现，也正兼有这样一种"激切"的取向。表现欢乐的追求，而不再顾及"礼义"约束者，我们可举《王风·丘中有麻》《郑风·野有蔓草》以及《陈风·东门之枌》。这类诗作抒写青年男女的相恋，或"留"栖于"丘麻"田中，或"偕藏"于"蔓草"丛间，甚至于丢弃了"绩麻"劳作，屡屡"婆娑"于枌、栩树下。这样的贪欢幽会，显然不符合"乐而不淫"的要求。不过孔子生于春秋，更注重于社会政治上的"克己复礼"，对此类男女交往的古俗，并未从"礼义"上严加指斥，故只举《关雎》以作"乐而不淫"的正面引导。但到了宋儒朱熹，便不再能容忍这类有逾"礼防"的行止和情感表现，而公然斥之为"淫诗"(见《诗集传》)。既然指其为"淫"，当然就很难说它们是"止乎礼义"的了。再看抒写痛苦之情的，在这方面《诗经》的取向，就有着更多突破"哀而不伤""怨而不怒"的"激切"表现了。《王风·中谷有蓷》抒写"有女仳离"之悲思，自"慨其叹矣"以至于"条其啸矣"，其伤痛岂可用"中和"解说？《魏风·伐檀》表现对剥削者不劳而获的愤懑，终于发为"不稼不穑，胡取禾三百亿兮"的责问，其情感又岂止是"怨而不怒"？至于《陈风·墓门》的"墓门有棘，斧以斯之"，"夫也不良，歌以讯之"，唇吻间分明可闻其怒而切齿之音；《鄘风·相鼠》的"相鼠有齿，人而无止。

① 亚里士多德：《尼科马科斯伦理学》，转引自亚里士多德《诗学》，人民文学出版社1962年版，第118—119页。

人而无止，不死何俟”，又简直就是指着对方的诅咒了。即使是颇遵礼义的许穆夫人，当其面对阻挠她返国吊唁的许国大夫时，也不免高声怒斥“许人尤之，众稚且狂”（《鄘风·载驰》）；即使是贵为天子的近臣，激于对昏乱朝政的义愤时，也不免发为对“浩浩昊天，不骏其德”“旻天疾威，弗虑弗图”的愤激责詈（《小雅·雨无正》）。众所熟知的《小雅·巷伯》，对那些朝中“谮人”，甚至声言要将其“投畀豺虎”“投畀有北”“投畀有昊”，其情感之激切，岂非正如火山之喷发？鲁迅在论述《诗经》情感表现的取向时，就曾指出，所谓“怨而不怒”“哀而不伤”之说，“此特后儒之言，实则激楚之言，奔放之词，《风》《雅》中亦常有”[①]。这一评述，无疑是十分精辟的。

《诗经》在情感表现上“奔放”“激楚”的取向，到了屈原“楚骚”的创作，不仅得到了更加鲜明的体现，而且发展到了理论式的诗学表述。屈原的诗作如前文所论，虽然还保有“中和”“温婉”之一脉，但其总体的风貌却不是“中和”，而是“狂放”和“激切”。他的《离骚》公然指斥“灵修”（楚王）之“浩荡”，斥责贵族党人的“专佞慢慆”，并将其比之贱草、詈之为“粪壤”。其“显暴君过”“怨恶椒兰”之激烈，曾遭到班固、颜之推等后儒的严厉抨击[②]。至于《天问》的讥刺帝尧、同情伯鲧；《卜居》的以己为“骐骥”“黄钟”，以谗臣们为“鸡鹜”“瓦釜”；《怀沙》之斥权贵为“邑犬”，《惜往日》之詈襄王为“壅君”：都证明“楚辞”的情感表现取向，并不以“止乎礼义”的“中和”为宗，而以放言无惮的“激切”为主。作为这一取向的“诗学”概括，便就是屈原在《九章·惜诵》中提出的“发愤以抒情”之说。“愤”者内心之“愤懑”也，“发”者发露以“舒泄”也。“抒情”而强调“发愤”之重点，则儒家那“不伤”“不怒”的礼义限制就被突破了，歌诗那“缘情”而作的自由精神，也由此得到了更充分的体现。

对于“诗”“骚”所体现的这种非“中和”取向，富有民主精神的司马迁，当年曾有极真切的理解和阐说：“屈原放逐，乃赋《离骚》；左丘失明，厥有《国语》；……《诗》三百篇，大抵圣贤发愤之所为作也。此人皆意有所郁结，不得通其道，故述往事，思来者。”（司马迁《报任少卿书》）这一阐释正上承屈原“发愤抒情”之说，而明确认可了“诗”“骚”“激切”情感表现之正当性。如果说，“诗、骚”的“中和”、温婉取向，表现着人们在常态中追求的人性之美的话，那么这种愤懑、激切的取向，又正表现了人们在非常境地中的人性之“真”。人非草木，孰能无情？当人们在大喜大乐、大悲大痛之时，仍然要求他们抒情须“平和”、吐语须“适中”，而绝对不可“金刚怒目”、啸号歌哭，这难道是符合人性的吗？艺术之美的奥秘首先在于真。只要“激切”情感的抒发，是运用了真挚动人的形象表现，那么它即使并不“中和”、温婉，却一样是符合审美要求的。上举“诗”“骚”中情感激切

---

① 鲁迅：《汉文学史纲要》，人民文学出版社1973年版，第13页。

② 分见班固《离骚序》、颜之推《颜氏家训·文章篇》，转引自郭绍虞主编：《中国历代文论选》第1册，上海古籍出版社1979年版，第89、350页。

的诗作，几乎又都是脍炙人口的千古名篇，正提供了这种取向自有其悲亢、奋扬的动人力量之范例。

综上所述，“诗”“骚”的情感表现，是兼有温婉有节的“中和”与“发愤”无羁的“激切”之不同取向的。在审美上，前者更多趋向于“优美”，后者则更多趋向于气势和力度。这两种取向的并存，显示了“诗”“骚”所体现的诗学思想，已涵容了审美的丰富性即多样性原则。后世儒者在诗论中，往往只推崇“乐而不淫，哀而不伤”的“中和之美”，竭力排斥激烈、愤切的非“中和”表现，其诗学思想之褊狭固不足为训。但如果现代的研究者，在总结先秦的诗学思想时，也只推崇“中和之美”，而对“诗”“骚”所兼有的“激切”取向及其成就视而不见，就未免令人遗憾了。

三、“含蓄”与“明快”：“诗”“骚”所并用的表现方式

与“中和”“激切”的不同审美取向相联系的，还有一个在艺术上应该崇尚“含蓄”还是“明快”的表现方式问题。这在古代诗学中也颇有争议。

众所周知，中国古代的诗学主张，其实有很多是从政治教化中的君臣父子之礼引申出来的，例如“含蓄”，就正如此。孔子曰：“臣不可言君亲之恶，为讳者，礼也。”①《左传·成公十四年》记“君子”曰：“《春秋》之称，微而显，志而晦，婉而成章，尽而不汙，惩恶而劝善，非圣人谁能修之。”《礼记·曲礼》亦云：“为人臣之礼，不显谏。”②由此发展到《毛诗序》，便有了“主文而谲谏，言之者无罪，闻之者足以戒”之说。所谓“为讳”“微”“婉”，所谓“不显谏”“谲谏”，都正要求着臣下、子弟涉及对君、亲的言说、谏议，应力求委婉、含蓄，让君亲自己去体省、回味其中的讽谏之旨，而不要把话说得太过显露和直接。

这种含蕴不露的表现方式，在唐、宋以后便逐渐为诗论家们多所强调，甚至被尊之为诗之艺术表现的最高原则。如唐代皎然《诗式》即首创“含蓄”之诗学用语，并提出了“力劲而不露，露则伤于斤斧”等“四不”原则，主张诗应包含“两重意已上”的“文外之旨”，使之“但见情性，不睹文字”，才是造达“道之极也”的艺术至境。③宋代姜夔《白石道人诗说》也提出：“语贵含蓄。东坡云：‘言有尽而意无穷者，天下之至言也。’……若句中无余字，篇中无长语，非善之善者也；句中有余味，篇中有余意，善之善者也。”④清代吴乔《围炉诗话》也以为：“诗贵含蓄不尽之意，尤以不著意见、声色故事、议论者为最上。”至于现代有些诗学研究者，又进一步将“含蓄”之表现方式，与这种方式创造的“含蓄美”境界联系起来，断言

① 司马迁：《仲尼弟子列传》，《史记》，上海书店1988年版，第1426页。
② 郑玄著，孔颖达疏：《礼记正义》，《十三经注疏》上册，中华书局1980年影印本，第1267页。
③ 何文焕辑：《历代诗话》上，中华书局1981年版，第27、31页。
④ 何文焕辑：《历代诗话》下，中华书局1981年版，第681页。

"含蓄"是艺术美的一种"理想形态"，是"一切风格的风格"，"一切经久耐看的作品都以含蓄美为条件"。①

我们究竟应该如何评价这种对"含蓄"方式及其艺术境界的推崇？诗歌创作是否只有追求"含蓄"，才具有"经久耐看"的艺术美？要回答这个问题，我们不妨也从对"诗、骚"作品的实际考察入手。不过，这次我们将遵循相反的方向，着重考察"诗、骚"中不以"含蓄"为其特色的诗作，看一看它们的审美价值究竟如何。

打开《诗》三百篇，不需要细加搜寻，人们便可发现，其中有大量诗作的抒情，追求的并不是"含蓄"，而恰是与它相对应的"明快"和"自然"。表现男女爱情的，《诗经》之第一篇《关雎》就正如此："关关雎鸠，在河之洲。窈窕淑女，君子好逑。"首章从雎鸠的和鸣，引出对淑女的赞美，完全是脱口而呼，直抒爱意。接着二章，分别倾诉"求之不得"的思念和倘能得到"淑女"而"琴瑟友之"的心意，更无其他含蕴不露的"文外之旨"。然而这首诗却打动了千古以来的青年男女。再看《郑风·褰裳》，抒写女主人公对心上人的怀思，用的则是嬉谑笑骂的口吻："子惠思我，褰裳涉溱。子不我思，岂无他人？狂童之狂也且！"真是快人快语，其泼辣、爽朗的音容笑貌，简直要从字里行间跳出，堪称"明快"率真诗作中之精品！表现婚姻生活的，我们可举《周南·桃夭》："桃之夭夭，灼灼其华。之子于归，宜其室家……"诗以桃花、桃实、桃叶起兴，赞颂新嫁娘的美丽，祝愿她婚姻生活的幸福：同样"语与兴驱，势逐情起"（皎然《诗式》），诵读间令人有如沐春风之感。论者或以为《关雎》《桃夭》运用了"比兴"，故其情感抒发还是婉曲、含蓄的。其实不然。"比兴"之功用本有多种：或"因物喻志""文已尽而意有余"；或"起情""比类"，以取得生动形象的效果。《关雎》《桃夭》的比兴，正以后者为用，并不能归之于"含蓄"的。与此相似的更有《卫风·硕人》，全诗夸赞卫庄公夫人庄姜，也没有含蕴不露的其他意旨。其表现庄姜的容色之美，铺陈了联翩而至的妙喻："手如柔荑，肤如凝脂，领如蝤蛴，齿如瓠犀。螓首蛾眉，巧笑倩兮，美目盼兮。"被清人姚际恒推为"千古颂美人者，无出其右，是为绝唱"②。表现战争、抒写敌忾之气的，则可举《大雅·常武》《秦风·无衣》。《常武》赞美周宣王率兵征徐、平定叛乱的功业，用的亦是明快、从容的描述笔墨。其中的"王奋厥武，如震如怒""王旅啴啴，如飞如翰，如江如汉"二节，表现王师进击景象，笔饱墨酣、极具声威。结尾"四方既平，徐方来庭。徐方不回，王曰还归"，却又从容舒徐，正有"罢如江海凝清光"之气度。清人方玉润极赞此诗"'徐方'二字回环互用，奇绝快绝"③。可知此诗虽不以含蓄见长，却一样令人拍案称奇。至于《无衣》的抒写，更以慷慨直陈的气概取胜："岂曰无衣？与子同袍。王于兴师，修我戈矛，与子同仇。"它所激发的，绝非是令人暇想的"余味"，而是"正如岳将军直捣黄龙"般的

① 陈文忠：《含蓄美探源》，《安徽师范大学学报》（人文社会科学版）1998年第1期。
② 姚际恒：《诗经通论》，中华书局1958年版，第83页。
③ 方玉润：《诗经原始》，中华书局1986年版，第566页。

“凌厉”之气（陈继揆《读诗臆补》）。清人吴闿生亦高度评价此诗曰：“英壮迈往，非唐人出塞诸诗所及”。①

最后看《诗经》中的一些政治讽喻诗。正如上文所说，受了孔子“诗教”的影响，人们往往误以为“大小雅”中的讽喻诗，在情感表现力度上多是“中和”温婉，而表现方式上则是含蕴不露的。其实也并非都如此。郑振铎《插图本中国文学史》，就曾对《大雅》中的有关讽喻诗作过这样的分析：“有心的老成人，见世乱，欲匡救之而不能，便皆将其忧乱之心，悲愤之情，一发之于诗……《板》是警告，《瞻卬》与《召旻》则直破口痛骂了。”②我们只要读一下其中的“懿厥哲妇，为枭为鸱。妇有长舌，维厉之阶”，以及“天降罪罟，蟊贼内讧。昏椓靡共，溃溃回遹，实靖夷我邦”几节，即可领略这种“破口痛骂”式的表现风貌了。它们正与前文所举《小雅·雨无正》《小雅·巷伯》等一样，因为充斥着对丑恶、腐朽势力的凛然正气，“破口痛骂”却又诉诸形象鲜明的比喻，故同样能给读者带来痛快淋漓的愉悦和美感。

再说屈原的楚骚。由于屈原对狂放、愤懑的情感抒写，多借“香草美人”的象征意象寄寓和绚烂缤纷的神奇幻境烘托，故在艺术表现上一般以沉郁、蕴藉见其特色。但在《九歌》《九章》中，依然有不少篇章显现着与“含蓄”不同的“明快”。如《大司命》对神灵降临和受祭情景的抒写，就慷慨激昂，并无“吞吐深浅，欲露还藏”的婉约；《东君》抒写太阳神之升天和“举长矢兮射天狼”的豪情，也只见其运笔的磅礴纵横和潇洒。《九章》的《抽思》《哀郢》，固然哀情深蕴而九曲回肠；但《涉江》《怀沙》《惜往日》诸篇，却激烈、愤切，在艺术表现上更多趋向于吐语之明晰、直接。考其原因，大抵如朱熹所说“死期渐迫”，“顾恐小人蔽君之罪，暗而不章，不得以为后世深切著明之戒”，“又不欲使吾长逝之后，冥漠之中，胸次介然有毫发之不尽，则固宜有不暇择其辞之精粗，而悉吐之者矣。”但朱熹又认为，这类“志之切而词之哀”之作，同样具有极大的艺术感染力：“读者其深味之，真可为恸哭而流涕也。”③

由上论述可知，“诗”“骚”在艺术表现上，固然有许多以“含蓄”为特点的杰作（限于篇幅，《诗经》的“含蓄”之作不再举证），但“诗”“骚”的表现方式，却并没有以“含蓄”独宗。它们适应特定情境中的情感舒泄需要，或取婉曲、含蓄方式抒写，或取直接、明快方式发之，本无重此轻彼的偏好。而且只要尊重事实，人们谁也无法否认，“诗”“骚”中的明快、直接之作，有许多达到了艺术美的绝妙境界，而为后世的诗论家所称叹。正如“含蓄”是艺术表现上的一种方式或取向，它可以通过各种不同的遣词、句式和表现方法（如比喻、夸张、反语等）实施一样，“明快”也只是在总体上与“含蓄”相对的表现方式，也一样须借助各种表现方法实

① 吴闿生：《诗义会通》，中华书局1959年版，第103页。
② 郑振铎：《插图本中国文学史》，人民文学出版社1957年版，第43页。
③ 朱熹：《楚辞集注》，上海古籍出版社1979年版，第197页。

施。作为表现方式，它们又可为不同诗人所采取，去创造虽然同属“含蓄”或“明快”取向，却又带有各自鲜明个性的不同艺术境界。“艺术美”的境界是丰富多样的。“含蓄”固然可以创造出种种有“言外情”“文外意”，耐人含咀和回味的美的境界，但它却不是造成“一切经久耐看”作品美的境界的必备条件。因为除了“含蓄美”以外，美的形态中起码还有着“明快美”的存在：它所显现的种种“鸢飞鱼跃”、“骏马注坡”、歌呼笑骂、“一气呵成”的明爽与痛快境界，决非“含蓄美”所可取代或笼盖。上文对“诗”“骚”中“明快”作品的分析证明：这样的作品同样可以“经久耐看”，并以其“英壮迈往”“奇绝快绝”的美感，成为千古“绝唱”！

需要指出的是，作为一种表现方式，无论是“含蓄”还是“明快”，在运用时都应该注意其表现上的形象性。离开了艺术上的形象性要求，“明快”就可能走向“叫嚣”，“含蓄”也可能变为“晦涩”。钟嵘在《诗品序》中指出，旨在含蓄的“比兴”运用，要防止“意深”之患；而“直书其事”的“赋”法运用，则要防止“意浮”之失。他主张比兴与赋“酌而用之，干之以风力，润之以丹彩”，方能达到“诗之至也”。这一教诲，对于处理作诗之“含蓄”“明快”原则，同样适用。相对于后世有些诗论家的偏好“含蓄”，刘勰在《文心雕龙·隐秀》中，却坚持了艺术表现中“隐”“秀”并用的辩证关系。如果他所说的“深文隐蔚，余味曲包”之“隐”是指“含蓄”的话，则“英华曜树，浅而炜烨”之“秀”，即相当于我们所说的“明快”率真。刘勰总结诗学经验，而同时标举“隐”“秀”之道，可见其理论视野的开阔。而在明清之际，针对唐宋以后崇尚“含蓄”之说的偏颇，亦有不少诗论家鲜明地提出过不同看法。如明人谢榛批评《金针诗格》片面标举“内外涵蓄”说曰：“然格高气畅，自是盛唐家数。太白曰：‘划却君山好，平铺湘水流。巴陵无限酒，醉杀洞庭秋。’迄今脍炙人口。谓有含蓄，则凿矣。”①清代叶燮虽亦推重李商隐之深婉，但也称“七言绝句，古今推李白、王昌龄。李俊爽，王含蓄，两人辞、调、意俱不同，各有至处。”其门人薛雪说得更为透彻：“从来偏嗜，最为小见。如喜清幽者，则绌痛快淋漓之作为愤激，为叫嚣；……殊不知天地赋物，飞潜动植各有一性，何莫非两间生气以成此？理有固然，无容执一”，“若果才力雄厚，笔气老劲，正不妨如快剑斫阵、骏马下坡；又不妨如回风飘絮、落花萦丝。”②这种既重“含蓄”，又不排斥“明快”“俊爽”的诗学见解，才正是对“诗”“骚”以来二者并用之创作经验的辩证总结，值得当今的诗学研究者深鉴。

四、“虚静”与“骚动”：“诗”“骚”所印证的创作心境

在中国古代诗论中，还有一种论述构思、创作心境的“虚静”说颇为流行。所谓“虚静”，就是指思绪的专一而没有杂虑，心境的宁和而静穆无波。这种思

① 丁福保辑：《历代诗话续编》，中华书局1983年版，第1148页。
② 《清诗话》下册所收叶燮《原诗》、薛雪《一瓢诗话》。

想大抵来自道家所标榜的空虚、无为之说。所谓“致虚极，守静笃。万物并作，吾以观复”[①]，所谓“唯道集虚”“虚而待物”[②]，就是要求人们以无虑无欲的虚静心境，去面对嚣烦的俗世和人生。较早运用“虚静”说于诗文创作理论者，当推刘勰的《文心雕龙》。其《神思》篇即明确指出：“是以陶钧文思，贵在虚静，疏瀹五藏，澡雪精神。”王昌龄也以为：“夫置意作诗，即须凝心，目击其物，便以心击之，深穿其境。”（遍照金刚《文镜秘府论·论文意》引）宋代苏东坡更将“虚静”视为创造诗之妙境的条件：“欲令诗语妙，无厌空且静。静能了群动，空故纳万境。”（《送参寥师》）这种“虚静”说，在古代书法、绘画理论中流行更广，因为本文讨论的是诗学，兹不赘述。

颇为有趣的是，当诗论家们探讨歌诗的创作与情感的关系时，强调的重点却又偏离了“虚静”，而倾向于“感物吟志”时的心旌“摇荡”即骚动了。《毛诗序》在解说“诗言志”时即指出：“情动于中而形于言，言之不足故嗟叹之，嗟叹之不足故永歌之，永歌之不足，不知手之舞之、足之蹈之也。”陆机《文赋》也描述了这种感物触情中的心境骚动：“悲落叶于劲秋，喜柔条于芳春。心懔懔以怀霜，志眇眇而临云”。钟嵘《诗品序》开篇即云：“气之动物，物之感人，故摇荡性情，形诸舞咏。”后文更举四时变更中辞亲、离群、去国、戍边等哀怨悲慨之状，断然反诘曰：“凡此种种，感荡心灵，非陈诗何以展其义？非长歌何以骋其情？”即使是力主“虚静”说的刘勰，在《物色》篇中也一再强调“物色之动，心亦摇焉”，“物色相召，人谁获安”！在《神思》篇中更指明了“夫神思方运，万涂竞萌”，“登山则情满于山，观海则意溢于海”的思生情涌之骚动、激荡状况。

试问：歌诗创作之际，诗人们的心境究竟是“虚静”的还是“骚动”的？在作为古代诗学思想总结的二说中，哪一说更接近于创作之实际状况？对这个问题的探讨，我们仍然从对“诗、骚”的创作实际入手。

由于《诗经》中的作品，大多是不著名姓的无名氏之作，而且诗中也极少言及诗人作诗之际的情绪、心境，据此探讨其创作时的心理状态，很容易流于臆测。而屈原的“楚骚”则不同，其中不少诗作，有着诗人作诗背景和情绪状态的明确交代，这就为我们的探讨，提供了相对客观的依据。例如被唐人李贺评为“语甚奇崛，于《楚辞》中可推第一，即开辟以来亦可推第一”[③]的《天问》，王逸在序言中即记述了屈原创作此诗的背景：“屈原放逐，忧心愁悴。彷徨山泽，经历陵陆。嗟号昊旻，仰天叹息。见楚有先王之庙及公卿祠堂，图画天地山川神灵，琦玮僪佹，及古贤圣怪物行事。周流罢倦，休息其下，仰见图画，因书其壁，呵而问之，以渫愤懑，舒泻愁思。”[④]据此记述可知，在《天问》创作的前夕，屈原分明已处于愤懑激

① 张松如：《老子校读》，吉林人民出版社1981年版，第95页。
② 郭庆藩：《庄子集释》（第一册），中华书局1961年版，第147页。
③ 转引自杨金鼎主编：《楚辞评论资料选》，湖北人民出版社1985年版，第417页。
④ 洪兴祖：《楚辞补注》，中华书局1983年版，第85页。

荡的状态：他“嗟号昊旻，仰天叹息”，其心境并无“虚静”可言。而当他来到庙堂、“仰见”壁画以后，也并没有对《天问》全诗进行“凝神”构思，而是随机触发，一下进入了“呵而问之”的创作之中。也就是说，他的创作进程，也依然在情绪骚动中展开，以至于每发一问，都带着强烈的感叹之语（“呵”）。再看《九章》。从屈原在其中往往述及的创作心境可知，它们也大多是在悲忧之情骚动、沸涌之际所作。例如《惜诵》，就正是诗人在“忠何罪以遭罚”之后，“退静默而莫余知兮，进号呼又莫吾闻”，处在“中闷瞀之忳忳”“愿陈志而无路”之际，而写下的“发愤抒情”之作。人们只要看它开篇的“所非忠而言之兮，指苍天以为正”数句，即可感受到诗人挥笔之际，已怎样悲慨难遏了。至于传为作于屈原沉江前夕的《怀沙》，诗中也明白告诉人们：当诗人“汨徂南土”、走向死亡之时，周围的世界虽然“孔静幽默”，屈原的内心却“郁结纡轸”，而处在“曾伤爰哀”的“永叹喟”中。

这些实例都可证明，屈原的“发愤抒情”创作，与后世诗人徜徉山水，沉入对山水之美的“凝神观照”，而后豁然有悟，抒写凝神观照间获得的玄思或哲理，情况是颇不相同的。屈原的创作心境不是“虚静”，而是“骚动”；不是空其“心斋”、去其万虑，以接纳山水林泉之“万境”，而是哀愤郁积、忧悲丛集，在外物、境遇的随机触动中（如《天问》之庙堂壁画、《抽思》之“秋风动容”等），即能发为忧愤动人的歌唱。由这种经验反观《诗经》，我们当然也可发现，其间许多抒写哀乐之情的诗作，与屈原的创作状况颇有相似之处。例如《召南·行露》，其“谁谓女无家，何以速我讼？虽速我讼，亦不女从”式的愤怒咏歌，很可能即产生于现实面临的冲突之际；《鄘风·柏舟》之指着中河“柏舟”上的少年，而发出‘实维我仪，之死矢靡它”的激切誓言，也恐怕正处于婚姻受阻的哀愤之时；《卫风·河广》急切归宋间引发的“谁谓河广？一苇杭之”的奇情，本不需要“静思默观”；《小雅·巷伯》激于谗人迫害，而切齿宣称要将其“投畀豺虎”之时，难道还遵守着刘勰所称的“人兴贵闲”？黑格尔在论及“民歌”的“原始素朴性”时，曾指出它的创作往往有“一种不假思索的新鲜风格和惊人的真实”。①《诗经》中许多诗作，正都带有这种“不假思索”的特点，诗中的情感表现，也往往是触物而动的歌唱、赋诗间骚动心境的直接反映。所以，这类歌诗的“构思”、创作状况，用《毛诗序》以来总结的骚动、“摇荡”说概括，就较恰当；用“虚静”说概括，就非为笃论了。

苏珊·朗格以为：“沉思是抒情诗的实质，它激发甚至包含着表现的情感。”但她在另一处又说：“抒情诗创造出的虚幻历史，是一种充满生命力思想的事件，是一次感情的风暴，一次情绪的紧张感受。”②如果后者强调着抒情诗创作时“紧张”“骚动”的一面的话；则前者所说的“沉思”，虽不能概括一切“抒情诗的实质”，却也揭示了某些抒情诗创作时相对平静和凝思的特点。从“诗”“骚”的创作实际看，也多有这种情况。例如《邶风·柏舟》自伤所遭遇的“觏闵”“受侮”经历，而反复嗟

① 黑格尔著，朱光潜译：《美学》（第三卷下册），商务印书馆1981年版，第202页。
② 苏珊·朗格：《情感与形式》，中国社会科学出版社1986年版，第310、300页。

叹“静言思之，寤辟有摽”“静言思之，不能奋飞”；《卫风·氓》倾诉女主人公被遗弃的痛苦，却从回忆当年的恋爱、出嫁情景写起，诗中也点明了作诗时“静言思之，躬自悼矣”的状况，就是证明。其他许多回忆、追述之作，虽未言及作诗人当时的创作状况，但其在创作前夕或开始阶段，亦当有“沉思”和“凝神观照”当前情景或往日遭际的相对平静特点。如《召南·关雎》《甘棠》，《邶风·谷风》《静女》，以及《周颂》《大雅》中追述先祖、先王功业的诗作，就是如此。即使是“大小雅”中的某些政治讽喻诗，如《抑》《桑柔》《正月》《小宛》等，其开篇的语调和情感，似也都反映了其构思、抒写时相对平静的沉思状况，故多幽幽叙来，逐渐趋向情感的激荡。如果这种状况可以称之为“虚静”的话，那么用以概括“诗”“骚”一部分作品构思、创作时的心境，应该也是可以的。

但是，构思创作时的心境“骚动”，并不是伴有行动的哭笑怒骂。哭笑怒骂是情感的直接发泄，谈不到是什么“艺术创作”。而“骚动”，则是内在的情感“摇荡”，它可以推动诗人或艺术家借助特定的艺术媒介和形式进行创作，实现其外化、表现的要求。有些研究者将“骚动”“摇荡”，误解为情感发泄时的直接行动状态，而断言艺术创造不可能在“骚动”状态下进行，这显然混淆了二者的区别。同样的，艺术创作时的“凝神观照”“沉思”状态，也只是心境的一种相对平静状态，而绝不是“形如槁木，心如死灰”式的死寂，或是“物我两忘，离形去智”式的虚无。倘若是后者这样的“虚静”，就哪还有审美“观照”时的“直觉”？哪还有激发创造表现欲望的美之“发现”或“体悟？”由此反观古代诗论中的“虚静”说，就其揭示诗歌创作中有相对平静和“凝神”状态而言，是富有启示的（特别是在回忆、追述或对客观景物观赏的场合）。但若进而强调心境的绝对空虚和静穆，并且根本否定创作构思又有“骚动”“摇荡”的心理状态，那就未免荒谬了——千古传颂的“诗”“骚”创作实践，正提供了批评这种偏颇的充分例证。

综上所论，“诗、骚”创作实践所体现的诗学思想和经验，带有相当鲜明的辩证色彩。对这些思想的总结，不仅可丰富我国的古代诗学理论，也有助于匡正古代诗学研究中的某些偏颇。本文在此作了初步的尝试，提出了一些不成熟的看法，很希望得到学界同行的批评和指教。

[原载《安徽师范大学学报》（人文社会科学版）2003年第3期]

从超脱到超越：建安激情的退潮
——论黄初到正始的诗风嬗变

◆刘运好

【关键词】建安；正始；诗风；曹植；阮籍；嵇康

【摘　要】从黄初到正始诗风的嬗变表现在建安激情的一步步退潮。曹植由立足现实到寻求精神超脱，是建安激情的第一次退潮；阮籍、嵇康否定现实而寻求超越，是建安激情的第二次退潮。由关注现实到关注生命本体，由梗概多气到篇体轻澹，是激情退潮的标志。

从黄初到正始，诗风凡二变：由立足现实而寻求超脱，此一变；由否定现实而寻求超越，此二变。一变以曹植为代表。曹植后期希望“戮力上国，流惠下民，建永世之业，流金石之功”[①]而不得，反而在政治上备受猜忌与压抑，故虽立足现实，却又寻求精神超脱。二变以阮籍、嵇康为代表。阮、嵇处“天下多故，名士少有全者”[②]的政治黑暗时期，名教毁颓，济世之志失落，故否定现实，追求超越。细究之，阮籍与嵇康追求超越的方式又不尽相同。阮籍以追求超越现实而寻求心灵超越，嵇康则以追求心灵超越而寻求现实超越。从诗风嬗变的趋向上说，由“梗概多气”而逐步走向“篇体轻澹”。

一

黄初以降，随着七子谢世，部分文士被屠戮，诗坛失去了俊才云蒸、彬彬之盛的局面，而在皇权政治一元化的形势下，文士也失去了弘道济世、高扬理想的生存土壤。部分文士规规于皇权，潜心于经传，一方面为新皇权的存在寻找理论依据，另一方面亦为新的国家机制寻找治政手段。仍耕耘诗坛者，除少数对新皇权或感恩戴德，或心存幻想，更多人则由建安关注社会而转入关注自身的生存环境和生命状态，如曹植、杜挚、应璩等。以曹植最为典型。

如果从生命意识的角度解读曹植后期诗，那么，以曹睿即位为界，曹植后期诗

① 赵幼文：《曹植集校注》，人民文学出版社1984年版，第154页。
② 房玄龄：《晋书》，中华书局1974年版，第1360页。

的发展分为两个阶段[①]：第一阶段由黄初之前的执着现实功名转向关注生存环境；第二阶段由关注生存环境转向关注生命状态。诗风由前期的任纵发扬，蹈厉风发，一变为激愤勃郁，再变为托意深婉。

曹丕即位，立即对曹植党羽祭起屠刀。曹植《野田黄雀行》抒写无法解救朋友于危难的悲愤，拉开其后期诗歌帷幕。但纯情的曹植依然相信“本是同根生”的兄弟，不会相煎太急。因此对未来仍充满幻想：“在昔怀帝京，日昃不敢宁。济济在公朝，万载驰其名。”（《惟汉行》）此诗固然有“既不能至京，则惟望朝臣济济，能忠于国也”（吴汝纶《古诗钞》）之意，同时也包含诗人济身朝政的幻想。他期待着建功立业，名流金石，实现生命的终极价值：“闲居非吾志，甘心赴国忧”（《杂诗六首》），“愿得展功勤，输力于明君。怀此王佐才，慷慨独不群”（《薤露行》）。虽已失去昔日任性飞扬的神采，但对自己的王佐之才仍充满自信。其诗风仍保持前期雅好慷慨的特点。

然而太子之争的阴霾始终笼罩在曹植头上，曹丕对曹植名为封藩，实则流放，剥夺了他施展才能的空间。曹诗中的弃妇之怨，自伤被弃的情感，正是其晚期生活情境的真实写照。“愿为西南风，长逝入君怀。君怀良不开，贱妾当何依。”（《七哀诗》）诗人的一厢情愿，已被无情的事实击得粉碎。“昔为同池鱼，今为商与参。往古皆欢遇，我独困于今”（《种葛篇》），空留下无端的悲愤与哀伤，“悲风来入帷，泪下如垂露”（《浮萍篇》）。他嘲笑“燕雀戏藩柴，安识鸿鹄游”（《鰕䱇篇》），可自己却是“神鸾失其俦，还从燕雀居”（《言志诗》），生命在抑郁苦闷而又无可奈何中悄悄地流逝。于是时光易老，时不我待的焦虑又时时泛上心头，如《箜篌引》：“惊风飘白日，光景驰西流。盛时不可再，百年忽我遒。”生命价值无从实现，生命潜能油膏自煎，诗人的生命意识由前期向社会辐射而转向心灵退归，早期弘毅贞刚的济世精神逐渐退缩到关注自我的生存环境与生命状态。韶华易逝、壮志难酬的悲愤，自试不得、自伤被弃的幽怨，以及游仙、升遐之作，都真实地折射出诗人对生存环境与生命状态的关注。由关注现实转入关注生存环境，以《赠白马王彪》为代表。其序曰：

> 黄初四年五月，白马王、任城王与余俱朝京师，会节气。到洛阳，任城王薨。至七月，与白马王还国。后有司以二王归藩，道路宜异宿止，意毒恨之。盖以大别在数日，是用自剖，与王辞焉，愤而成篇。

① 叶嘉莹将曹植后期诗分为两个阶段，认为其后期诗，前一阶段的特点是激奋与直接，第二阶段走向含蓄和喻托。参见《汉魏六朝诗讲录》第三章第八节，河北教育出版社1997年版。但是上书是叶嘉莹的讲稿，仅扣其具体诗论述其诗歌风格的变化，对其风格变化的具体形态及其变化的深层原因，未加详细分析。笔者在吸取叶先生观点的同时，着重于从生命意识这一角度加以分析，从更深的层次追寻了曹植后期诗风变化的内在根源，并且对风格变化的具体形态进行了详细分析。

三王俱朝京师，任城王不明不白地死去，与白马王还国，欲同路东归，竟又遭监国使者的拒绝。既有怀念逝者的友于之痛，又有难与生者叙契阔之思的忧愤，难堪的人生情境引起诗人对自我生存环境的一系列反视与观照。济川无梁，泛舟路长，霖雨泥途，流潦纵横，我马玄黄，是恶劣的自然环境；“鸱枭鸣衡轭，豺狼当路衢。苍蝇间白黑，谗巧令亲疏”，是难堪的人生窘境。而在秋风萧瑟，寒蝉凄切，秋原日暮，归鸟赴林的凄凉之景中，“孤兽走索群，衔草不遑食”，既是自我形象的写照，又浸透凄惶无依的感伤。这就将欲进无路，欲退不能，名为藩王，形同囚徒的生存环境描绘得淋漓尽致。诗的后三章，天命之疑，同衾不归之痛，人生朝露之悲，互相缠绕激荡，将全诗悲愤之情推向高潮。虽有劝慰对方，自宽自慰的旷放之语，然而，故作旷达愈显得此恨绵绵。其他如《矫志诗》《乐府》《当墙欲高行》中流言难辩、忧谗畏讥的心态，《鞞舞歌》中辞京归藩、骨肉分离的苦痛，《失题诗》中“但恐天网张”的生命颤栗，——都是对自我生存环境的反视与观照。早期任纵飞扬的神采，已消解在“愤而成篇”的愤激勃郁中。

曹睿即位，曹植天真地认为将走出生命的阴影，失望的心灵又燃起希望之火，旋即上《求自试表》，请求“功勤济国，辅主惠民”，以期“功铭著于鼎钟，名称垂于竹帛”。然而明帝对曹植的猜忌与压抑一同乃父，诗人的希望被彻底地掐灭了。随着生存环境步步恶化，“十一年中而三徙都，常汲汲无欢”（《三国志·魏志·曹植传》）[①]，诗人心灵已经逐渐地萎缩，早期所勃发出的郁郁生机的生命力此时处在颓唐委顿的状态中。于是诗人由关注生存环境又进一步向关注生命状态退归，在道家思想中寻求解脱之路[②]，幻想一种虚无缥缈的新的生命形式，于是游仙升遐成为诗人生命历程中最后的主旋律。如《升天行》之二：

> 扶桑之所出，乃在朝阳溪。中心陵苍昊，布叶盖天涯。日出登东干，既夕没西枝。愿得纡阳辔，回日使东驰。

现实令人心碎，在仙境之美中找到心灵归宿。游仙并非追求“寿同金石，永世难老”，而是意在忘却“人生不满百，戚戚少欢娱”（《游仙》）的现实烦恼，希望仙人“策杖从我游，教我要忘言”（《苦思行》）。然而缄默其口，安身免祸，仍是现实的反映。故郭茂倩说：“曹植又有《上仙箓》与《神游》《五游》《龙欲升天》等篇，皆伤世人不永，俗情险艰，当求神仙，翱翔六合之外。”[③]诗人渴望超脱形体所役，世俗艰险，追求一种“去留随意欲所存”（《桂之树行》）的自由生命状态，以获得现实的解脱。心境在庄老与仙境的调适下趋于超脱，诗风亦由愤激勃郁转向托意深婉。

---

① 陈寿：《三国志》，中华书局1959年版，第576页。
② 这一点在曹植文章中表现得尤其明显，可参阅《释愁文》。
③ 郭茂倩：《乐府诗集》，中华书局1979年版，第463页。

从以上简略的论述中可以看出：期望——失望——绝望是曹植后期三段心路历程；执着现实功名——关注生存状态——回归生命本体是曹植后期主体意识变化曲线。由愤激勃郁而转向托意深婉是曹植后期诗风嬗变轨迹。这些方面，上承建安（黄初前），与早期诗风显现出统一性；下开正始，显现其诗风变化过渡性。然而与正始诗人不同，曹植始终追求生命终级价值：生前功业与死后荣名。即使在生命最后时刻仍然表现出浓烈的政治事功的热望。史载："植每欲求（与明帝）别见独谈，论及时政，幸冀试用，终不能得。既还，怅然绝望。"[①]追求心灵超脱是生命终极价值失落的结果，其本质仍然植根于现实，故曹植的超脱，没有也不可能走向超越。

二

由超脱走向超越是正始诗人，阮籍首先表现出一种超越现实的倾向。其《大人先生传》中的大人先生"以万里为一步，以千岁为一朝。行不赴而居不处，求乎大道而无所寓……故默探道德，不与世同之"[②]，完全是一个超越凡俗的艺术形象。（刘伶《酒德颂》中的大人先生与此相同。）超越现实也是阮籍五言《咏怀诗》主要的情绪状态和哲学主题。组诗大部分篇章作于阮籍晚年，此时魏室倾覆之势已成，司马氏推行高压强权政治，屠戮名士。阮籍既无力回天，又恐罹谤遇祸，故其诗亦如其文，否定现实，企望以超越现实的方式寻求精神自由与人格独立。从五言《咏怀诗》看，阮籍超越现实包含三段心理历程：留恋现实——逃避现实——超越现实。

无论从历史文献还是从阮籍诗文看，毋庸置疑，阮籍确实"有济世之志"。《孔子诔》对孔子的崇敬之情，《乐论》强调儒家教化功能，均是以儒入世的见证[③]。其诗对雄杰士、壮士建功立业同样充满钦敬与赞赏：

弯弓挂扶桑，长剑倚天外……岂若雄杰士，功名从此大。（《咏怀》三十八）

壮士何慷慨，志欲威八荒……临难不顾生，身死魂飞扬。岂为全躯士，效命争战场。忠为百世荣，义使令名彰。垂声谢后世，气节故有常。（《咏怀》三十九）

诗风酷似曹植早期的《白马篇》。恪守忠义，慷慨赴难，寄予了诗人对生命终极价值的体认与追求。正因为这种济世之志挂在诗人企望超越现实而获得人格独立与精神自由的翅膀上，所以他超越现实，又留恋现实。既高吟"园绮遁南岳，伯阳隐西戎"，有高蹈避世之志；又歌颂"王业须良辅，建功俟英雄。"（《咏怀》四十

① 陈寿：《三国志》，中华书局1959年版，第576页。
② 陈伯君：《阮籍集校注》，中华书局1987年版，第161—162页。
③ 详细论述，请参阅拙作《和：理想的美学原则》，《古今艺文》（台湾）第25卷第4期。

二），有建功立业之思。他想象王子晋得道成仙是不得已而弃世，所以带有“挥翼且酸辛”（《咏怀》六十五）的凄楚。即使“假乘汧渭间，鞍马去行游”时，也仍然不赞成老子西出边塞隐身流放，孔子道不行乘桴浮于海的遁世之思（《咏怀》六十六）。这种济世情结，不唯使阮籍在寻求现实超越时产生荷戟彷徨、不知所之的迷惘：“逍遥九曲间，徘徊欲何之？”（《咏怀》六十四）而且躁动着由现实而生的强烈生命情绪，饱含勃郁与忧愤：“感此怀辛酸，怨毒常苦多。”（《咏怀》十三）故或深悔少时光阴浪掷，感慨现实窘迫无路（《咏怀》五）；或思身报国，又恐罹祸遇患（《咏怀》五十一）；既崇儒道之正直笃行，又叹儒道之悖性廓落（《咏怀》六十）。这一点与杜挚、应璩诗表现出相同的风格，是正始与黄初诗歌的联结点。阮籍曾完整地表现了自己由留恋现实，到逃避现实，再到超越现实所经历的一段痛苦的心路历程：

> 昔年十四五，志尚好《书》《诗》。被褐怀珠玉，颜闵相与期。开轩临四野，登高望所思。丘墓蔽山冈，万代同一时！千秋万岁后，荣名安所之？乃悟羡门子，噭噭今自嗤。（《咏怀》十五）

早年尚儒，志怀入世；晚年悟仙，遁名弃世。此诗的转折乃在于“开轩临四野，登高望所思”。所望者何？人事天道。人事纷纭，悟之于道；入世不能，求诸出世。故其诗既有世道多艰的嗟叹，又有遁世过程的无奈。

《咏怀》对魏晋易代之际的国家政治、世道人心以及个人生存状态也做了立体的展示。诗人为“单帷蔽皎日，高榭隔微声”（《咏怀》三十），群小乱政，魏室如“朱晖西倾”，而殷忧怵惕（《咏怀》二十四）；为“三楚多秀士，朝云进荒淫”，辅弼之臣纵逸淫乐，魏鼎将移，而涕下难禁（《咏怀》十一）。他猛烈地抨击闲游子、夸毗子、佞邪子、缤纷子、明哲士的媚俗、趋利、附势的丑行；对“外厉贞素谈，户内灭芬芳。放口从衷出，复说道义方”，士风浇薄，名教毁颓，而忧愁满肠（《咏怀》六十七）；对“人知结交易，交友诚独难。险路多疑惑，明珠未可干”（《咏怀》六十九）而咄咄无言。在“天网弥四野，六翮掩不舒”（《咏怀》四十一）恐怖的高压政治下，心灵中浸透着“一身自不保，何况恋妻子”（《咏怀》三）的死亡阴影。恶劣的生存环境，使诗人入世而忧生，求名而畏谗：“终身履薄冰，谁知我心焦？”（《咏怀》三十三）生命在躁动悲愤的情绪中流逝，人格与自由在窒息沉重的现实中失落。现实无路可走，“北临太行道，失路将如何？”（《咏怀》五）使他要享受这有限的生命，保持独立人格与自由精神，就必须泯是非，齐荣辱，一死生，弃名遁世。

细究阮籍的弃名遁世，又分为隐于俗、隐于野、隐于仙三种状态。从其性格逻辑看，这也是诗人弃名求隐过程中的心理变化历程。面对“如何当路子，磬折忘所归”，汲汲于虚名而谄附权势，诗人“宁与燕雀翔，不随黄鹄飞”（《咏怀》八），甘心下位，屈曲存身，以求得“下集蓬艾间，上游园圃篱”（《咏怀》四十六）的自由逍遥。然而这种逍遥空间太小，与世俗太近，仍然无法使诗人超越现实的凄苦。于是诗人就由隐于俗而求隐于野：“驱马舍之去，去上西山趾”（《咏怀》三），诗人对隐逸西山（首阳山）身处易代之际的伯夷、叔齐，采薇而食、不食周粟，充满赞美与向往：“步出上东门，北望守阳岑。下有采薇士，上有嘉树林。”（《咏怀》九）然而，夷齐遁隐毕竟带有浓郁的政治色彩，所以诗人在对高士的景慕中不免又羼入对盛世的追慕；因此，现实的种种忧愤难免泛上心头：“素质游商声，凄怆伤我心”（《咏怀》九）。挂着现实沉重的翅膀，诗人难以得到真正的逍遥自由，于是不得不从庄子逍遥、齐物的思想中，寻求真正的心灵自由。诗人认为，自此异者视之，万物始终处于不断变化之中：“不见日夕华，翩翩飞路旁”（《咏怀》五十三）；自此同者视之，万物又处于相对静止的状态：“千载犹崇朝，一餐聊自已”（《咏怀》五十二）。二者合而视之，既无大小、生死之别：“鸣鸠嬉庭树，焦明游浮云。……死生自然理，消散何缤纷”（《咏怀》四十八）；也无得失、是非之辩：“是非得失间，焉足相讥理”（《咏怀》五十二）。

从心理层次看，无论隐于俗，还是隐于野，仅仅是对现实的逃避。其背后隐蔽着对理想社会的向往和浊乱现实的忧愤，只有隐于仙，才算真正超越现实，进入逍遥自由的境界。于是诗人将逍遥、齐物的思想与一无挂碍的神仙境界构成了紧密联系：

> 昔有神仙者，羡门及松乔。噏习九阳间，升遐叽云霄。人生乐长久，百年自言辽。白日陨隅谷，一夕不再朝。岂若遗世物，登明遂飘飘。（《咏怀》八十一）

飘飞苍穹，餐云霞，乐久长，遗耳目之累，去名利之忧。在这个境界中，可以“一飞冲青天”（《咏怀》二十一），临长风，逝万里，朝餐仙果，夕宿仙山。既无网罗之忧，亦无须混迹世俗，虚与委蛇（《咏怀》四十三）。已完全超越现实，进入“独与天地往来”的身心舒展的逍遥境界。人格独立与精神自由在此得到充分显现。

由此可见，曹植与阮籍的游仙诗，都建构在对主体生命关注的基础上，然而，从与现实关系看，曹植立足现实，故游仙仅是追求精神解脱；阮籍否定现实，故游仙则是追求现实超越。从文化心理背景看，曹植虽受道家思想影响，更多的则是将神仙文化的影响投射在儒家文化心理背景上；阮籍虽受儒家思想影响，更多的则是将神仙文化的影响投射在道家文化心理背景上。因此曹植是追求现实生命价值而不得，以追求超现实的生命形态，摆脱沉重的现实负荷；阮籍则是否定现实的生命价值，以追求超现实的生命形态，获得心灵的绝对自由。所以曹植最终复归于儒家生命价值观，而阮籍则最终复归于道家生命价值观。

当然，阮籍诗中存在着两种矛盾的精神世界：理性世界与情感世界。理性上，他并不相信神仙境界的存在；情感上，又竭力追求虚幻的神仙境界，正是这种矛盾的精神境界烛照了阮籍灵魂的痛苦和心理的困惑。

简言之，留恋现实——逃避现实——超越现实是阮籍建构在对生命价值思考上的心理变化曲线；和光同尘——韬晦隐逸——升遐游仙是阮籍建构在对生命形态思考上的心理变化曲线。两者是一个难以切割的整体。所以，超越现实的神仙境界，既包含现实的生命情绪，又联结诗化的哲学意识。从哲学与美学思潮上说，阮籍的创作是正始哲学与美学思潮主要实践者[①]。

三

与阮籍比较，嵇康追求另一种超越形式：心灵超越。其《释私论》曰："夫称君子者，心无措乎是非，而行不违乎道者也。何以言之？夫气静神虚者，心不存乎矜尚；体亮心达者，情不系于所欲。"[②]他认为，君子守道的关键，在于心性的气静神虚，超越心灵欲望，泯乎执着是非，以超越心灵而超越现实。

嵇康追求心灵超越，亦建立在否定现实的基础上。他在《五言诗三首》之二中认为，生逢季世，大道不行，若如当路士那样奔竞权势，无疑是自入荆棘。所以其兄从军，他赠诗曰：

> 何意世多艰，虞人来我疑。云网塞四区，高罗正参差。奋迅势不便，六翮无所施。隐姿就长缨，卒为时所羁。

在此诗中，他还告诫兄长"鸟尽良弓藏，谋极身必危"，劝兄安贫守道，韬隐养晦，逍遥太清。他以道家思想为基点，彻底地否定了世人趋之若鹜的富贵尊荣、贵盛、酒色（《秋胡行》）。而且认为智慧、令名、欲望、势位是生寇、害道、妨生、祸患之由（《六言诗》）。总之，传统认可的价值观，世俗从之的欲望，都被嵇康彻底地否定了。但嵇康并非要回到原始混沌状态，他仍然苦苦地思考生命存在的价值："苟必有终极，彭聃不足多"，"渊淡体至道，色化同消息。"（《五言诗》）他认为，生命存在的价值并非追求寿永，而是游心太玄，无色无欲，以淡泊之心性，悟至道之无限，万物齐一，与道消长。他很少如阮籍那样思考生命的存在形式，而更多思考生命的内容与价值；并非强调超越现实，而强调超越心灵：修养心性，升华自我。《养生论》《答难养生论》的养性原则，《声无哀乐论》的情感超越原则，其共同的哲学主题就是归之于"道"的心灵的超越[③]。其《赠兄秀才入军》诗亦充分表达

---

① 详细论述，请参阅拙作《客体的超越——"得意忘象"和魏晋美学与诗学》，《文化中国》（加拿大）2000年9月号。

② 戴明扬：《嵇康集校注》，人民文学出版社1962年版，第234页。

③ 详细论述，请参阅拙作《主体的超越——"声无哀乐"与嵇康玄学思想》，《江海学刊》2000年第3期。

了这一哲学主题：

目送归鸿，手挥五弦。俯仰自得，游心太玄。嘉彼钓叟，得鱼忘筌。

琴书自乐，远游可珍。含道独往，弃智遗身。寂乎无累，何求于人？长寄灵岳，怡志养神。

至人远鉴，归之自然。万物为一，四海同宅……贵得肆志，纵心无悔。

唯因“万物同一，四海同宅”，故生命存在的方式与生存环境的选择并不重要，重要的是纵情适意：或诗乐自娱，或远游灵岳，在目送归鸿的玄意、手挥五弦的潇洒中，“含道独往，弃智遗身”，最终“寂乎无累”，而“归之自然”，获得心灵的超越。

注重生命内容，强调心灵超越，使嵇康不像阮籍对避世隐士大加讴歌，认为只要秉性守真，顺乎自然，于朝可隐，于官可隐，于野亦可隐。称赞东方朔在朝“不为世累所撄”，楚子文为官“不以爵禄为己”，老莱妻隐耕“乐道闲居采萍”（《六言诗》）。出处不同，超越名物之累则一。故其笔下日常生活，习见之景，都涂有浓厚的超脱尘俗的色彩。赠兄诗中写游高原，陟高冈，“容与清流”之乐；落惊鸿，引渊鱼，“盘于游畋”之娱，都具有纵心肆志的隐逸之风。其《四言诗》写泛舟、赏景、操琴、垂钓、赏荷、观兰、看云、望鸟、思友、遐思、访友，均具有高标尘世的美感。身居现实，却获得超越尘世一无挂碍的自由逍遥的境界。心灵的超越，则无系乎世俗之累，日常生活与习见之景，不仅诗意化，而且沁入浓浓的玄思。这一点直接影响了陶诗。

嵇康亦有大量的游仙诗，幻想登灵丘，游太华，“托好松乔”（《赠兄秀才入军》）；游八极，息层城，“受道王母”（《六言诗》）；餐琼霞，遗物累，“逍遥太和”（《答二郭》）。然而嵇康的游仙诗有三点与阮籍不同：

（一）嵇康笔下的仙境与人境并无本质区别，与阮籍仙凡殊异构成鲜明对比不同：

息徒兰圃，秣马华山。流磻平皋，垂纶长川。目送归鸿，手挥五弦。

乘风高游，远登灵丘。托好松乔，携手俱游。朝发太华，夕宿神州。弹琴咏诗，聊以忘忧。（《赠兄秀才入军》）

前诗写人境，兰圃、华山、平皋、长川，明丽恬谧，犹如仙境。后诗写仙境，弹琴、咏诗、忘忧，写心性情绪，一如人境。人境与仙境玄同彼我，合而为一。

（二）嵇康游仙，以自我为游仙主体，或为众仙之一员，与阮籍多将主体游离于仙境之外，其仙境带有明显的幻化超现实的生命存在形式，也不同。上引的第二首诗，嵇康写其弹琴咏诗，俨然已成为仙境的主人。《游仙诗》则是将自我作为仙境中的一员：

王乔弃我去，采云驾六龙。飘飖戏玄圃，黄老路相逢……采药钟山隅，服食改姿容。蝉蜕弃秽累，结友家板桐。临觞奏九韶，雅歌何邕邕。

在仙境中，诗人驾龙乘云，游戏玄圃，受诲黄老，采药钟山，交友板桐，临觞奏乐，蝉蜕遗身。仙人之我与人境之我，亦玄同彼我，合而为一。

（三）嵇康游仙，不唯描述对现实的超越，而且强调心灵超越，与阮籍将仙凡不同的生命存在形式加以对照，渴望超越现实以改变现存的生命形式，亦不同。其《述志诗》二首之一：

逝将离群侣，杖策追洪崖。焦鹏振六翮，罗者安所羁？浮游太清中，更求新相知。比翼翔云汉，饮露餐琼枝。多念世间人，夙驾咸驱驰。冲静得自然，荣华安足为？

诗人追踪洪崖遗迹，如仙鸟振翮，浮游太清，翔云汉，餐琼枝，完全超越了纷扰的世俗。然而诗人又强调去趣竞之心，冲虚宁静，道法自然，即超越现实而升仙。现实超越与心灵超越也是玄同彼我，合而为一。

总而言之，阮籍塑造的神仙形象处于仙真与玄思之间。《达庄论》强调至人“恬于生而静于死”，广成子“潜身”，故可以“处崆峒之山，以入无穷之门”，超越现实的生命形式；而轩辕氏“离本”，因抚世治人，故失去生命的“玄珠”。可见阮籍游仙是幻化的现实超越的形式。嵇康所塑造的神仙形象处于人境与玄思之间。《答难养生论》认为，只要守一，养和，同乎大顺，体妙心玄，“恕可与羡门比寿，王乔争年”。可见嵇康游仙是心灵的超越形式。现实的超越，是幻想，难以实现，故阮籍幻想的逍遥始终挂着压抑的生命情绪；心灵的超越，则现实，容易实现，故嵇康现实的逍遥浸透着潇洒的生命情调。

当然，心灵超越的本质是对现实超越的一种形式。因为现实“轗轲丁悔吝，雅志不得施”（《述志诗》），故嵇康在否定现实的富贵物欲后，强调游心玄默，思行八极，徘徊层城（《秋胡行》）。现实超越也是渴望心灵超越的结果，阮籍因为“咄嗟行至老，僶俛常苦忧”，才“招彼玄通士，去来归羡游”（《咏怀》七十七）。强调“忘我”“味真”（《咏怀》七十、七十四），本质即是强调心灵超越。从哲学与美学思想上说，嵇康的诗歌创作是竹林玄学与美学的实践者。但是从总的倾向看，阮籍强调超越现实，而嵇康强调超越心灵。

四

从曹植的超脱到阮籍、嵇康的超越，是建安激情一步步退潮的过程。这种退潮，一方面表现在由执着现实到否定现实，追求超越——济世激情的退潮，另一方面表现在由梗概多气到篇体轻澹——诗思激情的退潮。

建安风骨的激切动人处，首先在于弘毅贞刚的济世激情。无论是“中野何萧条，千里无人烟”（曹植《送应氏》）的满目疮痍的凄怆，还是“丁年难再遇，富贵不重来”（阮瑀《七哀诗》）[①]的人生苦短的哀叹，都是缘诸建功立业的济世激情。黄初以后，由于政治形势的变化，诗人由追求生命的终极价值逐渐转向关注生命本体。曹植后期由执着现实功名到关注生存状态与生命本体状态，正是济世激情一步步消逝的明证。阮籍和嵇康分别从两方面继承了曹植后期的诗歌。阮籍关注的是生命存在状态，但已部分地淡化了曹植执着于现实的生命底色。嵇康关注的是生命本体状态，亦已抽换了曹植所追求的生命价值观。就阮籍、嵇康比较而言，二人都具有浪漫风格。

阮籍的浪漫尚浸透着现实压抑的生命情绪，嵇康的浪漫则在追求现实与心灵的双重超越中弥漫着通脱潇洒的生命情调。从曹植到阮、嵇，从文化背景看，是由儒家文化逐步向道家文化迁移，由入世逐步到出世；从生命意识看，是由关注生命的社会价值向关注生命的本体价值迁移，由超脱到超越。在寻求出世与超越过程中，生命价值观转变了，济世激情也一步步消解了。

建安风骨的激切动人处还在于梗概多气的诗思激情。反映现实，抒写人生，或慷慨悲凉，或任纵发扬；即便是“怜风月，狎池苑，述恩荣，叙酣宴”，亦是“慷慨以任气”“磊落以使才”[②]，情随意至。飞动的情感，深厚的意致，使建安诗歌以文被质，以质纬文，激荡着梗概多气的诗思激情。但是至曹植后期，由游仙而追求精神的超脱，勃郁愤懑之情逐渐隐蔽到平静的游仙境界的背后，跌宕超奇的风云之气，转向随感而发，触处生情。浓郁的诗思激情已呈蜕化的趋势。阮籍诗虽亦讥刺时世，充满忧生之嗟，然其诗境在超越现实的追求中充满玄思与哲理，诗思激情部分地消融在仙心之中。嵇康大部分诗，既缺少建安诗风厚重的时代感，亦缺少阮籍诗风躁动的生命情绪，追求心灵的超越，不唯在仙心中渗透玄思，亦且将玄理涂满现实的生活情境。甚至直接地阐发玄理，形成篇体轻澹的特色[③]。所以从曹植到阮、嵇，是由感性到理性，由写情性到写玄理，在梗概多气向篇体轻澹的蜕变过程中，建安诗歌的诗思激情逐渐地退潮了。

从黄初到正始的诗风嬗变，其深层原因是社会政治的变化。这种变化导致了哲学与美学思潮的变化，也直接影响了诗风的嬗变。

［原载《安徽师范大学学报》（人文社会科学版）2001年第3期］

① 郁贤皓，张采民：《建安七子诗笺注》，巴蜀书社1990年版，第272页。

② 祖保泉：《文心雕龙解说》，安徽教育出版社1993年版，第103页。

③ 详细论述，请参阅拙作《论正始诗风》，《中山人文学报》（台湾）第10期。

钟嵘“诗味”论的再检讨
——兼与日本清水凯夫先生商榷

◆陶礼天

【关键词】钟嵘；诗味；诗品；美感

【摘　要】分析了《诗品》中的诗“味”范畴的美学涵义，对日本学者清水凯夫《〈诗品〉是否以“滋味说”为中心》一文中的观点进行商榷，并说明应该如何正确地理解钟嵘提出的“诗味”论。

本文主要针对清水凯夫提出的问题进行辨析，节自笔者即将正式出版的《艺味说》一书，在这本书中，笔者对六朝以前“以味论艺”的渊源和有关史料作了较为详细的分析梳理，对六朝时期“以味论艺”的原因诸问题作了研讨，对“诗味”“曲味”“乐味”“画味”等批评观点和有关“味”的范畴均有历史性的描述和理论解剖。

一

黑格尔说：“思辨思维所特有的普遍形式，就是概念。”①而范畴指各门科学知识的基本概念，中国古代美学、古代文论或者说“古代文艺学”，有其自己的一系列独特的理论批评范畴，作为认识“美”（主要是艺术美）的“现象之网的网上纽结”，如志、和、气、势、神、韵、悟、形似、神似、风骨、意境等，都是一些“基本概念”，所以可以称之为美学“范畴”。而“味”就是这样的范畴之一，它主要体现了不同时代、不同理论批评家对不同艺术门类艺术的“美感”观念和审美特性的认识，中国古代文艺理论批评中的“味”论，基本可以定位在“美感论”的中心范围内加以分析研究。

六朝是“艺味说”（本文用来指中国古代以“味”论“艺”的种种理论批评观点和范畴）的形成时期，其时，以“味”论“艺”的风气逐渐兴盛，特别是在南朝的齐梁时代，文艺创作发展到一个历史阶段性的总结时期，产生了不少杰出的论著，如刘勰的《文心雕龙》、钟嵘的《诗品》等，就是其中代表。在这些论著中，较多地

① 黑格尔著，贺麟译：《小逻辑》，商务印书馆1987年版，第48页。

使用“味”的范畴来说明艺术的审美特征。可以说，在六朝这一文艺理论批评的高峰时期，“味”及其相关范畴已经形成为较为纯粹的美学范畴，而且在一些论著中，“味”也是构成其文艺观念的主要范畴之一，这在文学、音乐、书法乃至绘画等不同艺术门类的批评论著中都有重要的体现。它更突出地体现在文学批评上，提出了“义味”“精味”“余味”“辞味”“韵味”“清味”等一系列的范畴（或称为概念群、范畴群），并把前代一些已有的“味”的术语、概念直接运用于文艺批评上，如“道味”“遗味”“滋味”“至味”等，这可以《文心雕龙》为代表。而“味”作为一个动词来使用，表示对艺术作品的体味、审美的意义，也十分常见。换句话说，作为动词的“味”（包括“体味”“玩味”“研味”等），在六朝及其后的文艺论著中，几乎与现代美学所说的“审美”的范畴具有同等的含义。但从总体上讲，在六朝的文艺理论批评论著中，“味”只是其主要范畴或次要范畴，还没有构成一种论著的理论体系的中心范畴，陆机《文赋》是如此，《文心雕龙》和《诗品》以及一些书画批评论著也是如此。有些研究《诗品》的论著中，把钟嵘提出的“滋味”作为其诗学理论批评的中心来看待，明显是一种“过度的诠释”。

从上述角度说，笔者是赞同日本学者清水凯夫在《〈诗品〉是否以“滋味说”为中心——对近年来中国〈诗品〉研究的商榷》（下简称《商榷》）中提出的有关观点的，如其认为：“钟嵘在实际评诗时，确实采用了‘诗味’的概念，必须研究明白他是用什么语言形式表述‘诗味’的和怎样认识‘诗味’的问题。又，从《诗品》中‘诗味’的概念给唐司空图的‘辨味说’、宋严羽的‘别趣说’、清王士祯的‘神韵说’、王国维的‘境界说’等以影响这一文学史上的争论点来说也有必须先明确‘诗味’的真实情况。在这一点上，像日本和韩国的研究那样全然不提及‘诗味’的姿态，作为《诗品》研究显然是非常不够的。与此相反，中国的《诗品》研究虽然有点走过了头，作出钟嵘建立了以‘滋味说’为中心的理论的结论，但毕竟认真地实践了‘滋味’乃至‘诗味’的研究。”[①]这些论述是基本符合事实的，不过该文也有许多论述和对中国《诗品》研究的评价是不客观的。例如，除了称赞少数论著外，仅以有关论著对钟嵘“诗味”论作了“过度”的诠释，就基本否定1980年以来中国（至《商榷》文发表的1993年为止）的《诗品》研究成绩，本身就不是实事求是的态度，对此可姑置不论。另外，《商榷》一文批评不少论文存在一种重复研究的倾向，这乃是十分正确的批评。我们无疑应该虚心接受，并高度重视，在学术研究上，要力戒这种倾向。

问题在于《商榷》既承认钟嵘提出了“诗味”的概念，那么，这种“诗味”概念的内涵是什么？又应该如何分析？《商榷》一文刻意称赞某论文否定钟嵘提出“诗味”概念的观点，这与作者又认为钟嵘提出了“诗味”概念的观点之间，明显自相矛盾。笔者并非一定要对《商榷》进行反“商榷”，而是对《商榷》提出的问题进行

① 清水凯夫：《〈诗品〉是否以“滋味说”为中心——对近年来中国〈诗品〉研究的商榷》，《文学遗产》1993年第4期。

“检讨”，因为这些问题如果不加分析说明，就会永远存在，难免对以后《诗品》的读者和研究者造成误解。所谓“岂好辩者，不得已也”。

二

从逻辑论证的方法出发看问题，钟嵘《诗品》中具体用“味”“滋味”的概念来对诗歌进行品评，已经说明了其“诗味”论的前提和论证过程；而结论呢，就是钟嵘对五言诗的品评，提出了“诗味”论，并有其独特的美学内涵。对这种美学内涵，研究者完全可以有自己的不同的分析，但应该尽量符合钟嵘的原意，这也是无疑的。《诗品》关于“诗味”的直接论述如下：

……尔后陵迟衰微，迄于有晋。太康中，三张、二陆、两潘、一左，勃尔复兴，踵武前王，风流未沫，亦文章之中兴也。永嘉时，贵黄老，稍尚虚谈。于时篇什，理过其辞，淡乎寡味。爰及江表，微波尚传，孙绰、许询、桓、庾诸公诗，皆平典似《道德论》，建安风力尽矣。①

夫四言，文约意广②，取效《风》《骚》，便可多得。每苦文繁而意少，故世罕习焉。五言居文词之要，是众作之有滋味者也，故云会于流俗。岂不以指事造形，穷情写物，最为详切者耶？故诗有三义焉：一曰兴，二曰比，三曰赋。文已尽而意有余，兴也；因物喻志，比也；直书其事，寓言写物，赋也。宏斯三义，酌而用之，干之以风力，润之以丹采，使味之者无极，闻之者动心，是诗之至也。若专用比兴，患在意深，意深则词踬。若但用赋体，患在意浮，意浮则文散，嬉成流移，文无止泊，有芜漫之累矣。③

（张协诗）其源出于王粲。文体华净，少病累。又巧构形似之言，雄于潘岳，靡于太冲。风流调达，实旷代之高手，词采葱蒨，音韵铿锵，使人味之，亹亹不倦。④

（应璩诗）祖袭魏文。善为古语，指事殷勤，雅意深笃，得诗人激刺之旨。

---

① 钟嵘：《诗品序》，吕德申：《钟嵘诗品校释》，北京大学出版社1986年版，第37—38页。

② 吕德申《钟嵘诗品校释》，校“文约意广”为“文约易广”，曰：“‘易’，本传、广牍本、四库本、学津本、珠丛本、玉鸡苗馆本、全梁文本、集成本、历代本作‘意’。”还有一些校释者和研究者也认为“意”当作“易”。这是由于他们都认为作“文约意广”与后面的“文繁而意少”相矛盾，于是采纳一些版本的“孤证”来校改。笔者感到奇怪，先不说版本依据不足，仅就如此校改之后的文意而言，也不通畅。其实，原句是非常通顺的，钟嵘的意思是说：四言诗如《诗》《骚》等都是“文约意广”的，文字简约而含义丰富，从《诗经》中可以随便举出例证;而现在学习写四言诗做不到“文约意广”，反而常常“文繁而意少”，时代发展了，语言也发展了，模仿《诗经》时代的四言体就会“苦”而无功，所以“世罕习焉”，故六朝诗人基本弃“四言”而用“五言”。

③ 钟嵘：《诗品序》，吕德申：《钟嵘诗品校释》，北京大学出版社1986年版，第49页。

④ 钟嵘：《诗品·上品·晋黄门郎张协诗》，吕德申：《钟嵘诗品校释》，北京大学出版社1986年版，第85页。

至于“济济今日所”，华靡可讽味焉。①

这里结合上引材料中的有关问题以及《商榷》一文的质疑，对钟嵘“诗味”论作如下几点简要的分析。

第一，上引材料中，有两处是出自《诗品序》，有两处出自钟嵘对诗人诗作的具体品评中，其中“寡味”“滋味”是名词性的术语，大体相当于“美感”这一现代美学范畴的含义；而“味”“讽味”是动词性的术语，大体相当于“审美”这一现代美学范畴的含义。可见，“味”是钟嵘品评五言诗的一个重要范畴（也是一个美学范畴），所以，否定钟嵘《诗品》提出了“诗味”论，无疑是错误的观点。稍早于钟嵘《诗品》的《文心雕龙》就已经较多地使用“味”作为美学范畴，并且提出许多十分有价值的观点；稍晚于钟嵘《诗品》的《颜氏家训·文章》篇也用“味”“滋味”来品评诗歌和文章，这些都可以用来与《诗品》中的“味”论，进行互相参证。

第二，钟嵘说：“五言居文词之要，是众作之有滋味者也，故云会于流俗。岂不以指事造形，穷情写物，最为详切者耶？”由这两句话出发，就认为诗要有“滋味”，是《诗品》的创作原则和批评原则，甚至认为是《诗品》理论之中心，这确是一种“过度的诠释”。所以《商榷》一文要求回答钟嵘论“滋味”的表述方式问题，即钟嵘是怎样直接论述（五言）诗的“滋味”应该如何的问题。笔者认为也正是在这个问题上，《商榷》作者对《诗品》这段“古文”的理解是有一点“问题”的。《商榷》解释上引钟嵘这两句话说：“不外乎是说五言诗之所以居‘文辞’的重要地位，是众作中有‘滋味’者，终于会于‘流俗’，是因为它在‘指事造形，穷情写物’方面具备最适当的条件，亦即说为什么五言诗能居于‘文辞’的重要地位，是众作中有‘滋味’者的理由，绝不是直接说明诗的‘滋味’本身。”②又认为，从《诗品》所论，看不出“滋味”反映了钟嵘的诗歌美学理想，其一再反复强调的就是，如果《诗品》是企图建立以“滋味”为中心的创作原理或批评理论，就必须从实证角度，从逻辑分析的角度，说明钟嵘如此立论的前提，《商榷》说：

“指事造形，穷情写物”是说“滋味”的特征——既然作这样的解释，就必须首先从《诗品》的总体上归纳出钟嵘是怎样具体认识“滋味”的，明确说明这一认识与“指事造形，穷情写物”之间的关系，也就是说钟嵘是如何认为通过准确地描绘事物的状貌就能创作出有滋味的诗来和借描绘事物抒情会构成什么样的诗味，必须回答这样两个问题。③

---

① 钟嵘：《诗品·中品·魏侍中应璩诗》，吕德申：《钟嵘诗品校释》，北京大学出版社1986年版，第115页。

② 清水凯夫：《〈诗品〉是否以“滋味说”为中心——对近年来中国〈诗品〉研究的商榷》，《文学遗产》1993年第4期。

③ 清水凯夫：《〈诗品〉是否以“滋味说”为中心——对近年来中国〈诗品〉研究的商榷》，《文学遗产》1993年第4期。

其实，中国古代的文论，除《文心雕龙》等少数论著外，大多数在表述方式上，与西方论著详细界定自己提出的理论范畴并明确以这些范畴来建构其理论体系不同，常常“概念”不加现代逻辑学式的“界定”的，特别是钟嵘《诗品》以及后代的诗话等著作，但并不等于说这些术语、概念之间就没有联系，就没有潜在的理论批评的“中心思想”，也不等于说就完全对所使用的术语、概念没有解说，实质上中国古代的文论对所使用的主要概念、范畴，之所以形成自己的特色，其中一个重要原因，就在于只有“解说”，而且多为比喻、象征、描绘性的解释，有时包含在文中的有关论说之中，而不是一种直接的针对性的“界定”。因为中国古人有一种普遍的观念，就是不要画地为牢、死于言下。

《商榷》指出所谓“五言居文词之要，是众作之有滋味者也”云云，是说五言诗为何能够“会于流俗”的问题，而不是直接说明诗的“滋味”本身的问题，这种理解本是不错的。但问题在于钟嵘这段话（从“夫四言”至“有芜漫之累矣”）是一段整体论述，不能任意加以分割的。从逻辑和文脉上讲，既然四言诗的写作“每苦文繁而意少，故世罕习焉”，而五言诗有“滋味”——就是美味，在此指五言诗有美感，所以我们一般称之为“诗味”，故“云会于流俗”[①]，那么，下文钟嵘用了一个“岂”（难道）来表明自己对前文所述事实作原因之分析：“岂不以指事造形，穷情写物，最为详切者耶?”再接着，钟嵘用一个“故”（因此）字来连接，作了进一步分析，主要说明的有三层意思：第一，诗要用“赋比兴”的“三义”之方法，钟嵘在此明显对“兴”最为看重，放在论述的首位，与以前如《毛诗序》“风、赋、比、兴、雅、颂”所谓“六义”的排列方式不同，并与郑玄等人解释也不完全相同；第二，说明“三义”的使用方法，应该“酌而用之”，做到“干之以风力，润之以丹采”，使鉴赏者（从艺术效果方面讲）能够“味之者无极，闻之者动心”，达到这一高度，就是“诗之至也”；第三，再接着钟嵘用两个“若”字，表示如果不“酌而用之”的相反情况，实际上也是进一步的分析，这就是“若专用比兴，患在意深”，“若但用赋体，患在意浮”。正是在这段论述中，钟嵘初步涉及后代诗论家提出的“意境”问题，说钟嵘“诗味”论对后代司空图“辨味”说、严羽“别趣”说乃至王国维“境界”说有影响关系或者说前后继承关系，正是就这个角度而言的。除了要特别注意“岂”和“故”的联接词外（表明其间层层深入，逐步分析论述的逻辑关系），还要重视这段论述中的“味之”和“诗之至也”两句话。

钟嵘既然指出“众作之有滋味”（不同于四言诗）的五言诗，终于随着时代的发展和创作实践的需要胜过“四言诗”，成为被普遍采用的诗歌创作的体制形式，那么他接着对五言诗的创作原则（“指事造形，穷情写物”的“详切”，以及《诗品序》下文提到的“目击”“直寻”等）、表现手法（兴比赋），乃至作品整体审美特点（风

① 吕德申《钟嵘诗品校释》曰：“这是关于诗歌形式发展的一种进步观点。当时另有一种以四言诗为诗歌正宗的观点。挚虞《文章流别论》：‘古诗率以四言为体，……（五言）于俳谐倡乐多用之……然则雅音之韵，四言为正；其余虽备曲折之体，而非音之正也。’”下又举《文心雕龙·明诗》例证，略。

力与丹采相结合以及《诗品序》下文提及的“自然英旨”、自然的“声韵”等）的论述，就是说明如何能够、应该怎样创作五言诗，最终达到“诗之至”，让人“味之者无极”的问题——“味”什么？“味”如此创作出来的五言诗的美，也就是五言诗的“滋味”。“诗之至”的特点是什么？就是“无极”——令人审美、品味它时，有咀嚼不尽的“滋味”；就是“动心”——令人读后和听后，深深地被打动，激发出情感的共鸣。钟嵘虽没有给什么是“五言诗”的“滋味”下定义和直接说明，但有“滋味”的五言诗，也就是有不同于四言诗美感的五言诗，有这种特别美感的五言诗如何创作、如何表现、达到何种“境地”才好，这与五言诗终于成为“众作之有滋味者”的“滋味”之间，存在着必然的逻辑关系。钟嵘正是通过这样的论述，也内在地说明了如何创造乃至品鉴五言诗的“滋味”（美感）问题。

钟嵘告诉人们：当时的诗人写诗，由于时代的发展，语言的发展，诗人们深感写四言诗“文繁而意少”，五言诗（当然劣作除外）是有“滋味”的，又告诉人们优秀的五言诗应该如何创作，如何运用“兴比赋”的方法，主张“风力”与“丹采”要结合起来，这样才能令人“味之者无极，闻之者动心”，而不是像玄言诗那样，虽是五言诗，却是“理过其辞，淡乎寡味”（言情不足而词采也平淡玄虚）的，又在具体品评中，说明张协、应璩等人的诗作就是有“味”（滋味）的，如表现在抒情、状物和词采等方面。难道这之间没有密切的逻辑联系？难道没有对“众作之有滋味者”的五言诗的“滋味”作出解说？进行科学研究，当然要以材料说话，当然要提倡实证的学风，但我们研究的是“古代的文论”，就需要我们既要有“古文”的阅读能力，又要有理论的思辨能力。

中国古代文论与现代文论不同，并没有现代文艺学那种把本质论、作品及体制论、创作论、风格论、鉴赏论、批评论等进行条割分析的传统，而是常常结合在一起进行论述的，我们现代研究者总是从分析的角度对古代文论的这种“整体性”进行解剖，在这个解剖过程中，时常会出现“削足适履”的弊端，但我们也决不能回到“以古解古”的老路上去，这是时代的需要，也是科学研究的要求。上面的分析，也就是不少论者联系创作原则和批评标准而把钟嵘的“滋味说”视为《诗品》理论中心的原因，这是笔者不能完全同意的，用“滋味”说来统率《诗品》，与《诗品》理论批评内容的实际并不符合，也容易造成简单化的理解。但这也并不等于就不能、不应该从这些方面来理解钟嵘的“滋味”说。早在夏侯湛的《张平子碑》中，其品评张衡“巡狩诰颂”和《二京》《南都》等赋，就说“与雅颂争流，英英乎其有味欤”，接着说“若又造事属辞，因物兴□（缺），下笔流藻，潜思发义，文无择辞，言必华丽，自属文之士，未有如先生之善选言者也”[①]，如果不联系“造事属辞”下一段论述，或者夏侯湛就不作这些论述，那么就无法了解其“味”的美学内

① 严可均：《全上古三代秦汉三国六朝文》第2册，《全晋文》卷六十九，中华书局1958年影印本，第1858页。

涵，这种表述方法和钟嵘正相类似①。

“赋比兴”的“赋”，历代的解说多以为“赋者，铺也”，是铺叙的方法；“比”是比喻的意思，争论不大。可是关于“兴”的解释差异就相当的大了，郑玄《周礼·大师》注曰：“兴，见今之美，嫌于媚谀，取善事以喻劝之。”②把“兴”与“美刺”说联系起来，这正是汉儒说《诗》的特点；何晏《论语集解》引孔安国语：“兴，引譬连类”③，开始注意到“诗”（《诗经》）的艺术表现特征；而钟嵘说“文已尽而意有余，兴也”，这与六朝时期艺术理论批评家较为普遍的关注“言意”关系、主张“言不尽意”的观点密切相关，进一步认识到诗歌艺术的创作表现的含蓄不尽、以少总多的特点，这也是钟嵘能够认识到“诗味”——诗歌的独特的审美特征的重要原因。其后唐朝的皎然在《诗式·用事》中说：“取象曰比，取义曰兴，义即象下之意。凡禽鱼、草木、人物、名数，万象之中义类同者，尽入比兴，《关雎》即其义也。”④皎然的这一论述，明显与唐代诗论家的“意象”论、“意境”论有关，晚唐的司空图正是沿着这条理论思路进行继续探讨，才能够提出“味外之旨”（即所谓“味外味”的观点⑤）。中国古代文艺理论批评中的“味”论，也正是在不同时代的艺术观念的发展中而演变发展的；研究“味”的美学范畴的含义，实质就是研究“味”的观念（审美观念）的发展演变的历史。

第三，关于钟嵘《诗品》品评标准问题。从上面对钟嵘这段（从“夫四言”至“有芜漫之累矣”）论述的分析中，可以看到钟嵘已经点明了他的主要品评标准，表现在“风力”“丹采”，有“情”“详切”之描写，“文已尽而意有余”等方面。业师梅运生先生曾说明：考察钟嵘《诗品》的批评标准，除了要研读《诗品序》外，要特别重视从钟嵘对“上品”诗人的品评中去归纳，因为“上品”所列是钟嵘最称赞的诗人，其中可以曹植为代表，这在其《钟嵘和诗品》一书中有详细的论述⑥。《诗品序》曰：“故知陈思为建安之杰，公干、仲宣为辅；陆机为太康之英，安仁、景阳为辅；谢客为元嘉之雄，颜延年为辅。斯皆五言之冠冕，文词之命世也。”⑦钟嵘是如何品评曹植的诗歌的呢？他说：“骨气奇高，词采华茂，情兼《雅》怨，体被文质，粲溢今古，卓尔不群”⑧。这其中的“骨气”（风力）、华茂的“词采”“情”（特别是哀怨的真情）、有机统一的“文质”等，也是其用来品评所有诗人的标准，这些方面不足的诗人，均被置于“中品”（如陶渊明等）或“下品”（如曹操等），这与其后乃至今天的文学史标准是有所不同的，后人对钟嵘三品所排列的顺序有很多批评

① 冷卫国：《夏侯湛以“味”论赋》一文，《文学遗产》2001年第1期。
② 贾公彦：《周礼注疏》，十三经注疏本。中华书局1980年影印版。
③ 何晏：《论语集解》，诸子集成本，上海书店1986年影印版。
④ 皎然：《诗式》，何文焕辑：《历代诗话》（上册），中华书局1981年版，第30页。
⑤ 祖保泉，陶礼天：《司空表圣诗文集笺校》，安徽大学出版社2002年版，第194页。
⑥ 梅运生：《钟嵘和诗品》，上海古籍出版社1982年版，第125—126页。
⑦ 吕德申：《钟嵘诗品校释》，北京大学出版社1986年版，第38页。
⑧ 吕德申：《钟嵘诗品校释》，北京大学出版社1986年版，第69页。

意见，对此暂且不论。在此要讨论的是“情”及“采”与“味”的关系问题，分析钟嵘批评玄言诗“淡乎寡味”中的“味”的含义。

《商榷》认为：“钟嵘在《诗品》中并未直接提及这个‘怨’的审美标准和‘诗味’的关系，因此谈论两者的关系时，必须明确指出在《诗品》的什么地方和以什么形式潜在着这种关系……只要对《诗品序》本身稍加仔细考察就会明白，钟嵘要强烈批判和矫正的不是‘玄言诗’，而是笑曹植、刘桢为‘古拙’，师鲍照、谢灵运为楷模的‘轻薄之徒’及过分拘泥典故、声韵的任昉、沈约一派。看一下《南齐书》《梁书》《文心雕龙》也会知道这样一个明显的事实：在齐梁诗坛上盛行谢灵运派、应璩派（古体派）、鲍照派（永明体）等，而流行于东晋的‘玄言诗’已经衰落。”[①]这些论述本身没有问题，也不是新见，而且从其所论中，说明《商榷》作者没有完全明白钟嵘的“诗味”论与其批评玄言诗“淡乎寡味”的关系，或者说有所误解。

固然钟嵘批评玄言诗“理过其辞，淡乎寡味”，“皆平典似《道德论》，建安风力尽矣”，是在论述诗歌发展史时提及的，齐梁诗坛也确实是玄言诗已经衰落的时期，但不等于说这种批评就与“诗味”论无关，就不存在所批评的问题。什么问题呢？这就是“情”和“理”、“情”和“采”的关系问题，这是带有普遍性的理论问题，在钟嵘之前，抑或在其后，都在创作中一再地出现，而且文艺理论批评家一再地反复强调几乎跟钟嵘观点差不多相同的观点。诗不仅和《道德论》不同，也和历史著作、学术著作、实用的章表奏疏等不同。钟嵘在《诗品序》中说：

> 若乃经国文符，应资博古；撰德驳奏，宜穷往烈。至乎吟咏情性，亦何贵于用事？“思君如流水”，既是即目；“高台多悲风”，亦惟所见；“清晨登陇首”，羌无故实；“明月照积雪”，讵出经史？观古今胜语，多非补假，皆由直寻。颜延、谢庄，尤为繁密，于时化之。故大明、泰始中，文章殆同书抄。近任昉、王元长等，词不贵奇，竞须新事，尔来作者，浸以成俗。遂乃句无虚语，语无虚字，拘挛补衲，蠹文已甚。但自然英旨，罕值其人。词既失高，则宜加事义，虽谢天才，且表学问，亦一理乎！[②]

这里就是对齐梁当时文坛诗歌创作弊端的批评，这些弊端与玄言诗的弊端有一个相同之处，就是不重视诗歌的“吟咏情性”的审美特性。钟嵘说的“理过其辞，淡乎寡味”与刘勰《文心雕龙·情采》篇说的“繁采寡情，味之必厌”[③]，其要说明的道理是一样的，刘勰就不是专门针对玄言诗来立论的。前文已经指出：“情”和

① 清水凯夫：《〈诗品〉是否以“滋味说”为中心——对近年来中国〈诗品〉研究的商榷》，《文学遗产》1993年第4期。

② 周振甫：《诗品译注》，中华书局1998年版，第24页。

③ 周振甫：《文心雕龙注释》，中华书局1981年版，第347页。

“采”是构成作品的主要因素，而有真“情”（属于思想内容）和华“采”（指语言形式）也是钟嵘的批评标准。这个“情”，就一般意义上讲，主要就是指真情实感，只不过钟嵘讲“情”，更为强调幽怨之“情”，并不是说钟嵘只认为“怨情”才有“味”。《商榷》认为别人有这种理解，其实是该文作者自己的误解。

钟嵘说得很清楚：如果把诗歌当作“道德论”（即像《老子》这种哲学著作）一样来写作，大谈玄理（其实谢灵运的山水诗仍有这种情况的存在），而不重视抒情，而且语言也质木无文，就是“寡味”之作；同样“虽谢天才，且表学问”，多用典故，不讲“直寻”的诗作，同样也是“寡味”的，因为这都是与“吟咏情性”“诗缘情”而发的诗歌本质的审美特性背道而驰的。从这些批评出发，更能说明要分析钟嵘的“诗味”论的美学内涵，正需要联系其所谓五言诗是“以指事造形，穷情写物，最为详切”，以及“宏斯三义，酌而用之，干之以风力，润之以丹采，使味之者无极，闻之者动心，是诗之至也”等论述来分析。如果既不谈五言诗的创作原则与表现，也不讨论钟嵘是如何论述五言诗的“情”“采”等问题，更不分析钟嵘将“味”作为动词来使用的具体内涵（即相当于品尝食物滋味之美一样的审美活动），那么，钟嵘认为的玄言诗“淡乎寡味”、五言诗是“众作之有滋味者”中配“味”字，即使作为一个普通语词来看待，也变得毫无其“能指”和“所指”，那真是咄咄怪事。

第四，从钟嵘对张协和应璩的具体品评中，可以进一步补充论证上文的分析。钟嵘认为张协的诗歌“使人味之，亹亹不倦”，是有“诗味”的五言诗，为什么呢？就是因为：其一，“文体华净，少病累”；其二，“巧构形似之言”，而且“词彩葱蒨”，即能够做到“详切”的描写，艺术语言比较华茂；其三“音韵铿锵”，有声韵之美。由于张协的诗有这三点长处，所以列为“上品”。钟嵘认为应璩的诗歌：“祖袭魏文。善为古语，指事殷勤，雅意深笃，得诗人激刺之旨。”实质这也说明了之所以要将应璩列在“中品”的原因，就是因为应璩的诗不像曹植的诗那样“骨气奇高，词采华茂”，而是“善为古语”，言语朴质。但为何不列在“下品”呢？除了钟嵘也非常重视诗歌的雅怨及其讽喻现实的思想内容之原因外，还因为应璩有些类似于古诗的诗歌是有“诗味”的，语言也是有文采的，钟嵘说：“至于‘济济今日所’，华靡可讽味焉。”

应璩的大多数诗歌包括这首“济济今日所”的作品，早就已经散佚不存，我们很难进行具体考证，但钟嵘的意思仍然是非常明白的。宋代叶梦得《石林诗话》卷下云：

> 魏晋间人诗，大抵专工一体，如侍宴、从军之类，故后来相与祖习者，亦但因其所长取之耳。谢灵运《拟邺中七子》与江淹《杂拟》是也。梁钟嵘作《诗品》，皆云某人诗出于某人，亦以此。然论陶渊明乃以为出于应璩，此语不知其所据。应璩诗不多见，惟《文选》载其《百一诗》一篇，所谓“下流不可

处，君子慎厥初”者，与陶诗了不相类。五臣注引《文章录》云：“曹爽用事，多违法度，璩作此诗，以刺在位，意若百分有补于一者。”渊明正以脱略世故，超然物外为意，顾区区在位者何足累其心哉？且此老何尝有意欲以诗自名，而追取一人而模放之，此乃当时文士与世进取竞进而争长者所为，何期此老之浅，盖嵘之陋也。[①]

钟嵘说陶渊明的诗歌，“其源出于应璩，又协左思风力。文体省静，殆无长语。笃意真古，辞兴婉惬。每观其文，想其人德。世叹其质直。至如‘欢言酌春酒’‘日暮天无云’，风华清靡，岂直为田家语耶？古今隐逸诗人之宗也。”[②]叶梦得仅据应璩的《百一诗》，对钟嵘作出批评，是不全面的。除了应璩“善为古语”，与陶渊明“笃意真古”“世叹其质直”有相同之处外，可能应璩的“济济今日所”这样的“华靡可讽味焉”的五言诗，与陶渊明的诗歌更为类似，何况钟嵘还明确说陶诗“又协左思风力”呢？不过，叶梦得从拟作角度，指出“钟嵘作《诗品》，皆云某人诗出于某人，亦以此”，此解可备一说；但因“应璩诗不多见”，仅就可见者就对钟嵘所论加以批评，毕竟是不妥当的，这也是我们今天研究钟嵘《诗品》等这样的文论著作所要切切注意的问题。

三

最后，还很有必要再赘述一下钟嵘对列为上品诗人张协的评语中“使人味之，亹亹不倦”一句的理解问题。按：“亹亹”，《诗·大雅·文王》有：“亹亹文王，令闻不已”，“亹亹”乃形容文王那种“勤勉不倦的状貌”，可见“亹”字叠用，含有一种“状貌”或“动作”（包括人的精神面貌和心理活动等）的“持久性”意义，又如《楚辞·九辩》“时亹亹而过中兮，蹇淹留而无成”等，是其例证。刘勰《文心雕龙》在《练字》篇中说：“暨乎后汉，小学转疏，复文隐义，臧否大半”，又说：“自晋来用字，率从简易”“固知爱奇之心，古今一也”。[③]在《指瑕》篇中说：“若夫立言之道，惟字与义。字以训正，义以理宜，而晋末篇章，依希其旨。”[④]如此之论尚多，都反复批评了晋宋以来，“辞人”爱“奇”的写作风气，这同时也说明了晋宋以来言辞的变化情形，特别是字词含义的变化情况（刘勰有大量列举）。具体到“亹”字的使用上看，既有延续“古义”的使用者，又时见有延伸性的用法的，如晋孙绰《游天台山赋》：“彤云斐亹以翼棂，皦日烱晃以绮疏”，此以“斐亹”成词，属于新

① 何文焕：《历代诗话》（下），中华书局1981年版，第433—434页。
② 吕德中：《钟嵘诗品校释》，北京大学出版社1986年版，第127页。
③ 周振甫：《文心雕龙注释》，中华书局1981年版，第420页。
④ 周振甫：《文心雕龙注释》，中华书局1981年版，第444页。

创，《文选》李善注曰："斐亹，文貌"①，意谓"斐亹"乃是指"彤云"的文采状貌。《辞源》因文释义曰，这里的"亹"就是"美"的意思。钟嵘说张协的诗的语言，能"巧构形似"，"词采葱蒨，音韵铿锵，使人味之，亹亹不倦"，这里的"亹亹"与"不倦"连用，正是承继了《诗经》中"亹亹文王"的用义，只不过"亹亹"所包含的"持久性"的形容意义，是用来形容读者品赏和咀嚼诗歌的"动作过程"，是一种审美鉴赏活动，是一种精神心理状态了；再联系"味之"的"味"的内涵来理解，这里的"亹亹"就又具有形容滋味美妙，令人咀嚼不尽（具有持久性）的意思。这就具体说明了诗歌的"词采""音韵"很美，能巧构"形似"——就是"指事造形，穷情写物"，能够"详切"，表现物象能够鲜明生动，这是产生诗歌有"味"（即指五言诗歌的独特"美感"）的依据，而以此"依据"为批评原则之一，来批评诗歌，品列成上中下三品，不正说明"滋味"确是钟嵘诗歌审美理想和批评标准之一吗？

一言以蔽之，钟嵘"诗味"论的主要美学内涵，就是指诗歌（五言诗）要语言华美，音韵调畅，写景状物真切自然，抒发感情真实感人，而且要有骨力，少用或不用典故，不要抽象说"理"，从而令人读后能够"动情"，产生美的快感。这种美的快感，就是钟嵘所说的"滋味"。《诗品》对后代影响是多方面的，并不仅仅局限于"诗味"论，自不待言。如清代袁枚《续元遗山论诗》云："天涯有客号诊痴②，误把抄书当作诗。抄到钟嵘《诗品》日，该他知道性灵时。"③王士禛《渔洋诗话》卷下云："钟嵘《诗品》，余少时深喜之，今始知其踳谬不少……"④说明《诗品》中的如"直寻"、崇尚"自然"等观点（与其"诗味"论有密切联系），对"性灵"说、"神韵"说，是有影响的。王士禛的批评，主要是针对诗人的"三品"排序不当的问题而言的，如把陶渊明列在中品，把曹操列在下品等。

[原载《安徽师范大学学报》（人文社会科学版）2004年第1期]

---

① 萧统：《文选》第2册，李善注，上海古籍出版社1986年版，第498页。

② 《颜氏家训·文章》："吾见世人，至无才思，自谓清华，流布丑拙，亦以众矣，江南号为诊痴符。"

③ 袁枚：《随园诗话》，人民文学出版社1982年版，第146页。

④ 丁福保：《清诗话》上册，上海古籍出版社1963年版，第203页。

答张灿校友问
——讨论《二十四诗品》作者问题

◆祖保泉

【关键词】司空图；二十四诗品；二十四韵；诗格；作者问题

【摘　要】苏轼所谓“二十四韵”应解作二十四首诗，那种“唐宋人不以一首为一韵”的说法是不符合实际的。南宋陈振孙《直斋书录解题》所谓司空图“《诗格》尤非晚唐诸子所可望也”，即指《二十四诗品》。没有足够的证据，不宜断然剥夺司空图对《二十四诗品》的著作权。

今年四月，接到“1978级”中文系校友张灿的信，说他很关注《二十四诗品》作者问题的讨论。为此，他看了一些讨论文章（包括拙著《司空图诗文研究》），提出三个问题，盼望我助他解惑。鉴于我年为一日之长，便握笔略表愚见。

问一：在中国古籍中，署名“唐司空图撰”的《二十四诗品》存世的有几种？何处可觅？

问二：有论者说：“唐宋人习称近体诗中一联为一韵，不以一首为一韵。”您如何看待这种言论？

问三：苏东坡《书黄子思诗集后》一文中“其诗之有得于文字之表者二十四韵”，这句中的“二十四韵”，为什么应解作《二十四诗品》？

答问一：我见到的《二十四诗品》署“司空图撰”的有：

吴永编辑《续百川学海》壬集收录《二十四诗品》，刻于明代万历末年（约1616—1619），署“唐司空图撰”。①

陶珽编《说郛》（重编本）收录《二十四诗品》，时在万历末年，署：“唐司空图。”②

贺复征编辑《文章辨体汇选》，时在天启末年。卷四二九，收录《二十四诗

① 安徽师范大学图书馆藏。

② 安徽师范大学图书馆藏。

品》，署“唐司空图撰”。①

冯可宾辑《广百川学海》，时在天启年间（1621—1627），收录《二十四诗品》，署“唐司空图撰”。②

毛晋编辑《津逮秘书》，时在明崇祯年间（1628—1644），收录《诗品二十四则》，刻成约在崇祯五年（1632），署“唐司空图撰”。③

以上五种明刻本《二十四诗品》，皆常见的书，容易查阅、互校。又，我有缘曾见：

无名氏编刊《虞侍书诗话》，收录《二十四诗品》，无作者姓名。④

怀悦刊本《诗家一指》，刻于明成化二年（1466），其中收录《二十四诗品》，无作者名。⑤

黄省曾编《名家诗法·诗家一指》，刻于明嘉靖二十四年（1545），收录《二十四诗品》，无作者名。⑥

梁桥编撰《冰川诗式》，卷之九收录《二十四品》（即《二十四诗品》），此书刻于明嘉靖二十四年（1545）。无作者姓名。⑦

附白：正当“《二十四诗品》作者是明代怀悦”这一“新论”企图奋翅高飞之时，张健觅得元人所刻《虞侍书诗法》中的《二十四品》（即《二十四诗品》），公之于世。元人已见《二十四诗品》，这好比一颗金弹，射中奋翅高飞的“新论”，使之落羽坠地。世人因此看破，“新论”实乃“伪论”。张健之功不可没。

答问二：有论者说：“唐宋人习称近体诗中一联为一韵，不以一首为一韵。”我以为，此乃半截子理论，他们说对了一半，也说错了一半。就“一联为一韵”说，在一首一韵到底的近体诗中，一联确为一韵。因为从全诗中抽取“一联”，与上联或下联至少两韵相叶。这算是说对了，有事实可证。如果丢掉“一首一韵到底的近体诗”这个前提，而东拉一联，西扯一联，上下两联不押韵，这就与“一联为一韵”中“韵”字不相干，真的说错了⑧。

他们为什么要宣扬这种半截子理论？不难看出，其目的在于以说对了的一半来遮掩说错了的一半。他们偏心认定的《与李生论诗书》中的“二十四联”是互不叶

① 见《四库全书》影印本。

② 安徽师范大学图书馆藏。拙著《司空图诗文研究》，安徽教育出版社1998年版第105—106页，注较详，可参阅。

③ 安徽师范大学图书馆藏。

④ 见《北京大学学报》1995年第5期。

⑤ 我得怀悦刊本《诗家一指》扫描本，张健博士寄赠。

⑥ 我得黄省曾编辑本《诗家一指》扫描件，张少康教授寄赠。

⑦ 见《四库存目丛书》集417，安徽师范大学图书馆藏。

⑧ 这一问题，我在《司空图诗文研究》第93—94页中说得较详备，请参阅。

韵的嘛!

“不以一首为一韵”，此乃片面之说，不可信。我原以为这是唐宋人“探韵赋诗”“分韵得×字”作诗的常识问题，不必多说。现在看来，提问的人不只你一个。我愿就此多举实例作解答。兹举唐宋人诗例各三个，并加按语。

例一，唐中宗（李显）有《九月九日幸临渭亭登高得秋字》并序：

> 陶潜盈把，既浮九酝之欢；毕卓持螯，须尽一生之兴。人题四韵，同赋五言。其最后成，罚之引满。
>
> 九日正乘秋，三杯兴已周。泛桂迎尊满，吹花向酒浮。长房萸早熟，彭泽菊初收。何藉龙沙上，方得恣淹留。
>
> 《纪事》云：“时景龙三年（709），是宴也，韦安石、苏瑰诗先成；于经野、卢怀慎最后成，罚酒。”

按：此诗《序》中所谓“人题四韵”，正以“一联为一韵”作为一条规律，要求与会者每人题诗八句，两句一韵，每首四韵（首句入韵在外）。这是写诗的常识，是我说“他们说对了一半”的实际情况。

但此诗标题中所谓“得秋字”，即要求在这首诗中必用一个“秋”字为韵脚；又，“秋”字在韵书中属“尤部”（“尤部”在《切韵》《平水韵》中皆独为一部），亦即要求在这首诗中的其余韵脚字（周、浮、收、留）必属“尤部”，否则便犯了出韵的毛病。这也是一条规律，是“作诗得×字”作诗用韵的另一“半截子”实际情况，不容否定。由此可知，“分韵得×字”，就标示着分得一个韵脚字，便该完成一首诗。推而广之，得十个字或二十个字，就该完成十首或二十首诗。

这样的例子太多了。以《奉和九日幸临渭亭登高应制》为实例，据《全唐诗》中华书局本第三册、第四册所载，有二十人各得×字各完成一首诗。兹按次简示如下：

> 阎朝隐（得筵字）、韦元旦（得月字）、李适（得高字）、苏颋（得时字）、韦嗣立（得深字）、卢藏用（得开字）、岑羲（得涘字）、薛稷（得历字）、马怀素（得酒字）、萧至忠（得馀字）、李迥秀（得风字）、杨廉（得亭字）、韦安石（得枝字）、窦希玠（得明字）、陆景初（得臣字）、郑南途（得日字）、李咸（得直字）、赵彦伯（得花字）、于经野（得樽字）、卢怀慎（得还字）

请注意，这么多实例说明：唐人“不以一首为一韵”的说法是有片面性的。一首诗押一个韵部的几个字，读起来才有韵律美，这有什么不妥呢？又，“分韵得×字”，如果有人只把分得的某字看成是个“韵脚字”，而不同时涉及其相应的“韵部”，因而大叫“不以一首为一韵”，这只怪他自己的理解有片面性，岂有它哉!

例二，唐明皇（李隆基）《春晚宴两相及礼官丽正殿学士，探得风字》，诗曰：

乾道运无穷，恒将人代工。阴阳调历象，礼乐报玄穹。介胄清荒外，衣冠佐域中。言谈延国辅，词赋引文雄。野霁伊川绿，郊明巩树红。冕旒多暇景，诗酒会春风。

按："风"属"东部"，韵脚字：穷、工、穹、中、雄、红、风七字，皆在"东部"（《平水韵》一东）。"探得风字"韵，既指韵脚"风"，又兼指"韵部""一东"。明明白白，不用多说。

例三，王维《瓜园诗》并序：

维瓜园高斋，俯视南山形胜，二三时辈，同赋是诗，兼命词英数公，同用园字为韵，韵任多少。时太子司仪郎薛璩发此题，遂同诸公云。

余适欲锄瓜，倚锄听叩门。鸣驺导骢马，常从夹朱轩。穷巷正传呼，故人傥相存。携手追凉风，放心望乾坤。蔼蔼帝王州，宫观一何繁。林端出绮道，殿顶摇华幡。素怀在青山，若值白云屯。回风城西雨，返景原上村。前酌盈尊酒，往往闻清言。黄鹂啭深木，朱槿照中园。犹羡松下客，石上闻清猿。

按：小序淡雅、简明。友朋"同用园字为韵，韵任多少"，这又是一种唱和规矩，要求写同一题材，只限韵部，不限韵脚数。

又，这首诗十一个韵脚字在《切韵》中分属"魂"部与"元"部，在《平水韵》中，"魂"部并入"元"部。

例四，苏轼《伯父送先人下第归蜀诗云："人稀野店休安枕，路入灵关稳跨驴。"安节将去，为诵此句，因以为韵，作小诗十四首送之》：

索漠齐安郡，从来著放臣。如何风雪里，更送独归人。
瘦骨寒将断，衰髯摘更稀。未甘为死别，犹恐得生归。
日上气暾江，雪晴光眩野。记取到家时，锄耰吾正把。
月明穿破裘，霜气涩孤剑。归来闭户坐，默数来时店。
诸兄无可寄，一语会须酬。晚岁俱黄发，相看万事休。
故人如念我，为说瘦栾栾。尚有身为患，已无心可安。
吾兄喜酒人，今汝亦能饮。一杯归诵此，万事邯郸枕。
东阡在何许，寒食江头路。哀哉魏城君，宿草荒新墓。
临分亦泫然，不为穷途泣。东阡时一到，莫遣牛羊入。
我梦随汝去，东阡松柏青。却入西州门，永愧北山灵。
乞墦何足羡，负来可忘艰。莫为无车马，含羞入剑关。

我坐名过实，欢哗自招损。汝幸无人知，莫厌家山稳。

竹笥与练裙，随时毕婚嫁。无事若相思，征鞍还一跨。

万里却来日，一庵仍独居。应笑谋生拙，团团如磨驴。

按：（一）此诗标题中所谓“先人下第”，指苏洵（1009—1066）中年时曾“举进士、又举茂才异等，皆不中”（《宋史·苏洵传》）。

“安节”，苏轼侄儿。苏轼《侄安节远来夜坐》诗：“落第汝为中酒味，吟诗我作忍饥声。”据此可知苏安节落第归蜀，东坡“作小诗十四首送之”。

据此诗第一首“索漠齐安郡”句，可知此诗作于谪居黄州时。检王宗稷编《东坡先生年谱》，知此诗作于元丰四年（1081）冬，时年四十六。因躬耕于齐安郡东坡，遂自号“东坡居士”。

（二）全诗以两句七言诗（十四字）分别作为十四首的韵脚字，“作小诗十四首”。这恰恰表明可以一首为一韵。此处“韵”字，正标示着一首诗的特定韵脚字与其所属韵部的密不可分的关系。这是明明白白的，无可疑。有人说“不以一首为一韵”，那是因为他只理解诗有韵脚字，而忽略了特定韵脚字与所属韵部的关系。

例五，苏轼《泛舟城南，会者五人分韵赋诗，得“人皆苦炎”字四首》。

请让我节约篇幅，不录原诗（七律四首），只摘出其韵脚字：

第一首：鳞（首句入韵）、蘋、人、驯、春。（五字皆属《平水韵》十一真）

第二首：皆、斋、霾、淮、堦。（五字皆属《平水韵》九佳）

第三首：土、数、苦、缕、鼓。（五字皆属《平水韵》七麌）

第四首：厌（平声）、檐、帘、炎、痁。（五字皆属《平水韵》十四盐）

按：此诗标题中“得‘人、皆、苦、炎’字四首”，清清楚楚地表明了“一首为一韵”，不必多说。

例六，陆游《秋怀十首，以“竹药闭深院，琴樽开小轩”为韵》《杂兴十首，以“贫坚志士节，病长高人情”为韵》《入秋游山赋诗，略无缺日，戏作五字七首识之。以“野店山桥送马蹄”为韵》《杂感五首，以“不爱入州府”为韵》。

按：上录四题，均见中华书局版《陆游集》第三册。为节省篇幅，我不想多说了。

上列六例，该可以证明：唐宋人“不以一首为一韵”的说法是不符合实际的，不可信！

答问三：让我抄示苏东坡《书黄子思诗集后》论及司空图诗、诗论的一段原文，以便按原文字句加以诠释。《书黄子思诗集后》曰：

唐末司空图崎岖兵乱之间，而诗文高雅，犹有承平之遗风。/其论诗曰：梅止于酸，盐止于咸。饮食不可无盐梅，而其美常在咸酸之外。/盖自列其诗之有得于文字之表者二十四韵，恨当时不识其妙。予三复其言而悲之（答问者：引

文中斜线是我加的，以示原文进展层次）

让我试译引文：

唐末，司空图生活在兵连祸结的境况下，而所写的诗文却超然淡雅，犹有国家太平时的风味。

他论诗，曾比喻说：梅子（核果），只有酸味；盐，只有咸味；人们饮食中不能不用盐酸醋，而人们品尝食物时，那醇厚的美味自在酸咸之外，别饶风味。

大略地说，他列示已领悟的、诗文外在风貌的诗篇共二十四首（即“以一首为一韵”的“二十四韵”）可惜哟，与他同时人却不理解那“二十四韵”的奥妙所在！我今再三反复地阅览他的诗论，为他感到不被理解的悲痛。

按：这段文章，文脉清楚：首先简评司空图诗文，有超脱的“高雅”倾向；继而指明司空图论诗，着意追求“味外之味”；末后说司空图着意描绘多种“味外之味”便有结晶之作《二十四韵》。文脉一线贯串，不容割裂。

要清楚地理解上面的引文，我以为关键在于“盖自列其诗之有得于文字之表者二十四韵”一句。试详解之。

（一）从语法角度说：这是个复杂句。如简化为单句，应是“盖自列二十四韵”。在这一单句中插入的“其诗之有得于文字之表者”是相当于词组的短语，作修饰语用，这便使单句变成了复杂句。

据一般古汉语书所说的规律，这个句子的词序本应作“盖自列其有得于文字之表之诗二十四韵”。其中“诗”是中心词，“有得于文字之表”是“诗”的修饰语。原句用结构助词组成的“……之……者”格式帮助把较长的修饰性定语后置，使修饰语所表达的内容更为突出。如果把“……之……者”格式破坏掉，读作“盖自列其诗”，则这个句子的词序关系便无法说清了。

（二）从词义角度说：“盖”，王氏《经传释词》卷五：“盖者大略之词。”我译作“大略地说”。“其诗之有得于文字之表者”，古汉语学家说，“翻译时可让修饰语回到中心词前边”。因此我译为“已领悟到的、诗文外在风貌的诗篇”。

这里，加两条附注，把问题说得更明白些：

①引用苏轼语中的“有得于”与司空图《与李生论诗书》中的“得于”（凡十二见）不是等同的语词。“有得于”，谓有心得、有领悟，可用语言文字表达出来。“得于”皆表述若干联语得自某种场合，皆指时、地。这两者差异是明显的，不容混淆。

②“文字之表”的“表”，《说文》曰：“表，上衣也。”段注曰：“若出行接宾，皆加上衣。”《玉篇》：“表，上衣也，威仪也。”据此，我译“文字之表”为“诗文的外在风貌”（类似今人所谓“文学风格”）。

“二十四韵”的“韵”字，我在“答问二”中已列举数十例证明“可以一首为一韵”。据此我说：“二十四韵”应解作二十四首诗。又结合修饰语“其诗之有得于文字之表者”作解，这二十四首有共同特色，是组诗，因而我以为只有《二十四诗品》是其真身。

苏轼说：“司空图……盖自列……二十四韵”，这“韵”不得窜改为“联”。持“一联为一韵”论者最大的硬伤在于联与联之间全不押韵。因此，我直率地说一句：此论乃指鹿为马也。

（三）从文献资料角度说：①王尧臣、欧阳修等主撰的《崇文总目》卷十一载目“司空图《一鸣集》三十卷”。欧阳修参与主撰的《新唐书》卷六《文艺志（四）》载目“司空图《一鸣集》三十卷”。

按：这两条记载，从旁表明，与欧阳修交往颇密、比欧阳修迟生三十年的苏轼，能见到“司空图《一鸣集》三十卷”，是极为正常的事。但此书南宋之后亡佚，因此谁也拿不出证据，证明此书中有或没有《二十四诗品》，只好存疑待考。

②南宋中期，有位曾任“国子监学录”的王晞，为《林湖遗稿》（高鹏飞诗稿）撰序，序文中提到了“二十四品”，惹人注意。文曰：

> 予阅南仲诗，词体浑厚，风调清深，脱弃凡近……其始其终，绝无蔬笋气味，无斧凿
>
> 痕迹，可见其能参高妙之格，极豪逸之气，包冲淡之趣，兼峻洁之姿，得藻丽之妙；诚能全十体、备四则、该二十四品、具一十九格，非浅陋粗疏者所能窃也。

《序》末署曰：“时嘉泰甲子秋九月望后三日国子监学录致仕王晞平父序。”[①]

注：（1）我在《〈菊涧集原序〉〈林湖遗稿序〉考释》[②]中，对王晞及《序》文有考证，皆可信，兹不赘述。

（2）“嘉泰甲子”即公元1204年。嘉泰，南宋宁宗（赵扩）年号。“九月望后三日”即九月十八日。“国子监学录”，官名，位九品，是协助“学正”掌管学规的训导员。“致仕”，退休。《宋史·职官十》：“咸平五年（1002），诏文武官年七十以上求退者许致仕。”“王晞平父”即王晞，字平父。

（3）《序》中所谓诗之“十体”“二十四品”“十九格”，皆见于唐人评诗之作：

李峤（644—713）《评诗格》：“诗有十体。”[③]

司空图（837—908）《诗品二十四则》。[④]

---

① 见《四库全书》集部四、南宋高翥《菊涧集》附录。

② 祖保泉：《〈菊涧集原序〉〈林湖遗稿序〉考释》，《学术界》2000年第6期。

③ 王利器：《文镜秘府论校注》，中国社会科学出版社1983年版，第146—155页。

④ 详见《全唐诗》卷六三四。《二十四诗品》之《校正》《解说》，见祖保泉：《司空图诗文研究》，安徽教育出版社1998年版，第107—131、165—244页。

皎然（生卒年不详，主要生活年代当在公元766—804年间）《诗式》，把诗分为五格，以十九字概括了诗体的分别。王晞所谓“十九格”指“十九字”。[①]

按：王晞的《序》文写得如何，我不必多嘴。我引此《序》的目的在于他提到了“二十四品”，证明了《二十四诗品》在南宋中期是客观存在，而且它的作者只可能是唐末的司空图。查五代至北宋，存在的诗话著作四十多种，没有人提及《二十四品》，但这也无碍于司空图《二十四品》的存在呀!

王晞所见的《二十四品》，上可与苏轼所说的“盖自列其诗之有得于文字之表者二十四韵”相印证，证明苏轼所说“二十四韵”即“二十四品”的可信性;下可与南宋中后期陈振孙所说的司空图“《诗格》尤非晚唐诸子所可望也”（见下文）相牵挂，从旁证明陈氏之言有实据。并且我以为还可以向下延伸，证明元人《虞侍书诗法》中的《二十四品》部分、明刻诸本《诗家一指》中的《二十四品》部分，其目次一致，诗句基本相同，这表明它们的祖本相同，皆来自宋人，其证明人有三位，不是孤证。明毛晋《津逮秘书》中的《诗品二十四则》，署名司空图撰，其依据来自宋人，这在毛晋《诗品跋》中说得清清楚楚。清代诸刻《二十四诗品》，皆署作者为司空图，无疑问。

南宋陈振孙（1183—1261?）《直斋书录解题》卷十六记载：

> 《一鸣集》十卷（原注：案《文献通考》作三十卷）唐兵部侍郎虞乡司空图表圣撰，图见《卓行传》，唐末高人胜士也。蜀本但有杂著，无诗。自有诗十卷别行。《诗格》尤非晚唐诸子所可望也。其论诗以梅止于酸，盐止于咸，咸酸之外，醇美乏焉。东坡尝以为名言。自号知非子，又曰耐辱居士。（见《四库全书》本，馆臣称录“永乐大典本”，“乾隆四十二年七月恭校上”）

按：上列引文，标点符号是我加的。自问：对“诗格”一词，凭什么加书名号？自答：凭我对《直斋书录解题》书名的理解而加的。

书名中的“直斋”，来自陈振孙的雅号。陈振孙，字伯玉，号直斋。

“书录”，指陈氏对所见、所藏旧有书籍五万多卷，分别作目录，记卷数版本。“解题”，乃是陈氏针对各种书籍，指出作者、品题其得失，故称曰“解题”。

基于以上书名诠释，应知对“书录”为名目的“诗格”标示为《诗格》是完全正确的，经得起检验的。

检验的途径何在？在于晚唐诸子的诗歌创作实绩、诗论著作实绩。晚唐杜牧、温庭筠、李商隐、韦庄诸公的诗词成就，远在司空图之上，这是毋庸争议的事实；而司空图诗论及其《诗格》之作，又远胜于晚唐诸公，这也是毋庸争议的事实。这就保证了标示司空图《诗格》的正确性。

---

① 详见罗根泽：《中国文学批评史》第二册，古典文学出版社1957年版，第41—45页。

又，请看《直斋书录解题》品题杜牧诗曰：

牧才高，俊迈不羁，其诗豪而艳，有气概，非晚唐人所能及也。[①]

这是从诗创作角度肯定了杜牧在晚唐诗坛上的突出地位，同时也排除一种误解。误解者把所谓“诗格”解作“诗之品格”，说直斋特别赏识司空图的诗，故赞扬之曰“诗格尤非晚唐诸子所可望也”。我说，如把“诗格”标明为《诗格》，这种望文生义的误解便不存在了。

我还要提醒一下：“其诗……非晚唐人所能及也”“《诗格》尤非晚唐诸子所可望也”两条品题，前后相隔仅29行417字，由此也可引人思忖直斋这两条品题是各有所指的，否则，作何解释？人们不能栽诬直斋思维紊乱啊！

那么，司空图《诗格》何处寻？答曰：先要明白，此处《诗格》是“《诗格》之类”的“类别之名”。唐人写（或伪托）品评诗歌的笔札之文，多用“诗格”两字为书名，如王昌龄《诗格》、李峤《评诗格》、炙毂子《诗格》、皎然《诗式》《诗评》、孙郃《文格》、伪托的《魏文帝诗格》等等，在当时书籍分类，皆归之于“《诗格》之类”。唐时日本留学中国的弘法大师著《性灵集》，集中《书刘希夷集献纳表》曰：“此王昌龄《诗格》一卷。此是在唐之日，于作者边偶得此书。古代《诗格》等，虽有数家，近代才子，切爱此格。”[②]据此可以证明唐时《诗格》之名已成为“《诗格》之类”的类别之名。

《直斋书录解题》说司空图《诗格》，正是用“《诗格》之类”的类别之名。今人披览《新唐书》卷六十《艺文志》丁部，见所列书目，自李充《翰林论》起，至孙郃《文格》终，计二十六目，正属《诗格》之类。这就证明北宋人沿用唐人“《诗格》之类”为一类，类列一些书目。降及后世，《四库全书》有“诗文评类”，也有明显的“《诗格》之类”的实际内涵。

其次，我来探寻司空图《诗格》的踪影。

北宋苏轼说：司空图“盖自列其诗之有得于文字之表者二十四韵”。南宋王晞说：诗有“二十四品”。陈振孙说：司空图“《诗格》尤非晚唐诸子所可望也”。人们可以看到“二十四韵”“二十四品”“诗格之类”三个不同名称。现在可把这三个名称组合起来，当是“二十四韵”属于“诗格之类”的著作，即“二十四品”。检传世的《二十四诗品》乃是其正式名称。因而我说《二十四诗品》的作者是司空图。

再举个鲜明的实例。《四库总目提要》曰：

《诗品》一卷，唐司空图撰。图有文集，已著录。唐人诗格传于世者，王昌龄、杜甫、贾岛诸书，率皆依托；即皎然杼山《诗式》，亦在疑似之间；惟此一

① 见四库全书本《直斋书录解题》卷十六《樊川集》《外集》解题。

② 王利器：《文镜秘府论校注》，中国社会科学出版社1983年版，第18页。

编，真出图手。其《一鸣集》中有《与李秀才论诗书》谓："诗贯六义，讽谕、抑扬、渟蓄、渊雅，皆在其中，惟近而不浮，远而不尽，然后可言意外之致。"又谓"梅止于酸，盐止于咸，而味在酸咸之外"。其持论非晚唐所及。故是书亦深解诗理。凡分二十四品：曰雄浑……曰流动，各以韵语十二句体貌之。所列诸体毕备，不主一格。

按：馆臣之言，使我理解，一是"诗格"既是专书之名，又是"诗格之类"的类别之名，由此可证陈振孙所谓司空图"诗格"是取其类别之名而说的。陈氏是有所见而加上评语的，而馆臣们是经过慎重辨识之后才说"惟此一编，真出图手"的。结合陈氏"所见"与馆臣的"辨识"，我说东坡所说的"二十四韵"是指《二十四诗品》，乃是有证据的合理推论，不是凭空臆说。二是馆臣撰这条《提要》，不存成见，态度客观，唯凭识力，辨别真伪。他们面对旧有的王昌龄《诗格》、杜甫《杜陵诗律》、贾岛《二南密旨》、皎然《诗式》、司空图《诗品》等著作，只凭识力说话，毫无为谁争著作权的私心。馆臣说："是书（《诗品》一卷）深解诗理"，是可以与司空图的其他诗论相印合的，也与司空图的历时多年的赏诗经历相符合的。司空图自白："侬家自有麒麟阁，第一功名只赏诗。"（见《司空表圣诗集》第三卷）他赏诗日久而面广，自有心得，领悟到诗的意象二十四种，遂撰《二十四诗品》，这是很自然的事。因此，我认同馆臣判断"惟此一编，真出图手"，乃是理性决定，不是盲从。

如果只从"《二十四诗品》，唐司空图撰"的文本角度看，我拿不出宋刻元刻，可以作证。但这不足以排除王晞、陈振孙之"所见"、四库馆臣的"辨识"。对已经亡佚的古籍，难道只有找出它，才承认它曾真的存在？

又，我对四库馆臣"辨识"的认同，只是我的看法，不等于就是这次大讨论的结论。因而一再声明：讨论到现在，人们不宜断然剥夺司空图对《二十四诗品》的著作权。

［原载《安徽师范大学学报》（人文社会科学版）2005年第6期］

中国罕见的悲剧型态和悲剧概念
——《二十四诗品·悲慨》新探

◆张国庆

【关键词】司空图；二十四诗品；悲慨；悲剧

【摘　要】《二十四诗品》中所言“悲慨”首先是一个诗歌风格概念，但由于《悲慨》实际上还展现了一出近乎经典的西方式悲剧，展现了一种中国罕见的悲剧型态，显示出了标准的悲剧美学精神，所以“悲慨”同时也是一个近乎西方“悲剧”的美学概念。

对于中国古代诗学名著《二十四诗品》（以下简称《诗品》）中的《悲慨》一品，学术界历来将其作为诗歌艺术风格论加以研究，将“悲慨”二字作为一个诗歌风格概念加以看待。这是对的，但还不够。笔者以为，《悲慨》不仅是诗歌艺术风格论，它同时也展现了一出近乎经典的西方式悲剧，一种中国罕见的悲剧型态，显示出了标准的悲剧美学精神，因此“悲慨”同时也是一个近乎西方“悲剧”的美学概念。

一、人生与社会的悲慨二重奏

> 大风卷水，林木为摧。适苦欲死，招憩不来。百岁如流，富贵冷灰。大道日丧，若为雄才？壮士拂剑，浩然弥哀。萧萧落叶，漏雨苍苔。（《二十四诗品·悲慨》）

《悲慨》品十二句诗，约分四个层次。首二句以具有浓郁“悲慨”氛围的阔大境象统摄全品，三至六句从一个侧面（人生层面）叙说“悲慨”，七至十句从另一个侧面（社会层面）叙说“悲慨”，末二句以一个十分悲苦凄清之境挽结全篇而寓无限“悲慨”之意。

先看首二句“大风卷水，林木为摧”。大风卷水而摧折林木，不仅仅是境象描写，同时也具有明显的比喻或象征意义。清人杨廷芝《诗品浅解》道出了这一点，“大风卷水，声不可闻；林木为摧，感且益慨。起手似有‘北风’‘雨雪’之意”。《诗经·邶风》中有《北风》一诗，其第一章起首云“北风其凉，雨雪其雱”，其第二章起首云“北风其喈，雨雪其霏”，都是在诗章的开篇处用自然节候境象的严酷来比喻统治者的暴政。杨氏说“大风卷水，林木为摧”二句“似有‘北风’‘雨雪’之意”，就点明了此二句具有一种类似的比喻之义。那么其具体的喻义何在呢？笔者以为，“大风”喻一极有力量之事物，“大风”而“卷水”则是将“大风”之巨力付诸行动。同时，“大风卷水”似乎还给人一个感受：此极有力量之事物的行动十分突然而迅捷，骤然即至。[①]但仅凭“大风卷水”一句，还不能判断此一事物究竟具有什么样的价值属性。而“林木为摧”四字实际上对此作出了补充说明。“林木”即正常生长的森林树木，“林木”既含有“众多”的意味，也含有“健康坚实”的意味，它与易为风所摧折的枯木朽株完全不是一回事。在一般的比喻或象征意义上，“枯木朽株”具有负价值，而“摧枯拉朽”的“风”具有正价值，对照看来，这里摧折正常健康生长的“林木”的“风”则显然具有负价值。笔者以为，“林木”在这里喻指整个社会中林林总总的一切正常存在正常生长的事物（当然也包括人在内），将此等事物“摧”而折之的“大风”则象征着突然袭来并笼罩于整个社会之上的某种异常巨大而狂暴的否定性力量。对于整个社会及其中的“林木”们来说，这力量是异己的又是过于巨大狂暴而难以抗拒的，除了遭其摧残外别无选择。刘禹昌的解说颇为精到：“‘大风卷水’二句，以狂飙肆虐，卷起江湖，惊涛骇浪，震撼山林，拔木折干为喻，象征国家极其动乱，人民不得安宁。[②]殷仲文《解尚书表》曰：‘臣闻洪波振壑，川无恬鳞，惊飙拂野，林无静柯。何者？势弱则受制于巨力，质微则莫以自保。’”（萧统《文选》）显然，《悲慨》品一上来即以“大风”二句展现了一个涵盖一切的巨大的社会性冲突，这一冲突中“林木”们的命运遭际，不能不引起人们的关注同情和悲痛慨叹。区区两句诗，短短八个字，浓郁的“悲慨”氛围已自弥漫长空，先声夺人了。这两句提供了全品展开的前提、基础、背景，也是全品的统领。

接下去的四句“适苦欲死，招憩不来。百岁如流，富贵冷灰”，从人生侧面写出了“大风”笼罩、摧残下的“悲慨”。曹冷泉分析说：“招，求也……憩与息通……即呼吸也。来，犹致也，有获得之意……此句承上二句，大意谓时世衰丧，令人惊心动魄，心情痛苦欲死，欲求安宁喘息之机，而亦不可得。”[③]“适苦”二句，概括地揭示出风狂林摧的境况下一般人们生活与精神的极度痛苦。这样的痛苦是普遍而深刻的，而“适苦”二句的揭示也是非常深刻的，有力透纸背、入木三分之感。“百岁如流，富贵冷灰”二句则从两个方面来具体申说这一痛苦。“百岁如流”，意谓人生短暂，岁月不居，如惊风之飘逝，如闪电之倏流。不同于对生命短暂的一般感叹，这里对生命倏逝的悲痛是在“大风卷水，林木为摧”的特定社会大环境中产生的，故主人公心中不仅极为痛苦，而且一苦到底，一丝喘息安宁之机也没有。处衰

① 清人孙联奎《诗品臆说》说“大风卷水，林木为摧”道：“一起突然而来，拉杂倾圮，光景不堪。”

② 刘禹昌：《司空图〈诗品〉义证及其它》，武汉大学出版社1993年版，第59—60页。

③ 曹冷泉：《诗品通释》，三秦出版社1989年版，第68页。

世而遭横暴，主人公完全失去了人生选择和意志选择的自由，只能在异己力量的真实而直接的重压之下痛感人生的渺小无望、来去匆匆，禁不住悲从中来，痛无止息。“富贵冷灰”之感之叹也同样在这一社会大背景下产生，它是此一背景下人之精神痛苦的又一具体例证或具体方面。一般说来，富贵不得长久，富贵化为贫贱化为冷灰，是令人感慨的常见现象。但联系“大风”之背景来看，这里的感慨悲凉就要深切得多。时运衰丧，平时正常的仕进富贵之途也受到了严重冲击，平时正常的富贵之梦也变得不正常了——人生尚且危如累卵，又何可望富贵耶？即使偶遇富贵，又何能享之保之？要之，此时的富贵已如梦如烟，是连富贵的希望都冷了绝了。当清楚地意识到一个向来存在的人生美好希望（富贵）因在此际失去了实现的可能而冰冷如灰的时候，人们心中怎能不加倍地感到悲痛苦楚呢！总之，“百岁如流”和“富贵冷灰”从两个方面具体表明了主人公的“欲死”之“苦”。实际上，这“适苦欲死，招憩不来”之“苦”乃是处衰世而遭横暴的人们的一种遍在而深刻的悲苦，这种悲苦会从一切方面时时袭来，“百岁如流”和“富贵冷灰”只是此种悲苦的两种典型表现而已。

接下去的“大道日丧，若为雄才？壮士拂剑，浩然弥哀”四句，从社会层面写出“大风”笼罩、摧残下的“悲慨”。“大道”，一般认为指社会政治伦理之道。依此，则“大道日丧”即是说在“大风”的暴虐之下，维系国家社会正常运转的最根本的政治架构、伦理纲常、道理准则等都在日渐废弛消丧。长此以往，国何以堪？民何以堪？于是乎便发出一声悲凉而无望的呼唤或诘问——“若为雄才？”“雄才”每与“大略”相连，非一般的人才、壮士之类，而是具有定国安邦或挽社会狂澜于既倒的胆识与能力的最大、最杰出的人才、英雄。“若为”，常见二解，或解“若”作“谁”，“若为”意即“谁是”；或解“若为”为“怎样、如何”，含有“哪堪，无奈”之义。二解似皆可通。按前解，“若为雄才”意即为“谁是（担荷或挽回此大道）的雄才呢”。按后解，此句意即为“雄才（对此局面）又能怎样呢”。两解联起来也可通：谁是那通常能够力挽狂澜的雄才呢？这样的雄才不要说根本没有（此答案本已清楚地含在问题中），即使有，他面对此过分严峻的全局性危机又能怎样呢？恐怕也还是无能为力，只能徒唤奈何吧。总之，形势已严重到了无可挽回的地步，对力挽狂澜的雄才的呼唤也仅是一种明知无望的空想，然而心有不甘的人们又止不住一遍遍地要提起这个明知无望的希望，发出这个明知无望的呼唤。悲伤感慨，无止无休。对此衰世颓局，“壮士”也只能够“拂剑”而“浩然弥哀”了。“壮士”与“雄才”都属正面形象，但处于不同层次，雄才有把握全局走向胜利的胆识和才能，壮士则更多是在局部问题具体事件上表现出其正义与英勇，雄才难遇而壮士多见。具体说，壮士即通常行侠仗义行仁蹈义，怀志直前不避义死的义勇之士。这类义勇之士在封建时代属于较常见的英雄人物，但对于起社会之衰，救万民之难来说，他们的胆识才能都难以胜任。面对危急，“雄才”尚且徒呼奈何，“壮士”们又能怎样呢？他们不甘心无所作为，又的确难以有所作为，故而“剑”不仗而“拂”，矛盾重重，苦闷重重，无边的悲哀之情弥漫了心头。总之，社会的正道日渐消亡，莫可为救，通常的社会栋梁们良知们再也撑不起这座将倾的大厦，他们心中发出的无限悲悯哀伤之情，浩浩然弥漫了社会，弥漫了广宇。这四句与上面四句，形成一支人生与社会的悲慨二重奏，它们共同构成了《悲慨》的主体部分。

最后两句“萧萧落叶，漏雨苍苔”，意境颇为悲凉。“落叶萧萧，飘零满地，秋雨滴沥，冷洒苍苔”[①]。但这不是一个与人无关的境界，而正是“大风”摧残下那苦而欲死、哀伤无际的众多人们所不得不面对的真实境遇，同时，它分明也是其时人们凄苦心境的一个真实的写照。“无限苍凉象秋天的落叶，又象碧苔上的雨点滴在心中”[②]。全诗以这亦境亦情的一片萧瑟苍凉作结，而将无尽的感慨叹惋永远地留给了读者。

在将《悲慨》之“悲慨”作为一个诗歌风格概念看待时，研究者们主要认为它是“悲壮慷慨”“悲歌慷慨”“悲愤慷慨”，而有的学者提到了它同时也有“悲痛感慨”“悲痛慨叹”“悲凉感慨”的意味。根据以上对《悲慨》文辞意旨的分析，笔者以为其“悲慨”主要不是“悲壮慷慨”“悲歌慷慨”之义，而恰恰主要是“悲痛感慨”“悲痛慨叹”或说是“悲凉苦痛，慨惋哀伤”之义。因本文主要不讨论作为诗歌风格概念的“悲慨”，故这里只顺便表明一个基本看法，不作深论。

有两个问题要稍作讨论。郭绍虞认为，“百岁如流”四句是“为一己之私引起的感慨”，而“大道日丧”四句是“悲天悯人之怀，为天下之公所引起的感慨”。[③]这是很有见地的，但犹有可补充者。詹幼馨认为《悲慨》一品在写作方面的组织结构不佳[④]，笔者以为也值得商榷。兹一并于此略作讨论。笔者以为“百岁如流”四句固然写的是个体对人生、富贵等的感慨，却不应完全视为一己之私，它同时也是一种群体性的感慨，是被“大风”摧残下的“林木”们的普遍感受与感慨，虽然它从个体人生的侧面或说从“一己”的情感角度表现出来，但普遍寓于个别，“一己”连着“天下”，“私”情正是“公”情。所以“百岁”四句与“大道”四句，是从不同的观察和表现角度，共同托出了关乎“天下之公”的普遍的“悲慨”之情。至于《悲慨》品写作方面的组织结构，笔者以为是完整而颇具特色的甚至是相当精彩的。开首两句横空而来，设置了一个严酷无比的大环境大氛围，以作为全品展开的整体背景。此犹如一峰突起，乱云飞涌，笼罩全篇。接下去，“百岁”四句与“大道”四句各从一个侧面细写出此严酷环境下人生与社会的深深苦痛与无限悲凉感慨，这是《悲慨》这部人生与社会的悲慨二重奏的主体部分。从结构上说，它们分置于“大风”二句之后，就恰如一峰统摄下的二水分流，虽分流而又互相协应。末尾两句凄然作结，既是“二水”（人生“悲慨”和社会“悲慨”）的自然延伸也是其命定归

① 罗仲鼎等：《诗品今析》，江苏人民出版社1983年版，第135页。

② 弘征：《司空图〈诗品〉今译简析附例》，宁夏人民出版社1984年版，第76页。

③ 郭绍虞：《诗品集解》，人民文学出版社1981年版，第35页。

④ 詹幼馨：《诗品衍绎》，（香港）华风书局1983年版，第30页。

宿，同时以如此萧瑟凄寂之境之情挽结全篇，又正与首二句狂暴横蛮之境适成对照，它是对任意肆虐的“大风”的无声的抗议，也是对无限“悲慨”之情的无言的倾诉。此诗起势突兀，中多变化而又相互应和，结尾挽合周密，章法严整而富于变化。这样的组织结构不仅圆满地完成了对其内容的表达，也表现出了极高的艺术性。在整部《诗品》中乃至于就一般之文学写作来看，这样的章法结构完全称得上特出而精彩。

二、中国罕见的悲剧型态和悲剧概念

笔者以为，《悲慨》展现了一出近乎西方式的悲剧，一种中国罕见的悲剧型态；“悲慨”不仅是一个风格概念，也是一个近乎“悲剧”的美学范畴。为了说明这一观点，有必要先讨论两个相关问题：“悲剧”是什么？中西方传统悲剧及其理论的主要状况如何？下面就先讨论或考察这两个相关问题，再具体说明笔者的看法。

关于“悲剧”，笔者提出这样一个看法：“悲剧”概念涉及两个层次和三个具体类别，两个层次即狭义的悲剧和广义的悲剧，三个具体类别即作为戏剧种类的“悲剧”、作为美学范畴的“悲剧”（此两者即为狭义的悲剧）和作为一般美学概念的“悲剧性”（此即为广义的悲剧）。兹对此略作说明。悲剧首先是戏剧中的一个主要类别，即与喜剧、正剧相区别相并列的一种特定的戏剧类别。而同时，悲剧又是一个美学、文艺理论范畴，其理论内涵主要是：人（正义、正常或无辜的人）在与某种对立因素（命运、社会或自身内在的性格因素）的冲突中，由于种种原因，遭受到了从某种角度看是不应有的严重的失败、巨大的苦难甚至是彻底的毁灭。与此相伴的，是美、善、正价值的毁灭，也往往还有丑、恶、负价值的胜利（尤其在社会悲剧中）；同时也还有或隐或显地对毁灭了的正价值的肯定和对胜利了的负价值的否定这样一种伦理的、美学的评判。值得进一步推敲的，是这两种悲剧的关系问题。从历史的角度看，作为戏剧的悲剧产生在前，作为美学范畴的悲剧产生在后，先有了古希腊的悲剧，才有了亚里士多德的悲剧理论。事实上，正是主要通过对作为戏剧的悲剧之精神内核的长期探讨，“悲剧”美学范畴的理论内涵才得到确认和不断的丰富与发展。两种悲剧间不仅有这样一种相依相生的关系，也还有一种相即相离的关系。一方面，作为戏剧的悲剧当然是凸显着“悲剧”美学精神的，如果某部剧作明显缺乏这一精神，它就不属于悲剧作品了。另一方面，作为美学范畴的“悲剧”，其精神虽然突出体现在悲剧剧作中，但又并不局限于此，而同样可以突出地体现在其他体裁的文艺作品（主要是叙事作品）中，例如它就曾突出地体现在中国古代的叙事长诗《焦仲卿妻》（“孔雀东南飞”）和长篇小说《红楼梦》中。就是说，作为戏剧种类的悲剧和作为美学范畴的悲剧虽然本是两回事，但二者间又有着相依相生、相即相离的紧密而复杂的关系。此外，在讨论“悲剧”时，还有一个美学概念应当提及，那就是“悲剧性”。有很多文艺作品，并未表现出上述“悲剧”美学范畴所标示的主要特征，但却抒写或刻画了明显的悲凉、哀苦、凄清之类的情境，明显充溢着某种悲（悲怆、哀怨、愁苦）的意味或气氛。这些作品所体现出的这种美学特质，就叫做悲剧性。悲剧性广泛见于各种体裁的文艺作品中。比较来看，如果把这种悲剧性称作广义的悲剧的话①，那么上述作为戏剧的悲剧和作为美学范畴的悲剧就都可以称作狭义的悲剧。

在西方，悲剧产生甚早，且源远流长，发育得相当成熟。西方悲剧主要有三类型态，即命运悲剧、性格悲剧和社会悲剧。悲剧创作的源远流长带来了悲剧理论的持久发展和丰富、多样、深刻，从古希腊的亚里士多德，到后来的高乃依、莱辛、席勒、歌德、黑格尔、别林斯基、车尔尼雪夫斯基，再到恩格斯，都对悲剧发表过各自的看法。其中有的（如亚里士多德、恩格斯等）看法十分重要、深刻而精湛。

在基本形成于唐代以后的中国古代戏曲中，并没有“悲剧”一说，而只有“苦戏”“怨谱”之类。苦戏、怨谱主要传达人生悲情苦境，它们究竟是否属于悲剧，在中国学术界久有争论。虽然至今仍意见不一，但大多数学者认为中国古代有悲剧，只不过其特征与西方悲剧有同亦有异罢了，笔者亦持此看法。至于理论方面，在中国戏曲理论中，不仅向来没有“悲剧”概念，而且连什么是“怨谱”“苦戏”也未曾予以较好的解说，而这也就是说，中国古代并无像样的“悲剧”理论。

中西悲剧有明显相似之处，相似之点大约主要有二。一是都表现了美善、丑恶双方（人物、力量、价值等）的冲突，二是其结局都是美善毁灭，丑恶胜利。其实这样两个相似点也正是悲剧的主要精神之所在，因为在根本上，悲剧通过在冲突中对有价值的东西的毁灭而表达出对正价值的肯定和对负价值的否定。据此，是可以将中国的苦戏、怨谱之类也看作悲剧的。至于中西悲剧的差异，则是多方面的，如在悲剧的主人公、悲剧表现的矛盾冲突、悲剧的戏剧结构、悲剧的结尾等方面，都有明显的不同。对于中西悲剧的差异，这里不作具体讨论，姑且放到下文中结合对《悲慨》的具体分析再加以简要的比照。

现在回到《悲慨》来。《悲慨》不仅弥漫着悲凉苦痛、慨惋哀伤这种悲剧性的气氛情调，而且还表现出了那种惯常为戏剧（悲剧）所特别具有的要质，亦即冲突或曰戏剧冲突，详言之即悲剧性的戏剧冲突。而这也就是说，《悲慨》不仅体现出了广义悲剧的特征，而且也体现出了狭义悲剧的鲜明特征。从上节的分析中我们看到，《悲慨》展现了一幅正反力量、正负价值全方位冲突的社会图景，冲突的结果是正不敌邪，是正价值的毁灭和负价值的胜利，由此而引出了令人悲哀慨叹的结局和效果。从冲突的开始、进程到结局，都显示出这是一个颇有类于戏剧中“悲剧”式的冲突，而《诗品》的作者又正将概括了此种冲突的概念名之为“悲慨”。简言之，《悲慨》叙述了一个悲剧性事件，展开了一个比较典型的悲剧性冲突；“悲慨”则正

① “广义上的悲剧，是任何文学艺术形式都可以具有的一种审美素质（性格），属于美学的范畴。它指的是在具体的作品中所体现出来的一种悲怆、沉郁、激昂的悲剧性气氛和情愫，习惯上称之为悲剧性。”蓝凡：《中西戏剧比较论》，学林出版社1992年版，第542页。

是一个概括这种悲剧性冲突特征的概念。下面就从狭义悲剧的角度来对《悲慨》作一番具体的考察分析。

总的看，《悲慨》描绘了一个相当典型的悲剧式冲突。冲突的双方，是以“大风”为代表的社会政治上的负价值和以“大道”为主要代表的社会政治上的正价值；冲突的结果，是正价值的毁灭和负价值的胜利。具体分析起来，这一冲突有一系列的鲜明特点。冲突中的正面主角，是一个混合的整体，其突出的代表是“大道”，亦即是社会的根本正义、基本原则和固有纲维，在“大道”的下面，是由“雄才”“壮士”以及“适苦欲死”的一般人众构成的一个正面主人公群。这个主角群中，既有善良无辜的弱小者，也有英雄伟人式的人物，还有他们共同赖以安身立命的伦理正义和社会纲纪、世道常态。这个群体几乎涵盖整个社会，应该说在社会中也是举足轻重，很有分量的。冲突的对立面是更为有力的狂暴的“大风”，它大约是一切社会否定力量之总和的象征，对正常的人间社会构成了巨大的冲击。正是“大风”的肆虐，摧折了“林木”，摧垮了“大道”，严重伤害着从雄才、壮士到一般人众的整个社会正常群体，酿成了一幕社会全景式的大悲剧。就《悲慨》的具体表现看，“适苦欲死，招憩不来。百岁如流，富贵冷灰”侧重于展现一般人众在与“大风”冲突之中的人生苦难（苦情），“大道日丧，若为雄才？壮士拂剑，浩然弥哀”侧重展现社会杰出人士乃至英雄式人物对于其强大对立物的无望挣扎。整个看来，这幕社会大悲剧是合中西悲剧元素而有之的。从悲剧的主人公看，中国悲剧的主人公通常是善良弱小者，西方悲剧的主人公通常是英雄伟人式的人物，而《悲慨》的主人公则合二者而有之，是一个涵盖全社会的巨大的主人公（主角）群体。从悲剧的冲突看，中国悲剧侧重展现苦难（苦情）的冲突历程，西方悲剧侧重展现人与其对立物（命运、性格、社会）的挣扎或斗争，《悲慨》同样合苦难与挣扎二者而有之，但挣扎得似乎不够坚决有力。从结构上看，《悲慨》是从头悲到尾，与西方悲剧“一悲到底”的纯正悲剧风格完全一致，而与中国悲剧“喜→苦→喜→苦→喜”的曲线波浪式结构明显不同，而在其收束处，更没有出现典型的中国式悲剧收尾——大团圆结局。[①]

整体看来，《悲慨》展示了一出典型的悲剧，这出悲剧在一些因素上也与中国悲剧相通，但总体上更近于西方的悲剧。它主要是一出社会悲剧，它所展现的戏剧冲突大约更接近于恩格斯所指出的那样一种悲剧冲突，即“历史的必然要求和这个要求实际上不可能实现之间的悲剧性的冲突”[②]。道德正义的高标，社会秩序的正常，人民生活的安康幸福，显然应该是符合“历史的必然要求”的，然而在“大风”的笼罩和摧折下，这一切实际上都已不可能实现或已不可能挽回了，整个社会正遭遇一场巨大的悲剧。这出悲剧显然正是展现了人（及美、善、正价值）在与巨大的异

① 这里关于中西悲剧异同的某些看法或提法，参考了蓝凡《中西戏剧比较论》。

② 恩格斯：《致斐迪南·拉萨尔》，见《马克思恩格斯选集》第4卷，人民出版社1995年版，第556—561页。

己力量（丑、恶、负价值）的冲突中的从某种角度看是不应有的苦难与毁灭，同时也展现了异己力量（丑、恶、负价值）的胜利，并且也含有作者对前者的深深同情与叹惋和对后者的无限憎恨与无奈。它所体现出的，正是标准的悲剧美学精神。

还要讨论一下这出悲剧的风格问题。按说，在这两种巨大社会力量之间展开的全方位的悲剧冲突，当然应该是十分壮伟或悲壮的，事实上，这一冲突确实也显示了一定的悲壮意味。可是这一冲突的"悲壮"意味似乎又并不很突出，而更突出的毋宁是那种"悲凉""悲痛""悲哀苍凉"的意味。为什么会这样呢？这大约与本品后面十句的具体表达有关。"适苦欲死"四句，表现民众普遍的悲情苦境，没有"壮"的成分。"大道日丧"四句，写及"大道""雄才""壮士""拂剑"等，本应极其壮阔雄伟，然在"大道日丧"的当口，却是世无雄才，或者虽有雄才却终难拯救大道拯救众生，只落得"壮士"也无法抗争而只能拂剑浩叹。这里，作为悲剧重要正面主人公的"雄才""壮士"们事实上没有进行真正有力的不屈抗争，正是他们在悲哀与无望中的全身而退，大大减弱了悲剧冲突的激烈程度，也大大减弱了这场社会大悲剧在结局（在西方悲剧中结局往往也是高潮）时对正义的毁灭烈度和对人心的震撼程度。这样一来，"悲壮"情调被弱化了，而"悲痛""悲凉"的意味增浓了。于是最后两句"萧萧落叶，漏雨苍苔"顺势引出一个符合全剧情调的悲凉凄清的意境来挽结。显然，剧中"悲壮"色彩的弱化和"悲痛""悲凉""慨惋"意味的增多，是与主人公面对强大对立力量时的无奈规避、抗争不足密切相关的。

虽然中国古代戏剧中只有苦戏、怨谱，但《悲慨》却以独特的方式展现了一出近乎西方式的悲剧、一种中国罕见的悲剧型态；虽然中国古代明显缺乏对悲剧的认识和对悲剧理论的探讨，但《悲慨》却以独特的方式将标准的悲剧美学精神揭示了出来；虽然中国古代没有"悲剧"这样一个美学概念，但《悲慨》的"悲慨"却因为具有与"悲剧"极为相近的理论内涵而成了一个与"悲剧"非常相近的美学概念！如果本文的看法和分析大致不错的话，那么所有这一切以及《悲慨》一品在中国美学史上就应当具有相当特殊而重要的意义。究竟应当给以这一意义以怎样的确切评价，是值得学术界进一步深入探究的。①

［原载《安徽师范大学学报》（人文社会科学版）2006年第4期］

① 一篇关于中国诗歌风格的理论小品，竟展现了一幕全方位的社会性悲剧。这出在中国文化舞台上上演的悲剧，与一般的中国古典悲剧有所相通而却竟与西方悲剧十分相似，展现出一个中国罕见的悲剧型态。而这篇小品的作者，竟又将表现出标准的悲剧美学精神的这一幕悲剧名之为"悲慨"，这就使得"悲慨"实际上成了一个和"悲剧"大体相当的理论概念、美学范畴。所有这些，都不能不令人感到惊异。出现这一奇特文学、文化现象的原因同样值得深究。

唐诗的两种辉煌
——兼论唐诗经典接受史的研究思路

◆陈文忠

【关键词】唐诗；两种辉煌；经典接受史；研究思路

【摘　要】唐诗有两部历史，创作史和接受史；唐诗也有两种辉煌，创作史的辉煌和接受史的辉煌。辉煌的唐诗创作史是唐人“全面生活的诗化”，也是唐人生存智慧的艺术结晶；辉煌的唐诗接受史则是唐人雄浑诗魂的传递史，更是唐诗对民族心灵的塑造史。经典是心灵与文化的结晶，是诗情与哲理的载体，也是审美阅读的直接对象。一部“唐诗接受史”实质是一部“唐诗经典接受史”。因此，唐诗接受史研究应当“以唐诗经典为中心”，通过唐诗经典接受史的多方面、多角度的深入研究，让唐诗的风神情韵进入现代人的生活，滋养现代人的心灵。

唐诗有两部历史，一部是唐诗的创作史，一部是唐诗的接受史；唐诗也有两种辉煌，一种是历经初盛中晚、近300年的唐诗创作史的辉煌，一种是与唐诗创作史相伴随、迄今1300多年的唐诗接受史的辉煌。辉煌的唐诗创作史是唐人“全面生活的诗化”，也是唐人生存智慧的艺术结晶；辉煌的唐诗接受史则是唐人雄浑诗魂的传递史，更是唐诗对民族心灵的塑造史。

辉煌的创作史：唐人“全面生活的诗化”

辉煌的唐诗创作史，让唐朝获得了“诗唐”的称号。这是闻一多在《说唐诗》一文中提出的诗意命题，并对“诗唐”的提法作了具体说明。他写道：“一般人爱说唐诗，我却要说‘诗唐’，诗唐者，诗的唐朝也。懂得了诗的唐朝，才能欣赏唐朝的诗。”在闻一多看来，之所以要把“唐诗”和“唐朝”称为“诗唐”或“诗的唐朝”，理由有二。

其一，从唐诗的艺术成就和影响看：“（一）好诗多在唐朝；（二）诗的形式和内容的变化到唐朝达到了极点；（三）唐诗的体裁不仅是一代人的风格，实包括古今中外的各种诗体；（四）从唐诗分枝出后来新的散文和小说等文体。”

其二，从唐诗对唐人生活的渗透看：“唐人的生活是诗的生活，或者说他们的诗是生活化了的……唐人作诗之普遍可说是空前绝后，凡生活中用到文字的地方，他们一律用诗的形式来写，达到任何事物无不可以入诗的程度。”①

诗国唐朝诗歌创作的极大繁荣和无比辉煌，根源何在？这一问题曾引起无数文学史家的关注和兴趣，并对唐诗繁荣和唐诗辉煌的原因做出了种种解释。受西方19世纪实证主义文学史观的影响，唐诗研究者大多遵循“社会起因论”的思路，从外部揭示唐诗繁荣的多方面原因，诸如经济的空前繁荣，思想的极大解放，帝王的格外重视，以及六朝诗歌艺术的高度发展，等等。如果从诗歌创作本身来看，那么闻一多所谓“全面生活的诗化（诗的生活化，生活的诗化）”，既描述了唐诗繁荣的现象，同时也揭示了唐诗繁荣和唐诗创作史辉煌的内在根源和现实动因。

唐诗的创作之所以无比繁荣，唐诗的创作史之所以无比辉煌，就在于“诗唐”的“全面生活的诗化”——“诗的生活化，生活化的诗”；换言之，在诗国唐朝，诗深入到生活的一切领域，唐人生活的各个方面都与诗有着密切的关系。具体地说，唐人“全面生活的诗化”，至少包含三层意思：

首先，唐人“全面生活的诗化”是指唐诗表现了唐人日常生活的各个方面。如闻一多所说，“凡生活中用到文字的地方，他们一律用诗的形式来写，达到任何事物无不可以入诗的程度”。例如，“生活的记录——日记，生活的装潢——应酬——社交，生活的消遣——游戏——联句、集句、回文、诗钟、诗令、赌博=律诗”等。方回《瀛奎律髓》专取唐宋人律诗，按生活内容细分为49类：

> 登览类、朝省类、怀古类、风土类、升平类、宦情类、风怀类、宴集类、老寿类、春日类、夏日类、秋日类、冬日类、晨朝类、暮秋类、节序类、晴雨类、茶类、酒类、梅花类、雪类、月类、闲适类、送别类、拗字类、变体类、着题类、陵庙类、旅况类、边塞类、宫阃类、忠愤类、山岩类、川泉类、庭宇类、论诗类、技艺类、远外类、消遣类、兄弟类、子息类、寄赠类、迁谪类、疾病类、感旧类、侠少类、释梵类、仙逸类、伤悼类。

诗是人生的表现，一种题材类型，就是一个生活领域：从天文到地理，从日月到山川，从春夏到秋冬，从花卉到鳞羽，从乡村到都市，从宫廷到山林，从上层到市井，从沙场到酒肆，从少年到老寿，从摇篮到陵墓。日常人生，王朝更替，家庭邻里，文化习俗，世间百态，宇宙万象，中国传统社会生活的各个方面，无所不包，应有尽有。闻一多在比较中国、印度、以色列、古希腊“四个古老民族”的“文学的历史动向”时，对中国诗歌与日常生活的密切关系作了更深入的阐释。他写道：

> 诗似乎也没有在第二个国度里，像它在这里发挥过的那样大的社会功能。

① 郑临川：《闻一多论古典文学》，重庆出版社1984年版，第83页。

在我们这里，一出世，它就是宗教，是政治，是教育，是社交，它是全面的生活。维系封建精神的是礼乐，阐释礼乐意义的是诗，所以诗支持了那整个封建时代的文化。[①]

闻一多的这段话具有极为重要的学术启示意义，可视为“诗与中国文化关系”的学术论纲；而在“整个封建时代”，“诗”与“文化”关系最密切的时期，便是作为“诗国高潮”的唐朝。闻一多进而写道：“最显著的例是唐朝。那是一个诗最发达的时期，也是诗与生活拉拢得最紧的一个时期。”[②]诚哉斯言！诗是唐人的宗教，诗是唐人的哲学，诗是唐人的政治，诗是唐人的教育，诗是唐人的社交，诗是唐人的全面生活！

其次，唐人“全面生活的诗化”又指唐诗表现了唐人心灵世界的各个方面。喜、怒、哀、惧、爱、恶、欲，人之七情，唐诗无不曲尽其幽，淋漓尽致。敖陶孙“评古今诸名人诗”，论及14家唐人诗风诗情曰：“王右丞如秋水芙蕖，倚风卖笑。韦苏州如园客独茧，暗合音徽。孟浩然如洞庭始波，木叶微脱。杜牧之如铜丸走坂，骏马注坡。白乐天如山东父老课农桑，言言皆实。元微之如李龟年说天宝遗事，貌悴而神不伤。刘梦得如镂冰雕琼，流光自照。李太白如刘安鸡犬，遗响白云，核其归存，恍无定处。韩退之如囊沙背水，惟韩信独能。李长吉如武帝食露盘，无补多欲。孟东野如埋泉断剑，卧壑寒松。张籍如优工行乡饮，酬献秩如，时有诙气。柳子厚如高秋独眺，霁晚孤吹。李义山如百宝流苏，千丝铁网，绮密瑰妍，要非适用。”[③]诗心即人心，诗情即人情。一种诗风和诗情，就是一种人格和人性。不同阶层、不同群体的唐代诗人，对人性人情的生动表现，使唐人的心灵世界得到了全面的诗化表现。歌德说：“莎士比亚是一个伟大的心理学家，从他的剧本中我们可以学会懂得人类的思想感情。”[④]唐代诗人同样是一批伟大的心理学家，从他们的诗篇中，我们可以懂得唐人的情感，懂得中国人的情感，进而懂得人类的情感。

再次，唐人“全面生活的诗化”又有唐诗的“全面生活化”之意。所谓唐诗的“全面生活化”，包含两层意思：一是从创作主体看，唐诗的创作者包括了社会的各个阶层。唐代诗人以文人、士子、官吏为主，此外还有帝王、后妃、宦官、农民、士兵、僧道、妇女、歌妓、儿童等，正所谓士人君子、三教九流，无所不包。恰如高棅《唐诗品汇》所说：“唐世诗学之盛，上自帝王公卿，下至山林韦布，以及乎方外异人、闺阁女子，莫不愿学焉。”二是从文化影响看，唐诗的影响渗透到中国文学、中国艺术和中国人日常生活的各个方面。例如，“赋，词，曲，是诗的支流，一部分散文，如赠序，碑志等，是诗的副产品，而小说和戏剧又往往以各自不同的方

① 闻一多：《闻一多全集》第10卷，湖北人民出版社1993年版，第17页。
② 闻一多：《闻一多全集》第10卷，湖北人民出版社1993年版，第17页。
③ 见魏庆之：《诗人玉屑》卷二，古典文学出版社1958年版，第18页。
④ 歌德：《歌德谈话录》，人民文学出版社1982年版，第99页。

式夹杂些诗。诗，不但支配了整个文学领域，还影响了造型艺术，它同化了绘画，又装饰了建筑（如楹联，春帖等）和许多工艺美术品。”①

创作主体的全面多样、表现生活的全面多样和心灵主题的全面多样，造成了唐诗的全面繁荣和全面辉煌。对唐诗空前繁荣和无比辉煌的景象，胡应麟《诗薮》作了充满赞叹的精彩描绘：

> 甚矣，诗之盛于唐也！其体，则三、四、五言，六、七、杂言、乐府、歌行、近体、绝句，靡弗备矣。其格，则高卑、远近、浓淡、浅深、巨细、精粗、巧拙、强弱，靡弗具矣。其调，则飘逸、浑雄、沉深、博大、绮丽、幽闲、新奇、猥琐，靡弗诣矣。其人，则帝王、将相、朝士、布衣、童子、妇人、缁流、羽客，靡弗预矣。②

胡应麟所谓“其体”“其格”“其调”，靡弗备矣，既是指唐诗诗体诗风的无所不备，也是唐人生活情调的无所不备，更是唐人心灵秘密的无所不备。

鲁迅有一句论唐诗的名言：“我以为一切好诗，到唐已被做完，此后倘非能翻出如来掌心之‘齐天大圣’，大可不必动手。”③鲁迅所谓“好诗到唐代已被做完”，当指中国诗歌艺术发展到唐代已臻于极境，同时也指古人的生活在唐诗中得到最全面最丰富的表现，古人的心灵在唐诗中得到最精微最深邃的揭示。一部文学史就是一部心灵母题的嬗变史。唐诗继《诗经》之后为后代诗人提供了最完美的艺术范本，建构了最全面的心灵母题系统，所以后来者难能“翻出如来掌心”。

辉煌的接受史：唐人雄浑诗魂的传播

辉煌的唐诗创作史，为唐诗接受史奠定了坚实的基础；辉煌的唐诗接受史，延续着唐诗创作史的艺术生命力，传递着唐诗创作史的文化影响力。

授受相随是中国古代诗史的一大特点。唐诗创作史开创之日，便是唐诗接受史开始之时。然而，一部唐诗接受史并不是唐人全部诗作的接受史，更不是一部无所不包的“全唐诗”的接受史，而是唐诗中的经典作品的接受史，是一部“唐诗经典”的接受史。每一代作家都可分为大家、名家和三流以下的无名小家，每一代作品也都可以分为杰作、佳作和乏善可陈的平庸之作。两千多位唐代诗人并非人人都有李杜之才，近五万首唐诗也并非篇篇都是传世佳作。只有大家和名家的真正的杰作和佳作，才可能成为恒久的接受对象，才可能具有绵延不断的接受史。因此，唐诗接受史实质是一部唐诗的经典作家和经典作品的接受史，其中心则是唐诗经典作

① 闻一多：《闻一多全集》第10卷，湖北人民出版社1993年版，第17页。
② 胡应麟：《诗薮·外编》，上海古籍出版社1979年版，第163页。
③ 鲁迅：《鲁迅全集》第13卷，人民文学出版社2005年版，第307页。

品的接受史。一部唐诗接受史，实质上是一部召唤经典、遴选经典、赞美经典、阐释经典、拟仿经典和反思经典的唐诗经典接受史。唐人雄浑的诗魂正是在唐诗经典的接受过程中得到传播和光大的。

一部唐诗接受史的接受者不妨分为两个层次，即普通读者和专业读者。普通读者的审美接受和审美反应，在当时对经典的形成和经典的遴选具有直接的影响，然而他们大多未留下诉诸文字的接受文本，因此很难真正进入接受史研究者的视野。专业读者的接受因审美旨趣和学术旨趣的不同，各自采用不同的方式，留下了大量不同的接收文本。就唐诗接受史而言，专业读者的接受文本极为多样，有选家的各类选本，有评家的评点和诗话，有创作家接受影响的拟仿，也有诗学家反思诗学规律的诗论等。然而，无论是选家的选本、评家的评点，还是创作家的拟仿、诗学家的反思，都是围绕唐诗经典展开的，并由此形成了唐诗接受史的四大分支：唐诗选本是唐诗经典的遴选史，唐诗诗话是唐诗经典的阐释史，唐代以后的诗史是唐诗经典的影响史，唐代以后的诗学则是唐诗经典的诗学反思史。

首先，唐诗选本是唐诗经典的遴选史。唐诗选本是历代诗选中数量最多、影响最大的一种。孙琴安《唐诗选本提要》“自序”说得好：“选本之目，虽有《诗经》，严格来说，实肇自梁萧统所编《文选》一书。自此而后，各种选本应运而生。以种类说，有赋选、诗选、词选、曲选；以时代论，有通代之选、断代之选、当代之选。若以断代为限，从数量的多寡、选目的丰富、影响的深广来说，当以唐诗选本为冠。”[①]据孙琴安考订统计，唐诗选本目前可以考知的就有600多种，尚未计入的诗文合选以及唐诗与其他朝代诗歌合选的本子。而据陈尚君《唐人编选诗歌总集叙录》，仅有唐一代可考知的“唐人选唐诗”就有130余种[②]。然而，无论是“唐人选唐诗”，还是“后人选唐诗”，无不是选家对自己心目中“唐诗经典”的选择。仅以今存“唐人选唐诗”而言，有《珠英集》《河岳英灵集》《国秀集》《极玄集》《才调集》《搜玉集》等，而所谓“珠英”“英灵”“国秀”“极玄”“才调”“搜玉”诸名称，无不是唐诗的经典作家和经典作品的一种别称。可以说，迄今1300多年的唐诗选本史就是唐诗经典的遴选史。

同时，通过考察不同时代唐诗选本对作家作品的不同选择，还可以发现经典作家和经典作品的审美声誉在接受史上的升降嬗变。例如，刘长卿最初仅以五言诗闻名，曾自诩为“五言长城”，其七律诗在当时并不引人注意。唐人选唐诗仅《中兴间气集》《又玄集》收其七律一首。元人的态度差异颇大，《唐诗鼓吹》专选七律，刘长卿七律仅选一首，《唐音》则选其七律多达十五首，远在王维、李商隐诸家之上，为该集七律选篇最多的诗人。明代李攀龙《唐诗选》重在盛唐，且对钱起、郎士元、卢纶、李益辈七律都选，唯刘氏七律一首未选，其偏废如此。稍后唐汝询《唐诗解》选其七律十首，数量仅次于杜甫和王维。清姚鼐《五七言近体诗钞》选其七

① 孙琴安：《唐诗选本提要》，上海书店出版社2005年版，第1页。
② 陈尚君：《唐代文学丛考》，中国社会科学出版社1997年版，第184—222页。

律十二首，数量仅次于杜甫和李商隐。经过明末诸家及清王士祯、乔亿、方东树等人的推重，刘长卿终于成为唐代七律的经典作家之一。[①]1300年的唐诗选本史，既是唐诗经典的遴选史，也是唐诗经典声誉的嬗变史。

其次，唐诗诗话是唐诗经典的阐释史。狭义的诗话始于欧阳修的《六一诗话》，广义的诗话则可以包括诗格、诗话、纪事和评点等；这里所说的"唐诗诗话"是就其广义而言。如果说诗格侧重于唐诗经典声律、句式的总结提炼，那么诗话与评点则侧重于唐诗经典诗旨意境的审美阐释。

罗根泽指出："诗格有两个盛兴的时代，一在初盛唐，一在晚唐五代以至宋代的初年。"[②]初盛唐，特别是初唐，诗格格法的研究适应近体诗的发展出现了一个高潮。清人赵翼《瓯北诗话》论及初盛唐诗格研究兴盛的原因时写道："汉、魏以来，尚多散行，不尚对偶。自谢灵运辈始以对属为工，已为律诗开端；沈约辈又分别四声，创为蜂腰、鹤膝诸说，而律体始备。至沈、宋诸人，益讲求声病，于是五七律遂成一定格式，如圆之有规，方之有矩，虽圣贤复起，不能改易矣。盖事之出于人为者，大概日趋于新，精益求精，密益加密，本风会使然。故虽出于人为，其实即天运也。"[③]换言之，诗格研究在初盛唐的兴盛，是"风会"使然，是"天运"使然，也是诗歌发展的必然所致。仔细考察一下初盛唐诗格的内容，则可以发现，如果说初唐的诗格还更多以六朝佳句为例，那么盛唐以后的诗格则更多是以唐人佳作和佳句为总结的对象。以王昌龄《诗格》为例，其著名的"十七势"，几乎全部以唐人佳句、尤其是以"昌龄"自己的诗作作为总结的对象。中唐以后，诗格对声律、句式和诗艺的总结，几乎都以经典唐诗佳作为例。释皎然《诗式》有著名的"三偷"之说，其"偷语诗例""偷意诗例"和"偷势诗例"，同样以唐诗经典为例。可以说，全唐五代的诗格史，实质上是一部唐诗经典的声律、句式、诗法的总结史。诗话与评点侧重于唐诗经典诗旨意境的审美阐释。"历代诗话"以历代诗歌为评点阐释对象，而唐诗经典始终是历代诗话家的关注中心和阐释中心。这些附着于具体作品的感悟式的评点，大多随感而发，点到为止，且富于感性色彩，不重理性概括，故一般不为现代研究者重视。事实上，如果把历代诗话家围绕某一经典作品的评点阐释，细心搜集，系统整理，可以发现这些诗话评点实质上构成了一部精彩的经典作品的审美阐释史。这部阐释史对经典作品所作的阐释，汇聚了历代唐诗鉴赏家的审美智慧。因此，它所达到的深度和广度，是任何一篇现代的"鉴赏"文章所难以达到的。从张若虚的《春江花月夜》到柳宗元的《江雪》，从贾岛的《寻隐者不遇》到白居易的《琵琶行》，无不如此。

再次，唐代以后的诗歌史不妨视为唐诗经典的影响史。关于唐诗对宋明诗歌和中国诗史的深远影响，钱锺书在《宋诗选注》"序"中有一段精辟的论述。他写道：

---

① 孙琴安：《唐诗选本提要》，上海书店出版社2005年版，第16页。
② 罗根泽：《中国文学批评史》（二），上海古籍出版社1984年版，第186页。
③ 赵翼：《瓯北诗话》卷十二，人民文学出版社1963年版，第175页。

> 前代诗歌的造诣不但是传给后人的产业，而在某种意义上也可以说向后人挑衅，挑他们来比赛，试试他们能不能后来居上、打破记录，或者异曲同工、别开生面。假如后人没有出息，接受不了这种挑衅，那么这笔遗产很容易贻祸子孙，养成了贪吃懒做的膏粱纨袴。有唐诗作榜样是宋人的大幸，也是宋人的大不幸。看了这个好榜样，宋代诗人就学了乖，会在技巧和语言方面精益求精；同时，有了这个好榜样，他们也偷起懒来，放纵了模仿和依傍的惰性。瞧不起宋诗的明人说它学唐诗而不像唐诗（何景明《读精华录》曰："山谷诗自宋以来论者皆谓似杜子美，固余所未喻也。"），这句话并不错，只是他们不懂这一点不像之处恰恰是宋诗的创造性和价值所在。明人学唐诗是学得来惟肖而不惟妙，像唐诗而又不是唐诗，缺乏个性，没有新意，因此博得"瞎盛唐诗""赝古""优孟衣冠"等等绰号。宋人能够把唐人修筑的道路延长了，疏凿的河流加深了，可是不曾冒险开荒，没有去发现新天地。用宋代文学批评的术语来说，凭借了唐诗，宋代作者在诗歌的"小结裹"方面有了很多发明和成功的尝试，譬如某一个意思写得比唐人透彻，某一个字眼或句法从唐人那里来而比他们工稳，然而在"大判断"或者艺术的整个方向上没有什么特著的转变，风格和意境虽不寄生在杜甫、韩愈、白居易或贾岛、姚合等人的身上，总多多少少落在他们的势力圈里。①

钱锺书的这段话可视为一部"唐诗影响史"的研究大纲，它对唐诗影响史的研究具有两点重要启示：一是简要勾勒了唐诗对于宋诗和明诗的影响历程；二是深入阐释了宋诗和明诗接受唐诗影响的不同特点。

现代诗学认为：诗的历史就是诗的影响史——"一部诗的历史就是诗人中的强者为了廓清自己的想象空间而相互'误读'对方的诗的历史。"②因此，宋诗和明诗接受唐诗的影响是极为正常的，尤其是面对实现了"全面生活的诗化"和"全面心灵的诗化"的唐诗这个伟大的榜样，更是必然的。鲁迅所谓面对唐诗后来者难能"翻出如来掌心"，其实就是"诗的历史就是诗的影响史"的通俗表述。

然而必须指出的是，经典是心灵和文化的结晶，经典既是审美阅读的直接对象，也是艺术影响的直接基础。唐诗经典是300年唐诗创作史的最高艺术体现，无论唐诗对宋诗和明诗的影响，还是宋诗和明诗接受唐诗的影响，都是通过唐诗的经典作家和经典作品来实现的。从西昆诗派对李商隐的推尊，到江西派的"一祖三宗"之说；从宋诗中的"脱胎换骨，点铁成金"之说，到宋词创作中对唐诗意境的点化借用，唐诗的产生影响和宋诗的接受影响，无不通过经典作家和经典作品来实现的。一言以蔽之，一部唐诗的影响史就是一部唐诗经典的影响史。

---

① 钱锺书：《宋诗选注》，人民文学出版社1989年版，第10—11页。

② 哈罗德·布鲁姆：《影响的焦虑》，生活·读书·新知三联书店1989年版，第3页。

最后，唐代以后的诗学史又是面对唐诗经典的诗学反思史。任何一种诗学理论的提出，无不基于特定的创作实践：依据不同的文体类型会建立不同的文学理论，依据不同风格的经典作家会形成不同的文学观念，依据不同境界的经典作品又会提出不同的文学命题。这也是美国学者厄尔·迈纳提出的“原创诗学”基于“基础文类”的问题。他写道：

> 当一个或几个有洞察力的批评家根据当时最崇尚的文类来定义文学的本质和地位时，一种原创诗学就发展起来了……例如，揭开一个不甚大的秘密，西方诗学是亚里士多德根据戏剧定义文学而建立起来的，如果他当年是以荷马史诗和希腊抒情诗为基础，那么他的诗学可能就完全是另一番模样了……所有别的诗学体系都不是建立在戏剧而是建立在抒情诗之上的。[①]

理论家所依据的“基础文类”，对于其诗学思考和“原创诗学”的建构具有决定性的意义。如果说西方诗学是亚里士多德根据“戏剧”定义文学而建立起来的，那么中国诗学便恰如厄尔·迈纳所说是中国历代诗论家根据“抒情诗”定义文学而建立起来的。中西诗学中模仿与比兴、动作与意象、典型与意境、逼真与传神等理论范畴的差异，正是基于各自所依据的“戏剧”与“抒情诗”这两大“基础文类”而提出和形成的。

唐诗是诗国的高潮，唐诗标志了中国古代诗歌艺术的最高成就，唐代以后的诗学理论家对诗学问题的反思，无不以唐诗为首要冥思对象，无不从唐诗的经典作家和经典作品出发。例如，唐人绝句是唐诗中篇幅最短小、诗艺最精湛的一种诗体，它极力追求言外之意和韵外之旨，以达到小中见大、以一当十的审美效果。钱锺书说：“比着西洋的诗人，中国诗人只能算是樱桃核跟二寸象牙方块的雕刻者。不过，简短的诗可以有悠远的意味，收缩并不妨碍延长，仿佛我们要看得远些，每把眉眼颦蹙。”[②]唐人绝句逐渐被视为中国古代抒情诗的最高形式。诚如闻一多所说：“所谓抒情诗，不只是说言情之作而已，我以为正确的含义应该是诗中之诗，如张若虚的《春江花月夜》就是抒情诗最好的标本，而绝句又是抒情诗的最好形式……七绝当是诗的精华，诗中之诗，是唐诗发展的最高也是最后的形式。”[③]由于唐人绝句被视为“诗的精华，诗中之诗，是唐诗发展的最高也是最后的形式”，唐人绝句也成了唐代以后中国诗学的“基础文类”或文体基础。唐代以后的诗学理论和诗学范畴，与唐人绝句有着密切的关系。在我看来，中唐以后提出的意境、含蓄、神韵、兴趣等诗学命题，正是诗学理论家面对唐人绝句进行诗学反思的理论成果；而后人阐释“言外之意、韵外之旨”的意境、“不着一字，尽得风流”的含蓄、“调有弦外之遗音，

---

① 厄尔·迈纳著，王宇根，宋伟杰等译：《比较诗学》，中央编译出版社1998年版，第7—8页。
② 钱锺书：《钱锺书集·写在人生边上的边上》，生活·读书·新知三联书店2001年版，第56页。
③ 郑临川：《闻一多论古典文学》，重庆出版社1984年版，第134—135页。

语有言外之余味”的神韵等，同样都在唐人绝句中寻找最典型的例子。此外，如殷璠的“神来、气来、情来”说，王昌龄的“物镜、情境、意境”说，司空图的“二十四诗品”说，严羽的“妙悟”“兴趣”说，以及明清著名的“神韵”说、“格调”说、“性灵”说和“肌理”说等，都是面对唐诗经典反思的结晶，这些理论命题也只能在唐诗经典和唐人绝句中找到其理论的源起。梁实秋在讨论“文学的美”时指出：“一首诗整个的目的若是在表现一个‘意境’，这首诗一定是很短的。篇幅稍微长些的作品，如其里面有一段故事，则故事是动的，是逐渐开展的，便不能仅仅表现一个静止的意境；如其里面含着一段情感的描写，则情感须附丽于动作，亦自有其开展的程序，亦便不能仅仅表现一个静止的意境。”[①]这是有道理的。古典诗学中的“意境论”正是以唐人绝句为代表的“短诗”为文类基础的。因此，如果说唐代以后的中国诗学史，是一部直面唐诗经典的诗学沉思史；那么唐代以后以“意境论”为核心的“神韵诗学”，则是一部直面唐人绝句的诗学沉思史。

接受史研究：以唐诗经典为中心

哈罗德·布鲁姆在《西方正典》一书中指出：“没有经典，我们会停止思考。”[②]这是一个精辟的论断，道出了哲学史、思想史和审美接受史的本质真相。因此，一部欧洲哲学史便是一部苏格拉底和柏拉图哲学的阐释史，一部中国哲学史则是一部“十三经”和老庄哲学的阐释史。真正的艺术经典包含着普遍的人性内容和深邃的人类情感，包含着自己的哲学思想和美学理论，它是大多数人在长久时间里反复选择的结果，它也必将随着人类历史长久地流传下去，并不断地激发人们对人生的思考、对生命的思考、对人性的思考。审美接受直面艺术经典，审美接受史也就是经典的接受史，接受史研究自然也应当以经典的接受史为中心。

一部众声喧哗的经典接受史是一个思想史的事件，在众声喧哗的思想史事件的背后，必然包含丰富的人生意义、审美意义和诗学意义。唐诗接受史研究应当以唐诗经典为中心，应当成为唐诗经典的接受史研究。这种研究具有多样的学术思路，也有多方面的学术意义，包括人生的、审美的、诗学的等。其一，从唐诗经典的效果史，可以更具体地考察唐诗塑造民族心灵的审美功能；其二，从唐诗经典的阐释史，可以更深入地发掘唐诗独特的审美意蕴和审美价值；其三，从唐诗经典的影响史，可以更具体地揭示唐诗对中国诗史发展的影响和推动；其四，从唐诗经典的诗学沉思史，可以更深入地研究唐代以后中国抒情诗学发展的内在成因。

首先，唐诗效果史与民族心灵的塑造。中国是一个诗国，中国人有一颗诗心，

---

① 梁实秋：《梁实秋文集》第1卷，鹭江出版社2002年版，第507页。

② 哈罗德·布鲁姆著，江宁康译：《西方正典——伟大作家和不朽作品》，译林出版社2005年版，第29页。

诗是中国人的宗教[①]。中国人富于诗意的心灵，便是华夏三千年优美诗篇塑造而成的。然而，作为诗国的高潮，唐诗具有特殊的艺术魅力，也有特殊的审美功能。袁中道《宋元诗序》说得好："诗莫盛于唐。一出唐人之手，则览之有色，扣之有声，而嗅之若有香。相去千余年之久，常如发硎之刃，新披之萼。"[②]唐诗正以这种独有的色彩、声韵和馨香，熏染和陶冶一代又一代中国人的心灵，发挥着它独有的审美功能。通过唐诗经典效果史的研究，正可以更具体地考察唐诗塑造民族心灵的独特的审美规律和审美贡献。

人性之形成来自影响。[③]人的生命过程是"自然向精神生成"的过程，人的精神生命或文化生命的形成，正是"影响"的结果；它既来自哲人和伟人的影响，也来自文学家和艺术家的影响。文学艺术是人的生命精神最直接最生动的审美显现，因此经典作家对人性形成的影响，更为广泛也更为深刻。正是在这个意义上，诗人和艺术家被称为人类的最普遍最博大的教师，也是各民族最早的精神导师。在五千年华夏文明史上，对民族的心灵品格产生深刻影响的，既有孔子的博大，孟子的无畏，老子的无为，庄子的逍遥；更有屈子的深情，陶公的悠然，杜甫的沉郁，李白的飘逸。正是这些哲人的智慧和诗人的襟怀，共同塑造了华夏民族独特的精神品格。

经典作家人格精神的影响和传播，主要体现在两个方面：一是作品中的人生智慧对后人的精神滋养；二是作家的人格境界为后人树立精神典范。与此相联系，经典作家人格精神传播影响史的研究，也相应分为相对独立的两个层面：一是经典作品的阐释史与人生智慧传播的研究；二是人格范型的塑造史与人格境界影响的研究。

其二，唐诗阐释史与经典意蕴的发掘。意义的不可穷尽性是经典作品的重要特点之一。在一切新的语境中，真正的艺术经典永远会生发出启示人心的无穷意义。正如施勒格尔所说："一部经典之作从来不可能被完全读懂。但是那些有教养并在继续提高修养的人，必须不断地从中发掘出更多的东西来。"[④]唐诗经典就是这样的作品，无论是一篇古风、一篇歌行，还是一首律诗、一阕绝句，一代又一代的诗评家、诗话家、评注家，在不同的语境中，以不同的眼光，对作品的意义作出了各具新意的阐释，留下了大量意蕴丰富的阐释文本。通过唐诗经典阐释史的研究，可以更深入地发掘唐诗独特的审美价值，丰富经典作品的审美意蕴。此外，每一篇经典作品大都是某一种诗体的典型代表。围绕这首经典作品形成的阐释史，也往往是对这一诗体美学特征的评论史。如《春江花月夜》与唐代乐府、《江雪》与唐人五绝、

① "诗是中国人的宗教"是中国诗史和中国诗学中一个"隐而未发"的论题，前人从不同角度有所论及。古人如刘埙《禁题绝句序》："善乎，刘玉渊之言曰：渊明诗之佛，太白诗之仙，少陵仙佛备，山谷可仙可佛，而俨然以六经礼乐临之。盖论诗之极致矣。"今人如林语堂《吾国吾民》："如果说宗教对人类心灵起着一种净化作用，使人对宇宙、对人生产生一种神秘感和美感，对自己的同类或其他生物表示体贴的怜悯，那么依著者之见，诗歌在中国已经代替了宗教的作用。"

② 袁中道：《珂雪斋集》第十卷，上海古籍出版社1989年版，第497页。

③ 哈罗德·布鲁姆著，徐文博译：《影响的焦虑》，生活·读书·新知三联书店1989年版，第4页。

④ 施勒格尔：《浪漫派风格——施勒格尔批评文集》，华夏出版社2005年版，第227页。

《锦瑟》与晚唐七绝、《寻隐者不遇》与唐代寻隐诗、《长恨歌》与唐代叙事诗，等等。因此，一部经典的阐释史可发掘的学术意义是多方面的，既可以是一部经典的审美意蕴的累积史，也可以是一种诗体的审美特征的微观批评史。①

其三，唐诗影响史与中国诗史的发展。“现在总是处在过去的掌心之中”，这是爱德华·希尔斯在《论传统》这部名著中提出的著名命题。这个命题并不悲观，完全符合文学艺术的历史规律。文学发展离不开历史传统，作家成长离不开对前人的模仿。模仿往往是作家成长过程中的一种必要的学习手段。然而，前代文学对后代文学的影响，后代作家对前代作家的拟仿，都是通过经典作家的经典作品实现的。正如美国学者约瑟夫·T·肖所说：“所谓模仿，就是说，作家尽可能地将自己的创造个性服从于另一个作家，一般是服从于某一部作品……仿作可能是整部的作品，也可能是局部；偶尔也可能是对一个作家总的风格的模仿，而不限于具体的细节。”②一部唐诗的影响史就是一部唐诗经典的影响史。它通过四唐经典作家的经典作品为后人提供了崇高的艺术范本，启示后人的诗思，展现典范的意境，也影响着后人的诗风、诗艺以及意象的运用。宋祁《南阳集序》有曰：“大抵近世之诗，多师祖前人，不丐奇博于少陵，萧散于摩诘，则肖貌乐天，祖长江而摹许昌也。”③其实不啻宋诗之于唐诗，元诗、明诗和清诗之于唐诗，同样如此。通过对唐诗经典的影响史的深入研究，可以更具体地揭示唐诗对宋、元、明、清诗人诗作的实际影响，得到精微启迪。

所谓“经典的影响史”包含双重含义，即经典接受前代的影响和经典对后代的影响。母题意象是诗思的核心，从诗歌创作的实际看，经典的影响往往体现为原型母题的影响。如苏味道《正月十五夜》与两宋元夕词、白居易《长恨歌》与历代马嵬诗、秦韬玉《贫女》与历代贫士诗、张继《枫桥夜泊》与历代寒山寺诗，等等。因此，一部经典的影响史往往是一部微型的母题嬗变史。在这部原型母题的嬗变史中，我们可以看到一种观念的历史，一种精神的历史，一部微型的诗意的民族心灵史。

其四，从唐诗经典的诗学沉思史，可以更深入研究唐代以后中国抒情诗学发展的内在成因。这主要有两方面的原因：首先，歌德指出：“真正的艺术品包含着自己的美学理论，并提出了让人们借以判断其优劣的标准。”④唐诗无体不备，无所不有，体现了古代诗歌艺术的最高成就。因此，唐代以后的诗学理论家对诗学问题的

① 参阅陈文忠《唐人青春之歌走向顶峰之路——〈春江花月夜〉1300年接受史考察》（《东方丛刊》2008年第1期）、《柳宗元〈江雪〉接受史研究》（《文史知识》1995年第3期）、《唐人寻隐之冠走向现代之路——兼论唐代寻隐诗》（《安徽师范大学学报》2005年第2期）、《〈长恨歌〉接受史研究》（《文学遗产》1998年第4期）等。

② 张隆溪：《比较文学译文集》，北京大学出版社1982年版，第36页。

③ 曾枣庄、刘琳主编，四川大学古籍整理研究所编：《全宋文》（第12册），巴蜀书社1990年版，第654页。

④ 约翰·格罗斯编，王怡宁译：《牛津格言集》，汉语大词典出版社1991年版，第394页。

反思，无不以唐诗为首要研究对象，无不从唐诗的经典作家和经典作品出发。其次，还有一个更深层的原因，就是中西诗学思维的差异。西方人的思维“长于抽象而精于分类”，是一种从概念出发的逻辑思辨；于是西方诗学从亚里士多德开始就形成了抽象思辨和建构逻辑体系的传统。中国人的思维“重视经验而精于体悟”，侧重于面对经验事实的沉思和领悟；于是中国诗学从先秦开始就形成了从经典出发，面对具体经典作诗学沉思的传统。《论语·八佾》：“子曰：《关雎》，乐而不淫，哀而不伤。”这是面对具体经典作诗学沉思的典型一例；而“乐而不淫，哀而不伤”这一诗学命题，就源于对《关雎》这一具体作品的诗学沉思。中国人的这种思维传统和诗学传统，一直延续到以王国维为代表的现代诗学诞生之前。

唐代以后的中国诗歌理论史，实质是一部直面唐诗经典的诗学沉思史，是一部直面唐人绝句的诗学沉思史。因此，从唐诗经典的诗学沉思史入手，可以更深入、更切实地研究唐代以后中国抒情诗学发展的内在成因，可以更深入、更切实地揭示唐代以后诗论家诗学观念内在成因和内在意味。从这个意义上说，一部经典的诗学反思史可以成为一种诗学理论和诗学体系的建构史。据笔者的初步研究，金昌绪《春怨》的阐释史就是一部抒情诗美学的建构史，白居易《长恨歌》的阐释史则是一部叙事诗美学的建构史。

此外，从唐诗经典的比较接受史，可以在比较中更深入地探讨诗歌创作和诗学研究的各种问题。真理在比较中得以阐明，艺术在比较中显示独创，唯有比较，才是学术研究的生命。经典的比较接受史有多种思路，一是共时性比较和历时性比较，二是不同诗人作品之间的比较，三是同一诗人不同性质作品之间的比较。根据上述思路，笔者曾选择三组作品进行个案研究：如《古代登高诗境的生命进程》是历时性比较，同时试图探讨唐诗经典中所包含的人生意义和人文价值；《〈黄鹤楼〉〈凤凰台〉比较接受史》，是不同诗人作品之间的比较，同时进而探讨了“影响的焦虑”在中国古典诗歌创作中的独特表现，探讨了“批评的焦虑”在中国古典诗歌批评中的独特表现；《〈琵琶行〉〈长恨歌〉比较接受史》，是同一诗人不同性质作品之间的比较，同时进而探讨了这两部作品在后世的不同的接受境遇和文化影响。[①]总之，通过“唐诗经典的比较接受史”的研究，力求做到“一部经典的比较接受史成为一部诗学问题的探索史”。

近300年唐诗创作史的辉煌，已结束于千年之前；超越1300年唐诗接受史的辉煌，仍将延续下去。然而，迄今为止的唐诗研究，人们关注的依然是唐诗创作史的辉煌，而唐诗接受史的辉煌，尚未得到唐诗研究者真正的重视，唐诗接受史的研究更未获得应有的学术地位。单纯关注创作史，唐诗研究最终只能是一种对过去了的历史的赞颂；同时关注接受史，唐诗研究才会面对现实走向未来获得永恒的生命

① 陈文忠：《从“影响的焦虑”到“批评的焦虑”——〈黄鹤楼〉〈凤凰台〉接受史比较研究》（《安徽师范大学学报》2007年第5期），《一个母题的诞生与旅行——古代登高诗境的生命进程》（《安徽师范大学学报》2008年第4期）等。

活力。

唐诗有两种辉煌，唐诗研究也应当有两种辉煌。纯粹的自然生命，只有有限的生前史；伟大的精神生命，既有有限的生前史，更有无限的身后史。如果说创作史是唐诗的“生前史”，那么接受史则是唐诗的“身后史”。对于精神生命来说，没有生前史就不会有身后史，没有身后史同样也不会有生前史；生前史是身后史的基础，身后史则是生前史的升华和延续。身后史的长度既能见出生前史的厚度，身后史的长度也能反观生前史的深度。

但愿本文的思考，能引起更多的学人关注诗歌接受史，关注辉煌的唐诗接受史，通过唐诗经典接受史的多方面、多角度的深入研究，使古老的唐诗永葆青春的生命，让唐诗的丰神情韵吹拂现代人的生活，滋养现代人的心灵。

[原载《安徽师范大学学报》(人文社会科学版) 2010年第5期]

高棅的“四唐七变”说

◆方锡球

【关键词】高棅；《唐诗品汇》；四唐；诗变；诗歌品质

【摘　要】《唐诗品汇》承接并改造了严羽、杨士弘之说，对唐诗“诗体”流变作了历史性的概述，确立了唐诗演变的“四唐”概念。可见，高棅在对“四唐”诗歌源流体制的分辨中包蕴着较为丰富的“诗变”观念。

一、“品格高下”与“四唐七变”

《唐诗品汇》编选目的十分明确：“别体制之始终，审音律之正变”。《总序》就涉及唐诗流变：

> 有唐三百年诗，众体备矣。故有往体、近体、长短篇、五七言律句绝句等制，莫不兴于始，成于中，流于变，而陊之于终。至于声律、兴象、文词、理致，各有品格高下之不同。略而言之，则有初唐、盛唐、中唐、晚唐之殊。详而分之，贞观、永徽之时，虞、魏诸公，稍离旧习，王、杨、卢、骆，因加美丽，刘希夷有闺帷之作，上官仪有婉媚之体，此初唐之始制也。神龙以还，洎开元初，陈子昂古风雅正，李巨山文章宿老，沈、宋之新声，苏、张之大手笔，此初唐之渐盛也。开元、天宝间，则有李翰林之飘逸，杜工部之沉郁，孟襄阳之清雅，王右丞之精致，储光羲之真率，王昌龄之声俊，高适、岑参之悲壮，李颀、常建之超凡，此盛唐之盛者也。大历、贞元中，则有韦苏州之雅淡，刘随州之闲旷，钱、郎之清赡，皇甫之冲秀……此中唐之再盛也。下暨元和之际，则有柳愚溪之超然复古，韩昌黎之博大其词，张、王乐府，得其故实，元、白序事，务在分明，与夫李贺、卢仝之鬼怪，孟郊、贾岛之饥寒，此晚唐之变也。降而开成以后，则有杜牧之之豪纵，温飞卿之绮靡，李义山之隐僻，许用晦之偶对……此晚唐变态之极，而遗风余韵，犹有存者焉。[①]

① 高棅：《唐诗品汇》，上海古籍出版社1982年版，第1页。

其论唐诗从兴盛到消歇的过程，切入角度是“品格高下”。而分其品质高下，又从以下五方面：体裁、声律、兴象、文词和理致。似乎兼顾了内容和形式。从上述角度辨析的结果，是将杨士弘的“四唐”说具体化为“四唐七变论”：初唐之始制——初唐之渐盛——盛唐之盛者——中唐之再盛——中晚过渡——晚唐之变——晚唐变态之极。开端运用“始制”，结局使用“遗风余韵，犹有存者焉”的评语，既说明开端是由陈隋变化而至，在晚唐以后对后世犹有影响，也表明高棅对唐诗特质和唐诗体制规定的执着。

高棅论“四唐七变”，若只从诗歌体制分辨的角度考虑，可能就不会有生命力。但他面向时代和历史的现实，即明初尊唐的历史文化语境和唐诗本身的质量。除此以外，他还有分析的理论依据，这就是明初以来的“世变论”思想：“天宝丧乱，光岳气分，风概不完，文体始变”。[①]明初对“世变”决定“诗变”的讨论，还产生过唐诗“三变”说，“三变说”又有两种说法。一是以开元为界分初唐和盛唐，以“及其末”合并中唐和晚唐[②]；二是将开元、天宝之前为“唐初”，其后至元和为盛，元和以后为“变之极”。[③]两说的矛盾和划分标准不一是明显的，高棅上说既有吸收，也有扬弃。但“世变”和“时变”的观点则全部承接了。

与“世变”论并肩的是“音变”论，这在明初也十分突出。陈谟即以辞气分辨“四唐”：

> 曰：或命唐诗为音可乎？曰：可。曰：谓中唐无盛唐之音，晚唐复无中唐之音，然乎？曰：非然也。朱子论风雅颂部分，盖曰辞气不同，音节亦异。论风雅颂正变，盖曰其变也，事未必同，而各以其声附之。盖变风，风之声，故附正风；变雅，雅之声，故附正雅。时异事异，故辞气亦异，然而以声相附者，声犹后世所云调若腔也。盛唐、中唐、晚唐，律同则音同。谓其辞气不同可，谓其音不同不可。”[④]

陈谟批评将时代划分和音声隔绝的做法，他坚持将“时变”和“世变”与唐诗音律的变化联系起来考察分析唐诗。其实，将“音声”之变与“世运”变迁连在一

---

① 《唐诗品汇·总序》“诗变”观中的“世变论”，来自明初对杨士弘《唐音》的讨论，讨论的议题之一就是从世道的变化描述唐诗的发展演变。苏伯衡《苏平仲文集》卷五《古诗选唐序》（文渊阁四库全书本）云：“昔襄城杨伯谦选唐诗为《唐音》……慨夫声文之成，系于世道之升降。”但他又批评杨士弘没有把这一思想贯彻到底，混淆了初盛中晚的界限，故而他以为：“李唐有天下三百余年，其世盖屡变矣……晚唐之诗，其体裁非不犹中唐之诗也；中唐之诗，其体裁非不犹盛唐之诗也；然盛唐之诗，其音岂中唐之诗可同日语哉？中唐之诗，其音岂晚唐之诗可同日语哉？”涉及时代和社会演进对诗歌体制变迁的影响。

② 王祎《王忠文集》卷五《张仲简诗序》（文渊阁四库全书本）：“文章与时高下，代有是言也。三百篇尚矣，秦汉以下诗莫盛于唐，而唐之诗始终盖凡三变焉。”

③ 宋濂：《文宪集》卷二十八，文渊阁四库全书本。

④ 陈谟：《海桑集》卷十，文渊阁四库全书本。

起的做法，源远流长[1]。以此划分唐诗的发展阶段，自然也能得出“四唐”的分期。

高棅在明初划分唐诗分期及有关对《唐音》讨论的基础上，进行了全面总结。《唐诗品汇总序》既有唐诗“七变”说，也有明确的“四变论”，但本质上是“四变”。如其在《五言古诗叙目·正变》中云：

> 隋氏以还，一变而为初唐，贞观、垂拱之诗是也；再变而为盛唐，开元、天宝之诗是也；三变而为中唐，大历、贞元之诗是也；四变而为晚唐，元和以后之诗是也。

这里既看出他对明初学术文化成果的吸收与扬弃，也看出他的分析角度具有整合明初各说的性质，并在此基础上加以创新。

二、对体制“诗变”论和源流“诗变”论的整合

高棅的“诗变”论是从“辨体”和“溯源流”两个方面得出的。对“辨体”和“溯源”，学界论析较多，这里仅就两者整合的角度探讨高棅的诗变论。

高棅“诗变”论的视角，大致包括文本意识、切入角度和思维方式。高棅在尊唐的文化氛围中关注唐诗，这是很自然的事情，但他面对唐代诗人和诗歌文本时，看到“诗变”问题，却也不是偶然的。这一方面固然与明初整个社会意识求新求变相关，另一方面也与诗歌在向经典寻求发展资源的意图相联系。发展意识导致明人发现了唐诗在不同发展阶段的变化。

这一发现首先是从对文本的大量阅读中得到的。《唐诗品汇》初编90卷，收录唐人620家诗歌5769首，洪武三十一年辑补61家诗歌954首为《唐诗补遗》附于书后，《品汇》分体裁编排，不同体裁又分为九个品第：正始、正宗、大家、名家、羽翼、接武、正变、余响、旁流。每体前有“叙目”，论其渊源流变和主要风格特点。

从这些文献中不难看到这样几个特点。一是高棅对唐诗的阅读数量很大，阅读范围也十分广泛。二是他的阅读认真细致。且不论他的选诗标准和艺术观念，在数万首唐诗中挑选六千多首编成诗集，并排出品第，分辨不同风格，就是一件令人钦佩的工作，而无论是定品第，还是辨风格，也都认真细致，所以发现不同诗体和诗歌文本之间的差异，进而发现诗歌变化的轨迹，就不是偶然的了。即以他所言的九个品第看，其间的“诗变”发现已经十分显豁了。三是从九个品第中发现唐诗之“变”的关键环节，这几个环节的“变”各有特点。

高棅论唐诗文本之变，得益于对文本的细读。首先看“正始”。高棅以“正始”的说法代替杨士弘的“始音”，突出了唐诗在古典诗歌发展史中的“正宗”地位。他

---

① 这一考察诗歌的做法最早可以上溯至《毛诗序》。

在五古叙目中说："五言之兴，源于汉，注于魏，汪洋乎两晋，混浊乎梁陈，大雅之音几于不振。"[①]在诗变的视野里，唐诗的兴起是诗道雅音重新勃起的标志，属于"正"变，"虽未遏其微波，亦稍变乎流靡"，尤其"神龙以还，品格渐高，颇通远调，前论沈宋比肩，后称燕许手笔，又如薛少保之《郊陕篇》，张曲江公《感遇》等作，雅正冲澹，体合风骚，骎骎乎盛唐矣"[②]。其次，从"正始"到"正宗"之变。高棅云："唐兴，文章承陈隋之弊，子昂始变雅正。"[③]认为陈子昂对唐代五言古诗在思想主旨，诗文风格方面的继承和开拓，"观其音响冲和，词旨幽邃，浑浑然有正大之意。若公输氏当巧而不用者也，故能掩王卢之靡韵，抑沈宋之新声，继往开来，中流砥柱，上遏贞观之微波，下决开元之正脉"[④]。发现了陈子昂在五古发展中祛除陈隋纤靡，复归汉魏风雅，开创了唐诗新气象，是唐诗史上最关键的发展环节之一。三是"接武"之变。"天宝丧乱，光岳气分，风概不完，文体始变。"[⑤]高棅认为这是盛唐转向中唐的一个重要过渡阶段，"其篇什讽咏不减盛时，然而近体颇繁，古声渐远，不过略见一二与时唱和而已，虽然继述前列，提挟风骚，尚有望于斯人之徒欤?"[⑥]古诗的创作高峰已经过去，近体诗创作兴起并开始进入繁盛阶段。最后是"正变"。如果说"接武"之变还有着对盛唐诗歌的留恋和追怀的话，那么在这个环节，诗歌创作则完全走出了盛唐，展现出新的文体特点。高棅在七绝叙目"正变"条云："开成以来，作者互出而体制始分，若李义山、杜牧之、许用晦、赵承佑、温飞卿五人，虽兴象不同，而声律之变一也。"[⑦]五律序论"正变"条云："元和以还，律体多变，贾岛、姚合思致清苦，许浑、李商隐对偶精密，李频、马戴后来兴致超迈时人。之数子者，意义格律犹有取焉。"[⑧]七律序论"正变"条云："元和后、律体屡变，其间有卓然成家者，皆自鸣所长，若李商隐之长于咏史，许浑、刘沧之长于怀古……三子者虽不足以鸣乎大雅之音，亦变风之得其正者矣。"[⑨]高棅没有具体说明这种文体的变化细节，但是确实把握住唐诗在体制上超越时代的迁移演化。高棅对文本的重视和对文本的细读，大多数明人受其影响把文本细读作为通常的做法，这也是后来"诗变"认识不断深化的原因之一。

"诗变"认识的产生，还有赖于文本阅读的方式。不是任何阅读都能发现"诗变"问题。总体来说，高棅以分辨唐诗的品质高下为关键。分辨唐诗品质高下，从体裁、声律、兴象、文词和理致等方面着手。这似乎比此前感受性的阅读要理性很多。他首先是分辨体制，"别体制之始终"。高棅对有唐三百年诗，分为往体、近

① 高棅:《唐诗品汇》，上海古籍出版社1982年版，第46页。
② 高棅:《唐诗品汇》，上海古籍出版社1982年版，第46页。
③ 高棅:《唐诗品汇》，上海古籍出版社1982年版，第47页。
④ 高棅:《唐诗品汇》，上海古籍出版社1982年版，第47页。
⑤ 高棅:《唐诗品汇》，上海古籍出版社1982年版，第50页。
⑥ 高棅:《唐诗品汇》，上海古籍出版社1982年版，第50页。
⑦ 高棅:《唐诗品汇》，上海古籍出版社1982年版，第429页。
⑧ 高棅:《唐诗品汇》，上海古籍出版社1982年版，第508页。
⑨ 高棅:《唐诗品汇》，上海古籍出版社1982年版，第707页。

体、长短篇、五七言律句、绝句等制。其次是在此基础上，“因时先后而次第之”，当他对上述各类诗体作“因时先后”考察时，又与不同阶段的兴象、文词、诗风辨析结合，发现同一阶段的诗歌有“飘逸”“沉郁”“清雅”“精致”等风格差异，又从辨析风格中，发现诗歌品质的区别：“靡不有精粗、邪正、长短、高下之不同。”他就是在辨体活动中，因采取历时性的角度，发现诗体因时间演进而有风格、品质的差异，而上述九个品第，即正始、正宗、大家、名家、羽翼、接武、正变、余响、旁流，又基本与“四唐”对应。①这种对诗体的细致辨析和阅读，使得他发现了两个重要的问题：“诗体流变”和“盛衰正变”。

高棅从体裁、声律、兴象、文词和理致等方面对唐诗进行辨析，发现了唐诗流变中的关键环节。在宏观把握的前提下，他对不同诗人在不同诗体，同一诗人在不同诗体创作中的定位采取动态把握。比如对杜甫单设“大家”一目，原因就是他通过对律体的风格、品质考察，发现“杜公律法变化尤高，难以句摘”（《唐诗品汇·五言律诗叙目》）；“七言律法独异诸家，而篇什亦盛，如《秋兴》等作，前辈谓其大体，浑雄富丽”（《唐诗品汇·七言律诗叙目》）。充分肯定他对律体的拓展和极变之功。而对杜甫的五、七绝，则定位于“羽翼”，原因是“杜少陵所作虽多，理趣甚异，故略其颇同调者数首”（《唐诗品汇·七言律诗叙目》）入之，这一方面表明高棅对各体阅读的细致，同时也表现出他辨析的精严，更重要的是为他发现唐诗流变和诗体“盛衰正变”提供了令人无可辩驳的依据。

高棅对唐诗“盛衰正变”的发现，与他的思维方式有关。高棅的“正变”观尽管是对“诗变”的初步认识，但已经反映明人的审美思维正在改变。其中包含综合和辩证的认识方式。“变”的认识代表了高棅的唐诗发展观念，而“正”变则体现着高棅唐诗研究的审美归属和价值选择，《唐诗品汇》专门设“正变”一目。在五古“正变”条，高棅说：

> 若韩退之、孟东野生平友善，动辄唱酬，然而二子殊途，文体差别。今观昌黎之博大而文，鼓吹六经，搜罗百氏，其诗骋驾气势，崭绝崛强，若掀雷决电，千夫万骑，横骛别驱，汪洋大肆而莫能止者。又《秋怀》数首及《暮行河堤上》等篇，风骨颇逮建安，但新声不类，此正中之变也。东野之少怀耿介，龌龊困穷，晚擢巍科，竟沦一尉。其诗穷而有理，苦调凄凉，一发于胸中而无吝色。如《古乐府》等篇讽咏久之，足有余悲，此变中之正也。

他以韩愈五古为例，说明“正中之变”的要素：鼓吹六经；博大而文并骋驾气势；风骨颇逮建安，但新声不类。可见“正”是指在价值上认同儒家经典的取向；在诗美选择方面追求气势博大，继承汉魏风骨。“变”则是指韩诗的奇崛风格导致诗

① 高棅《唐诗品汇·凡例》：“大略以初唐为正始，盛唐为正宗、大家、名家、羽翼，中唐为接武，晚唐为正变、余响，方外异人等诗为旁流。间有一二成家特立与时异者，则不以世次拘之。”

歌背离了“雍容典雅”的传统[①]，声调偏离了他所提倡的“正音”，所以就不免流于“变”。而孟郊诗虽然气格不高，但是“讽咏久之，足有余悲”，符合儒家讽谏的传统，从审美角度，其诗歌“发于胸中”，“讽咏久之，足有余悲”，有韵外之致，可见他的诗带有“正声”的特征，所以比起韩愈反而更近乎“正”。

这从胡应麟评价高棅对律诗的去取亦可看出相近的理解：“《正声》不取四杰，余初不能无疑。尽取四家读之，乃悟廷礼鉴裁之妙。盖王、杨近体，未脱梁、陈；卢、骆长歌，有伤大雅。律之正始，俱未当行。惟照邻、宾王二排律合作，则《正声》亟收之。至李、杜二集，以前诸公未有敢措手者，而廷礼去取精核，特惬人心，真艺苑功人，词坛伟识也。”[②]王勃、杨炯的律体诗和卢照邻、骆宾王的长篇歌行还带有梁、陈流风，和“雅正”之声不类，所以斩绝不取。至于卢照邻《西使兼孟学士南游》“相看万余里，共倚一征篷”，骆宾王《晚泊蒲类》“晚风连朔气，新月照边秋”尽扫娥眉之态，悲壮有声气，与“正”声相合。高棅在《唐诗正声·凡例》中说：“以《正声》采取者，详乎盛唐也，次初唐、中唐，元和以还间得一二声律近似者，亦随类收录。若曰以声韵取诗，非以时代高下而弃之，此选之本意也。”全书共22卷，盛唐占了8卷，在篇目的编选上，从入选诗人与篇目的比例和人均入选量来看，盛唐诗人也占了绝对优势，体现了高棅以盛唐诗歌为“正声”的思想。

高棅以“正声”作为标准，排除了初唐的绮靡，和中唐求怪求奇，还排除了杜甫言史、言理而缺少艺术魅力的诗作，他以强调性情雅正、词旨幽邃的情性之美，以及浑然天成、阔大辽远的意境之美，来倡导圆融流转的声调，以“盛唐之音”为“正声”决定唐诗选本的去取，使其唐诗选本有了较高的理论价值。正如高棅《唐诗品汇·总叙》所言：“唐诗之偈，弗传久矣。唐诗之道，或时以明。诚使吟咏性情之士，观诗以求其人，因人以知其时，因时以辩其文章之高下，词气之盛衰，本乎始以达其终，审其变而归于正，则优游敦厚之教，未必无小补云。”他考察诗歌发展或“变”的目的是为了“归于正”，确立其以盛唐之音为指归的审美理想。将“正”与“变”整合并参照着去考量唐诗的发展，无疑是一种综合和辩证的思维方式的体现。

高棅“诗变论”的视野，体现在“音变”和“时变”“世变”结合的“诗变”观。

高棅“以声选诗”和以“声”论诗，至明后期出现非议，认为会使诗歌应有的社会作用丧失。明代董应举《唐诗风雅序》云：“如唐诗诸选，国初惟高廷礼为称，约有《正声》，多有《品汇》，当其搜辑之始，不观姓名，即知谁作，可谓善于寻声矣。而但以声调为主，无局外之观，作者亦时病之……吾夫子选诗，在可兴、可观、可群、可怨，可翼彝教、达政学，不拘于正变，今乃以时代论诗；夫子以‘思无邪’一言尽诗之义，世乃以声调格之。高其论者曰：删后无诗；卑其言者曰：诗

① 有关从“中和”哲学观到雍容典雅的诗学传统这一问题，参见方锡球《许学夷诗学思想研究》第一章，黄山书社2006年版，亦见《求是学刊》2000年第5期。

② 胡应麟：《诗薮》卷四，上海古籍出版社1979年版，第191页。

在初盛。然则一种浑涵深厚和平之气，其果终绝于世矣乎？其亦不广之甚矣！”①“以声论诗”是我国诗学的传统，其实音声中所涵蕴的，不仅仅是声律，这一点，笔者已有所讨论，这里不赘②。但高棅是总结明初从音声的视角，从“音变”的视野，结合“时变”讨论“诗变”问题，从音声变化看“诗变”，是高棅的理论成就之一。

高棅关于“诗变”的依据，不仅在“音律”自身的变化，最终归结到时代和世运。他在每种诗体的“正始”目追溯发展过程时，都贯彻文变系乎世运的思想。从《唐诗品汇》选诗数量看，以盛唐为主，盛唐又以李杜所占比重最大，李白选诗408首，杜甫301首；从品目看，“正宗”远绍风雅，展示盛世正大之音，“大家”兼善众体，集历代诗体之大成。这一做法一方面固然与盛唐诗歌成就有关，但高棅的另一重用意，恐怕就是认识到“世运”和诗歌风格和品质变化的关系。上述高棅从“声律、兴象、文词、理致”视角选诗、论诗，其实也是兼顾内容和形式两个方面，这两方面，包含“诗变”在内容和形式方面都有变化。在《唐诗品汇·总叙》结束时，他做了阐释：“诚使吟性情之士，观诗以求其人，因人以知其时，因时以辨其文章高下、词气之盛衰；本乎始，以达其终，审其变而归于正，则优游敦厚之教，未必无小补云。”

三、高棅“四唐”说的深远影响和局限性

高棅“四唐”说及其包孕的“诗变”观，影响深远。明人就已经看出他的价值。吉玉融、马得华序《唐诗品汇》曾言：“全闽学古者，振发歆动，能相与鸣国家之盛，必廷礼为之倡。”③《明史·文苑传》评《唐诗品汇》：“终明之世，馆阁宗之”④。只举两例即可看出这点，一是对盛唐诗歌的推崇，成为明中叶以后前后七子“诗必盛唐”理论的先声。二是高棅以世次为经，品第为纬的“四唐”说，被明清时代的大多数诗家和诗论家继承，不管他们宗趣如何，多未能超出此说，即使指摘这一说法的诗论家，也沿用“四唐”概念，未能提出新的分期意见。直至20世纪的学术界，最有影响的《中国文学史》和唐诗研究专著，也显示“四唐”及其延伸的新的学术见解。可见，在唐诗学史上，他的“正变”观念取得了开创性的理论成就，影响了有明一代甚至数代唐诗学。

高棅的“正变”观念，把唐诗各体还原为一个动态的发展过程，勾勒了在时代影响和文学自身发展规律双重作用下的唐诗史，超越了时贤的单纯“世变”论，具有一定的科学性。但同时他以盛唐诗歌为正声并以之作为阐释唐诗“正变”的依

---

① 黄克缵：《全唐风雅》卷首，明万历四十六年黄氏刻本。

② 方锡球：《从“兴趣”到“意兴”——许学夷论盛唐诗歌纵深发展的审美方向》，《文学遗产》2007年第6期。

③ 吉玉融、马得华：《唐诗品汇序》，上海古籍出版社1982年版，第5页。

④ 张廷玉：《明史·文苑传二》，中华书局1974年版，第7336页。

据，来构建其自足的唐诗学体系，就使得他不能完全脱离自己的文化语境，暴露出其局限性。

首先是“以声论诗”。这本是高棅超越时代的理论成就，但是，在强调了诗歌音乐性本质的同时，他忽略了诗歌的其他方面的重要特征，最终没有超越自己。

其次是对“盛唐之音”的阐扬，在某种意义上是明初统治者“诏复衣冠如唐制”的政治复古在文学上的反映，也是南宋以后唐宋诗之争的延续，为崇唐抑宋提供了理论语境，一定程度上妨碍了后世对宋诗的正确审美判断。

再次是在有时候表现出眼光的狭隘。从《正声》对杜诗的去取来看，杜甫叙事性较强的诗作录入了一小部分，杜甫七绝却一首都没有入选。高棅在《品汇》中曾说“杜少陵所作虽多，理趣甚异”，理趣是指其作多涉议论，与盛唐诗歌情声并谐的特征迥异，所以当时置之于“羽翼”，在《正声》则干脆不选了。忽视了杜甫“述情切事，悉合诗体”的特征[①]。

第四是没有赋予诗歌内容与形式同等地位。高棅在《自叙》中，突出了声律、兴象、文词、理致四项为评诗之要，但在具体评价作品时则主要强调声律、兴象、文词，而对理致则往往略而不谈，往往只从形式方面着眼，而忽略了体格与作品的思想内容和社会现象的密切联系。因此高棅《唐诗品汇》历来评价不一，毁誉参半。《四库全书总目提要》云：“《明史·文苑传》谓终明之世，馆阁以此书为宗。厥后李梦阳、何景明等摹拟盛唐，名为崛起，其胚胎实兆于此。平心而论，唐音之流为肤廓者，此书实启其弊；唐音之不绝于后世者，亦此书实衍其传。功过并存，不能互掩。后来过毁过誉，皆门户之见，非公论也。”此评甚为公允。但也说明《唐诗品汇》的成就与不足对后世的诗歌创作和诗歌批评都产生过深刻的影响。

这就说明，“四唐”说还是仅仅着眼诗歌文本和现象的演变，没有深究变化的特征和演变的缘由；论述“诗变”时，概念也驳杂、模糊，可见其“诗变”观还处于不自觉的状态。

［原载《安徽师范大学学报》（人文社会科学版）2008年第1期］

---

① 方锡球：《许学夷诗学思想简论》，《文学评论》2001年第1期。

方氏诗论与桐城诗学的发展

◆蒋　寅

【关键词】桐城诗学；方世举；方贞观；方观承

【摘　要】虽然论桐城派的诗学，多以姚鼐为职志，但桐城诗学的旗帜却是由身历康熙、雍正、乾隆三朝的方世举、方贞观这对从兄弟打出的，两人论诗主张和艺术趣味相去甚远，但都在某些方面体现了桐城派诗学的专业水准以及重传承和教授的特点，从侄方观承相与商讨，亦收教学相长之效。三人的诗论不仅奠定了桐城诗学的基础，更对姚鼐以后的桐城诗学产生了深远的影响。

桐城派既是一个文派，也是一个学派，同时又是一个诗派，这在今天已无人怀疑。但钱锺书先生提出"桐城亦有诗派"以来[①]，虽然近年有关桐城派诗学研究的学位论文络绎不绝[②]，桐城诗学与文章学及宋诗派的关系也有学者加以探讨[③]，但将桐城诗学作为一个独立的诗学体系，对其发展过程与历史特征的考察，明显还做得不够。事实上桐城派的一些诗学文献迄今还无人问津，这使有关研究显得笼统而缺乏历史感。桐城诗学是在特定历史时期形成的，具体说就是雍正至乾隆时代，其标志性人物通常被举出姚范和刘大櫆，但实际成就和影响更大、更值得注意的应该是方氏两兄弟——方世举和方贞观，他们与国初名诗人方文并称"方氏三诗人"[④]。姚鼐《恬庵遗稿序》提到桐城前辈为异乡学者仰重的名家，只举了方苞、胡宗绪和方世举、方贞观四人[⑤]。方苞、胡宗绪不用说是古文家的代表，而方世举和方贞观则更像

---

① 钱锺书：《谈艺录》，中华书局1984年订补本，第145页。

② 如孙勇《桐城派文学思想研究》（新疆大学，2009）、田亚《方东树诗学的宋诗本位与桐城义法》（贵州师范大学，2009）、朱天一《清代学术视域中的"姚门四杰"诗论研究》（安徽大学，2012）、吕敏《桐城派与中国诗学传统》（安徽大学，2012）。

③ 梅运生《古文与诗歌的会通与分野——桐城派谭艺经验之新检讨》，《安徽师大学报》（哲学社会科学版）1986年第1期；方任安《以文为诗以文论诗——桐城诗派的诗学观》，《安庆师院社会科学学报》1997年第1期；周明秀《论桐城派诗论的主要内容及其形成过程》，《文艺理论研究》2002年第4期；管青青《桐城派及宋诗派辨析》，《绥化学院学报》2006年第2期；鱼双燕《论桐城派的诗学观》，《文学教育》（上）2008年第12期。

④ 马其昶：《桐城耆旧传》卷七《方氏三诗人传》，黄山书社2013年版，第217—218页。

⑤ 姚鼐：《惜抱轩文集》卷四，四部丛刊初编影印本，第27页。

是诗家的代表。二方不仅诗有盛名，且都著有诗话，其诗学造诣有力地凸显了桐城诗学的专业水准。同时，在他们的诗论中，桐城诗学重视承传、主于教学的独特面目也开始显露出来。这都是很值得重视并加以研究的问题，但至今尚未被讨论桐城诗学发展的论著所注意。

一

方世举（1675—1759），字扶南，号息翁。名诗人方拱乾曾孙，与方贞观同为拱乾五子章钺之后。少从朱彝尊游，不乐仕进。“在都中以诗文驰誉，所交接皆名辈”[①]，汪份、何焯特许其语有根柢。康熙三十八年（1699）顾嗣立《笺注昌黎诗集》甫行世，世举即寓目，且与嗣立面论，谓其书虽辑宋人之说甚备，而案诸韩愈身世多不合，嗣立喜而鼓励他再加考论，于是创为《韩诗编年笺注》。后因方苞案株及没入旗籍，放归后闭门著书。到乾隆初年已六十许，在乡里称前辈，喜谈京中旧事，士人多从之受学。著有《汉书补注》《世说新语补注》《家塾恒言》《昌黎诗集编年笺注》《李长吉诗集批注》《李义山诗注》等。

方世举生平喜论诗，翰林编修舒张曾录其说诗为《梁园诗话》，舒卒后稿失传。与侄观承（宜田）论诗，也由观承笔录成帙。晚年“聊以所闻于师授及与群从所往复者，举示儿辈”[②]，次男可之编录为《兰丛诗话》一卷。时世举已届八十五高龄，亲加删订，以为晚年定论。他的论诗方式和见解，非常典型地体现了桐城诗学的特征。我们知道，桐城派的诗文评，最显著的特点就是入手平易，便于初学。方世举的诗论也不例外。既然是为指示初学门径而发，立论首先着眼于体裁，先陈说各体作法之要，再举古来适合效法的诗人，以示典范。值得注意的是，世举秉承明代格调派以来流行的文格、文心升降观念，对于诗学传统大体持一种“文格前一代高一代，文心后一代进一代”的辩证观念[③]，在树立规范、接引后学方面，决不盲目沿袭成说，高倡盛唐李、杜，而是主张“登高自卑，宜先求其次者”[④]，循序渐进地学习。

他首先强调：“诗屡变而至唐，变止矣，格局备，音节谐，界画定，时俗准。今日学诗，惟有学唐。唐诗亦有变，今日学唐，惟当学杜。”[⑤]自宋元以降，诗家无不以学杜高自标置，然而方世举的取径却有不同。考虑到杜甫规模鸿远，初学难以骤窥，他主张从易入者着手，由浅入深。具体说来，就是五古、五律宜自王、孟、韦、柳入手，七古歌行宜自元、白、张、王入手；就是七律，也不像王安石所说的

① 程晋芳：《南堂诗钞跋》，见《勉行堂诗文集》，黄山书社2012年版，第797页。
② 方世举：《兰丛诗话》序，郭绍虞编选：《清诗话续编》，上海古籍出版社1983年版，第769页。
③ 方世举：《兰丛诗话》，郭绍虞编选：《清诗话续编》，上海古籍出版社1983年版，第777页。
④ 方世举：《兰丛诗话》，郭绍虞编选：《清诗话续编》，上海古籍出版社1983年版，第771页。
⑤ 方世举：《兰丛诗话》，郭绍虞编选：《清诗话续编》，上海古籍出版社1983年版，第771页。

那样，宜从李商隐入手，而应先学白居易、刘禹锡、温庭筠，再由李商隐上溯老杜，他称这四人为杜之四科，即杜诗的四个支脉：

> 唐之创律诗也，五言犹承齐、梁格诗而整饬其音调；七言则沈、宋新裁。其体最时，其格最下，然却最难，尺幅窄而束缚紧也。能不受其画地湿薪者，惟有老杜，法度整严而又宽舒，音容郁丽而又大雅，律之全体大用，金科玉律也。但初学不能骤得，且求唐人之次者以为导引。如白香山之疏以达，刘梦得之圜以闳，李义山之刻至，温飞卿之轻俊，此亦杜之四科也。①

这种登高自卑的师法路径其实是明清以来许多诗家的共识，但没有谁像方世举这样说得切实明瞭。至于具体师法对象的取舍，方世举也有独到见解。王渔洋指示后学，七律宜取法王维、李颀，再参以刘长卿、刘禹锡，基本上立足于盛唐格调；而方世举却明显转向了中唐。他早年与侄观承论诗，未举白居易而唯言二刘即刘长卿、刘禹锡，后来发现“长卿起结多有不逮”②，遂弃而转取白、温、李。这不妨理解为长年教学经验的积累，逐步修正和确立起他自己的看法。

主教学的诗学除了讲求体制，便是重视声律，古诗声调学因此而成为神韵派宗师王渔洋诗学的重要内容。王渔洋诗学也有着浓厚的教学色彩，那些师生间的诗学问答，都围绕着写作中的具体问题。方世举同样喜欢讲论声律，关于古诗声律，他不仅逐一讨论音节、换韵、通韵、叶韵的问题，还指出唐人通韵唯行于五古，七古通韵自东坡始，举杜、韩两家诗作为证，令人信服；又指出李贺、萨都剌近体诗用古韵甚奇，也未见人道过。教学式诗学的特点，一是综合成说，二是推阐入微，这两点在下面一段论说中都有典型表现：

> 古体皆有平仄，但非律体一定，无谱可言，惟熟读深思，乃自得之。赵秋谷宫坊笑人古诗不谐，不谐则读不便串，古有此謇涩无宫商之古诗乎？一篇之中，又当间用对句，李天生太史言之。对乃健举，如《古诗十九首》中“胡马嘶北风，越鸟巢南枝”是也。余推而求之，七古亦多，歌行尤甚。至若杜、韩二家，有通篇对待者，益见力量。③

在综合赵执信、李因笃之说的基础上，他更推求七古、歌行中对仗的运用，以杜、韩为例证成其说，继承中又有创获。

主教学的诗学最紧要的是循序渐进，故先取平正稳妥，讲究先正后变。这一宗旨甚至优先于趣味，一个有趣的例子是：

---

① 方世举：《兰丛诗话》，郭绍虞编选：《清诗话续编》，上海古籍出版社1983年版，第773页。
② 方世举：《兰丛诗话》，郭绍虞编选：《清诗话续编》，上海古籍出版社1983年版，第774页。
③ 方世举：《兰丛诗话》，郭绍虞编选：《清诗话续编》，上海古籍出版社1983年版，第772页。

诗有似浮泛而胜精切者，如刘和州《先主庙》，精切矣；刘随州《漂母祠》，无所为切，而神理自不泛，是为上乘。比之禅，和州北宗，随州南宗。但不可骤得，宜先法精切者，理学家所谓脚踏实地。[1]

在这里，他的趣味和取法宗旨出现了对立。就趣味而言，他更欣赏刘长卿《漂母祠》的空灵；但从取法的角度说，仍须以刘禹锡《先主庙》的精切为楷模。正像习禅，讲顿悟的南宗境界虽高，但初学不可骤得，还是由讲渐悟的北宗入手比较可靠。这同样也是理学与心学务实务虚的区别。由此我们知道，桐城诗学不只以理学的义理为核心，也以理学的修习方法为操作原理。

既然如此，方氏论诗本应多取示范性强和稳妥可学的诗人为讨论对象，可诗话中讨论最多的偏偏是叶燮心目中最大程度上改变诗史面貌的三位诗人中的杜甫和韩愈（还有一位是苏东坡）。这除了与他当时受宗韩诗风的熏染、纂辑《昌黎诗集编年笺注》有关外，另一个原因就是家学承传。方世举曾提到：

余家传诗法多宗老杜。明初，先断事公殉建文之难，有绝命词五律二首，所谓“死岂论官卑”者，已是杜《初达行在》之沉痛。至先太仆公好为七律，全得《秋兴八首》之鸿音壮采。先宫詹公又集学杜之大成，晚而批杜，章法、句法、字法皆有指授。小子才薄力弱，不能专宗，老而自伤，终莫能一。[2]

这里提到的太仆公和宫詹公即其高祖大美、曾祖拱乾，事迹都见于马其昶《桐城耆旧传》。方氏家传诗学夙以杜甫为宗，方世举更发展了韩愈研究，而且与杜诗相接合，通过对长篇作品的深入研究弥补了王渔洋神韵诗学专注于短章的不足。他说：“王新城教人少作长篇，恐其伤气，是也。然杜、韩二家独好长篇，学者诚熟诵上口，如悬河泄水，久之理足乎中而气昌于外，亦莫能自禁。余与望溪兄五古所谓‘大儿李杜韩，小儿王孟柳’，言气势也。”[3]他一方面上溯杜、韩长篇的笔调之源：“长篇以杜为最，案之只是读得《风》之《东山》、《七月》、‘氓之蚩蚩’、‘习习谷风’以及《雅》之‘厥初生民’‘皇矣上帝’诸篇烂熟，得其远近兼收，钜细毕集。韩只得其细碎以求逸致，如《史》之射虎、牧羝而止。”[4]一方面又下溯其“以文为诗”之流：“韩昌黎受刘贡父‘以文为诗’之谤，所见亦是。但长篇大作，不知不觉，自入文体。汉之《庐江小吏》已传体矣；杜之《北征》序体，《八哀》状体，白之《游悟真寺》记体，张籍《祭退之》竟祭文体，而韩之《南山》又赋体，《与崔立

① 方世举：《兰丛诗话》，郭绍虞编选：《清诗话续编》，上海古籍出版社1983年版，第783页。
② 方世举：《兰丛诗话》，郭绍虞编选：《清诗话续编》，上海古籍出版社1983年版，第772页。
③ 方世举：《兰丛诗话》，郭绍虞编选：《清诗话续编》，上海古籍出版社1983年版，第774页。
④ 方世举：《兰丛诗话》，郭绍虞编选：《清诗话续编》，上海古籍出版社1983年版，第775页。

之》又书体。他家尚多，不及遍举，安得同短篇结构乎？”①如此从体制的角度上下观照韩愈的长篇古诗，就为韩愈的“以文为诗”做了有力的辩护。

当然，从师法的立场出发，他也谆谆告诫后学：“韩诗不可专学。”因为韩愈为诗每出于游戏，而游戏之作初非浅学小才所可与言。“东坡云：‘退之仙人也，游戏于斯文。’游戏三昧，何可易言？香山寄韩诗云：‘户大嫌甜酒，才高笑小诗。’毕竟是高才而后能戏，亦始可戏。”②又举《陆浑山火》为例：“《陆浑山火》诗不过秋烧耳，遂曼衍诡谲，说得上九霄而下九幽……以诗而言，亦游戏已甚矣，但艺苑中亦不可少此一种瑰宝。”最后还提到，“先宫詹为门生子侄之为翰林者，选《玉堂诗脍》一书，又取《董生行》一首，而此诗亦不遗，却不加点，似默喻以审乎才学，以为取舍”③。事实上，游戏之作虽为小道，但才与学缺一不可，因此不得不归结于博学。但“博学不是獭祭，獭祭终有痕迹。手不释卷，日就月将，不待招呼而百灵奔赴矣”。他说“余家不蓄类书，不蓄《韵府》，刚制于己，使无可以望救，亦是一法”④。如此强调才学，实际上已同叶燮对韩愈的推崇相一致。尽管如此，方世举仍不能不说是韩愈诗歌经典化过程中的一个重要人物，对韩愈诗歌史地位的确立起了非同小可的作用。他将韩愈从被叶燮无限而又抽象地推尊的三圣地位挪移到古诗宗师的坛坫上来，开启了桐城诗学并宗杜、韩的师法宗旨，后来通过姚鼐扩展到清代中后期诗坛，并与翁方纲提倡韩愈、黄庭坚的有力导向合流，最终在程恩泽、曾国藩的推导下，形成晚清诗学中以杜、韩、黄为骨干的同光体主流，这是应该提到的。

方世举晚年讲学于乡里，后进多从而受学。程晋芳父亲与世举为中表兄弟，尝邀世举止其家，故晋芳得从世举学诗⑤，自称“余之诗，盖出于桐城两方，兼采其说而学焉”⑥。这里说的桐城两方，方世举之外，另一位是方贞观。

二

比方世举小四岁的从弟方贞观（1679—1747），也是桐城诗学的一位重要人物，他的名声和影响绝不亚于方世举，甚至犹有过之。名臣孙嘉淦已官翰林，仍执贽从他学诗。贞观名世泰，以字行，号南堂，晚号三乳老人。诸生，受戴名世《南山集》案株连，配隶旗籍，十载始放还。乾隆元年（1759）孙嘉淦荐举博学宏词科，不就试。工诗善书，有《南堂诗集》，为艺林所推重⑦。方贞观在朝廷首开博学宏词的康熙十八年（1679）出生，王渔洋下世时他已32岁，与马朴臣称诗乡里。据郑方

① 方世举：《兰丛诗话》，郭绍虞编选：《清诗话续编》，上海古籍出版社1983年版，第774—775页。
② 方世举：《兰丛诗话》，郭绍虞编选：《清诗话续编》，上海古籍出版社1983年版，第775页。
③ 方世举：《兰丛诗话》，郭绍虞编选：《清诗话续编》，上海古籍出版社1983年版，第775页。
④ 方世举：《兰丛诗话》，郭绍虞编选：《清诗话续编》，上海古籍出版社1983年版，第775页。
⑤ 程晋芳：《春及草堂诗钞跋》，《勉行堂诗文集》，黄山书社2012年版，第798页。
⑥ 程晋芳：《南堂诗钞跋》，《勉行堂诗文集》，黄山书社2012年版，第797页。
⑦ 方贞观传记见金鼎泰等纂《道光桐城续修县志》卷十六文苑传。

坤说，“昔者康熙之季，户竞谈诗，馆阁诸公尚仍唐制，一二轶材之士，复跌宕自恣于眉山、剑南之间，墨守输攻，玄黄战野，方氏矫以清真，有若弹丸脱手。相如（马朴臣）接踵而兴，抗袂而起，风格虽微逊一筹，要自有其君形者存，非苟作者”[①]。贞观诗论，存《方南堂先生辍锻录》44则，稿本流落坊间，为金楷购得，道光十四年（1834）刊于扬州。其诗话传世虽较晚，但写作应在雍正或乾隆前期。其中一个有特殊意义的论说，预示了乾隆间诗学三派的分化。

《辍锻录》开宗明义即将诗歌别为三类，“有诗人之诗，有学人之诗，有才人之诗”[②]。才人之诗敏捷而少含蕴，时过境迁则不耐咀嚼；学人之诗功力虽深而终乏天分，难以动人；唯有诗人之诗言近旨远，为风雅正传。为此他教人“作诗未辨美恶，当先辨是非”[③]。此所谓是非，自然关系到他对诗歌本质属性的理解。那么，推崇诗人之诗的方贞观，又是如何理解诗歌本质的呢？“有出入经史，上下古今，不可谓之诗者；有寻常数语，了无深意，不可不谓之诗者。”[④]这种说法与后来袁枚的观念很接近，但他的着眼点不在于主观的“性灵”，而在于客观的“律”，所谓“诗必言律”。按他的说法，“律也者，非语句承接、义意贯串之谓也。凡体裁之轻重，章法之短长，波澜之广狭，句法之曲直，音节之高下，词藻之浓淡，于此一篇略不相称，便是不谐于律”[⑤]。然则律乃是诗歌作品所有审美规定性的总和，是统摄诗歌所有审美特征的总体概念。以律论诗，意味着他的诗学重心落在文本上，接近形式主义诗学，如此他对诗歌价值的认识就与传统观念有了一些差异。研究者认为“方贞观高标诗人之诗，吟咏情性，重视诗歌意境之美，倡导唐诗，实际上是对清代重学问、重知识、重道德的主流诗论的一种反拨”[⑥]，从现象上说当然不错，但略失之简单化，反而使问题的核心变得不清楚。方贞观诗学的这些倾向，只有联系其形式主义诗学立场来看，才能理解其实质。

比如，传统观念将抒情表达的真伪视为衡量诗歌的基本尺度，而方贞观却不以为然，说“能令百世而下，读其诗可想其人，无论其诗之发于诚与伪，而其诗已足观矣”[⑦]。这完全是一种文本中心论的观念，即作品的价值取决于文本，而与动机无关。这种看法动摇了许多传统观念，使诗学内部产生价值重估的必要，作者的主张

---

① 郑方坤：《本朝名家诗钞小传》卷四，台湾广文书局1971年影印本，第348页。

② 方南堂：《方南堂先生辍锻录》，郭绍虞编选：《清诗话续编》，上海古籍出版社1983年版，第1936页。

③ 方南堂：《方南堂先生辍锻录》，郭绍虞编选：《清诗话续编》，上海古籍出版社1983年版，第1936页。

④ 方南堂：《方南堂先生辍锻录》，郭绍虞编选：《清诗话续编》，上海古籍出版社1983年版，第1936页。

⑤ 方南堂：《方南堂先生辍锻录》，郭绍虞编选：《清诗话续编》，上海古籍出版社1983年版，第1936页。

⑥ 张宗霞：《论方贞观〈辍锻录〉的诗论倾向》，《黄山学院学报》2009年第2期。

⑦ 方南堂：《方南堂先生辍锻录》，郭绍虞编选：《清诗话续编》，上海古籍出版社1983年版，第1941页。

也不可避免地产生一些他甚至始料不及的问题，表现在师法取向上，便暴露出他观念深处的一个矛盾：一方面主张一种包容和多元的诗歌理想，一方面又独尊唐诗为艺术楷模。

笔者认为，研究者都会同意，《辍锻录》里这段长篇大论所展现的诗歌观念是非常通达的：

古云："诗有别材，非关书也；诗有别趣，非关理也。"此说诗之妙谛也，而未足以尽诗之境。如杜子美"雨露之所濡，甘苦齐结实"，白乐天"野火烧不尽，春风吹又生"，韩退之《拘幽操》，孟东野《游子吟》，是非有得于天地万物之理，古圣贤人之心，乌能至此？可知学问理解，非徒无碍于诗，作诗者无学问理解，终是俗人之谈，不足供士大夫之一笑。然正有无理而妙者，如李君虞"嫁得瞿塘贾，朝朝误妾期。早知潮有信，嫁与弄潮儿"。刘梦得"东边日出西边雨，道是无晴却有晴"。李义山"八骏日行三万里，穆王何事不重来"。语圆意足，信手拈来，无非妙趣。可知诗之天地，广大含宏，包罗万有，持一论以说诗，皆井蛙之见也。①

持这种态度裁量前代诗歌传统，应该说诗歌的天地是很辽阔的，道路也是很宽广的。但问题是，成长于康熙后期，在后王渔洋时代步入中年的方贞观，实在无法摆脱对亲身经历的那段诗歌史的失望及连带产生的对当代诗歌写作的悲观意识。在他的回忆中，近几十年的诗歌史完全是失败的记录。康熙后期的诗坛，虽取法多元，但总体上不脱貌袭之弊：

康熙己卯、庚辰以后，一时作者，古诗多学韩、苏，近体多学西昆，空疏者则学陆务观，浸淫濡染，三十年其风不变。究之徒有其貌，古人精神所在，正未尝窥测及之。②

而眼下的诗坛也看不到什么希望，甚且正在向邪道上滑去：

近有作者，谓《六经》《史》《汉》皆糟粕陈言，鄙三唐名家为熟烂习套，别有师传，另成语句，取宋、元人小说部书世所不流传者，用为枕中秘宝，采其事实，摭其词华，迁就勉强以用之，诗成多不可解。令其自为疏说，则皆逐句成文，无一意贯三语者，无一气贯三语者。乃僩然自以为博奥奇古，此真大

---

① 方南堂：《方南堂先生辍锻录》，郭绍虞编选：《清诗话续编》，上海古籍出版社1983年版，第1937页。

② 方南堂：《方南堂先生辍锻录》，郭绍虞编选：《清诗话续编》，上海古籍出版社1983年版，第1942—1943页。

道之波旬，万难医药者也。[①]

研究者认为这段话是针对浙派领袖厉鹗（1692—1752）专喜摭拾宋代野史笔记中琐事僻典入诗而发[②]，甚有见地。雍正元年（1723）厉鹗与沈嘉辙、吴焯、符曾、赵信等人同撰《南宋杂事诗》七卷，各将所引典故注于诗下，引书几近千种。四库馆臣称其“一字一句，悉有根柢，萃说部之菁华，采词家之腴润。一代故实，巨细兼该，颇为有资于考证”[③]。但后来法式善《梧门诗话》也提到“议者病其似作论，不似歌诗”[④]。所谓议者，不只是方贞观，可能还包括沈德潜。《说诗晬语》曾提到：“不读唐以后书，固李北地欺人语，然近代人诗，似专读唐以后书矣。又或舍九经而征佛经，舍正史而搜稗史、小说，且但求新异，不顾理乖，淮雨别风，贻讥踳驳，不如布帛菽粟，常足厌心切理也。”[⑤]可见这也是格调派对浙派矫明七子之枉而过正的警觉。

无论如何，基于上述那种建立在一系列失败判断上的诗史认知，在否定学韩、学西昆、学苏、学陆游、杂取宋元说部成诗等种种路径之后，回归唐诗就只能是自然而然的结果，同时也是别无选择的选择。方贞观用一个充满绝望感的说法来宣布自己的结论：

> 要之作诗至今日，万不能出古人范围，别寻天地。唯有多读书，熔炼淘汰于有唐诸家，或情事关会，或景物流连，有所欲言，取精多而用物宏，脱口而出，自成局段，入理入情，可泣可歌也。若舍此而欲入风雅之门，则非吾之所得知矣。[⑥]

出于这样的信念，他截然将唐以外的诗歌统统排除在自己的师法视野之外，明确地宣示：“《三百篇》而下，由汉、魏以迄六朝，代有传诗，而余独以唐人为归。”[⑦]在特定的语境下，一个对诗歌怀有包容的多元理想的诗人，最后无奈地回归于有限的唐诗天地。虽说这天地已足够广袤，但就诗歌传统而言毕竟还是不完全的。而问题还没完，即便排除了诗歌史的大部分，将取法的楷模锁定于唐诗，他仍旧面临着对师法对象的重新确认。

---

① 方南堂：《方南堂先生辍锻录》，郭绍虞编选：《清诗话续编》，上海古籍出版社1983年版，第1943页。

② 张宗霞：《论方贞观〈辍锻录〉的诗论倾向》，《黄山学院学报》2009年第2期。

③ 《四库全书总目》卷一九〇，中华书局1965年影印本，第1733页。

④ 法式善：《梧门诗话》卷十，台湾广文书局1973年影印本。

⑤ 沈德潜：《说诗晬语》卷下，丁福保辑：《清诗话》，上海古籍出版社1978年版，第553页。

⑥ 方南堂：《方南堂先生辍锻录》，郭绍虞编选：《清诗话续编》，上海古籍出版社1983年版，第1944页。

⑦ 方南堂：《方南堂先生辍锻录》，郭绍虞编选：《清诗话续编》，上海古籍出版社1983年版，第1937页。

从方贞观论用事选料，主张“当取诸唐以前，唐以后故典，万不可入诗，尤忌以宋、元人诗作典故用”[①]，约略可见其论诗宗旨，系远承明代格调派而来[②]。事实上，从黄生的诗话中笔者就隐隐感觉到，格调派诗学在安徽未曾经受吴中那样的严厉抨击，一直平静地承传着。尽管如此，经过康熙间诗家的扬弃和改造之后，格调派“诗必盛唐”的宗法观念已无复往日嚣张的气焰和号令天下的权威，而方贞观似乎也没什么老调重弹的兴趣，他轻松地将目光投向历来较少关注的中唐，理由是“唐诗至元和间，天地精华，尽为发泄。或平，或奇，或高深，或雄直，旗鼓相当，各成壁垒，令读者心忙意乱，莫之适从”[③]。乡里后学程晋芳称，“先生专主中晚唐，以清新宕逸为主”，足见方贞观的论诗宗旨在地方有一定的影响。程晋芳还提到“先生尝欲选唐人，自刘长卿以下，至中唐之末为一集，去昌黎、长吉、卢仝、刘叉四家，而以义山、牧之、飞卿、致尧续焉，以教世之学诗者”[④]。这就是说，方贞观的唐诗学同样也有着指示后学的用心，体现了桐城诗学日益走向教学方向的趋势，但其艺术趣味却明显与方世举有出入。方世举以杜、韩为宗，退刘长卿而以白居易、刘禹锡、李商隐、温庭筠为杜之四科，于李贺诗集也有钻研批注；而方贞观却进刘长卿、杜牧、韩偓而退韩愈、李贺，取舍截然异趣，甚至有某种程度的对立。更进一步说，方世举简直视大历诗若无物，而方贞观相反却给予较高的评价，有说曰：

> 体制惟七律最难，须五十六字无一牵凑，平近而不庸熟，清老而不俚直，高响而不叫号，排宕而不轻佻。尤忌删去两字便可作五言诗读。欲除诸病，惟熟读少陵及大历诸名家，则得之矣。[⑤]

这虽只是论七律，但他以大历诸子直接老杜，与方世举以韩继杜，取径是明显不同的。而后来桐城诗学的主流，显然是由方世举一派演漾开来的。

由于论诗的中心落实于文本，方贞观更用心于揣摩唐诗的艺术手法和技巧，多有出自心得的造微之论。比如论点缀的两则，就颇能发明其要义：

> 诗中点缀，亦不可少，过于枯寂，未免有妨风韵。然须典切大雅，稍涉浓缛，便尔甜俗可厌。吾最爱周繇《送人尉黔中》云：“公庭飞白鸟，官俸请丹

① 方南堂：《方南堂先生辍锻录》，郭绍虞编选：《清诗话续编》，上海古籍出版社1983年版，第1936页。

② 勿用唐以后事之说，发自元代赵孟頫，明代格调派颇奉其说。王世贞《艺苑卮言》、谢榛《四溟诗话》皆有说。详蒋寅：《原诗笺注》，上海古籍出版社2014年版，第236—237页。

③ 方南堂：《方南堂先生辍锻录》，郭绍虞编选：《清诗话续编》，上海古籍出版社1983年版，第1941页。

④ 程晋芳：《南堂诗钞跋》，《勉行堂诗文集》，黄山书社2012年版，第797页。

⑤ 方南堂：《方南堂先生辍锻录》，郭绍虞编选：《清诗话续编》，上海古籍出版社1983年版，第1941—1942页。

砂。”亦何雅切可风也！

点缀与用事，自是两路。用事所关在义意，点缀不过为颜色丰致而设耳。今人不知，遂以点缀为用事，故所得皆浅薄，无大深意。[①]

前一则说明点缀之法的功用及修辞原则，举晚唐周繇之作为例，说明丹砂对白鸟色彩之明艳与用典之雅切；后一则更通过与用典的对比，揭示点缀的修辞原理所在，批评时人混淆两者带来的不良后果。寥寥数语，而言简意赅，义旨瞭然。又如论用事，主张以“眼前情事，有必须古事衬托而始出者”为原则，又具体阐述用事的不同方式：

古人于事之不能已于言者，则托之歌诗；于歌诗不能达吾意者，则喻以古事。于是用事遂有正用、侧用、虚用、实用之妙。如子美《荆南兵马使太常卿赵公大食刀歌》云：“万岁持之护天子，得君乱丝为君理。”此侧用法也。刘禹锡《葡萄歌》云：“为君持一斗，往取凉州牧。”此虚用法也。李颀《送刘十》云：“闻道谢安掩口笑，知君不免为苍生。”此实用也。李端《寻太白道士》云：“出游居鹤上，避祸入羊中。”此正用也。细心体认，得其一端，已足名家；学之不已，何患不抗行古人耶？[②]

结合具体的诗例来说明用事的正、侧、虚、实之法，深入浅出，明白易懂，不仅见出对唐诗艺术技巧的揣摩之细，更显示了桐城诗学“见得到说得出”的接引、指授本领[③]，非仅如刘声木所称“多论诗精微之语”而已[④]。这是笔者读《方南堂先生辍锻录》最强烈的感受。

三

论乾隆间的桐城诗学，方世举、方贞观之外，方氏家族中还有一位方观承，也不能不提到。喜录达官贵人之作的袁枚《随园诗话》，曾再三提到这位方敏恪公，不过误记为方世举族弟。卷三载方世举改诗佚事云：“桐城吴某告予云，扶南三改《周瑜墓》诗，而愈改愈谬。其少作云：‘大帝君臣同骨肉，小乔夫婿是英雄。’可称工

① 方南堂：《方南堂先生辍锻录》，郭绍虞编选：《清诗话续编》，上海古籍出版社1983年版，第1938页。

② 方南堂：《方南堂先生辍锻录》，郭绍虞编选：《清诗话续编》，上海古籍出版社1983年版，第1943页。

③ 方南堂：《方南堂先生辍锻录》：“高适、李颀不独七古见长，大段气体高厚，即今体亦复见骨格坚老，气韵沉雄。余最爱李颀一篇云：‘青青兰艾本殊香，察见泉鱼固不祥。济水至清河自浊，周公大圣接舆狂。千年魑魅逢华表，九日茱萸作佩囊。善恶死生齐一贯，祗应斗酒任苍苍。’眼中胸中何等宽阔，可谓见得到说得出。”郭绍虞编选：《清诗话续编》，上海古籍出版社1983年版，第1940页。

④ 刘声木：《苌楚斋随笔》续笔卷一，民国十八年排印本。

矣。中年改云：'大帝誓师江水绿，小乔卸甲晚妆红。'已觉牵强。晚年又改云：'小乔妆罢胭脂湿，大帝谋成翡翠通。'真乃不成文理！岂非朱子所谓'三则私意起而反惑'哉？扶南与方敏恪公为族兄。敏恪寄信，苦劝其勿改少作，而扶南不从。"[①]这里的方敏恪公即方观承，他曾从方贞观学诗，是方氏家族的文学后劲之一。

方观承（1698—1768），字遐谷，号问亭，又号宜田。因祖、父辈以《南山集》案流放东北，而流落京师，客平郡王幕，以荐赐中书衔，累官至直隶总督，为乾隆间著名的五督臣之一，卒谥敏恪。观承博学工诗，又师从族父方苞，受经学与古文之法，曾与秦蕙田合撰《五礼通考》，编有《述本堂诗集》，自著有《宜田汇稿》《问亭集》等[②]。观承位甚达而不辍文学，方世举论及家族诗学的承传，盛赞"望溪兄、宜田侄实确守之，兄以文胜而诗居功半，今藏於家；侄则表见於世矣"。他曾将方世举论诗之说笔录成册，同时也附载些许他本人的看法。其书未见传本，幸而《兰从诗话》引述若干则，使我们略得窥其诗论一斑。

首先我感觉到，因年辈的差异，方观承论诗所针对的诗学语境已不同于两位从父。如果说二方诗论主要是面对康、雍之交勃兴的浙派发言，那么方观承已置身于乾隆以来方兴未艾的性灵诗潮中。从方世举这一段话中，我们不难读出其现实针对性：

> 余尝觉文格前一代高一代，文心后一代进一代。香山云："诗到元和体变新。"岂元和前腐臭耶？但日益求新耳。老杜自喜有云："每于百僚上，猥诵佳句新。"然又云："赋诗新句稳，不觉自长吟。"则新必须稳。宜田册子中有言不可求冷癖事，不可用作态句，此便隐射着求新而不稳者。[③]

求新是康熙末年以来在叶燮自成一家的观念主导下诗坛的共同趋向，后来集中表现于赵翼的诗论中。在康熙中叶宗韩、宗宋诗风的熏陶下成长起来的方世举，还热衷于创新的憧憬，而在康熙后期与浙派相伴而生的方观承却似已感觉到唯新思潮衍生的流弊，对求新而不稳的后果抱有了警觉。为此他论诗反对用事追求冷癖，琢句矫张造作，总之鄙薄刻意求险，刻意安排，认为"意有专注，迹涉趋逗，亦见丑态"。方世举很赞赏此言，补充说明："只就无学无才而好和险韵者观之，每于上文早谋安顿，便是趋逗，便是丑态。"[④]还提到"宜田论诗，独不喜怪"[⑤]。的确，方观承论诗崇尚的正是不奇不怪、自然成文。方世举提到观承笔录的诗话册子里，有其别后自记的内容，如："诗有不必言悲而自悲者，如'天清木叶闻'，'秋碪醒更闻'

① 袁枚：《随园诗话》，江苏古籍出版社2000年版，第62页。

② 方观承传记见袁枚《小仓山房文集》卷三《太子太保直隶总督方敏恪公神道碑》、刘声木《桐城文学渊源考》卷二。

③ 方世举：《兰丛诗话》，郭绍虞编选：《清诗话续编》，上海古籍出版社1983年版，第777页。

④ 方世举：《兰丛诗话》，郭绍虞编选：《清诗话续编》，上海古籍出版社1983年版，第777页。

⑤ 方世举：《兰丛诗话》，郭绍虞编选：《清诗话续编》，上海古籍出版社1983年版，第782页。

之类，觉填注之为赘。有不必言景而景自呈者，如‘江山有巴蜀’，‘花下复清晨’之类，觉刻画之为劳。”[①]由此不难体会其论诗的趣味所在。

通过方世举转述的片言只语，也可知道方观承论诗非常重视章法。如：“七律章法，宜田尤善言之。只就一首，如刘梦得《西塞山怀古》，白香山所让能，其妙安在？宜田云：前半专叙孙吴，五句以七字总括东晋、宋、齐、梁、陈五代，局阵开拓，乃不紧迫。六句始落到西塞山，‘依旧’二字有高峰堕石之捷速。七句落到怀古，‘今逢’二字有居安思危之遥深。八句‘芦荻’是即时景，仍用‘故垒’，终不脱题。此抟结一片之法也。至于前半一气呵成，具有山川形势、制胜谋略，因前验后，兴废皆然，下只以‘几回’二字轻轻兜满，何其神妙！”[②]还有一则方观承论七律的见解：“七律八句，要抟结完固，宛转玲珑，句中寓有层叠，乃妙。若只是四层，未见圆活，俗语所谓‘死版货’。”[③]桐城派本以文章名世，对文章要领，上至体制、结构，下至声气、色泽，都有自己一套学说。移用于诗学，就形成融文法入诗学的特色。方观承从方苞受古文义法，是桐城作家中运用文法来论诗的前驱。

桐城文法很重要的内容是句法论，方观承论诗也表现出对句法的细腻感觉。他甚至提出“句法要分律、绝”，举例说：“余尝为舟行诗，起句‘几层轻浪几层风’，自谓是绝句语，不合入律。”[④]笔者在前人诗论中还没见过类似的说法，很可能是方观承的独到见解，而且无疑是有见地的，方世举也不由得赞叹“宜田此见，鞭心入微”[⑤]。事实上，这类深入到句法层面的细致揣摩，正是桐城诗学的看家本领，自方拱乾一辈诗家就已注意到古诗铺排句与近体律句的差异。方观承尝举方拱乾批杜诗“是排句，不是律句”的例子，问方世举区别何在，世举答：“排句稍劲荡耳。”观承说：“匪惟是，音节承递间，读之自不可易。”方世举仅注意到句法给人的感觉，而方观承更感觉到两者声音和节奏的差异，由是方世举也不得不承认“子论更细”[⑥]。方观承还讨论到字法，指出：“《三百篇》之五言，如‘艳妻煽方处’，句眼在‘煽’字，此少陵字法之祖。”[⑦]方世举说：“余尝喜《考工记》每有一字而曲尽物理物情者，安得与宜田觌面缕指而共论之。”[⑧]然则方观承名义上从族父学诗，实际上两人的识见造诣常势均力敌，故论诗多得教学相长之乐。

中国古代的传统哲学，一向认为书不尽言，言不尽意，可以言说的内容都是粗浅的，真正精深的奥义概不可言说，故而论学最重视自家体认的功夫。桐城文学既以宗派承传树帜于文坛，自然重视学问传授中阅读体认的功夫。方观承论诗也不例

① 方世举：《兰丛诗话》，郭绍虞编选：《清诗话续编》，上海古籍出版社1983年版，第777页。
② 方世举：《兰丛诗话》，郭绍虞编选：《清诗话续编》，上海古籍出版社1983年版，第784页。
③ 方世举：《兰丛诗话》，郭绍虞编选：《清诗话续编》，上海古籍出版社1983年版，第784页。
④ 方世举：《兰丛诗话》，郭绍虞编选：《清诗话续编》，上海古籍出版社1983年版，第778页。
⑤ 方世举：《兰丛诗话》，郭绍虞编选：《清诗话续编》，上海古籍出版社1983年版，第778页。
⑥ 方世举：《兰丛诗话》，郭绍虞编选：《清诗话续编》，上海古籍出版社1983年版，第778页。
⑦ 方世举：《兰丛诗话》，郭绍虞编选：《清诗话续编》，上海古籍出版社1983年版，第777页。
⑧ 方世举：《兰丛诗话》，郭绍虞编选：《清诗话续编》，上海古籍出版社1983年版，第777页。

外，格外强调宋代理学家所讲究的涵泳体认功夫。方世举记其语云："少陵《梦李白》诗，童而习之矣。及自作梦友诗，始益恍然于少陵语语是梦，非忆非怀。乃知读古人诗文以为能解，尚有欠体认者在。"[①]又一则云："'习习谷风，以阴以雨。'妇值风雨而愁叹，只是触感生情耳。注云：'阴阳和而后雨泽降，犹之夫妇和而家道成。'妇人之见，岂暇出此？朱子释经，自应依理立论耳。"[②]其见解明显通达可取，难怪方世举也不由得称叹"其读书得间如此！"同时又遗憾"余亦有经史之探微索隐者，惜不能与之印正。今载在《家塾恒言》中"[③]。由诗话中转述的内容看，方观承与方世举之间，诗学商榷非常频繁，往往都附于书札后，若流传下来都会是桐城诗学的重要文献；即便是《兰丛诗话》中所存吉光片羽，也足以说明方观承是桐城派中融文法于诗学的开风气的人物，后来姚鼐及门人方东树《昭昧詹言》以文法论诗，实际是承传了方观承诗学之一脉。

方氏叔侄的诗论是桐城诗学发展史上承前启后的重要环节，起码具有两方面的历史意义：一是诗学的专门化——不是以古文家兼治诗学，而是以诗学专门名家，在古文传统之外亮出了桐城诗学的旗帜；二是确立以唐诗为宗的诗学观念，通过深入细腻的研究为桐城诗学打下深厚的学术基础。桐城诗学不同于其他地域的特点，一是有家族承传，二是以师生教学传授。在某些人物身上，这两个特点经常是交叉并存的。通过方观承记录方世举诗说，及《兰丛诗话》转述方观承的诗论，不难窥见方氏家族中相互切磋诗艺的风气及其传承意识之一斑。

[原载《安徽师范大学学报》(人文社会科学版)，2014年第6期]

① 方世举：《兰丛诗话》，郭绍虞编选：《清诗话续编》，上海古籍出版社1983年版，第777—778页。
② 方世举：《兰丛诗话》，郭绍虞编选：《清诗话续编》，上海古籍出版社1983年版，第778页。
③ 方世举：《兰丛诗话》，郭绍虞编选：《清诗话续编》，上海古籍出版社1983年版，第778页。

王国维与罗振玉之诗学关系

◆彭玉平

【关键词】王国维；罗振玉；诗学；词学；《咏史》；陆游

【摘　要】王国维与罗振玉因诗歌结缘，自此近乎一生的相知相守。对《咏史》组诗的赏识，奠定了王国维在罗振玉心中不可移易的地位。罗振玉的诗学根源于《毛诗序》，而涵养于杜甫、陆游二家诗，其崇尚真诚、雅正、自然，反对雕琢、应酬的文学观与王国维有着许多不谋而合之处。特别是对陆游诗歌的共同偏嗜，拉近了他们心性和诗学的距离。虽然陆游在王国维的词学谱系中介乎被极度推崇和极度贬抑之间，而未能彰显出特别的风采，但陆游的诗学实际上沉淀为王国维词学的一种底蕴。罗振玉的诗学在这一考察维度中显示出其重要意义。

1898年，王国维到上海任《时务报》书记，结识了罗振玉，后入读罗振玉主办的东文学社，又结识了罗振常、刘大绅、沈纮、樊炳清等人。此数人虽皆好诗词，但除罗振玉、刘大绅创作较多外，其余均属偶尔为之，难称专精，似也都无意往这方面安排更多的精力。此数人都活跃在王国维填词创作的高峰时期和词学观念的形成时期，所以彼此的共读、诗词唱和、词学商讨对王国维词学思想的形成具有重要意义。罗振玉在王国维学术生命中的重要地位已经得到学术界的充分认同，但这种认同更多地集中在传统经史、金石文字等研究方面。他们莫逆于心，倾盖谈学，欢若平生。至于在诗学思想上，罗振玉与王国维有过怎样的交流，却一直未引起学界足够的重视。虽然这种诗学交往在王国维早年的词学形成过程中未必能起到决定性的作用，但彼此的影响应该是客观存在的。

一、王国维的《咏史》绝句与罗振玉的惊为“伟器”

罗振玉“认识”王国维的特异之处正是通过诗歌。罗振玉在《海宁王忠悫公传》中说：“……戊戌夏，遂立东文学社……公来受学。时予尚未知公，偶于其同舍生扇头读公《咏史》绝句，乃知为伟器，遂拔之侪类之中。”[①]罗振玉的这一说法得

① 谢维扬、房鑫亮主编：《王国维全集》第20卷，浙江教育出版社2009年版，第228页。

到了王国维东文学社同学樊炳清的佐证，樊炳清在《王忠悫公事略》中也说："时上虞罗叔言参事（振玉）设东文学社于上海……公来受学。参事见其《咏史》诗，大异之，许为大器，力拔之于庸众之中。"[①]王国维的《咏史》绝句有20首之多，大致作于1898至1900年间。今上海图书馆藏有《高啸桐友朋书札》，其中存有王国维诗函一通，即用东文学社印格子纸誊录全部《咏史》绝句20首。诗末王国维记云："庚子三月，以事留滞武林，病风苦咳，不能读书，辄拈笔咏古，得二十绝句，录呈啸桐先生正。王国维草。"[②]庚子（1900）三月，当是此组诗的定稿时间。识语中所谓"拈笔咏古，得二十绝句"，也只是绾合数年间咏史所得诸绝句而言。以此而言，《咏史》组诗当主要创作于上海、杭州二地，而罗振玉在1898年所见题于扇面者，只是先期写作者，当时组诗或尚未完成。

那么，究竟是哪一首诗歌引起了罗振玉的注意呢？樊炳清与罗振玉文皆未言其详。倒是赵万里在《王静安先生年谱》说出了具体情形，其语云："……时同学仅六人，罗先生偶于其同舍生扇头，读先生《咏史》绝句有'千秋壮观君知否？黑海西头望大秦'之句，乃大异之。"[③]赵万里编订年谱，对罗振玉多有征询，此所记之事或听闻于罗振玉。

"千秋"二句（按："西头"应作"东头"）出于《咏史》组诗第12首，前二句是"西域纵横尽百城，张陈远略逊甘英"。罗振玉何以"大异"此诗，并由此看出王国维的"伟器"之质呢？此诗前二句比较张骞、陈汤与甘英在沟通汉朝与西域关系中的谋略与贡献大小，甘英作为西域都护班超的掾吏曾出使大秦，虽因海域辽阔、天气恶劣而未至大秦（即罗马帝国），但亦曾抵达临近的波斯属国条支（即今伊拉克），而张骞、陈汤虽也有西征匈奴的经历，但其谋略不过区区西域百城。论其远略，张骞和陈汤自是逊色于甘英。后两句极写甘英东望大秦国时怅然但不失威武之姿乃千秋以来最为壮观的景象。王国维写作此诗的意图当是以汉代的强盛与汉代帝王的雄才大略来映衬当今备受西方列强凌辱的现实以及清季柔弱的帝王和国民心态。

要明确这一层意思，可以对勘组诗的第18、19首："五国冰霜惨不支，崖山波浪浩无涯。当时国势陵迟甚，莫怪诸贤唱攘夷。""黑水金山启伯图，长驱远蹠世间无。至今碧眼黄须客，犹自惊魂说拔都。"前首言宋朝国势衰颓，故而士大夫高论攘夷；后首称赞蒙古西征乃当时绝无仅有的宏伟霸业。王国维在将组诗抄赠高啸桐时曾在第18首诗下附注云："尝谓国势愈弱，则恶外人愈甚。宋人甚恶外人，汉、唐、元盛时不然。国朝嘉、道后始恶外人，康熙间不然。"[④]王国维将国势的强弱与对外人的喜恶直接对应起来，也许显得简单，但王国维应是针对当时国人对西方文化的抗拒排斥心态而言的，王国维从历史发展的规律中发现了对待外人的好恶往往体现

① 谢维扬、房鑫亮主编：《王国维全集》第20卷，浙江教育出版社2009年版，第224页。
② 谢维扬、房鑫亮主编：《王国维全集》第14卷，浙江教育出版社2009年版，第620页。
③ 谢维扬、房鑫亮主编：《王国维全集》第20卷，浙江教育出版社2009年版，第408页。
④ 谢维扬、房鑫亮主编：《王国维全集》第14卷，浙江教育出版社2009年版，第620页。

出国家的气度，而这种气度又直接带来国家的盛衰变化。王国维极力称颂汉代甘英的远略，深层的时代内蕴正在晚清这里。因为他自称正生活于一个“欲从鸿鹄翔，铩羽不能遽”“我身局斗室，我魂驰关山”[①]的时代，所以对于“飞扬”的时代和“飞扬”的人物，才如此充满着渴望。罗振玉的“大异”很可能是从年轻而简默的王国维身上居然看到了一种难得的穿越历史时空的锐利之眼、涵括心胸和豪迈气魄，此绝非平常胸襟所能及，故由此看出了王国维之“伟器”潜质。

此诗被罗振玉“发现”后，很可能鼓舞了王国维续写《咏史》组诗的信心。1900年3月完成《咏史》20首之后，王国维除了写赠一份给高啸桐之外，当同时也受嘱将全诗20首写赠罗振玉。所以，1928年11月《学衡》第66期首次发表此组诗时便特别在“编者识”中说明是“辗转得之罗叔言先生”，并称其议论“新奇而正大”。但令人困惑的是，何以为罗振玉如此叹赏的《咏史》组诗，既未入《静安文集》中的《静安诗稿》，也未入后来编订的《观堂集林》？是王国维的历史观后来有了较大的变化，还是这种以议论为主要方式的诗歌不符合王国维追求真景物、真感情交融的诗歌境界？此一时难以追索清楚了。但罗振玉的“大异”使得王国维从此在罗振玉的心中具有了他人难以企及的地位，“厥后所致，公靡不从”[②]，罗振玉与王国维从此开始了一生难以分隔的学术因缘。1925年，罗振玉60寿辰，王国维赴天津祝嘏，其寿诗便有“卅载云龙会合常”之句，概写两人近30年之交谊。同时，在东文学社开学月末后的“甄别”考试中，王国维虽未能及格，按例不能继续学习，但因为有罗振玉的别具青睐，并向藤田丰八说项，遂仍许入学。

王国维在外出闯荡之初、籍籍无名之时能得到罗振玉如此嘉许，知遇之感自然是十分强烈，所以在戊戌（1898）四月所写《杂诗》之三便有“豫章生七年，荏染不成株……匠石忽惊视，谓与凡材殊”之句，或即在文字隐约之间涵括了这一段因诗歌而结下的因缘。罗振玉也曾追忆说：“（王国维）并赠予诗，有‘豫章生七年，荏苒未成株……匠石忽惊视，谓与凡材殊’之语，以志知己之感。予固非匠石，而公则楠梓也。”[③]戊戌变法失败后，王国维将此《杂诗》三首抄寄时在淮安省亲的罗振玉，罗振玉曾当着罗振常面对王国维“称许甚至”[④]。盖不仅因为此三诗所抒发的情感有与《咏史》可相通者，而且当与其中包孕着罗振玉与王国维的这段相知故实有关。

二、罗振玉与王国维诗学之契合

罗振玉本人对哲学、文学研究兴趣淡薄，但罗振玉对王国维的这种研究嗜好并

① 陈永正：《王国维诗词笺注》，上海古籍出版社2011年版，第22—24页。

② 谢维扬、房鑫亮主编：《王国维全集》第20卷，浙江教育出版社2009年版，第224页。

③ 陈鸿祥：《王国维与文学》，陕西人民出版社1988年版，第10页。

④ 罗振常：《观堂诗词汇编》批语，转引自陈鸿祥《王国维与文学》，陕西人民出版社1988年版，第10页。

不干涉。罗继祖说："观堂治西洋哲学，治倚声，治词曲皆与祖父异趣，但祖父从无间言。"[①]此在王国维辛亥东渡日本前，确乎如此。除了让王国维为其主办的《农学报》和《教育世界》或译述或撰述专论之外，罗振玉因为觉得王国维的不同凡响和卓异之姿，只是"为赡其家，俾力学无内顾忧"[②]而已，这种缟纻之交投分匪浅，体现了罗振玉对王国维学术取向的充分尊重。

但罗振玉的诗学素养其实也堪称深厚的。据罗振玉自述，他6岁即入塾受读《毛诗》，塾师仅授章句，而罗振玉当时未明其义。8岁时侧闻塾师为其长兄讲授，始粗明训诂，对《毛诗序》述及诗教之兴与诗歌之体用关系有所感悟。12岁时，其师罗彦林授读《唐诗三百首》，罗振玉发现唐诗与《毛诗序》所论诗旨"合者一二，不合者恒七八"，其间种种疑问，罗振玉曾求教罗彦林，但罗彦林以"大其问"而未为其解惑。罗振玉转问其父，其父有一番教诲，曾影响罗振玉一生的诗学取向。罗振玉晚年回忆说：

> 予讶其不见答，灯下以语先大夫。先大夫曰：师大汝问而缓其答是也。因取案上《浣花》《剑南》两集以赐，曰：汝读此，久自得之。予受两集，昕夕披览不去手，久乃返而观之师所授，乃恍然曰：古今立辞之得失，殆诚与伪所由分欤？古人本乎性情之正，为身世遭遇所感触而倾吐其胸中所蓄，其立言也。诚后世则以此为羔雁充行卷应制科，否则亦以博风雅之名，故模袭前人，依傍门户第，求工拙于字句之间，争得失于声调之末，情不发乎中而出于外，袭此所谓伪也。今读《浣花》《剑南》诗，所谓别裁伪体、亲风雅与古者六义四始之旨，古今出一辙矣。[③]

从这一节文字可以看出，罗振玉的诗学根柢于《毛诗序》，讲究性情之雅正和真诚，反对模拟、应酬、雕琢的文学。这从其将杜甫"致君尧舜上，再使风俗淳"和陆游"外物不移方是学"列为"最服膺之章句"[④]，即可见其诗学的思想宗旨。而《唐诗三百首》因包罗有唐一代，且作者各异，性情思想时有逸出儒家诗教之外者，故为少年的罗振玉所困惑。而其尊人令其阅读的杜甫、陆游两家诗，恰是在精神旨趣上主要承续《毛诗序》诗学一脉。所以罗振玉的诗学思想应该在其16岁前后便已大体成型。罗振玉晚年为长孙罗继祖特编《杜诗授读》《陆诗授读》，以传承其诗学，更可见其少年诗学生命力之强固。

罗振玉根柢于《毛诗序》、涵养于杜甫与陆游两家诗歌而形成的诗学倾向，是否对王国维形成了直接的影响？此虽殊难确断，但也应具一定的考察空间。王国维在

---

① 罗继祖：《我的祖父罗振玉》，百花文艺出版社2007年版，第328页。
② 谢维扬、房鑫亮主编：《王国维全集》第20卷，浙江教育出版社2009年版，第228页。
③ 罗振玉：《雪堂自述》，江苏人民出版社1999年版，第158—159页。
④ 罗振玉：《雪堂自述》，江苏人民出版社1999年版，第159页。

《人间词话》中主张词人应该不失其“赤子之心”，他推崇李后主的原因固然理出多源，但李后主因为“阅世浅”而带来的“性情真”是带着根本意义的。[①]其境界说的阐释理路也容有多端，但“真景物”与“真感情”始终是其底蕴所在。而“大家之作”的基本特征就是“所见者真，所知者深”。当然，相形之下，王国维的理论要更自觉，更深邃，更有层次，也更具体系性。如罗振玉只是强调诗歌创作“为身世遭遇所感触，而倾吐其胸中所蓄”，此在王国维的语境中只不过是“有我之境”而已，而“无我之境”才是王国维更高远的理论追求。所以，他在《人间词话》中比较李后主与宋道君的词时，认为“道君不过自道身世之戚，后主则俨有释迦、基督担荷人类罪恶之意，其大小固不同矣”。很显然，在罗振玉那里尚显得单一或笼统的身世之感，在王国维的笔下就有了人生境界的大小之分。在艺术表现上，罗振玉只是简单地认同修辞立诚以一倾胸中磊块。而王国维则讲究在表达人生自然之“生气”之外，更要表达超越具体人事的“高致”，“言外之味”“弦外之响”是王国维衡量第一流诗人的重要尺度之一。

此外，罗振玉反对把诗歌作为“羔雁”，或谋求利益，或博取名声。反对模仿和雕琢之风。这些主张都在王国维的《文学小言》和《人间词话》等著作中有鲜明的反映。如《文学小言》第13则就把唐中叶以后的诗和南宋之后的词称为“羔雁之具”，第17则直言“以文学为职业，餔啜的文学也”，第1则也认为哲学与文学在“一切学问”中是唯独不能“以利禄劝”的，第2则也说：“个人之汲汲于争存者，决无文学家之资格也。”这些都是追求纯粹文学的言论，与罗振玉之说契入针芥。至《人间词话》反对隶事之句与粉饰之字以及写景言情之隔，也都是反对雕琢之意。王国维曾在前人相关论说的基础上提出过“一代有一代之文学”之文体发展与更替理论，这一理论的形成当然也有很丰富的解读理路，但不可否认的是，文体发展到一定阶段，“染指遂多，自成习套”，模仿也就变得不可避免，而带着模仿和雕琢特点的文学常常渐失真性情，只能以“羔雁”的身份装点门面之时，其生命的光彩也就十分黯淡了。

王国维早年论文学，极重人格人品。其《文学小言》即提出“无高尚伟大之人格而有高尚伟大之文学者，殆未之有也”之说，将人格置于文学天才的基石位置。《人间词话》评说永叔、少游与美成词，虽同作艳语，但有淑女与倡伎之别。又说读东坡、稼轩词，须观其雅量高致，等等。这些都体现出王国维将词人品格胸襟置于非常重要的地位。罗振玉对王国维品格的极度欣赏也屡曾表述。如他在《五十日梦痕录》中说：“予与王静安征君（国维）交亦十有八年。君博学强识，并世所稀，品行峻洁，如芳兰贞石，令人久敬不衰。”[②]

关于以上的这些话题，究竟是罗振玉影响到王国维，还是王国维影响到罗振

① 参见王国维著，彭玉平评注：《人间词话》，中华书局2010年版，第24—25页。本文凡引用《人间词话》均出此本，不另注。

② 罗振玉：《雪堂自述》，江苏人民出版社1999年版，第88页。

玉？现在因为文献的缺乏而无法得出明晰的结论，但至少这种在对纯文学的坚持上，罗振玉与王国维具有极大的相似性。这种文学观念的相似性无疑对王国维在理论上的坚守具有一定的作用。

三、“宵深爱诵剑南诗”：罗振玉与王国维的陆游情结

关于杜甫的话题，罗振玉除了晚年曾为长孙罗继祖编过一本《杜诗授读》，便是前引《陆诗授读·序》中一番兼谈杜甫与陆游的话题比较集中了。从罗振玉一生诗歌创作的情况来看，其言诗学源流虽是杜甫、陆游并提，但其实更为服膺陆游，因此一度自号“陆庵”。晚年作《心身》诗，仍有“焚香远悼龟堂叟，此老平生最服膺”之句，“龟堂”乃陆游晚年自号。又《读渭南诗》云：“放翁余事作诗人，梦想中原瘁此身。老学庵成祠禄罢，江山半壁太平民。”自注：“放翁有‘生长兵间老太平’句。”或许只是陆游不息的民族情感和爱国情怀感染了罗振玉一生。罗振玉最早作诗之年已难确考，晚年成诗集《辽海吟》时，有小序云：“予不工韵语，少日所作，辄随手弃去。”[①]“不工韵语”是罗振玉晚年对自己的基本定位，其早年诗作随手弃去，大概也是这种心态所致。现存罗振玉诗歌从1891年之后始多。与王国维早年沉浸在哲学文学之中不同，罗振玉十多岁时就对碑帖金石文字深感兴趣，19岁成《读碑小笺》一种，其序即自称“夙嗜金石之学”，虽然罗振玉在此后的学术研究中领域不断拓展，但这个金石之“嗜”也一直是通贯罗振玉一生的。除此之外，罗振玉早年花费很多精力在兴办农学和教育等方面，所以虽偶有诗作，但就诗学理论而言，确实是不遑多顾的。

关于陆游的话题，罗振玉与王国维应该有过深度的交流。刘蕙孙《我所了解的王静安先生》曾记云：

> 静安先生本来就好写诗。对陆游诗下了很深的工夫。罗雪堂先生曾拿一部普通木刻本的《剑南诗钞》给我看，说是静安先生送他的。末页有静安先生亲笔题诗。末二句是：“一事与君同一辙，深宵爱读剑南诗。”今诗收王集中。[②]

今检《静庵藏书目》，列有汲古阁本初印《剑南诗稿》四十本，接下便是“又《诗钞》八本”[③]。这八册本“诗钞”当是《剑南诗钞》的简称，王国维未注明版本，或许是康熙二十四年（1685）武进杨大鹤选的《剑南诗钞》。书目中一人作品而存两种版本的情况，似不多见，陆游而外，仅有关于杜甫的《读书堂杜诗注》《玉勾草堂杜诗》与关于黄庭坚的《山谷全集》《山谷文集》各两种。而杜甫与陆游正是罗

---

① 罗振玉：《雪堂自述》，江苏人民出版社1999年版，第164页。

② 袁英光选编：《王国维学术研究论集》第三辑，华东师范大学出版社1990年版，第461页。

③ 谢维扬、房鑫亮主编：《王国维全集》第20卷，浙江教育出版社2009年版，第143页。

振玉与王国维共同推许的诗人。王国维既将《剑南诗钞》持赠罗振玉，又专门题诗留念，则两人之间关于陆游的话题在20世纪初一定是经常性的。

其实，罗振玉尊人特别重视陆游也并非完全是一种个人的爱好，而是大体延续了清人前后相承的诗学源流，特别是明末清初因为宋诗的重受关注，陆游成为其中最为特出者。贺裳《载酒园诗话》说："天启、崇祯中，忽崇尚宋诗，迄今未已。究未知宋人三百年间本末也，仅见陆务观一人耳。实则务观胜处，亦未能知，止爱其读之易解，学之易成耳。"[①]贺裳主要是批评当时崇宋诗风气中片面追求易解易成的倾向，不遑说宋诗本原尚未悟得，即陆游胜处也未能了解。但贺裳所论客观上反映了陆游在明末诗学转向中的特殊意义。以此而言，李振裕说清初诗坛"《渭南》《剑南》遗稿家置一编，奉为楷式"[②]的情形应该是可信的。

当然，在师法陆游的潮流中，是择取其宋调，还是倾慕其唐风，其间差异因时因人而异，未可一概而论。据蒋寅考察，明末清初崇尚陆游诗风与钱谦益的鼓吹密切相关，而钱谦益又深受程孟阳的影响。从明末天启到清初康熙这一百多年间，陆游在这股崇宋诗风中，其地位堪与苏轼比肩，甚至在一定时期超出苏轼之上。[③]钱谦益由明入清，虽在政治上做了所谓的"贰臣"，但在诗学上的影响却一时称最。而陆游的诗歌既有闲适细腻、曲折隽永的情趣，更有慷慨悲凉、恢复中原的壮志。作为贰臣的钱谦益显然要更为侧重后者以曲写心志，陆游正是在这种诗学和政治的双重选择下异军突起了。清代诗学在康熙之后虽然有了新的变化，但晚清宋诗派的再度勃兴，兼之中外矛盾、民族问题日趋尖锐，也使得陆游在这股风气中重新出现在诗人面前。罗振玉尊人推崇陆游，也可以从这些诗学、政治、社会的多重维度去考察，他嘱罗振玉读杜甫和陆游两家诗，也是因为此二家诗与《毛诗大序》所论宗旨颇为契合之故，而罗振玉读后的感觉正是杜甫、陆游两家诗"别裁伪体亲风雅""与古者'六义''四始'之旨，古今出一辙矣"，则罗振玉与其尊人诗学思想固是一脉相承的。

刘蕙孙说王国维对陆游诗很是下过一番工夫，大致是合乎事实的。赵万里也说《静安诗稿》中的诗"闲淡平实处，亦与放翁相近"，又说《题友人小像》中"差喜平生同一癖，宵深爱诵剑南诗""盖自道也"。[④]今传静安诗稿中颇多化用剑南之诗者。如《杂感》诗有"驰怀敷水条山里，托意开元武德间"之句，其句式即本于陆游《出游归鞍上口占》"寄怀楚水吴山里，得意唐诗晋帖间"。而"敷水条山"之语也出陆游《睡起已亭午终日凉甚有赋》之"颇闻王旅徂征近，敷水条山兴已狂"。敷水与中条山均为古代隐者栖居之地，这一意思王国维在第二首的结尾再度表述了。赵万里提到的《题友人小像》即王国维书于所赠罗振玉之《剑南诗钞》末页者，后

① 郭绍虞编选：《清诗话续编》，上海古籍出版社1983年版，第453页。
② 李振裕：《新刊范石湖诗集序》，《白石山房集》卷十四，康熙间香雪堂刊本。
③ 蒋寅：《陆游诗歌在明末清初的流行》，《中国韵文学刊》2006年第1期。
④ 袁英光：《王国维学术研究论集》第三辑，华东师范大学出版社1990年版，第320页。

诗题易为《题友人三十小像》（二首），此二诗一度为萧艾等疑为题赠友人陈守谦[①]。但此诗作于光绪二十五年（1899），陈守谦大王国维5岁，时年不过27岁，不应先有此“三十小像”。罗振玉生于1866年，时年虽已33岁。但此“三十小像”很可能是罗振玉1896年初抵上海时所摄影，以作三十留念。罗振玉长孙罗继祖曾亲见罗振玉的三十小像，手持一枝兰花，只是此像今已不存了。[②]1898年罗、王相识相知后，王国维既有诗赠罗振玉，罗振玉将数年前摄之小像请王国维题诗，也是完全合乎情理的。所以虽然题诗之时，罗振玉已过三十，但小像摄于30岁之时，这大概是此二诗的创作因缘所在。王国维后来将题诗之一抄录在持赠罗振玉的《剑南诗钞》末页，已足见此诗乃为罗振玉而写的了。二诗除了表示两人在“几看昆池累劫灰，俄惊沧海又楼台”的动荡之世，希望他年相邻卜居，以忘怀尘世之忧的心愿之外，对罗振玉高出侪辈的才华也极致称扬。当然其中更值得注意是两人深宵诵读陆游诗的相同之“癖”，可见陆游确实是王国维与罗振玉彼此相契的重要因缘。

四、陆游在王国维词学中的边缘地位

王国维虽然“宵深爱诵剑南诗”，但他对陆游的喜欢只是限于诗歌而已，而且这种喜欢更多地停留在对陆游创作风尚的追求上面，似乎并没有维持太久。1906年，王国维在《文学小言》中称屈原、陶潜、杜甫、苏轼为天才文学家，而陆游不与焉，述及宋代诗人，苏轼之下，也只是提及黄庭坚。显然，陆游并没有因为王国维早年的喜欢而入选到第一流诗人的行列。

在词学方面，陆游的地位也一直不高，属于总体被忽略的词人之列。1905年，王国维批点《词辨》，在跋文中列举所喜欢的南宋词人也仅有辛弃疾一人。1906年，王国维在代笔的《人间词甲稿序》中直言“于南宋除稼轩、白石外，所嗜盖鲜矣”，陆游根本未被提及。《乙稿序》同样没有出现陆游的名字。

在《人间词话》中，陆游依然十分边缘，属于既非高度揄扬的词人，亦非痛加贬抑的词人。提及陆游者有两处：一处批评陆游词“有气而乏韵”，因此而无法与稼轩抗衡；一处引用陆游《花间集·跋》，认为其云晚唐五代诗格愈卑而词道渐尊，是属于文体选择上的“能此不能彼”。王国维显然是认同陆游的这一文体升降理论，为此对《四库提要》非议陆游此论表示不能认同。此外，提及陆游的就是《桂翁词跋》了，其语云：“有明一代，乐府道衰……独文愍（夏言）以魁硕之才起而振之，豪壮典丽，与于湖、剑南为近。”[③]综合而言，王国维对陆游词的精神气格应该是欣赏的，只是对其未能将这种气格用富有韵味的艺术方式表现出来表示了遗憾；对陆游豪壮典丽的词风，应该也是认同的，但豪壮典丽毕竟无法完全契合他的词学立

---

① 陈永正：《王国维诗词笺注》，上海古籍出版社2011年版，第35页。

② 罗继祖：《我的祖父罗振玉》，百花文艺出版社2007年版，第245页。

③ 王国维著，彭玉平评注：《人间词话》，中华书局2010年版，第228页。

场，所以这种认同是有限度的。以上两点使得陆游在王国维的词学体系中无法占据核心的地位，因为王国维的词学主要是在两极词人——极度揄扬的李煜、秦观等与极度贬抑的吴文英、张炎等之中展开，而陆游介乎其中，或破或立都难以涉及，这应该是陆游游离在王国维词学中心的原因所在。但对陆游文体观的赞同则与王国维文体发展观念密切相关，在《国粹学报》本《人间词话》中，引述陆游《花间集·跋》为第53则，而第54则即是他论“一切文体始盛终衰者”的规律和原因，以此可见陆游文体升降理论对王国维的潜在影响。

关于王国维的词学渊源，就“词学”一端来溯源，当然是最为切近的，所以樊炳清、罗振常、吴昌绶等与王国维的词学因缘，更具有直接考量的空间，特别是罗振常对《人间词乙稿序》的批注、吴昌绶与王国维关于《人间词话》的往返商榷等，可见出王国维词学与周边友人之间的密切关系。但词学与诗学，除了文体形态方面的差异，其在审美观念上的离合之处，也同样值得关注。事实上，《人间词话》手稿的开篇即是将《诗经·蒹葭》与晏殊“昨夜西风”数句对照而论，从而揭示诗之“洒脱”与词之“悲壮”的不同。[①]而整部《人间词话》，诗词对勘更是王国维的基本思路，其相关“词学”理论有不少即来源于“诗学”之支撑。如其论“无我之境”，赖以立说的句例就是陶潜的“采菊东篱下，悠然见南山”与元好问的“寒波澹澹起，白鸟悠悠下”，等等。凡此足以见出诗学在王国维词学中的重要意义。罗振玉与王国维的诗学因缘在这样的学术背景中，其价值是毋庸置疑的。

[原载《安徽师范大学学报》(人文社会科学版) 2014年第1期]

① 彭玉平：《人间词话疏证》，中华书局2011年版，第85页。

唐诗名篇零札

◆刘学锴

【关键词】唐诗；名篇；笺释

【摘　要】唐诗不少名篇在历代的校注、评赏过程中存有误校、误解情况。本文择其要者，结合版本、史实、诗歌主旨及艺术特征等进行考释和匡正。

魏征《述怀》

“还惊九折魂。”折，《全唐诗》校：“一作逝。”或引《楚辞·九章·抽思》“惟郢路之辽远兮，魂一夕而九逝”之句以及与“魂”字相连，以为作“逝”较妥。按：此句有“惊”字，下句云“岂不惮艰险”，则“惊”自指因道路之艰险而惊魂。“九折”用《汉书·王尊传》：“上以尊为郿令，迁益州刺史。先是，琅邪王阳为益州刺史，行部至邛崃九折坂，叹曰：‘奉先人遗体，奈何数乘此险！’后以病去。”上文有“郁纡陟高岫”之句，故此云“还惊九折魂”，下云“岂不惮艰险”，一意贯串。如曰“九逝魂”，则是怀想故国旧都之意，与上下文均不相涉。又，此诗“慷慨志”“国士恩”六字，一篇主意。

王绩《野望》

“相顾无相识，长歌怀采薇。”或谓《采薇》系用《诗·召南·草虫》“陟彼南山，言采其薇。未见君子，我心伤悲”或《诗·小雅·采薇》“采薇采薇，薇亦作止；曰归曰归，岁亦莫止。靡室靡家，猃狁之故，不遑启居，猃狁之故”，借以抒发隋末动乱年代彷徨无依的苦闷。按：“采薇”一般多用《史记·伯夷列传》“武王已平殷乱，天下宗周。而伯夷、叔齐耻之，义不食周粟，隐于首阳山，采薇而食之”之事。王绩是著名的隐逸诗人，此诗用“采薇”典，自系夷齐高隐事。其《山家夏日九首》之五“不特嫌周粟，时时须采薇”亦用夷齐事，可以类证。但此诗写景所显现的乃是和平宁静、悠闲不迫的情调氛围，殊无作者在《薛记室收过庄见寻率题古意以赠》一诗中所追忆的“伊昔逢丧乱，历数闰当馀。豺狼塞衢路，桑梓成丘墟”之惨相，故诗未必作于隋末动乱年代。用夷齐采薇典，亦可说明诗当作于易代之后，但看不出有“耻事新朝”之意，所谓“长歌怀采薇”，殆为抒发隐逸高致或对隐逸高士的怀慕向往。吕才《王无功文集序》云：“君河中先有渚田十数顷，颇称良沃。邻渚又有隐士仲长子光，服食养性。君重其贞洁，愿与相近，遂结庐河渚，纵意琴酒，庆吊礼绝，十有馀年。”怀采薇，也可能包含对仲长子光这样的高隐的怀慕。诗可能作于晚年归隐龙门期间（贞观十三年至十八年）。此时离唐代建国已二十多年，政治经济显现兴盛景象。他在《答处士冯子华书》中说：“乱极治至，王途渐亨，天灾不行，年谷丰熟。贤人充其朝，农夫满于野。吾徒江海之士，击壤鼓腹，输太平之税尔。帝何力于我哉？”可见在新朝治世当一名自适其适的隐士，正是他晚年的人生追求。这首诗所描绘的秋日乡野景物，充溢着一种和平宁静的田园牧歌式情调和对隐逸高致的向往，正是诗人当时心情的写照。尽管由于“所嗟同志少，无处可忘言”（《春庄走笔》），有时不免感到孤寂，“徙倚欲何依”“相顾无相识”等句，正流露了缺乏同道的惆怅。

王勃《山中》

高步瀛《唐宋诗举要》卷八谓“此疑咸亨二年寓巴蜀时作（见《春思赋》），故有‘长江悲已滞’之句”。按：王勃总章二年（669）五月游蜀，至咸亨二年（671）夏犹在梓州，有《梓潼南江泛舟序》署“咸亨二年六月”可证。然是年九月已归长安，有《为霍王祭徐王文》。此诗有“况属高风晚，山山黄叶飞”之句，时已深秋，故可证此诗非咸亨二年寓巴蜀时作，而系此前一年，即咸亨元年闰九月在蜀中作。其《别人四首》之一云：“久客逢馀闰，他乡别故人。自然堪下泪，谁忍望征尘！”之四云：“霜华净天末，雾色笼江际。客子常畏人，何为久留滞？”与《山中》时令相同，内容亦近似，当同时作。“悲已滞”之“滞”即“久留滞”之“滞”。

宋之问《寒食还陆浑别业》

诗有“旦别河桥杨柳风，夕卧伊川桃李月”之句。或谓此“河桥”即河南府孟县南富平津上之黄河浮桥。按：自洛阳还陆浑山中之别业不经孟津桥。陆浑在洛阳之西南，孟县在洛阳之东北，方向正相反。此“河桥”当泛指洛阳城中跨洛水所建之桥，“旦别河桥”即旦别洛阳之意。

张说《幽州夜饮》

诗云：“凉风吹夜雨，萧瑟动寒林。正有高堂宴，能忘迟暮心？军中宜剑舞，塞上重笳音。不作边城将，谁知恩遇深！”唐玄宗开元六年至七年，张说任幽州都督、河北节度使，诗当作于六年秋冬间。此诗多遭明、清选家误解，以为张说“有不乐居边意”，尾联乃“自宽之词”（唐汝询《唐诗解》），“此诗毕竟非忠厚和平之什”（徐增《而庵说唐诗》卷十三），甚至说“边塞之地，迟暮之年，风雨之夜，如此苦境，强说恩遇，其心伪矣”（顾安《唐律消夏录》）。虽周珽、沈德潜持正面评价，但不为人所注意。实则此诗颇见诗人之襟怀品格，诗亦沉雄悲壮，骨气端翔，洵为盛唐正音。《旧唐书·张说传》：“始玄宗在东宫，说已蒙礼遇。及太平（公主）用事，储位颇危。说独排其党，请太子监国，深谋密画，竟清内难，遂为开元宗臣。”开元元年十二月，因与姚崇不叶，出贬相州，迁岳州。但四年末姚崇罢相后不久，即迁荆州大都督府长史，重新起用。六年二月，又迁幽州都督、河北节度使，委以安定东北边防之重任，“前后三秉大政，掌文学之任凡三十年”。故无论从玄宗与张说的长期关系看，或贬官后重新起用委以安边重任看，诗中所谓“恩遇深”，当是出于真情实感，而非“自宽之词”，更非伪饰之言。说在幽州，“一年而财用肃给，二年而蓄聚饶羡，军声武备，百倍于往时矣”“自受命处此，声振殊俗，终公之代，不敢近边”（孙逖《唐故幽州都督河北节度使燕国文贞公遗爱颂并序》）。可见他确是将幽州之重任作为玄宗的恩遇而黾勉尽力的。诗中的“迟暮心”，既含“惟草木之零落兮，恐美人之迟暮”“老冉冉其将至兮，恐修名之不立”之慨，亦包“老骥伏枥，志在千里。烈士暮年，壮心不已”之意，故说“能忘迟暮心”，盖以此自励。诗中渲染幽州夜饮的氛围，萧瑟中具阔大峭劲、悲壮慷慨之致，正为全篇主意“不作边城将，谁知恩遇深”蓄势，盖谓不亲任边城主帅，深感身系边境安宁，又焉能深切体会君主的恩遇之深。这种基于实践的深刻感悟以深婉和平语调道出，倍感其情感的深挚厚重。

王翰《凉州词》

“欲饮琵琶马上催”，或因下有“沙场”“征战”字而解“催”为催征人出征者，当非。此承上句“葡萄美酒夜光杯”及此句句首“欲饮”，指催饮。琵琶马上之乐，旋律多急骤奔放，军中宴饮而奏琵琶，盖以侑酒助兴。李白《襄阳歌》：“车旁侧挂一壶酒，龙管凤笙行相催。”刘禹锡《洛中送韩七中巫之吴兴口号》：“今朝无意诉离杯，何况清管急弦催。”此二诗之“催”字均催饮之意，可以类证。此诗意蕴，自沈德潜解为“故作豪饮之词，然悲感已极”（《重订唐诗别裁集》）以来，颇多赞同者。然视通篇情调，实为酒催豪饮而发豪情作豪语，“醉卧沙场君莫笑，古来征战几人回”，神情口吻是视战死沙场为长眠醉卧，视“古来征战几人回”为常事而坦然面对。盛唐诗人对战争的艰苦和牺牲往往不是回避和无奈，而是将其诗化和浪漫化，这正是那个国力强盛、国威远扬、爱国精神和民族自豪感得到充分发扬的时代的产物。“孰知不向边庭苦，纵死犹闻侠骨香”（王维《少年行》）、“羌笛何须怨杨柳，春风不度玉门关”（王之涣《凉州词》）和“醉卧沙场君莫笑，古来征战几人回”正是同一典型音调，与“伏波惟愿裹尸还，定远何须生入关”（李益《塞下曲》）同一豪概。

王维《终南山》

此诗曾被作为王维创造性地运用中国画特有的透视法，用诗的语言同时表现三远（高远、平远、深远）的范例，从仰观、俯瞰、回望、入看等不同的视角，分别描绘终南山的高峻、绵延、阔大深远、岚霭变化（指前三联）。但细味前三联，诗人的视角虽有变化，但观察景物的位置（即立足点）却始终是在山顶上。首联出句“太乙近天都”是在山顶上仰望而感到峰与天连（即所谓“去天不盈尺”），非在山下仰望。“连山到海隅”更明显是在山顶上向东极望，而有“颠连直接东溟”之势。颔联出句“白云回望合”是在山顶上向下看，但见白云四面围合，自己所处的山峰如孤峰在云海中耸峙，对句“青霭入看无”是说此前在山下看到的笼罩在山上的淡青色雾霭（因云雾笼罩青山，故呈淡青色），到进入山中，登上山顶时却看不到了，见到的只是白云四合（青霭已化为白云）。其中虽也包含了对此前山下所见景象的回忆，但诗人此刻的立足点仍在山顶。腹联“分野中峰变，阴晴众壑殊”自是身处中峰之巅，所见终南山千山万壑，分属不同星宿分野，山之南北，阴晴各异的景象。总之，前三联均为登上峰顶时仰观远望俯瞰时所见不同景象，视点虽异，位置则一。只有尾联才写到下山途中所见景象。弄清这个固定的立足点，才不至于感到前三联之诗人观察景物似毫无次第可言。

王维《汉江临泛》

题内“泛”字《瀛奎律髓》作“眺”。或有据此后出之孤证而改者。按：“临”有面对之义，细味此诗腹联，所写当为临流泛舟所见之景，而非登高览眺所见。且王维诗诸旧本及《文苑英华》卷七七三载王维此诗，题均作《汉江临泛》，故当仍从旧本作“泛”。诗系泛舟汉江所见所想。起联由眼前乘舟游泛之汉江遥想其沿流可南接三湘，西极荆门，东接九江，以虚笔写广远阔大之境。颔联写顺流泛舟极目所见江流远向天外，远山若有若无的杳远缥缈之境，腹联转写溯江而上泛舟所见。襄阳城紧靠汉江，泛舟江上，见江水似乎与郡城齐平，漂浮在前面的水边，故说“郡邑浮前浦”；而江波动荡，浪接远天，所乘之舟亦随波上下晃动，感觉当中似乎汉江的波澜在晃动着远处的天空，故说“波澜动远空”。远水无波，因此这里所说的“波澜”应是近处能见波浪的汉江。“浮”“动”二字，正传神地写出临流泛舟的特有感受。尾联“山翁”借指陪自己临流泛舟游赏的襄阳太守，说自己承主人盛情，已充分领略了襄阳的好风光，今后这样的风景佳胜便只能留给嗜酒的风流贤主人了，表谢意而无酬应色彩，将“山翁”也带入这幅雄浑阔远的汉江泛舟图中了。如将山翁理解为历史上以嗜酒著称的山简，不免虚应故事，且与前三联也嫌脱节。

祖咏《终南望余雪》

此诗《河岳英灵集》卷下题作《终南望余雪作》。而《南部新书》乙云："祖咏赋《雪霁望终南》诗，限六十字（按：即六韵十二句试帖律诗）成。至四句，纳主司，诘之，对曰：'意尽。'"祖咏为开元十三年杜绾榜进士。《唐诗纪事》卷二十题《终南山望余雪》，与《河岳英灵集》略同。按：据诗意，题当以作《雪霁望终南》者为最切。盖此诗所写，系雪后初晴的傍晚，从长安城遥望终南山上的积雪而生的感受，而《终南望余雪作》的诗题，则有可能被误解为身处终南山上望山中余雪。此诗是否即祖咏登进士第之年应试所赋，文献上无明确记载，但从记述的口吻看，很有可能是登第之年所赋。如果情况确实如此，则虽属特例，亦可见唐代科举考试之尊重人才的独特个性和重视诗歌的艺术独创性。有如此开明的主考官，才会有敢于冲破成规、唯艺术是尚的应举士人。祖咏此诗的产生和流传，对优秀唐诗产生的社会环境和艺术氛围，是一种有力的说明。从这首诗的起联看，祖咏在下笔之初，并无不遵格式的想法，上句点"终南"，下句点"雪"，正是应试诗最常见的起法。但当他写到第四句"城中增暮寒"时，却忽然悟到，这已经是一首意足神远的完整之作了，于是戛然止笔。这无心插柳成阴的创作过程和心态，也充分体现了盛唐诗人"伫兴而就"的创作理念。

李颀《送魏万之京》

此诗首联"朝闻游子唱离歌，昨夜微霜初渡河"系倒叙，即先写今晨魏万离此赴京，后写昨夜情事，解者意见一致。问题是"昨夜初渡河"者究竟属谁。一般都理解为游子（即赴京之魏万），如唐汝询谓："言朝来唱歌之游子，乃昨夜经微霜而渡河者也。"（《唐诗解》卷四三）今人亦多主此说。但次句还可以有另一种理解，即"渡河"者是"微霜"，全句系写昨夜气候的变化。中国的气候，长城、黄河、淮河、长江是显著的分界线。说"昨夜微霜初渡河"，是指秋天的微霜从昨夜开始已从黄河北渡过黄河，整个河南地区已现一片秋色，写法类似"梅柳渡江春"，而出语似更自然。从情理说，"微霜"可曰"初渡河"，而人则很难说"初渡河"，除非是生平第一次渡越黄河。如"初"作"刚"解，则昨夜夜深霜凝时方渡河而南来，今晨又唱离歌而赴京，则是日夜兼程奔赴了，似无如此匆遽之态。"微霜初渡河"五字启下"鸿雁""树色催寒""砧声"，正写气候之变化引起景物的变化。

王昌龄《出塞》

"龙城飞将"究竟用什么典故，是久悬未决的老问题。"飞将"自然是用飞将军李广典，但李广一生从未到匈奴“祭其先、天地、鬼神”的“龙城”。清阎若璩《潜丘札记》卷二据王安石《唐百家诗选》载此诗作“卢城飞将”，遂谓“‘卢’是也。李广为右北平太守，匈奴号曰飞将军，避不敢入塞。右北平，唐为北平郡，又名平州，治卢龙县。《唐书》有卢龙府，卢龙军……‘龙城’明明属匈奴中，岂得冠于‘飞将’上哉！”按：龙城在匈奴中，不能因此得出不能将“龙城”与“飞将”组合成一个词语的结论，且唐诗中亦未见将汉之右北平或卢龙城省称为“龙城”者。此“龙城”当用《汉书·卫青霍去病传》：“青为太中大夫。元光六年，拜为车骑将军，击匈奴，出上谷……青至笼城（师古注：“笼”读与“龙”同），斩首虏数百。”“龙城飞将”乃合用卫青、李广二典所构成之浓缩性词语，以借指破敌守边之良将。

王昌龄《长信秋词》之四

“真成薄命久寻思，梦见君王觉后疑。火照西宫知夜饮，分明复道奉恩时。”沈德潜说：“下‘分明’二字，写梦境入微。”（《重订唐诗别裁集》卷二十）沈氏盖因次句有“梦见君王”之语而以三四句为女主人公（失宠宫妃）之梦境。按：次句已明言“觉后”，则三四句所写自是梦醒后所见所思。“火照”句系醒后望见不远处西宫灯火辉煌景象，推知这正是西宫的新承宠者与君王作长夜宴饮的情景，如在梦中，是不必推知的。末句则由眼前西宫新宠承欢侍宴的情景联想起自己昔日“复道奉恩时”的情景，“分明”二字，谓昔日自己奉恩承欢、侍宴夜饮情事正分明像今日西宫上演的一幕，往事历历，犹如目前，而已宠衰爱移，西宫易主了。三四两句，包含了热闹与冷寂、往昔与如今的鲜明对照。王昌龄的宫怨诗多用这种对照手法，以失宠者的视角写得宠者的情景，如“平阳歌舞新承宠，帘外春寒赐锦袍”，此首亦然。

高适《和王七玉门关听吹笛》

此诗系和王之涣《玉门关听吹笛》（即《凉州词》）而作，二诗同押间、山韵，详岑仲勉《唐人行第录》第10页。高诗次句“楼上萧条海月闲”，玉门关离海极远，而云“海月”，历来对此无解。按：此“海月”当指玉门关东的大泽升起的月亮。《元和郡县图志·陇右道下·瓜州》：“晋昌县……冥水，自吐鲁番界流入大泽，东西二百六十里，南北六十里，丰水草，宜畜牧。玉门关，在县东二十步。”又《肃州·酒泉县》：“白亭海，在县东北一百四十里。一名会水，以众水所会，故曰会水。以北有白亭，故曰白亭海。方俗之间，河北得水便名为河，塞外有水便名为海。”可见，“海月”之称，完全合乎玉门关一带的地理及方俗。东西二百六十里，南北六十里的玉门关东大泽，确实可以称得上“海”了。高适诗中的“海月”正是指在浩瀚宽广的大泽之东冉冉升起的月亮。由于不明地理及方俗，在流传过程中遂将“海月”改为“明月”（《河岳英灵集》作“明月”），反失特有的地域色彩。

李白《古风五十九首》之一

“大雅久不作，吾衰竟谁陈……我志在删述，垂辉映千春。希圣如有立，绝笔于获麟。”此首列《古风五十九首》之首，一头一尾又明显以“希圣”自许，以当代的孔子自命，口气大得惊人。诗中对春秋战国至隋代的诗赋基本上一笔横扫，不符其对谢朓的称赏推崇和对鲍照诗的明显模仿，更无论其对屈原和汉魏六朝诗的学习继承。故解者多为其气势所震慑，对其所称“我志在删述”的具体所指每语焉不详，或过于拔高。只有王运熙先生说了一句非常平实而准确的话：“‘我志在删述’之意是删述、编选诗歌，而非如俞平伯所云通过作史以显褒贬。”（王运熙《李白〈古风其一〉篇中的两个问题》，《天府新论》1988年第1期）按：“删述”一语，均与孔子有关。“删”指删选诗歌。《史记·孔子世家》：“古者诗三千余篇，及至孔子，去其重，取可施于礼义……三百五篇。”“述”指记叙、阐述前人之说。《论语·述而》：“子曰：‘述而不作，信而好古，窃比我于老彭。’”孔子删诗而编《诗》三百五篇，就是编选诗歌以施于礼义。李白所说的“删”，联系他所生活的时代《国秀集》《河岳英灵集》等诗歌选本纷出及梁萧统《文选》盛行于世的情况，还有本篇对历代诗赋的评价来看，很可能是想以《大雅》为标准来编选一部当代诗歌选本。从诗中所论来看，平王东迁以前及以后一段时间内的诗，孔子已作了删选；春秋战国以来至隋的诗赋，则“王风委蔓草”“宪章亦已沦”“绮丽不足珍”，自然不在选取之列。然而，可选的便只能是“圣代复元古”以来，“群才”的“文质相炳焕”之作了。按《大雅》的标准，首先入选的或许是陈子昂、张九龄的《感遇诗》和李白自己的《古风》一类作品吧。那么，什么是“述”呢？“述”与“作”（著作）相对，指阐述前人成说，亦可泛指一般的撰述之作。从这首《古风》的内容来看，很可能是指撰写一部历代的诗歌发展史，即上自《诗》《骚》，下迄盛唐的诗歌史，以阐述孔子的诗歌理论主张和自己以《大雅》为标准的复古主张。这样的“删述”之志，和他早年所宣称的“申管、晏之谈，谋帝王之术，奋其智能，愿为辅弼，使寰区大定，海县清一”的宏图大志似乎相距太远。但从这首诗一开头就用孔子“吾衰”之语来看，写这首诗时李白已经到了衰暮之年。大约自上元二年（761）秋因病未能从李光弼出征以后，诗人才彻底断了实现上述宏图大志的念头，而将自己的“志”缩小为效孔子删诗撰述以“垂辉映千春”上来，正如他在《临路（终）歌》中所慨叹的那样，“大鹏飞兮振八裔，中天摧兮力不济”，只能退而求其次，变“立功”为“立言”了。如果这个推断大体符合实际，则这首诗很可能是上元二年秋病还居当涂依李阳冰期间，打算编辑自己的诗文集时，通过对诗歌史的回顾和评论，表达自己对诗歌复古之大雅，抒写晚年之“志”——效孔子作“删述”的一首诗。在“天夺壮士心”的情况下，以管、晏自许的李白晚年以“删述”之志的实现自期，似乎有些无奈。但李白一生的行为和政治实践却证明其政治家之志的不切实际（时代环境和个人才能气质)，而作为一个文学家，则确实可以“垂辉映千春”。李白暮年，是否终于悟到，自己能做什么，不能做什么了呢？尽管“我志在删述”的内容，和他所赞颂的“屈平词赋悬日月”并不是同一概念，但从他临终前嘱李阳冰编纂诗文集，不难看出他对文学之业的重视。

李白《长相思》

“长相思，在长安。络纬秋啼金井阑，微霜凄凄簟色寒。孤灯不明思欲绝，卷帷望月空长叹，美人如花隔云端。上有青冥之长天，下有渌水之波澜。天长路远魂飞苦，梦魂不到关山难。长相思，摧心肝!”此诗或以为写开元年间入长安时慕君的心情；或以为寄寓理想不能实现的苦闷；或以为寄赠远人自道相思之词，未必别有寓意；或以为以男女之情，写君国之恋，约作于天宝初出长安之后。按：此诗写一位痴情的男子秋夜对远在长安的女子的悠长思念，情深意挚，思苦语婉，情景交融，意境杳远，称得上是一首优秀的情诗。但细加吟味，又明显感到它不同于一般的情诗。最明显突出的表征是，诗人似乎有意将所思慕的对象虚化甚至仙化，不仅没有对所思对象身份、容饰、情态的任何具体描绘，而且将其写成一位遥隔云端、高居天上、可望而不可即的对象，一位带有象征色彩的人物。这就为寄寓象外之意创造了条件，也可以说是诗人对此诗别有寓托的一种提示。联系一开头点明的“长相思，在长安”，其寓意便更加明显。为了说明问题，不妨引天宝三载赐金还山后作的《单父东楼秋夜送族弟沈之秦》的后段：“遥望长安日，不见长安人。长安宫阙九天上，此地曾经为近臣。一朝复一朝，发白心不改。屈平憔悴滞江潭，亭伯流离放辽海……圣朝久弃青云士，他日谁怜张长公!”两相对照，可以明显看出《长相思》中所怀想的遥隔云端的如花“美人”，就是这首诗中高居“长安宫阙九天上”的“圣朝”君主唐玄宗。诗中所抒写的“长相思，摧心肝”之情，就是“此地（指长安）曾经为近臣”而此时处于被放逐境地，类似“屈平憔悴滞江潭”的诗人自己对玄宗的一片惓惓眷恋之情。两首诗的时令均在秋天，《长相思》中写到“天长路远”和“梦魂不到关山难”，与单父（今山东单县）离长安遥远，关山阻隔（这种阻隔自然不单是地理上的，且兼有政治上的象征寓意）正复相似。可以推断，二诗系同时或先后之作，思想感情内容也大体相同。只不过《单父东楼秋夜送族弟沈之秦》采用赋的直叙写法，《长相思》则采取比兴象征写法而已。李白对天宝初为近臣的一段经历，始终视为一种荣耀。对玄宗在天宝初的“恩遇”，也在相当长的一段时间中怀有感激眷恋之情，这种感情，到天宝中后期才有明显变化。

李白《关山月》

据此诗开头两句“明月出天山，苍茫云海间”，征戍将士戍守之地应在天山之西。此天山即今新疆维吾尔自治区中部横亘之天山山脉。《元和郡县图志·陇右道·伊州》："天山，一名白山，一名折罗漫山，在州北一百二十里，春夏有雪，出好木及金铁。匈奴谓之天山，过之皆下马拜。"伊州即今新疆哈密市。唐代版图辽阔，安西四镇及北庭都护府均在天山之西，故可望见"明月出天山"之景象。或谓此天山指祁连山（今甘肃、青海两省交界处之山脉），与下"长风几万里，吹度玉门关"不合，当非。又，有谓"吹度"的对象是"明月"，此恐有悖事理。月自天山东升，至中天而西下，岂能因长风之劲吹度越玉门关而东行数万里？此固与"我寄愁心与明月，随风直到夜郎西"之风与明月均自东向西不同，不能类推。二句的主语是"长风"，"吹度玉门关"者亦为长风，句中自隐含戍客对远在玉门关东的中原故乡及亲人的思念和不能随长风回归故乡的惆怅，而诗的境界气象则极其雄浑阔远。

李白《杨叛儿》

此诗"白门""杨柳""乌""沉水香""博山炉"等意象及兴喻手法全本六朝乐府《杨叛儿》，而一经天才诗人妙手点化，精彩远胜古辞。尤其是末二句"博山炉中沉香火，双烟一气凌紫霞"，不仅将古辞"欢作沉水香，侬作博山炉"简括为一句"博山炉中沉香火"，使"沉水香"由静止状态变成燃烧着的"沉香火"，由上文的"醉"进一步迸发出爱情之火，而且由"火"而"烟"，创造出"双烟一气凌紫霞"的境界。香炉中点燃沉香，升腾起丝丝缕缕的香烟。烟气时呈互相缠绕之状，诗人从这生发出"双烟一气"这极富象征色彩的隐喻，寓意双方在极度欢洽中心灵的交融。而"凌紫霞"的夸张渲染则成了双方心灵无限升华的绝妙象征。将男女欢爱的高潮写得既淋漓尽致，又含蓄不露；既炽热浪漫，又极富象征色彩和浓郁诗情。古往今来，能将男女欢爱写得如此极艳极烈而又不亵不狎，达到纯美诗境者罕见。《红楼梦》中的贾宝玉，对心灵的知己黛玉说咱们一起化烟化灰如何，被讥为痴话，殊不知"化烟"之语早被李白道过了。而"化灰"之语，也近乎李白《长干行》之"愿同尘与灰"。曹之与李，可谓千载同心，灵犀暗通。

李白《清平调词三首》之三

此首"解释春风无限恨"一句，迄无定解。解者或因首章次句"春风拂槛露华浓"中的"春风""露华"有象喻君王恩宠之意，故连类而及，认为"解释春风无限恨"中的"春风"即君王的象喻，认为此句是说玄宗的无限愁恨均因"赏名花，对妃子"而消释。这恐怕有些拘执，不宜以彼例此。一则君王的恩宠不等于君王本身。二则在"春风拂槛露华浓"的诗句中，写实与象征是自然融为一体的，读者从浑融的意境中自然可以体味出"春风""露华"的象征色彩和象征寓意。但在"解释春风无限恨"的诗句中，若以"春风"直接象喻君王，不仅显得比较生硬呆滞，且上句既已言“长得君王带笑看”，则君王又有何恨，更不用说“无限恨”了。不但君王无恨，春风亦无恨。实际上三四两句并非写君王释恨，凭栏对妃子赏名花，而是写春风吹拂下的牡丹解苞怒放、倚栏摇曳飘舞的情景。花含苞未放时，花蕾固结不解，有似女子之脉脉含愁，故李商隐有“芭蕉不展丁香结，同向春风各自愁”之句。所谓“解释春风无限恨”，即“春风解释无限恨”，是说和煦的春风解开了牡丹花苞，消释了蕴涵其中的无限愁恨，使之枝枝朵朵迎风绽放，盈盈含笑。钱珝《未展芭蕉》“一封缄札藏何事，会被东风暗拆看”，写东风解开未舒的芭蕉，亦可参较解悟。而“沉香亭北倚栏干”之“倚栏干”，亦即“春风拂槛”之“拂槛”，所指均为牡丹花在春风吹拂下枝条摇曳、轻拂栏干的情景。而写牡丹在春风吹拂下盛开绽放，倚栏拂槛，也自然会使人联想到杨妃在玄宗的恩宠下更加光艳照人，婀娜多姿，写花而人亦自见。

李白《梁园吟》

朱谏《李诗辨疑》云：“此诗可疑者，无伦次也。前十句辞顺而意正矣。‘人生达命’八句，意与上节不相蒙，辞欠纯。‘昔人豪贵信陵君’八句，辞清而健……至‘沉吟此事’八句，又驳杂而无意味。既无伦次，而又驳杂，故可疑也。若节去‘人生达命’八句，‘沉吟此事’八句，则以前面十句、‘昔人豪贵信陵君’八句共为一首，则辞纯正，意又接续，譬如去玉之污点，皎然之白自见也。”按：此诗最早见于敦煌写本唐人选唐诗，又两见于《文苑英华》，虽题目有《梁园醉歌》与《梁园吟》之异，但文字略同，且均题为李白之作，诗的内容、风格也明显符合李白的经历、思想和创作特征。朱谏以“无伦次”“驳杂”为由而疑之，可以说毫无文献学根据。但他提出的节去“人生达命”八句及“沉吟此事”八句，以前十句与“昔人豪贵信陵君”八句合为一首的主张，倒反映出一个带根本性的问题，即怀古诗的共性与个性问题。怀古诗一般以抒今昔盛衰变化之慨为基本主题，这不妨看作这一诗体在发展过程中形成的共性。不同经历、思想、个性和艺术风格的作者创作的怀古诗，本应有各自的个性特征。但在多数怀古诗中，却很少体现。这正是怀古诗的一个明显缺陷。但怀古诗这种个性不彰的创作套路，却造成了一些评家的思维定势，认为怀古诗只能抒写今昔盛衰之慨，如果掺入一些带有明显个人色彩的内容，便有可能被认为内容驳杂不纯、叙述语无伦次。朱谏的怀疑、批评和删节主张，实际上正反映了对怀古诗个性的排斥。他主张保留的十八句，恰恰是怀古诗抒今昔盛衰的常调；而主张删去的十六句，恰恰是最能体现李白思想、个性的部分。如果删去，这首《梁园吟》就基本上清除了李白的个人印记而不再是李白之作了。此诗的特色，正是在抒写梁园今昔盛衰之慨的同时抒发了个人坎壈失意的苦闷和才不逢时的感慨，于困顿蹉跎中仍怀着对未来的乐观信念。“东山高卧时起来，欲济苍生未应晚”，这正是典型的李白的声音。实际上，这是一首怀古与抒怀完美结合之作，也是怀古诗共性与个性融合之作。

李白《闻王昌龄左迁龙标遥有此寄》

此诗末句“随风直到夜郎西”，注家对“夜郎西”多有误解。按：夜郎，指唐业州夜郎县，在今湖南芷江县西南，与龙标相距很近。据《新唐书·地理志》，龙标县武德七年置。贞观八年，析置夜郎、郎溪、思微三县，九年省思微。因此，诗中的“夜郎”实即龙标的异称。因与第二句“龙标”避复及末句第五字宜仄，故不再用“龙标”而改用“夜郎”代替。由于不明这些缘故，误认为夜郎、龙标系分指二县，而龙标县又在夜郎县之东南，与“夜郎西”之语地理位置方向不合，遂将“西”字理解为“附近”，这里为了与“啼”“溪”押韵而用“西”；或谓“夜郎西”系极言其远，非谓龙标在夜郎之西。实则“夜郎西”即远在西边的夜郎（龙标）之意，因押韵而倒置，诗中每有此种句法。

李白《峨眉山月歌》

诗中的“清溪”与“君”所指，有不同说法。旧注或云“清溪”指资州清溪县，今人或云指嘉州犍为县之清溪驿。按：资州清溪县本名牛鞞，天宝元年始更名清溪，而此诗作于开元十二年李白出蜀途中，其时尚未改名。且资州离峨眉、平羌江（即青衣江，源出今四川芦山县，东南流经雅安、乐山，会大渡河入岷江）甚远，可证诗中之“清溪”绝非资州之地名。王琦注引《舆地纪胜》谓犍为县有清溪驿，然今本《舆地纪胜》无此记载。又有谓“清溪”即板桥溪，位于嘉州龙游县，出平羌峡口五里，不知所据。实则此诗“清溪”意即清澈之溪水，亦即眼前的平羌江水。李白有《清溪行》云：“清溪清我心，水色异诸水。借问新安江，见底何如此？人行明镜中，鸟度屏风里。向晚猩猩啼，空悲远游子。”将清澈见底的新安江水称作清溪，与将可见月影的平羌江水称为清溪，正属同例。末句“君”字，或有解为友人者，实非，全篇无别友意。题曰《峨眉山月歌》，此“君”即指峨眉山月。上弦月升起得早，天未煞黑即高挂空中，故落得也早，深夜时分已隐没不见。在舟行过程中，原先一直伴随着自己的峨眉山上的半轮秋月和映入平羌江水的月影在驶向三峡下渝州时已经隐没不见，不免平添了一份告别故乡月的思念和惆怅，这正是所谓“夜发清溪向三峡，思君不见下渝州”。

李白《金陵酒肆留别》

“风吹柳花满店香，吴姬压酒唤客尝。”杨慎《升庵诗话》卷七引温庭筠《咏柳》诗“香随静婉歌尘起”，传奇诗“柳自飘香雪”，谓：“其实柳花亦有微香，诗人之言非诬也。”柳花是否有微香，可暂置不论；即令有风送微香，又何至于满店飘柳花之香？其实，一二两句是个整体，诗本易解。“风吹柳花”写酒肆外柳花漫天飘舞，诉之视觉，兼点暮春季候；“满店香”写酒肆内酒香扑鼻，诉之嗅觉。而“满店香”的来源便是“吴姬压酒唤客尝”。时值暮春，春酒已熟，酒肆女店主面对这一帮风流倜傥的年轻人（包括送客的金陵子弟和被送的李白），特意亲自榨酒相待。酒本飘香，何况又是现压的春酒，更何况又有春风传送，自然是“满店香”了。如果吹送的是淡淡的柳花香，恐怕早被浓浓的酒香所掩而闻不到了。

李白《渡荆门送别》

诗云：“渡远荆门外，来从楚国游。山随平野尽，江入大荒流。月下飞天镜，云生结海楼。仍怜故乡水，万里送行舟。”一般的送别诗，无论题内是否标明送别对象（如《灞陵行送别》，题内即未标送别对象），但在诗中总可看出（如前诗首句即标“送君灞陵亭”）。而此诗却自始至终不见所送之人的身影。因此唐汝询谓：“题中‘送别’二字，疑是衍文。”（《唐诗解》卷三十三）沈德潜亦谓：“诗中无送别意，题中二字可删。”（《重订唐诗别裁集》卷十）而吴昌祺则谓：“此在楚而渡江送别。前四句渡荆门也，五六即景，结言水远，正言心远。此送友东行，不必疑为衍文。”（《删订唐诗解》卷十六）今人或谓：“所谓‘送别’，乃自别蜀中故乡。”按：诸说不同，然均未会诗意。此诗作于开元十二年“仗剑去国，辞亲远游”出峡过荆门时。首联即点明自己离蜀远游已过荆门入楚境。颔、腹二联分写“荆门外”日间行舟时，旁顾前瞻所见壮阔杳远景象及夜间泊舟时俯视水中月影仰观天上层云的景观。“渡荆门”的题意已经写足。尾联乃掉转关合题内“送别”。但这“送别”却并非一般意义上以自己为送别主体、以别人为送别对象的送别，而是以“故乡水”为送别主体、以自己为送别对象的送别。回顾来路，这才发现，原来不远万里，一直相送自己的行舟历三峡、出荆门的江水，就是发自岷峨、来自故乡的“故乡水”啊！荆门为楚之西塞，蜀、楚的分界。在诗人的意念中，自然也成了蜀江和楚江的分界。明朝离荆门东去，舟行所经之江水就不再是“故乡水”了。也就是说，“故乡水”送自己到此，就要与自己告别了。而自己也即将与故乡水告别，奔向广阔的天地。这两层意思，都包含在“仍怜故乡水，万里送行舟”这充满深情的诗句中。题目的意思，说完整了应该是“渡荆门故乡水送别”，或换一个角度和说法，“渡荆门后与远送自己的故乡水告别”。将纯属自然物的江水人格化，将它想象成怀着缱绻深情遥送游子的有灵性的事物，正深切地表现了诗人对养育自己的蜀地故乡的无限眷恋。

李白《望天门山》

此诗末句“孤帆一片日边来”之“孤帆”，究竟是指诗人望中所见的江上孤帆，还是指诗人自己所乘的一叶孤舟，我的理解是指后者。三、四两句一意贯串，不可分割。第三句写望中所见的天门山夹江对峙的雄姿由隐至显，越来越清晰地显现于视野之中的情状，下句则点醒"望"的立脚点和诗人的淋漓兴会。诗人不是站在岸上某一个静止不动的地方远望天门山，而是在他所乘的映着红日的孤舟上由远到近地望着天门山渐次出现，故曰"相对出"。如果是站在岸边某个固定的立脚点望天门山，恐怕只会有"两岸青山相对立"的静态感；而乘舟顺流直下，望见天门山由隐至显，最后凸现于眼前的情况下，才会有"两岸青山相对出"的如同从地面渐次涌出的动态感。末句"孤帆一片日边来"正传神地描绘出自己乘舟映日、乘风破浪，越来越靠近天门山的动态过程，和欣睹名山胜景、目注神驰的淋漓兴会。它似乎包含着这样的潜台词：雄伟险要的天门山，我这乘一片孤帆的远方来客，今天终于见到了你。如果要把题目的意思说得更清楚一点，应作《舟行望天门山》。顺便说一下，舟行中或在岸上当然也可见孤帆映日的情景，但那就和《望天门山》的题目脱榫，变成可有可无的闲笔或衬笔了。尽管孤立地看这一句，似乎也颇具美感。

李白《谢公亭》

题下注："盖谢朓、范云之所游。"叶庭珪《海录碎事》卷四："谢公亭在宣城，太守谢玄晖置。范云为零陵内史，谢送别于此，故有《新亭送别》诗。"《方舆胜览》卷十五："谢公亭，在宣城县北二里。《旧经》云：'谢玄晖送范云零陵内史之地。'"按：谢公亭，又称谢亭，在宣城，许浑有《谢亭送别》诗。此诗题注谓亭"盖谢朓、范云之所游"。按：谢朓为宣城太守在齐明帝建武二年（495），在郡一年余。四年因事赴湘州，未几即返都。而范云已于此前之齐武帝永明十一年（493）秋迁零陵内史，故二人在谢朓任宣城太守期间同游宣城谢亭的可能性不大，此题注疑是后人所加，非李白自注。至于《海录碎事》《方舆胜览》谓此亭系谢朓送别范云任零陵内史之地，有《新亭送别》诗，更显属误载。范云既于永明十一年赴零陵内史任，谢朓何得于两年后之建武二年在宣城送别范云之零陵。谢朓诗集中确有《新亭渚别范零陵云》诗，然此"新亭"系东吴时始建于建业（今江苏南京）之亭，本名临沧观。晋安帝隆安中丹杨尹司马恢之重修，始名新亭。故址在今南京市江宁县南。东晋时京师名士周顗、王导曾游宴于此，即新亭对泣故事的发生地。谢朓送范云赴零陵内史任之新亭渚，即都城建康之江边新亭，与宣城之"新亭"无涉。此诗首句云"谢公（一作亭）离别处"，或谢朓任宣城太守时曾于此送人（但所送者并非赴零陵内史任之范云），后世遂常以之为送别之地。

李白《哭宣城善酿纪叟》

诗云："纪叟黄泉里，还应酿老春。夜台无晓日，沽酒与何人？"宋蜀刻本诗末注云："一作《题戴老酒店》云：'戴老黄泉下，还应酿大春。夜台无李白，沽酒与何人？'"按：当从一作。诗题中"纪叟"或"戴老"，与诗意及诗的工拙高下无关，但无论是哪一种诗句，都看不出有"哭"的意味，相反地倒是充满了亲切的调谑意味。因此题作《哭宣城善酿纪叟》，这"哭"字便首先值得怀疑。其次，"夜台无晓日，沽酒与何人"，不但"夜台"与"无晓日"犯复，而且与下句"沽酒与何人"毫无逻辑联系。何以"无晓日"就不能沽酒与人，这是说不通的，大诗人李白应无此种上下脱节的诗句。相反，《题戴老酒店》的诗题既与诗中夜台沽酒的想象十分吻合，又与诗中半开玩笑的口吻毫不矛盾。尤妙在三四两句，充满了老熟人、老主顾之间才能有的令人解颐的谐趣。可以设想，这位戴老开的酒店，是前店后坊式的，以酿制和出售"大春"酒而闻名。李白天宝十二三载游宣城时，是这爿酒店的常客。上元二年再游宣城，戴老已作古，而酒店犹存，故有题诗酒店之举。在诗人的想象中，善酿"大春"酒的戴老虽然到了九泉之下，恐怕还是继操旧业，仍酿美酒吧。可这"大春"酒的发明酿造专卖的权利虽属戴老您，而品味享受"大春"酒的专利权则非我李白而莫属。试问如今阴阳相隔，夜台中尚无李白，您的酒又能卖给谁呢？不但上下句一气贯通，而且溢出了极浓郁而亲切的谐趣。在谐趣中蕴含的正是双方不拘形迹的亲密关系和真挚情谊。诗之高妙，全在于此。李白《重忆》云："欲向江东去，定将谁举杯？稽山无贺老，却掉酒船回。"对照此诗，也可见这是李白怀念故人的习惯性思维，也是此类诗的常用构思方式。而"夜台无晓日，沽酒与何人"便全乏诗趣了。

杜甫《彭衙行》

对这首诗的评点鉴赏，存在一个普遍的误区。这就是将前面一大段避难行程的描写仅仅看作后面一大段描写故人孙宰高情厚谊的一种衬托。认为此诗"感孙宰之高谊，故隔年赋诗。感之极，时往来于心。故写逃难之苦极真，追思其苦，故愈追思其恩。"（王嗣奭《杜臆》）"本怀孙宰，后人制题，必云怀人矣。然不先叙在途一节饥寒困苦之状，则不显此人情意之浓，并已感激之忱，亦不见刻挚。如此命题，如此构篇，可悟呆笔叙事与妙笔传神，相去天壤。"（黄生《唐诗摘抄》）王、黄二家的评鉴，虽道出了前段对后段的衬托作用，但并不符合诗的整体内容和立意构思的实际。此诗所记叙的是去年从白水县经彭衙道向北逃难的一段十来天的经历，夜宿同家洼，受到孙宰热情接待的情事也包括在整个"彭衙行"中。在诗人的意念中，举家徒步逃难的艰险经历和夜宿同家洼的温暖经历，都已成为永不磨灭的记忆，它们之间并无主次重轻之分。如果说衬托，也是相互衬托。这从前段二十四句写逃难，后段二十二句写夜宿同家洼及对孙宰的感念，篇幅基本平均这一点上也可明显看出。题之所以不称《避难夜宿同家洼感孙宰》或《怀孙宰》，正缘于此。夜宿同家洼所感受到的人情之美愈渲染得突出，战争带给普通人的灾难和流离颠沛之苦便愈显突出，这正说明衬托是双向的。

杜甫《新安吏》

“白水暮东流，青山犹哭声”两句和“眼枯即见骨，天地终无情”两句是《新安吏》中写得最精彩，感情最沉痛的警句。但对“青山”句，解说颇多分歧。如王嗣奭说：“哭者众，宛若声从山水出，而山哭，水亦哭矣。至暮，则哭别者已分手去矣，白水亦东流。独青山在，而犹带哭声，盖气青色惨，犹带余哀也。”（《杜臆》卷三）气青色惨，呈现的是愁惨之色，与诉之听觉的哭声似不相干。仇兆鳌说：“白水流，比行者；青山哭，指居者。”（《杜诗详注》卷七）不免拘执。马茂元先生指出：“这哭声，是一种听的幻觉，来源于诗人的心境。”体会最为真切。但这种幻觉感受的产生除了诗人受到此前震天撼地的哭声的强烈刺激这一主观心理因素之外，似还有其客观的因素。这就是长时间的悲惨哭声所造成的“听觉暂留”，即此前震天动地的哭声在听者耳膜中似有若无的余音与回响。好像此前那一阵阵行者送者哭成一片的声响既印在了两岸的青山之上，也印在了诗人的耳膜之中。由于这哭声似真似幻、似有若无，故说“青山犹哭声”。“犹”字的传神，主要不在说明其“仍有”，而在表现其疑真疑幻的感受。

杜甫《石壕吏》

在“三吏”“三别”中，《石壕吏》的题材最具典型性。此诗绝非只写一开头明点的“有吏夜捉人”事件，实际上它对捉人的情景几乎没有展开正面描写，而是集中叙写了老妇的一段“致词”。这看似离题的叙写正透露出诗人的注意力和用笔的重点并不在“夜捉人”这件事上，而是要通过夜捉过程中老妇的“致词”反映战乱年代一家普通百姓的极具典型性的悲惨命运。仇兆鳌说：“三男戍，二男死；孙方乳，媳无裙；翁踰墙，妇夜往。一家之中，父子、兄弟、祖孙、姑媳惨酷至此，民不聊生极矣。”（《杜诗详注》）这才是《石壕吏》的题材，而“民不聊生极矣”则是杜甫目睹耳闻这一家七口惨绝人寰的悲剧之后最突出的感受和诗的主题。这一题材，较之强征中男、新婚丈夫、老翁和无家可别的男子入伍，由于它的集中，典型性显然更突出。正由于其题材的典型，故情节的提炼和剪裁，叙写的详略安排都与此紧密联系。而一家人的命运惨酷至此，也使诗人打破“三吏”有诗人与诗中人物对话的成例，而自始至终保持无言而沉痛至极的沉默。

杜甫《佳人》

此诗“在山泉水清，出山泉水浊”二句的寓意，评家有各种不同的解读。或谓

“比新人见宠而得意”“比己见弃而失度”（唐汝询）；或谓“泉水，佳人自喻。山，喻夫婿之家。妇人在夫家，为夫所爱，世便谓是清的；妇人为夫所弃，即是出山之泉水，世便谓是浊的”（徐增）；或谓“‘在山’二句，自写贞洁也”（沈德潜）。按：此诗作乱世中佳人命运的写实来读，固佳，但它有所象喻也是显然的，佳人身上自有诗人自己的影子。其处境命运，是丧乱时世中被弃而“零落依草木”“幽居在空谷”；其品格操守，则一“清”字足以概之。诗的末段就是全篇托寓的集中表现。从侍婢“牵萝补茅屋”的行为，到女主人公“摘花不插发，采柏动盈掬”的举动，再到“天寒翠袖薄，日暮倚修行”的风神意态，反复渲染的就是一种在艰困清苦、幽独寂寞的境遇中清高自守、淡泊自甘的人性之美。从这一基本认知出发，对诗中解说纷纭的“在山”二句的寓意便比较容易理解。佳人幽居于空谷之中，清澈的泉水是其幽居环境的有机组成部分，也是她清高莹洁精神气韵的象征。诗人以“浊”衬“清”，以“出山”衬“在山”，其寓意正是宁愿处此困苦穷悴、寂寞幽独之境而不愿受浊世的污染，正是为了引出下面六句极富象征色彩的描写。由于诗人所表现的并非封建礼教道德所赞美的所谓贞操，而是一种不为幽独清苦境遇所屈的高洁风标，故无半点道学气。

杜甫《后出塞五首》之二

末二句云：“借问大将谁，恐是霍嫖姚。”霍嫖姚，指霍去病。《史记·卫将军骠骑列传》：“霍去病……善骑射，再从大将军。大将军受诏，予壮士，为嫖姚校尉。”《全唐诗》二句下注云：“天宝二年，禄山入朝，进骠骑大将军。”其意盖谓此诗之“霍嫖姚”即借指安禄山。由于这组诗一开头就明标“召募赴蓟门”，第三首又明言“古人重守边，今人重高勋”，讽玄宗意在开边，而边将邀勋，第四首更直接揭露主将位崇气骄，目无朝廷，第五首终于写到安史之乱即将爆发，故注家谓第二首之“霍嫖姚”即指安禄山。今人亦有谓此首尚归美主将，盖亦以“霍嫖姚”指主将安禄山。此恐属误解。组诗的主人公自称“跃马二十年”，其初入伍时当在开元二十三、四年，其时安禄山还只是幽州节度使张守珪部下的一名普通将领，根本未跻身“大将”之列。何况，此首所写系初入伍时行军宿营情景，“大将”非指边地之主将，而是指招募之新兵入伍后统军的将领。不能因后面几首写到安禄山之邀勋骄崇谋乱而例此。

杜甫《丹青引赠曹将军霸》

历代评家对此诗之艺术成就虽赞誉备至，但对其深层意蕴则少所抉发。杜甫写这首诗，并不单纯是要表彰曹霸的艺术成就，为一代才人立传，而且是在赞扬“将军善画盖有神”的同时，写出一代才人昔荣今悴的命运，并借此抒写时代的盛衰。

杜甫的经历命运，与曹霸有相似之处。其《莫相疑行》云：“忆献三赋蓬莱宫，自怪一日声辉赫。集贤学士如堵墙，观我落笔中书堂。往时文采动人主，此日饥寒趋路旁。”昔之辉赫，今之饥寒，正与曹霸“开元之中常引见，承恩数上南薰殿”“即今漂泊干戈际，屡貌寻常行路人”的情形相似，故在抒写曹霸昔荣今悴的命运的同时，正寓含诗人自己的命运感慨。评家之中，真正看到这点的是浦起龙，他说：“自来注家只解作题画，不知诗意却是感遇也。”（《读杜心解》卷二）但只看到这一点，还未真正领会诗的深层意蕴和主旨。曹霸的昔荣今悴命运，与时代的治乱盛衰密切关联。诗中描绘渲染曹霸昔日之荣盛，着意强调“开元之中”的盛世，突出渲染“先帝”玄宗对艺事、才人的重视，明显是把重绘凌烟功臣、殿前为玉花骢图像作为盛世的艺术盛典来描绘的，其中渗透了对开元盛世的无限追恋缅怀。在诗人看来，一个繁荣昌盛的时代，才能有重视文艺事业的君主，才能有文艺事业的繁荣和才人的荣遇。而一个干戈乱离的衰世，只能导致才人的困穷漂泊和文艺的衰落。因此在悲慨曹霸今日坎壈缠身境遇的同时，正寓含对昔盛今衰沧桑时世的深悲。杜甫晚年写曹霸、写公孙大娘及其弟子舞剑器，写李龟年的漂泊江湘，写自己“漂泊西南天地间”的境遇，都同样渗透了浓重的个人荣悴与时代盛衰密切相关的感慨。

杜甫《月夜》

读这首诗，要避免两个误区。一是将诗人发自内心、自然流露的对妻子儿女的深情体贴与关爱怜惜理解为刻意追求用意构思和笔法的深曲；二是将诗人的感情神圣化，不敢面对诗中已经明显表露出来的绮思柔情。不走出这两个误区，都不可能了解真正的杜甫。感情深挚的夫妻由于战乱而分隔两地。身在沦陷区长安的诗人，对月思家，首先想到在鄜州的妻子，此刻也正在想念自己，而小儿女则还不懂得怀念在长安的父亲，更不理解母亲此刻“忆长安”时的复杂思绪。这种由己及人的推想，原是深情的诗人对月的瞬间自然引发的联翩浮想，并非有意运用“从对面写来”的艺术表现手法来抒写感情的深曲，增强诗意的曲折。是因情感的自然流露而成文，而非为文之曲而刻意运法。“香雾”一联，几近后世香艳词中用语，以致有的评家误认为这是诗人“初年始解言情之作”（卢麰、王溥《闻鹤轩初盛唐近体读本》），而有的评家则囿于诗庄词媚的传统观念或对杜甫圣贤形象的固定看法，而“不喜之”，或认为此联非写其妻。关键是对杜甫其人已经形成了严肃而稍带迂腐的印象，觉得“香雾”“云鬟”“清辉”“玉臂”一类绮艳的字眼用在年过四十的妻子身上，未免过于浪漫而不符合主观想象中的杜甫了。杜甫对妻子不仅有亲情，也和常人一样有恋情，而且注意于妻子的美丽。刻意回避杜甫自己都毫不掩饰的感情，只能说明对杜甫这位大及于国、小及于家、细及于物的“情圣”缺乏理解。

杜甫《喜达行在所三首》之二

首联“愁思胡笳夕，凄凉汉苑春”，历来注家均以为系诗人追忆身陷长安时所闻见之凄凉景象，谓向夕则闻胡笳之声而愁思难堪，当春则见汉苑春色而倍感凄凉。汉苑系指曲江、芙蓉苑等地。下句即“江头宫殿锁千门，细柳新蒲为谁绿”之意。此解孤立看似亦可通。但通观组诗，三首在时间上有明显的先后顺序。第一首写自京逃奔凤翔途中情景。第二首写初到凤翔时所闻所见所感。第三首则写授官后的感触。第一首尾联已言及刚到凤翔时“所亲惊老瘦，辛苦贼中来”，点明题内“达”字，过渡到第二首写既达之后。则第二首开头似不应再回过头去追忆身陷长安之昔境，而应写当下所见所闻。细味诗意，首联系写乍到凤翔之夜，听到军中胡笳之声，犹疑身在贼中，不免勾起愁思；至晓而目睹行在春色，仍不免有凄凉之感。较之肃宗初即位之灵武，凤翔行在虽有临时宫苑作为中央政府办事之地，但仍较简陋，故有凄凉之感。此正与太平盛世之长安宫苑繁华景象明显不同。杜甫到凤翔时正当四月，春季刚过，但郊原绿遍，有春意仍在的感觉也很自然。两句一写夕闻，一写朝见。夕闻胡笳犹疑身在贼中，朝见行宫方知已在凤翔。两相对照，有一种恍惚和疑幻疑真之感。此正初达凤翔行在时特有的心境和对氛围的感受，故下接云“生还今日事，间道暂时人”，确定生还之后，痛定思痛，愈感间道逃奔时之危殆与生还之侥幸矣。腹联“司隶章初睹”正承“汉苑”而言。

杜甫《绝句二首》之一

杜甫五绝现存者三十一首，其中对起对结者达二十二首，故评者每有半律之讥。此首虽亦两联皆对，一句一景，却非平列四景，各自孤立。首句“迟日江山丽”实为一篇之主，总领以下三句，系大景，犹如绘画之总题。其中“迟日”尤为起关键作用之核心意象，是全篇所描绘的春日江山丽景的总根由。由于这明亮温暖充足长久的春天阳光的照耀，才能使“江山丽”“花草香”，才能出现“泥融飞燕子，沙暖睡鸳鸯”这一系列令人悦目娱情、心醉神怡的境界。首句是一个全景镜头，围绕着这个主句次第展现的三幅图景，则将春天的气息和芳香、生机和活力、温煦和安恬，组成了一个浑融完整的意境。全篇不用一个虚字，也没有一个勾连照应的字眼，意象密集，色彩浓艳，而读来却神理一片。

杜甫《秋兴八首》

论者多将第四首末句“故国平居有所思”作为组诗的转关。前三首详夔州而略长安，后五首详长安而略夔州。前三首由夔州而思及长安，后五首由思长安而归结到夔州。而其中心思想，则是“故国之思”。按：“故国之思”固然是组诗的主要内容和中心思想，但与此密切相关，组诗还有一个或可称为次主题的“故园心”。从题目“秋兴”来说，诗人因夔峡的秋气秋色引发的感情实兼包两个方面：一是因秋气秋色引发的个人漂泊异乡之悲、栖迟不遇之感和人生衰暮之慨，亦即“孤舟一系故园心”之“故园心”。第一首点明之后，前三章乃反复加以描绘渲染，诸如“丛菊两开他日泪”“每依北斗望京华”“日日江楼坐翠微”“画省香炉违伏枕”“匡衡抗疏功名薄，刘向传经心事违”等诗句，均申述上意。第三首末尾已写到“同学少年多不贱，五陵衣马自轻肥”，涉及长安今日政坛人物和政治状况，第四首便自然过渡到对长安政局和国家忧患的描写和感慨。“百年世事不胜悲”一句可谓整个组诗的纲目和深层意蕴。这一首的末句“故国平居有所思”乃引出组诗另一主要内容和中心意蕴“故国之思”，启以下四首。整组诗就是抒发因秋气秋色引发的“故国思”和“故园心”。具体地说，就是抒发对唐王朝由极盛而急剧转衰的时代沧桑巨变的悲慨，和与之紧密关联的个人漂泊留滞异乡、栖迟不遇、衰暮难归的悲慨。二者既有联系，又有区别。

杜甫《咏怀古迹五首》之三

或据首联“群山万壑赴荆门，生长明妃尚有村”，谓昭君村在荆门山附近，恐非。这组诗五首分咏夔州辖境内及附近的五处古迹（庾信宅、宋玉宅、昭君村、永安宫、武侯庙），借以抒写自己的遭际、情怀。昭君村，在唐归州兴山县北（今湖北兴山县南），相传为汉王昭君故里，归州与夔州邻接，故诗人前往寻访。其《负薪行》云：“夔州处女发半华，四十五十无夫家……若道巫山女粗丑，何得此有昭君村？”可证昭君村就在巫山巫峡附近。《太平寰宇记》：“山南东道归州兴山县：王昭君宅，汉王嫱即此邑之人，故云昭君之县。村联巫峡，是此地。”按。北宋无山南东道之称，此数语当是《元和郡县图志·山南东道·归州》之逸文，为《太平寰宇记》引录者。至于荆门山附近之昭君故宅，恐非诗人所指。荆门山在今湖北枝江市，已出三峡。此诗首句勾画出三峡一带群山万壑，连绵不断，奔赴荆门的壮盛气势，是为昭君村展现出一个阔远的背景，而非谓昭君村就在荆门山附近。

杜甫《江汉》

此诗当作于大历三年（768）秋由江陵向公安的舟行途中。评家或对颔、腹二联连现云、天、夜、月、落日、秋风，特别是对日、月并现有微词，并因此将“落日”解为纯粹的比喻（喻衰暮之年）。这其实是由于不了解中间两联的情思全由眼前景物的触发而引起，也不了解在特定情况下存在日月并现的景观所致。农历月初，西边的太阳沉落之际，上弦月已孤悬于天上的现象人所习见，诗人完全可以在舟行过程中一个较短的时间内既看到落日，又看到孤悬的新月。如果不是由于眼前景的触发而产生或反向（落日——心犹壮）、或正向（永夜——月同孤）的联想，诗的现场感就要大为削弱，诗的自然浑成风格亦将大为减色，更无论其远韵远神了。像“片云天共远，永夜月同孤”一联，无论解为“共片云在远天，与孤月同长夜”，或是解为“如一片浮云飘荡在远天，如一轮孤月独处于长夜”，都难尽传它的韵味，问题就在于这种解说都将原诗中触景而生的自然联想变成了凭空搜求而得的刻意设喻。以“片云天共远”句为例，可以想象诗人在舟行过程中，眺望广阔的天宇，但见一片浮云，悠悠飘荡，随着逐渐伸展的远天越飘越远，忽然联想起自己也正像眼前这随天远去的一片浮云一样，飘飘然无所着落。这里，诗人所乘的小舟是移动的，诗人的视线也是延伸的，片云和天随着视线的伸展越来越远，诗人的情思也随着伸展的远天和飘荡的浮云越来越悠远。因此联想的产生既十分自然，而整个诗句又富于远神，使人宛见诗人伫立孤舟，翘首眺望，思随云去，情逐天远的神情意态。着一“共”字，更将人与物、情与景浑化为一体。

李华《春行寄兴》

“宜阳城外草萋萋，涧水东流复向西。芳树无人花自落，春山一路鸟空啼。”或谓诗系写安史之乱后郡邑凋残景象，恐非。李华生平仕履，记述最早且详者，当为独孤及所撰《检校吏部员外郎赵郡李公中集序》。独孤及生于开元十三年（725），卒于大历十二年（777），年辈与李华相近，又与萧颖士、李华同倡古文。作此序时，华已病而尚未卒，故序中所叙仕履，当属可信。序云：“开元二十三年举进士，天宝二年举博学宏词，皆为科首。由南和尉擢秘书省校书郎。八年，历伊阙尉……十一年拜监察御史。”此后仕历，均与首句“宜阳”无关，安史之乱后，贬杭州司户、入李岘幕，皆在江南，晚年客隐楚州。华之任伊阙尉，当在天宝八载至十载这三年间。宜阳即河南府福昌县，在伊阙之西，与伊阙同为河南府畿县，此诗当为任伊阙尉期间近境经游所作。诗中所抒写的乃是春行途经宜阳城外一带时所见所闻草长花落、水流鸟啼的景象，以及其中所含的自然界的生机和诗意。由于一路无人，故草自萋萋、水自东西、鸟自啼鸣，“自”字“空”字，正含有好景无人欣赏，独有自己领略的意趣，非写乱后凋残荒寂景象。

元结《欸乃曲五首》之二

“湘江二月春水平，满月和风宜夜行。唱桡欲过平阳戍，守吏相呼问姓名。”诗作于大历二年（767）二月。平阳戍系唐代军镇，属衡州。时元结任道州刺史，因军事诣都使（湖南都团练观察使）。自使府所在地衡州返道州，须溯湘江而上，经平阳戍。或因末句“守吏相呼问姓名”而认为此诗“于一片和平宁谧之中，仍露出战乱未息景象”，似属误会。既与全篇“和平宁谧”的总体气氛不符，也与后两句音情摇曳的风调不合。其实夜间行舟，经过水边戍镇，值守之军吏相呼问姓名乃是例行公事，船夫边唱船歌边过守戍，毫无紧张气氛，可以想见问是悠悠地问，答也是悠悠地答。诗人正是有感于夜间行舟，守吏呼问这种场景中所含的新鲜感和诗意，故笔之于诗，遂成月夜行舟绝妙的写生。组诗的第三首说“千里枫林烟雨深，无朝无暮有猿吟。停桡静听曲中意，好是云山韶濩音”，正说明所透露的绝非战乱气息。那“守吏相呼问姓名”的声音实际上也融入这“云山韶濩音”中了。

刘长卿《穆陵关北逢人归渔阳》

“逢君穆陵路，匹马向桑乾。楚国苍山古，幽州白日寒。城池百战后，耆旧几家残。处处蓬蒿遍，归人掩泪看。”穆陵关在今湖北省麻城市北，渔阳即指幽燕之地，安史叛军老巢。由于题称“逢人归渔阳”，诗中又有“幽州白日寒”之想象，故前人、今人多将“城池”数句理解为写渔阳一带经战乱后城池残破，人烟稀少的景象。但这种理解与实际情况并不相符。幽燕地区在长达八年的安史之乱中，为了支撑前方战争，强征兵员，苛征暴敛，当地百姓自然饱受摧残。但整个于安史之乱的八年中，唐军与叛军的战争一直未在幽燕地区进行，因而自然谈不上什么“城池百战后”。真正饱受战乱直接、多次破坏摧残的地区，主要是今河南省黄河南北一带（关中虽亦遭战祸，但历时稍短）。而自穆陵关至渔阳这一“归人”所经的地区，正是战争破坏最惨烈之地。刘长卿《新息道中》所写的“古木苍苍离乱后，几家同住一孤城”的景象，正是此诗所写的“城池百战后，耆旧几家残”景象。尾联云“处处蓬蒿遍”，正透露这是归人道途所经的“处处”城池和广大乡村。

刘长卿《秋杪江亭有作》

“寂寞江亭下，江枫秋气斑。世情何处淡，湘水向人闲。寒渚一孤雁，夕阳千万山。扁舟如落叶，此去未知还。”题一作《秋杪干越亭》，或谓上元元年（760）至宝应元年（762），长卿议贬南巴，命至洪州待命，来往于鄱阳、馀干等地，系诗有《夕次担石湖梦洛阳亲故》《登馀干古县城》《馀干旅舍》《秋杪江亭有作》等。按：此诗有“湘水向人闲”之句，则题内之江亭显在湘江之滨，其非作于议贬待命，往来于鄱阳、馀干等地期间甚明。味“夕阳千万山”及“扁舟如落叶，此去未知还”等句，诗当为贬谪南巴尉途中乘舟上溯湘水过岭前所作。另有《长沙过贾谊宅》七律，时令亦在深秋，当同时先后之作。又有《赴南巴书情寄故人》，首联云：“南过三湘去，巴人此路偏。谪居秋瘴里，归处夕阳边。”可证其赴南巴（今广东茂名市电白县东）系取道湘江过岭，与上二诗时、地均合。长卿是否在重推后赴南巴贬所任职，今之学者尚有不同考证结论。但据其《新年作》：“乡心新岁切，天畔独潸然。老至居人下（指任尉职），春归在客先。岭猿同旦暮，江柳共风烟。已似长沙傅，从今又几年？”其曾抵达贬所确凿无疑（此诗一作宋之问诗，但宋本《刘长卿集》卷一已收此诗，故学者多认为系刘作）。或有将《新年作》系于长卿谪宦睦州时者，与诗中“岭猿”“天畔”之语显然不合，疑非。

韦应物《登楼寄王卿》

“踏阁攀林恨不同，楚云沧海思无穷。数家砧杵秋山下，一郡荆榛寒雨中。”此诗颇饶情韵，后幅写景中亦富含蕴，但却遭到不少误解。无论是刘辰翁的“野兴正浓”，唐汝询的“楚云沧海，天各一方”，还是黄生的“章法倒叙”，都不符合实际。其中“楚云沧海，天各一方”之解，至今尤为学者沿用。其实王卿其人，作此诗时就在韦应物任刺史的滁州。韦集中，《郡斋寄王卿》《答王卿送别》《池上怀王卿》《陪王卿郎中游南池》《南园陪王卿游瞩》诸诗，均为韦任滁州刺史时所作。视诗中“郡中多山水……相携在幽赏”“鹓鸣俱失侣，用为此地游”“兹游无时尽，旭日愿相将”“元知数日别，要使两情伤”等句，诗人与王卿当同住滁州，常相携出游，偶有数日之别，也会感到情伤。故韦应物此次“踏阁攀林”之游而王未能偕游，方以为憾事。因此，将“楚云沧海”说成二人天各一方，显然不符事实。次句系写登楼所见楚云迷漫遥连沧海之景而思念王卿之情亦无穷。滁州楚地，故称所见之云为“楚云”；其地离东海不远，故登楼可见楚云遥接沧海的景象。“楚云沧海”与“楚雨连沧海”之境类似，不过易“雨”为“云”，省略“连”字而已。因虽同城而居而此次不能同游，故“恨不同”而“思无穷”。后二句虽写登楼览眺郡城之景，但景中寓情。表面上看，似乎只是借砧杵、秋山、荆榛、寒雨等带有萧瑟凄清、荒凉冷落的物象所构成的氛围意境来进一步渲染友人未能同游的寂寞凄清情思。但联系诗人的一郡长官身份，特别是在滁期间的有关诗作，就不难体味出其中自有更深广的意蕴。在写这首诗的头一年（建中三年）秋天，他在《答王郎中》诗中说：“卧阁枉芳藻，览旨怅秋晨。守郡犹羁寓，无以慰嘉宾。野旷归云尽，天清晓露新。池荷凉已至，窗梧落渐频。风物殊京国，邑里但荒榛。赋繁属军兴，政拙愧斯人（民）。”所谓“邑里但荒榛”，正是这首诗所描绘的“一郡荆榛寒雨中”的荒凉凋敝景象。滁州虽未直接遭受战祸，但长期战乱造成的苛重赋税负担，却对这一带起着极大的破坏作用，如宝应元年（762），宰相元载严令追征江淮欠缴租庸，官吏公开掠夺民财。特别是建中二年，河北强藩联兵抗命，藩镇割据加剧；三年，河北、山东、淮西诸镇叛乱，李希烈、朱滔、田悦等结盟称王；四年正月，李希烈陷汝州。作此诗后不久（十月）又发生朱泚之乱。在这样一种战乱频繁的局势下，滁州因军兴赋繁，导致邑里荒榛、百姓流亡的现象是必然的。诗人览眺秋山脚下为寒雨所笼罩的郡城，自然会因荆榛满目而生民生凋敝，愧对斯民之慨。秋天本是家家户户裁制寒衣的季节，如今却只有“数家砧杵”零零落落地传出，可以想见因赋税苛重，百姓流亡、人户稀疏的情景。只不过绝句尚含蓄、贵远韵，其他诗体可以明白道出的那些感触，就寓情于景，均在不言之中了。

韦应物《赋得暮雨送李胄》

或谓此诗系大历七、八年在洛阳作，诗中所写均为悬拟之辞，非眼前实有之景。按："赋得"之体，情况比较复杂，凡摘取古人成句为诗题，题首多冠以"赋得"二字；科举考试的试帖诗，因试题多取成句，故题前亦每加"赋得"二字；亦用于应制之作及诗人集会分题。以上各种情况，固为悬拟之辞。但后来将"赋得"视为一种诗体，即景赋诗者也往往以"赋得"为题。本篇有"楚江""建业""海门"等实有的地名和专称，写暮雨细致入微而不乏远神远韵，似非悬拟想象，而系即景送别。李胄系李昂之子。韦应物曾任滁州刺史，罢任后又曾居滁。滁州离建业（今江苏南京）不远，完全有可能在此送别李胄东去。

钱起《暮春归故山草堂》

"谷口春残黄鸟稀，辛夷花尽杏花飞。始怜幽竹山窗下，不改清阴待我归。"值此春残花落鸟稀之际，清阴依旧的翠竹似乎成了诗人的旧友故交，在山窗下撑开一片绿阴，欢迎诗人的归来。使诗人因春残引起的失落惆怅得到慰藉，变得喜悦而充盈了。竹的四季常青的物性往往能引发对于人的品性的联想，古代士人对竹的喜爱和赞颂中也往往寄托有关士人品性的理想。但在这首诗里，诗人虽将竹拟人化，却未必将其道德化。如果认定诗人要表现的是岁寒而后凋的旨意，甚至联系到交道、世情，虽说不上穿凿，却将一首饶有情致的诗变成充满头巾气的道德说教了。自南宋末年谢枋得以来的许多评点，大都犯了这个毛病。还是清代宋宗元说得好："雅人自有深致，正不必作讽刺观。"（《网师园唐诗笺》）

韩翃《寒食》

自从清初高士奇、贺裳创此诗讽皇帝宠信宦官或贵戚杨氏之说以来，后之评点者纷纷附和。除寓讽对象有上述不同以外，在寓讽这一基本点上几乎是空前一致（除俞陛云持不同意见外）。但这种理解无论是从诗的形象意境或诗人的神情口吻、感情态度上看，都很难令人赞同。诗紧扣暮春的时令特征和寒食的节俗特征，描绘帝京的繁华承平气象。从三、四两句看，诗人明显是带着赞美、欣羡、向往的感情，将宫中传火先及"五侯"的场景当作帝京寒食节的一道风景、一桩盛事来描绘渲染的。作为帝京寒食的素描，这首诗既写得华美富丽，又潇洒风流，自有其美学价值。但人为地拔高其思想价值，说它寓讽贵显近臣，或斥之为粉饰升平，似乎都不符实际。诗中所描绘的客观景象可能会引发皇帝的恩光先及于权贵的联想，但这和诗人主观上是否有意寓讽是两回事。韩翃因此诗而得到德宗的欣赏，得以担任知制诰的要职。这一事实在不同的评家那里，或因此而得出此诗讽刺微婉的结论，或相反地得出德宗有感悟之意而特用之的结论，那就更是任意评说，毫无定准了。一首讽皇帝宠信贵近的诗，连皇帝自己也体味不出其中的讽意，不责罚反升官，在韩翃固然是因祸得福，就诗而言却是彻底的失败，这样“微婉”的讽刺几乎成了歌颂的同义语了。至于德宗有感悟之意而用之的说法，更是把以猜忌著称的德宗说成史上最大度的皇帝了。

卢纶《晚次鄂州》

题下原注：“至德中作。”按：此“至德”系指池州属县至德。卢纶诗集卷五有《至德中途中书事寄李僩》。《新唐书·李芃传》：“永泰初，宣、饶剧贼方清、陈庄西绝江，劫商旅为乱……奏以宣之秋浦、青阳，饶之至德置池州。”后人误以“至德”为肃宗年号，于其下妄加一“中”字，此诗之题注“中”字亦为衍文，当删去。

李益《过五原胡儿饮马泉》

题《全唐诗》原作《盐州过胡儿饮马泉》，校：“一作《过五原胡儿饮马泉》。”按：五原，郡名。秦置九原郡，汉武帝改置五原郡，唐改置丰州，治所在九原，今内蒙古自治区五原县南。胡儿饮马泉，据次句原注：“鹏鹈泉，在丰州城北，胡人饮马于此。”《新唐书·地理志》：“丰州……西受降城……北三百里有鹏鹈泉。”可证鹏鹈泉即胡儿饮马泉，在丰州。或谓题当作《盐州过胡儿饮马泉》，引《元和郡县志》曰：“关内盐州五原县，本汉马领县地。贞观二年，与州同置。五原，谓龙游原、乞地千原、青领原、可岚贞原、横槽原也。”并谓胡儿饮马泉当即在盐州，郦道元所谓长城下往往可以饮马者。按：李益有《夜上受降城闻笛》，首句云“回乐烽前沙似雪”，又有《暮过回乐烽》诗，烽在西受降城附近。其《暖川》云：“胡风冻合鹏鹈泉，牧马千群逐暖川。”“胡风”二句意近此诗之“从来冻合关山路，今日分流汉使前”，可证胡儿饮马泉即指丰州西受降城北之鹏鹈泉。诗当作于李益在灵盐丰夏节度使杜希全幕期间之某年暮春。又，对此诗“几处吹笳明月夜，何人倚剑白云天”一联，古今学者每多误解，谓“吹笳明月夜”系用晋刘琨在晋阳为胡骑所困，琨中夜奏胡笳事，两句系慨叹当时边防不固，形势紧张。实则此联上句虽写想象中月明之夜，戍卒吹奏胡笳，思念家乡，但境界壮阔，色调明朗，无围城中之危困紧张气氛，与刘琨围城中吹笳事恐无关涉。下句则用传为宋玉所作《大言赋》“长剑耿耿倚天外”之语，展现出边地主帅倚天仗剑的伟岸形象，“何人”非谓无人，系故以设问语指称守边将帅。与首句“绿杨着水柳如烟”的三春丽景联系起来，前两联展现的正是北方边地阔大朗爽、和平安宁的景象。腹联下句“今日分流汉使前”，也可看出这一带当时已为唐朝所控制。

张籍《节妇吟》

此诗题目有《节妇吟》《节妇吟寄东平李司空》《节妇吟寄东平李司空师道》之异；对李司空所指则有李师古、李师道之异（以上参张明华《关于张籍〈节妇吟〉的本事及异文等问题的探讨》）。刘文认为，张籍中进士后与李师古共时较短（张籍贞元十五年登进士第，元和元年始官太常太祝，而李师古元和元年已卒）。如张籍真有拒聘李司空之事，指李师道之可能性较大。按：姚合《赠张籍太祝》已有“甘贫辞聘币”的记述，但未明言所辞对象，只能推知此事当发生在官太祝（元和元年至十一年秋冬）期间或更前。李师道元和十一年十一月始加司空，但元和十年已发生师道遣刺客刺杀武元衡之事。八月又与嵩山僧谋反，遣勇士数百伏于京都进奏院，欲窃发焚烧宫殿而肆行焚掠。如师道于元和十一年十一月加司空后辟聘张籍为从事，一则此时张籍可能已由太祝迁国子助教，与姚合诗题及所述情况不符；二则在师道反迹已明的情况下似乎也不应再说“知君用心如日月”之类的话。因此，“甘贫辞聘币”之事反倒有可能是发生在其官太常寺太祝之前。李师古于永贞元年（805）三月兼检校司空，元和元年（806）六月卒。张籍贞元十五年（799）登第后一直未授官，直至元和元年始官太祝。永贞元年三月至元和元年六月这一年多时间，正是他穷极潦倒之时，师古聘其为从事，正可济其困穷。而张籍则或因“师古虽外奉朝命，而尝蓄侵轶之谋，招集亡命，必厚养之。其得罪于朝而逃诣师古者，因即用之”，德宗逝世后，又“冀因国丧以侵州县”（《旧唐书·李师古传》），故婉辞其辟聘。但此诗的艺术魅力和引起读者强烈感情共鸣者倒并非其寓托的意涵——婉拒割据势力的辟聘，而是女子以已嫁之身对向自己示爱者的表白，特别是它的末二句：“还君明珠双泪垂，何（一作恨）不相逢未嫁时。”由于种种客观原因（包括偶然的机缘），无论是古代或现代，非常美满的婚姻总是少数。在婚姻取决于“父母之命，媒妁之言”的古代，双方有爱情的婚姻更为稀缺。即使在旁人看来非常美满幸福的婚姻，当事人的实际感受却并非如此；甚至当事人已经感到相当美满的婚姻，一旦遇到在她（或他）看来是更理想的对象向自己示爱时，也会感到自己的婚姻并非完美。但由于情与礼、情与道德、情与义务责任的矛盾，又感到必须维系原来的婚姻。从感情上说，是接受对方示爱的；但从礼法、道德、义务责任上说，又应拒绝对方的示爱。当后一方面的考虑战胜前一方面时，就有了将已经“系在红罗襦”上的明珠送还对方的举动。理智虽然战胜感情，却无法消弭感情，于是便不由自主地在“还君明珠”的同时双泪长流。在主人公看来，这是一种悲剧性的无奈，而造成它的根源则是人生的偶然性机缘，即在自己“未嫁”之时没有遇上理想的对象；从而在篇末集中地宣泄自己的无奈和遗憾——“何不相逢未嫁时”。从这个意义上说，这首诗的艺术魅力就在于非常真实深刻地表现了人们对于因偶然机缘造成的婚姻缺憾乃至人生缺憾的无奈，而且将这种情与礼的矛盾表现得非常富于人情味。这种人情味植根于唐代那样一个比较开放包容的时代。宋代以后，理学观念越来越强，诗中女主人公的行为受到的责难也越来越强烈，至清乾隆皇帝的《反张籍节妇吟》序及诗而达于极致。

韩愈《石鼓歌》

从内容看，这是一首呼吁保护抢救珍贵历史文物的长篇七古。据结尾处“安能以此上论列”的诗句，韩愈似乎真有以诗代疏，上奏朝廷的意图。但他之所以如此强调石鼓文的重要价值，甚至不惜为耸人视听的夸张之词，说“陋儒编诗不收入，二雅褊迫无委蛇。孔子西行不到秦，掎摭星宿遗羲娥”，却和他对石鼓文产生的时代及在当时的政治意义，以及保护重视石鼓文在现时的政治意义的认识密切相关。在他看来，石鼓文并非一般的历史文物，而是周宣王中兴王室的象征。诗中大笔濡染“周纲陵迟四海沸，宣王愤起挥天戈。大开明堂受朝贺，诸侯剑佩鸣相和。蒐于岐阳骋雄俊，万里禽兽皆遮罗。镌功勒成告万世，凿石作鼓隳嵯峨。从臣才艺咸第一，拣选撰刻留山阿”的壮盛景象，正是为了渲染这是一场庆功告成的盛典。作此诗时在元和六年。唐宪宗即位以来，先后平定西蜀刘辟之乱、夏绥杨惠琳之乱、浙西李锜之乱、计擒与王承宗通谋的昭义节度使卢从史。更大规模的平叛统一战争正在酝酿准备之中。在这样的时代背景氛围中，诗人着意渲染周宣王“愤起挥天戈”、中兴周室的功绩，描绘镌功刻石的盛大场面，强调石鼓文可告功万世的深远政治意义，其深层意蕴无疑是希望当今的皇帝也能像周宣王那样，重振天纲，削平跋扈反叛的强藩，再建全国统一的中兴伟业。历代评家多将此诗与杜甫《李潮八分小篆歌》及苏轼《石鼓歌》并论，以为韩学杜而苏又学韩，从艺术层面看，确有此传承关系。但从思想内容层面看，得韩愈此诗真传者实为李商隐的《韩碑》。李诗开篇即大书“元和天子神武姿，彼何人哉轩与羲。誓将上雪列圣耻，坐法宫中朝四夷”，与韩愈此诗大书“周纲陵迟四海沸，宣王愤起挥天戈”如出一辙。而一则曰“镌功勒成告万世”，一则曰“以为封禅玉检明堂基”，其强调石鼓文与韩碑的政治意义的用意亦复相同。可见二诗旨在通过对石鼓文、韩碑的赞颂，抒发平定反叛、统一中国、中兴唐室的政治理想。

韩愈《晚春》

务去陈言，对韩愈来说，不只是指陈旧的语言，而且包括一切陈旧的感受、思想和表现手法，读者也必须循着作者的全新感受与思路去理解诗的意蕴，而不能按习惯的套路去解诗。此诗前两句“草树知春不久归，百般红紫斗芳菲”就一扫惜春伤春的老套，显示出晚春季节的花草树木好像有灵性，知道春天就要归去，纷纷竞美斗妍，充分展示出各自的鲜艳色彩和芬芳气息，充满了生命活力和热闹气息。三、四两句“杨花榆荚无才思，惟解漫天作雪飞”，曰“无才思”曰“惟解”，似含贬义、讽意，解者多以为有所托寓或讽嘲。或说劝人珍惜光阴，抓紧勤学，以免如杨花榆荚之白首无成；或说嘲弄杨花榆荚没有红紫美丽的花，正如人之没有才华，不能写出美丽的文词来。其实，撇开一切先入为主的传统的比兴观念和借物寓理的成见，撇开写晚春景物必抒凋衰迟暮之感的老套，就诗解诗，三、四两句只不过是用一种幽默风趣的口吻来表现杨花、榆荚也用自己特有的色彩和姿态来凑晚春的热闹。它们虽不像晚春的各种花卉那样红紫耀眼，美艳芬芳，却也同样懂得春天即将归去，扬起飞絮白英，漫天飞舞，如同白雪纷飞，和晚春花卉一样点缀着热闹的晚春风光，一样地显示出自己的活力和美感。如果缺了它们的"漫天作雪飞"，这晚春的丰富色彩和热闹气息不是要减弱很多吗？诗人写晚春，正是要写出他对晚春的独特感受：草树花卉、红紫芳菲、杨花柳絮、漫天雪飞的丰富色彩和生命活力、热闹气息。如此而已，何必比兴！

柳宗元《渔翁》

"渔翁夜傍西岩宿，晓汲清湘燃楚竹。烟销日出不见人，欸乃一声山水绿。回看天际下中流，岩上无心云相逐。"自从苏轼首发"尾两句，虽不必亦可"（见《冷斋夜话》卷五）之论以来，评家或赞同或反对，成为一桩悬案。其实，离开了诗的主意，单纯从艺术上着眼，主张或删或留，评论其优其劣，就失去了根本的标准，变成毫无意义的争论。诗的前四句，写渔翁夜宿西岩、晓汲清湘、日出烟销、棹歌于青山绿水之间的潇洒出尘生活。五、六两句，续写渔翁行舟直下中流时回望天际，但见西岩之上，白云悠悠飘荡，互相追逐的情景，云之悠然飘荡相逐，纯属自然之物态，特用"无心"来形容，正是诗人的感情意念投射的结果。"无心"二字，是全诗的结穴与灵魂。诗中所写的一切，都是为了突出渲染陶然忘机于美好自然之中的"无心"境界。可见五、六两句不但是全诗的不可分割的部分，而且是画龙点睛之笔。删去五、六句，前四句也能成为一首意境完美的仄韵七绝，但似乎只能表现渔翁潇洒悠闲、享受湘中清丽山水之美的生活和恬然自适的精神风貌。但与"无心"的主旨终隔一层，因为还缺少了"云相逐"于岩上这一表现"无心"境界的主要景象。而有了"岩上无心云相逐"这一句，前四句所描写的景象也统统带上了"无心"的意味。正如刘熙载《艺概》所说："眼乃神光所聚，故有通体之眼，有数句之眼，前前后后无不待眼光照映。""无心"二字，正是照映全诗的通体之眼。

刘禹锡《酬乐天扬州初逢席上见赠》

诗作于宝历二年（826）秋，时刘禹锡罢和州刺史，游金陵，与罢苏州刺史任的白居易相遇于扬子津，同游扬州半月。此诗是秋末冬初在扬州宴席上和白居易《醉赠刘二十八使君》而作。首联说："巴山楚水凄凉地，二十三年弃置身。"刘禹锡自永贞元年（805）十一月贬朗州司马，历连州、夔州、和州刺史，至宝历二年罢和州，首尾为二十二年，而此云“二十三年弃置身”，白赠诗亦云“二十三年折太多”。注家因两人都错算了一年而有种种不同的解释，以设法替刘、白圆其非误。其实，二人之所以不用数字正确的“二十二年”，而偏用数字不正确的“二十三年”，原因非常简单，即为了使诗句合乎律诗对平仄的要求。因为如果写成“二十二年弃置身”和“二十二年折太多”，则这两句诗均犯孤平（除句末押韵字外只有一个平声字）。七律固可“一三五不论”，但在“仄仄平平仄仄平”这个格式中，第三字不能不论。犯孤平是律诗的大忌，故刘、白都不得不改“二”为“三”以就诗律。

刘禹锡《望洞庭》

“湖光秋月两相和，潭面无风镜未磨。遥望洞庭山水翠，白银盘里一青螺。”或有谓末句“青螺”指妇女画眉用的青黛墨者。借指君山。按：青黛虽可用来形容山色，却难以用来形容山形，且在白银盘里放置了一支青黛墨（请注意，这盘里是盛满了水的），也显得有些不伦不类，匪夷所思。或以为“青螺”指妇女梳的螺形发髻。此说最为流行，因为似乎可以找到不少旁证。特别是稍晚于刘禹锡的诗人雍陶有《咏君山》云：“疑是水仙梳洗处，一螺青黛镜中心。”这“一螺青黛”定指黑色的螺形发髻。《舆地纪胜》引《郡志》云：“君山状如十二螺髻。”用“螺髻”来形容君山的山色山形，堪称妙喻，别具一种柔媚缥缈的美感。但移至于解刘诗，就会明显感到“白银盘里”有一“青螺发髻”同样不符生活情理，与雍诗由水仙梳洗时照镜，镜中映现螺形发髻之自然贴切完全不同。其实这里的“青螺”就是青色的大田螺。宋范成大《桂海虞衡志・志虫鱼》：“青螺，状如田螺。其大两拳。”青螺本来就生活在水中，因此，说盛满了水的白银盘里矗立着一只青色的田螺就完全符合事理。三、四两句写的是秋月映照下洞庭湖山水的全貌。白天遥望时，水翠山碧，上下一色，而在月光映照下，整个湖面为轻烟薄雾所笼盖，像是一个硕大的白银盘，而洞庭湖中的君山，则隐约显示青黛之色，矗立湖中，就像盘中立着一只青田螺。洞庭湖和君山，以这样的面貌出现在诗中，不但新颖独特，而且生动贴切。它的妙处，正在化大为小，将浩瀚茫的洞庭山水壮观化为具体而微的盆景式景观，虽不以气势壮阔见长，却显得清丽秀美，别饶奇趣，带有童话色彩。而在化大为小的同时，诗人那种纳须弥于芥子，缩万里于咫尺的阔大胸襟也自然透露出来了。

刘禹锡《板桥路》

“清江一曲柳千条，二十年前旧板桥。曾与美人桥上别，恨无消息到今朝。”此诗刘禹锡集不载，唐代范摅《云溪友议》卷中《温裴黜》载歌妓刘采春女周德华所唱而题为刘禹锡所作者。学者多认为此诗系删改白居易《板桥路》“梁苑城西二十里，一渠春水柳千条。若为此地重经过，十五年前旧板桥。曾共玉颜桥上别，不知消息到今朝”而成，诚然。但认为《云溪友议》所载此诗系删改白诗后误记为刘禹锡，则虽不排除这种可能，却未有确证。《云溪友议·温裴黜》提及的唐人诗、词有温庭筠、裴诚、滕迈、贺知章、杨巨源、刘禹锡、韩琮等人作品共十三首，除刘氏此首外，作者名、篇名、文字均无讹误，独谓此首主名有误，恐难成立。盖刘、白晚年诗歌酬唱既多，偶将对方诗作稍加改易加工，使其艺术价值更高，以显示己之诗才，亦属诗友间彼此切磋诗艺之常事。后世评家如谢榛每喜改前人诗而不免点金成铁，而刘禹锡之改作虽内容与白诗相同，词语诗句亦多吸收采用原诗，但一经妙手点化，而精彩百倍，完全可以视为一首借同时人之诗料而创作的新诗。此校勘考证之学与文学批评之学有时立场、角度不同，自可有不同的结论。如果将此诗从刘集乃至唐诗中删去，不免遗珠之憾。据白诗改作的刘诗，虽然只少了两句，但显然比白诗更具浓郁的抒情气氛，通篇也更流畅自然，一气呵成。而它所独具的绵邈风神和深长情韵，更是白氏原作所难以企及的。如果一定要尊重白氏的原创权和刘氏的改作权，不妨仿《水浒传》的署名方式“罗贯中的本（底本），施耐庵编次”，署为“白居易原作，刘禹锡改作”。

李贺《雁门太守行》

本篇主旨，或谓“城将陷敌，士怀敢死之志”（曾益《昌谷集注》卷一）；或谓“宪宗元和四年，成德军节度使王承宗自立，吐突承璀为招讨使讨之，逾年无功，故诗刺诸将不力战，无报国死绥之志也”（陈沆《诗比兴笺》卷四）；或谓诗写敌兵压境，危城将破，日间鏖战，战血夜凝，撤退时军旗半卷，鼓声不扬，结尾表明寸土必争，奋死抗敌，以尽忠报国（叶葱奇疏注《李贺诗集》）；或谓指王承宗自立反叛中央，派兵骚扰邻近的义武军节度使张茂昭的驻地定州，诗写叛军围城，守军固守待援（吴企明编选《李贺集》）。种种误解，均缘于二端：一则将首句以象征笔意泛写总体时代氛围坐实为具体的敌兵压境，危城将破，未注意到此解与“半卷红旗临易水”写出征军队急行军至易水前线相抵牾。二则将诗人虚构的出征赴敌之事实解为当时发生过的战争。实际上，自李贺出生至身死的二十七年（790—816）中，唐廷始终未曾对易水边上的河北藩镇用过兵。陈沆所引的吐突承璀讨王承宗事，系元和四年十月至五年七月间之战争，且王承宗系成德节度使，非易水边之义武军节度使（辖易、定二州），二者不可替代。更重要的是，此诗在唐人张固的《幽闲鼓吹》中有如下记载：“李贺以歌诗谒（韩愈）吏部，吏部时为国子博士分司，送客归极困，门人呈卷，解带旋读之。首篇《雁门太守行》曰：‘黑云压城城欲摧，甲光向日金鳞开。’却援带命邀之。”事在元和三年，而王承宗、张茂昭事均发生在其后，作于此前的《雁门太守行》何能预写此后战事？且元和四年六月十日韩愈已改行尚书都官员外郎分司东都，不复为国子博士分司矣。约而言之，此诗实系诗人为抒报国无门之苦闷而虚构之一场想象中的对河北藩镇的出征行军场景，时间是从傍晚到次日黎明。起二句写藩镇猖獗，形势严重，出征部队在城下集结待发。三、四句写行军途中角声满天，塞土凝紫，暗示即将进行的战斗之惨烈。五、六句写夜间急行军到达易水前线，霜重鼓寒，已近黎明，渲染环境之艰苦与气氛之沉重。末二句写临战前慷慨赴死，以报君恩的决心。现实中思为国"收取关山五十州"而不能，故虚构其事以宣泄报国无门的苦闷。

李贺《南园十三首》之一

"花树草蔓眼中开，小白长红越女腮。可怜日暮嫣香落，嫁与春风不用媒。"思致造语，均新奇不落熟套。用小、长这种表体积、长度的形容词来形容"白"与"红"的程度，已属新创。但如果不和"越女腮"联系起来，则易生歧义误解，且传达不出"小白长红"的花特有的风韵。"越女天下白"，但这"白"乃是一种通体红润的白，一种白里透红的白。用越女白里透红的脸颊来形容花枝草蔓上盛开的花朵，不仅将其色彩之美描绘得真切传神，而且透出了浓郁的青春气息和风采，真正把花写活了。尤妙在三、四两句构想的新颖奇妙。日暮风起花落，本易触动青春易逝、芳华迟暮的感伤，诗人却别具灵心慧感、奇思妙想，将落花随风飘扬想象成"嫁与春风不用媒"，连媒人也不用，就有了一个好的归宿。然则这"可怜"既绝非"可惜""可叹"，也非一般的"可爱""可喜"，简直就是"可羡"了。而在欣羡落花无媒嫁春风的幸运的背后，似乎又透出了诗人自己无媒难售的惆怅苦闷。

李贺《金铜仙人辞汉歌并序》

此诗主旨，旧有讽君主求仙、抒宗臣去国之思等说，实则其序所叙铜人辞汉而潸然泣下的传说，就明显透露出一种易代之悲。李贺现存的二百多首诗中，有序的不过八首，多数为交代作诗的缘由。而杜牧在《李长吉歌诗叙》中独提此诗及《还自会稽歌》，谓："贺复能探寻前事，所以深叹恨古今未尝经道者，如《金铜仙人辞汉歌》《补梁庾肩吾宫体谣》，求取情状，离绝远去笔墨畦径间，亦殊不能知之。"《补梁庾肩吾宫体谣》，即《还自会稽歌》，其序云："庾肩吾于梁时，尝作《宫体谣引》，以应和皇子。及国事沦败，肩吾先潜难会稽，后始还家。仆意其必有遗文，今无得焉，故作《还自会稽歌》以补其悲。"将二诗之序并读，再联系《金铜仙人辞汉歌》中"三十六宫土花碧""汉月""忆君清泪""天若有情天亦老"等语，其为借铜人辞故都、故宫、故君、汉月而潸然泪下，抒国势沦亡的易代沧桑之感显然。二诗所抒的悲感，亦即杜牧《李长吉歌诗叙》中所谓"荒国陊殿，梗莽丘垄，不足为其恨怨悲愁也"。《金铜仙人辞汉歌序》中之所以特意标明"唐诸王孙李长吉"的身份，正是为了强调他这位唐王室的后裔与正在走向沦亡的唐王朝之间有一种特殊的感情联系，诗所抒写的宗臣去国之思并非个人的不遇之悲。

李贺《致酒行》

因此诗次句有“主人奉觞客长寿”之语，故注家每将“吾闻马周昔作新丰客”数语解为旅店主人敬酒时劝慰之词。按：三、四两句，因自己的“零落栖迟”联想到古人曾历的类似境遇，说自己就像当年西游长安的主父偃那样，迟迟不归，家人攀柳望归，将门前的柳条都折断了。盖借古人以自伤。“吾闻”四句，转又联想起本朝名人马周先困后达的境遇，说马周昔日宿于新丰旅店，受到店主人的冷遇，真可谓“天荒地老无人识”了。但他却只凭着奏疏上的条陈建议，就得到了皇帝的赏识和任用，盖以此自励。“吾闻”二字，既用以贯连“主父”二句与“马周”四句，又带有转折意味，且使诗的节奏稍作顿挫。不能因此将前二句与后四句分属诗人自伤和店主人劝慰。李贺诗中用“吾闻”或“吾”作句首提顿语者，还有《苦昼短》可以参较。这种用语，近于乐府中的“君不见”“君不闻”，将它们删去，并不影响诗的内容意蕴。

李贺《长歌续短歌》

篇末“不得与之游”，联系开头“秦王不可见，旦夕成内热”，显指秦始皇，借以象喻诗人向往追求的能赏识自己的君主。因为“不得与之游”五字系活用《史记·老子韩非列传》：“人或传其（指韩非）书至秦。秦王见《孤愤》《五蠹》之书，曰：‘嗟乎！寡人得见此人与之游，死不恨矣？’”本来是君主重才，愿得才人而与之游，这里却用作才士希遇明君而与之游。不管诗人是否自觉，至少反映出在其潜意识中才士与明君之间可以是“与之游”的平等关系，或者说寓含着一种君臣之间精神上彼此契合相通的意念。

李贺《昌谷北园新笋四首》之二

“斫取青光写楚辞，腻香春粉黑离离。无情有恨何人见，露压烟啼千万枝。”王琦《李长吉歌诗汇解》谓：“‘无情有恨’，即谓所写之《楚辞》，其句或出于无心，或出于有意，虽俱题竹上，无人肯寻觅观之，千枝万干，惟有露压烟啼而已，慨世上无人能知之也。”此解以“无情有恨”属之竹上所题之楚辞式诗篇，恐未谛。《昌谷北园新笋四首》均借竹自寓，此首亦然。由于题诗竹上，这诗又是蕴含怀才不遇的怨愤苦闷的楚辞式诗篇，因而这“写楚辞”的竹在不知不觉当中也就成了诗人自己的化身。它看似无情之物，实满怀怨愤苦闷，既无人见，亦无人怜。那千枝万枝为露水所压，为烟雾所笼，正像脉脉含愁，暗自啼泣。从削竹题诗到借诗传恨，再到借竹自寓，亦竹亦人，人竹一体，浑融莫辨，其间诗思的过渡转折，清晰自然。“无情有恨”四字，重点落在“有恨”上，而这“有恨”正承“写楚辞”而来。题诗写恨的竹成了诗人自己的化身，这是全篇诗思转变的关键。

李贺《美人梳头歌》

诗中有这样一段描写：“双鸾开镜秋水光，解鬟临镜立象床。一编香丝云撒地，玉钗落处无声腻。纤手却盘老鸦色，翠滑宝钗簪不得。”王琦《李长吉歌诗汇解》曰：“鬟已解矣，安得尚有玉钗在上，以致落地？况此句已用‘玉钗’，下文又用‘宝钗’，何不惮重复至是？恐是‘锦’字之讹。锦是栉发器。他选本有作‘玉梳’者，盖亦疑‘钗’字之非矣。‘落处’谓梳发，凡梳发原无声，‘无声’是衬帖字，下着一‘腻’字，方见其发之美。”今人多从其说。按：钗、锦二字，虽同从金旁，但字形并不相似，如原是锦字，似不大可能讹为钗字。至于二钗字重见，古体诗从不避忌。且此处之“腻”与下文写宝钗簪不得之“滑”正为对梳洗前后翠发情况之精确描绘。此句盖写卸钗解发时，玉钗偶尔落地，因其上沾有发上之脂膏，故无声而腻也。“腻”字正传神地表现出其落地时悄然无声，发腻而不清脆的听觉感受。及至梳洗之后，翠发上之宿腻既去，丝丝光滑，故插钗时因其滑溜而簪不得。温庭筠《郭处士击瓯歌》写听击瓯时，四座全神贯注，有“侍女低鬟落翠花”之句，写静得连侍女低头时翠钗坠地的轻微声响都可以听见，与此句形容玉钗落地时无声而腻，虽一写有声，一写无声，却都是传神的描写，可谓异曲同工。

元稹《连昌宫词》

此诗从立意寓讽方面看，近于白居易之《新乐府》，首章标其目，卒章显其志尤为对白氏《新乐府》体制、手法之明显模仿，但白氏《新乐府》强调“其事覈而实”（尽管并非单纯的生活事实），而元稹此诗在艺术上最显著的特征则是采用传奇笔法。一是通过移植、剪接，将许多在历史上并不同时同地发生的人物事件和场景，集中在特定时空之间加以展现，以突出渲染时代氛围。二是诗中对安史之乱后连昌宫荒废景象的描绘，纯出想象虚构，并非作者亲历，连诗中贯串始终的故事叙述人——连昌宫边的老人也极可能是一个虚构的人物。三是注重细节描写。以上三端，均属传奇笔法，说明处于发展鼎盛期的传奇小说在艺术上通过想象虚构编织故事、塑造人物、描绘场景及细节的手法，渗透、影响到叙事诗创作的情况。

白居易《花非花》

此诗近乎诗谜，却非那种只有诗的形式而毫无诗情诗境的“打一物”的谜语。

或有解其谜底为霜而被讥为煞风景者，原因就在这个谜底完全阉割了诗的优美意境，特别是诗的末二句“来如春梦几多时，去似朝云无觅处”所蕴含的诗情诗境，以及它所引发的美好联想与想象。即便单从外在形态而言，那洁白清冷的霜，和温馨美好的春梦以及绚丽红艳的朝云之间，有哪一点相似之处呢，更无论有无诗意了。这样的解释首先就不符合谜底与谜面必须契合无间的标准。“花非花，雾非雾”，表面上说它非花非雾，但实际上强调的是它既像花又像雾的一面。“花”之明艳绚丽色彩与“朝云”之间有明显相似之处，而“雾”之缥缈朦胧则近乎“梦”。“夜半来，天明去”，写所咏对象的来去行踪，带有时间短暂、行踪飘忽的特点，并显示出某种神秘或私密色彩。末二句紧承“来”“去”二字，进一步表现其来时的短暂和消逝之无踪，点眼处正在“春梦”和“朝云”这两个核心意象。“春梦”带有温馨美好、缥缈朦胧、短暂飘忽等一系列特征，“朝云”则具有灿烂明艳、绚丽多彩而又短暂幻灭等特征，如将上述特征加以综合概括并联系前四句，则这首诗所抒发的感受不妨说是对某种美好温馨、缥缈朦胧的情事匆匆消逝的追忆和惆怅。诗人用“朝云”而不用“朝霞”，当因“朝云”暗用《高唐赋序》“旦为朝云”之典，其中包含着一段美好的故事，而且它本身就是一个虚无缥缈的梦境。这梦境中的情事，同样像春花朝云那样明艳灿烂、又像迷雾春梦那样缥缈朦胧，而且虽美好而短暂。“大都好物不坚牢，彩云易散琉璃脆”（《简简吟》），“脂肤荑手不牢固，世间尤物难流连。难流连、易销歇。塞北花，江南雪”（《真娘墓》），联系这些诗中的感慨，可以进一步体会《花非花》一诗的感情体验和丰富内涵。它可以引发对类似的人、事、情景的广泛联想，却不必也很难指实其具体所指。

白居易《赋得古原草送别》

历来评赏此诗，最大的误区是把它看成一首单纯的咏物诗乃至说理诗，而全然忽视诗中包蕴的浓郁诗情和韵致。更有甚者，则谓“诗以喻小人也，消除不尽，得时即生，干犯正路，文饰鄙陋，却最易感人”（蘅塘退士《唐诗三百首》评），堪称史上最煞风景的解说评点。另一误区，是孤立赞赏诗中“野火”一联而忽视全篇。其实此诗前幅四句，一意贯串，意致流走，自然工妙，不可分割。从眼前所见茂密翠绿的“离离原上草”起兴，引发出对它生生不已的生命过程的联想。人人习见的原上草一岁一枯荣的景象，在诗人笔下，不但因“野火烧不尽，春风吹又生”这样平易浅切中寓含自然界生命的轮回奥妙的诗句而得到富于哲理意味的表现，而且渗透了诗人对自然界勃勃生机的热情礼赞和诗性感悟。语言既明白晓畅，又具有启发性。“远芳”一联，承首句“离离”续写远望中的“原上草”，关合送别，展现友人沿古道而远赴荒城的阔远图景。尾联化用《招隐士》故典，赋予春草以人的感情，构思意境类似“惟有相思似春色，江南江北送君归”，这“侵古道”而“接荒城”的萋萋春草也都充满了诗人的别情。赋物与送别，妙合无垠。不能因为其平易流畅且传为少作而轻易读过。

孙革《访羊尊师》

此首最早见于《文苑英华》卷二二八道门四，题即作《访羊尊师》，署孙革作，唯首句“花下问童子”之“花”字显误。而《万首唐人绝句》卷二七五署无本（即贾岛）。《唐音统签》校记：“岛集不载此。”按：明朱之蕃校《长江集》不载此诗。今通行唐诗选本均署贾岛作，题为《寻隐者不遇》。据诗中“童子”“师”及“采药”等语，此诗原题当作《访羊尊师》，所访者为道院之道士，非一般隐者，“童”即道院之道童。道院每有松林围绕，故有“松下问童子”之句，道士每入山采药，故有下数语。从清代徐增开始，多从诗中有几问几答着眼，并由此引出诗的精炼与曲折有致的优长。相对于实际生活情事来说，此诗确有寓问于答、省略紧凑、顿挫曲折之妙，但像徐增那样解说，却无异于将浓缩了的诗化为淡而无味的拙劣散文，完全消解了原作的浓郁诗情诗趣。此诗妙处，正在从访而不遇当中写出了被访者的精神风貌。三四两句，于一转一跌之间，将本来仿佛已经拉近了距离的被访对象忽然又引向了虚无缥缈之境，变得杳不可寻了。这位寻常的入山采药的羊尊师也就飘飘然隐入深山云雾之中，成了与尘世绝缘的具有仙风道骨的另一世界中人了。连那漫不经意地答话的道童也似乎沾了一点仙气。诗人与读者，一齐悠然神往于深山白云的缥缈境界，而忘了此行此访的目的了。诗全用口语白描，却风格闲逸而飘忽，全无半点尘俗气，与贾岛的诗风也明显有别。

刘皂《旅次朔方》

朔方，有泛称北方与专指朔方郡两解。作泛称解，与“旅次”当有具体地方不合。作专称朔方郡解，则汉之朔方郡治在今内蒙古长锦旗北，唐夏州朔方郡治在今陕西靖边县北之白城子，均距诗人所言桑干水甚远。据三、四二句，此“朔方”当指朔州（今属山西），地正当桑干河之北，南距并州（今山西太原）460里，距咸阳1700余里。此诗最早见于元和九年至十三年间令狐楚编选之《御览诗》，署刘皂作，首句作“客舍并州数十霜”。宋王安石《唐百家诗选》卷十五、《万首唐人绝句》卷二十一、《唐诗纪事》卷四十均作贾岛诗，题为《渡桑干》。按：贾岛系范阳人，并无客居并州十载乃至数十载之生活经历，故此诗当从《御览诗》，定为刘皂所作。兹更补一证。令狐楚之父为太原府功曹，家居太原。贞元七年（791）楚中进士前大部分时间均在太原。贞元十一年至元和四年（809），李说、严绶、郑儋相继为河东节度使，均辟楚为掌书记。除贞元八年至九年短期为桂林从事外，未离开过太原。对照刘皂“客舍并州数十霜”的经历，令狐楚当与刘皂在并州结识，并熟知其诗，故编选《御览诗》时选了刘皂四首诗。总之，从令狐楚与刘皂同住并州的长期生活经历可以证明，此诗为刘皂作确凿无疑。

许浑《金陵怀古》

此诗第五句“石燕拂云晴亦雨”，旧注引《水经注·湘水》：“湘水东南流，迂石燕山东，其山有石，绀而状燕，因以名山。其石或大或小，若母子焉。及其雷风相薄，则石燕群飞颉颃，如真燕矣。”又《初学记》卷二引《湘州记》：“零陵山上有石燕，遇风雨即飞，止还为石。”近人、今人注多从之。按：题曰《金陵怀古》，所咏皆金陵史事山川景物，与湘中石燕无涉。清初贺裳《载酒园诗话又编》谓“金陵有燕子矶俯临江岸，此专咏其景耳，何暇远及零陵？”所言良是，与下句“江豚”相对，正写金陵山川景物虽犹昔日而人事盛衰无常，起下“英雄一去豪华尽，唯有青山似洛中”二句，怀古之意，盛衰之慨，一意贯串。惜贺裳之说长期不被人注意，致今人新注犹袭旧注而与题《金陵怀古》不符。燕子矶在南京东北观音山，三面环水，突入江中，其形状如燕展翅欲飞，故名。燕子矶之名不知起于何时，但此诗之“石燕”所指即燕子矶殆无疑问。

许浑《咸阳西门城楼晚眺》

《全唐诗》题作《咸阳城东楼》，《才调集》卷七、蜀刻本并同，非。据诗意及第三句“溪云初起日沉阁”自注：“南近磻溪，西对慈福寺阁。”诗人所登览者，当为咸阳西门城楼而非“城东楼”。《乌丝栏诗》真迹作《咸阳西门城楼晚眺》，是。又，此登览诗，思乡、览景、怀古之意兼而有之，非单纯怀古诗。思乡之意，首联于写景中即已透露。所谓“一上高楼万里愁”，此“万里愁”即乡愁。许浑家居润州，距咸阳路程遥远，故望眼前蒹葭丛生、杨柳遍地的景象酷似润州故乡汀洲之景，自然引发思乡之愁。许浑润州诗中，如“吴门烟月昔同游，枫叶芦花并客舟”（《京口闲居寄西都亲友》），“潮生水国蒹柳响，雨过山村橘柚流”（《赠萧兵曹先辈》），“十里蒹葭入薜萝”（《春日郊园戏赠杨假评事》），“日照蒹葭明楚塞，烟分杨柳见隋堤”（《送上元王明府之任》），皆可证“蒹葭杨柳似汀洲”者实即风景依稀似故乡之意。如将此诗理解为单纯的怀古诗，则首联、颔联与怀古主题游离。

温庭筠《春江花月夜词》

“四方倾动烟尘起，犹在浓香梦魂里。”倾动，《全唐诗》作“澒动”。按：倾动，倾覆动荡。魏曹冏《六代论》：“天下所以不能倾动，百姓所以不易心者，徒以诸侯强大，盘石膠固。”四方倾动，谓四方变乱迭起，国家局势倾覆动荡。烟，《全唐诗》校：“一作风。”“倾动”字不误，因疑其为“澒动”之误，而连带改“烟尘”

为“风尘”，以实其用杜诗“风尘澒洞昏王室”之说，更属臆改。

温庭筠《苏武庙》

或有疑此苏武庙在边塞者。按：“云边雁断胡天月，陇上羊归塞草烟”之景象，并非诗人眼前实景，不能作为祠庙在边塞之证。苏武系杜陵（今西安市西南）人，其地或有纪念苏武之祠庙。温庭筠长期寓居鄠杜郊居，苏武庙或即在其附近，故往访谒而有此作。诗题为《苏武庙》，而全篇正面写庙者仅“古祠高树两茫然”七字，其他七句均系描叙苏武奉命出使、幽系匈奴的生活及与汉使相见、归汉、谒陵等情事，直似一篇压缩之苏武传。初读似感脱题，细味方悟诗中所写苏武情事，均为谒庙时所见反映苏武出使始末之壁画，如此方与题内“庙”字符合。庙内之壁画，当按时间先后描绘其奉命出使、异域思归、持节牧羊、初见汉使、完节归汉、谒武帝陵等情事，为加强艺术效果，特错易次序，先将“魂销汉使前”这一最具感情冲击力之场景置于篇首，以凸显苏武之爱国感情与民族气节，以下则两两对写思归与牧羊、奉使与归来、谒陵与哭吊，可见其构思之精。庭筠远祖温彦博为唐初开国功臣，《新唐书》本传载：“突厥入寇，彦博以并州道行军长史战太谷，王师败绩，被执。突厥知近臣，数问唐兵多少及国虚实，彦博不肯对，囚阴山苦寒地。太宗立，突厥归款，得还。”其事与苏武有相似处。此诗笔端富于感情，可能与其对远祖彦博的景仰有关。

杜牧《江南春绝句》

此诗所写之“江南春”，系经过艺术概括、浓缩了千里江南春日丽景的山水画卷。杨慎泥解诗意，认为系一时一地之实景，故有改“千里”为“十里”之谬说。诗不但有广远的千里空间，且有阴晴不同气候条件下的景色。前二句所写为晴日照映下绿树红花、水村山郭、酒旗迎风招展的景象。后二句所写则为烟雨楼台景象。在杜牧对江南春日丽景的审美体验中，佛寺作为一种自然景观和历史人文景观的结合体，乃是千里江南大地上最显眼、最华美的建筑。它们多建于山水佳胜之地，又往往历史悠久，多为南朝遗迹，极富历史文化气息和宗教气息。诸多因素的集合，遂使佛寺成为江南佳胜的典型代表。而江南佛寺最美的时节，又在春天迷蒙细雨笼罩之下，华美的楼台在周围山水树林的掩映之中，若隐若现，缥缈朦胧，恍若仙境。正因为这是杜牧心目中“江南春”景象最具美感的，故三、四两句用咏叹的笔调重笔描绘渲染。

杜牧《赤壁》

小杜咏史诗喜作翻案文章，《赤壁》亦然。但并非故意标新立异，而是借此抒发人生感慨。“东风不与周郎便，铜雀春深锁二乔。”在杜牧看来，周瑜之破曹，纯粹是由于天赐东吴以有利的机缘（得“东风”之便）而已。在貌似戏说历史的深层意蕴中，深藏感慨：历史的某些偶然机缘或条件，使一些才能未必很高的人侥幸获得成功与不朽的声名，而另一些真正有才能的人却因为缺乏这些偶然的机缘条件而沉埋不显。单纯以成败论英雄，实际上是对怀才不遇者的又一种不公。联系杜牧其他诗作（如《杜秋娘诗》之“女子固不定，士林亦难期”），更可看出诗人对历史、对人生际遇时感偶然茫然，无法掌握自身命运的心态。这是衰颓时世士人一种典型的心态。对照李白的“天生我材必有用”的高度自信，可以明显感到这种机缘偶然的心态的时代根源。

司空图《华下》

“故国春归未有涯，小栏高槛别人家。五更惆怅回孤枕，犹自残灯照落花。”诗作于昭宗乾宁四年（897）春。三年七月，军阀李茂贞攻入长安，昭宗出奔华州。此为诗人避乱居华州时作。首句“故国”，或谓指其故乡，殆非。司空图系泗州临淮人。河中虞乡（今山西永济）中条山王官谷有先人所置别业，故栖隐其间。作者《漫题三首》之一有“乱后他乡节，烧残故国春”句，此“烧残”之“故国”定指长安。《华下》之“故国”亦然。首句盖谓春天又回到了人间，遥想故都，此时应是烂漫春色，无边无际的景象了，于想象中隐含因避乱而欲归未得的怅恨。

罗邺《雁二首》之一

“暮天新雁起汀洲，红蓼花开水国愁。想得故园今夜月，几人相忆在江楼。”或谓此诗系触景生情，托物起兴，以抒故园之思者。起二句写眼前景，因雁之一年一度去而复返而己长在异乡而想念故园。但联系同题之二：“早背胡霜过戍楼，又随寒日下汀洲。江南江北多离别，忍报年年两地愁。”诗人当是身在江北，思念江南故乡。诗中亦有“汀洲”字，“愁”字“楼”字，与第一首押同韵，可证二首均罗邺之作（第一首一作杜荀鹤诗），且写作时地亦同。不过第二首通篇托物（雁）寓怀，而第一首之“新雁”只是引起乡思离愁的触发物。首句写自己身在江北，看到南飞的北雁起于汀洲之上，触发对江南故乡的思念。故第二句即转而想象，此时水国江南的故乡应是红蓼花盛开的景象了。“想得”二字，绾合前后幅，将全诗贯通为一个整体。

罗隐《绵谷回寄蔡氏昆仲》

诗题《全唐诗》作《魏城逢故人》。魏城，唐剑南道绵州（治所在今四川绵阳市）县名。诗云："一年两度锦城游，前值东风后值秋。芳草有情皆碍马，好云无处不遮楼。山将别恨和心断，水带离声入梦流。今日不堪回首望，淡烟乔木隔绵州。"按：详味全篇，诗无"逢故人"意。诗题当从《才调集》作《绵谷回寄蔡氏昆仲》。据诗意，诗人当于同一年之春秋两季，游于成都，与蔡氏兄弟同游，或驱马芳郊，或欣赏云雾楼台之景。于后一次游成都后归途中经绵谷县（今四川广元市）时，怀念同游之蔡氏兄弟，作此诗回寄。腹联"别恨""离声"均就与蔡氏昆仲之离别而言，如题曰"逢故人"，则了不相关。绵谷县与成都之间，隔着绵州，故尾联云今日回首遥望成都，但见淡烟高木，阻挡视线，中间又隔着绵州城，虽思念朋友，却无法相见，故云"不堪回首望"，第七句《全唐诗》作"今日因君回首望"，或是因题内"逢故人"而改。

罗隐《蜂》

此诗寓意，解者多歧。或云叹世人之劳心利禄者，或云讥横行乡里，聚敛无厌而终不能自保者。蜜蜂采花粉酿蜜，而蜜绝大部分属他人，是自然界的客观现象。不同的读者从这同一客观现象可能会引发对社会上类似现象的联想，但任何合理的联想都不能违背蜜蜂辛勤的劳动果实为他人所据有这一基本内容。或引张碧《农父》诗"运锄耕劚侵星起，垅亩丰盈满家喜。到头禾黍属他人，不知何处抛妻子"以印证诗的后两句，是比较符合诗的实际寓意的。如果说"不论平地与山尖，无限风光尽被占"让我们联想起李绅《悯农》的"四海无闲田"，那么"采得百花成蜜后，为谁辛苦为谁甜"就让我们联想起"春种一粒粟，秋成万颗子"而"农夫犹饿死"了。联系唐末乱世赋敛之苛，诗之悯农意旨显然。

韩偓《春尽》

这首诗的写作时地，前人和今人均有谓晚年入闽居南安时作者。但据诗中"地胜难招自古魂"之句，恐当作于唐亡前流寓湖南时。所谓"自古魂"，当首先包括放逐沅湘的屈原忠魂。王逸《楚辞章句》谓《招魂》系宋玉"怜哀屈原忠而斥弃……魂魄放佚"而作。"自古魂"即指自古以来如屈原一类忠而遭逐的忠魂，其中也包括了诗人自身的类似境遇。天复元年（901）冬，韩偓从昭宗避乱凤翔，拜兵部侍郎、翰林学士承旨。三年春，以不附朱温贬濮州司马，弃官南下，闲居湖南长沙岳麓山西。后又移居醴陵，时在天复四年。湖南系屈原放逐之地，自己的境遇亦似当年的屈原，故有“地胜难招自古魂”之句。其时当在春暮，故以《春尽》为题，亦借以抒发唐朝即将沦亡的“芳时恨”。

[原载《安徽师范大学学报》（人文社会科学版）2013年第3、4期]

韩愈诗歌对赋体成分的吸收
——兼论跨文体鉴赏

◆余恕诚

【关键词】韩愈；诗歌；赋；跨文体

【摘　要】诗史上被称作“以文为诗”的韩愈，他的“大变盛唐”，既表现在将散文的某些因素融入诗歌，亦表现在融赋入诗方面。韩诗的铺排夸张、谐隐滑稽、联句赋物，皆与融赋入诗相关。对于参用其他文体的韩愈诗歌，在鉴赏和批评方面也应有跨文体意识。

唐代诗歌的演进与繁荣，跟诗歌对赋体的吸收和借鉴有密切关系。活跃于贞元、元和时期的韩愈，在盛唐之后，对诗歌发展作出多方面的重要开拓。学者对于韩诗的大变盛唐，通常称之“以文为诗”。但“文”的内涵，人们在使用时范围常有变化，即使是用以指称与诗歌相对的“文”，它至少还包含有散文与赋两大类。赋是押韵的，专重铺陈描写，与从先秦两汉以后一般被称作古文的散文有很大不同。散文影响于诗，是把散文的字法、句法、篇法亦即散文的结构、句式、语气带入诗歌，当然还可能让诗有类似文的议论和写法上的自由放任；而赋影响于诗歌则是铺排描写、夸饰对偶，以及赋体结构方式和由赋体作品积累下来的可资作诗采用的辞藻典故。因此，赋与散文虽然都曾影响于诗，但内容并不一致。韩愈作为古文大家，将古文成分引入诗歌，历来论述颇多，本文则拟另从赋与诗的关系入手，考察韩愈诗歌对赋体成分的吸收。

一、铺排夸张，穷形尽相

韩愈是最富于创新精神的作家，强调“唯陈言之务去”，李商隐推崇他文能“破体”（《韩碑》），他勇于吸收其他文体成分，敢于在文体上越界，而其高才博学，又足以使他能够横鹜别趋，成功地在一种文体中吸收其他文体的成分。韩愈《送孟东野序》历举历代文学上成就最高的“善鸣者”，说：“汉之时司马迁、相如、扬雄最其善鸣者也。”司马相如、扬雄是汉代最杰出的赋家；司马迁，《汉书·艺文志》载其有赋8篇，今存《悲士不遇赋》，也是有成就的赋家。韩愈将其与司马相如、扬雄并提，称之为“最其善鸣者”，除史学外，当亦包括其赋在内。又《进学解》历举自己“沉浸醲郁，含英咀华”，吸取前代遗产的对象，从“上规姚姒”，一直数到“子云相如，同工异曲”。《答刘正夫书》说“汉朝人莫不能为文，独司马相如、太史公、刘向、扬雄为之最”，以其作为“用功深”“能自树立”的典范。韩愈参加博学宏词考试受挫，还借标榜司马相如、扬雄等人占地步，强调科试文章之不足取，说“诚使古之豪杰之士若屈原、孟轲、司马迁、相如、扬雄之徒进于是选，必知其怀惭乃不自进而已耳!”用来做挡箭牌的，除了孟轲和亦曾有赋的司马迁外，屈原、司马相如、扬雄都是大辞赋家，于此可见辞赋家在韩愈心目中的地位。韩愈集中题为赋的文章有六篇。此外，《吊田横文》《进学解》《送穷文》《颂风伯》《释言》也是赋体，后四篇被姚鼐收入《古文辞类纂》辞赋类。他的赋，形式多样，有骈赋、律赋、新文赋，在赋的写作上造诣很高，其诗之吸取赋在唐代诗人中是最能放开手脚的，当然也相对较为直露。

赵翼云:“自沈、宋创为律诗后，诗格已无不备。至昌黎又斩新开辟，务为前人所未有。如《南山诗》内铺列春夏秋冬四时之景，《月蚀诗》内铺列东西南北四方之神，《谴疟鬼》诗内历数医师、炙师、诅师、符师是也。又如《南山诗》连用数十‘或’字，《双鸟诗》连用‘不停两鸟鸣’四句，《杂诗》四首内一首连用五‘鸣’字，《赠别元十八》诗连用四‘何’字，皆有意出奇，另增一格。”[①]赵翼说韩愈“另增一格”，所举的例子当然并非初唐那种创为律诗的新诗体，而是援赋入诗，创造以极力铺陈描写为特征的新的诗歌风格类型。所谓“铺列”“历数”“连用”都是用赋体的铺写之法。《南山诗》是最典型的以赋为诗，历代诗论家几乎众口一词地指出这一点，如:

沈德潜云:“《南山》……情不深而侈其词，只是汉赋体段。”[②]

管世铭云:“不读《南山》诗，那识五言材力，放之可以至于如是，犹赋中之《两京》《三都》乎！彼以囊括苞符，此以镌镵造化。”[③]

程学恂云:“昔人云赋家之心包罗天地者，于《南山诗》亦然……《南山》乃开别派耳。”[④]

洪兴祖:“此诗似《上林》《子虚》赋，才力小者，不可到也。”[⑤]

方世举:“古人五言长篇，多得文之一体……退之《南山》，赋体。赋本六

① 赵翼:《瓯北诗话》卷三《韩昌黎诗》，郭绍虞编选:《清诗话续编》，上海古籍出版社1983年版，第1167、1168页。

② 沈德潜:《说诗晬语》卷上，丁福保辑:《清诗话》，上海古籍出版社1978年版，第527页。

③ 管世铭:《读雪山房唐诗凡例》，郭绍虞编选:《清诗话续编》，上海古籍出版社1983年版，第1547页。

④ 转引自钱仲联:《韩昌黎诗系年集释》第四卷，《南山诗》后所附《集说》，上海古籍出版社2007年版，第462页。

⑤ 转引自钱仲联:《韩昌黎诗系年集释》第四卷，《南山诗》后所附《集说》，上海古籍出版社2007年版，第459—462页。

义之一，而此则《子虚》《上林》赋派。”[①]

方东树：“《南山》盖以《京都赋》体而移之于诗也。”[②]

《南山诗》突出的特点是篇幅长。一首写景诗如何能有此鸿篇巨制？刘熙载说：“长篇宜横铺，不然则力单。”[③]所谓“横铺”，实即赋法。韩愈《南山诗》等长篇，正是以赋法拓展起来的巨制。对此，诸家的评述涉及两类赋：一类是《上林》《子虚》赋，这类赋侈大其辞，铺张扬厉，尽量发挥想象，上下四方，大气包举地写；再一类是《两都》《二京》《三都》赋，这类赋收罗宏富，纷繁复杂，千态万状，层见叠出。将以上两类赋的写法吸收到诗中，自然可能累累不尽，造就百韵以上的篇幅。以上引诸家在指出其近赋或用赋体的同时，有的还略有分析。汉代骋辞大赋主要是重外部描绘而不重抒情，铺陈之中很少见到作者的主观情感，沈德潜说《南山诗》“情不深而侈其词”，即不仅从侈大其词的铺陈上，而且是从情与景的配搭关系上深入一层地指出了《南山诗》近于赋的特征。管世铭认为《南山诗》有赋中《两京》《三都》那种篇制规模，同时指出其写法的“镌镵造化”。大赋由于夸饰，往往需要出以镌镵之笔。《文心雕龙·夸饰》云：“至如气貌山河，体势宫殿，嵯峨揭业，熠熠焜煌之状，光采炜炜而欲然，声貌岌岌其将动矣。莫不因夸以成状，沿饰而得奇也。”这种“因夸以成状，沿饰而得奇”，即有“镌镵造化”的成分。宋代陈与义评扬雄更直接指出：“扬雄平生书，肝肾间雕镌”[④]。《南山诗》在铺陈夸饰、镌镵造化方面亦可算与大赋同出一辙。

春阳潜沮洳，濯濯吐深秀。岩峦虽崒峍，软弱类含酎。
夏炎百木盛，荫郁增埋覆。神灵日歊歔，云气争结构。
秋霜喜刻轹，磔卓立癯瘦。参差相叠重，刚耿陵宇宙。
冬行虽幽墨，冰雪工琢镂。

以上是对南山四季景色的描写，如果说这一段处在诗的开头部分，虽铺排而不堆砌，虽造语生新而尚不至刿目怵心的话，那么作为全篇高潮部分则是：

或连若相从；或蹙若相斗；或妥若弭伏；或竦若惊雊；
或散若瓦解；或赴若辐辏；或翩若船游；或决若马骤；
或背若相恶；或向若相佑；或乱若抽笋；或嵲若炷灸；

① 转引自钱仲联：《韩昌黎诗系年集释》第四卷，《南山诗》后所附《集说》，上海古籍出版社2007年版，第459—462页。

② 方东树：《昭昧詹言》卷一，人民文学出版社1961年版，第40页。

③ 转引自钱仲联：《韩昌黎诗系年集释》第四卷，《南山诗》后所附《集说》，上海古籍出版社2007年版，第459—462页。

④ 陈与义《书怀示友十首》其八。

或错若绘画；或缭若篆籀；或罗若星离；或蓊若云逗；
或浮若波涛；或碎若锄耨；或如贲育伦，赌胜勇前购；
先强势已出，后钝嗔逗譳；或如帝王尊，丛集朝贱幼，
虽亲不亵狎，虽远不悖谬；或如临食案，肴核纷饤饾；
又如游九原，坟墓包椁柩；或累若盆甖；或揭若登豆；
或覆若曝鳖；或颓若寝兽；或婉若藏龙；或翼若搏鹫；
或齐若友朋；或随若先后，或迸若流落；或顾若宿留；
或戾若仇雠；或密若婚媾；或俨若峨冠；或翻若舞袖；
或屹若战阵；或围若蒐狩；或靡然东注；或偃然北首；
或如火嬉焰；或若气饙馏；或行而不辍；或遗而不收；
或斜而不倚；或弛而不彀；或赤若秃鬝；或熏若柴槱；
或如龟坼兆；或若卦分繇；或前横若剥；或后断若姤；
延延离又属，夬夬叛还遘；喁喁鱼闯萍，落落月经宿；
訚訚树墙垣，巘巘架库厩；参参削剑戟，焕焕衔莹琇；
敷敷花披萼，闟闟屋摧霤；悠悠舒而安，兀兀狂以狃；
超超出犹奔，蠢蠢骇不懋。

一气用了五十一个“或”字，串联起六十句进行形容，又继以十四个用迭字领起的诗句，铺排的气势规模为诗史上前此所未见。这些铺排，或用自然景观，或用社会场景，或用人的表情动作，或用物的形状姿态，用瓦片破碎，用车轮辐辏，用绘画错杂，篆字缭绕，众星罗列，草木攒聚，用马奔、船游、抽笋、灶炙、曝鳖、寝兽、搏鹫、战阵、围猎、婚媾、冠戴，乃至用帝王登殿接受众人朝拜，临案进食肴核饤饾纷呈等各种物象和场面，来形容千山万壑的姿态，甚至连卜卦时龟甲的裂纹和剥卦、姤卦的卦象，都拿来状众山罗列情景，真是“镌镵造化”，匪夷所思。就图景情状而言，分而观之，可能有各种表现，有似惊，有似喜，有似相亲，有似相憎，有似坟墓棺椁，有似翩然起舞，但作者的描述却出以旁观的态度，既无喜怒哀乐在内，感情亦不受其牵连影响，仅就这些具体描写而言，亦与赋之“情不深而侈其词”相近，确实是“汉赋体段”。

《南山诗》历来褒贬不一，褒之者如程学恂云：“形容比拟，穷神尽象，至矣！”徐震云：“别开境界，前无古人。”[①]肯定它的描写能力和在写法上的开辟。贬之者如《潜溪诗眼》载：

孙莘老尝谓老杜《北征》诗胜退之《南山诗》，王平甫以为《南山》胜《北征》，终不能相服。时山谷尚少，乃曰：“若论工巧，则《北征》不及《南山》，

① 转引自钱仲联：《韩昌黎诗系年集释》第四卷，《南山诗》后所附《集说》，第462页。

若书一代之事，以与《国风》《雅》《颂》相为表里，则《北征》不可无，而《南山》虽不作未害也。”二公之论遂定。[①]

《潜溪诗眼》所载的争论，虽一时以黄庭坚之论为定，而其实未定，后世仍在继续争论。《北征》是纪事的，结合自身经历写时代社会生活大事；《南山诗》是写景诗。以“书一代之事”的要求，把二者拉到一起比较高低，是偏颇的。二者于此不具有可比性。方世举云：“《南山》《北征》，各为巨制，题义不同，诗体自别，固不当并较优劣也。”徐震云：“予谓《北征》主于言情，《南山》重在体物，用意自异，取材不同，论其工力，并为极诣，无庸辨其优劣也。”[②]方、徐二家指出两首长篇题义不同，不应执定某种标准，简单地加以比较，意见是正确的。

对《南山诗》的另一种批评，是以为繁冗。蒋之翘云：

《南山诗》竟何如也？连用“或”字五十馀，既恐为赋若文者，亦无此法。极其铺张山形峻险，叠叠数百言，岂不能一两语道尽？试问之，《北征》有此曼冗否？[③]

这种批评是以汉魏至大历诗歌简约浑括的写法来要求韩愈的变体。其实，“一两语道尽”，并不一定高于融赋入诗、“极其铺张”的写法，前者不可代替后者。如《南山诗》写山中云气：

晴明出棱角，缕脉碎分绣。蒸岚相颁洞，表里忽通透。
无风白飘簸，融液煦柔茂。横云时平凝，点点露数岫。
天空浮修眉，浓绿画新就。

描绘山峰、云气、阳光、风力互相作用，景色变化，灵异缥缈，尽态极妍。此前王维《终南山》诗“白云回望合，青霭入看无”写云气，应该是韩愈所熟悉的。韩愈并不因为有王诗在前而辍笔，当即由于王诗虽是名篇名句，但下笔简括，终究代替不了此诗殚尽云山变态的描写。

沈德潜认为《南山诗》“情不深而侈其词，只是汉赋手段”，评中亦带有贬义。《南山诗》是二百零四句的大篇，就各部分的具体描写——特别是连用五十一个“或”的铺叙而言，沈氏所评是符合事实的，但就全篇总体而言，作者的主体情感还

① 郭绍虞：《宋诗话辑佚》，中华书局1980年版，第327页。

② 转引自钱仲联：《韩昌黎诗系年集释》，《南山诗》后所附《集说》，上海古籍出版社2007年版，第462页。

③ 转引自钱仲联：《韩昌黎诗系年集释》，《南山诗》后所附《集说》，上海古籍出版社2007年版，第460页。

是不可忽视的。南山即终南山，属秦岭山脉。秦岭自甘肃陇县至河南灵宝县，绵延八百里，主脉经过长安城南，为唐代京城长安镇山。自《诗经·小雅·斯干》“秩秩斯干，幽幽南山”的诗句之后，虽多见于歌咏，但皆出以短章，缺少可与南山相匹配的大篇。直到韩愈，才以前所未有的大手笔，对南山展开了全局性的丰富多彩的描写，南山的伟丽博大、气象万千，至此第一次得到了淋漓尽致的表现。描写中一景一处的具体刻画，可以是客观用笔，而统挈全篇，驱动并支持作者完成如此大规模创作的，却是出于对京都镇山的景仰热爱之情。诗之开篇云：

吾闻京城南，兹维群山囿。东西两际海，巨细难悉究。
山经及地志，茫昧非受授。团辞试提挈，挂一念万漏。
欲休谅不能，粗叙所经觏。

韩愈极其自负，以这样“试试看”的态度写诗，这是其唯一的一篇，可见倾注了一片从事大著作的情感。不满于山经地志茫昧，要写亲历亲见，欲罢不能，其情其志，何等执着！在上引五十一个“或”字、十四个叠字的描写后，紧接用“大哉立天地”的赞叹一笔收住。上文滔滔滚滚奔腾而来的笔势，注入这一句中，使全诗正有如王世贞论赋所云：“包蓄千古之材，牢笼宇宙之态。其变幻之极，如沧溟开晦：绚烂之至，如霞锦照灼；然后徐而约之，使指有所在。”（《艺苑卮言》卷二）强调赋要博大丰富，又要博而有约，有指归所在。韩愈的《南山诗》，正合于这种要求。不过《南山诗》最后的“指有所在”，又不同于汉大赋的由“劝”转“讽”，而是在对南山作了比物取象、尽态极妍的描写之后，出以充满激情的赞叹。前后一气贯注，有前面气象万千的自然景象作基础，更显得后面的赞叹之情充沛有力。而篇末赞叹中包含的激情，正是创作这样大篇动力的源泉。可见，《南山诗》虽用赋法，但仍有作者强大的主观感情。另开别派，而仍不失为诗。

韩诗中用赋体极力铺排的作品相当多，如《此日足可惜赠张籍》《送僧澄观》《苦寒》《咏雪赠张籍》《落齿》《送惠师》《送灵师》《叉鱼》《县斋有怀》《赴江陵中寄赠三学士》《岳阳楼别窦司直》《永贞行》《喜雪献裴尚书》《答张彻》《游青龙寺赠崔大补阙》《元和圣德诗》《孟东野失子》《陆浑山火和皇甫湜用其韵》《月蚀诗效玉川子作》《石鼓歌》《双鸟诗》《和崔舍人咏月二十韵》《嘲鼾睡》《寄崔二十六立之》《和侯协律咏笋》等篇，均动辄出以铺张。这些铺写，有的不免堆砌而缺少意味，不算成功，但多数在比物取象，穷极状态，烘托气势方面，表现出韩诗特有的笔力。韩愈作为中国诗史上描写能力最强的作家，得力于对赋体的吸收。韩诗之由虚趋实，亦缘于此。从运用赋法看，有的出于自心，有的还能较明显地看到对前代赋体名篇的继承吸收。如《陆浑山火和皇甫湜用其韵》铺写被大火所烧的飞禽走兽：“虎熊麋猪逮猴猿，水龙鼍龟鱼与鼋。鸦鸱雕鹰雉鹄鹍，燖炰煨爊孰飞奔”，对照司马相如《上林赋》中写禽鸟异兽：“鸿鹔鹄鸨，驾鹅属玉，交精旋目，烦鹜庸渠，箴疵鵁卢，群浮乎其上”，“㺍旄貘犛，沈牛麈麋，赤首圜题，穷奇象犀……麒麟角端，騊駼橐驼，蛩蛩驒騱，駃騠驴骡”，可见都是大量堆叠飞禽走兽的名称。这种写法，《陆浑山火和皇甫湜用其韵》诗直接继承了《上林赋》。韩愈的《岳阳楼别窦司直》前半段写洞庭湖景象，也从赋中吸取了语言材料。程学恂云：“《南山诗》纯用《子虚》、《上林》、《三都》、《两京》、木《海》、郭《江》之法，铸形镂象，直若天成者。咏洞庭亦然。”[①]程氏所讲的“咏洞庭”，即指《岳阳楼别窦司直》诗。此诗规模小于《南山诗》，跟《子虚》《上林》赋距离稍远，而若与木华《海赋》、郭璞《江赋》对照，则颇有值得注意的地方。如《海赋》云：

> 浮天无岸……波如连山，乍合乍散……于是鼓怒，溢浪扬浮。更相触搏，飞沫起涛。状如天轮，胶戾而激转；又似地轴，挺拔而争回。岑岭飞腾而反覆，五岳鼓舞而相磓。

《岳阳楼别窦司直》云：

> 轩然大波起，宇宙隘而妨。巍峨拔嵩华，腾踔较健壮。声音一何宏，轰辐车万辆。

两相对照，“轩然大波起”与“于是鼓怒，溢浪扬浮”；“宇宙隘而妨”与“浮天无岸”；“巍峨拔嵩华，腾踔较健壮”与“岑岭飞腾而反覆，五岳鼓舞而相磓”，不都有些相近吗？就连“声音一何宏，轰辐车万辆”，与“状如天轮，胶戾而激转”，一以车声状波涛之声，一以车轮喻波涛之状，联想中亦有相近之处。

除文辞上可以看到前后之间某些联系外，写法上亦可加以对照。《岳阳楼别窦司直》诗中有“阳施见诡丽，阴闭感凄怆”一联，何焯评云：“二句抵一篇《江赋》。”指的是《江赋》中的长江景色有两种：一种阴渗的、可惊可怖的，一种是“宇宙澄寂，八风不翔……飞廉无以睎其踪，渠黄不能企其景”，转为天地清澄，风平浪静。这两种不同景象，用韩愈“阳施”“阴闭”两句诗足以概括。所以说：“抵一篇《江赋》。”不过，实际上韩愈对洞庭湖阴晴两种景色，既有这样简约的概括，也有具体描写。沈德潜说：“（‘阳施’‘阴闭’）二句分上下景状。”（《唐诗别裁集》卷四）指出围绕这两句，韩诗中一半写阳，一半写阴。上引“轩然大波起”等。为阴风怒号的惊险之景，而其后则有“明登岳阳楼，辉焕朝日亮。飞廉戢其威，清晏息纤纩”等晴明景象描写。韩愈这种分阴晴两种景象的写法，不仅与郭璞赋中写江景相同，且木华《海赋》亦复如此。

阳开阴合，从《海赋》《江赋》而下，可以说逐渐形成了一种传统。《唐宋诗

① 转引自钱仲联：《韩昌黎诗系年集释》第三卷，《岳阳楼别窦司直》诗后附《集说》，上海古籍出版社2007年版，第327页。

醇》卷二十八评《岳阳楼别窦司直》云："写景两段阳开阴闭，范希文《岳阳楼记》似从此托胎。"可见，写大海、大江、大湖，从木华、郭璞笔下的赋体，到韩愈笔下的诗体，再到范仲淹笔下的散文体，虽体裁变换，而写法却穿过文体的界限，暗中承递。高步瀛《唐宋文举要》甲编卷六评范仲淹《岳阳楼记》云："其中第二段写景处，殊失古泽，故或以为俳。"此所谓"俳"即指类似骈赋。殊不知溯流探源，《岳阳楼记》原有经韩愈《岳阳楼别窦司直》诗所传承的赋体的因子。

二、俳说著笑，诙隐滑稽

赋体的产生是多源的。除《诗》《骚》之外，俳偕滑稽之文、谜语笑话之类，也是重要的源头。

倡优说笑话、打比喻、编谜语，民间歌舞铺排说唱，有的即可能即接近于赋。现代地方戏曲如黄梅戏《打猪草》中关于花的一段铺排，《夫妻观灯》中关于各类花灯的一段铺排，即有点赋的情味，其中皆带有幽默情趣。

从早期的赋和辞赋家的创作看，诙谐滑稽即有明显表现。汉代赋家枚乘、枚皋、东方朔、司马相如，作为文学侍从之臣，都在不同程度上被当作俳优看待。《汉书·枚皋传》载：

> 皋不通经术，诙笑类俳倡，为赋颂，好嫚戏，以故得媟黩贵幸……赋辞中自言为赋不如相如，又言为赋乃俳，见视如倡，自悔类倡也。

《汉书·东方朔传》云："朔……诙达多端，不名一行。应谐似优，不穷似智。"称其为："滑稽之雄。"《汉书·扬雄传》云："雄以为赋者将以风之，必推类而言，极丽靡之辞……颇似俳优淳于髡、优孟之徒"。赋家固然如此，以作品而言，如宋玉《登徒子好色赋》攻击登徒子好色；《风赋》分大王之雄风与庶人之雌风；枚乘《七发》中所谓"要言妙道"，都带有谐趣成分。至于以诙谐滑稽为主要特色的，更有王褒的《僮约》，扬雄的《逐贫赋》《酒赋》，张衡的《骷髅赋》，曹植的《鸦雀赋》《蝙蝠赋》，左思的《白发赋》，孔稚圭的《北山移文》等。至唐代，则有像《晏子赋》那样通俗生动，极富有喜剧性的作品。

刘勰《文心雕龙·谐隐》追溯谐辞讔言源头，从春秋战国"华元弃甲，城者发睅目之讴；臧纥丧师，国人选侏儒之歌"开始，一直下数到东方朔、枚皋的"诋嫚媟弄"，说"故其自称为赋，乃亦俳也"。刘勰于此处已初步梳理出了赋的这一源头。

赋体有诙谐的一面，而韩愈本人则是性喜诙谐，喜欢与朋友游戏取乐，包括以文为戏。张籍说韩愈"多尚驳杂无实之说，使人陈之于前以为欢"，并劝其改正，"弃无实之谈"（《上韩昌黎书》）。韩愈回书则说："吾子又讥吾与人人为无实驳杂之说，此吾所以为戏耳。比之酒色，不有间乎？"（《答张籍书》）又说："昔者夫子犹有所戏，《诗》不云乎：‘善戏谑兮，不为虐兮。”（《重答张籍书》）对于诗，韩愈亦称：“多情怀酒伴，余事作诗人。”又说：“赏玩损他事，歌谣放我才。狂教诗硉矹，兴与酒陪腮。”（《咏雪赠张籍》）不是正襟危坐，而是作为馀事，以赏玩的心情，狂放的态度，尽兴为之。在这种情况下，自然很容易将赋体的诙谐引入诗歌创作中。韩愈诗歌的大事铺排，常常伴随很强的诙谐幽默。其形容描写，常从人事、动植物、天文、地理、社会生活、历史故事、神话传说中取材，通过想象夸张，赋予谐趣。《苦寒》诗写严冬阴云遮盖日月：“日月虽云尊，不能活乌蟾。羲和送日出，恇怯频窥觇。”用日中乌、月中蟾都不能活命，喻日月不见于天上。用羲和频频偷看，喻太阳只能时而从云隙中露面。“炎帝持祝融，呵嘘不相炎”，说炎帝和火神抱到一起，互相呵气却不产生温热。“荧惑丧躔次，六龙冰脱髯”，说主火的荧惑星失去了运行轨道。给太阳驾车的六龙被冰冻冻落了胡须。“啾啾窗间雀，不知已微纤。举头仰天鸣，所愿晷刻淹。不如弹射死，却得亲炮燖。”说鸟雀受冻难忍，仰天悲鸣，反愿被弹射而死，好亲近火炉。类似种种描写，均带有谐谑成分。

韩诗中的《苦寒》以及《咏雪寄张籍》《喜雪献裴尚书》《春雪》等，是围绕雪与寒，将种种形容与描摹罗列成篇，一种形容与另一种形容之间不一定有很强的联系。而在更多情况下，一些诗是随着抒情和叙事的发展，在关键处，集中互相之间联系更紧的描写或比譬，加以铺排，使抒情说理或谐趣成分具有更强烈的艺术效果。

《孟东野失子》劝喻孟郊不要因生子夭折过于悲伤：

有子与无子，祸福未可原。鱼子满母腹，一一欲谁怜？细腰不自乳，举族长孤鳏。鸱枭啄母脑，母死子始翻。蝮蛇产子时，坼裂肠与肝……有子且勿喜，无子固勿叹。

一连四个比喻，说鱼子满腹，鱼不能一一给予怜爱；细腰蜂自己不产子，一向孤鳏，亦无妨族类延续；鸱枭啄食了母鸟，才长大会飞；蝮蛇在母胎毒气发作，母腹裂开，才能产出。这些，搜集异闻，又以奇想的诡异诙谐的比喻，围绕“有子且勿喜，无子固勿叹”，正说反说，彼此呼应配合，铺排中有更紧密的联系。

《谴疟鬼》谴责使人寒热呕吐的疟疾病鬼，描写疟鬼吃脏食的情景和人们惩治疟鬼的做法：

求食呕泄间，不知臭秽非。医师加百毒，薰灌无停机；灸师施艾炷，酷若猎火围；诅师毒口牙，舌作霹雳飞。符师弄刀笔，丹墨交横挥。

韩愈贞元二十一年在岭南患疟疾，此诗嘲骂疟鬼，作为病中消遣。疟疾呕吐，本来难堪，诗中写成疟鬼为求食而致人呕吐：“求食呕泄间，不知臭秽非。”又把治疟疾时医师、灸师、诅师、符师各种做法加以夸张渲染。即使这样，如果这些形容单独出现，谐谑的效果也未必很强，诗中用赋法集中铺排，形成合力，因而嬉骂谐谑的效果大大增强。

韩诗于赋体铺排中融入谐趣，有的不似上举诸例中那样直露，而是以含蓄出之。《谒衡岳庙遂宿岳寺题门楼》颇具代表性。既是谒庙，一般免不了有敬神之意。而韩愈并不信神，因之对神似敬非敬，颇寓谐趣。诗开头写衡岳享受三公待遇，雄镇南方：

> 五岳祭秩皆三公，四方环镇嵩当中。火维地荒足妖怪，天假神柄专其雄。

从虚处铺写，不说所在偏远，而说地荒多妖怪，天帝给予神柄，掌镇压之权，再加以吞云吐雾、绝顶无人能到，都不免神乎其神，而语带虚夸。

> 我来正逢秋雨节，阴气晦昧无清风。潜心默祷若有应，岂非正直能感通。须臾静扫众峰出，仰见突兀撑青空。紫盖连延接天柱，石廪腾掷堆祝融。

“须臾”四句是再次用赋笔铺排，正面写衡岳状态。前后两节铺写之间，以祈祷开衡山之云，从中衔接。也是似灵非灵、半真半假之笔。后半铺叙神庙的建筑、壁画和占卜：

> 森然魄动下马拜，松柏一径趋灵宫。粉墙丹柱动光彩，鬼物图画填青红。升阶伛偻荐脯酒，欲以菲薄明其衷。庙令老人识神意，睢盱侦伺能鞠躬。手持杯珓导我掷，云此最吉馀难同。

“粉墙”二句写庙，没有肃穆气象，只有炫目哄闹之感。主庙者说是通晓神意，却又“睢盱侦伺”，明明是窥测求神者的心理。这样描写，又是出以调侃戏谑之笔。占卜的结果，得到了最好的吉卦，却转而大发牢骚：

> 窜逐蛮荒幸不死，衣食才足甘长终。侯王将相望久绝，神纵欲福难为功。

如果说庙令老人是根据窥测侦伺行事的话，那么韩愈的祭神占卜亦不过是逢场作戏、借题发挥而已。程学恂说：

> “潜心默祷若有应，岂非正直能感通”。曰“若有应”，则不必真有应也。我公至大至刚，浩然之气，忽于游嬉中无心现露。“庙令老人识神意”数语，纯是谐谑得妙。末云“侯王将相望久绝，神纵欲福难为功”，我公富贵不能移，威武不能屈之节操，忽于嬉笑中无心现露……文与诗义自各别，故公于《原道》《原性》诸作，皆正言之以垂教也。而于诗中多谐言之以写情也。即如此诗，于阴云暂开，则曰此独非吾正直之所感乎？所感仅此，则平日之不能感者多矣。于

庙祝妄祷，则曰我已无志，神安能福我乎？神且不能强我，则平日之不能转移于人可明矣。然前则托之开云，后则以谢庙祝，皆跌宕游戏之词，非正言也。①

可见全诗内具诙谐，外在却似庄重。虽有铺排，但仍极其精炼遒紧，没有故意逞弄笔力之嫌。将赋体的铺排与谐戏，不着痕迹地融入诗体，所谓“诙谐之极或出庄重之态”，艺术上取得了极大的成功。

三、联句赋物，逞才斗技

中国诗赋唱和中有联句一类。联句是由两人或数人共一空间，相继续成诗篇。除人各一句或一联、二联互相联续外，到韩愈、孟郊手里，还开创了一人出上联、一人对下联，再出上联，更唱迭对的形式。联句初盛唐时期尚少，中唐始盛，尤以韩愈与其诗友孟郊等的联句在诗史上成就最高，所谓如国手对局“无篇不奇，无韵不险，无出不扼抑人，无对不抵挡住”（方世举《兰丛诗话》）。韩愈参与的联句有十五首。这些联句，尤其是长篇联句，在一些方面与赋接近并接受到来自赋体的影响：一、联句与一般抒情诗不同。抒情诗抒写自己在一段时间内的情感体验，为个人独白，他人不宜参与；联句诗本质上具有描写性，多半选择某物、某地或某时、某事为题，众人递为诗句，从各方面加以形容描写，合成一诗。从它所具有的描写性看，与咏物诗赋相通。清杨伦于《杜诗镜铨》中评杜甫的咏物诗《火》云：“韩、孟联句及欧、苏禁体诸诗皆源于此。”这是从具体作品的分析入手，指出了韩、孟联句与咏物诗的关系。而咏物诗与赋则又有很深的渊源关系。朱光潜说：“赋是一种大规模的描写诗。”②赋对客观事物的大规模描写，不仅对咏物诗的兴起有直接影响，而且赋体在描写方面的艺术经验和辞藻积累一直是咏物诗的吸收对象。因之，从本质上皆可视为描写诗的角度着眼，我们可以把“赋——咏物诗——韩孟联句”联系起来，承认他们之间有渊源或至少是相互吸取的关系。如韩愈、孟郊的《斗鸡联句》即可作为一篇斗鸡赋看。而晋代傅玄有《斗鸡赋》，从曹植、刘桢、应玚开始，到后代文人更是写有大量的斗鸡诗。二、联句创作具有集体性、娱乐性。文人聚会，逞才斗艺，在对物象合力进行把握描写中获得一种乐趣。类似这种创作活动，赋有着比诗更早的传统，宋玉的《风赋》《高唐赋》《神女赋》都是在陪楚襄王游赏时，应襄王的要求写的。西汉初，赋的中心在梁孝王宫廷。《西京杂记》卷四载：

梁孝王游于忘忧之馆，集诸游士，各使为赋。枚乘为《柳赋》……路乔如

① 转引自钱仲联：《韩昌黎诗系年集释》第三卷，《谒衡岳庙遂宿岳寺题门楼》后所附《集说》，上海古籍出版社2007年版，第283页。

② 朱光潜：《诗论》，《朱光潜美学论文集》第二卷，湖南人民出版社1980年版，第179页。

为《鹤赋》……公孙诡为《文鹿赋》……邹阳为《酒赋》……公孙乘为《月赋》……羊胜为《屏风赋》……韩安国作《几赋》不成，邹阳代作……邹阳、安国罚酒三升。赐枚乘、路乔如绢，人五匹。

这是对集体活动分题作赋的记录。虽然人各一篇，但所写都是梁园的一个方面，合起来等于是众人联合而成的一篇大型的梁园赋。汉武帝慕梁园之风，亦搜罗文士，使其应命作赋，如枚皋与东方朔曾同奉命赋皇太子出生。建安时期，邺下文人常围绕某一题目，共同作赋，留下许多同题共赋之作。三国吴、蜀地区，虽然没有曹魏那样的文学中心，但在聚会时共同作赋，较量才艺，互相取悦的事还是见于记载的。《三国志·诸葛恪传》裴注引《诸葛恪别传》云：

权尝飨蜀使费祎，先逆敕群臣："使至伏食勿起。"祎至，权为辍食，而群下不起。祎嘲之曰："凤凰来翔，骐驎吐哺。驴骡无知，伏食如故。"（诸葛）恪答曰："爱植梧桐，以待凤凰。有何燕雀，自称来翔。何不弹射？使还故乡！"祎停食饼，索笔作《麦赋》，恪亦请笔作《磨赋》，咸称善焉。

费祎与诸葛恪的嘲啁，已经有点像面对当时的场面，联句为赋。其后二人一作《麦赋》、一作《磨赋》，赋题虽不同，但《磨赋》对《麦赋》是有针对性的，彼此为相关联的赋篇。下至南北朝，在宫廷和贵族府邸，以诗赋互相唱和的现象更为普遍。唐人的唱酬和联句，即是沿袭此种风气。韩孟等人的联句，为了取乐斗技，更是竭力描写，搜奇抉怪，无所不至。其大肆铺张、诙谐驳杂，都不免有来自赋体的影响。如《斗鸡联句》中写两鸡欲斗、空斗未相搏、接斗、游斗，曲折尽态。如写接斗之前，两鸡相对：

大鸡昂然来，小鸡竦而待（愈）。峥嵘颠盛气，洗刷凝鲜彩（郊）。高行若矜豪，侧睨如伺殆（愈）。精光目相射，剑戟心独在（郊）。

大鸡昂然大步，盛气凌人；小鸡严阵以待，斜眼盯住对方，想寻找机会。将两鸡初至斗场虚骄恃气表现刻画得活灵活现。

磔毛各噤痒，怒瘿争碨磊。俄膺忽尔低，植立瞥而改（郊）。腷膊战声喧，缤翻落羽皠。中休事未决，小挫势益倍（愈）。妒肠务生敌，贼性专相醢。裂血失鸣声，啄殷甚饥馁（郊）。对起何急惊，随旋诚巧绐。毒手饱李阳，神槌困朱亥（愈）。

描摹两鸡战斗中各种姿态和过程，如怒气勃发，像打寒噤似地抖开羽毛；鸡冠破裂，流血惊叫；双方对立，跳起互啄；一方打转，一方追随，耍弄手段，欺骗对方，等等。甚至用历史故事，形容打斗。生动逼真，使读者如亲见斗鸡场面。在淋漓尽致的铺陈描写中，带有谐趣，正是吸收了赋体的长处。三、长篇联句的内在结构和由两人或众人作诗合成一篇的组合方式，也有必要与赋联系起来作适当的考察。

韩愈集中联句三十韵以上九篇，一百韵以上两篇。韩、孟二人的《城南联句》长达一百五十三韵。以《城南联句》为例，人们当然很容易注意到它在语言上近似大赋的排空生造，僻搜巧炼。如程学恂即举出《城南联句》“言田猎直用《上林》《子虚》笔法”[①]，又指出篇末写韩愈遭重贬而大难不死重返朝廷：“幸得履中气（郊），忝从拂天枨（愈）”，认为两句“似《三都》《两京》”，但除语言外，学者们还注意到它的组织结构。朱彝尊云：此诗“铺叙结构，全模《子虚》《两都》等赋，当是商量定篇法，然后递联句耳。”方世举云：“其铺叙之法，仿佛《三都》《两京》，而又丝连绳牵断而不断”。汪森云：“开合虚实，纤毫毕具，其铺叙段落，分明赋家作法，而变化出之。”[②]朱彝尊、方世举、汪森等所注意的铺叙结构，当然主要指内容的衔接过渡和组合，但作品内在结构隐含的深层因素是丰富而微妙的。赋体结构和韩孟联句结构，除铺叙的组织安排之外，文字背后的操纵话题的发话者，其相互之间关系，也是作品结构中至关重要因素。赋中往往通过问答或辩论方式，由两个或几个人物递相陈述，结构成篇。这种由虚拟人物发话，跟联句中由几个诗人对答互动，争强斗艺，有其相近的一面。在作家文心巧妙的运作之下，虚虚实实可以互相转化。事实上，韩愈联句中即有类似赋那样假设不同人物互相逞强斗胜结构成联句的作品。

著名的《石鼎联句诗》序中，有衡山道士轩辕弥明，与韩愈的友人刘师服、侯喜相遇于长安。刘、侯二人自以为能诗，轻视轩辕弥明，弥明不满，遂指炉中石鼎为题，要求联句赋诗。三人联句时，刘、侯二人想以多出诗句压倒道士，但不能如愿。序中说，对于二人苦思冥想做出来的出句，弥明不经意地即能应之如响，且皆语含讥刺，使二人相顾惭骇。序又云：“夜尽三更，二子思不能续，因起谢曰：‘尊师非世人也，某伏矣，愿为弟子，不敢更论诗。’”最后，只得由道士再续八句，成为完篇。对于轩辕弥明其人，序中闪烁其词，说刘、侯二人困睡时，道士不知所往。二人问韩愈，韩愈亦“不能识其何道士也”。这样一首写作过程被渲染得扑朔迷离的联句，历代多数学者看法大体一致，认为“应是昌黎一人所构”[③]，只不过是把产生过程传奇化，分派给弥明等人而已。诗中对石鼎穷形尽相地刻画，相当于一篇《石鼎赋》，而虚拟三人联句，合成一篇，在组织结构上，写法亦近于赋。韩愈自己的名文《进学解》，体裁为赋之一体，文中即假设国子先生和生徒的诘难，来抒发牢骚。从韩文到韩诗，从《进学解》到《石鼎联句诗》，这种过渡和转化是不难的。而

---

① 转引自钱仲联：《韩昌黎诗系年集释》第四卷，上海古籍出版社2007年版，第615页。

② 汪森：《韩柳诗选》，陈伯海主编：《唐诗汇评》中册《城南联句》后所附《汇评》，浙江教育出版社1995年版，第523页。

③ 李重华：《贞一斋诗话·诗谈杂录》，丁福保：《清诗话》，上海古籍出版社1978年版，第930页。

无论是《进学解》和《石鼎联句诗》，在假设通过人物互相诘难结构成篇方面，都有先前的赋为其前导，像司马相如《子虚赋》中子虚、乌有先生、亡是公等递相陈辞，正是它的蓝本。

四、“另增一格”与跨文体欣赏

唐诗中吸收赋体成分的情况是相当普遍的。尤其是一些规模宏大内涵丰富的长篇，往往明显地参用赋体。李白的《蜀道难》驰骋想象，对蜀道古今上下进行夸张描写，近似一篇《蜀道赋》。杜甫的《北征》，诗题源自汉代班彪的《北征赋》，结构上吸取了纪行赋以旅程为经、以沿途所见所思为纬的写法，写山中与战场景象以及家中小儿女情态，也分明用了赋法。

韩愈之援赋入诗，无疑对其前辈有所继承。但韩愈多方面用赋，尤其是在铺陈夸张、穷形尽相方面，比李白、杜甫走得远。李杜诗歌，一是有浩瀚博大的情感统贯全篇，使诗绝不因用赋笔铺陈而生板滞堆砌之病；再则，其铺陈描写皆出现在读者所期待的紧要之处，虽用赋笔却又随时收转，与抒情叙述等成分融合无间，浑然一体。而韩愈的《南山诗》《城南联句》等，就其大段的铺陈描写而言，确实有如上引沈德潜所评“情不深而侈其词”的现象，赋的成分不免过分膨胀。论者或谓“《南山》盖以京都赋体而移之于诗”（方东树），或谓《南山》为“《子虚》《上林》赋派”（方世举），都说明它越出通常的诗歌疆界，异乎一般诗体。赵翼举韩愈《南山》等诗，说是“斩新开辟”，“另增一格”，即可理解为脱出常格之外。“格”乃“体格”之谓。“另增一格”，即是越出常体，以诗体而兼容了他体的成分。

韩诗之融入异体，不仅有赋，还有散文，甚至在某些谐谑诗中不免带有小说气。如此将诗体与他体相融，以求新变，在盛唐人把诗歌艺术推向顶峰，按传统的路数似乎已经难以持续发展的情况下，无疑是一种新的开拓。适应这种开拓，接受者对其作品的欣赏评价，也应该有一种出位的眼光[①]，即不光要有诗体的鉴赏眼光，还要兼从赋体、文体等其他文学体裁角度，看这些异体之间的交融相生，看赋体、文体等成分、笔法，如何在诗体中被运用和改造。

通过这种跨文体鉴赏，才能对一种文体引入其他文体成分那种抒情描写的艺术和旨趣，有全面的领略和把握。历代评韩诗的学者中，一些人既注意到《南山诗》等篇近赋的特征，同时又给予欣赏和肯定，可能即兼有诗以外文体的观赏眼光。当然韩诗中引入其他文体成分的探索和尝试，也有许多不够成功的地方。有时情韵不足，仅凭其高才博学，竭力铺排，务求刿目怵心，亦不免生硬过火。其大力开拓的成功经验与艺术上的某些缺失，值得我们研究和记取。

[原载《安徽师范大学学报》（人文社会科学版）2010年第2期]

---

① “出位”，出自《论语·宪问》。钱锺书把一种艺术参用另一种艺术的材料和手段，以求超越其本身的表现性能，称之为“出位之思”。见其《中国诗与中国画》，《国师季刊》1940年第6期。

以新闻为诗：杜诗的一大开拓

◆周啸天

【关键词】杜甫；时事诗；新闻性；即事名篇

【摘　要】杜甫以新闻为诗的具体表现为：不仅纪录而且报道，有较强的现场感，融入访谈内容，“即事名篇”类新闻标题。从汉末建安时代诗人以时事入诗，到杜甫的以新闻为诗，是一次质的飞跃。而中唐元和时代的新乐府运动，则部分地继承了杜甫以新闻性为诗的精神。

一、从杜诗被称为诗史是因为其“善陈时事”说起

杜甫的诗歌一向被称作诗史，许多论者都指出它和杜甫“善陈时事”直接相关。根据现存文献，最早提到诗史之称的是唐人孟棨，据他的《本事诗》记载：“杜逢禄山之难，流离陇蜀，毕陈于诗，推见至隐，殆无遗事，故当时号为‘诗史’。”①这意味着唐代已经有人意识到杜甫的创作与其他诗人的一个区别，那就是他有意运用诗歌来纪录正在发生的历史，更准确地说，是运用诗歌来报道新近发生的事实。到宋代，诗史一说被载入了正史，得到官方的肯定：“甫又善陈时事，律切精深，至千言不少衰，世号‘诗史’。”②

诗史之称久为世人认同，然而，正如近人冯至所说：“这个名称应如何理解，它包涵一些什么内容，被称为诗史的杜诗和杜甫以前的诗以及唐代的诗的关系是怎样，还是不够明确的。”③“被称为诗史的杜诗”的创造性究竟何在，也还是不够明确。在20世纪五六十年代，冯至《诗史浅论》、冯文炳《杜诗讲稿》及蒋和森《伟大的时代歌手》等论文对上述问题，作了一些有益的探索，有很多观点和分析是富于启发性的，只是感到意犹未尽。冯文炳在论及《石壕吏》时说：“这一首诗完全不像是诗（它的价值却是那么高）”，“更像我们今天的散文报道，只是用诗体写出来

① 孟棨：《本事诗·高逸三》，丁福保：《历代诗话续编》上册，中华书局1983年版，第15页。
② 欧阳修，宋祁：《新唐书·杜甫传赞》，中华书局1975年版，第5738页。
③ 冯至：《“诗史”浅论》，《杜甫研究论文集》第3辑，中华书局1963年版，第59页。

的”[①]。从这段话中可以敏锐地感觉到杜甫时事诗的一个非常重要的创新之点，就是用诗体写出报道。近年，张保健《论杜甫诗的新闻性》依据新闻理论原则，进一步从真实性、客观性、典型性、时效性、传播性等方面阐发杜甫诗歌的新闻价值[②]。沈文凡《试论杜甫诗歌的现实主义特色及其新闻传播性》进一步提出杜诗的“新闻传播性”问题，指出杜甫“具有现代职业新闻记者的政治敏感和社会责任感”，“有一些像是新闻采访的人物对话”[③]。由于此文论述的重点是杜诗的“现实主义特色”问题，引用杜诗也相当宽泛，所以对其“新闻传播性”未作深论。宋代诗人王禹偁曾赞美说：“子美集开诗世界”（《日长简仲咸》），而被称为诗史的杜诗对诗世界的一大开拓，正在于他把一种类似新闻报道的写作纳入了诗歌创作领域；干脆点说，就是——以新闻为诗。本文拟对此作较为具体深入的阐述。

二、从建安诗人的以时事入诗到杜甫的以新闻为诗

明代唐诗学家胡震亨说：“以时事入诗，自杜少陵始。”[④]胡震亨道出了杜诗一个显著的特点，但这个判断却不尽合于事实。因为早在杜甫之前，已有汉末建安诗人以乐府古题写时事。如曹操《蒿里行》写汉末军阀战，就是以时事入诗，诗的前面部分有历史事件纵的叙述，后面部分有社会现象横的描绘。清人方东树对此诗的评价是“用乐府题，叙汉末时事”[⑤]。明人钟惺则谓为“汉末实录，真诗史也”[⑥]。曹操而外，建安诗人以乐府古题叙时事的名篇还有陈琳《饮马长城窟行》、王粲《七哀诗》（西京乱无象）等。而女诗人蔡琰的《悲愤诗》既是自叙生平的诗，也是“以时事入诗”之作，清人沈德潜说：“少陵《奉先咏怀》《北征》等作，往往似之。”（《古诗源》）建安以后，时事诗创作衰落，直到唐代安史之乱爆发，诗人杜甫才继承发扬了汉魏乐府及建安作家的创作精神，以满腔热情关注着时事政治，深入持久地将富有社会意义的重大题材纳入到诗歌创作，“上悯国难，下痛民穷，随意立题，尽脱去前人窠臼。”[⑦]

被称为诗史的杜诗（主要是时事诗）的创作，肇始于天宝晚期诗人困守长安时代。十年之间，杜甫“致君尧舜上”的理想在黑暗政治面前碰壁、终至幻灭，“穷年忧黎元”成为他不解的心结。来自业儒家世的使命感，使诗人拿起笔来，直面人生，创作出了《兵车行》《丽人行》——这是现存杜诗中最早的即事名篇的新题乐府。《兵车行》一诗尤其具有开拓性，“道旁过者问行人，行人但云点行频”以下，

① 冯文炳：《杜诗讲稿》，《东北人民大学人文科学学报》1956年第3—4期。
② 张保健：《论杜甫诗的新闻性》，《北京大学学报》1994年第4期。
③ 沈文凡：《试论杜甫诗歌的现实主义特色及其新闻传播性》，《杜甫研究学刊》2000年第3期。
④ 胡震亨：《唐音癸签》第二十六卷，上海古籍出版社1981年版，第275页。
⑤ 方东树：《昭昧詹言》第二卷，人民文学出版社1961年版，第67页。
⑥ 钟惺、谭元春：《古诗归》第七卷，湖北人民出版社1985年版，第124页。
⑦ 杨伦：《杜诗镜铨》第五卷，中华书局1962年版，第225页。

分明记录了一次实地的采访。这首诗的创作是一次成功的尝试，它使杜甫在通过实地采访、取得第一手信息以创作时事诗方面取得了宝贵的经验，从此开始了一种全新的诗歌创作。

玄宗天宝十四载（755）十一月，“安史之乱”爆发，其社会影响层面之广，经历时间之长，破坏程度之大，都是唐代其他政治事件所难以企及的。这一事变历时八年，成为杜甫个人一生中经历惊涛骇浪的时期。在安史之乱的前四年（755—759），杜甫走过的地区，正好是军事冲突激烈、事件频发的地区，使他有条件成为当时重大社会政治新闻的目击者。许多令人触目惊心的事件就发生在诗人面前，对他的心灵产生了巨大的震撼。这短短四年的生活经历，尤其是“一岁四行役”的乾元二年（759），杜甫所经历的事变、获取的资讯、感触的悲怆，胜似平平常常的四十年，其创作的诗歌200多首，大部分是杜诗的杰作。他随时捕捉热点，以诗歌形式记录了个人的不幸遭遇和万方多难的重要新闻事件，及时准确而又生动形象地反映了那个时代的种种现实，达到他一生诗歌创作第一个高峰，那些反映时事最为脍炙人口的名篇几乎都产生在这一阶段。在长安陷贼期间，他写了《月夜》《春望》《哀江头》《哀王孙》《悲陈陶》《悲青坂》《塞芦子》等著名诗章；从奔赴凤翔行在到弃官华州期间，他又写了《彭衙行》《羌村三首》《北征》《洗兵马》《赠卫八处士》等名作。

乾元二年（759）是杜甫时事诗创作取得重大成果的一年，当年唐军将领郭子仪等九节度使围攻安庆绪于邺城（相州）失利，各自溃归本阵，郭子仪退守河阳，洛阳一带临近前线，形势十分吃紧，杜甫匆匆从洛阳返回华州。途中遇到了河南府战时紧急征兵，老百姓苦不堪言，中原大地弥漫着战火硝烟，回荡着人民凄惨的哭声。杜甫有意识地沿途观察并采访了河南府大征兵中的当事者和知情人——从执行征兵任务的官吏到承受征兵重负的老百姓，在并没有记者这一职业的时代，他居然成了一个“记者”；他运用沿途采访所得的第一手材料，写出了“三吏”“三别”这两组极富创意的名篇。“三‘吏’、三‘别’在中国文学史上的出现，又真是一件大事情”“是有意识地创造诗体，同时又是有意识地创造诗的内容”[①]。杜甫用五言古诗这种形式创造的诗体，是以报道新闻为务的诗体；他后来回忆这段不平常的创作经历时，曾非常激动地说：“忆在潼关诗兴多。”（《峡中览物》）这里所说的“诗兴”，实际上就是时事诗创作、报道体诗创作的热情，这次创作的高潮的标志是“三吏”“三别”，时间是乾元二年（759），途经战略要地为潼关。这一时期的创作，使杜甫成为一位伟大现实主义诗人，奠定了他在唐诗中崇高的地位。

杜甫的时事诗较之建安时代诗人的时事诗，已有一个质的飞跃，即由以时事入诗上升到以新闻为诗。这就是说，杜甫不是一般意义上的以时事入诗，诗人已经把自己变成了一个“记者”；他不是一般意义上的取材于时事，而是“更像我们今天的

① 冯文炳：《杜诗讲稿》，《杜甫研究论文集》第2辑，中华书局1963年版，第62—63页。

散文报道，只是用诗体写出来的”。

也许有人不同意用诸如“报道”这样的说法评价杜诗，以为有损于诗歌艺术价值，或不免贬低诗人的成就。然而，杜甫运用诗歌报道时事，毕竟是一个事实；指出这一事实，实无损于杜甫的光辉。英国诗人艾略特主张，以审美的标准评价艺术性，以超审美的标准评价伟大性。杜甫诗史的伟大，正是要以超审美的标准来评价的。

三、杜甫以新闻为诗的表现之一：不仅纪录，而且报道

诗史不同于史，首先是纪事内容不同——史官为统治者做记录、诗人替人民做记录。

其次，史官的纪录属于宫廷或国家的机密，其解密大抵需要改朝换代，因而是不能得到即时传播的。而中国传统的诗歌理念认为，诗歌创作的目的是风化和讽刺——“上以风化下，下以风刺上”（《毛诗序》），风（或讽）从本质上讲就是传播，或是自上而下的传播（风），或是自下而上的传播（讽）。杜甫诗史创作的目的，更多地偏于后者。即诗人不但是替人民做记录，而且是为人民做喉舌。前人评杜诗时所说的“毕陈于诗”“善陈时事”中的那个“陈”字，本义是排列，引申为显示和呈现等意思。从一个方面表明，这些诗歌写作出来不是藏之名山，而是与其他诗歌一样，要公之于众的——这是诗史与史的一个更加重要的区别。

诗史不仅纪录，而且报道。而报道有两个特征，一是借助于媒体，二是向公众传播。

诗史传播借助的媒体，就是诗歌自身。这是一个极其有趣的现象，在唐代，诗歌既包含传播的内容，而它自身又是传播的媒体。那时的诗歌不靠刊物流布，而是以口传和手抄两种方式，向公众传播的——“愿书万本诵万过，口角流沫右手胝”（李商隐《韩碑》），就十分形象地描述了一首好诗将会得到何等的、不可磨灭的公众传播。那时的诗歌流行于都市、旗亭、乡校、佛寺、逆旅、行舟之中，已不单是一种文艺样式，而且是一种媒体。这种诗的传播方式，也是唐人的一种集体无意识的传播方式。杜甫在《羌村三首》中有一段关于来访情事的描写，其中隐含着诗史的传播方式。“苦辞酒味薄，黍地无人耕。兵革既未息，儿童尽东征”几句流露出父老乡亲的来意之一，是希望从战地归来的杜甫讲一讲战争和时局，接下来就是“请为父老歌”——读这种诗必须知人论世，你才知道，杜甫在这里为父老们所唱的歌，绝不是一般的娱宾遣兴之歌，而只能是出自诗人自己之手的时事诗，正因为这样，“歌罢仰天叹”，居然“四座泪纵横”。

关于杜甫时事诗的传播情况，现存文献资料涉及不多。从杜集里附录郭受在杜甫逝世前一年寄给诗人的诗里说：“新诗海内流传遍”（《杜员外兄垂示诗因作此寄上》），及孟棨《本事诗》“当时号为‘诗史’”的记载，综合判断，这些诗曾经得到即时传播是没有疑问的，只是其具体传播的范围和影响无法准确推断而已。

不妨顺便提到，在杜甫逝世二三十年后出现了一个很有意思的现象：一方面，白居易在《与元九书》和元稹在《乐府古题序》里对杜甫“三吏”、《塞芦子》、《留花门》、《自京赴奉先县咏怀五百字》、《悲陈陶》、《哀江头》、《兵车行》、《丽人行》等时事诗予以极力推介，另一方面，则是高仲武《中兴间气集》、姚合《极玄集》等唐人选唐诗对杜甫时事诗的忽略。这一反差现象说明，杜甫创造的时事诗在中唐人的心目中还属于另类，因为传统的诗歌创造观念是“在心为志，发言为诗”，而以新闻为诗，不符合传统观念，编选者自觉不自觉地对这些诗加以排斥，也有他的理由。独有元、白那样的诗界革新者，才会做出另类的判断。

报道依据的是客观事实，而报道自身则是一种具有较强的主体倾向性的社会行为。这一点在杜甫时事诗中也表现得相当明显，在“三吏”“三别”组诗中，诗人的倾向性有二。一是民本倾向，即从同情受苦受难的人民，《石壕吏》记录了官吏夜中捉人，竟然把三子从军、两子战死的一位老妇人带走的事件，取材相当典型；《垂老别》写“子孙阵亡尽”的老人不但得不到抚恤反而又被征调等，都表现出这样的倾向性。二是政治倾向，《新安吏》中诗人对母亲们讲的宽慰语，《新婚别》中新妇对征夫讲的宽慰语，都表明诗人的国家立场。站在这个立场上，诗人又希望人民能识大体，同仇敌忾，共赴时艰。

四、杜甫以新闻为诗的表现之二：具有较强的现场感

被称为诗史的杜诗，既不是华屋中的赋诗，也不是鞍马上的为文。杜甫时事诗的创作，多是在作者身处动荡最为剧烈的地域，乃至出没战区的情况下写作的。诗人深入生活，走近现场，观察研究社会生活，关注政治生活中正在发生的重大事件，通过目击身受，来调查研究和积累素材，从而投入创作。“杜甫的诗，就是在路上写的，题目分明是路上的题目。”[①]从这个意义上说，杜甫的写作状态与今天的记者尤其是战地记者颇有相似之处，在这种状态下写成的诗歌，可谓前无古人、自成创举。

什么是现场感？所谓现场感，是指作为事件目击者的诗人，逼真地重建事件及其环境，使受众得到身临其境之感。其手法是再现与实录，而不是概括与虚构。曹操《蒿里行》叙事是概括的，虽然结尾有一二处细节描写生动，但还不足以形成现场感。汉乐府《十五从军征》“十五从军征，八十始得归”的情事，“兔从狗窦入，雉从梁上飞”的情景，“舂谷持作饭，采葵持作羹”的情事，都不合常理常情，是虚构的，也就没有现场感。而杜诗《兵车行》开篇的“车辚辚，马萧萧，行人弓箭各在腰”一段，就是有现场感；“三吏”“三别”往往一开篇就有现场感，如“客行新安道，喧呼闻点兵”（《新安吏》），一起就是征兵点名的乱糟糟的场面，“暮投石壕村，有吏夜捉人”（《石壕吏》），清人浦起龙《读杜心解》谓“起有猛虎攫人之

① 冯文炳：《杜诗讲稿》，《东北人民大学人文科学学报》1956年第3—4期。

势”，都是很好的例子。

由于写作这些诗之前，杜甫已经亲临过现场，当他提起笔来，全是亲眼所见的情景，无需半点假借，这就使他的时事诗具有较强的现场感。

五、杜甫以新闻为诗的表现之三：融入访谈内容

杜甫时事诗中经常有一些对话，如浦起龙指出：“‘三吏’夹带问答叙事，‘三别’纯托送者、行者之词。”（《读杜心解》）这里需要指出的，这些诗中的人物对话，可不是一般意义上的人物对话，由于杜甫进行时事诗写作时，久已养成实地采访的写作习惯，因而其中相当数量的人物对话，实际上是诗中融入的访谈内容。这一点，的确是杜诗的独创。

访谈和一般文学作品中的人物对话的区别何在呢？一般文学作品中的人物对话，多为作者根据故事情节发展，发挥想象和联想的结果，对话可以在两人中进行，也可以在多人中进行，对话各方的身份不具有确定性。而访谈，是借用于现代新闻写作的一个术语，指的是记者为了弄清事实的真相，对当事人或知情者进行的对话。访谈内容的特点，一是对话的真实性，如《无家别》记述了一位因邺城阵败而回乡、复被重新征集入伍的农民很朴实的一段谈话：“虽从本州役，内顾无所携，近行止一身，远去终转迷。家乡既荡尽，远近理亦齐”，冯文炳分析道：“不，不是杜甫写的，是杜甫听了他的话，这种话不出自好农民之口任何人不会想得出的。”[①]这里讲的正是访谈的一个特点，就是对话的实录，——诗中农民的陈述，由于非常真实，从而非常深切。二是对话恒在两方进行，而对话的双方的身份恒为：采访人（提问方）和当事人、知情者（答问方）。如《哀王孙》中诗人与王孙的交谈、《新安吏》中诗人与新安吏的问答、《潼关吏》中诗与潼关吏的问答等，都是在采访人和知情者双方进行的，语言表达也特别朴质无华。

当然，诗歌与散文体裁不同，文法也有不同。诗歌形式较散文为整饬，又有字数和韵脚的限制，因而须更精练、含蓄。杜甫时事诗在写对话或访谈内容时，创造了一种写法叫“藏问于答”。这个说法，是霍松林在分析《石壕吏》时提出的：“‘吏呼一何怒！妇啼一何苦！’概括了矛盾双方之后，便集中写‘妇’，不复写‘吏’，而‘吏’的蛮悍、横暴，却于老妇‘致词’的转折和事件的结局中暗示出来。”[②]在融入访谈内容时，诗人常常只写被访谈者的答词，而省略采访者的问题，但被省略了的问题仍能从答词中得到暗示。如《新安吏》，“借问新安吏”句中的问题是省略了的，但从新安吏“县小更无丁”的答语，已暗示出这个问题是“新安县何以征集未成年人？”同样，从“府帖昨夜下，次选中男行”的答语，可以意会诗人大概向新安吏质询了一个“文件依据”的问题。

① 冯文炳：《杜诗讲稿》，《东北人民大学人文科学学报》1956年第3—4期。

② 萧涤非、程千帆等：《唐诗鉴赏辞典》，上海辞书出版社1983年版，第486页。

六、杜甫以新闻为诗的表现之四："即事名篇"类新闻标题

从汉魏六朝乐府到唐代新乐府，是中国诗歌史上一次重要的变革。这一变革中最具标志性的事件是：从沿用古题改为创制新题，代表作家不是别人，正是杜甫。杜甫以前，从魏晋南北朝到唐初的文人创作乐府诗，大体上沿用汉代乐府古题；初唐时代虽有刘希夷等个别诗人尝试另立新题，但作品内容与时事无关，而且影响不大。直到杜甫创作了《兵车行》《丽人行》《哀王孙》《悲陈陶》《悲青坂》以及"三吏""三别"等一大批以乐府体制歌咏时事的诗篇，才开了唐代文人乐府诗"即事名篇，无复依傍"的新风气。

杜诗的即事名篇细论有几种情况，一是以新闻事件名篇，如《兵车行》；二是以新闻发生地点名篇，如《悲陈陶》《悲青坂》；三是以调查访谈人物名篇，如《哀王孙》《新安吏》《潼关吏》。无论哪一种情况，都使诗题带有了新闻性，对受众具有吸引力，取得用古题不能取得的效果。不过，由于标题很简短，所以只能称为类新闻标题。

弃古题而命新题，看来事小、其实事大，看似偶然、实乃必然。它绝不是杜甫一时的心血来潮，而是他从事新闻性写作的必然结果。原来汉魏六朝文人沿袭乐府古题的创作，本有拟作的成分，如《拟行路难》《自君之出矣》等，既是拟作，沿用古题也是顺理成章的事。而杜甫的时事诗纯属原创，没有必要沿袭古题。原来乐府古题本是歌词的题目，后来却成为曲调的通称，汉魏六朝文人以古题即曲调名作为诗题，近乎唐宋人所谓"填词"。而杜甫创作时事诗，并不以入乐为目的，自无必要沿袭古题。较之汉魏乐府的叙事抒情之作，杜甫时事诗更重纪实、重实录，更有新闻性，标题的弃旧从新，也是应有之义。

从古题到新题，在形式上看是进了一小步，在内容和手法上看却进了一大步。新题乐府较之古题乐府，有现实贴近性、新闻性和创新性，它开创了中国古代诗歌一种新的体裁——唐代新乐府，形成了一种以报道为能事的新型诗歌。

综上所述，杜甫之以新闻为诗具有两个基本条件，一是为民喉舌的使命感，二是长期出入于事变多发地区而成为时事的目击者。而同时具备这两个条件的诗人，在中国古代并不多见，因而杜甫的以新闻为诗也是难乎为继的。唐宪宗元和年间，由李绅开始，元、白等人相继鼓吹，从事新题乐府创作，白居易更从理论上提出"新乐府"的概念，主张"文章合为时而著，歌诗合为事而作"（《与元九书》），明确提出了"其事核而实""其体顺而肆""其辞质而径"（《新乐府序》）等创作原则。不过，元、白等人并不具备长期出入于事变多发地区而成为时事的目击者的条件，因而他们的新乐府诗与杜甫时事诗在新闻性上还不能等量齐观。尽管如此，杜甫关注民生问题和"即事名篇"的做法，在元、白等人的新乐府创作中仍然得到了延续；杜甫以新闻为诗的精神，在元、白等人的新乐府创作中仍然部分地得到了继承和发扬。

[原载《安徽师范大学学报》(人文社会科学版) 2005年第1期]

李商隐的七言律诗

◆刘学锴

【关键词】李商隐；七言律诗

【摘　要】李商隐的七律恢复并发展了杜甫七律关注国运、感伤时事的传统，创造了以咏史方式反映时事的新手段，显著提高了七律的讽刺艺术；创造了七律无题这种特殊的抒情诗，极大地提高了七律抒写心灵的艺术，从而在内容和艺术上对七律作了重大的拓新。他的七律既有典丽精工型的，又有清空流美型的，二者在深情绵邈这一点上又有其内在的统一性。

李商隐最擅长的诗歌体裁是七律与七绝。两种体裁的诗加在一起，占了其诗作的近三分之二[①]。对他的七言律诗，前人早有定评。明代陆时雍《诗镜总论》说："李商隐七言律气韵香甘，唐季得此，所谓枇杷晚翠。"清代钱良择《唐音审体·七言律诗总论》云："义山继起，入少陵之室，而运以秾丽，尽态极妍，故昔人谓七言律诗莫工于晚唐。"清代舒位《瓶水斋诗话》云："尝论七律至杜少陵而始盛且备，为一变；李义山瓣香于杜而易其面目，为一变；至宋陆放翁专工此体而集其成，为一变。凡三变，而他家之为是体者不能出其范围也。"陆氏仅揭示出商隐七言律"气韵香甘"的艺术风貌，钱氏则进一步指出其学杜而"运以秾丽"，已注意到商隐对七律的发展；舒氏更把商隐七律放在七律发展的整个过程中来考察。从中可以看出论者对商隐七律认识的深化。舒位的论断是否完全切合七律发展的实际，是否"为是体者不能出其范围"，尚可讨论。但他为七律发展变化阶段划出的大体轮廓，特别是指出杜甫、李商隐、陆游在七律发展过程中里程碑式的重要地位，却对我们研究李商隐的七律有重要启示。义山七律，从具体的每一细部看，当然还有不少值得深入细致地加以研究的地方。但如果要从总体上去把握它，则必须从大处着眼，着重揭示商隐对七言律诗的发展所提供的新东西，所作出的新贡献。一般来说，一个作家在某种文学样式、体裁范围内作出带有里程碑性质的贡献，往往是在内容与形式两方面都有明显创新的结果；同时，也和一个作家是不是将主要精力放在某种体裁的

① 其中七律117首，七绝192首，合计309首。

写作上，专精独诣，竭尽才智去试验、去创造分不开。这两方面是有联系的、统一的。

一、对七律内容的开拓

为了说明这一点，需要回顾一下自杜甫以来七律发展的情况。杜甫七律内容方面最大的拓新，是把重大的时代政治主题引入到这一传统上——以奉和应制酬赠为主要内容及功能的诗歌体裁之中，创作出了一大批具有浓郁时代悲剧色彩、风格沉郁悲壮的政治抒情诗，特别是入蜀以后和在夔州期间的七律，更达到这一体的思想与艺术的高峰。但是杜甫以后，七律在内容方面，却在一个时期内走着回头路。中唐前期大历十才子的七律，就多为宫廷唱和及友朋酬送之作。单看其代表人物钱起一些著名七律的题目，如《和李员外扈驾幸温泉宫》《赠阙下裴舍人》《和王员外晴雪早朝》《汉武出猎》《乐游原晴望上中书李侍郎》，就可见其内容的一斑。中唐后期的元、白、韩、柳，都把主要精力用在古体诗的写作上，李贺更是一首七律也不写。元、白的七律，像他们的古体，走的是坦易流畅一途，有自己的风格，但内容上并没有多少拓新。这个时期，七律内容方面多少有些开拓的，当推刘、柳、韩等人贬谪远郡及描写边徼风土人情之作，如柳宗元的《登柳州城楼寄漳汀封连四州刺史》《别舍弟宗一》《岭南江行》《柳州峒氓》，刘禹锡的《感吕衡州时予方谪居》《再授连州至衡阳酬柳柳州赠别》《酬乐天扬州初逢席上见赠》，韩愈的《左迁至蓝关示侄孙湘》《赠张十一》等，可以说是开辟了七律内容上的新境界，而为前此诗家所少涉及[①]。元稹用七律写悼亡诗《遣悲怀三首》，刘禹锡用七律写怀古诗《西塞山怀古》，虽均为传世佳作，但究属个别事例，在七律创作中未能形成一种风气。到了晚唐，杜牧亦擅七律，且具有既拗峭劲健又俊逸明快的独特风格，但总的来看，他的七律绝大部分是啸志歌怀，抒写牢骚感慨之作，除《早雁》《河湟》少数几首外，缺乏重大题材和积极的思想内容。许浑的怀古七律数量较多，艺术上也有相当的成就，但作品意境每多雷同相似。因此，从杜甫以来，七律在内容方面可以说没有多少新的拓展，没有开辟出多少新的题材领域和新的境界。但李商隐的七律，却打破了这样一种长期以来相对停滞的局面。

李商隐七律思想内容方面一个显著的特点，是恢复并发展了杜甫七律关注国运、感伤时事的传统。这是他学杜最主要的方面和成就。从青年时代的《隋师东》《重有感》《曲江》《安定城楼》《咏史》（历览前贤国与家），到中年时期的《赠别前蔚州契苾使君》《行次昭应县道上遇户部李郎中充昭义攻讨》《赠刘司户蕡》《哭刘蕡》，再到晚年的《井络》《杜工部蜀中离席》，杜甫的忧国伤时精神一直在深刻影响

① 初唐沈、宋、杜审言的五律、五古有不少写贬谪生活、心情的。七律则仅宋之问有一首。中唐刘长卿七律中有一些写贬滴生活的诗，但像刘、柳、韩那样形成一种风会，且与边徼风土人情结合起来写，则为数很少。

着李商隐七律的创作。王安石谓“唐人知学老杜而得其藩篱者，唯义山一人而已”（《苕溪渔隐丛话》前集卷二十二引《蔡宽夫诗话》），其所举诗例，一半即为七律（《安定城楼》《杜工部蜀中离席》二诗中的“永忆江湖归白发，欲回天地入扁舟”、“雪岭未归天外使，松州犹驻殿前军”二联）。这些七律，不但神似老杜，而且有的确有发展，像《曲江》：

望断平时翠辇过，空闻子夜鬼悲歌。
金舆不返倾城色，玉殿犹分下苑波。
死忆华亭闻唳鹤，老忧王室泣铜驼。
天荒地变心虽折，若比伤春意未多。

杜甫《哀江头》借曲江今昔，抒写盛衰之感，深寓国家残破之痛。商隐此诗在构思方面明显受到杜诗影响。诗的次句“子夜鬼悲歌”，隐喻不久前发生的甘露之变中大批朝臣惨遭宦官杀戮之事。五句用陆机为宦官孟玖所谗害，临死前叹息“华亭鹤唳，岂可得闻乎”的故实，六句用西晋索靖预感天下将乱，指洛阳宫门前铜驼叹息“会见汝在荆棘中耳”的典故，其政治内涵、政治色彩都非常突出，但比杜诗写得更加深隐。诗以丽句写荒凉、以绮语抒感慨的手法，也显然可见杜甫《秋兴八首》等七律的影响。但杜甫感伤时事的七律境界雄浑壮阔，声情沉雄悲壮，而商隐此诗则思深意远。诗人并没有将思绪停留在不久前发生的这场事变上，而是从这里生发开去，想得更深更远。尾联说，这场天荒地变式的大变故、大劫难固然使人心摧，但它所预示的唐王朝的荆棘铜驼命运却更使人忧伤。这种深沉的忧思和感伤（即所谓“伤春”）正是商隐特有的，反映了他所处的唐王朝衰世的特点，也反映了他对时事的深层次思考。如果说，在此之前写的《隋师东》只是学杜而肖其貌得其神，基本上未越出杜甫《诸将五首》的范围，那么到了《曲江》，就显出了义山伤时感事七律的独特面目。

不过，像《曲江》这样学杜，而又具有自己独特面目的诗，在义山伤时感事的七律中毕竟不多，多数还是属于学杜而肖貌得神的一类。而义山如果只有这一类学杜的七律，即使学得再像，也是在重复杜甫。李商隐的可贵之处，在于他能适应时代的要求和自己的艺术个性，创造了用咏史的形式反映时事政治的新体式，为七律开拓了新的内容和意境。七律咏史诗，晚唐之前少有制作。刘禹锡的怀古诗很出名（其中包括了《西塞山怀古》这样的七律名篇），对晚唐许浑、刘沧等人也有影响，但它与咏史诗是两种各有特点的诗[①]。李商隐的咏史之作，遍及古近体各种体裁，但写得多而且好的，除七绝以外，主要是七律。像《隋师东》、《咏史》（历览前贤国与家）、《览古》、《富平少侯》、《马嵬》（海外徒闻更九州）、《茂陵》、《隋宫守岁》、《宋

① 参看刘学锴：《李商隐的咏史诗》第一节论咏史诗与怀古诗的区别一段。载《文学遗产》1993年第1期。

玉》、《楚宫》（湘波如泪色漻漻）、《利州江潭作》、《筹笔驿》、《南朝》（玄武湖中玉漏催）、《隋宫》（紫泉宫殿锁烟霞）诸作[1]，几乎绝大部分是七律中的上乘之作，特别是像《马嵬》《隋宫》《筹笔驿》等，更被评家奉为七律的圭臬。这一系列优秀的咏史七律的创作，为七律这种体裁提供了在晚唐那种特殊时代条件下用咏史的方式反映时事政治，抒写对现实政治的感受的成功范例，使七律在杜甫直接抒写时事的传统之外提供了以咏史方式反映时事的新手段、新经验。沈德潜说："义山近体，襞绩重重，长于讽喻，中多借题摅抱。遭时之变，不得不隐也。咏史十数章，得杜陵一体"（《说诗晬语》卷上）。"遭时之变，不得不隐"，正说明李商隐咏史七律是适应时代需要，发扬杜甫七律忧国伤时传统的新创造。这种新创造对扩大提高七律反映现实政治的功能所起的作用不能低估，因为它等于提供了一种新的揭露批判现实政治的有效手段，使诗人得以在"咏史"形式的掩盖下，可以较少顾忌，较多创作自由度。唐代文网较疏，但像《隋师东》、《咏史》（历览前贤国与家）这种直接针对当时平叛战争中所暴露的腐败现象而归咎于朝廷中枢，针对当朝君主勤俭图治无成而悲慨"运去"的诗，如果采取直接抒写的方式，其自由度不免受到较大影响；而采取咏史的方式，则可较少顾忌。至于以古鉴今一类的咏史诗，其反映现实政治虽较间接，写作的自由度则更大。整个晚唐时期咏史诗的繁荣，自然有更深刻的时代社会原因，但李商隐在这方面提供的创作范例和经验的启示作用，也是不能低估的。李商隐以后，咏史诗数量大增，而且出现了像罗隐这种擅长七律咏史诗的诗家，可以看出李商隐七律咏史诗的影响。

李商隐七律内容和体制方面另一拓新，是创造了无题这样一种特殊形式的抒情诗。关于无题诗的性质、内容和艺术特征，已另有专文讨论，这里只就七律无题诗对七律内容、体制的拓新这一角度来谈。李商隐在写作无题诗的过程中，虽曾运用除五绝以外的所有诗体来进行过试验，但实践的结果，写得最多最好的无疑是那六首七律无题。只要提到李商隐的无题诗，人们首先想到的就是那六首最能代表其无题诗艺术特征与成就的七律，在某种意义上说，它们也是李商隐诗的代表。在李商隐之前，爱情诗一般多用五、七言古诗或五言排律，间用五、七言绝，而用七律写爱情的则较少。以"无题"为题，以七律为主要形式，将政治失意、身世沉沦、年华消逝和种种纷繁复杂的人生体验与感受，自觉或不自觉地融入伤离恨别的爱情歌咏之中，使它成为一种幽怨微茫，测之无端，玩之无尽的具有多重意蕴的纯粹抒情诗，不能不说是李商隐对七律内容和体制的重要拓新和创造。它所表现的是一种以悲剧性的爱情心理为表层内容，又渗透了更广泛的人生体验、人生感受，具有复杂深层内蕴的感情境界。七律一体，从它诞生之日开始，无论是初盛唐的高华典丽，还是中唐白派的坦易流畅，在内容意境方面一直是比较单纯明朗的。只有杜甫晚年的一部分七律（如《秋兴八首》），由于思想感情的深沉复杂，风格偏于深微。但是

---

① 其中《隋师东》、《咏史》（历览前贤国与家），内容是直接反映时事的，却用咏史诗的题目，兼跨两类。故上文及此处都提及，但论述角度不同。

像李商隐的七律无题这样，既具有内容意蕴的多重性，表现又特别微婉的抒写内心幽隐情绪的诗，可以说还从未有过。在七律这种格律精严、形式整饬的诗歌体裁中寓含深微多重的感情内涵，对提高七律的抒情功能，无疑是很大的贡献。

总之，无论是在反映现实的功能或抒写内心深微情绪的功能上，李商隐对七律的发展都作出了卓越的贡献。如果说前一方面主要是拓展，则后一方面主要是深化。它们都是对七律内容、体制的一种拓新。

二、对七律艺术的创新

与内容的拓展、深化相应，李商隐的七律在艺术上的创新主要表现在以下两个方面。

一是显著提高了七言律诗的讽刺艺术。七律从它诞生之日起，就和歌颂赞美结下了不解之缘。从初唐沈佺期等人的奉和应制，到盛唐王、岑、贾、杜的早朝大明宫唱和，再到大历十才子的朝廷酬唱，长久地在这上面兜圈子。这正说明，七律在许多诗人心目中，就是用来颂圣或应酬的，它似乎天然地与讽刺不搭界。杜甫的《诸将五首》，是对当时四方诸将进行指责、批评或赞美的，那是严肃的政治议论，而不是讽刺。《咏怀古迹》和《秋兴八首》更是和讽刺不沾边。连刘禹锡那么爱在诗中寓讽的诗人，他的著名七律中也没有讽刺诗。与李商隐同时的杜牧，七绝咏史、伤时之作中颇多讽刺（如《过华清宫三首》《泊秦淮》），但七律中寓讽的却极少。可以说，在李商隐之前，七律与讽刺基本上是绝缘的[①]。可能多数诗人已经形成了一种思维定势，觉得这种出身于庙堂，风格典雅华赡的诗体不宜于用来讽刺。但李商隐的咏史七律，却以擅长讽刺为其显著特色。他的讽刺，不是那种刻露缺乏含蕴，经不起咀嚼回味的讽刺，而是一种既讽刺到骨而又感慨深沉、耐人涵泳的讽刺，一种深婉含蓄的讽刺。《隋宫》在这方面表现得最出色。颔、尾两联，对隋炀帝的贪侈昏顽、肆意纵欲、至死不悟的本性进行了辛辣的嘲讽，但用“不缘”“应是”“若逢”“岂宜”等假设推想之语摇曳出之，便觉深婉耐味。腹联将放萤取乐与开河佚游二事与隋朝的兴亡联系起来。两句中的“无”与“有”正是集中表现讽慨的句眼。“腐草无萤火”，既是辛辣嘲讽萤火虫被炀帝搜尽，至今连腐草亦不复生萤；又是感慨荒宫腐草，满目凄凉。今日之“无”，正透露昔日之“有”，也正暗示往昔隋宫繁华何以变为一片空无。“垂杨有暮鸦”，不只是着意渲染昏暗凄凉的景象，更寓有无限今昔盛衰的感慨。昔日龙舟游幸，锦帆蔽日，何等烜赫，而今唯余隋堤衰柳，暮鸦聒噪。这样的“有”，比什么都没有的“无”更令人感慨唏嘘，诗人对隋炀帝的讽刺，正是通过这种俯仰今昔的历史感慨更深刻也更含蓄地表达出来。再如《马嵬》：

① 以选诗较多的沈德潜《唐诗别裁集》为例，李商隐以前的七律，无一首是讽刺诗。

海外徒闻更九州，他生未卜此生休。
空闻虎旅传宵柝，无复鸡人报晓筹。
此日六军同驻马，当时七夕笑牵牛。
如何四纪为天子，不及卢家有莫愁？

不少评家都认为此诗尾联“轻薄”[1]，实际上都只看到了其讥刺尖锐辛辣的一面，而对全诗的深层意蕴缺乏深入体味。诗的每一联都包含着鲜明的对照：方士招魂的虚妄与杨妃已死的现实的对照，承平年代的鸡人报晓和奔亡道中虎旅宵柝的对照，长生殿的七夕盟誓与马嵬坡六军驻马的对照，以及贵为四纪天子反不如民间夫妇白头相守的对照，再辅之以一系列虚字的抑扬（“徒”与“未”，“空”与“无”，“如何”与“不及”），既尖锐地讽刺唐玄宗沉迷不悟，又留下一连串引人深思的问题。特别是尾联引而不发的设问，更寓含带有民主精神和哲理意味的思考，在冷讽中寓有深沉的感慨。不同的读者对这个问题会有各种不同角度的思考与答案，而这些思考与答案又都是值得为人君者认真记取的。以上两首七律的讽刺艺术，可以说已经达到前人很少达到的高度，而与那种浅薄发露、略无余韵的讽刺大相径庭。

《南朝》七律的讽刺也具有意余言外的特点：

玄武湖中玉漏催，鸡鸣埭口绣襦回。
谁言琼树朝朝见，不及金莲步步来？
敌国军营漂木柹，前朝神庙锁烟煤。
满宫学士皆颜色，江令当年只费才。

“谁言”一联，表面上看纯粹是对陈后主奢淫享乐生活超越齐后主的一种调侃和嘲讽。但如果结合这首诗的整体构思来体味，就会发现其中寓含深意。诗人将南朝作为一个整体，着重咏陈事而兼顾前此各朝。首联点地纪游，不但兼写宋、齐，实亦包举梁、陈，即所谓“玄武开新苑，龙舟宴幸频”（《陈后宫》）之意。次联从字面看，是说陈后主之荒淫有过于齐后主，然其真意则在讽慨南朝君主荒淫相继，变本加厉，特举一端以概其余。后幅乃专咏陈事，以见南朝之末政与必然覆亡的趋势，咏陈之亡，即所以咏南朝之亡。末联又似对江总等狎客大臣的调侃，但调侃中仍寓深慨，慨叹末世才士不能自持，以致其才不用于匡国济民而用于歌咏宫中女学士之颜色。商隐这种七律，在艺术上与杜甫的一些运古于律的七律相比，具有更加精纯的特点。尽管有议论，但富于情韵；有辛辣讽刺，但又感慨深沉，耐人讽咏。

---

① 如屈复谓“七八轻薄甚”（《玉溪生诗意》），毛奇龄谓“落句则以本朝列祖皇帝而调笑如此……虽轻薄，不至此矣”（《唐七律选》），施补华谓“义山‘如何四纪为天子，不及卢家有莫愁’，尤为轻薄坏心术”（《岘佣说诗》）。

二是极大地提高了七律抒写心灵的艺术。这主要体现在他的七律无题和风格近似的《春雨》《重过圣女祠》等诗中。传统七律首尾两联多叙事，中间两联分写情、景，商隐的七律无题和《春雨》等诗却打破了这种传统的写法，把它完全变成抒写心灵的诗。尽管有时首尾两联仍有叙事的痕迹，每首七律无题后面都可能隐藏着一个爱情故事、一段爱情经历，诗中也偶尔有某一联闪现过爱情经历中的某一片段，但这一切，在商隐的上述七律中都被心灵化了，成了抒写心灵的凭借或心灵的象征。例如他那首流传极为广远的《无题》：

昨夜星辰昨夜风，画楼西畔桂堂东。
身无彩凤双飞翼，心有灵犀一点通。
隔座送钩春酒暖，分曹射覆蜡灯红。
嗟余听鼓应官去，走马兰台类转蓬。

首联初看似乎是叙写昨夜情事，实际上对此只是虚点，并未涉及发生在“画楼西畔桂堂东”的任何具体情事。诗人在这里只是用咏叹的笔调抒写对昨夜星辰好风、画楼桂堂温馨旖旎氛围的深情回忆。在回忆中有甜美与陶醉，也有怅惘与遗憾。颔联由追忆回到现境，抒写今夕的相隔和由此引起的复杂微妙心理，不用说是直接抒写心灵活动的。腹联似是描绘夜间宴席上灯红酒暖、送钩射覆的热闹场景，实际上仍是借此抒写内心感受。无论是把它理解为对昨夜曾历情境的追忆，或是对今夜意中人处境的遥想，其中都渗透了诗人的无限追恋或强烈向往。直到尾联，仍然不是听鼓应官、走马兰台的写实，而是抒写良会不再、身如飘蓬的心灵叹息。整首诗可以说都是在写抒情主人公的心理活动，断续无端，跳跃多变，宛若意识流之作。这种抒情方式，在其他七律无题中同样表现得非常突出，如《无题二首》：

凤尾香罗薄几重，碧文圆顶夜深缝。
扇裁月魄羞难掩，车走雷声语未通。
曾是寂寥金烬暗，断无消息石榴红。
斑骓只系垂杨岸，何处西南待好风？

重帏深下莫愁堂，卧后清宵细细长。
神女生涯元是梦，小姑居处本无郎。
风波不信菱枝弱，月露谁教桂叶香。
直道相思了无益，未妨惆怅是清狂。

两首诗都采取女主人公静夜追思的抒情方式，都可视为女主人公的心理独白。前一首是女主人公在寂寥的长夜默默缝制罗帐时展开对往事的追忆和对意中人的深情期盼。颔联孤立地看像是叙事——叙写与对方邂逅相遇的情景：对方驱车匆匆走过，自己因为羞怯，以团扇掩面，虽相遇而未及通一语。但由于这是夜深缝罗帐时的追思，这一闪回于女主人公脑际的场景就转化成了情思，曲折地表达了她在追思往事时那种既感温馨甜蜜，又感惆怅遗憾的复杂微妙心理。腹联像是叙写匆匆路遇后长期的等待与思念，但那在寂寥的等待中慢慢暗淡下去的灯烬和青春过后的石榴花红，却被心灵化了，成了无望的相思与期待的象征，青春在寂寞的等待中暗自消逝的象征。尾联更是直接抒写心灵的期盼。后一首也同样是“卧后清宵”对自己生涯身世的追思叹息和明知相思无益而终抱痴情的心灵独白。我们不妨再从抒写心灵的角度来品味《春雨》中的名联：

红楼隔雨相望冷，珠箔飘灯独自归。

通过对重访旧地，不见伊人，独自提灯在雨中踽踽归来这段惆怅经历的描写，传达出了一种氛围与心境。红楼作为所爱者曾经居住过的地方，本应唤起许多温馨美好、热烈欢快的记忆，而此刻却因人去楼空，隔雨相望，只觉得它仿佛透出一股寂寥冷落的气氛。这是雨浸冷了抒情主人公的心，还是抒情主人公的心浸冷了雨中的红楼？是雨“隔”断了近在咫尺的红楼，还是心灵中的阻隔感使眼前的红楼变得遥远了？景象与心理感受之间这种微妙的关系正透露了抒情主人公心境的孤寂凄冷和心灵深处的阻隔感。用珠箔飘灯来形容丝丝雨帘在提灯前摇曳飘荡，这本身就包含了一种联想：由雨帘映灯联想到往昔红楼高阁之中，珠帘灯影之间的温馨旖旎生活，而这一切都已随着伊人的远去而成为遥远的过去。这里有温馨的追忆，更有失落的怅惘。再如《重过圣女祠》中的名联：

一春梦雨常飘瓦，尽日灵风不满旗。

这是写圣女祠的幽缈迷蒙的环境气氛，又是心灵景观的象征性展现。那如梦似幻、似有若无的春天细雨悄悄地持续不断地飘洒在屋瓦上，既朦胧而又飘忽，似乎带有某种朦胧的希望，又似乎透出虚缈的气息；那轻柔得吹扬不起祠前神旗的灵风更传达出一种“东风无力”的气息和心灵深处的“不满”与遗憾。而在展现心灵境界方面最突出的当属《锦瑟》。诗人追忆华年往事而深感心绪一片惘然。这种“惘然”心绪，借助颔、腹两联的四幅象征性图景得到最富于含蕴的多方面展现。音乐境界与人生境界、心灵境界，瑟声与心声借助朦胧而多义的象征性图景融为一体。这种纯粹写心的七律，在中国诗歌史上是非常独特的存在，不但在李商隐之前之后很少出现，即或在商隐其他诗体中也很少出现。即以无题诗而论，五古“八岁偷照镜”篇，尽管也借少女伤春寄寓了少年诗人忧虑遇合和命运不由自主的心理，但从写法上看，从八岁次第写来，迤逦而下，一直写到“十五泣春风”，明显是用传统的叙事手法表现少女的生活历程与行为历程。虽也写到她的盼嫁、伤春心理，但主要不是写心灵而是写成长与命运。七古“何处哀筝随急管”，五律“照梁初有情”，七绝“白道萦回入暮霞”，也都或以写具体场景为主，或以写人物为主，不像七律无题和《春雨》《重过圣女祠》那样，以写心灵感受为主，以意境的朦胧为显著特色。总之，这些七律艺术上最突出的特征与成就，可以说是使对人的心灵境界的抒写达到了从未有过的深度①。

三、李商隐七律的两种类型——典丽精工与清空流美

这一节主要想通过对商隐七律两种主要类型的分析，来讨论其七律风格的多样性与统一性。

商隐七律中最为人们熟知的一种类型，可以称之为典丽精工型。这类七律的显著特点是辞藻华美，色彩浓艳，意象繁密，典故众多，有的具有浓郁的象征暗示色彩。像《锦瑟》、《曲江》、《重有感》、《隋宫》、《南朝》、《茂陵》、《泪》、《闻歌》、《牡丹》（锦帏初卷）、《马嵬》、《筹笔驿》、《井络》诸篇，即是这种类型的突出代表，一部分七律无题如“来是空言去绝踪”“飒飒东南细雨来”，以及《重过圣女祠》《碧城三首》等，也属于这种类型。后世学李商隐的西昆派作家，主要仿效的就是这种类型。由于这类诗中有不少代表了李商隐七律的主要艺术特征与成就，因此也不妨说这是李商隐七律的主流类型。

但商隐七律中还有一种明显与此相对应的类型，即很少用典故和华丽的辞藻，多用白描和直接抒情，通体清空疏朗的类型，不妨称之为清空流美型。像《二月二日》、《即日》（一岁林花即日休）、《写意》、《七月二十九日崇让宅宴作》、《王十二兄与畏之员外相访见招小饮时予因悼亡日近不去因寄》、《无题》（相见时难别亦难）、《春雨》、《九日》等诗即是这种类型的突出代表。尽管这种类型的诗中同样有许多流传广远的精品，但由于人们对商隐典丽精工型的七律印象特深，无形中将主要当成了唯一，因此很少注意到这是和前一种类型明显不同但同样有很高艺术成就的风格类型。像他的《二月二日》：

> 二月二日江上行，东风日暖闻吹笙。
> 花须柳眼各无赖，紫蝶黄蜂俱有情。
> 万里忆归元亮井，三年从事亚夫营。
> 新滩莫悟游人意，更作风檐夜雨声。

① 拙著《李商隐诗歌研究》“本体篇”《李商隐的无题诗》第三节指出其无题诗有纯情化、纯诗化、深微化、象征化的特征，可以参看。刘学锴：《李商隐诗歌研究》，安徽大学出版社1998年版。

全篇除用“元亮井”“亚夫营”两个熟典和紫、黄两个色彩字外，可以说是清空流走，一片神行。但所抒发的感情却深挚浓至，一点也不轻飘浮薄。它以乐境写哀思，以美好的春色反衬深长的羁愁，以轻快流畅的笔调抒写抑郁不舒的情怀，以清空如话的语言表现深浓的情思，收到了相反相成的艺术效果。又如作于同年秋的《写意》：

燕雁迢迢隔上林，高秋望断正长吟。
人间路有潼江险，天外山唯玉垒深。
日向花间留返照，云从城上结层阴。
三年已制思乡泪，更入新年恐不禁。

除首句用上林雁典故的字面略加点缀外，全篇也都是白描和直抒。开阔的境界、浏亮的声调中蕴含的是凄婉抑郁的情思。颔联因江险山深而发世路崎岖险阻之慨，腹联于景物描写中寓时世阴霾衰颓之悲，说明诗中所写之意并不止“思乡”一端，思乡只是感情的结穴。以上两例，说明这种清空流美型的七律内容和思想感情并不浅薄单纯，而是深挚浓至、丰富复杂。而《七月二十九日崇让宅宴作》又说明这类诗的清空流美并非滑易流靡：

露如微霰下前池，风过回塘万竹悲。
浮世本来多聚散，红蕖何事亦离披？
悠扬归梦惟灯见，濩落生涯独酒知。
岂到白头长只尔，嵩阳松雪有心期。

全篇不用一个典故，全用白描手法，清词丽句，情深于言。但它却是用轻快流利中含顿宕曲折的笔调来抒写身世濩落之悲和悼亡伤逝之痛。赵臣瑗评曰：“华筵既收，嘉宾尽去，触景伤情，不胜惆怅。浮世之聚散，红蕖之离披，其理一也。今乃故作低昂之笔，以聚散为固然，以离披为意外，何为者乎？此盖先生托喻以悼王夫人耳。”（《山满楼笺注唐诗七言律》）由于在流走中有顿宕，不仅使整首诗不致流于滑易，而且很好地表现了诗人于人世聚散不能已已的深悲。《即日》也属于这种流走中有曲折顿宕的类型：

一岁林花即日休，江间亭下怅淹留。
重吟细把真无奈，已落犹开未放愁。
山色正来衔小苑，春阴只欲傍高楼。
金鞍忽散银壶滴，更醉谁家白玉钩。

笔笔唱叹而又层层转进，故虽笔致流走，声调悠扬，却能传达出一种歌与泣俱的无奈意绪。胡以梅《唐诗贯珠串释》云："因落花而怅恨流连于花间亭下，把玩重吟，真出无奈。落者落，开者犹开，愁愈难放。此联实写而曲折，故佳。"所评切实。比较起来，他的《子初郊墅》《曲池》等作，虽亦清空流美，风致甚佳，却缺乏顿宕曲折而显得有些滑易，举前者为例：

看山对酒君思我，听鼓离城我访君。
腊雪已添墙下水，斋钟不散槛前云。
阴移竹柏浓还淡，歌杂渔樵断更闻。
亦拟村南买烟舍，子孙相约事耕耘。

子初系令狐绹之兄令狐绪之字①，这首诗是商隐往访令狐绪在长安南郊的别墅而作。何焯评："起联中便笼罩得子孙世世相好在。买舍、耕耘，恰从腹联生下，更无起承转合之迹……中四句一片烟波。"（《义门读书记》卷下）所谓"无起承转合之迹"，"一片烟波"，正说明此诗虽意致流走，但不免少顿宕而流于滑易。

值得注意的是，典丽精工与清空流美这两种风格类型，不但在商隐的七律中存在，而且在他的五言排律、五言律诗、七言绝句乃至某些骈体文中也都存在。后者如五言排律中的《戏赠张书记》、《西溪》（怅望西溪水）、《摇落》，五言律诗中的《春宵自遣》《落花》《高松》《晚晴》《凉思》，七言绝句中的《夜雨寄北》《离亭赋得折杨柳二首》，骈文中的《祭小侄女寄寄文》《奠相国令狐公文》等，都是典型的例证。这两种风格看似殊异的诗文，实际上有其内在的统一性。刘熙载在《艺概·诗概》中说："诗有借色而无真色，虽藻缋实死灰耳。李义山却是绚中有素。敖器之谓其'绮密瑰妍，要非适用'，岂尽然哉？"这是很有见地的。商隐典丽精工型的近体诗之所以不同于晚唐一般的绮艳诗，正因为其中蕴含着作者深挚浓至的思想感情，深刻的人生体验，深沉的人生感慨。这一点，无论是咏史、咏物、无题七律乃至《锦瑟》等诗都是如此。如果商隐典丽精工型的七律和其他近体没有这种"真色""本色"，那就确实成了玩弄典故辞藻的形式主义、唯美主义的东西。同样，他的清空流美型的七律和其他近体诗中的优秀之作，也内含深挚浓至的情感。刘熙载说"李樊南深情绵邈"（《艺概·诗概》），正准确概括了义山两种风格类型的作品共同的本质特征。如果对这两类诗的共同本质即内在统一性缺乏认识，在评论时便容易产生种种偏差或误解。如认为《锦瑟》"体涩而味薄"，"非真有深味可寻"，"大抵《无题》是义山偶然一种，本非一生精神所注"，认为《无题》（相见时难）"三四"（按"春蚕"一联）太纤近鄙，不足存"、《无题》（昨夜星辰）"了无可取"（以上均出自纪昀《玉溪生诗说》中评语），除了艺术上的偏嗜外，还由于对诗中寓含的深慨真情缺乏感受与理解。有的诗，评家对它的评价反差极大，究其原因，也往往缘于

① 王达津：《李商隐诗杂考》（之一），《古典文学论丛》（第一辑），陕西人民出版社1980年版。

对藻缋中所含的“真色”缺乏认识，如《牡丹》（锦帏初卷）：

锦帏初卷卫夫人，绣被犹堆越鄂君。
垂手乱翻雕玉佩，折腰争舞郁金裙。
石家蜡烛何曾剪，荀令香炉可待熏。
我是梦中传彩笔，欲书花片寄朝云。

朱彝尊评曰：“堆而无味，拙而无法，咏物之最下者”（《辑评》引）。而何焯则谓：“起连生气涌出，无复用事之迹”（《义门读书记》卷下）。纪昀亦谓：“八句八事，却一气鼓荡，不见用事之迹，绝大神力。所恶乎《碧瓦》诸作，为其琱琢支凑，无复神味，非以用事也。如此诗，神力完足，岂复以纤靡繁碎为病哉”（《玉谿生诗说》）。但何、纪二氏并没有说出他们这种评价的依据。这实际上是一首借咏物以抒风怀之作。从写法说，是借艳色（卫夫人南子、越人、贵家舞妓、巫山神女）以写牡丹之华贵富艳；从寓意说，是借牡丹以喻艳姝。牡丹与艳姝，实二而一，构思巧妙，不露痕迹。前三联分咏牡丹的花叶、情态、色香，均借富贵家艳色或富贵家带有香艳色彩的故事比拟，固然由于牡丹是富贵华艳之花，须如此用笔方见本色，也暗透诗人意念中自有此如花之女子。尾联由赏而思，将牡丹比作高唐神女，更透露出有所思慕、欲寄相思的消息。作单纯咏物诗读，确有堆砌繁碎之弊；从寓托着眼，则牡丹的容色情态，都宛若有人，密实处也变得空灵了，尾联用艳事丽语，却全不用雕镂刻画，而是以想象与风致取胜，更使全篇都因此点睛式的一结而灵动起来，变得富于情韵了。此诗的好处，正在于它不仅是对牡丹的单纯刻画与形容，而是注入了对人化的牡丹的一片深情。

从另一方面说，无论是典丽精工型的，或是清空流美型的，如果缺乏“深情绵邈”这一内在本质，则都不可能成为真正的好诗。我们可以把它作为一种衡量的标准，来判别其诗歌的高下精粗。尽管这不是唯一的标准，但对商隐诗来说，却无疑是重要的标准。商隐七律绝非都是佳品，其中也有相当一部分平庸浅率之作，像在永乐闲居期间写的一部分七律，如《题道靖院》《奉同诸公题河中任中丞新创河亭四韵之作》《和马郎中移白菊见示》《题小柏》等都不免此弊。关键在于这些酬应气味很重的题赠唱和之作缺乏真感受、真感情，虽也清疏流畅，却没有“深情绵邈”的内质。又如《人日即事》：

文王喻复今朝是，子晋吹笙此日同。
舜格有苗旬太远，周称流火月难穷。
镂金作胜传荆俗，剪彩为人起晋风。
独想道衡诗思苦，离家恨得二年中。

范晞文《对床夜语》评曰："前辈云，诗家病使事太多，盖皆取其与题合者类之，如此乃是编事，虽工何益也。李商隐《人日》诗……正如前语。"这首诗把堆砌典故和浅率鄙俗两种弊病结合在一起，正好将两种类型的流弊占全了，怪不得屈复说："此首乃獭祭之最下者。"（《玉溪生诗意》）

商隐七律的类型自然不止这两种，但这两种风格殊异而又有内在统一性的七律却可以帮助我们进一步认识商隐优秀七律的真精神和内在本质。

[原载《安徽师范大学学报》(人文社会科学版) 2002年第1期]

唐五代关中诗人律诗失律现象研究

◆储泰松

【关键词】诗律；失律；声调；关中方音；唐代语音

【摘　要】唐五代关中诗人的律诗中存在着不少失律现象，从其类型及其分布来看，与唐五代关中方音声调密切相关，不同的失律特征反映出唐五代关中方音声调的不同层次。

唐五代关中地区文人多达301位，诗作4346首，其中近体诗2875首[①]。这些近体诗，多数是合律的，但也发现不少失律的现象。综合考察这些失律诗句，我们认为它与关中地区的声调特征紧密相连，也就是说，这些失律诗句，诗人用方言念起来是合律的。因此，根据失律现象可以约略推测到唐五代关中地区声调的某些特征。

一、律诗失律的平仄格式及其类型

1. 失律

近体诗一般有四要素：平仄、对仗、押韵、字（句）数，而平仄又是判断是否近体诗的最重要的尺度。近体诗最基本的四种平仄格式是：

甲、平平仄仄平平仄　　乙、仄仄平平仄仄平

丙、仄仄平平平仄仄　　丁、平平仄仄仄平平

甲乙丙都有变式，即所谓的拗救（为陈述简洁，本文只以五言为例，七言可依五言类推）：

甲种句第三或第四字用了仄声，为拗，需将对句（乙种句）第三字改为平声，是为救。如韩偓《早玩雪梅有怀亲属》“北陆候才变，南枝花已开”[②]，“候”字拗，“花”字救。

乙种句第一字用了仄声，为拗，需将第三字改为平声，为救。如韩偓《湖南梅花一冬再发偶题于花援》“玉为通体依稀见，香号返魂容易回”[③]，“返”字拗，

① 储泰松：《唐五代关中方音研究》，南京大学博士论文2000年。

② 彭定求等编：《全唐诗》，中华书局1960年版，第7792页。

③ 彭定求等编：《全唐诗》，中华书局1960年版，第7793页。

"容"字救。甲乙两种句式的拗救常合起来使用：韩偓《山院避暑》"运塞地维窄，气苏天宇空"[①]，"地""气"拗，"天"字救。《太平谷中玩水上花》："一溪红点我独惜，几树蜜房谁见开。"[②]"谁"既救本句"蜜"字拗，又救出句"我独"两字拗。

丙种句第三字用了仄声，为拗，须将第四字改为平声，为救。如苏颋《景龙观送裴士曹》："雨雪长疑向函谷，山泉直似到流沙。"[③]"函"字救"向"字拗。

拗而能救，仍然合乎近体诗的平仄格式，但是，我们也发现关中诗人很多诗句拗而不救，这是诗家大忌，我们称之为失律。

2. 失律的类型

既然拗句主要出现在甲乙丙三种句式里，那么失律也不外乎这三类。

（1）丙种句：常式：平平平仄仄　　失律：平平仄仄仄

第三第四两仄声以用去、入声字为常，如第三字用上声，则第四字必用去、入声字。如（拗字下加横线，下同）：

杜淹《咏寒食斗鸡》："虽然百战胜，会自不论功。"[④]韦应物《早春对雪》："犹残腊月酒，更值早梅春。"[⑤]于武陵《泛若耶宿云门》："深犹见白石，凉好换生衣。"[⑥]

（2）甲种句：常式：仄仄平平仄　　失律：仄仄仄平仄/仄仄平仄仄/仄仄仄仄仄

第三第四两字常见的组合是：平声+去声、平声+入声，或去（入声）+平声；而上声+平声或平声+上声均极少见：如两字均拗，则多用去声、入声。对句（乙种句）第三字多为去声、入声，少数用上声。

例如：苏颋《兴州出行》："滴滴泣花露，微微出岫云。"[⑦]

李洞《终南山二十韵》："一谷势当午，孤峰耸起丁。"[⑧]

杜牧《醉题》："金镊洗霜鬓，银觥敌露桃。"[⑨]

（3）乙种句：常式：平平仄仄平　　失律：仄平仄仄平

较少见。首字多上、入声，第三字同。首字如是上声，第三字则为去声；首字若为入声，则第三字为上声，例外较少。

于武陵《过洛阳城》："古来利与名，俱在洛阳城。"[⑩]

杜光庭《月孛星君咒》："青桂黄华辅，郁罗保素灵。"[⑪]

有时甲乙均拗，皆不救：

---

① 彭定求等编：《全唐诗》，中华书局1960年版，第7803页。
② 彭定求等编：《全唐诗》，中华书局1960年版，第7812页。
③ 彭定求等编：《全唐诗》，中华书局1960年版，第805页。
④ 彭定求等编：《全唐诗》，中华书局1960年版，第435页。
⑤ 彭定求等编：《全唐诗》，中华书局1960年版，第1904页。
⑥ 彭定求等编：《全唐诗》，中华书局1960年版，第1413页。
⑦ 彭定求等编：《全唐诗》，中华书局1960年版，第803页。
⑧ 彭定求等编：《全唐诗》，中华书局1960年版，第8289页。
⑨ 彭定求等编：《全唐诗》，中华书局1960年版，第5987页。
⑩ 彭定求等编：《全唐诗》，中华书局1960年版，第6897页。
⑪ 陈尚君辑校：《全唐诗补编》，中华书局1992年版，第1515页。

杜牧《寄远》："前山极远碧云合，清夜一声白雪微。"[①]

韦贯之《雪中寓直》："耿耿风雪暮，直庐未掩扉。"[②]

（4）丁种句：常式：仄仄仄平平　　失律：仄仄平平平/仄仄平仄平

一般认为，丁种句是不存在拗救的，目前见到的诗律学著作都没有单独谈到丁种句的拗救，唯王力《汉语诗律学》[③]说丙种句拗，可用丁种句救，如韦应物《简卢陟》："可怜白雪曲，未遇知音人。""白"拗"知"救。这种句式，王力以为极罕见，因为三平调是古风之常见句式。关中文人丁种句失律与丙种句（出句，如是首联，则是乙种句）毫无关联：

苏颋《经三泉路作》："三月松作花，春行日渐赊。"[④]

首句入韵，第三字该用仄声却用平声（松），第四字该用平声却用仄声（作），如果可算作拗救，那与丙种句第三字拗第四字救的原理相同。

李洞《送舍弟之山南》："南山入谷游，去彻山南州。"[⑤]

白居易《题法华山天衣寺》："龙愤水声连击磬，猿啼月色困持经。"[⑥]

但白诗出句并无"拗"。

（5）失粘与失对

这里是指非拗救位置上（第二、五字）的平仄失律现象：该平而用仄，该仄却用平。

丁种句：白居易《寒食夜》："四十九年身老日，一百五夜月明天。"[⑦]

乙种句：李郢《渡淮后却泗州秦处士》："正愁客路逢山雨，更忆云外卧草亭。"[⑧]

甲种句：令狐楚《九日黄白二菊花盛开》："鬓云徒云白，腰金未是黄。"[⑨]

（6）孤仄

乙种句忌犯孤平，这是常识，但乙种句还常有一种变式，即平平平仄平，却鲜有人提及。请看例句：

乔备《秋夜巫山》："萤色寒秋露，猿啼清夜闻。"[⑩]秦韬玉《题竹》："削玉森林幽思清，院家高兴尚分明。"[⑪]

"清、幽"两字处均该用仄声，但却用了平声，诗中无拗，因而不存在为救拗而

---

① 彭定求等编：《全唐诗》，中华书局1960年版，第5988页。
② 陈尚君辑校：《全唐诗补编》，中华书局1992年版，第1005页。
③ 王力：《汉语诗律学》，上海教育出版社1982年版，第95—96页。
④ 彭定求等编：《全唐诗》，中华书局1960年版，第803页。
⑤ 彭定求等编：《全唐诗》，中华书局1960年版，第8285页。
⑥ 陈尚君辑校：《全唐诗补编》，中华书局1992年版，第1084页。
⑦ 彭定求等编：《全唐诗》，中华书局1960年版，第4925页。
⑧ 陈尚君辑校：《全唐诗补编》，中华书局1992年版，第426页。
⑨ 陈尚君辑校：《全唐诗补编》，中华书局1992年版，第1063页。
⑩ 彭定求等编：《全唐诗》，中华书局1960年版，第9969页。
⑪ 彭定求等编：《全唐诗》，中华书局1960年版，第7657页。

改调的问题。这种现象，关中文人诗中出现较多，仅白居易近体诗中就发现398例，对此，《汉语诗律学》云："（诗人）尽可能避免，否则尽可能补救"[①]。

由于古体诗常见的平仄格式是仄仄平平平、平平平仄平、仄仄平仄平，而这恰恰与上述我们谈到的丁种句、乙种句的失律格式相同，因人们不把这种失律调式当作律诗格式来谈，但乙种句的拗式仄平平仄平、丙种句的拗式平平仄平仄、甲种句的拗式仄仄仄平仄也是古体诗的常用格式。既然它们仍属合律，所以我们把乙、丁的这两种格式也算合律，唯一的区别在于这两种格式拗而不救。

二、失律诗歌的辨别及其数据统计

在分类统计之前，我们首先要说明确定近体诗的一些原则，以韦应物《简卢陟》为例：

可怜白雪曲，未遇知音人。恓惶戎旅下，蹉跎淮海滨。涧树含朝雨，山鸟哢余春。我有一瓢酒，可以慰风尘。[②]

王力以为本诗是近体诗，因为句数、押韵、对仗均合乎近体诗的要求，但本诗平仄、粘对皆不合格律。首联王氏认为"白"与"知"一拗一救，而"平平仄仄仄、仄仄平平平"是古体诗的典型联式，暂且不论；颔联、颈联格律是丙乙、甲丁，尾联对句是仄仄仄平平，其出句当是平平平仄仄，而"我有一瓢酒"却是仄仄仄平仄，是甲种句的变式，这些均是古体诗的典型特征；粘对方面，"遇惶、跎树"不同调，失粘；"惶跎、树鸟、有以"均失对。近体诗既然是形式化的产物，平仄就应是第一要素，平仄差异太大的就不能算近体诗。因此，判断是否近体诗的原则应是：

A. 平仄合乎甲乙丙丁四种格式；B. 联式必须合乎甲乙、丙丁、乙丁、丁乙四种格式；C. 对仗；D. 押韵；E. 在满足B、C、D三个条件下，允许平仄出现变式，诗律上叫做失救（即拗而不救），具体是：

甲种句：仄仄仄平仄/仄仄平仄仄/仄仄仄仄仄

乙种句：仄平仄仄平/平平平仄平

丙种句：平平仄仄仄

丁种句：仄仄平平平/仄仄平仄平

共8种失救格式。

我们的做法是：确定近体诗后，再找出上述8种失救句式，然后观察平上去入四声在拗、救位置上的分布特征，最后按类统计数据，以考察四声之间关系之远近。以丙种句为例，按律应是第三字拗，第四字救。先统计第三字声调类别及总数，再

① 王力：《汉语诗律学》，上海教育出版社1982年版，第90页。

② 彭定求等编：《全唐诗》，中华书局1960年版，第1923页。

计算第四字的声调类别及总数。如“风吹昨夜泪”（刘商《古意》）[①]，昨，入声；夜，去声，则入、去各计一次。

还有一个不可回避的问题就是平去两读的多音字。根据我们的观察，多音字的平仄往往不能与韵书音义对应，正如《鸡肋编》卷上“杜诗押韵”条所云：“诗人拘于声律，取其意（当是‘音’字）而略其义也。”[②]

为惜影相伴，通宵不灭灯。（白居易《寒闺夜》）[③]
春销不得处，唯有鬓边霜。（同上《早春》）[④]
犹恐清光不同见，江陵卑湿足秋阴。（同上《忆元九》）[⑤]

不，去声，作句末语气词时读平声。第一首是甲乙联，“影”字拗，“不”字当救，即读平声。第二、三首均是丙丁联，“不得处”是三仄调，“不”字拗，“不同见”句，“同”救“不”字拗。三句“不”字义同，但平仄表现不同。

世缘未了治不得，孤负青山心共知。（白居易《别张殷衡》）[⑥]
黄昏倚柱不归去，肠断绿荷风雨声。（韦庄《摇落》）[⑦]

两句“不”字分别读去声、平声，均拗，对句“心、风”救。再如，白居易《书事咏怀》：“金多输陆贾，酒足胜陶潜。”[⑧]《酬梦得比萱草见赠》：“老衰胜少夭，闲乐笑忙愁。”“胜”，两诗义同，音读却一平一去。

鉴于上述原因，我们不把含常见多音字的失律现象纳入统计范围。

1. 丙种句拗救位置上的四声分布

	平	上	去	入	总 计
第三字（拗）	9	52	138	143	342
第四字（救）	9	107	117	109	342

上声，第三字使用了52次，其中有3次是全浊上声字（伴2待），第四字107次中，全浊上声字有12次（道2后2氏窕诞善士似妓皓）。第三第四字均上声的仅17次，其中全浊上3次。

2. 甲种句第三（或四）字与乙种句第三字及乙种句第一字与第三字的四声分布

① 彭定求等编：《全唐诗》，中华书局1960年版，第3457页。
② 王力：《汉语诗律学》，上海教育出版社1982年版，第132—142页。
③ 彭定求等编：《全唐诗》，中华书局1960年版，第4839页。
④ 彭定求等编：《全唐诗》，中华书局1960年版，第4856页。
⑤ 彭定求等编：《全唐诗》，中华书局1960年版，第4844页。
⑥ 彭定求等编：《全唐诗》，中华书局1960年版，第4853页。
⑦ 彭定求等编：《全唐诗》，中华书局1960年版，第8050页。
⑧ 彭定求等编：《全唐诗》，中华书局1960年版，第5195页。

	上	去	入	总 计
甲三（拗）	26	50	44	120
乙三（救）	28	38	46	112
乙一（拗）	4	2	6	12
乙三（救）	5	3	4	12

甲乙联共失律112联，甲三120次中，第四字失律12次，另有8次三四字均拗，因而比乙三多8次。乙种句首字失律12次，其中5次与甲三同时失律，加上这7次（乙一上3去1入3，乙三上3去2入2），则甲乙联失律共119次。甲三上声字有3个全浊上声字（是后柱），乙三有全浊上声字7次（是4坐2静）。同一联中，甲三、乙三同时是上声字的只有6次（含乙一），其中含全浊上一次。

3. 丁种句第三、四字失律声调分布

丁种句第三字仄第四字平，合律，反之即为拗。

	平	上	去	入	总 计
丁三	39				39
丁四		5	8	5	18

丁种句失律共44次，其中三四均拗的39次，只有第四字拗的5次。

4. 其他

主要是二、五位置上的平仄失律，当用仄声时却用了平声，当用平声时却用了仄声。

	平	上	去	入	总 计
当平而仄		4	7	8	19
当仄而平	11				11

上声4次里，全浊上声2次（是在）。

5. 失律句式在四联中的分布

近体诗多是八句四联：首联、颔联、颈联、尾联。失律句式除了出现在律诗、绝句中之外，还有不少出现在排律之中，且极少见于第一联，也不出现在最后一联。

	首 联	颔 联	颈 联	尾 联	排 律	总 计
甲乙	46	20	10	28	15	119
丙	40	61	26	87	128	342
丁	17	7	5	7	8	44
其他	12	3	5	6	4	30
总计	115	91	46	128	155	535

从上表看，失律现象在颈联出现最少，其次是颔联，出现较多的是首联和尾联，而最多的是排律，超过颔联、颈联的总和，大概由于排律要求最严，面面俱到造成了顾此失彼。

三、失律现象与关中语音的声调特征

上文我们分四大类统计出失律平仄在平上去入四声上的分布数据，可以看出，拗的位置上去声、入声的次数远大于上声的次数，救的位置上上声次数稍高，但还是低于去、入声，根据上、去、入三声替代平声的次数多寡，我们能窥测到唐代关中方言平声与上、去、入三声间关系之远近。由于仄声包括上、去、入三种声调，在该仄而用平的地方，我们无法确知这个仄声该是上、去、入三声中的哪一个，所以我们只好放弃这一部分数据，仅就甲乙丙、丁四、当平用仄这几类数据作粗浅的分析。

1. 平调与仄调关系：从拗处位置看

先将上、去、入三声在各种失律类型的拗处位置（按格律，此处当用平）上的分布及其百分比，列表如下：

	总数	上		去		入	
		次数	百分比	次数	百分比	次数	百分比
甲三	120	26	21.67%	50	41.67%	44	36.67%
乙一	12	4	33.33%	2	16.67%	6	50%
丙三	333	52	15.61%	138	41.44%	143	42.94%
丁四	18	5	27.78%	8	44.44%	5	27.78%
当平用仄	19	4	21.05%	7	36.84%	8	42.1%
总计	502	91	18.13%	205	40.84%	206	41.04%

从表中看，平声与上声关系最远，而与去入关系几乎同样近，乙种句上声比例高于去声，四例出自王昌龄《河上老人歌》①、唐德宗《题僧寺壁》②、白居易《夜坐》③、于武陵《过洛阳城》④，均是长安及以东人，总数太少，因而比例显高（详下）。如果考虑浊上变去的因素，把上声里的浊上字去掉，则上声只占全部总数的16.53%，去声上升到42.43%。

2. 平调与仄调之关系：从失救位置看

失救位置上，上去入三种声调的分布及百分比是：

	总数	上		去		入	
		次数	百分比	次数	百分比	次数	百分比
乙三	119	31	26.05%	40	33.61%	48	40.34%
丙四	333	107	32.13%	117	35.14%	109	32.73%
总计	452	138	30.53%	157	34.73%	157	34.73%

① 彭定求等编：《全唐诗》，中华书局1960年版，第1451页。
② 陈尚君辑校：《全唐诗补编》，中华书局1992年版，第936页。
③ 彭定求等编：《全唐诗》，中华书局1960年版，第4854页。
④ 彭定求等编：《全唐诗》，中华书局1960年版，第6897页。

与拗处仄调三声分布相比，也是平声与上声关系远，与去、入关系近，只是三声之间差距较小，但如果把全浊上声字移到去声里，则上声的百分比依次变为：20.17%、28.53%、26.33%，去声则变为39.5%、38.74%、38.94%，这就与拗处上去入三声比例的分布较为接近了。

上声与平声关系最远，还可从甲乙丙三种句式拗救位置均是上声的出现率得到证明：甲三乙三均上声的仅6次，丙三丙四皆上声的仅14次（不计均为全浊上的3次），分别占各自格式的5.04%、4.2%，这么低的比率，更说明上声是绝对不能与平声混为一谈的。

平声与去声、入声的关系，从总的比率来看，差别不大，细言之，平声与去声关系稍近，与入声关系稍远。白居易诗中的一些小注可以给我们一些启示：《广韵》的一些平去两读字，白诗多取去声义亦置于仄声位置，却又在该字下注明去声，这些字是窿[1]、长[2]、空[3]、烧[4]、旋[5]、霄[6]、胶[7]、凝[8]、参[9]、槃[10]等（唯“窿”字仅平声一读），如《奉和汴州令狐公二十二韵》：“仁风扇平声道路，阴雨膏去声闾阎。”这是丙丁联，依义，扇、膏均当读平声，则扇注“平声”即显累赘。究其原因，作者可能分不清平去，平去两读字多读平声，部分读去声。

白居易《山中问月》：“为问长安月，谁教不相思必切离。”[11]相读入声，陆游《老学庵笔记》卷十云：“世多言白乐天用相字，多从俗语作思必切……北人大抵以相字作入声，至今犹然，不独乐天。老杜云：恰似春风相欺得，夜来吹折数枝梅。亦从入声读，乃不失律。俗谓南人入京师，效北语，过相蓝，辄读其榜曰大厮国寺，传以为笑。”“相”作副词，平声；作名词，去声。乐天以平为入，此为北方俗语，至南宋犹然。将思必切读为“厮”，亦可证平声为入。

四、唐五代关中方音的声调层次

上文我们详细分析了失律现象凸显出来的平、上、去、入四声间的亲疏远近关系，其中有两个自相矛盾的地方令人生疑：第一，该用平声位置上的去、入声分布比率为何如此接近？第二，近体诗四种平仄格式中，乙、丁要求最严，可上声在其

---

① 彭定求等编：《全唐诗》，中华书局1960年版，第4860页。
② 彭定求等编：《全唐诗》，中华书局1960年版，第4869页。
③ 彭定求等编：《全唐诗》，中华书局1960年版，第4933页。
④ 彭定求等编：《全唐诗》，中华书局1960年版，第4937页。
⑤ 彭定求等编：《全唐诗》，中华书局1960年版，第4970页。
⑥ 彭定求等编：《全唐诗》，中华书局1960年版，第5018页。
⑦ 彭定求等编：《全唐诗》，中华书局1960年版，第5026页。
⑧ 彭定求等编：《全唐诗》，中华书局1960年版，第5074页。
⑨ 彭定求等编：《全唐诗》，中华书局1960年版，第5142页。
⑩ 彭定求等编：《全唐诗》，中华书局1960年版，第5141页。
⑪ 彭定求等编：《全唐诗》，中华书局1960年版，第4891页。

失律位置上的分布为何大大高于甲、丙？为什么当救位置上的上声分布要高于拗处位置上的分布？这是否与平声似去的说法相冲突？这些矛盾是客观存在的，究其原因，可能与关中方音里的声调具有不同的层次叠置有关。下面我们尝试从两方面做些解释。

1. 圆明字轮与四十九根本字的对音

古代译经家对梵文字母的翻译非常考究，因为其中蕴含着微言大义，马虎不得。明濬《答柳博士书》云："师己一心，滞文句于上下，误音字之平去……又采鄙俚讹韵，以拟梵本哢音……舛杂乖论，何从而至。"[①]可见，译音要用标准语言，因而从对音的前后差异上，可以看出一些语音变化。西北地区译经僧人的圆明字轮、四十七根本字的对音情况[②]是：

晋代的鸠摩罗什、昙无谶均以汉语平声字对译梵文字母，唯梵文C组鼻音均对汉语入声"若"字，ya、sva罗什对去声字夜、簸，梵文长短元音谶公也只是注以"长、短"二字来区别；隋代阇那崛多仍维持这一格局，到唐代有了变化：玄应梵文次浊辅音（na、la除外）对汉语去声字，a、u对上声字，i对入声字，bha、dha对去声字，余皆对平声字；地婆诃罗开始在平声字下加注"上声"，多是梵文不送气塞音和次浊音，善无畏次浊辅音对上声字；不空以后基本上是梵文短元音对汉语上声字，长元音对去声字，辅音皆对上声字，唯浊送气辅音对去声字。可以看出，隋代以前梵文字母主要是以汉语平声字对，偶尔用去、入声字，初唐早期个别梵文元音音节改以汉语上、入声字对（表明平声调值开始出现变化），中期某些梵文不送气辅音、鼻音对汉语上声字，余以汉语平声字对，平、上交替使用；盛唐次浊辅音对汉语上声，中唐以后除长元音、浊送气辅音外，皆以汉语上声字对。

综上所言，隋代以前平去调近，唐初平声调值逐渐向上声靠拢，中唐完成这种变化。

2.《悉昙藏》关于唐代声调的记载

日僧安然《悉昙藏》卷五记载了唐代表金正聪四家声调及其特征：

二、定异音。诸翻音中所注平上去入，据检古今，难可以为轨模。何者？如陆法言《切韵》云："古今声调既自有别，诸家取舍亦复不同。吴楚则时伤轻浅，燕赵则多涉重浊，秦陇则去声为入，梁益则平声似去。"若尔风音难定，孰为楷式？我日本国元传二音：表则平声直低，有轻有重；上声直昂，有轻无重；去声稍引，无轻无重；入声径止，无内无外。平中怒声与重无别，上中重音与去不分。金则声势低昂与表不殊，但以上声之重稍似相合平声轻重，始重终轻呼之为异，唇舌之间亦有差升。承和之末正法师来，初习洛阳，中听太

① 董诰等编：《全唐文》，中华书局1983年版，第4199页。

② 李荣：《切韵音系》，科学出版社1956年版；刘广和：《圆明字轮四十二字诸经译文异同表》，《中国人民大学学报》1997年第4期。

原，终学长安，声势太奇。四声之中各有轻重：平有轻重，轻亦轻重，轻之重者，金怒声也；上有轻重，轻似相合金声平轻、上轻，始平终上呼之，重似金声上重不突呼之；去有轻重，重长轻短；入有轻重，重低轻昂。元庆之初，聪法师来，久住长安，委搜进士，亦游南北，熟知风音。四声皆有轻重著力，平入轻重同正和上，上声之轻似正和上上声之重，上声之重似正和上平轻之重，平轻之重，金怒声也，但呼著力为今别也；去之轻重似自上重，但以角引为去声也，音响之终妙有轻重，直止为轻，稍昂为重，此中著力亦怒声也。

这段话很多学者作过分析（周祖谟1958、梅祖麟1970、丁邦新1975、俞敏1979、尉迟治平1986、金德平1989），勿庸再赘。现据尉迟治平的疏解，将文中人物与术语梳理如下：

金指金礼信，所传为吴音，年代早于表；表指表信公，亦即袁晋卿，所传为汉音，于天平八年（736）至日本；正指惟正，圆仁从僧，承和十四年（847）由唐返日；聪指智聪，圆珍从僧，于元庆元年（877）返回日本。金声代表八世纪以前的南方汉语声调，表、正、聪分别代表八世纪初叶、九世纪上半叶长安话的声调。

低昂指声调的高低，轻重指声调的阴阳，它取决于声母的清浊；怒声指汉语的鼻音与边音，内外亦即轻重。先将安然的记载列为下表：

<table>
<tr><td rowspan="2"></td><td colspan="2">平</td><td colspan="2">上</td><td colspan="2">去</td><td colspan="2">入</td></tr>
<tr><td>平轻</td><td>平重</td><td>上轻</td><td>上重</td><td>去轻</td><td>去重</td><td>入轻</td><td>入重</td></tr>
<tr><td>表</td><td colspan="2" rowspan="2">直低</td><td rowspan="2">直昂</td><td></td><td colspan="2" rowspan="2">稍引</td><td colspan="2" rowspan="2">径止</td></tr>
<tr><td>金</td><td>表平重＋表平声轻
始重终轻呼</td></tr>
<tr><td>正</td><td colspan="2" rowspan="2">轻亦轻重轻之
重者金怒声也
（＝表平重）</td><td>金平轻＋上轻
始平终上呼</td><td>金上重不突呼</td><td>短</td><td>长</td><td rowspan="2">昂</td><td rowspan="2">低</td></tr>
<tr><td>聪</td><td>正上重</td><td>正平轻之重呼著力</td><td>上重＋角引＋
直上</td><td>上重＋角引＋
直昂</td></tr>
</table>

从这个表中可以看出唐代长安声调的发展：盛唐5调，平分阴阳，到中唐（正、聪），关中音的声调变为8调，四声均分阴阳。

初唐时，平上调无瓜葛（表），但到中唐，上声与平声就有纠葛：惟正上轻（阴上）同于表的平轻（阴平）加上轻，调型“始平终上”；智聪上重（阳上）同惟正平轻之重，上轻相似于表平轻加平重，调型“始重终轻”，这正与梵汉对音的变化相同，时间亦与律诗乙一用上声的作者年代相合（参见上文“平调与反调关系”）。再请看白居易的几首诗：

红楼许住请平银钥，翠辇陪行蹋玉墀。（《广宣上人以诗供奉》）[①]

① 彭定求等编：《全唐诗》，中华书局1960年版，第4862页。

今日维摩兼饮酒，当时绮季不请平钱。（《自咏》）①

称意那劳问，请平钱不早朝。（《和令公问刘宾客归来称意无之作》）②

请，《王三》清韵七精反，“受，又在性、七井二反”，静韵七静反无释义，劲韵无请字，可见读平声为正音。《经典释文》卷五“请期”条：“音情又七井反。”卷九“复请”条：“刘上音服下音情。”卷十“请启”条：“旧七井反。”可见南方（刘昌宗为南方人）读平声。白居易于“请”下注“平声”，说明北方可能不读平声，所以要特别注明声调，以免引起误解。

由于通语里平上调值相近，近体诗乙、丁两种平仄格式里平上纠葛高于平去、平入，也就不难理解了。平上相近进入通语以后，平去相近的特征遂降格为方音，但这并没有妨碍它的存在，因而在音义反切、押韵等材料里还屡屡可见。

从表金正聪四家的声调特征中，我们不能不承认南北方音相互影响的事实。这种影响不仅仅是声类、韵类方面，而且及于声调。南北声调（表、金）的区别在于，南方上声分阴阳，上重与关中平声相合，只是调值有差异（北方直昂，南方始重终轻）。了尊《悉昙轮略图抄》卷一“八声事”云：“吴汉音声互相博（搏，义指‘对立’），平声重与上声轻，平声轻与去声重，上声重与去声轻，入声轻与同声重。”这段话说明了吴音、汉音声调间的关系：

吴音	平轻	平重	上重	入轻
汉音	去重	上轻	去轻	入重

吴音的平声重（阳平）与汉音的上声轻（阴上）调相同（余类推），也是平上之间有纠葛（此处“上重”与上文金声“上重”所指有异③）。吴音是在早期北方汉语的基础上形成的，其平轻与汉音去重（阳去）相搏，说明关中平去相混渊源有自，这与上文鸠摩罗什等关中译经僧人对音相合，也与平去两读字关中多读平声相合。

平入两调间的关系，依表信公，一为直低，一为径止，据了尊《悉昙轮略图抄》卷一：“平声重初后俱低，平声（轻）初昂后低。入声重初后俱低，入声轻初后俱昂。”可见，入声虽为短促调，但入重与平重调型是相同的（初后俱低：指低平），因而失律现象中的平入调的替换是有根据的。

今关中地区的声调特征也能给我们一些启发④：

<table>
<tr><td rowspan="2">中古调类</td><td colspan="3">平</td><td colspan="3">上</td><td colspan="3">去</td><td colspan="3">入</td></tr>
<tr><td>清</td><td>次浊</td><td>全浊</td><td>清</td><td>次浊</td><td>全浊</td><td>清</td><td>次浊</td><td>全浊</td><td>清</td><td>次浊</td><td>全浊</td></tr>
<tr><td>关中调值</td><td>阴平31或21</td><td colspan="2">阳平24或35</td><td colspan="2">上声42或53</td><td colspan="4">去声55或44</td><td colspan="2">阴平31或21</td><td>阳平24或35</td></tr>
</table>

① 彭定求等编：《全唐诗》，中华书局1960年版，第5139页。

② 彭定求等编：《全唐诗》，中华书局1960年版，第5172页。

③ 尉迟治平：《日本悉昙家所传古汉语调值》，《语言研究》1986年第2期。

④ 张维佳：《演化与竞争：关中方言音韵结构的变迁》，上海师范大学博士论文1999年。

从表上看，中古清平、清入、次浊入今音均是中（低）降调31或21；全浊平声、全浊入声是升调24或35；清上、次浊上是高降调53或42，全浊上声、去声为高平调55或44，还可以看出平入调之间的关系。今关中连读变调中，西安、韩城、宝鸡、陇县等地两个上声字连读，其中一个由高降调变为低降调（51>21），与清平相同，这恐怕是平声似上的遗迹。

参考文献：

[1] 白涤洲：《关中方音调查报告》，中国科学院1954年版。

[2] 储泰松：《唐五代关中方音研究》，南京大学博士论文2000年。

[3] 丁邦新：《平仄新考》，《史语所集刊》1975年第1期。

[4] 杜晓勤：《从永明体到沈宋体》，《唐研究》1996年第2期。

[5] 何伟棠：《从永明体到律体》，广东高等教育出版社1994年版。

[6] 金德平：《唐代长安方音声调状况试探》，《陕西师大学报》1989年第4期。

[7] 李荣：《切韵音系》，科学出版社1956年版。

[8] 刘广和：《〈圆明字轮四十二字诸经译文异同表〉梵汉对音考订》，《中国人民大学学报》1997年第4期。

[9] 梅祖麟：《中古汉语的声调与上声的起源》，载《梅祖麟语言学论文集》，商务印书馆2000年版。

[10] 孙立新：《关中方言略说》，《方言》1997年第2期。

[11] 藤堂明保：《汉语音韵论》，东京：江南书院1957年版。

[12] 藤堂明保：《吴音和汉音》，载《藤堂明保中国语学论集》，东京：汲古书院1987年版。

[13] 王力：《汉语诗律学》，上海教育出版社1982年版。

[14] 姚彝铭：《七绝的仄平仄式与平仄仄式的比较》，《语言研究》1993年第2期。

[15] 俞敏：《后汉三国梵汉对音谱》，载《中国语文学论文集》，东京：光生馆1984年版。

[16] 尉迟治平：《日本悉昙家所传古汉语调值》，《语言研究》1986年第2期。

[17] 张维佳：《演化与竞争：关中方言音韵结构的变迁》，上海师范大学博士论文1999年。

[18] 周祖谟：《关于唐代方言中四声读法的一些资料》，载《问学集》，中华书局1958年版。

[19] Numoto Katsuaki. “Tables of Go. on and Kan. on Readings.” Acta Asiatica 65 (1993): 85-133.

[原载《安徽师范大学学报》(人文社会科学版) 2004年第2期]

欧阳修是开拓《诗经》文学研究的第一人

◆蒋立甫

【关键词】欧阳修；诗本义；文本；人情；文理；爱情诗

【摘　要】欧阳修的《诗本义》最先打破唐以来《诗经》研究僵局，大胆批驳《诗序》和毛、郑说诗谬误，提出依据文本、求诸人情、考之文理以探求诗人之意：肯定“情欲心”的合理性，对“淫诗”的解读为后人提供了范例。《诗经》研究由经学转文学，欧阳修开拓之功不可没。

近读莫砺锋先生《从经学走向文学：朱熹“淫诗”说的实质》一文，深受启发。该文充分肯定朱熹《诗集传》研究的巨大贡献：其一，打破了《诗经》经学研究的樊篱，《诗集传》对《诗经》文本某些作品文学性质的解读与确认，“迈出了从经学转向文学的第一步”。其二，废弃小序成说，径从文本出发解读“淫诗”，识破“淫诗”真相，这是“千古卓识”。为后人正确认识《诗经》中爱情诗打下了基础，“值得在《诗经》研究史上大书特书”[①]。

就此，我想说的是，朱熹的贡献固然“值得大书特书”，但欧阳修的首功也不可没！

欧阳修《诗本义》约写定于宋熙宁三年（1070），早于朱熹《诗集传》约一百二十余年。《诗本义》写作宗旨诚如书名所示，就是要探求《诗经》诗篇的本义。何谓“本义”？他解释说：“《诗》之作也，触事感物，文之以言，善者美之，恶者刺之，以发其揄扬怨愤于口，道其哀乐喜怒于心，此诗人之意也。”[②]诗人之意，当然也就是诗的本义。欧阳修在卷三《相鼠》“论”中指出：“经义固常简直明白，而未尝不为说者迂回汩乱而失之弥远也。《相鼠》之义不多，直刺卫之群臣无礼仪尔。诗人意，言人不如鼠尔。”在卷一四《本末论》中再次强调有些诗“颇为众说汩之，使其义不明，今去其汩乱之说，则本义粲然而出矣”。检《诗本义》，可以清楚地看到，欧阳修要去的“汩乱之说”就是《诗序》《毛传》《郑笺》中一些谬误，其中批驳最

① 莫砺锋：《从经学走向文学：朱熹“淫诗”说的实质》，《文学评论》2001年第2期。

② 欧阳修：《诗本义》卷一四《本末论》，张春林编：《欧阳修全集》，中国文史出版社1999年版，第211页。

多的是《郑笺》，所以梅尧臣《代书寄欧阳永叔四十韵》有“言《诗》诋《郑笺》”[①]的句子。

当然，欧阳修探求诗本义的出发点，也与后来的朱熹一样是对《诗经》的经学研究，只是由于三百篇的本质是文学作品，欧阳修力求探知诗的本义，即诗人之意，因此不论其主观认识如何，客观上他所作的研究工作，在一定程度上是还《诗》本来面貌。欧阳修是北宋文坛领袖，一代散文大家、诗人、词人，是以文学的行家里手来研究《诗经》的，可以说，《诗本义》是第一部以文学大家身份写成的《诗经》研究著作。欧阳修把古今《诗经》研究概括为四个层面：诗人之意、太师之职、圣人之志、经师之业。所谓太师之职，就是指太师将采得之诗“播之于乐，于是考其义类，而别之以为风、雅，而次比之，以藏于有司，而用之宗庙、朝廷，下至乡人聚会”；所谓圣人之志，则是指孔子“正其雅、颂，删其繁重，列于六经，著其善恶，以为劝戒”；所谓经师之业，则是指汉以后诸儒的讲说。欧阳修既以经学家立场，把“圣人之志”看作“本”，而“太师之职”与“经师之业”是“末”，撕掉了《诗序》与毛、郑旧说的神圣面纱；更以文学家的眼光，把“诗人之意”提到“本”的首位。在他看来，“圣人之劝戒者，诗人之美刺是也”，所以知诗人之意，则得圣人之志。诗人之意已是本中之本。由此他告诫《诗经》学习者：“今夫学《诗》者，求诗人之意而已。”[②]那么，如何求诗人之意呢？欧阳修认为今日虽然不能就“从圣人而质焉”，但“诗人之意具在也”。卷八《何人斯》云，诗人之意俱在《诗经》文本，求诗本义只有“因其言，据其文以为说，舍此则为臆说矣”。《诗本义》中，欧阳修破旧说求本义的途径，归纳起来有三条：

第一就是以文本为依据。《诗经》文本是他评判前儒说诗得失的标准，也是他推求“本义”的根据。在其书中，“直考其文”随处可见，请看：1.《汝坟》中驳《郑笺》一系列谬说，最后归结到“诗文本无此意”。2.《麟之趾》中斥“此篇序全乖”，而毛、郑又“执序意以解诗”，“宜其失之远也”，指出“直考诗文自可见其意”。3.《草虫》中斥毛、郑释诗“枝辞衍说”，“皆诗文所无，非其本义”。4.《相鼠》中指出“毛言居尊位为暗昧之行”，“考《序》及诗无此意”。5.《竹竿》中指出“据文求义，终篇无比兴之言，直是卫女嫁于异国，不见答而思归之诗尔”。6.《女曰鸡鸣》中斥《郑笺》说诗“委曲生意”，“皆非诗文所有……而失诗本义”。7.《有女同车》中谓“序言刺忽不昏于齐，卒以无大国之助，至于见逐”，“今考本篇，了无此语”。8.《山有扶苏》中谓“序言刺忽所美非所美”，“考其本篇亦无其语”。9.《东门之枌》中斥毛、郑解说“皆诗无明文，以意增衍而惑学者”。10.《衡门》中指出：“自‘泌之洋洋’以下，郑解为任用贤人，则诗无明文，大抵毛、郑之失在于穿凿，皆此类也。”11.《候人》中斥郑释诗增入“天无大雨”云云，“迂阔之甚，据诗

① 朱东润选注：《梅尧臣诗选》，人民文学出版社1980年版，第38页。

② 欧阳修：《诗本义》卷一四《本末论》，张春林编：《欧阳修全集》，中国文史出版社1999年版，第211页。

本无天旱岁饥之事”。12.《棠棣》中说“毛已为衍而郑又从而为说”，然“于诗无文”。13.《天保》中对毛、郑释义失误一再强调“皆诗文无之”“然诗既无明文，则为衍说”“亦诗文无之”。14.《湛露》中郑释二章、三章、卒章分别是燕同姓、庶姓、二王后者，欧阳修指出“诗既无文，皆为衍说”。15.《正月》中批评“毛、郑说繁衍迂阔”，“皆诗无明文，二家妄臆而言尔”。从上所引已可见出欧阳修《诗经》研究是把文本放在首位的。后人推崇朱熹所介绍的读《诗》经验：“某今亦只如此，令人虚心看正文，久之其义自见”“读《诗》，唯是讽诵之功……都只将《诗》来讽诵至四五十过，已渐渐得《诗》之意”（《朱子语类》卷八十）。事实上，早在一百多年前欧阳修已实践在前，并已取得可观的成果！

第二是把握文学特性：人情。在卷一五《定风雅颂解》中，欧阳修引王通《中说·关朗篇》说：“诗出于民之情性，情性其能无哉！”从诗表现情性这一文学特性出发，他在卷六《出车》一诗中提出：“诗文虽简易，然能曲尽人事，而古今人情一也。求诗义者，以人情求之，则不远矣。然学者常至于迂远，遂失其本义。”其下，他举了《出车》中一个句例：《出车》开头说：“我出我车，于彼牧矣。”《毛传》谓：“出车，就马于牧地。”《郑笺》申述说：“出我戎车于所牧之地，将使我出征伐。”欧阳修指出“毛、郑谓出车于牧以就马”，如只一二辆车尚可，“若众车邪，乃不以马就车而使人挽车远就马于牧，此岂人情哉！”《击鼓》中郑氏以为“执子之手，与子偕老”，是卒伍之间的约誓。欧阳修驳之：“卒伍岂宜相约偕老于军中，此又非人情也。”（卷二）《女曰鸡鸣》“终篇皆是夫妇相语之事”，而郑氏释次章“宜言饮酒，与子偕老”为“燕乐宾客而饮酒，与之俱至老”。欧阳修指出：“今遍考《诗》诸风言偕老者多矣，皆为夫妇之言也。且宾客一时相接，岂有偕老之理？殊不近人情！”（卷四）

《诗本义》中“人情”的内涵是多方面的，既有上述所说的事理，也包括“物理”的内容。物理，本是指人对“物”的认识，自然也是属于人情范围。如《鹊巢》中欧阳修指出：“序言‘德如鸤鸠，乃可以配’。郑氏因谓鸤鸠有均一之德，以今物理考之，失自《序》始，而郑氏又增之尔。且诗人本义，直谓鹊有成巢，鸠来居尔。初无配义，况鹊、鸠异巢，类不能作配也。”《螽斯》中《序》谓“后妃子孙众多也。言若螽斯不妒忌，则子孙众多也”，遂使毛、郑依此解诗，欧阳修指出：“蛰螽，蝗类，微虫尔，诗人安能知其不妒忌，此尤不近人情者。”（卷一）《甘棠》中“毛郑皆谓蔽芾，小貌”，欧阳修指出甘棠树“能蔽风日，俾人舍其下”，“则非小树也”，因而改释“蔽芾，乃大树之茂盛者也”（卷一三《一义解》）。此释合乎物理、人情，自不待言。

《诗本义》“人情”所指更多的则是“人之常情”。《四月》中驳毛、郑对“先祖匪人”句的释义说：

毛、郑于《四月》……以“先祖匪人”为作诗之大夫斥其先祖，此失之大者也。且大夫作诗，本刺幽王任用小人，而在位贪残尔，何事自罪其先祖，推于人情，决无此理。凡为人之先祖者积善流庆于子孙而已，安知后世所遭者乱君欤？治君欤？今此大夫不幸而遭乱世，反深责其先祖以人情不及之事，诗人之意，决不如此！（卷八）

《日月》中郑氏释："日居月诸，东方自出。父兮母兮，畜我不卒。"四句为"庄姜尊庄公如父母，而遇我不终"，而庄公是庄姜的丈夫，欧阳修质问道："妻之事夫，尊亲如父母，义无此理也！"（卷一三《一义解》）显然违背人情常理。类似者，诸如《节南山》斥《序》、毛、郑之失，"顿乖诗义，此不近人情之甚者"（卷七）；《有駜》中指出："如郑说则旧臣夙夜在公，而新来之士饮酒醉舞，此岂近于人情！所以然者，皆以委曲生意为衍说以自累也。"（卷一二）《关雎》中序谓"后妃之德"，毛、郑则把"君子好逑"之"淑女"释为"三夫人以下"，而不是文王后夫人太姒。欧阳修据此质问，既然"《关雎》本谓文王、太姒，而终篇无一语及之，此岂近于人情！古之人简质，不如是之迂也"（卷一）。《玄鸟》中指出："毛谓春分玄鸟降，有娀氏女简狄配高辛氏帝，帝率与之祈于郊禖而生契……古今虽相去远矣，其为天地、人物与今无以异也。毛氏之说以今人情、物理推之，事不为怪，宜其存之。而郑谓吞鳦卵而生契者，怪妄之说也。"（卷一三《取合义》）这里以"人情"否定郑说，是因为欧阳修不懂得神话，《生民》中驳《毛传》也是如此。他说："（毛）直谓姜嫄从高辛祠于郊禖而生子，则是以人道而生矣。且有所祷而夫妇生子，乃古今人之常事，有何为异？欲显其灵，而以天子之子弃之牛羊之径及林间、冰上乎？此不近人情者也。"（卷一〇）"人情"说贯串《诗本义》全书始终。

第三以文理、文意做检验。《诗本义》重视文本，着眼于全诗，对《序》《经》《笺》说诗得失的权衡，往往从作诗"文理"角度加以分析。《野有死麕》中他说："诗三百篇大率作者之体不过三四尔，有作者自述其言以为美刺，如《关雎》《相鼠》之类是也；有作者录当时人之言以见其事，如《谷风》录其夫妇之言，《北风其凉》，录去卫之人之语之类是也；有作者先自述其事，次录其人之言以终之者，如《溱洧》之类是也；有作者述其事与录当时人语杂以成篇，如《出车》之类是也。然皆文意相属以成章，未有如毛、郑解《野有死麕》文意散离不相终始者。"毛、郑不是从三章诗整体出发解释诗义，而是三章"各自为说，不相结以成章""不成文理，是以失其本义也"（卷二）。考察文理、文意是《诗本义》突破旧说、求本义的重要手段。请看：

1.《卷耳》中指出："以诗三章考之，如毛、郑之说（按指后妃为求贤而忧思），则文意乖离而不相属……前后诗义顿殊，如此岂其本义哉！"（卷一）

2.《北风》是写动乱中人们结伴逃亡的诗，欧阳修说"其虚其邪，既亟只且"两句"谓当亟去尔，皆民相招之辞。而郑谓在位之人故时威仪宽徐，今为刻急之行者，亦非也……若此，岂成文理"（卷三）。

3.《氓》中指出："今考其诗，一篇始终皆是女责其男之语，凡言'子'、言'尔'者，皆女谓其男也，郑于'尔卜尔筮'独以谓告此妇人……且上下文初无男子之语，忽以此一句为男告女，岂成文理！"（卷三）。

4.《王·扬之水》中指出郑氏"以不流束薪，为恩泽不行于民"，是"泥于《序》不抚其民，而不考诗之上下文义也"（卷三）。

5.《采苓》中"人之为言，苟亦无信。舍旃舍旃，苟亦无然"四句，欧阳修指出"以文意考之，本是为一事"，即"戒献公闻人之言，且勿听信，置之且勿以然"，"而郑分为二：谓'人之为言'是称荐人，欲使见进用；'舍旃舍旃'是谤讪人，欲使见贬退者。考诗之意不然也"（卷四）。

6.《皇皇者华》中"周爰咨诹"句，毛、郑释"忠信为周，访问为咨，意谓大夫出使见忠信之贤人就之访问"。欧阳修质问："止一周字，岂成文理！若直以周为周详、周遍之周，则其义简直自明也。"（卷六）

7.《正月）中说："《正月》之诗十三章九十四句，其辞固已多矣，然皆有次序。而毛、郑之说，繁衍迂阔，而俾文义散断，前后错杂。"（卷七）

8.《巧言》中斥郑氏训"乱如此怃"之怃为傲、训"曰父母且"之且为"苟且"，"岂成文理"（卷八）！

9.《桑柔》中驳郑释"谁能执热，逝不以濯"两句是"厌乱之辞"，欧阳修认为这样理解"与下文意不联属，亦非诗义也"，其意当是"谓遭王暴虐，思得贤君以纾患"（卷一一）。

10.《酌》中驳毛、郑释"遵养时晦"句说"遵养当连言及下时晦，共为一事，而毛、郑皆断'遵'一字独为一义，而'养时晦'又为一义。如此，岂成文理！"（卷一二）

《诗本义》对《诗经》"比"手法的认识也大大超越了前人。他在《鹊巢》中指出："古之诗人取物比兴，但取其一义以喻意。"按照"取其一义"的认识，纠正了《序》、毛、郑一些穿凿附会的释义。如《关雎》中毛释雎鸠"鸟挚而有别"，"挚"本指猛挚，郑氏不理解，遂释为"挚之言至也，谓雌雄情意至者"。欧阳修斥之"非也。鸟兽雌雄皆有情意，孰知雎鸠之情独至也哉？或曰：诗人本述后妃淑善之德，反以猛挚之物比之，岂不戾哉？对曰：不取其挚，取其别也。雎鸠之在河洲，听其声则和，视其居则有别。此诗人之所取也。"《螽斯》中他指出："诗人……所比者，但取多子似螽斯也。"扬弃了《序》及毛、郑"若螽斯不妒忌"的胡言乱说。《氓》中"桑之未落"四句比喻，郑氏以为"桑之未落，谓其时仲秋也……鸠以非时食桑椹，犹女子嫁不以礼，耽非礼之乐"。欧阳修指出："此皆其失也。盖女谓我爱彼男子情意盛时，与之耽乐而不思后患，譬如鸠爱椹而食之，过则为患也。"《破斧》中指出："诗人引类比物，长于譬喻，以斧比礼义其事不类。"对《毛传》附会"礼义"之说予以否定。《鸿雁》中他说："诗所刺、美，或取物以为喻，则必先道其物，次言所刺、美之事……《鸿雁》之诗云'鸿雁于飞，肃肃其羽，之子于征，劬劳于野。’以文义考之，当是以鸿雁比之子，而康成不然，乃谓鸿雁知避阴就阳，喻民知就有道；之子自是侯伯卿士之述职者。上下文不相须，岂成文理！”《斯干》中又说：“诗之比兴，必须上下成文以相发明，乃可推据”，而郑氏却随文为解，对第一章几句“比”的喻意，作了一些互不相干的阐释，欧阳修斥之：“独用一句而不以上下文理推之，何以见诗人之意?”

《诗本义》探求诗人之意，立足文本，梳理篇章，阐释词语，无不通篇文气贯通。自觉不自觉地运用了一些文学批评的方法，特别是其阐析本义，有的颇具文学鉴赏色彩。请看：

《葛覃》本义：

诗人言后妃为女时勤于女事，见葛生引蔓于中谷，其叶萋萋然茂盛。葛常生于丛木之间，故又仰见丛木之上，黄鸟之声喈喈然，知此黄鸟之鸣乃盛夏之时，草木方茂，葛将成就而可采。因时感事，乐女功之将作，故其次章遂言葛以成就，刈濩而为絺绤也。其卒章之义，毛、郑之说是矣。

《汉广》本义：

南方之木高而不可息，汉上之女美而不可求，此一章之义明矣；其二章云：薪刈其楚者，言众薪错杂，我欲刈其尤翘翘者，众女杂游，我欲得其尤美者。既知不可得，乃云：之子既出游而归，我则愿秣其马。此悦慕之辞，犹古人言——虽为执鞭，犹忻慕焉，是也。既述此意矣，末乃陈其不可之辞，如汉广而不可泳，江永而不可方尔。盖极陈男女之情，虽可见而不可求。

《北风》本义：

诗人刺卫君暴虐，卫人逃散之事，述其百姓相招而去之辞。曰“北风其凉，雨雪其雱，惠而好我，携手同行”者，民言虽风雪如此，有与我相惠好者，当与相携手，冲风冒雪而去尔。“其虚其邪，既亟只且”者，言无暇宽徐当急去也。“莫赤匪狐，莫黑匪乌”，谓狐、乌各有类也，言民各呼其同好，以类相携而去。故下文云“惠而好我，携手同车”是也。

这类阐释“本义”，书中比较多，虽然有的还未脱尽《序》的影响，但所解析的基本内容，与今人理解已大致接近。

这里要特别说明的是，虽然欧阳修只是对某些《序》持怀疑态度，没有彻底否定《序》，更没有像朱熹那样废《序》说《诗》。但并不能由此得出结论：在对待《序》的态度上，欧阳修落后于朱熹。事实上，朱熹虽然废《序》，但按照《序》说的意思解释诗旨仍然很多，姚际恒批评《诗集传》：“其从《序》者十之五，又有外示不从而阴合之者，又有意实不然而终不能出其范围者，十之二三。”[①]这样说也许有些夸大，但绝不是空穴来风。如《麟之趾》序谓：“《关雎》之应也。《关雎》之化行，则天下无犯非礼，虽衰世之公子，皆信厚如麟趾之时也。”朱熹《诗集传》竟对此深信不疑，他说：“《序》以为《关雎》之应，得之。”再对照看看欧阳修的认识，《诗本义》卷一说：“若《序》言《关雎》之应，乃是《关雎》化行，天下太平，有瑞麟出而为应。不惟怪妄不经，且与诗意不类。《关雎》《麟趾》作非一人。作《麟趾》者，了无及《关雎》之意……《序》之所述乃非诗人作诗之本意，是太师编诗假设之义也。毛、郑遂执《序》意以解诗，是以太师假设之义解诗人之本义，宜其失之远也。”当然也不能反过来，仅凭此就全否定朱熹《诗集传》废《序》说诗的贡献！

其次再谈欧阳修《诗本义》在爱情诗研究方面的贡献。

欧阳修首先肯定了“情欲心”的合理性，在《汉广》“论”中说：“夫教化之行，可使人顾礼义而不敢肆其欲，不能使人尽无情欲心也。”他对一些爱情诗的解释颇值得注意，有的已拨开历代经师的迷雾，窥测到诗的真正情韵。如《静女》，欧阳修驳毛、郑说：第一章“据文求义，是言静女有所待于城隅，不见而彷徨尔，其文显而义明，灼然易见。而毛、郑乃谓正静之女自防如城隅，则是舍其一章但取‘城隅’二字以自申其臆说尔”；又释第二章：“不知此彤管是何物也？但彤是色之美者，盖男女相悦，用此美色之管相遗，以通情结好尔。”对郑释彤管是女史“笔之赤管”、毛释“彤管之法”不满，斥之“何其迂也”！揭示《静女》“本义”说：

> 彼姝然静女，约我而俟我于城隅，与我相失而不相见，则踌躇而不能去；又曰：彼安然静女，赠我以彤管。此管之色炜然甚盛，如女之美可悦怿也；其卒章曰：我自牧田而归，取彼茅之秀者，信美且异矣，然未足以比女之为美，聊贻美人以为报尔。

串讲诗意，一脉贯通，趣味盎然。足见朱熹《诗集传》对《静女》诗旨的认定以及对“城隅”的诠释，在一百多年前欧阳修已有说在先，朱说并无超越之处。又如《东方之日》，欧阳修指出：“东方之日，毛、郑皆以喻君。而毛谓‘日出东方’人君明盛；郑谓其明未融，喻君不明。‘东方之月’毛、郑皆以喻臣：而毛亦谓月盛于东方，郑又以为不明。以诗文考之，日月非喻君臣。”解释其“本义”说：

> 东方之日，日之初升也。盖言彼姝之子，颜色奋然美盛，如日之升也。“在我室兮，履我即兮”者，相邀以奔之辞也……下章之义亦然。

① 姚际恒：《诗经通论》，中华书局1958年版，第5页。

再如《东门之枌》，他驳郑释“穀旦”为“朝日善明”，指出“穀旦者，犹今言吉日尔”；驳毛释“南方之原”为“原，大夫氏”，指出：原，为原野，“当在陈国之南方也”。最后阐明其诗“本义”说：

子仲之子常婆娑于国中树下以相诱说，因道其相诱之语：当以善旦期于国南之原野，而其妇女亦不务绩麻而婆娑于市中。其下文又述其相约以往而悦慕其容色，赠物以为好之意。盖男女淫奔多在国之郊野。所谓南方之原者，犹东门之埠也。

在爱情诗的解读方面，欧阳修有较大的局限性，有些诗囿于《序》而未达一见。如《野有蔓草》，他看出了《郑笺》引《周礼》仲春之月会男女之礼是“衍说”，指出：“此诗文甚明白，是男女婚娶失时，邂逅于野草之间尔，何必仲春时也。”（卷一三《一义解》）但因《序》有“民穷于兵革，男女失时”的话，他不免在正确的释义中加进“婚娶失时”以附会《序》意。这就不及朱熹所说“男女相遇于野田草露之间”直接。又如《叔于田》，他看出了三章诗意“皆爱之之辞也”，而另一方面又惑于《毛传》释“叔，大叔段”和《序》言“……国人说而好之”的话，把“爱”的对象说是“叔段”，全弄错了诗旨。其他，如《采葛》《丘中有麻》《褰裳》《子衿》等诗，他对毛、郑一些错误的释义有正确的批驳，但归纳诗本义时又全落入《序》说窠臼，认为是政治诗而非爱情诗。即使如前文所引的《东门之枌》，尽管他已认定是男女“相邀以奔之辞”，但仍未能挣脱《序》说的束缚，最终还是将其主旨归结到“此述男女淫风，但知称其美色以相夸荣，而不顾礼义，所谓不能以礼化也”。《静女》中也免不了有“礼义坏而淫风大行，男女务以色相诱悦，务夸自道而不知为恶，虽幽静难诱之女亦然”的道德宣判。与后来朱熹《诗集传》相比较，对爱情诗的正确解读，数量要少得多，认识上也有模糊之处，他没有摆脱以“美刺”说诗，没有认识到《诗集传序》所说的：“凡诗之所谓‘风’者，多出于里巷歌谣之作，所谓男女相与咏歌各言其情者也。”

正因为如此，所以他对有些爱情诗“本义”的阐述模棱，如说《野有死麕》“卒章遂道其淫奔之状曰：汝无疾走，无动我佩，无惊我狗吠”，似乎认定是淫奔者自作，但同时他又说“见其男女相诱而淫乱者恶之”，又与《序》一样把这首诗看作是“恶其无礼”之作。又如前文所引《东门之枌》，他一面从淫奔者自述角度，阐明了其本义，一面又说是“陈俗男女喜淫风，而诗人斥其尤者”。类似这种对爱情诗作出自相矛盾的阐述，在《诗本义》中还有，从中生动地反映出经学家欧阳修与文学家欧阳修的矛盾。《困学纪闻》卷八引陆游说：“唐及国初，不敢议孔安国、郑康成，况圣人乎？”这虽是说《书经》，而《诗经》研究思想的被禁锢，恐怕更有甚之。《诗序》《毛传》《郑笺》自汉代以来逐渐控制学界，加上唐代《毛诗正义》的推波助澜，说诗更陈陈相因，思想僵化，有谁敢越雷池一步！

欧阳修虽是一位勇于疑古、有着创新精神的学者，但也不能一下子跳出《诗序》圈子，我们不能超越时代要求他。在爱情诗的研究方面，尽管其前一百多年以来，已有欧阳修、苏辙、郑樵等披荆斩棘在前，朱熹仍不免对有的爱情诗的认知存犹疑态度，如前面说过的《叔于田》，《诗集传》中一面遵循旧说“段不义而得众，国人爱之，故作此诗”；一面又“或疑此亦民间男女相悦之词”，举棋不定。可见，《诗经》研究每迈进一步多么艰难！欧阳修《诗本义》是第一部挑战《诗序》与毛、郑旧说的著作，著者虽然没有明确提出《诗经》中有“男女情思之辞”，亦即朱熹所认定的“淫诗”，但却以慧眼卓识和超人的勇气，首先打破了《序》与毛、郑说诗的一统天下，从文学角度探求了某些诗的本义，在爱情诗的解读方面，也冲破了旧说樊篱，并提供了这类诗的说解范例，为后人《诗经》研究打开了新思路，朱熹对“淫诗”解读，无疑是在《诗本义》基础上的发展，有的甚至是直接取自《诗本义》之说，如《静女》等，这是无可争辩的事实。因此，我们在对朱熹“淫诗”说价值重估的同时，对欧阳修《诗经》文学研究筚路蓝缕之功也应充分认识。

[原载《安徽师范大学学报》(人文社会科学版) 2001年第1期]

“三十六体”：宋祁总结、认定的骈文体派

◆陈冠明

【关键词】三十六体；骈文；宋祁

【摘　要】通过对众多史料的爬梳，详细考证了文学史上“三十六体”这一术语。“三十六体”是史学家宋祁根据自己的文学思想与文学史实践总结、认定的李商隐、温庭筠、段成式三人的骈文体派。

一

“三十六体”之名，初见《新唐书·文艺下·李商隐传》：

> 商隐初为文瑰迈奇古，及在令狐楚府，楚本工章奏，因授其学。商隐俪偶长短，而繁缛过之。时温庭筠、段成式俱用是相夸，号“三十六体”。①

《新唐书》列传修撰者宋祁刻意求简②，李、温、段三人之“体”何以名“三十六”，语焉不详。直到南宋末年，王应麟《小学绀珠》卷四对此作了解释：“三人皆行第十六。”

研究历史，最重史源史料。考察《新唐书》此段史料，源当出于《旧唐书·文苑下·李商隐传》。但宋祁并不是照录《旧唐书》之文，而是作了剪裁、改窜。《旧唐书》只称“三十六”，而无“体”字。《旧唐书》说：

> 商隐能为古文，不喜偶对。从事令狐楚幕，楚能章奏，遂以其道授商隐，自是始为今体章奏……尤善为诔奠之辞。与太原温庭筠、南郡段成式齐名，时号“三十六”。文思清丽，庭筠过之。③

① 欧阳修，宋祁：《新唐书》，中华书局1975年版，第5793页。
② 宋代曾公亮《进新唐书表》：“其事则增于前，其文则省于旧。”
③ 刘昫《旧唐书》卷一百九十下列传第一百四十下文苑下，清乾隆武英殿刻本。

“三十六”是指李、温、段三人，而“三十六体”是指李、温、段三人的共同文体。两个概念有着本质的区别，二者是不能等同的。

《旧唐书·李商隐传》这段文字，《册府元龟》三引之：一见卷八四一，其中“与太原温庭筠、南郡段成式齐名，时号‘三十六’”等语被删略；一见卷九一五，几乎全传征引，而独遗“时号‘三十六’”一句；一见卷七一八，“三十六”，宋本、明本均作“三才”。清代陈鸿墀《全唐文纪事》卷五五引《旧唐书》，则作“三十六体”。

“三才”之号，史书多见。如《晋书·刘舆传》：“时称越府有三才：潘滔大才，刘舆长才，裴邈清才。”《魏书·魏收传》：“与济阴温子升、河间邢子才齐誉，世号三才。”盖“三才”多见，而“三十六”不经见，“才”与“十六”字形又相近，故“三十六”讹为“三才”。由此，归结一下，有三点大致是清楚的：其一，《旧唐书》原文当无“体”字，否则，《册府元龟》就不可能将“三十六体”讹为“三才”；其二，《全唐文纪事》所引作“三十六体”，当是据《新唐书》《小学绀珠》等补，并非陈氏所见之本原有“体”字；其三，《新唐书》改“三十六”为“三十六体”，仅仅是宋祁作为一个文学家而不是史学家对李、温、段三人文学作品的看法，或者说，是宋祁根据自己的文学思想与文学实践所总结、认定的一种文体。

以上三点，前两点，由文献可以证明。关于第三点，从史学家岑仲勉先生《玉溪生年谱会笺平质》也可得到证明。岑氏说：

> 《旧书》本传：“与太原温庭筠、南郡段成式齐名，时号‘三十六’。”因三人俱行十六，故有是称。易言之即‘李、温、段’之绰号耳。自《新传》改为“号三十六体”，添一“体”字，易指人而指事，已失原意。①

岑先生《唐人行第录》又说：“《新·商隐传》改为‘号三十六体’，遂滋误会。”夏承焘先生《唐宋词人年谱·温飞卿系年》所说略同。

李、温、段三人，特别是李、温二人是晚唐大家。“三十六体”，作为宋祁认定的一种文体，是文体学的一个重要术语概念，更是文学史上一个重要术语概念。但自宋代以来，没有人专门对“三十六体”的来龙去脉作过专门的考察、探究。因此，考察、探究这一术语概念的产生与畸变过程，廓清、确定这一术语概念的外延内涵，无疑是十分重要和必要的。

二

据《新唐书·李商隐传》，“三十六体”的外延与内涵是十分明确的，即指李商

① 国立中央研究院历史语言研究所集刊编辑委员会编辑：《历史语言研究所集刊》（第十五本），商务印书馆1948年版，第301页。

隐、温庭筠、段成式三人骈偶文体。三人排行皆为第十六，故名。宋代计有功说得十分简捷明了：李商隐与“温庭筠、段成式俱以俪偶相夸，号‘三十六体’”。[①]在宋代，《新唐书》的影响要远远超过《旧唐书》。这主要与它作为当朝的由朝廷颁行的官修正史这一特殊的身份有关。《新唐书》原先为《唐书》，就有取代刘昫《唐书》之意。此外也与修撰者欧阳修、宋祁的名望有关。列传的修撰者宋祁，是北宋名家，与其兄宋庠号为“大小宋”（《宋史》本传），连欧阳修都十分推尊，称为“前辈”，肯定宋祁对于“《新唐书》用力久且深”[②]之功。由于这些原因，自宋代以来，人们在征引史料的取舍方面，取新而舍旧也是十分自然的事。

“三十六体”作为重要的文学体派，已经部分为人们所接受。然而，也是从宋代以来，人们对它的外延与内涵的理解，却有时与《新唐书》相左，不相一致。本来外延与内涵义界十分清晰分明的“三十六体”，却似乎一直处于混沌之中，处于混乱之中。其中有以“三十六体”为诗歌体派者。如宋代晁公武云：

今《樊南甲乙集》皆四六为序，即所谓繁缛者。又有古赋及文共三卷，辞旨怪诡，宋景文序传中云“谲怪则李商隐”，盖以此。诗五卷，清新纤艳，故旧史称其与温庭筠、段成式齐名，时号“三十六体”云。[③]

《樊南甲集》《乙集》为李商隐骈文集。晁氏所说，与原说抵触之处甚多：一，此文“谲怪”是指古赋及文，而《新唐书·文艺传序》说“谲怪则李贺、杜牧、李商隐”，是指其诗而言；二，“三十六体”是《新唐书》语，而非《旧唐书》语；三，据行文，“三十六体”是指李、温、段三人诗体。晁氏此说为明代胡震亨《唐音癸签》卷八所接受。

清代程梦星也以为是诗体。程氏说：

义山师承盖亦不一。集中有学汉魏者，有学齐梁者，有学韩者，有学李长吉者。此格调之诡谲善幻也……要使论义山者不得以三十六体为肩随，不得以西昆一派为祖述焉尔。[④]

这里的“三十六体”是指诗体，它不包括李商隐本人，而是指温、段的诗体，就如同西昆体不包括李商隐一样。这与晁氏所说也不相同。

清代冯武认为“三十六体”是诗集，又将“三十六体”与杨亿、刘筠、钱惟演

---

① 计有功：《唐诗纪事》，中华书局1965年版，第811页。

② 陈振孙：《直斋书录解题》卷四，中华书局1985年版，第98页。又高似孙《纬略》卷十二略同。

③ 晁公武：《郡斋读书志》卷第四中，四部丛刊三编景宋淳祐本。

④ 程梦星：《李义山诗集笺注凡例》，王步高、刘林辑校汇评：《李商隐全集》（下），珠海出版社2002年版，第1084页。

等人的“西昆体”杂糅为一，创为“西昆三十六体”之说。冯氏说：

元和、大和之代，李义山杰起中原，与太原温庭筠、南郡段成式，皆以格韵清拔，才藻优裕，为“西昆三十六体”，以三人俱行十六也。西昆者，取玉山策府之意云尔。赵宋之钱、杨、刘诸君子竞效其体，互相酬唱。①

冯氏之说，殆受清康熙间朱俊升《西昆酬唱集序》所说“追三十六之风流，真能学步”②影响。四库馆臣对冯氏之说已辨之：

考《唐书》但有“三十六体”之说，无“西昆”字，亿序是集称“取义山策府之名，题曰《西昆酬唱集》”。则“三十六”与“西昆”各为一事，武乃合而为之，误矣。③

又有以“三十六体”既指诗歌体派，又兼指骈文体派者。元代辛文房《唐才子传》卷七说：

商隐工诗，为文瑰迈奇古，辞难事隐。及从楚学，俪偶长短，而繁缛过之。每属缀，多检阅书册，左右鳞次，号“獭祭鱼”。而旨能感人，人谓其横绝前后。时温庭筠、段成式各以秾致相夸，号“三十六体”。后评者谓其诗“如百宝流苏，千丝铁网，绮密瑰妍，要非适用之具。”斯言信哉!……商隐文自成一格，后学者重之，谓“西昆体”也。④

《唐才子传》杂取各书，拼凑成文。故所说之“文”的内涵，前后不一。“为文瑰迈奇古”，出《新唐书》，则是指古文。“辞难事隐”，似又指其诗。“獭祭鱼”，出杨亿《杨文公谈苑》，谓“义山为文”，此“文”兼指诗言，清代王士祯《戏仿元遗山诗论绝句》之十二：“獭祭曾惊博奥殚，一篇《锦瑟》解人难。”可证。“旨能感人”“横绝前后”，出晁公武《郡斋读书志》卷十八，是指其骈文；“商隐文自成一格”之“文”，又指其诗。从材料出处来看，“三十六体”似指骈文。

但近人张采田《玉溪生年谱会笺》卷首所附《唐才子传》，与通行本有较大出入，异文甚多。抄录如下：

---

① 冯武：《康熙戊子苏州重刻西昆酬唱集序》，王仲荦：《西昆酬唱集注》，上海书店出版社2001年版，第342页。

② 朱俊升：《康熙戊子苏州重刻西昆酬唱集序》，王仲荦：《西昆酬唱集注》，上海书店出版社2001年版，第344页。

③ 《四库全书总目提要》卷一八六，又见王仲荦：《西昆酬唱集注》，上海书店出版社2001年版，第346页。

④ 辛文房，徐明霞校点：《唐才子传》，辽宁教育出版社1998年版，第90页。

商隐工诗，高迈奇古，言深旨远，及以楚学，则华实并茂，青出于蓝。每喜用典，于写景言情之外，必旁征远引，精切不移，人人谓其横绝前后。时温庭筠、段成式各以浓艳相胜，号“三十六体”。①

张氏笺云：“《新传》‘瑰迈奇古’，乃指义山之文，此专谓诗，似小误。”又云：“‘三十六体’亦指文言。”张氏所谓“亦指”，是说“三十六体”既可指诗，又可指骈文。岑仲勉先生《玉溪生年谱会笺平质》以为“三十六体”本来就是不存在的，所以，根本用不着分辨是诗体还是文体。

“三十六体”作为条目进入工具书，最早是《小学绀珠》。只是《小学绀珠》仅解释了“三十六”，而没有解释它是指文体还是诗体。当然，最有可能是与《新唐书》一样的。明代方以智《通雅·释诂》最早对它作了解释。方氏说：“三十六体，俪偶之体也。”是指文体，与《新唐书》同。

现代的词典，权威的如《辞源》《汉语大词典》，大型专科的如马良春等主编《中国文学家大辞典》，对于“三十六体”释义或举例，却仍然显得比较混乱。如《辞源》说：“唐李商隐、温庭筠、段成式三人擅长作骈体文，因三人均排行第十六，时人称三十六体。（见《旧唐书》一九〇下《李商隐传》）”所说有两个问题：一，“三十六体”是宋祁个人认定的文学概念，不是“时人”；二，说见《新唐书》，而不是《旧唐书》。

《汉语大辞典》说：“唐李商隐、温庭筠、段成式皆排行第十六而诗文则以俪偶相夸，世称‘三十六体’。”所说“俪偶”，一般指骈体文，非诗歌的对仗。因此，应该是骈文，而不包括诗，不能笼统说“诗文”。

《中国文学大辞典》说：“指晚唐时代李商隐、温庭筠、段成式三人的骈俪文风。《旧唐书·李商隐传》：‘……号三十六体’……‘三十六’的说法含有贬义。事实上唐代的散文经过中唐古文运动，已经取得了很大的成绩，骈文的地盘和影响已大大缩小。到了晚唐，骈文的沉渣再度泛起，‘三十六体’才又风行一时。”文中所说，也有不少问题：一，引《旧唐书》，与《辞源》之误相同；二，“‘三十六’的说法含有贬义”之说，没有根据。一般地说，作为连称、合称的文体，大多含有褒义，至少是中性的，贬义的极少，即如“轻薄为文哂未休”的“王杨卢骆当时体”，杜甫《戏为六绝句》亦给予了极高的评价。《新唐书》虽有“繁缛”“相夸”之语，亦非贬义。所谓“相夸”，只是擅长之义；三，关于古文运动的成绩与骈文地盘的缩小，亦不符合事实。笔者拟另撰《“三十六体”的兴起与古文运动的衰落》加以论述。

具有典范性、权威性的词典，说法竟如此混乱，难怪本来就十分明确清晰的概

① 可参见王步高、刘林辑校汇评：《李商隐全集》（下），珠海出版社2002年版，第1032页。

念，反倒被弄得混沌了，混乱了。词典是如此，有关文学著作又是如何的呢？

“三十六体”作为文学体派，作为文学概念、术语，有关文学著作尤其是文学史，首先要对此作出相应的反应。可能是出于审慎的考虑，大多采取回避或不涉及的态度。文学史，无论是老的、新的，无论是通史、断代史，大多如此。有些接受“三十六体”说的，亦有以上所述的问题。如姜书阁先生《骈文史论·唐骈衰变第十三》就与《辞源》一样，引《旧唐书》作“三十六体”。袁行霈先生《中国文学史纲要》第八章《晚唐诗坛》说：“温庭筠与李商隐齐名，称‘温李’（李商隐、温庭筠、段成式三人皆排行十六，又称‘三十六体’）。”[①]这是将“三十六体”作为诗歌体派看待的。当然，亦有正确无误者。如20世纪30年代刘麟生《中国骈文史》第六章，就说是“唐代骈文”之体，但这样的著作是太少了。

三

后出转精是学术发展的必然规律，但在对“三十六体”的认识方面是有悖于这个规律的。人们对“三十六体”的认识如此缺乏与混乱，这就更有必要对“三十六体”形成产生的文学主客观因素进行一番考察、探究了。

《新唐书》将《旧唐书》的“三十六”改为“三十六体”，我们认为这是宋祁根据自己的文学思想与文学实践所认定的一种文学体派。宋祁首先作为一个文学家对李、温、段三人文学作品的一种总结与认定。我们所说并不是没有根据的。

宋祁是北宋著名文学家，《宋史·宋祁传论》说他重视“文藻”，宋人称他“博学能文章”[②]，在写词方面，也有“红杏枝头春意闹尚书”的美称[③]。《郡斋读书志》卷十九说宋祁“通小学，故其文多奇字”；宋代唐庚《宋景文集序》又云其“于字学而深，故其文多奇字，读者往往不识”“徘徊掖垣十数年间，故其文时多奇特”。作文务为艰深，好为骈俪。所修《新唐书》列传就是如此。陈振孙《直斋书录解题》卷十七说他“为文谨严，至修《唐书》，其言艰，其思苦”。因此，为人们所不满。唐庚说：“晚学遽读《新唐书》，辄能坏人文格。”然又引《新唐书》宋祁论唐亡之文云：“决江海以救焚，焚救而溺至；引鸠爵以止渴，渴止而身亡”。唐庚称赞此文“亦自有佳处”[④]。可见其骈俪文亦有“佳处”。但过于艰深，是总体评价。如《李靖传》有“震霆无暇掩聪”语（今本《新唐书》已改为“震霆不及塞耳”），以至欧阳修有“宵寐匪祯，扎闼洪庥”之讥（清代潘永因《宋稗类钞》卷五《文苑》）。

《新唐书》列传稿成于仁宗庆历间。此后，宋祁在至和中六十岁时讲过这么一句话，他说：“余于为文似蘧瑗，瑗年五十，知四十九年非；余年六十，始知五十九年

---

① 袁行霈：《中国文学史纲要》，晓园出版社有限公司1991年版，第620页。

② 魏泰：《东轩笔录》卷十五，中华书局1983年版，第171页。

③ 胡仔：《苕溪渔隐丛话》前集卷三七引范正敏《遯斋闲览》。

④ 胡仔：《苕溪渔隐丛话》前集卷二引《唐子西语录》。

非，其庶几至于道乎!”又说：“每见旧所作文章，憎之，必欲烧弃。梅尧叟喜曰：‘公之文进矣，仆之为诗亦然。’”[①]宋祁享年六十五，只是在晚年的最后几年里，才加入欧阳修、梅尧臣的“诗文革新”行列。而在此之前，他对骈文特别喜好。

出于对骈文的喜好，宋祁对李、温、段的骈文也有了偏爱，产生共鸣，因此，就总结、认定了“三十六体”。从修史的原则来说，唐代史学理论家刘知几《史通·鉴识》归纳为“其文直，其事核”;《史通·曲笔》又说史臣不得“爱憎由己，高下在心”。否则，就不是信史。但刘知几又认为“史才须有三长”，“谓才也，学也，识也”（《旧唐书·刘子玄传》)。根据历史事实加以总结、认定，成一家之言，这就是“史识”。因此，在修撰《李商隐传》时，宋祁又作为一个文学史家对李、温、段三人的文学作品进行总结、认定。我们认为，这是“三十六体”本身产生的文学客观效应。文学客观效应对文学批评是一种推动。比如，在文学体派发展史上，严格地说，唐代是有“体”无“派”。但文学史家可以凭借某些文学家、文学作品的文学客观效应，总结、认定某些诗派。诸如山水田园诗派、边塞诗派、韩孟诗派、姚贾诗派等诗歌体派；甚至可以超出体派的范围，总结、认定诸如古文运动、新乐府运动、诗文革新运动等。

根据文学客观效应总结、认定文学体派，是文学批评的一种方法，一条规律。这种方法，这条规律，可以推而广之，应用于其他领域。如唐代著名书法家欧阳询、欧阳通父子，唐代窦臮《述书赋》下称为“大小欧阳”，《新唐书·儒学上·欧阳通传》作了总结、认定：“父子齐名，号‘大小欧阳体’。”因此，岑仲勉所说“失原意”“滋误会”，对某些历史事件来说，却是行不通的。当代文学史家可以总结、认定唐代根本不存在的诗派，甚至借用当代特征很强、政治色彩很浓的“运动”这个词，那么为什么历史学家修撰“文艺传”就不能总结、认定“三十六体”呢!

四

文学客观效应赖以存在的土壤、基础是文学主观因素。文学主观因素体现各别文学家固有的文学成就。

宋祁总结、认定的李、温、段三人的文学作品，是指骈文，不包括诗歌。历史上凡连称、合称的人物，在某一方面都有共同点。文学史上连称、合称的人物，都是在某一方面有突出的文学成就。这些都是连称、合称得以成立的先决条件。李、温二人有共同点，二人在诗歌方面有突出的文学成就，在唐代已有“温李”之目。唐代裴庭裕《东观奏记》卷下：“庭筠字飞卿，彦博之裔孙也。词赋诗篇冠绝时，与李商隐齐名，时号‘温李’。”又见宋孙光宪《北梦琐言》卷四、《新唐书》本传。温李的诗歌，金元好问称为“温李新声”（《论诗三十首》)。清代冒春荣《葚原诗说》卷二曰：

---

① 宋祁：《宋景文公笔记》，中华书局1985年版，第5页。

温、李七律，以属对擅长。义山“此日六军同驻马，当时七夕笑牵牛”，飞卿“回日楼台非甲帐，去时冠剑是丁年”，对句用逆挽法，诗中得此一律，便化板滞为活跳。若徒工属对而乏意义，又不讲通首章法，譬之剪彩为花，全无活相，弗尚也。（案：冒氏此段主旨实源自沈德潜《说诗晬语》卷上）

现代史学家范文澜先生说：

唐朝文学是盛世，到了晚唐已经不可阻止地要发生大分化。按照文学史上通例，总得出现两个代表人物，一个结束旧传统，一个发扬新趋势。在晚唐，李商隐是旧传统的结束者，温庭筠是新趋势的发扬者，晚唐诗人温、李称首，其余诗人多不能和他们比高下。[①]

李商隐研究专家刘学锴、余恕诚先生说：

由诗向词过渡，这中间的重要转递人，除了李商隐当然还有温庭筠，但作为诗人的温庭筠，主要是以秾丽笼罩了花间一派。而“诗有赋比兴，词则比兴多于赋”，从词的这种特点看，李商隐的诗是和词更为接近的[②]。

不仅在过渡阶段，都有重要的作用，而且在诗与词的创作手法上，二人的特点也是十分接近。罗宗强先生也说：“这个时期写闺阁生活、爱情主题以至歌楼舞榭写得最好的，当然要数李商隐和温庭筠。”又说：“李商隐在诗里把爱情写得幽微婉约，而温庭筠则在词里把男女之情写得幽微婉约。”[③]不仅在题材方面大致相同，在风格方面也极其相似。

温、段二人之诗，其题材、风格等均不相同，相同者仅《汉上题襟集》所载之诗。《汉上题襟集》作于宣宗大中十三年。是年，温、段二人皆为山南东道节度使、襄州刺史徐商从事，在襄阳。《新唐书·艺文志四》著录《汉上题襟集》十卷，本注：“段成式、温庭筠、余知古。”此书前后均为唱和集，则此书亦为唱和集。《直斋书录解题》卷十五著录为三卷，并谓：“唐段成式、温庭筠、庭皓、韦蟾、徐商等唱和诗什，往来简牍。盖在襄阳时也。”[④]据此，不仅有唱和诗，还有书信。《汉上题襟集》已佚，《唐诗纪事》卷五四、卷五七、卷五八存段成式、温庭皓、周繇、韦蟾等

---

① 范文澜：《中国通史》，人民出版社1965年版，第704页。

② 刘学锴，余恕诚：《李商隐诗选·前言》，《安徽师范大学学报》（人文社会科学版）1977年第6期。

③ 罗宗强：《隋唐五代文学思想史》，中华书局1999年版，第319、321页。

④ 庭皓，即温庭皓，庭筠之弟。原作逢皓，《文献通考》卷二十八作崔皎，皆讹。此据《唐宋词人年谱·温飞卿系年》所考改。

唱和诗数首。段成式诗，今存一卷，见《全唐诗》卷五八四。其诗“纤细侧艳，幽涩繁缛，不足与李商隐、温庭筠比美”[①]。元代辛文房撰《唐才子传》，以诗人为才子，列传二百七十八家，附录一百二十家，而段成式不与，亦可见其诗无足取。因此，尽管“三十六体”中李、温二“十六”在诗歌的过渡作用、创作手法、题材、风格等方面均相似，并有很高的成就，但另一“十六”段成式在诗歌方面不足称，不能形成鼎足之势。因此，“三十六体”不能包括三人的诗歌是毫无疑问的。

李、温、段三人的骈文，以俪偶“相夸”，却是斑斑可考的。骈文又称四六文。“四六”字样，最早见于《文心雕龙·章句》：“四字密而不促，六字格而非缓。”柳宗元《乞巧文》又有“骈四俪六”之说。但以“四六”名集的，最早是李商隐。李商隐《樊南甲集序》曰：“因削笔横山，洗砚湘江，以类相等色，得四百三十三件，作二十卷，唤曰《樊南四六》。”又《樊南乙集序》：“自桂林至是，所为已五六百篇……以时以类，亦为二十编，名之曰《四六乙》。”卷帙之巨，篇目之多，为唐代四六第一人。

温庭筠在省试律赋及对偶方面，超过李商隐，也为唐代第一。《北梦琐言》卷四曰：

> 才思艳丽，工于小赋。每入试，押官韵作赋，凡八叉手而八韵成。多为邻铺假手，号曰“救数人”也……李义山谓曰：“近得一联句云：‘远比召公，三十六年宰辅。’未得偶句。”温曰：“何不云‘近同郭令，二十四考中书’？”宣宗尝赋诗，上句有“金步摇”，未能对，遣未第进士对之，庭筠乃以“玉条脱”续也，宣宗赏焉；又药名“白头翁”，温以“苍耳子”为对。他皆此类也。[②]

“押官韵作赋”，是指礼部省试律赋。律赋多八韵，故又以“八韵”称律赋。温庭筠“八叉手而八韵成”，时称“温八叉”，见宋代尤袤《全唐诗话》卷四。又称“温八吟”。五代王定保《唐摭言》卷十三曰：“温庭筠烛下未尝起草，但笼袖凭几，每赋一咏一吟而已，故场中号为‘温八吟’。”[③]温庭筠“救数人”事，该卷亦有记载，称“飞卿爱救人”“或曰潜救八人”[④]。可见在律赋方面，无人能与之相比。故当其被贬时，“文士诗人争为辞送”，纪唐夫作诗，有“鹦鹉才高却累身”之叹[⑤]，比之为汉代祢衡。

温庭筠在襄阳，徐商幕下文士工于八韵者，其优劣标准是能否得到温庭筠的“称誉”，是否“有飞卿之风”。《唐摭言》卷七云，如蒋凝《岘山怀古赋》，温庭筠“大加称誉”，就是“得意”之作；卷十云周繇八韵，“有飞卿之风”便称为“工”。

---

① 方南生：《段成式年谱》，段成式，方南生点校：《酉阳杂俎》，中华书局1981年版，第348页。
② 孙光宪，贾二强点校：《北梦琐言》，中华书局2002年版，第89—90页。
③ 姜汉椿：《唐摭言校注》，上海社会科学院出版社2003年版，第266页。
④ 姜汉椿：《唐摭言校注》，上海社会科学院出版社2003年版，第267页。
⑤ 姜汉椿：《唐摭言校注》，上海社会科学院出版社2003年版，第224页。

于此可见温庭筠在律赋方面的影响与绝对权威。

段成式在诗歌方面成就不大，上文已及。在律赋方面有无成就，于文献无征。但在文章方面有一定影响。段成式有《寄余知古秀才散卓笔十管软健笔十管书》，为骈俪文[①]。明代谢榛将扬雄《逐贫赋》、韩愈与段成式《送穷文》相提并论。谢氏说："段成式所作，效韩之题，反扬之意，虽流于奇涩，而不失典雅。较之扬子，笔力不同，扬乃尺有所短，段乃寸有所长。"[②]这个评价已经是很高了。宋代王谠《唐语林》卷二说他"博学文章"。南唐刘崇远《金华子杂编》卷上曰：

段郎中成式，博学精敏，文章冠于一时。著书甚众，《酉阳杂俎》最传于世。牧庐陵日，常游山寺，读一碑文，不识其间两字。谓宾客曰："此碑无用于世矣，成式读之不过，更何用乎!"客有以此两字遍咨字学之众，实无有识者，方验郎中之奥古绝伦焉……退隐于岘山，时温博士庭筠方谪尉随县，廉帅徐太师商留为从事。与成式甚相善，以其古学相遇。常送墨一铤与飞卿，往复致谢，递搜故事者九函，在禁集中。[③]

段成式既"博学精敏，文章冠于一时"，又"奥古绝伦"，在当时也堪称一流。文中所谓"禁集"，我们以为当是"题襟集"之讹夺，即《汉上题襟集》。《汉上题襟集》既有诗歌，又有骈文，已见上述。温、段书信，至今尚存。段成式有《与温飞卿书八首》，温庭筠有《答段成式书七首》；段成式又有《寄温飞卿葫芦管笔往复书》，温庭筠有《答段柯古赠葫芦管笔状》。书信皆为骈俪文。《新唐书》所谓"温庭筠、段成式俱用是相夸"，殆指此类文章。

清代阮元对唐代骈文作过总结性的评价，他称李商隐、温庭筠、段成式三人的骈文是唐代骈文的"极致"。阮氏说：

唐初四杰并驾一时，式江、薛之靡音，追庾、徐之健笔。若夫燕、许之宏裁，常、杨之巨制，《会昌一品》之集，元白《长庆》之编，莫不并掞龙文，联登凤阁。至于宣公《翰苑》之集，笃挚曲畅，国事赖之，又加一等矣。义山、飞卿，以繁缛相高；柯古、昭谏，以新博领异。骈俪之文，于斯称极致焉。[④]

综上考述，我们认为，"三十六体"是史学家宋祁根据自己的文学思想与文学实践总结、认定的李商隐、温庭筠、段成式三人的骈文体派。

[原载《安徽师范大学学报》(人文社会科学版) 2002年第4期]

① 苏易简：《文房四谱》卷二笔谱下，清十万卷楼丛书。
② 谢榛：《四溟诗话》卷四，中华书局1985年版，第85页。
③ 刘崇远：《金华子杂编》卷上，清文渊阁四库全书本。
④ 阮元：《四六丛话序》，《揅经室集》(下)，中华书局1993年版，第738页。

元代诗坛的雅集之风

◆查洪德

【关键词】元代诗坛；文人雅集；文人心态

【摘　要】元代诗坛盛行隐逸之风、游历之风、雅集之风、题画之风，代表着元代文人心态和生活趣味的两种倾向：隐逸与游历，是诗人们走向自然的标志;雅集与题画，则标志着诗人们对文人生活的雅趣的热衷。考察元代文人的雅集之风，对于了解元代文人生活状况，透视他们的心灵，把握元代文人精神世界，意义极大。

文人雅集古已有之。有人认为，汉代梁孝王兔园会，已经有文人雅会的性质。建安时的曹丕、曹植兄弟与建安诸子的西园游宴、东晋时的兰亭雅集，都成为后人代代相传的佳话，引来后人多少倾慕。唐代的文人雅集进一步发展，到宋代，文人雅集已经形成风气，其中以欧阳修为中心和以苏轼为中心的雅集，对后世影响较大。特别是苏轼参与的“西园雅集”，上追兰亭，成为文人心目中雅集活动的典范。兰亭雅集因王羲之的《兰亭集序》更添风流，西园雅集则因相传为李公麟所作《西园雅集图》让人想望其风采，尽管今人对《西园雅集图》的真伪以及历史上是否有过如图所绘的一次雅集活动有质疑。如果真的不存在《西园雅集图》所描绘的这样一次具体集会的话，那么它就是以苏轼为中心的元祐文人群体多次雅集的一个艺术化的表现，如此则图中所表现的文人雅集就更令人神往了。

文人之所以向往雅集，不外有两个方面的需要：一是基于某种社会需要（政治的攀援、社会地位或声望的攀附）的联谊，二是文人雅趣生活的享受。前者可以说是带有一定功利目的的，后者则不带有任何功利目的，纯然追求一种理想化、艺术化的文人生活情趣。依据雅集目的的不同，我们大致可以把古代的文人雅集分成两类，西园游宴和兰亭雅集，正好可以作为代表。

元代承宋金之后，文人雅集之风更盛。有学者认为：“真正的文人雅集直到元代才形成规模效应和深远影响。”①这当然是以元末顾瑛主持的玉山雅集为标志的。玉山雅集在中国文学史、文化史上，具有独特的价值和地位，在参与者的规模和持续

① 黄仁生：《顾瑛在元末文坛的作为与贡献》，《湖南文理学院学报》2005年第1期。

时间上，都大大超越了兰亭雅集和西园雅集，成为中国古代文人雅集的一个高标。雅集主持者顾瑛，其独特的人格魅力为同代人所敬仰，为后代人所追慕。他开创并主持的玉山雅集，在当时吸引了一个时代几乎全部的诗坛名流，又成为明清文人们一个说不完的话题：它是中国文人失去了的理想国，是留在中国文人心中的诗坛神话。元末那样宽松的政治环境，随着元朝的灭亡而永远失去了，那样的文人雅集也就永远不可能出现。玉山雅集也就只能被后人追忆而无法在后世复制。玉山雅集出现在元末，它并非偶然发生、横空出世，而是雅集之风盛行大背景下形成的，如同大山脉群峰拱卫中的巅峰。也就是说，它是元代文人雅集风气中的典型产物。

一、元代文人雅集之历史考察

1. 元代前期有官方背景的文人雅集

研究者认为，元代前期的文人雅集以元世祖至元二十或二十一年（1283或1284）由雪堂和尚主持的雪堂雅集为代表，其地在大都城南天庆寺雪堂禅房，主持者雪堂和尚是皇孙甘麻剌（太子真金之子）的座上客①，参与者是以当时翰林文士为主体的19名公②。据姚燧于武宗至大三年（庚戌，1310）所作《跋雪堂雅集后》一文可知，此次雅集中的诗文，编成《雪堂雅集》，此集收有27人之作（实28人）："副枢左山商公讳挺，中书则平章张九思，右丞马绍、燕公楠，左丞杨镇，参政张斯立，翰林承旨则麓庵王公讳磐、董文用、徐琰、李谦、阎复、王构，学士则东轩徐公讳世隆、李槃、王恽，集贤学士则苦斋雷君膺、周砥、宋渤、张孔孙、赵孟頫，御史中丞王博文、刘宣，吏曹尚书则谷之奇、刘好礼，郎中张之翰，太子宾客宋道，提刑使胡祗遹，廉访使崔瑄。"主持者是一位颇具文士色彩和文人雅趣的僧人，时人王恽说："雪堂上人，禅悦馀暇，乐从贤士夫游，诸公亦赏其爽朗不凡，略去藩篱，与同形迹，以道义定交，文雅相接。"③所以，雪堂雅集，就是一次文人趣味的集会。参与者之一胡祗遹作《题雪堂和尚雅集图》诗，专为此发论，说："主人学苦空，虚左天下士。衣冠固不同，气味本相似。大道原于天，至性宁有二？"雅集中"性理谈天人，游戏到文字"。主持者的僧人身份，对雅集的活动内容和趣味没有影响。胡祗遹很珍视这次集会，将其比作庐山白莲社，比作兰亭雅集："三生白莲社，千载修禊事。公案又一新，清诗挂名氏。不知几千年，而复有兹会。""诗像同刻

① 雪堂和尚为临济禅师，住大都天庆寺，王怀《秋涧集》卷五十七《大元国大都创建天庆寺碑铭并序》介绍其生平："师讳字仲山，姓张氏，雪堂其道号也。世为许昌人。"其召集的雪堂雅集："即寺雅集，自鹿庵、左山二大老以卜，至野齐、东林，凡一十九人。作为文字，道其小凡，时力之庐阜莲社云。是亦将因儒释僧之特达者也。"

② 叶爱欣：《"雪堂雅集"与元初馆阁诗人文学活动考》，《平顶山学院学报》2006年第6期。.

③ 王恽：《雪堂上人集类诸名公雅制序》，载《秋涧先生大全文集》卷四十三，元人文集珍本丛刊，新丰文出版社影印1985年。

石，传芳流百世。方驾晋名流，我言不阿比。”[①]不仅集会非常风光，后续活动也颇见声色：绘有雅集图（胡祇遹和王恽都有题诗，王恽《题雪堂雅集图》诗载《秋涧先生大全文集》十八），雅集诗及图还曾刻石（据胡祇遹诗句可知）。这都显示了雅集主持者和参与者的地位和影响。但细心者会发现，这是一个以东平士人为中心的，在朝文士的联谊活动，包括了当时北方在朝著名辞章之士的大多数，南方人物的代表赵孟頫也属辞章之士。而以邢州为中心的经济之士和以怀卫为中心的义理之士（代表人物许衡等）则基本无人参加。所以，许衡弟子姚燧在《跋雪堂雅集后》中，对其中所收文章有否定的倾向。

再一次影响似乎更大的雅集，是英宗至治三年（1323）由鲁国大长公主祥哥剌吉招集的城南集会，地点也在天庆寺。鲁国大长公主是元武宗之妹，仁宗之姊，文宗的姑母和岳母，是一位著名的书画收藏家。这次集会，是一次规模宏大、层次极高的书画鉴赏之会。与会者之一袁桷写有《鲁国大长公主图画记》，说：“至治三年三月甲寅，鲁国大长公主集中书议事执政官、翰林、集贤、成均之在位者，悉会于南城之天庆寺，命秘书监丞李某为之主……酒阑，出图画若干卷，命随其所能，俾识于后。”从现有文献看，参与这次集会的起码有袁桷、魏必复、李泂、张珪、赵岩、杜禧、赵世延、王毅、冯子振、陈颢、柳贯、吴全节、王观、孛术鲁翀等人[②]。宴集中，仅袁桷一人所题书画（主要是画）就有：徽宗《梅雀图》《琼兰殿记》《苏李河梁图》《桃核图》《鸂鶒》《扇面》《定武兰亭》《牧羊图》，吴元瑜《四时折枝》《九马图》，江贯道《烟雨图》，周增《水塘秋禽图》，王振鹏《狸奴》《天王供佛图》《锦标图》，徐白《秋塘戏鱼图》，惠崇《小景》，黄太史《松风阁诗》，王生《鬼戏图》《出山佛像》《折枝》，隆茂宗《罗汉》，周昉《金星》，黄居宝《湖石水禽图》，梵隆《护法神》，马贲《秋塘水禽图》《孤鹤图》，唐摹钟繇《贺捷表》《传古龙赞》，何尊师《醉猫》《罗汉图》，钱舜举《禾鼠》，萧照《江山图》，顺宗《墨行》，巨然《山水》，赵昌《折枝》《时苗留犊图》，燕文贵《山水》《海潮图》《海狗窠石图》，黄宗道《播州杨氏女》等。[③]当时在大都举行有官方背景的文人雅会还有一些，如万柳堂宴游等。此年（泰定元年），袁桷为作记，其记有言：“窃尝闻之：五经之传，左图是先；女史之训，有取于绘画。将以正其视听，绝其念虑，诚不以五采之可接而为之也。先王以房中之歌，达于上下，而草木虫鱼之纤悉，因物以喻意。观文以鉴古，审时知变。其谨于朝夕者尽矣。至于宫室有图，则知夫礼之不可僭；沟洫田野，则知夫民生之日劳。朝觐赞享，冕服悬乐，详其仪而慎别之者，亦将以寓其儆戒之道。”[④]这种聚会，带有浓重的官方意识和礼仪拘束，而缺乏文人雅集的心灵自

① 胡祇遹：《胡祇遹集》，吉林文史出版社2008年版，第25页。

② 参考王进博士论文《元代后期文人雅集的书画活动研究——以玉山雅集为中心展开》，中国艺术研究院2010年；刘嘉伟博士论文《元代多族士人圈的文学活动与诗歌风貌》，南开大学2011年。

③ 袁桷：《袁桷集》，吉林文史出版社2011年版，第634页。

④ 袁桷：《袁桷集》，吉林文史出版社2011年版，第640页。

由与放松，故不为文人所乐道，也不是我们研究关注的重点。

从现有文献可知，在元初的北方，文人雅集之风已经较盛。胡祇遹《寄李参政》诗有云："日月嗟逾迈，西风又再秋。雁横寒水碛，人倚夕阳楼。尘坌埋佳况，河山阻胜游。传闻好宾主，雅集日相酬。"[①]由此可以推知当时的一般情况。

2. 大都与杭州的文人雅集

元代文人雅集之盛，见于元人文集者，各种雅集（宴集）序（记），往往而有；雅集所赋诗，俯拾皆是。读元人文集，感到元人雅集风气之盛，超越往古。仅见于戴表元《剡源文集》的，卷十就有《杨氏池堂燕集诗序》《牡丹燕席诗序》《八月十六日张园玩月诗序》、（大德戊戌）《游兰亭诗序》《客楼冬夜会合诗序》《城东倡和小序》，卷十一有《千峰酬倡序》（大德四年）等。其中《牡丹燕席诗序》《八月十六日张园玩月诗序》《客楼冬夜会合诗序》《城东倡和小序》所记四次宴集，都在大德二年（1298），可见雅集举行之频繁。以上雅集，都集中在杭州一地。

元代文人的雅集活动，还以大都为最多。揭傒斯《城南宴集诗后序》就说："京师天下游士之汇，其适然觏晤为千载谈者之资，定百世通家之本，代有之矣。或以情附，或以义感，或以言求。其取友虽岐，苟轨于道，均可以著简书而托子孙也。"大都以外，文人雅集在全国各地都时时而有，而以南宋故都之杭州最为集中。以杭州为代表的东南地区的雅集活动，与大都相比，具有明显的不同：大都之文人雅集多有官方背景，组织者和参与者，以及雅集活动本身，都或强或弱地表现出与政治相关的目的和色彩。相应的，雅集气氛，也就相对庄重而有序。揭傒斯《城南宴集诗后序》，很能说明这一点：

> 肴核维旅，酒醑惟旨，威仪有数，长幼有节。举盏更属，以亲以友。比往风后，若劝若惩。杂以谈谐，终归雅则。残月既堕，白露在庭。觞酌未阑，赋诗斯举。饮者既不知其醉，而不饮者若素嗜焉。宾既不知其主，而主者亦自忘焉。居而殊方，出乃合辙。新知旧好，吻然靡间。则斯会也，不已难乎？[②]

这是既讲官方礼仪，又具文人情调的雅集，且在酒的作用下，礼仪渐弛，气氛活跃，最终达到"宾既不知其主，而主者亦自忘焉"的境地。这是文人们所渴望的。文人们在雅集中追求的情调，一是清雅，二是在心灵的放松中享受大自然的乐趣。王恽《玉渊潭燕集诗序》，就更多地表现了雅集中轻松的一面：

> 财赋总管王侯明之，尚义好客，高出时彦。甲午秋孟，置酒潭上，邀翰林诸公为一日之娱……簪舄既集，风日清美。红幢翠盖，间见层出。天光云锦，澹滟尊席。沙鸥容与于波间，幽禽和鸣于林际，若有以知野老之忘机，代清唱

① 胡祇遹：《胡祇遹集》，吉林文史出版社2008年版，第91页。
② 揭傒斯：《揭傒斯全集》，上海古籍出版社1985年版，第290页。

而侑觞也。酒有餍饫，宾主胥乐。烦襟滞虑，顿然一醒。清适夷旷，绰有馀思。然赏心乐事，良难四并。雅会清吟，乌可多得？信口吐词，不计工拙。诸公走笔赓和，咸有所得。殆山阴禊事之修，幽情畅叙。[①]

这是一次文人色彩更浓的雅集。文中只有“红幢翠盖，间见层出”透露出一些官场气息。这次雅集活动是在郊外：“都城西郊，佛官真馆，胜概盘郁。其间有潭玉渊，盖丁氏故池也。柳堤环抱，景气满爽。岚烟瑞霭，沾渍襟袂。”[②]是一个文人们喜欢的自然之地，放松之处。大自然为他们营造了一个可以忘怀世事的环境。在如此环境中，平日淤积于胸的“烦襟滞虑，顿然一醒”。与会的人感到，这是一次值得珍惜的难得之会：“雅会清吟”“幽情畅叙”，享受到了惬意和快乐，所以比之为“山阴楔事之修”的东晋兰亭雅集。但这还不是纯文人之会。辛文房《唐才子传》对纯文人的雅会，有一个概括描述：

群贤毕集，觥筹乱飞。遇江山之佳丽，继欢好于畴昔。良辰美景，赏心乐事，于斯能并矣。况宾无绝缨之嫌，主无投辖之困。歌阑舞作，微闻香泽;冗长之礼，豁略去之。王公不觉其大，韦布不觉其小，忘形尔汝，促席谈谐。吟咏继来，挥毫惊座，乐哉!古人有秉烛夜游，所谓非浅，同宴一室，无及于乱。岂不盛也!至若残杯冷炙，一献百拜，察喜怒于眉睫之间者，可以休矣。[③]

尽管从行文看，他是追述唐人雅集。但如此形象的描述，实际上只能是元代文人雅集的情形。辛文房还特意将这种纯文人的雅集，与官场趣味的集会相比较：“一献百拜，察喜怒于眉睫之间”，如此者“可以休矣”，在这样的雅集场合，是被抛却的。

以杭州为代表的东南地区的雅集活动，是南宋文人雅集活动的延续。宋元之际曾寓居杭州的诗人戴表元很清楚地描述和说明了这种历史关系，他在《牡丹谯席诗序》中，首先说前辈交游宴集之雅令人追慕向往：“人之于交游会合，谈谯之乐。当其乐时，不知其可慕也。事去而思之，则始茫然有追攀不及之叹。”接着具体描述南宋四大名将张俊（死后追封循王）曾孙张镃（字功父，著有《仕学规范》《南湖集》，词人张炎曾祖）当年池馆雅集之盛：“渡江兵休久，名家文人，渐渐修还承平馆阁故事，而循王孙张功父使君，以好客闻天下。当是时，遇佳风日，花时月夕，功父必开玉照堂，置酒乐客。其客庐陵杨廷秀、山阴陆务观、浮梁姜尧章之徒以十

① 王恽：《玉渊潭谯集诗序》，载《秋涧先生大全文集》卷四十二，元人文集珍木丛刊，新丰文出版社影印1985年。

② 王恽：《玉渊潭谯集诗序》，载《秋涧先生大全文集》卷四十二，元人文集珍木丛刊，新丰文出版社影印1985年。

③ 周绍良：《唐才子传笺证》，中华书局2010年版，第568页。

数。至辄欢饮浩歌，穷昼夜忘去。明日，醉中唱酬诗或乐府词累累传都下。都下人门钞户诵，以为盛事。然或半旬十日不尔，则诸公嘲讶问故之书至矣。嗟夫!此非故家遗泽，余所谓追攀而不获者耶?"[①]张镃当南宋宁宗时累官承事郎、直秘阁、权通判临安府事、左司郎中等。有诗名，广交游，建宅南湖，园池声色服玩之丽甲天下。其雅集之客杨万里、陆游、姜夔以及辛弃疾等人，都是当时一流诗人，雅集主人张镃也是诗词书画兼擅之雅士。其雅集之频繁，影响之大，戴表元这里都有简明的交代。张镃之孙字国器者，在入元后的大德二年（戊戌，1298），续其家风，重开宴集：

> 大德戊戌春，功父诸孙之贤而文者国器甫复寻坠典。自天目山致名本牡丹百馀归第中，以三月九日大享客。瓶罂设张，屏筵绚辉，衣冠之华，诙谐之欢，咸曰"自多事以来所未易有是乐也，不可以无述"。[②]

尽管改朝换代了，但战争结束，文人们的雅趣生活还要延续。在新朝，文人们失去了宋时的优越地位和优裕生活，同时有了更多的闲暇，当然也多了寂寞和无聊。文人们更有时间也更需要聚会，因而诗酒雅集，较之宋时反倒更盛了。

二、关于元代文人雅集的若干思考

1. 文人雅集的心理探寻

元前期南方的文人雅集，在很多方面大不同于宋末的文人雅集。其招集者和参与者，都是宋之遗老，他们或入元后不仕，作为逸士逍遥于故都湖山，或者仅为闲散教职，无权但有闲。戴表元《杨氏池堂燕集诗序》所记至元二十三年（丙戌，1286）春的一次宴集，可以作为同类雅集的样本。宴集的招集人名为宋遗民周密（字公瑾），而实际是依托杨承之之园林。杨承之是南宋高宗、孝宗时大将杨存中（和武恭王）之后，"其居之苑御，多引外湖之泉以为池，泉流环回斗折，涓涓然萦穿径间，松篁覆之，禽鱼飞游。虽在城市，而具山溪之观。而流觞曲水者，诸泉之最著也。"周密和杨家有姻亲关系，周密表示很喜欢杨氏在杭州的住处，杨氏于是就送给他一块地，让他"自营别第以居"，周密也成了杭州人，因而便有条件招集了一次雅会。参与这次集会的，有客居于杭州的"山阴徐天佑斯万、王沂孙圣与、鄞戴表元帅初、台陈方申夫、番阳洪师中中行"，有"杭人之有文者，仇远仁近，白珽廷玉，屠约存博，张楧仲实，孙晋康侯，曹良史之才，朱棻文芳，日从之游。及是，公谨以三月五日将修兰亭故事，合居游之士凡十有四人"，他们都是当时杭州的知名文士与客居杭州的著名文人，宴集在杨氏之园。杨承之具礼招待，"公谨大出所蓄古

---

① 戴表元：《牡丹谳席诗序》，《戴表元集》，吉林文史出版社2008年版，第136—137页。
② 戴表元：《牡丹谳席诗序》，《戴表元集》，吉林文史出版社2008年版，第137页。

器物享客为好，或膝琴而弦，或手矢而壶，或目图与书而口歌以呼。醉醒庄谐，骈哗竞狎，各不知人世之有盛衰今古，而穷达壮老之历乎其身也。”[①]集会中的狂欢，显然是心灵压抑的释放，已经远远超出文人雅集的自由与自然，超越“雅”而至于“狂”。

这次雅集在元军破临安后的十年，对于参与雅集的人来说，最初的亡国剧痛已经淡去，他们要面对新的现实，理性地思考自己的人生。但这时他们发现，先圣先贤留下的关于士人生存价值的所有理论，都不能给自己的人生找到支撑点。面对人生的尴尬，他们需要聚会，希望与同样尴尬的人在一起互相肯定，给自己的人生找到支撑点。在他们的潜意识里，既希望自己浑浑噩噩忘怀一切，又希望清醒过来为自己找到一种人生价值的解释而明明白白地活下去。戴表元此序中“醉醒庄谐”四个字，不管是作者有意揭明，还是不自觉偶然得之，我们都可以把它看做本文的点睛之笔，极好地表现了这类雅集中的心理和精神状态。当一部分人希望清醒一下为自己人生找到解释时，又立即发现这是很困难的，“于是坐中之壮者茫然以思，长者愀然以悲。向之叹者，欲幡然以辞。既而欢曰：事适有所寄也。今日之事，知饮酒而已，非叹所也。且我何用远知古人？”[②]他们不知道应该清醒地活着还是糊涂地活，这种矛盾也使他们痛苦。终于似乎所有的人又无奈地达成了一致：复归于沉醉。在这样矛盾和微妙的心理支配下，东南地区的文人雅会空前频繁，也呈现出历史上文人雅会所没有过的气氛。

大约再过十年，这种醉也无奈醒也无奈的尴尬随时光的流逝而淡化，而忘怀。一部分人热衷于仕途，奔走于京城权势之门，一部分不汲汲于当世之事的文人们，则在雅集中寻找快乐。他们给自己寻找很多理由聚会，在自然山水和诗酒唱和中体验文人独有的快乐。比如说，孔子说诗“可以群”，既然有如此堂皇的理由，诗人们为什么不群集以赋诗呢？戴表元就说：“余少时学诗，诵夫子之说曰‘可以兴，可以观，可以怨’，易知也。至于‘可以群’，而难之。”那时不了解诗“可以群”，后来才懂得“群”之难：一对一的交往容易，而多人的“群”聚难得。幸而他们都生活在杭州，“交之群莫盛于杭”，又有可以作为群贤交往的核心人物，何乐而不聚会呢？戴表元的《城东倡和小序》，就记录了大德二年（戊戌，1298）末（岁宴立春前一日）的一次诗酒宴集。兹集“清谈剧饮甚适”，当然有诗歌唱和，唱和之作“其气如椒兰之交袭而郁也，其音如箫钟之迭居而不乱也，其类如针芥磁铁之不相违而相入也”。[③]

至元二十三年“杨氏池堂燕集”时的苦闷与尴尬，已云雾散尽，剩下的只有远离世事的诗人世界带给他们的快乐。他们都写了什么诗，已不得而知。清人厉鹗《东城杂记》卷上载《城东倡和序》，后有按语说：“顾伯玉名文琛，尝为郡国所举

① 戴表元：《杨氏池堂燕集诗序》，《戴表元集》，吉林文史出版社2008年版，第135—136页。
② 戴表元：《杨氏池堂燕集诗序》，《戴表元集》，吉林文史出版社2008年版，第136页。
③ 戴表元：《城东倡和小序》，《戴表元集》，吉林文史出版社2008年版，第140—141页。

辟，游燕不遇归。陈无逸名康祖，龙泉人，官澧阳教。张仲实名椟，号菊存，杭人，系出西秦循王五世孙，牟巘翁之婿，官江阴学正。白廷玉名珽，号湛渊，杭人，官江浙儒学提举。屠存博名约，号月汀，杭人，官溧水教。诸公皆知名可考，惜倡和诗已散佚不传矣。”[①]“城东倡和”诗不存，是遗憾，但也不必遗憾。对于当时的诗人来说，写出什么诗，好像已经不很重要，重要的只在于聚会写诗，在于活动本身，在于写，而不在于写出了什么诗。那么对于千年后的研究者来说，了解活动本身，比了解所写的诗更重要。有时候他们给自己找的理由很简单：需要放松。“斯人之居斯世，虽学道，不可以过劳。于是乎必有时节燕游咏歌之乐，以节适其筋骸，而调娱其血气。其尽游之乐，非远之乎山林宽闲旷野之处则不畅。”这是戴表元《八月十六日张园玩月诗序》开篇的话。这次宴集在“城东倡和”数月前的中秋次日，他们选择了“在杭廛阛阓中，略无嚣声。深垣窈径，芳林远榭，居然令人有山谷意”。在杭城之中而有山谷之趣的张椟仲实家之园林。“是夕也，云河豁舒，风露娟爽。客主诸人，谈谑庄谐，啸歌起比，各尽其趣。”在雅集中，他们得到了极大的心灵满足：

夫其游足以散劳而不烦，饮足以合欢而不乱，气清而能群，乐最而有文，是岂非学道者之所许，而骚人逸士之事也耶？[②]

如果说十年前的聚会是发泄和释放的话，现在则变成了享受，享受清雅与放松，享受自然，也享受群居之乐。当然也还有人停留在过去的时光里，触动了世事变迁之怀，并制造了些伤感和无奈的气氛，但已经引不起与会者的共鸣，“酒半，有歌退之《赠张功曹》长句者，遂取其末章分韵赋诗以为乐”[③]。所歌是韩愈《八月十五夜赠张功曹》诗：“纤云四卷天无河，清风吹空月舒波。沙平水息声影绝，一杯相属君当歌。君歌声酸辞且苦，不能听终泪如雨……人生由命非由他，有酒不饮奈月何。”这种“声酸辞苦”的歌，极有可能把大家带回过去，唤起人们心中的悲凉。不过，根据记载，它没有改变宴集“合欢”的气氛，只是给大家提供了分韵赋诗的材料。在戴表元写的这篇序中，歌者这种酸苦的不和谐之音，被完全掩盖掉了。

2. 文人自身价值的重新发现与托诗留名的驱动

在宋亡之初的苦闷与尴尬中，元代文人也在寻找和重新发现其生存价值。汉代以后文人的人生价值，其实现途径，或是治国平天下，则其人生价值依附于政治；或说进而行道、退而明道，则其人生价值依附于“道”。依附于政治或依附于“道”，其实是一回事，因为所谓“进而行道”，还是治国平天下。其实现途径主要在

---

① 厉鹗：《城东倡和序》，《东城杂记》卷上，文渊阁《四库全书》(592)，上海古籍出版社1987年影印版。

② 戴表元：《八月十六日张园玩月诗序》，《戴表元集》，吉林文史出版社2008年版，第137页。

③ 戴表元：《八月十六日张园玩月诗序》，《戴表元集》，吉林文史出版社2008年版，第137页。

进，进则在政治上实现人生价值；不得已而退，退则在明道中显现其人生价值。进则学伊尹行道于天下，退则学颜渊明道于万世，“志伊尹之所志，学颜子之所学”[①]。进而行道，在元代文人已经是可望而不可即。退而明道，在元代也缺乏条件。程钜夫对宋代学术的批判和对元代学术的表彰，让我们从反面认识这一问题：

> 数十年来，士大夫以标致自高，以文雅相尚，无意乎事功之实。文儒轻介胄，高科厌州县，清流耻钱谷，滔滔晋清谈之风，颓靡坏烂，至于宋之季极矣。穷则变，敝则新，固然之理也。国朝合众智群力壹宇内，自筦库达于宰辅，莫不以实才能立实事功，而清谈无所用于时。[②]

他没有指明批评对象，但显然所指是“理学误国”。在元代当时，蒙古贵族和色目高官既不知心性义理为何物，南宋灭亡后又有理学空谈误国之反思。在这样的学术导向和世风下，像宋儒那样“为往圣继绝学”，沉潜于心性义理之辩的学术，没有社会土壤，也难以为社会所认可。学术史的实际也证明，元代学者在学术承传上，是有贡献的。但要像宋儒那样，发明“圣贤不传之学”，元代学者不可能，也没有。

千百年来，文人实现其人生价值的两大途径，即治国和明道，到元代都行不通了。儒者无用之论，从蒙古时期（与耶律楚同时）的西夏造弓者常八斤以来，一直是比较流行的观念。那么，在这样的时代，文人自身还有没有价值？元代文人面对的，就是这样的困惑。文人要生存下去，就必须为自己寻找精神与心理的支撑。当治国与明道都与自己无关时，他们才发现，原来治国与行道，对于文人来说，都是外在的东西。既然是文人，其价值和优势就在于自身的“文”，即文化、文才。“文”是他们的自身属性，也是他们社会角色的优势。这时才发现了真正属于自身的价值，其价值不依附于政治，不依附于道统，为他们自身所具有。不治国，不明道，其价值依然，不会因社会的改变而失去。与“文”的属性相连，还有高雅不俗的生活情趣。曾被孔子赞赏的曾点之舞雩之适，在忘怀世事的轻松中，享受自然与文人雅趣之乐，追求人格的完整和精神的独立。在与尘俗的鄙野、官场污浊的鲜明对比中，展示清雅之趣，突出文人们独居文化高地优越感的人生价值，就成为很多文人自我调适的选择。他们有文化，有清趣，以此区别于世俗的鄙庸和富贵者的污浊。诗人戴表元称此为文人的“清能灵识”。在他看来，诗人之“清能灵识”是独得于天者，天既不以之赋予世俗之人，也不赋予富贵中人。文人有此，足以傲世。诗须“清言”，为了诗之“清言”，他们鄙弃干扰诗思清言的“世俗膏粱声色、富贵豪华、豢养之物”[③]。赵文进一步认为，人之“清才”远比富贵难得，因而也更可贵：

① 周敦颐：《周敦颐集》，中华书局2009年版，第117页。
② 程钜夫：《程钜夫集》，吉林文史出版社2009年版，第158页。
③ 戴表元：《吴僧崇古师诗序》，《戴表元集》，吉林文史出版社2008年版，第124页。

"宰物轻与人以富贵，重与人以清才。"[①]不仅不可以强力取，甚至不能以智巧取，它为文人所独有，其得来，是灵妙难言，不知其所以然的。与清才相比，可以强力取，可以智巧取的东西不可贵，只有清才才是真正可贵的。贡师泰《葛逻禄易之诗序》说：

富贵可以知力求，而诗固有难言者矣。是以黄金丹砂，穹圭桓璧，犹或幸致，而清词妙句在天地间，自有一种清气，岂知力所能求哉？[②]

文人在自我价值的重新发现中获得了心灵的平衡与满足。有了这样一种人生意义的解释，他们不再苦闷与尴尬。所以他们珍惜这样的宴游与雅集。还是戴表元，他在《千峰酬倡序》中写道：

方其濯缨清流，连镳层云，雍容雅言，优游燕歌，固当他有汲汲于今时之为者。风霜摇落，砂砾净尽，平生攀援驰逐之好，一切不以介意，乃相率俛首从事于山川篇翰间，一以逃喧远累，一以忘形遗老，寒暄、荣悴、嚣寂，禽虫、卉木、百物之变出没于前，忧愁、喜乐、穷达、贵贱、史册古今之感往来于中，一一可与吾接而不得为吾累也，何莫非诗之助者？呜呼，快哉！[③]

在山水和诗酒中可以"逃喧远累""忘形遗老"，一切自然的和人事的，可能触动人的情绪的东西，都只成为"诗之助"而不会带来心之累。他们完全从消极的情绪中摆脱出来了。

托诗留名，也是元代文人作诗以及宴集诗酒唱和的驱动力。中国古人有所谓"三不朽"的人生追求。当立德立功已经无望时，立言的可能也很渺茫，便转而希求以诗传名。特别是金元之际元好问编《中州集》，给元初南方文人两点启发：第一，渴望有人（自己或他人）汇编宋末一代诗集，借以为宋末存一时之史[④]；第二，自己要作诗，以备他年有人辑录，以便托诗留名以不朽。甘复《山窗馀稿·章子渔诗稿序》一文，就谈到了士人的此种心理："士之生长草泽，不见用于时以行其志，则有穷愁焦槁无闻之叹。幸而托于诗歌以自见，庶几有声一世而流辉将来尔"[⑤]。贫贱者如此，富贵也难免与草木同朽，只有诗人，因有诗作流传人间而不朽。李继本为王颙写的《冰雪先生哀辞》就说："从古以来，富贵磨灭，与草木同朽腐者，不可胜

① 赵文：《王奕诗序》，《青山集》卷一，文渊阁四库全书本，上海古籍出版社1987年影印版。

② 廼贤：《金台集》卷首，海王邨古籍丛刊，中国书店1990年影印版。

③ 戴表元：《千峰酬倡序》，《戴表元集》，吉林文史出版社2008年版，第184页。

④ 据赵汸为虞集所撰行状，虞集曾"慨夫吾党之士，知之者微矣，尝欲取太原元公《中州集》遗意，别为《南州集》以表章之。惜篇目虽具，而书未及成"。见赵汸《东山存稿》卷七《邵庵先生虞公行状》，文渊阁四库全书本。

⑤ 甘复：《山窗馀稿》，豫章丛书，江西教育出版社2007年版。

纪。而诗人若孟郊、贾岛之流，往往有传于后。”[①]同样的意思，赵孟頫用诗表达：“功名亦何有，富贵安足计。唯有百年后，文字可传世。”[②]这种心理也并非元人才有，李白《江上吟》诗：“屈平词赋悬日月，楚王台榭空山丘……功名富贵若长在，汉水亦应西北流。”已经表达了这样的心理。不过在元代，不朽事业已经与自己无关，只有靠文字留身后之名了。渴望以诗留名的心理，在文人更为普遍了。

3. 元代文人雅集的纯文人化色彩

在现存元人别集中，文人雅集的记载普遍较多。从这些记载看，元代文人雅集少官方背景，多民间性和纯文人色彩。比较早的如程端学《游赤山诗序》所记的一次游宴活动：成宗大德八年（1304）腊月廿日游赤山。雅集参与者鄙弃富贵者的“人作之境”，喜爱自然山水的“天作之境”：“自然之山，自然之水，远澜近薄，可眺可止，风气自清，闲云自生，幽鸟清猨，时来自鸣。”他们认为，在这样自然山水中，“浊酒盈壶，钓水采山。二三同志，提携以攀。狂谣醉舞，乘兴往还。”这是“贫贱者资以乐其境者也”。这种乐趣，是富贵者在“人作之境”中无法体验的。他们“同上赤山，得佳趣焉。于是纵酒赋诗，穷搜极讨。”[③]这与戴表元所记大德年间的若干雅集的情调，是很接近的。

柳贯《跋鲜于伯几与仇彦中小帖》记载了北方几位文人仕宦于南方，在杭州与几位南方文士的宴集。与程端学《游赤山诗序》所记之宴集不同，柳贯所记，参与者都有官职，有的还可称为高官。但他们的宴集，却是地地道道的文人宴集，他们聚集在一起，是因为“风流文献，盖交相景慕，惟恐不得一日睹也”，聚会中只有文人雅趣，在这里，他们都是文人，没有了官职。这种聚会，成为他们心中最美好、最珍贵的记忆。多年以后，柳贯追忆，还是那样神往，并为逝去的美好不可复追而倍感失落：“文士相从之乐，殆亦造物者之所深靳。虽欲累取迭致，得乎？……企音徽之遂远，怅文会之寂寥。志其盛以悲其衰。邻笛有声，予将掩耳而避之。”[④]今天读来，还为他的深情所感染。

再晚一些的，杨翮《上巳日燕饮诗序》记载了泰定帝末年（致和元年戊辰，1328）三月上巳日，在杭州的一次雅集，宾主在远离官场和世俗的自然中，充分享受文人们无拘无束的心灵完全放松的快乐：

> 凡得于游衍之适者，皆乐也，而有备不备焉。晋永和兰亭之会，自昔以为美谈，或图而传之，至于今不衰。是岂独以其书耶？……岁戊辰，以暮春之三日，从钱塘之士来燕于湖滨莫氏之新堂。悦风日之恬舒，适心体之旷闲。来会

① 李继本：《一山文集》卷七，北京图书馆古籍珍本丛刊（94），书目文献出版社1998年版。

② 赵孟頫：《酬滕野云》，《松雪斋集》卷二，海王邨古籍丛刊，中国书店影印1991年版。

③ 程端学：《游赤山诗序》，《积斋集》卷二，文渊阁《四库全书》（1212），上海古籍出版社1987年影印版。

④ 柳贯：《跋鲜于伯几与仇彦中小帖》，《柳待制文集》卷十八，四部丛刊本，商务印书馆1922年影印版。

之人，复彦且嘉。思有以全其乐也，于是位以齿从，无别崇卑；酒以令行，罔间疏暱。郑卫之乐不设，雅颂之辞代举。官府之政靡言，林壑之谈交应……已而欢甚，分韵为诗，皆若有慊焉……今兹却丝竹而乐寓，遗世俗而礼存。览时序之昭融，洽主宾之忻愉，真足以踵芳昔贤，作矩后人，庶几乎乐之備者。[①]

其他如郑文原《巴西集》卷上《送黄可玉錬师还龙虎山燕集序》，戴良《九灵山房集》卷二十一《书画舫燕集诗序》等，不胜枚举。"位以齿从，无别崇卑；酒以令行，罔间疏暱。郑卫之乐不设，雅颂之辞代举。官府之政靡言，林壑之谈交应。"这里除了年龄，再没有别的次序。一切的尊卑高下，一切的亲疏远近，那些官场和儒家伦理最为重视的东西，在这里都被抛弃，起码是置而不用了。人们展示的，都是最本真的自我。

在有功利目的和无功利目的这两类雅集中，元代文人的雅集多属于后一种。他们对前代文人雅集的理解与评价，也多从后一种着眼。魏初《山庄雅集图序》中历数前代雅集，进入他视野的，基本上是民间的、休闲的、无政治背景和功利目的的，他说：

古今一天地也，人物一元气也。元气一，古今不可以二。故山阴兰亭之集，春夜桃园之宴，竹林七逸、洛下九老，虽巨细不同，其托物兴怀，自得天地之妙者，岂以古今？[②]

元代的文人雅集，即使是有官方背景，甚至有如鲁国大长公主那样皇亲贵族为背景的，其参与者，依然是比较边缘化的在朝文人。这一点，可以在上文所列雪堂雅集和天庆寺集会参与者的名单中得到印证。这些人虽是朝官，但大多是有盛名而无实权者。

元代的文人雅集到元末更盛。元末的文人雅集以昆山富豪兼诗人顾瑛主持的玉山雅集规模最大、持续时间最长、影响也最为深远。玉山雅集是元代文人雅集的巅峰。

由于今人对玉山雅集研究已经很多，故关于玉山雅集的一般情况，不再细说。《四库全书总目·玉山璞稿》提要评玉山雅集："池馆声伎、图画器玩，甲于江左。风流文采，倾动一时。"[③]玉山雅集起码在四个方面成为历代文人雅集之最：一是极园池台榭之胜，二是吸引了当时几乎所有的知名诗人，三是持续时间之长为自古以

---

① 杨翮：《上巳日燕饮诗序》，《佩玉斋类稿》卷八，文渊阁《四库全书》(1220)，上海古籍出版社1987年影印版。

② 魏初：《山庄雅集图序》，《青崖集》卷三，文渊阁《四库全书》(1198)，上海古籍出版社1987年影印版。

③ 纪昀，等：《四库全书总目》，中华书局1965年版，第1460页。

来所无，四是它是决去功利之求和攀附之意的纯粹文人追求理想化、艺术化生命与生活方式的体现。《四库全书总目·玉山名胜集》提要则说："元季知名之士列其间者十之八九。考宴集唱和之盛，始于金谷、兰亭，园林题咏之多，肇于辋川、云溪，其宾客之佳，文辞之富，则未有过于是集者……而文采风流照映一世，数百年后犹想见之。"[①]钱谦益《列朝诗集小传》列举有"玉山草堂饯别寄赠诸诗人"，一共37人，而刘季在她的博士论文《玉山雅集与元末诗坛》里说：在顾瑛等人编纂的雅集的各本诗集里梳理出来的、有诗歌留存的诗人大概有230多位。他们的参与情况也很复杂，其中有一些人只是以诗投递，并未亲到玉山佳处，实际亲到玉山的应该小于这个数字，但也有百多位。如果算上资料的散佚，和雅集中没有留下作品的宾客，实际上与顾瑛有交往的人数应该远大于以上这两组数字。另外，这个交游群体的构成十分复杂，年龄最大的如黄公望，已经有80多岁，年轻的不过20多岁，年龄跨度至少有三代。参与者的族属包括了汉族士人、蒙古人、色目人[②]。从元顺帝至正八年（1348）直到元末，大大小小的聚会在这里持续20年。时人李祁《玉山名胜集序》说：

> 昆山之世族居界溪者曰顾氏，顾氏之有才谞者曰仲瑛。仲瑛即所居之偏辟地以为园池，园之中为堂，为舍，为楼，为斋，为舫，敞之而为轩，结之而为巢，葺之而为亭，植以嘉木善草，被之芙蕖菱芡。郁焉而阴，焕焉而明，阒焉而深，一日之间不可以遍赏。而所谓玉山草堂，又其胜处也。良辰美景，士友群集。四方之来与朝士之能为文词者，凡过苏必之焉。之则欢意浓浃，随兴所至，罗樽俎，陈砚席，列坐而赋，分题布韵，无间宾主。[③]

玉山雅集最突出的特点，一是文人的"真率之会"，表现得极其充分。集会者超越礼法，疏放自适，按杨维桢《雅集志》的描述，宴集中有"岸香几而雄辩者"，有"沉吟而痴坐，搜句于景象之外者"，有"捉玉麈从容而色笑者"，有"席皋比曲肚而枕石者"，有"坐蟠根之上者"。可以说是越礼法而任性情，完全可以放任自己，任性而为。玉山雅集的玩文化，这在元代文人雅集中达到了极致。除了诗酒，玉山还有古玩与图书，"商樽周彝，秦钟汉鼎""牙签玉轴，左图右书"，参与者个个是才俊，"胸襟星斗，咳唾明珠"，他们可以以此自信自负："玩弄大块，睥睨庸奴"[④]。那些"委巷之人，崛起而有千金，跨大马，称达官"者，纵权倾一时，富甲天下，在这些文化贵族面前，应是自惭形秽。自然的清秀与文人的清才相辉映，"碧梧翠竹与清扬争秀，落花芳草与才情俱飞"（杨维桢《雅集志》），这是一个截然高出于尘

① 纪昀等：《四库全书总目》，中华书局1965年版，第1710页。
② 刘季：《玉山雅集与元末诗坛》，南开大学博士论文2012年。
③ 顾瑛：《玉山名胜集》，中华书局2008年版，第6—7页。
④ 顾瑛：《玉山名胜集》，中华书局2008年版，第33页。

俗、判然有别于官场的文人世界。"风流文献"永远是属于他们的优势。

但是，到玉山雅集的后期，东南烽火四起，社会动荡。雅集的高扬与自足气氛，也为凄凉情调所取代。与雅集之风相关的是唱和之风。文人诗酒雅集，聚会中分韵或分题赋诗，有时则同题唱和。这种同题唱和不受时空的限制，所以轻而易举地就延伸之雅集之外，一人唱而多人和。这在元代诗坛也很盛行。学者兼文章家陈栎写有专论《和诗说》，文章考查了自舜庭赓歌一直到宋代诗歌唱和的变迁，最后批评元代同题唱和之风[①]。从他的批评中，可以了解当时同题唱和之盛行。明代朱存理《珊瑚木难》卷一卷二、赵琦美《赵氏铁网珊瑚》卷十五所载《听雨楼》《破窗风雨卷》大规模的同题唱和诗作，可以让我们直观地感受到当时同题唱和风气之盛。[②]

[原载《安徽师范大学学报》(人文社会科学版) 2013年第6期]

① 陈栎：《陈定宇先生文集》卷五，元人文集珍本丛刊，新丰文出版社1985年影印版。

② 左东岭：《玉山雅集与元明之际文人生命方式及其诗学意义》，《文学遗产》2009年第3期。

元好问和元结

◆[日]高桥幸吉

【关键词】元好问；元结；金代文学

【摘　要】元好问将元结视为自己的远祖，诗中多次提到他。元好问从政治、隐逸、文学三个方面评价元结，评价较为客观。元好问也正是在这三个方面受到元结的影响。

金末元初诗人元好问（1190—1257）转益多师。与他多次提及的陶渊明、杜甫、苏轼等人一样，元结也是其中一位。虽然提及元结次数不如其他诗人多，但对元结的感觉与其他诗人有所区别，因为他将元结视为自己的“远祖”。

元好问最早论及元结的诗见于他28岁时作的《论诗三十首》[①]以及《元鲁县琴台》的自注中。后来在《内乡县斋书事》（38岁）、《舜泉效远祖道州府君体》（46岁）、《外家别业上梁文》（48岁）、《涌金亭示同游诸君》（58岁）、《答定斋李兄》[②]（系年不详）、《聱斋》[③]（系年不详）等诗中又多次提及元结。本文将据这些材料探讨“元好问如何理解和评价元结”的问题。

1．名称和理解

元好问提到元结的时候，用“浪翁”（《论诗三十首》）、“元道州”（《元鲁县琴台》自注）、“舂陵老使君”（《内乡县斋书事》）、“渔郎”“聱斋”“峿山”（《聱斋》）等很多不同名称。这些称呼元好问并不是随便使用，而是根据不同的场合，分别选择不同的称谓。“道州”“使君”表示元结的官职，元好问用这些名称来强调他的社会层面，比较客观，没有多少感情色彩，如《元鲁县琴台》自注“元道州文编、以元鲁山为元鲁县”，说明的只是元鲁县名称的由来而已。

“浪翁”“聱叟”是元结自己命名的别号。元结解释说：“浪翁，山野浪老也。”[④]《新唐书》解释说：“彼诮以聱者，为其不相从听，不相钩加，带笭箵而尽船，独聱

① 姚奠中主编：《元好问全集》，山西人民出版社1990年版。下同。

② “定斋李兄”指李献甫（字钦用、号定斋），他卒于天兴三年（1234），所以元好问此诗作于45岁以前。

③ 《题石裕卿郎中所居四咏》之四。

④ 元结，孙望校点：《元次山集》卷五，中华书局1960年版，第70页。

踯而挥车。”[①]元好问用“浪翁”“聱斋”的时候，主要突出其隐逸层面的行为和心态。

2. 政治方面的理解

正大四年（1227），元好问任内乡县令，这是他首次参与实际政治[②]。虽说这官职不高，但与翰林院、国史院不同的是，能够实际接触到老百姓。他曾经历过金末的战乱，自己也曾身为布衣、那时他不过是躲避战火的人群中的一员。但他担任县令时，他要直接管理这些老百姓。他的苦恼在《宿菊潭》中可见一斑：

田父立马前，来赴长官期。父老且勿往，问汝我所疑。民事古所难，令才又非宜。到官已三月，惠利无毫厘。汝乡之单贫，宁为豪右欺？聚讼几何人，健斗复是谁？官人一耳目，百里安能知？东州长官清，白昼下村稀。我虽禁吏出，将无夜叩扉？教汝子若孙，努力逃寒饥。军租星火急，期会切莫违。期会不可违，鞭扑伤汝肌。伤肌尚云可，夭阏令人悲。

这首诗表露了作者身兼官吏和诗人双重身份所带来的良心的苦恼。其中最大的苦恼可能是意识到自己无力救民众于窘境，而只能发出毫无实质性的同情之声：“教汝子若孙，努力逃寒饥。”“伤肌尚云可，夭阏令人悲”。从他少年时代起修养儒教思想、心怀经世济民之心的志向来看，承认自己在政治能力方面的不足（尽管他没有那么大的权限），当是人生的一大痛事。

在《内乡县斋书事》中，他提到元结的《春陵行》和《贼退示官吏》：

吏散公庭夜已分，寸心牢落百忧薰。催科无政堪书考，出粟何人与佐军。饥鼠绕床如欲语，惊乌啼月不堪闻。扁舟未得沧浪去，惭愧舂陵老使君。自注：远祖次山《舂陵行》[③]云：“思欲委符节，引竿自刺船。”故子美有“兴含沧浪清”之句。

日本学者小栗英一认为，从元好问担任县令的客观情况及其当时的心理来看，元好问联想到元结及其名作，是极为自然之事[④]。因为元结作这些作品时的情况和这时候的元好问差不多。元结的《舂陵行》和《贼退示官吏》作于广德元年（763），当时他任道州刺史，面对遭受战火摧残的老百姓，心中非常苦恼，他在诗中写道：

军国多所需，切责在有司。有司临郡县，刑法竞欲施。供给岂不忧，征敛又可悲。州小经乱亡，遗人实困疲。大乡无十家，大族命单羸。朝餐是草根，

① 《新唐书》卷一百四十三《元结传》，中华书局1987年版。

② 这以前元好问是否任镇平县令，有不同看法。参见狄宝心《元好问年谱新编》，中国文联出版社2000年版，第137—140页。拙文据狄说，认为元好问先任内乡县令。

③ 《贼退示官吏》之误。

④ 小栗英一：《元好问》，岩波书店1963年版，第58页。

暮食是木皮。出言气欲绝，意速行步迟。追呼尚不忍，况乃鞭挞（一作"扑"）之。邮亭传急符，来往迹相追。更无宽大恩，但有迫促期。欲令鬻儿女，言发恐乱随。悉使索其家，而又无生资。听彼道路言，怨伤谁复知。去冬山贼来，杀夺几无遗。所愿见王官，抚养以惠慈。奈何重驱逐，不使存活为。安人天子命，符节我所持。州县忽乱亡，得罪复是谁。逋缓违诏令，蒙责固其宜。前贤重守分，恶以祸福移。亦云贵守官，不爱能适时。顾惟孱弱者，正直当不亏。何人采国风，吾欲献此辞。(《舂陵行》)

昔岁逢太平，山林二十年。泉源在庭户，洞壑当门前。井税有常期，日晏犹得眠。忽然遭世变，数岁亲戎旃。今来典斯郡，山夷又纷然。城小贼不屠，人贫伤可怜。是以陷邻境，此州独见全。使臣将王命，岂不如贼焉。今彼征敛者，迫之如火煎。谁能绝人命，以作时世贤。思欲委符节，引竿自刺船。将家就鱼麦，归老江湖边。(《贼退示官吏》)

日本学者铃木修次翻译《内乡县斋书事》末两句说，"我的小船还没驶向沧浪之水（下不了决心退官），我愧对我的远祖元使君"，并解释"这句的意思是，远祖元结下决心退官，自己跟他比较起来感到惭愧"。[①]元结退官有两次，一是在宝应元年（762）为奉养老母，一是在大历四年（769）也非自愿。他离开道州刺史不是自愿，而是被罢免[②]。《贼退示官吏》中最后表示归隐山林的愿望，杜甫《同元使君舂陵行》称赞元结，"色沮金印大，兴含沧浪清"[③]，肯定元结不重仕宦、希望归隐的情怀。但元结在任时并没有放弃自己的职责，他为了救济贫民而果敢地上表朝廷，后来虽然因此被免官，最终却成功地救济了百姓，恢复了民力。所以铃木修次之说有欠全面，元好问的"惭愧"不只是因为自己的隐逸态度，还因为自己缺少元结那样的政治能力。

与元结相比，元好问身为县令没有留下什么功绩，政治能力似不及元结。当然我们要考虑到，元结身为刺史，权力比较大，而且曾经上奏过肃宗，地位和环境不同。元好问一方面为自己没有元结那样的突出政绩而感到遗憾，另一方面又为自己未能像元结那样辞官归隐而感到愧疚。从诗中来看，"扁舟未得沧浪去，惭愧舂陵老使君"两句确是肺腑之言，很显然，远祖元结对他起着鞭策作用。

3. 隐逸态度上的认同

在《涌金亭示同游诸君》和《鳌斋》中，元好问还把元结当成为"隐逸诗人"。如前首云："举杯为问谢安石，苍生今亦如卿何，元子乐矣君其歌。"涌金亭在河南

---

① 铃木修次：《元好问》，集英社1965年版，第155—156页。原文日语，引用者译成中文。

② 李商隐：《容州经略使元结文集后序》，刘学锴、余恕诚：《李商隐文编年校注》，中华书局2002年版，第2256页。

③ 仇兆鳌：《杜诗详注》卷十九，中华书局1979年版，第1692页。

辉县的苏门山，东晋的隐者孙登曾在此隐居。全诗先描写涌金亭优美景致，然后抒发因孙登等仙人足迹引发出的高蹈远引的情怀。上引诗句是该诗的末三句。谢安石是东晋谢安，“苍生今亦如卿何”见于《世说新语·排调篇》：谢安长期高卧东山，后来终于出山任职，众人相送，高崧戏曰：“卿屡违朝旨，高卧东山，诸人每相与言：‘安石不肯出，将如苍生何？’今亦苍生将如卿何？”[①]元好问化用高崧之语，意思是说，把酒问问谢安，你们执意隐居，老百姓又能把你们怎么样？所以，我们也可以像谢安一样，只管隐居寻乐，一起唱歌！诗人在社会责任和个人自由（如隐逸）之间，放弃对社会的关心，选择了喝酒唱歌、不问世事的态度。

值得注意的是，“元子乐矣”出自元结《心规》一文：“元子乐矣。俾和者曰：‘何乐亦然，何乐亦然？’我曰：‘我云我山，我林我泉。’又曰，元子乐矣。俾和者曰：‘何乐然尔，何乐然尔？’我曰：‘我鼻我目，我口我耳。’”[②]这首歌比其他诗歌更朴素率真，表现他与自然的契会和快意，其乐陶陶，一定深深地感染了元好问。但元结此诗并不引人注目，此前的唐诗选本都未选录，连清编《全唐诗》也未收。唐代人很少注意到元结这种隐逸情怀[③]，一般不把元结当成隐逸诗人。到了宋代，人们才开始注意这一方面，如林逋说“掉臂何妨入隐沦，高贤应总贵全真。次山有以称聱叟，鲁望兼之传散人”[④]，黄庭坚说“官如元亮且折腰，心似次山羞曲肘”[⑤]。在文学批评史上，大多数人常把他作为古文家来评价，对于其诗歌，总是高度评价《舂陵行》《贼退示官吏》等揭露社会黑暗的作品。元好问与众不同地拈出《心规》中的诗句，体现了他自己的感情倾向。

在《聱斋》中，元好问再次提及元结隐逸心态：“弓刀陌上未知还，心寄渔郎笭箵间。名作聱斋疑未尽，峿山衣钵在遗山。”“渔郎”指元结。“峿山”是元结晚年住的峿溪附近的一座山，山中有元结的名作《大唐中兴颂》碑，所以这里借指元结。一首中两次提及他的称号，可以看出其对元结的强烈关注。这首诗为《题石裕卿郎中所居》四首之第四。前三首《寓乐堂》《德恒斋》《雪岩》均以他的居处为题，所以“聱斋”应该是石裕卿的室名。从第一句来看，这首诗与军旅生活有关。元好问一生中有两次军旅经历，第一次是他在完颜鼎的幕府（正大三年、37岁），第二次是在移剌瑗的幕府（正大七年、41岁）。这组诗中有“百草千花过春雨”（《德恒斋》）、“贞松劲柏四时春”（《雪岩》）之句，说明该诗作于春天。正大三年春，元好问在嵩山，还没参与完颜鼎的幕府。正大七年春，他刚参与移剌瑗的幕府，即说“未知还”，不合常理。可以肯定首句是指石裕卿。石裕卿其人失考。第二句“心寄渔郎笭箵间”意思是说，希望像元结那样退官，带着渔具，归隐于山林之中。第三

① 刘义庆，张艳云校点：《世说新语》，辽宁教育出版社1997年版，第194页。

② 元结，孙望校点：《元次山集》卷五，中华书局1960年版，第63页。

③ 李商隐《容州经略使元结文集后序》：“次山之作，其绵远长大，以自然为祖，元气为根，变化移易之。”主要是就其诗歌取法自然而言。

④ 林逋：《林和靖集》卷二《杂兴》四首之四，四部丛刊景明钞本。

⑤ 黄庭坚：《还家呈伯氏》，《黄庭坚全集》（第2册），四川大学出版社2001年版，第997页。

句“名作聱斋疑未尽”，“聱斋”本是元结的室名，他在樊城时自称聱叟，表明其不理世俗的隐逸态度。而如今石裕卿在军旅被事务纠缠，虽然心有隐逸之念，也将自己的居室号名聱斋，但他没有完全领会元结之意，没有真的退隐。所以第四句说“峿山衣钵在遗山”。元好问认为，真正具有元结那样隐逸态度继承其衣钵的是我这位元氏后裔。元好问以元结的传人自居，可见对元结隐逸观的高度认同。结合元好问的生年和思想来看，这组诗歌应该是他晚年所作。

4. 文学方面的认识

元好问对元结的评价并不多，也不全面。他只强调元结诗歌不拘声律以及长于五言古诗的特点。《论诗三十首》第十七首曰：

> 切响浮声发巧深，研摩虽苦果何心。浪翁水乐无宫徵，自是云山韶濩音。自注：水乐，次山事。又其《欸乃曲》云“停桡静听曲中意，好是云山韶濩音”。

元结有《水乐说》，内云：“元子于山中尤所耽爱者有水乐。水乐是南磴之悬水。”[①]《订司乐氏》亦曰：“况悬水淙石，宫商不能合，律吕不能主，变之不可，会之无由，此全声也。”[②]可见，他以瀑布的声音为理想的音乐。与此同时，他批评“近世作者，更相沿袭，拘限声病，喜尚形似。且以流易为辞，不知丧于雅正”[③]，可惜他的这些观点没有得到后人的充分重视。元好问此诗评价元结“浪翁水乐无宫徵，自是云山韶濩音”，第一次揭示出元结诗歌的诗律特点。“自是云山韶濩音”，化用元结《欸乃曲》中诗句，既在更高的音律层次上肯定元结诗歌的音律，又表现了自己的观点。

元好问还有一首《舜泉效远祖道州府君体》，特别值得注意，因为题目中标明“效远祖道州府君体”，故征引如下：

> 重华初侧陋，尝耕历山田。至今历下城，有此东西泉。丧乱二十载，祠宇为灰烟。两泉废不治，渐著瓦砾填。蛙跳聚浮沫，羊饮留余膻。我行历荒基，涕下何涟涟。舜不一井庇，下者何有焉!帝功福万世，帝泽润八埏。要与天地并，宁待一水传。《甘棠》思召伯，自是古所然。我欲操畚锸，浚水及其源。再令泥浊地，一变清泠渊。青石垒四周，千祠牢且坚。石渠漱清溜，日听薰风弦。便为泉上叟，抔饮终残年。

在唐宋人中，效仿元结者并不罕见，但似乎没有出现元结体的概念。《沧浪诗话》列举众体，其中亦无元结体。元结体的含义究竟如何？我们不妨先看看前人关

---

① 元结，孙望校点：《元次山集》卷五，中华书局1960年版，第68页。
② 元结，孙望校点：《元次山集》卷五，中华书局1960年版，第69页。
③ 元结，孙望校点：《箧中集序》，《元次山集》卷五，中华书局1960年版，第100页。

于元结诗歌特点的评价：

> 元结，好奇之士也。其所居山水，必自名之，唯恐不奇，而其文章用意亦然，而气力不足，故少遗韵。①
>
> （元结）自谓与世聱牙，岂独其行事而然，其文词亦如之。②
>
> 元结，字次山，五言古，声体尽纯，在李、杜、岑参之外另成一家……中如《贱士吟》《贫妇词》《下客谣》等，质实无华，最为淳古。③
>
> 唐诗人能以真朴自立门户者，唯元次山一人。④
>
> 其时，元次山高古浑穆，有三代之遗风。⑤

上述评论具有相当的代表性，差不多涉及元结诗歌的各个层面，应该说都有其根据。问题是，面对具有多面性的元结体，元好问注重的是哪些方面？《舜泉效远祖道州府君体》为我们提供了一个很好的分析样本。首先，他用的是五古诗，这是元结诗中运用最多，也最能体现特色的体裁。元结现存诗98首，其中五言古诗占58首。其次，诗歌前半部分将古老的舜泉与遥远的舜帝史事传说，结合起来，交叉写出，后半部分表明自己清浚舜泉、终老泉畔的愿望，全诗显得高古淳澹。其三，语言平易，古朴自然，说明元好问舍弃了元结体中奇险、聱牙等不足。这与元好问自己所提倡的"要枯淡，不要没咀嚼""要奇古，不要似鬼画符"⑥相一致。《金史·元好问传》评价其"五古高古沉郁"，应该说，遗山诗高古的特色与元结诗有着比较密切的渊源关系。元好问没有进一步说明这层关系，或许如他自己所说，"鸳鸯绣了从教看，莫把金针度与人"⑦。当然，他并没有局限在远祖元结的格局中，他能够在元结之外，自辟天地，所以在七言律诗等方面取得超过元结、直接少陵的成就。

需要说明的是，元结的古文特别有名，唐宋人提到元结时，总会提到他的古文，直到金末赵秉文、李纯甫主导文坛后，仍然非常关注元结的古文。李纯甫曾自夸说"自庄周后，唯王绩、元结、郑厚与吾"⑧，可以看出他高度评价元结的古文。元好问为什么反而只字不提？这可能和元好问的文学观有关。文学形式中，元好问

---

① 欧阳修：《唐元结阳华岩铭》，张春林编：《欧阳修全集》，中国文史出版社1999年版，第485页。

② 晁公武：《郡斋读书志》卷四上，参见元结：《元次山集》卷五，孙望校点，中华书局1960年版，第192页。

③ 许学夷：《诗源辨体》卷十七，吴文治主编：《明诗话全编》(6)，江苏古籍出版社1997年版，第6166页。

④ 贺贻孙：《诗筏》，《清诗话续编》本，上海古籍出版社1999年版，第173页。

⑤ 张谦宜：《絸斋诗谈》卷三，《清诗话续编》本，上海古籍出版社1999年版。

⑥ 元好问：《诗文自警》，姚奠中主编：《元好问全集》卷五十四，山西人民出版社1990年版，第506页。

⑦ 元好问：《论诗三十首》，姚奠中主编：《元好问全集》卷五十四，山西人民出版社1990年版，第428页。

⑧ 刘祁：《归潜志》卷一，崔文印校，中华书局1997年版，第7页。

最重视诗歌，他的文学论侧重论诗，虽然有时他用“文”“文章”包括古文、诗歌等在内的文学全体[①]，但他没有专论古文。他的关注焦点始终在诗学上，如他所说“诗与文同源而别派，文固难，诗为尤难”[②]，所以他不太关注古文，以致没有论及元结的古文成就。

总体来看，尽管元好问视元结为自己的远祖，但并没有给予过高的评价。上文所论元好问对元结政治、隐逸、文学三方面的评价，比较客观，这一点颇为难能可贵。也许他对元结的诗文持有一定的保留态度，否则他对这位远祖的评价可能会高一些。而在《内乡县斋书事》的注释中，他将元结的名作《贼退示官吏》的诗句误为是《舂陵行》的诗句，虽然只是偶然失误，但这是否于无意间也透露出元结在他心目中的位置？毕竟，他与元结相距将近500年，他们间的血缘关系也未必多么可靠，所以尽管元好问视元结为远祖，但没有将他神化，奉为自己创作的圭臬。正因为此，元好问才能取得超越乃祖的成就。

[原刊《安徽师范大学学报》(人文社会科学版) 2004年第2期]

① 例如《元好问全集》卷三十六《锦机引》：“文章天下难事，其法度杂见于百家之书，学者不遍考之，则无以知古人之渊源。”《元好问全集》卷二《与张仲杰郎中论文》：“文章出苦心，谁以苦心为……文须字字作，亦要字字读。”

② 元好问：《双溪集序》，姚奠中主编：《元好问全集》卷五十四，山西人民出版社1990年版，第35页。

南唐词人的创作及其在词史演进中的地位

◆余恕诚

【关键词】 南唐词；冯延巳；李璟；李煜；词史

【摘　要】 南唐冯延巳、李璟、李煜三人的词均有很高的艺术成就。冯延巳、李璟的创作超越了“花间”词，洗淡了脂香粉腻，注入了身世之感。李煜词则进一步直接抒写情怀，突现主体精神，开始具有雄奇之美和博大气象。南唐词本身可算一个完整的发展过程。后来从晏殊、欧阳修到苏轼的北宋词，也经历了一场类似从“伶工之词”到“士大夫之词”的变化，前者像是后者的一次初步预演，两次发展，是呈螺旋式向前推进的。

南唐词的艺术成就很高，但它在词史上的地位，似尚未得到充分的认识。一般文学史仅把它作为五代词坛上有异于西蜀花间派的另一群体，或者带上一点发展眼光视为从“花间”到北宋词之间的一段过渡。笔者则认为南唐词在晚唐和西蜀词人奠定的基础上，继续朝前发展，经历了一个相对完整的发进过程。这一过程，跟北宋从晏殊、欧阳修到苏轼经历的变化有些接近，构成螺旋式的发展。下面打算在较细地介绍南唐主要词人的创作的基础上，分析南唐词在词史演进中所处的历史地位。

一、南唐词的文化背景

南唐词的兴起比西蜀稍晚，主要词人是元老冯延巳（903—960）、中主李璟（916—961）、后主李煜（937—978）。《花间集》结集时，冯延巳38岁，李璟25岁，李煜4岁。三人中，李煜生年远在“花间”词人之后。其余两人，冯延巳活到近60岁，《十国春秋》本传说他“工诗，虽贵且老不废……尤喜为乐府词”，其词从表现的孤凄抑郁心情看，多半应是中年后个人处境孤危时的作品。李璟传词四首，均愁怨伤感，代表作《浣溪沙》（菡萏香消），王国维《人间词话》说有“众芳芜秽，美人迟暮之感”，也不可能是25岁以前的作品。可见，南唐词的兴盛期晚于蜀词。

较之“花间”词，南唐词对歌舞场面，女子容貌服饰，以及凤屏鸳枕、闺房陈设的描写，有所减少和淡化，不像“花间”词那样脂香粉腻。与此相应，对心境意绪的表现增强，用笔较为虚灵概括，语言格调趋于自然优雅。总之，文人士大夫的气息增长，歌容舞态、酒色情欲的成分下降。这些不同，与南唐所处的政治文化环境有密切关系。南唐不同于西蜀，西蜀有巴山险阻做屏障，偏安一隅，君臣纵情逸乐，溺于声色而不知返。南唐在地域上与中原为邻，长期处于周、宋的威胁之下。李璟公元943年即位，958年遣使上表于周，去帝号，称南唐国主。李煜公元961年即位，国势更弱，臣事于宋，年年纳贡。处在风雨飘摇中的南唐，统治者虽淫奢而又不可能没有一点忧患意识，这就使他们在吟风月、醉花柳的时候，没有“花间”词人那么沉迷，而且常常生出迷惘惆怅的情绪，有某种节制和反省。在文化生活上，西蜀锦城的奢丽向来有名，割据以后，文化较晚唐时期更加偏离雅正，朝向以娱乐消遣为中心的世俗化方向发展。这从前蜀后主王衍“者边走，那边走，只是寻花柳。那边走，者边走，莫厌金杯酒”（《醉妆词》）一类词中，可以充分感受到那种紧紧贴靠“游戏”“宴乐”的艳情与世俗气味。南唐则不同，首都金陵为六朝故都，文化中雅正传统的影响较西蜀为深。中主李璟，后主李煜，大臣徐铉、韩熙载、冯延巳等都有很高的文学艺术修养，词到他们手里，脂香粉腻趋淡，情调趋向优雅，乃是很自然的事。

冯延巳、李璟、李煜三人，李璟词风格介于冯延巳和李煜之间。可算两人中间的过渡。从词史发展进程看，李煜超越了冯延巳与李璟后来居上，但北宋前期，晏殊、晏几道、欧阳修等人主要是继承冯延巳的作风，几乎直到苏轼从事创作，才能看到类似李煜的抒写方式。领先发展的，不一定为紧接而来的时代所接受，倒是慢走一步的引导下一时期，从而构成五代到北宋一段词史演进中曲折回旋的现象。

二、冯延巳、李璟

冯延巳为南唐元老，官居高位，但政治上没有什么建树。他曾主张用武力拓境，卒以用兵败事，受到政敌攻击。关于他的人品，文献上有“谄媚险诈”[①]等记载，至少是不以道德品行见称于世。冯煦、张尔田等人说他的词“忧生念乱，意内而言外”，“皆贤人君子不得志发愤之所作为也”[②]，未免与实际不符。陈世修《阳春集序》云：

> 公以金陵盛时，内外无事，朋僚亲旧，或当燕集，多运藻思，为乐府新词，俾歌者倚丝竹而歌之，所以娱宾而遣兴也。日月寖久，录而成编。[③]

---

① 陆游：《南唐书·冯延巳传》，《南唐书》列传卷第八，四部丛刊续编景明钞本。

② 冯煦《四印斋刻本阳春集序》：“翁（按：指冯延巳）负其才略，不能有所匡救，危苦烦乱之中，郁不自达者，一于词发之。其忧生念乱，意内而言外，迹之唐、五季之交，韩致尧之于诗，翁之于词，其义一也。”张尔田《曼陀罗寱词序》：“正中身仕偏朝，知时不可为，所为《蝶恋花》诸阕，幽咽惝恍，如醉如迷。此皆贤人君子不得志发愤之所为作也。”

③ 黄畬：《阳春集校注》，天津古籍出版社1993年版，第3页。

说明冯词创作还是与朋僚燕集、娱宾遣兴密切关联，并未超越当时词的一般发展进程。冯词与“花间”词的“秀而不实”，“用助娇娆之态”毕竟不同。冯延巳长期仕于南唐，与南唐盛衰关系十分密切，自己在小朝廷内部的党争中屡屡受到挫折，处境孤危，把他的身世体验和复杂的思想感情注入词中还是很自然的。如《谒金门》：

风乍起，吹皱一池春水。闲引鸳鸯香径里，手挼红杏蕊。　　斗鸭栏干独倚，碧玉搔头斜坠。终日望君君不至，举头闻鹊喜。

首二句以景物映现女主人公缭乱心态，次二句通过举止行为表现其无所事事，空虚无卿。过片仍写其无聊疏懒。结尾则在失望之中忽闻鹊喜，又生希望。起伏转折，表现主人公闲懒宁静外表下复杂曲折的心境。作为酒筵歌辞看，当然是闺怨之作。但词的开头对乍起的风波有一种特殊的敏感和欲其静而无可奈何的心情；结尾在“终日望君君不至”的失望之中，忽闻鹊声。究竟是有喜还是无喜，又留下疑虑。这种深沉、难耐而又狐疑不定的心情，与一般闺怨又似乎不尽相同。马令《南唐书·冯延巳传》载：“元宗乐府词云：‘小楼吹彻玉笙寒’，延巳有‘风乍起，吹皱一池春水’之句，皆为警策。元宗尝戏延巳曰：‘吹皱一池春水’，干卿何事？延巳曰：未如陛下‘小楼吹彻玉笙寒’。元宗悦。”[①]表面看，似乎君臣相戏，但难免没有言外之意。“干卿何事？”李璟似认为与冯延巳自身有关，不把它作一般闺情词看待。

冯延巳还有些词，连字面上也不涉及具体情事，只是表达一种心境。如《鹊踏枝》：

谁道闲情抛掷久？每到春来，惆怅还依旧。日日花前长病酒，不辞镜里朱颜瘦。　　河畔青芜堤上柳，为问新愁，新事年年有？独立小桥风满袖，平林新月人归后。

下笔虚括，写出一种怅然自失，无由解脱的愁苦之情，郁伊惝怳，若隐若现。关于怅惘的内容，词中只说是闲愁而不作具体交代。但一开头感情就千回百折，喷涌而出，其后又写出“不辞镜里朱颜瘦”的执着，写出愁闷“年年有”的持久和无法自解，以及小桥独立待到“人归后”的痴迷，就让人感到似乎超越了一般的男女之情。冯延巳处境特殊，内心有危苦忧患意识。他写出痴迷的感受，写出与环境遭遇、思想性格有密切联系的感情境界，曲折而沉郁，就给读者提供了广阔的想象空间，比起“花间”词，内涵更为深厚广阔。

冯延巳长期处于高位，生活优裕，富有才气。他的词在抒情方面也有一种身

① 马令：《南唐书》，中华书局1985年版，第140页。

份，往往沉着而有余裕。在意境和文辞上吸取了温庭筠的精艳，韦庄的秀丽，有“和泪试严妆”[①]的庄重凄艳之美。如《鹊踏枝》：

梅花繁枝千万片，犹自多情，学雪随风转。昨夜笙歌容易散，酒醒添得愁无限。　　楼上春山寒四面，过尽征鸿，暮景烟深浅。一晌凭栏人不见，鲛绡掩泪思量遍。

写梅花之落，是“犹自多情，学雪随风舞”，写刻骨相思不是痛苦欲绝，而是“鲛绡掩泪思量遍”，都给人文辞华美，抒情怨而不怒。有思致，有节制之感。

冯词在深婉蕴藉的统一风格下有多种表现。冯煦说他“鼓吹南唐，上翼二主，下启欧晏，实正变之枢贯，短长之流别。”[②]冯延巳年长于李璟、李煜为南唐元老，影响二主是很自然的。晏殊和欧阳修为江西人，江西原属南唐。冯延巳又曾做过昭武军抚州（今江西临川）节度使，地域上也造成了冯延巳与晏、欧之间的联系。刘攽《中山诗话》称：“晏元献尤喜江南冯延巳歌词，其所自作，亦不减延巳。”[③]晏词如《蝶恋花》“昨夜西风凋碧树，独上高楼，望尽天涯路”、《浣溪沙》“一曲新词酒一杯，去年天气旧亭台，夕阳西下几时回”，那种绵绵的思致，那种优柔不迫的风度，都接近冯词。欧词如《玉楼春》“直须看尽洛阳花，始与东风容易别”，那一份豪宕中的执着，也与冯词有相通之处。此即所谓：“晏同叔得其俊，欧阳永叔得其深。”[④]冯词与欧词、晏词在一些集中常常相混，互见的现象很严重。王国维曾云：“冯正中《玉楼春》词：‘芳菲次第长相续，自是情多无处足。尊前百计得春归，莫为伤春眉黛蹙。’永叔一生似专学此种。”[⑤]不知此词不载《阳春集》，而载《欧阳文忠公近体乐府》，究竟属冯作还是属欧作，殊难断定[⑥]。这种著作权混淆的情况，也正说明他们在情境和风格上有类似性。

李璟，史称南唐中主，虽是李昪的长子，但在嗣位问题上还是几经周折，处境并不顺利。嗣位不久，又受到周的军事威胁，在忧患中度过一生。他秉性懦弱，多才艺，好读书，与冯延巳等讲论文学，彼此词风也相当接近。前引两人关于“吹皱一池春水”和“小楼吹彻玉笙寒”的对话，不管中间是否含有机锋，但从他们心有灵犀，都看到了对方的精彩处，可知他们在作风和好尚等方面是相通的。李璟词仅存四首，《浣溪沙》二首成就最高：

---

① 王国维《人间词话》：“‘画屏金鹧鸪’，飞卿语也，其词品似之。‘弦上黄莺语’，端己语也，其词品亦似之。正中词品，若欲于其词句中求之，则‘和泪试严妆’殆近之欤。”

② 冯煦：《四印斋刻本阳春集序》，史双元编著：《唐五代词纪事会评》，黄山书社1995年版，第582页。

③ 何文焕辑：《历代诗话》，中华书局1981年版，第292页。

④ 王气中：《艺概笺注》，贵州人民出版社1980年版，第312页。

⑤ 施议对：《人间词话译注》，广西教育出版社1990年版，第40—41页。

⑥ 此词《尊前集》作冯延巳词。王国维盖据《尊前集》。

手卷真珠上玉钩，依前春恨锁重楼。风里落花谁是主，思悠悠。　　青鸟不传云外信，丁香空结雨中愁。回首绿波三楚（一作“峡”）暮，接天流。

菡萏香消翠叶残，西风愁起碧（一作“绿”）波间。还与韶光共憔悴，不堪看。　　细雨梦回鸡塞远，小楼吹彻玉笙寒。多少泪珠无（一作“何”）限恨，倚阑干。

虽是以女性伤离怨别的形式出现，但词中写生命凋伤之沉痛，伤离念远之深挚，可以让人体会到作者心灵中回旋的惆怅的潜流。“实有无限伤感，非仅流连光景之作。”①“菡萏”二句，王国维《人间词话》认为“大有众芳芜秽，美人迟暮之感”，虽出于联想，但写景中蕴含对美好珍贵之物凋残的悼惜之情，对萧瑟摧残环境的惶惧之心，却是不难于感受的。两首词虽伤感却有所节制，词的上片一以“思悠悠”荡开，一以“不堪看”煞住。结尾，一以“接天流”融情入景，一以“倚阑干”默默收场。在哀婉沉至方面，近于冯延巳，而不同于李煜之尽情倾泻，一往无还。但相对冯词的深隐，李璟词显得较为显豁明快，主体的情感更突出一些，又近于李煜。李璟的忧患意识比冯延巳更深，这种忧患之感，在“三楚”“鸡塞”等地名所显示的阔大的背景和“真珠”“玉钩”“菡萏”“玉笙”等芳洁名物衬托下，较之冯延巳所表现的怅然自失，更具庄严意味，且能显示出一种气象。在有气象这一点上，亦稍近李煜，因而李璟在冯延巳与李煜之间有过渡意义。

三、李煜

李煜在词的创作上既有其始终一贯的特点，又有前后期的不同。一贯，表现在多直接写自己的亲历和感受，情感真实。不同，除前、后期在情感具体内容方面的巨大差异外，艺术上前期则处在多方面探索阶段，而不像后期那样一致。前期词如《一斛珠》写歌舞妓女，风格温馨艳丽，又使用“樱桃”“丁香”一类借代性词语，可算接近温庭筠一路。而《喜迁莺》（晓月坠）、《清平乐》（别来春半）意蕴深沉，含思隽永，则接近冯延巳的风格。前期词中最富有李煜个人特色的作品，有写歌舞场面的：

红日已高三丈透，金炉次第添香兽，红锦地衣随步皱。　　佳人舞点金钗溜，酒恶时拈花蕊嗅，别殿遥闻箫鼓奏。（《浣溪沙》）

晚妆初了明肌雪，春殿嫔娥鱼贯列。笙箫吹断水云间，重按霓裳歌遍

① 龙榆生：《南唐二主词叙论》，《词学季刊》1936年第2期。

彻。　　临春谁更飘香屑，醉拍阑干情味切。归时休放烛花红，待踏马蹄清夜月。（《玉楼春》）

两首词都较多地用口语和白描，叙述占主导地位。通过叙述表现人物和情感。这较那种情景交融、寓情于景的写法，主体的情感要突出多了，在此二首中甚至显得放纵而无节制。前期词中另有以细节描写见长的记述男女幽会之作，如《菩萨蛮》：

花明月暗笼轻雾，今宵（一作“朝”）好向郎边去。刬袜步香阶，手提金缕鞋。　　画堂南畔见，一向偎人颤。奴为出来难，教郎（一作“君”）恣意怜。

这种所谓“情真景真，与空中语自别”[①]的词，与一般作品的区别，在于它不是隔了一层的“空中语”，而是活生生的人物活动，有主体的实实在在的介入。以上述三首词为代表的李煜前期作品，内容与后期不同，但在放笔任意写作，不事雕饰，以及主体情感鲜明突出方面，则与“花间”词人及冯延巳等显出区别，且在后期得到了发展。

李煜后期词之所以产生巨大的飞跃，是由于他以真纯执着的禀性，遭遇了人生的巨大变化。对人世有并非常人所能有的独特体验，他在南唐嗣位为国主，登上皇帝的宝座，在人生中是获得了一种高峰体验；被宋俘虏，成为失去自由的阶下囚，且受尽侮辱，可以说是从负面经历了另一种高峰体验。这两种高峰体验相较，有如天上人间。落入这种劫数，惨痛超过常世千万倍。李煜以他的真纯执着，深刻地体验这种痛苦，以毫无顾忌的态度，不加掩饰地表现出来，一往无返，遂形成巨大的艺术震撼力。《虞美人》云：

春花秋月何时了，往事知多少。小楼昨夜又东风，故国不堪回首月明中！　　雕栏玉砌应犹在，只是朱颜改。问君能有几多愁？恰似一江春水向东流。

有对故国往事的回首，又有今日被囚于小楼的体验。这带极端性的两种情境互发互生所酿造的力，支持了“一江春水向东流”那种无尽的奔放，表现出自有词史以来未曾有的气象。

李煜因为有对人生真实深切的体验，抒写出来自见泪痕和血痕。所以能用白描，无须雕饰。从温庭筠到冯延巳，词在两个方面很突出：一是讲究辞藻；二是不

① 许昂霄：《词综偶评》，唐圭璋编：《词话丛编》，中华书局1986年版，第1548页。

离男女之情，特别是女性的伤春怨别。即使要抒写作者自己的人生感受，也是采用寓情花柳风月的比兴寄托方式。李煜却一扫浮艳，摆脱藻饰，自写襟抱，自抒身世之感，不事寄托。“花间”词人乃至冯延巳，“自我”在词中总是隐而不露的，李煜则是直接出面，如《浪淘沙》：

帘外雨潺潺，春意阑珊。罗衾不耐五更寒。梦里不知身是客，一晌贪欢。　　独自莫凭栏，无限江山，别时容易见时难。流水落花春去也，天上人间。

于五更梦回之后，通过复杂的意念活动，写出由往昔欢乐到沦为囚徒的生活体验，以及沉痛的故国之思。像这样以自我的口吻，展示切身生活和内心活动，抒写对世事人生的认识与喟叹，在李煜以前并不多见。这样写，改变了作者客串另一种角色的做法，摆脱了假借男女情事、伤春怨别的套路，作者直面人生，也直接面向读者。主观因素加强了，个性显露了。王国维《人间词话》说：

客观之诗人不可不多阅世，阅世愈深，则材料愈丰富、愈变化，《水浒传》《红楼梦》之作者是也。主观之诗人不必多阅世，阅世愈浅，则性情愈真，李后主是也。

王国维对李煜词有很多精到卓越的评论，但关于“不必多阅世”的看法，并不正确。李煜经历了由皇帝到囚徒的变化，人生阅历非一般人所能有，只不过阅世的内容与方式跟常人不同而已。所谓“主观之诗人”，如果指诗中仅有于社会世情无所知的“我”也是不确切的。只有理解为诗中主体性突出，个性和面貌鲜明，才符合李煜创作的实际。

主体性突出，作者直接面向读者，抒情上减少了种种因依假托，对情感的要求也就特别重在“真”。李煜以其“不失赤子之心”的纯真态度，体验着人生的劫难，对于他来说，至少是在主观上认为人类集体的经历和创痛，就如同他个人的经历和创痛，他以一己的灵心锐感，似乎直探人世悲剧的核心，把他对人生悲苦无常的深刻体验，对社会宇宙的诘问，写到词里，读者所受的感发也就格外直接深入。《乌夜啼》云：

林花谢了春红，太匆匆，无奈朝来寒雨晚来风。　　胭脂泪，相留（一作“留人”）醉，几时重？自是人生长恨水长东！

虽写花，却与一般的寓情于景和托物咏怀不同。他是以其一片“赤子之心”，面对花谢，直接产生思想情感的反映。在“赤子之心”中，往往是把外物与自身看成一体的。“太匆匆”不仅是感喟，还带有发自“赤子之心”的不满与抗议。这种不满与抗议，通过紧接而来的一句“无奈朝来寒雨晚来风”，得到进一步加强，已发展成为悲恨。“无奈”二字见恨无回天之力和一片珍惜怜爱之意。也是只有具“赤子之心”，才有这种很突出的“无奈”之感。下片因无奈而在物我相惜中转为对人生命运的思考。结句“自是人生长恨水长东”，可以说是摆脱一切因循苟且之想，丢掉了一切自我麻醉、自我安慰，直面惨淡的人生，至少是直面他自己所体验的人生，倾诉他的感受。沉哀入骨，只顾强烈表现主体而不顾及其他。

李煜的“赤子之心”在于他无饰无伪，讲出他最要讲的话，其中含着不甘屈辱，不甘受命运摆布的心情。他的真纯，不是指向凡俗庸懦，而是指向崇高，指向对做人的尊严和对生命价值的追求。李煜在做南唐国主时期，尽管向宋称臣纳贡，但在宋军兵临城下时，以南唐之弱，竟然起兵对抗，被俘囚于汴京后，还以极其沉痛的心情慨叹“金锁已沉埋，壮气蒿莱”（《浪淘沙》）[①]，悲悼他与宋军对抗的失败。他非但不能像南汉降主刘鋹那样乞求宋太宗待以不死[②]，反而对充当宋太宗使者的徐铉说后悔杀了潘佑、李平，他写了《浪淘沙》（帘外雨潺潺）、《虞美人》（春花秋月）等词，招致杀身之祸[③]，决非由于缺少警惕，而是把生死置之度外，宣泄他难以忍受的痛苦。唐圭璋释《虞美人》云：“此首感怀故国，悲愤已极。起句，追维往事，痛不欲生；满腔恨血，喷薄而出，诚《天问》之遗也……‘故国’句承起句，放笔呼号。一‘又’字惨甚。东风又入，可见春花秋月，一时尚不得遽了……仍须偷息人间，历尽磨折……末以问答语，吐露心中万斛愁恨，令人不堪卒读。”[④]又云：“问春花秋月何时可了，正求速死也。”[⑤]指出此词“悲愤已极”“《天问》之遗”“正求速死”，是直见词人之心的深刻把握。“满腔恨血”“求速死”而不欲偷息人间，都是内心中不甘屈辱的精神未能泯灭，而且愈是受屈辱，此种精神便表现得愈强烈。

由赤子之心的不知顾忌，到不甘屈辱的无所顾忌，李煜词抒发悲愤遂一往不返，具有浩瀚无际的深远博大气象。俞平伯认为“后主之词，兼有阳刚阴柔之

---

① 李煜《浪淘沙》：“往事只堪哀，对景难排。秋风庭院藓侵阶。一任珠帘闲不卷，终日谁来？金琐已沉埋，壮气蒿莱！晚凉天净月华开。想得玉楼瑶殿影，空照秦淮。”

② 清代吴任臣《十国春秋》卷六十《南汉世家》：“一日，宋太祖御肩舆从数十骑幸讲武池。从官未集，后主（刘鋹）先至。赐以卮酒。后主疑有毒，泣曰：‘臣承祖父基业，违拒朝廷，劳王师致讨，罪固当诛。陛下既待臣以不死，愿为大梁布衣，观太平之盛，臣未敢饮此酒。’”傅璇琮，徐海荣，徐吉军主编：《五代史书汇编》（8），杭州出版社2004年版，第4202页。

③ 王銍《默记》上：“徐铉归朝，为左散骑常侍，迁给事中。太宗一日问：‘曾见李煜否？’铉对以‘臣安敢私见之’。上曰：‘卿第往，但言朕令卿往相见可矣。’……后主相持大哭，乃坐，默不言，忽长吁叹曰：‘当时悔杀了潘佑、李平。’铉既去，乃有旨再对，询后主何言。铉不敢隐，遂有秦王赐牵机药之事……又，后主在赐第，因七夕命故妓作乐，声闻于外，太宗闻之大怒；又传‘小楼昨夜又东风’及‘一江春水向东流’之句，并坐之，遂被祸云。”《中华野史》编委会编：《中华野史》卷4宋朝卷（上），三秦出版社2000年版，第3461页。

④ 唐圭璋：《唐宋词简释》，人民文学出版社2010年版，第50页。

⑤ 唐圭璋：《屈原与李后主》，《时事新报》（学灯）1943年4月。

美”[①]、唐圭璋说“气魄沉雄，实开宋人豪放一派”[②]，俞氏并对谭献称后主“雄奇幽怨，乃兼而难”（《谭评词辨》评《浪淘沙》）加以申述：“夫雄奇，美之毗于阳刚者；幽怨，美之偏于阴柔者……后主能兼之，何耶？夫亦情深一往使之然，惟其深而不拔，乃郁为幽怨；惟其往而不返也，又突发为雄奇。王静安曰：‘自是人生长恨水长东、流水落花春去也，天上人间，《金荃》《浣花》能有此气象耶？’又曰：‘李重光之词神秀也。’固知古今虽远，赏契非遥……”[③]由“花间”词人和冯延巳等为词所奠定的阴柔幽怨传统，推向兼有雄奇之美，既“神秀”，又有博大气象，在词史上是一次重要突破。至此词在后主笔下出现三大变化：一、角色上由代歌舞女子谱写歌辞或假托男女伤春怨别以寓意，到直接抒写情怀，突现主体精神；二、内容上由写男女之情到写家国之恨和对人生乃至宇宙哲理之推究；三、风格上由偏向于阴柔一路到阴柔与阳刚兼而有之。王国维《人间词话》说“词至后主而眼界始大，感慨遂深，遂变伶工之词而为士大夫之词”，基本上能概括上述变化趋势。

四、词史演进在五代北宋的两次回旋

王国维所说的“变”是由南唐回溯词史发展所得出的结论，但词史往下发展，毕竟未因李煜一人之变就实现了全局性转换，而是经过一番回旋往复。王国维《人间词话》云：“唐五代北宋之词家，倡优也。”宋代开国后，长期安定，商品经济和城市进一步发展，最高统治者提倡臣僚“多买歌儿舞女，日饮酒相欢”。因此适合佐欢侑酒的词，在较长时间内仍然离不开唐五代以来偎红倚翠这个中心。晏殊、欧阳修的词，类似冯延巳，适应上层社会娱宾遣兴的需要；柳永所作，虽体制加长，出现大量慢词，而风格情调则稍近“花间”，适应了都市下层声色娱乐的需要。作者们超越于儿女子情事的另一份心情意绪，在娼优的歌唱中仅能作潜在性的渗透。只有到苏轼，才摆脱“绸缪宛转之态”用以自写襟抱，抒发对社会人生，乃至政治历史的大感慨，具有雄豪的风采和深沉博大的气象。苏轼继李煜之后，把“变伶工之词为士大夫之词”，作了更有力、更全面的推进与拓展。他的作品，自是令人耳目一新。但“大江东去”的吟唱和“人生如梦”的慨叹，跟李煜关于宇宙人生思考，虽情调不同，而同属士大夫结合自身体验，抒写对人生长恨或理想与现实的巨大反差的感受，则是后先一致的。

词史揭示，由伶工之词变为士大夫之词乃是一种历史必然。对于历史的演进，通常习惯于循直线进行思考和认识。把由“花间”词到冯延巳，再到晏殊、欧阳修、柳永，最后出现苏轼，看成一条直线。李煜在其中只不过由于身份特殊，承担了南唐覆亡这种历史悲剧，使其在创作上出现了超前性。似乎是直线上飞出的一根

① 俞平伯：《读词偶得》，《俞平伯全集》（第4卷），花山文艺出版社1997年版，第35页。
② 唐圭璋：《唐宋词简释》，人民文学出版社2010年版，第50页。
③ 俞平伯：《读词偶得》，《俞平伯全集》（第4卷），花山文艺出版社1997年版，第38页。

线头，主干上岔出的另枝，“并不代表演进的一个阶段”[①]。如此，把李煜这样一位在五代成就最高的词人，说成是离开词史演进的偶然现象，未免对历史发展的实际不够尊重。而如果确认词史的演进是螺旋形的，则不妨把南唐词看一个自具完整性的发展过程。当冯延巳和李璟在伶工之词中注入身世感受，给人以多方面联想和感发时，进一步强化作者的主体性，变伶工之词为士大夫现身说法，乃是呼之欲出的。李煜正是在这种趋势下，受环境遭遇影响。迈出了关键性的一步，而并非偶然超前。词到李煜，是完成一轮螺旋形的推进。其后，在北宋社会历史条件下，从晏、欧到苏轼，则是规模更大、更为丰富扎实的又一轮推进。二者既不是直线贯串，也不是简单的重复，而是在“花间”给词体奠定了基础之后，在不同历史阶段的两次螺旋形发展。不把南唐词看成由“花间”到宋词的一段简单过渡，而看成与北宋词发展是两个相继推进的螺旋形，北宋词的主要流程和趋向，在南唐已有了一个初步的预演，这样看似乎更符合实际，也更能使李煜在词史上的地位得到充分的肯定。

[原载《安徽师范大学学报》（人文社会科学版）2000年第3期]

① 叶嘉莹：《王国维及其文学批评》，广东人民出版社1982年版，第450页。

稼轩词的北归及其走向
——兼论元好问在其中的作用

◆胡传志

【关键词】稼轩词；元好问；白朴；耶律铸；王恽

【摘　要】金代后期，部分稼轩词作通过非公开途径传回北国，被元好问推举为北方词坛的新高标。元好问侧重继承稼轩以诗为词、借词流连光景、感慨时事等取向，于稼轩抗金报国情怀不予置评，于稼轩豪放词风亦少有继承。此后，白朴得遗山衣钵，耶律铸侧重借鉴稼轩词咏物、流连光景，失之片面，至王恽始能大力表彰其忠义大节，北方才有了完整意义上的稼轩词。

辛弃疾壮岁满怀理想，由济南率众南下，投奔南宋，从此再也没有回过家乡，然而他的那些词作还是回到了他魂牵梦萦的北方。稼轩南下，给南宋词坛带来重大变革，人所共知，稼轩词北归的情形及意义，学界亦偶有论及[①]。稼轩词如何北归？在南宋灭亡前的北中国将走向何方？还能像在南宋那样产生巨大反响吗？类似问题不仅关系到稼轩词的影响本身，还关系到南北词风交融、元初词学发展等重要方面，值得进一步探讨。

一、稼轩词北归的时间与途径

在元王朝统一中国之前，稼轩词北归，先天性地存在利弊两方面条件。稼轩的北方生活背景，很容易引起金人更多的关注，而抗敌救国的主题，却不适宜在北方传播。于是，在金亡之前，稼轩词的北方传播始终面临这一矛盾，甚至在金亡之后一段时间里，抗金主题仍不惬合金王朝遗民的感情。

稼轩在世期间，南北双方交往不断，我们完全有理由推测，当时稼轩词就可能通过私下途径（人员携带、榷场交易等）传入北方。稼轩的同学党怀英曾经出使过南宋，他不可能不留心稼轩的作为，也完全可能接触到稼轩词，只是现在没有任何材料证明这一点。也许他顾忌到稼轩词的抗金倾向，未便将之公开罢了。

① 赵维江：《金元词论稿》，中国社会科学出版社2000年版，第134页。

现存文献中，最早公开记载稼轩词的是元好问的《遗山自题乐府引》，原文如下：

岁甲午，予所录《遗山新乐府》成，客有谓予者云："子故尝言宋人诗大概不及唐，而乐府歌词过之，此论殊然。乐府以来，东坡第一，以后便到辛稼轩，此论亦然。东坡、稼轩即不论，且问遗山得意时，自视秦、晁、贺、晏诸人为何如？"予大笑，拊客背云："那知许事，且啖蛤蜊。"客亦笑而去。①

甲午为公元1234年，当时金王朝刚刚灭亡。从这段文字来看，稼轩词早已为北方人所知，而且具有与东坡相等的地位。次年成书的刘祁《归潜志》第二次论及稼轩词，可以与元好问之论相发明：

党承旨怀英、辛尚书弃疾，俱山东人，少同舍，属金国初遭乱，俱在兵间。辛一旦率数千骑南渡，显于宋；党在北方，擢第，入翰林，有名，为一时文字宗主。二公虽所趋不同，皆有功业，宠荣视前朝李榖、韩熙载，亦相况也。后辛退闲，有词《鹧鸪天》云："壮岁旌旗拥万夫。锦襜突骑渡江初。燕兵夜娖银胡䩮，汉箭朝飞金仆姑。　　思往事，叹今吾，春风不染白髭须。都将万字平戎策，换得东郊种树书。"盖纪其少时事也。②

上文比较稼轩与其同学党怀英的南北生涯，并且征引稼轩一首回忆早年北方生活的词作，反映出北方文人对稼轩的特殊关注。但文中称稼轩为"尚书""显于宋"之类的"功业"，显然不确，这又透露出刘祁当时对稼轩知之有限，他的介绍可能来自于道听途说，他未必见过完整的《稼轩词》，这意味着此前稼轩词的传播还可能处于半公开半地下的方式。

明确记载得到稼轩词全本的是耶律铸（1221—1285）。《双溪醉隐集》卷六《鹊桥仙》（皇都门外）小序云：

阆州得《稼轩乐府全集》，有《西江月》："而今何事最相宜，宜醉宜闲宜睡。"或曰："不若道'宜笑宜狂宜醉'，请足成之。"

耶律铸是耶律楚材之子，出身名门，聪敏好文，少年得志，他在阆州（今四川阆中）获得《稼轩乐府全集》，读到了过去未能读到的词作，这表明当时北方还没有《稼轩乐府全集》，北方流传的可能只是一些不完整的《稼轩词》。耶律铸何时得到《稼轩乐府全集》？考《元史》卷一四六《耶律铸传》曰：

① 姚奠中主编，李正民增订：《元好问全集》，山西古籍出版社2004年版，第972—973页。

② 刘祁：《归潜志》卷八，中华书局1997年版，第84页。

戊午，宪宗征蜀，诏铸领侍卫骁果以从，屡出奇计，攻下城邑。赐以尚方金锁甲及内厩骢马。乙未，宪宗崩，阿里不哥叛，铸弃妻子，挺身自朔方来归，世祖嘉其忠，即日召见，赏赐优厚。①

据此可知，耶律铸于元宪宗八年（戊午，1258）随宪宗南侵，到达阆州。而阆州为什么会有《稼轩乐府全集》？

从现存文献来看，稼轩词此前有多种刻本，大概有如下几种：一是范开于淳熙十五年（1188）所编，非稼轩词全本，后世称之为《稼轩词》甲集。此后又有人陆续编辑了稼轩词乙集、丙集、丁集。二是岳珂《桯史》卷三《稼轩论词》所提到的"稼轩集"，岳珂引出其序中"解道此句，真宰上诉，天应嗔耳"之语，《桯史》成书于嘉定七年（1214）。三是陈振孙《直斋书录解题》卷二十一著录《稼轩词》一卷，又曰"信州本十二卷"。四是刘克庄（1187—1269）作序的《辛稼轩集》，应该是诗词文合集。刘克庄序应稼轩之孙辛肃之约而作，写作时间不详，据序中"恨余衰惫"之语，应作于其晚年。五是刘辰翁（1232—1297）作序的宜春张清则刊本，刘辰翁序写作时间不详。这些记载中，未见蜀刻本。②耶律铸所见的《稼轩乐府全集》肯定不是范开所编，可能也不是岳珂、刘克庄所说的"稼轩集"，最有可能的是信州本。

稼轩词全本传人蜀地的时间和版本都已不可考，但有一种可能性，就是由其子辛稏带入四川。辛弃疾之子辛稏曾任潼川提刑，据邓广铭先生考证，端平三年（1236）辛稏尚在潼川提刑任上③，而潼川与阆州接壤，耶律铸于阆州得到的《稼轩乐府全集》是否源于辛稏？也未可知。

耶律铸之后，王恽（1227—1304）提及一种"新刻《稼轩乐府》"。《玉堂嘉话》卷五有云：

徒单侍讲与孟解元驾之亦善诵记，取新刻《稼轩乐府》吴子音《前序》，一阅即诵，亦一字不遗。④

徒单侍讲指徒单公履；孟驾之指孟攀鳞（1204—1267）；吴子音，其人不详，其序亦不传。《玉堂嘉话》是王恽追记他中统二年（1261）、至元十四年（1277）两度入翰林院时的见闻，上述轶事一定发生在孟攀鳞去世之前，亦即中统二年之前。所

① 《元史》卷146《耶律铸》，中华书局1976年版，第3465页。乙未，当是己未之误。元宪宗死于该年。中华书局校点本《元史》失校对。

② 棘汉明：《辛弃疾诗词版本研究》，《华中理工大学学报》（社会科学版）2000年第2期，第92—94页。

③ 邓广铭：《辛稼轩年谱》，上海古籍出版1997年版，第169—170页。

④ 王恽：《玉堂嘉话》，中华书局2006年版，第127页。

以，所谓“新刻《稼轩乐府》”一定成书于中统二年（1261）之前不久，它可能是北方第一部稼轩词刻本。这一新刻本与耶律铸自阆州带回的《稼轩乐府全集》相隔时间很近，很可能这一“新刻《稼轩乐府》”就是源于耶律铸带回的《稼轩乐府全集》。王恽又有《感皇恩・与客读辛殿撰乐府全集》词，大概当时《稼轩乐府全集》较为易见。《玉堂嘉话》卷二《辛殿撰小传》又称“今文集中寿南涧翁者”[①]，抑或还另有一“文集”？

从上文我们可以得出以下推断：早在金末或更早的时候，稼轩词就通过非公开途径传入金国，至金末已广为人知，但受金政权官方意识的制约，表面反响不大。金亡之后，人们公开称赞稼轩词，耶律铸于1258年在阆州带回《稼轩乐府全集》，紧接着北方有了新刻本《稼轩乐府》。至此，稼轩词的文本才完整地回归到北方。

二、元好问树立的新高标

南宋赵文说辛弃疾，“跌荡磊落，犹有中原豪杰之气”[②]。的确，稼轩是典型的北方人，北方豪杰的性格，北方豪杰的词作风格，于北方有一种天然的亲切感。杰出的词学成就，足以让北方人引以为豪。他的词一回到北方，很快就被树为词坛新标志。金源最杰出的词人元好问首先表现出对这位北方游子词作的高度推崇，并开启稼轩词传播与南宋不同的北国新走向。

在上文所引《遗山自题乐府引》中，元好问借他人之口，充分肯定稼轩词，明确将辛弃疾与苏轼并列，实际上是将稼轩词推向了词坛的最高位置。苏、辛并称，虽然不是遗山首倡，但在北方却始于遗山[③]，元好问的观点，有足够强大的号召力，其意义仍很显著。对于如何评价自己的词，元好问以“那知许事，且啖蛤蜊”这种王顾左右而言他的答话，意味深长，表明他一方面不愿与秦观、晁补之、贺铸、晏几道等人为伍，隐然以稼轩词为自期，以稼轩为目标；另一方面也表明稼轩这一目标太高，自己不便公然自比稼轩。元好问推举稼轩，其主要意义不在于提高稼轩词的地位，因为没有元好问，稼轩词同样具有很高的地位。更值得我们探讨的是，元好问推举稼轩的真正内涵是什么？

一般来说，稼轩词最突出的特征有两个，一是强烈的抗金救国情怀，二是豪壮词风。那么，元好问推举的是不是这两个主要特征呢？

身为金王朝臣民，元好问自然不可能接受稼轩抗金救国的政治倾向，但可以继承其爱国精神和昂扬斗志，尤其是在金末危亡之际，稼轩词的借鉴意义更加突显。可是，即使在金末危亡之秋，也没有材料表明，元好问承续其爱国思想，将之转化为反抗蒙古侵略的爱国言行。稼轩词最重要的爱国思想和战斗精神，几乎没有对元

---

① 王恽：《玉堂嘉话》，中华书局2006年版，第64页。
② 赵文：《青山集》卷二《吴山房乐府序》，文渊阁四库全书本。
③ 赵维江：《金元词论稿》，中国社会科学出版社2000年版，第135—136页。

好问构成影响。可以肯定，元好问不是在爱国思想层面来推举稼轩词。

而作为稼轩词另一突出特征的豪壮词风，出人意料，也没有得到元好问这位并州豪杰的特别看重，最直接的表征是遗山词中的豪壮之作很少。南宋张炎最先指出元好问词风与其推崇稼轩词态度之间的矛盾：

元遗山极称稼轩词，及观遗山词，深于用事，精于炼句，有风流蕴藉处不减周、秦，如《双莲》《雁邱》等作，妙在模写情态，立意高远，初无稼轩豪迈之气，岂遗山欲表而出之，故云尔？①

张炎所说的《双莲》指《摸鱼儿》（问莲根有丝多少），《雁邱》指《摸鱼儿》（问人间情是何物）。这段文字有些不确切之处，所举两首情词只是遗山词风的一个方面，不是其主导词风，况且这两首情词与稼轩词在风格上仍有相通之处。元代陶宗仪就说这两首词“堪与苏子瞻《念奴娇》、辛幼安《摸鱼儿》相颉颃”（《历代词话》卷九引），但张炎关于遗山词缺少“稼轩豪迈之气”的大判断是正确的。可惜张炎见其表面，未能深入底蕴，探个究竟，以为元好问只是口头上称许稼轩而已，再次误解了元好问。对元好问学稼轩却又不能豪迈，况周颐有着精辟独到的论析：

遗山之词，亦浑雅，亦博大，有骨干，有气象。以比坡公，得其厚矣，而雄不逮焉者。豪而后能雄，遗山所处，不能豪，尤不忍豪。牟端明《金缕曲》云：“扑面胡尘浑未扫，强欢讴，还肯轩昂否？”知此,可与论遗山矣……（遗山）晚岁鼎镬余生，栖迟薔落，兴会何能飙举？知人论世，以谓遗山即金之坡公，何遽有愧色耶？充类言之，坡公不过逐臣，遗山则遗臣孤臣也。②

从遗山所处时代和个人经历来看，他都不可能像苏、辛那样豪迈，尤其是“不忍豪”。千载之下，况氏堪称遗山知音。正因为此，遗山与南宋人、与后代学者的普遍认识不同，他于稼轩不取其豪迈词风。这是遗山的特异之处。元好问是金元词坛发展的关键人物，他的这种取向影响了一代风气。金元词坛虽不乏豪放词风，但并没有形成类似南宋刘过、陈亮等人组成的豪壮词派。金元词坛的豪放词风远弱于南宋词坛，应该与遗山这一导向相关。

元好问于稼轩词，既不取其爱国倾向，又不取其豪壮词风，那么又推重稼轩什么呢？

还是让我们再看看他的《遗山自题乐府引》。该文以“世传乐府多矣”开头，然后连续引用黄庭坚《鹧鸪天》（西塞山边）和陈与义两首《临江仙》（“忆昔午桥桥下饮”“高咏楚辞酬午日”），作为正面例子，随后予以分析：

---

① 张炎：《词源》卷下，《词话丛编》本，中华书局1986年版，第267页。

② 况周颐：《蕙风词话》，《词话丛编》本，中华书局1986年版，第4464页。

如此等类，诗家谓之言外句，含咀之久，不传之妙，隐然眉睫间，惟具眼者乃能赏之。古有之人莫不饮食，鲜能知味，譬之羸牸老羝，千煮百炼，椒桂之香逆于人鼻，然一吮之后，败絮满口，或厌而吐之矣。必若金头大鹅，盐养之再宿，使一老奚知火候者烹之，肤黄肪白，愈嚼而味愈出，乃可言其隽永耳。①

他喜欢黄庭坚、陈与义上述词作，是因为这些词具有诗一样的言外之意，具有难以言说、愈嚼愈有味的不传之妙。这是以传统的诗学眼光来看待词，体现其以诗论词的观念。在这种观念下，他当然会赞赏苏、辛等人以诗为词的取向和词中的士大夫情怀。

时隔20年，元好问在《新轩乐府引》中重申了他的这一词学观念，对苏轼以来以诗为词一路词人的优长作了补充阐释：

唐歌词多宫体，又皆极力为之。自东坡一出，情性之外不知有文字，真有“一洗万古凡马空”气象。虽时作宫体，亦岂可以宫体概之？……自今观之，东坡圣处，非有意于文字之为工，不得不然之为工也。坡以来，山谷、晁无咎、陈去非、辛幼安诸公俱以歌词取称，吟咏情性，流连光景，清壮顿挫，能起人妙思，亦有语意拙直，不自缘饰，因病成妍者，皆自坡发之。②

元好问赞赏苏轼、黄庭坚、晁补之、陈与义、辛弃疾这一派诗人，赞赏的是他们“吟咏情性，流连光景，清壮顿挫，能起人妙思”。

“吟咏情性，流连光景”，事关词体抒怀言志的功能。稼轩在创作中确实做到了这一点，将自己的悲欢愁苦一寓于词，如他自己所说：

我辈从来文字饮，怕壮怀激烈须歌者。（《贺新郎》）

长恨复长恨，裁作《短歌行》。何人为我楚舞，听我楚狂声。（《水调歌头》）

富贵何时休问，离别中年堪恨，憔悴鬓成霜。丝竹陶写耳，急羽且飞觞。（《水调歌头》）

稼轩门人范开《稼轩词序》更明确地说：“（稼轩）果何意于歌词哉，直陶写之具耳!”稼轩将词当成“陶写之具”，实出无奈，后人对此也有深刻的理解。《词苑丛谈》卷四引周雪客（梨庄）之语：“辛稼轩当弱宋末造，负管、乐之才，不能尽展其

① 姚奠中主编，李正民增订：《元好问全集》，山西古籍出版社2004年版，第972页。
② 姚奠中主编，李正民增订：《元好问全集》，山西古籍出版社2004年版，第764—765页。

用，一腔忠愤，无处发泄……观其与陈同父抵掌谈论，是何等人物！故其悲歌慷慨，抑郁无聊之气，一寄之于词。”[①]元好问身逢末世，与稼轩如出一辙，也将词当成陶写之具，借词来流连光景，排忧解愁。他在《如庵诗文序》中引用几句完颜踌词，然后说古今诗人常常以诗“吟咏情性，留连光景”，诗歌“自当为缓忧之一物”。他在《新轩乐府引》中，叙述自己读张胜予《新轩乐府》的体会：

予与新轩臭味既同，而相得甚欢。或别之久而去之远，取其歌词读之，未尝不洒然而笑，慨焉以叹，沉思而远望，郁摇而行歌，以为玉川子尝孟谏议贡余新茶，至“四碗发轻汗”时，“平生不平事，尽向毛孔散”，真有此理！[②]

元好问读词读出这种快感，显然这位张胜予也是在词中自由抒发人生的忧乐感慨，也是以词为陶写之具，所以二人“臭味既同，而相得甚欢”。在《新轩乐府引》最后一段，元好问进一步旗帜鲜明地鼓吹这一思想：

予谓屋梁子言：“子颇记谢东山对右军哀乐语乎？‘年在桑榆，正赖丝竹陶写，但恐儿辈觉，损此欢乐趣耳！’东山似不应道此语。果使儿辈觉，老子乐趣遂少减耶？”[③]

与谢安不同，他不仅要以词为个人的陶写之具，而且还要与众人分享其哀乐，可见其态度之坚定。

在实际创作中，元好问贯彻了他的这一思想。“揄扬新声，以写恩怨”[④]。只是他所写的恩怨、陶写性情的范围不及稼轩宽广，悲歌慷慨的力度也不如稼轩强劲，但他强化了易代之际的沉痛、感伤、无奈。况周颐《蕙风词话》卷三说得颇中肯：“元遗山以丝竹中年，遭遇国变，崔立采望，勒授要职，非其意旨。卒以抗节不仕，憔悴南冠二十余稔。神州陆沉之痛，铜驼荆棘之伤，往往寄托于词。”[⑤]如下引两首《鹧鸪天》，备受后代词评家称道：

临锦堂前春水波，兰皋亭下落梅多。三山宫阙空瀛海，万里风埃暗绮罗。　云子酒，雪儿歌。留连风月共婆娑。人间更有伤心处，奈得刘伶醉后何。

华表归来老令威，头皮留在姓名非。旧时逆旅黄粱饭，今日田家白板扉。　沽酒市，钓鱼矶。爱闲真与世相违。墓头不要征西字，元是中原一布衣。

① 王百里：《词苑丛谈校笺》，人民文学出版社1988年版，第250页。

② 姚奠中主编，李正民增订：《元好问全集》，山西古籍出版社2004年版，第765页。

③ 姚奠中主编，李正民增订：《元好问全集》，山西古籍出版社2004年版，第766页。

④ 脱脱：《金史》，中华书局1987年版，第2742页。

⑤ 况周颐：《蕙风词话》，唐圭璋编：《词话丛编》，中华书局1986年版，第4463页。

前首词可能作于金亡之后凭吊金王朝中都故宫之时①。词中感慨时事变易，上片以春水、春花衬托故宫之寥落荒芜，下片以美酒佳人反衬无法消解的伤痛。况周颐称此词“蕃艳其外，醇至其内，极往复低徊、掩抑零乱之致”②。后首词作于金亡之后回乡之际，历经沧桑，再回首过去梦想，感慨良多。词中以乡村生活抒写旷达而无奈的情怀和期盼归隐的愿望。类似词作继承了陈与义、辛弃疾词中沧桑感慨和人生况味，陈廷焯认为上引第一首词“苍茫雄肆，竟似稼轩手笔”，第二首词“又迫于稼轩”③，这种相似主要源于一种深沉复杂、意在言外的苍凉况味，这是新的时代赋予以诗为词的新特质。

总之，元好问推举稼轩，重点是以诗为词、以词陶钧性灵的词学观念，以词感慨社会人生的内容取向和清壮顿挫的词风。他虽然认识到了稼轩词的崇高地位，却没有全面继承稼轩词的传统，尤其是放弃了爱国思想，弱化了豪壮词风，稼轩词在北中国就不可能再激起洪钟巨响。《四库全书总目》卷一九九《蜕岩词》提要曾说：“白朴所宗者，多东坡、稼轩之变调。”④如果我们以抗敌救国的豪放词为稼轩词的主旋律，那么，或许也可以说，元好问所宗，也是稼轩词之变调。

三、遗山之后的变迁

元好问之后，能够传其衣钵的是其弟子白朴（1226—1306?）。白朴之父白华与元好问是世交，汴京城破时，白华将年仅八岁的白朴托付给元好问。白朴自幼得元好问抚养指授，逐渐成了后辈中的翘楚。元好问赠诗称“元白通家旧，诸郎独汝贤”⑤。除了在戏曲方面的卓越成就之外，白朴在词的创作方面，也能承其师业。《四库全书》高调赞扬白朴词，“其学出于元好问，而词则有出蓝之目，足为倚声家正宗。”现存《天籁集》二卷。前有王博文至元二十四年（1287）所作之序，序称：“乐府始于汉，著于唐，盛于宋，大概以情致为主，秦、晁、贺、晏虽得其体，然哇淫靡曼之声胜，东坡、稼轩矫之以雄词英气，天下之趋向始明。”⑥可见，白朴继承的主要是东坡、稼轩、遗山这一路传统。这些作品多半写于他55岁（1280）移居金陵之前⑦。下引《水调歌头》词，比较典型地反映了他的词学渊源：

予儿时在遗山家，阿姊尝教诵先叔《放言》古⑧，今忽白首，感念之余，赋

① 赵永源：《遗山乐府校注》，凤凰出版集团2005年版，第350页。

② 况周颐：《蕙风词话》，唐圭璋编：《词话丛编》，中华书局1986年版，第4464页。

③ 陈廷焯：《词则·放歌集》卷三，赵永源：《遗山乐府校注》，凤凰出版集团2005年版，第350、397页。

④ 永瑢，等：《四库全书总目》，中华书局1987年版，第1822页。

⑤ 白朴：《天籁集》卷首，文渊阁四库全书本。

⑥ 白朴：《天籁集》卷首，文渊阁四库全书本。

⑦ 赵维江：《金元词论稿》，中国社会科学出版社2000年版，第246—363页。

⑧ 此处疑有脱误。

此词云。

韩非死孤愤，虞叟坐穷愁。怀沙千古遗恨，郊岛两诗囚。堪笑井蛙裈虱，不道人生能几，肝肺自相仇。政有一朝乐，不抵百年忧。　叹悠悠，江上水，自东流，红颜不暇一惜，白发忽盈头。我欲拂衣远行，直上崧山绝顶，把酒劝浮丘。藉此两黄鹄，浩荡看齐州。

该词隐括元好问诗歌《放言》而成，称元好问为“先叔”，可知该词作于元好问辞世（1257）之后。于人生方面，他与遗山有同感，感慨人生之短暂虚幻，于风格方面也保持了原诗豪放飘逸的风格。遗山原诗风格颇近李白、苏轼，在遗山诗中属于别调。白朴将诗隐括为词，接近苏、辛一路作风。

白朴“幼经丧乱，仓皇失母”[①]，真切地体会到亡国之痛，所以他的有些词作寄寓了深沉的历史兴亡之感，如《石州慢·丙寅九日，期杨翔卿不至，书怀用少陵诗语》：

千古神州，一旦陆沉，高岸深谷。梦中鸡犬新丰，眼底姑苏麋鹿，少陵野老，杖藜潜步江头，几回饮恨吞声哭。岁暮意何如，怯秋风茅屋。　幽独，疗饥赖有楚萍，暖老尚须燕玉[②]。白壁微瑕，谁把闲情拘束。草深门巷，故人车马萧条，等闲瓢弃樽无绿。风雨近重阳，满东篱黄菊。

该词作于至元三年（1266），当是作者游历汴京金源故宫而作。作者大量化用杜诗语言，抒发其陵谷变迁之慨，沉郁顿挫，接近稼轩一路。

白朴之后，喜爱、熟悉稼轩词的是契丹族文人耶律铸（1221—1285）。他虽然生于金末，但其父亲耶律楚材早已归顺蒙古，蒙古灭金，不会引发他多少亡国之痛。所以，他喜欢稼轩，就不同于元好问等人。他的《雪赋》两次引用稼轩的咏雪词，并在小注中予以注明：第一次是在“伟天上之飞琼”下自注曰：“天上飞琼，稼轩咏雪词中语也。”所引稼轩语出自《满江红·和范先之咏雪》。第二次是在“麾玉鸾为羽扇”之后注云：“稼轩和人观雪：造物故豪纵，千里玉鸾飞。”[③]所引稼轩语出自《水调歌头·和王正之右司吴江观雪见寄》。耶律铸《雪赋》化用前人语言和掌故的地方还有很多，都没有出注，他特意注出稼轩词句，固然说明作者对稼轩词之熟悉，说明还有很多其他人不熟悉稼轩词，同时又可见出作者的侧重点是注意稼轩词咏物之工。

耶律铸还有两首直接因稼轩词引发的作品。一首是诗歌《饮凤凰山醉仙洞，有

---

① 王博文：《天籁集序》，白朴《天籁集》卷首。

② “疗饥”二句，《全金元词》第642页作：“疗饥赖有，商芝暖老，尚须燕玉。”误。参见徐凌云：《天籁集编年校注》，安徽大学出版社2005年版，第13页。

③ 耶律铸：《双溪醉隐集》卷一，文渊阁四库全书本。

歌稼轩"郑国正应求死鼠，叶公元不好真龙"〈瑞鹧鸪〉者，因为赋此》：

凤凰山色媚芳尘，不著诗仙写不真。灵境爱饶花气味，老怀欣辨酒精神。　　烟霞里面长春洞，天地中间独醉人。未读《离骚》唯痛饮，可凭谁说与灵均。

题中所引稼轩词句出自《瑞鹧鸪·乙丑奉祠归，舟次余干赋》：

江头日日打头风，憔悴归来邴曼容。郑贾正应求死鼠，叶公岂是好真龙？　　孰居无事陪犀首，未办求封遇万松。却笑千年曹孟德，梦中相对也龙钟。

该词不是稼轩名作，作于开禧元年（1205），内容是感慨人生的无常与荒诞，用典很多，不适宜一般歌女演唱。耶律铸诗题中的歌者，疑是士大夫。其诗侧重赋写饮酒情形，自嘲没有真正领会到诗人和名士的精神境界，类似郑贾买璞、叶公好龙。其本事欠详，与稼轩词句的关联，虽已不甚清晰，但可以肯定的是，稼轩词引发出耶律铸等人对自己生活的反思，也就是说，耶律铸等人承续了稼轩词的人生思考。他的另一首《鹊桥仙》词也是在人生态度层面与稼轩词构成关联，词如下：

阆州得《稼轩乐府全集》，有《西江月》："而今何事最相宜，宜醉宜闲宜睡。"或曰："不若道'宜笑宜狂宜醉'，请足成之。"

皇都门外，玄都观里，露井树傍歌意。先生凭甚作生涯，只嘲柳嘲桃嘲李。　　酒龙歌凤，莫相回避。就取逢场作戏，且听人劝要推移，更宜笑宜狂宜醉。（古歌词：桃生露井上，李生桃树傍。虫来啮桃根，李树代桃僵。）

该词当作于元宪宗八年（1258），或此后不久，序文所引稼轩词句出自《西江月·示儿曹，以家事付之》：

万事云烟忽过，百年蒲柳先衰。而今何事最相宜，宜醉宜游宜睡。　　早趁催科了纳，更量出入收支。乃翁依旧管些儿：管竹管山管水。

该词作于稼轩晚年，抒写其颓放旷达情怀。耶律铸特意引出"而今何事最相宜，宜醉宜闲宜睡"之句，可见他很喜欢这两句所表达的闲适生活。他听从别人的建议，将"宜醉宜闲宜睡"改为"宜笑宜狂宜醉"，表达的依然是及时行乐的人生观，多出了青年人的激情和外向，却少了老者的悠游、闲达和超逸。虽略有差异，但人生旨趣则大体相同。

耶律铸以上三首作品标志着稼轩词的影响出现了新的变化。早期元好问词中的那种时代鼎革的苍凉感慨、沉郁顿挫渐渐淡出，后来文人更加注重稼轩词两个侧面，一是咏物，二是流连光景，感叹人生。与此相关，词风也相应地变得疏放旷适。元初胡祗遹老来消遣，将稼轩词与陶诗并列，“作文写字与吟诗，老去情怀总不宜。读易一篇无所咏，渊明诗句稼轩词”[①]，他看中的也是稼轩的闲适。

应该说，耶律铸的这种导向，从内容到风格，都越来越偏离稼轩词的特质，好像稼轩只是一个没有理想的隐逸词人。其实，稼轩原本是一位英雄豪杰，怀才不遇，不得已才成了词人。豪杰本色尤其是报国理想，始终是稼轩其人其词的精髓。偏离这一点，就是将稼轩片面化。当年元好问推举稼轩，对稼轩其人，未予置评，是有不得已的难处。站在金人的立场上，稼轩抗金复国的言行与元好问的故国之思相冲突，他不可能称道其救国之举。所以，他搁置其抗战爱国的主题，转而喜欢其“吟咏情性，留连光景，清壮顿挫，能起人妙思”，包括感慨历史兴亡、抒发故国之思。而耶律铸没有遗山那种亡国之悲，仅从流连光景角度接受稼轩，未免陷入片面。

好在稼轩的主导面不会埋没，永远光芒四射。早在金亡之初，刘祁就称赞其“功业”。受业于元好问的王恽就特别注重稼轩的为人。他的《感皇恩·与客读辛殿撰乐府全集》，写他读辛词的全新感受：

> 幽思耿秋堂，芸香风度。客至忘言孰宾主。一篇雅唱，似与朱弦细语。恍疑南涧坐，坐挥谈麈。　　霁月光风，竹君梅侣。中有新亭泪如雨，力扶王略，志在中原一举。丈夫心事了，惊千古。

上片写读辛词的陶醉情状，下片评价稼轩的高洁人品和伟大理想，刚健简劲，感人肺腑。该词写作时间不详，味词中口气，似是刚得到《稼轩乐府全集》之后所作，亦即前文所说“新刻稼轩乐府”之后（1261年）不久。王恽的立足点显然要高于元好问等人。元统一中国之后，王恽又作《辛殿撰小传》，侧重记载其抗战主张及相关轶事。他的《过稼轩先生墓》五首，仍着眼于稼轩的忠义大节：

> 青铜三百了时文，大节知公在致君。朝野不应传乐语，六宫春动郁金裙。
> 相秦审势不明理，坐使炎兴失远图。力主备边信大义，先生真是孔明徒。
> 遗编三复美芹辞，睿眷曾蒙孝庙知。黄壤不埋忠义气，至今烟草见蟠螭。
> 老徽北狩七陵空，奉命南来见匪躬。谁遣庙谟空坐老，一椽精舍带潮东。
> 招提遗像见英材，乔木秋风过客哀。通历纵令追削尽，叠山文是汉云台。[②]

① 胡祗遹：《此兴准备挂冠后西郊草堂以悦闲适》，《胡祗遹集》卷七，吉林文史出版社2008年版，第201页。

② 王恽：《秋涧集》卷三十一，文渊阁四库全书本。

王恽抓住稼轩一生最重要的抗敌才干和主张，也是稼轩词中最宝贵的爱国精神，给予极高的评价，他的这些言论纠正了元好问以来重词轻人的倾向，至此北国才有了完整意义的稼轩词。

综上可见，在元王朝统一之前，稼轩词在北中国的反响不及南宋那么强烈，究其原因，主要是稼轩词的抗敌倾向宜南不宜北。舍去恢复故国这一核心，稼轩词的很多方面就失去了依附。但稼轩以诗为词、以词陶写性情的观念，挥洒自如、随手所欲等写法，通过元好问等人的传播而深入人心，从而推动了金末元初南北词风的融合。

[原刊《安徽师范大学学报》(人文社会科学版) 2007年第5期]

弱势外交下的宋代使金词

◆彭国忠

【关键词】弱势外交；屈辱；宋词；使金词

【摘　要】弱势外交下的宋代使金词，缺少宏大叙事，而多个人书写，主要抒发使者羁旅孤寂之感、佳节为客之愁、岁月流逝之叹、北方的荒寒之感，表达他们对故国繁华与文明的追忆，对访梅赏花的回忆与渴望，以及家山乡关之思。与居者的和作、送行词相比，使金词整体缺失慷慨意气。

南宋严羽有云："唐人好诗，多是征戍、迁谪、行旅、离别之作，往往能感动激发人意。"[①]其实，征戍、迁谪、行旅、离别这些题材，不限于唐诗，历代皆有好作品流传。北、南两宋，与契丹辽、西夏李、女真金、蒙古元、高丽等国地理相接，免不了与之交往，使者相互往来频繁，属于征戍题材范畴的出使诗词遂成为一道独特风景。宋词中，韩缜《凤箫吟》（锁离愁），为使辽之作[②]；刘一止《望明河》（华旌耀日），题云"赠路侍御使高丽"，乃涉及出使高丽之作。但相比出使金国之作，出使其他国家之词数量少，特色亦不甚明显。宋代使金词，因为宋与金军事、外交、文化传统等的不平衡，而独具一格。

引言：行人的使命与命运

金国自公元1115年立国，1127年灭北宋，至1234年灭亡，在与宋政权对峙110年的历史中，虽然两国时战时和，但是它对宋的军事、外交一直处于强势。相反，宋政权（主要是南宋）虽然在疆域面积、资源、文化上等占据优势，但在军事、外交上则处于劣势、弱势。两国之间的关系，开始即为伯侄，后来改为叔侄，最后又改为伯侄。无论伯侄还是叔侄，宋始终是侄，低金一辈、一等。宋代帝王接受金国国书，须起立以示尊重。根据《金史・交聘表》的记载，宋人使金名目有：

① 郭绍虞：《沧浪诗话校释》，人民文学出版社1983年版，第198页。

② 清代沈雄《古今词话》卷上引《乐府纪闻》："元丰中，韩缜出使契丹，分割地界。韩有姬与别，姬作《蝶恋花》云……韩作芳草词别云……"唐圭璋主编：《词话丛编》，中华书局1986年版，第776页。

谢赐河南地、归父丧、迎护梓宫、乞罢兵、进誓表、谢归丧及母韦后，奉表祈请山陵地，岁时贡献，贡方物，谢赐戒谕，告哀，进帝、后遗献，谢吊祭，通问使奉国书及誓书，报谢，吊祭，报嗣位，皇太后吊祭使、读祭文，以书币乞和，纳款，请增岁币，改叔侄为伯侄，减岁币，要求平易，奉书申请，等等。最频繁的活动有三种，一是常规性的、几乎每年都发生的节日庆贺：正旦、万春节，后于金卫绍王大安元年（宋嘉定二年，1209）、二年，增加贺万秋节；二是贺金帝尊号（加上尊号），后于金宣宗贞祐三年（宋嘉定八年，1215）至兴定元年（宋嘉定十年），增加贺长春节；三是贺金帝生辰，贺即位、贺登位。尽管金国于淳熙十一年（1184）十一月甲午诏："上京地远天寒，行人跋涉艰苦，来岁宋国正旦、生日，并不须遣使。"但宋政权焉敢不遣使相贺，所以，次年，照旧贺正旦、贺生日[①]。而《宋史》所载宋人出使名目，远比《金史·交聘表》繁杂，且多带有屈辱性。《宋史·高宗一》有靖康元年（1126）春正月遣使事，"朝廷方遣同知枢密院事李棁等使金，议割太原、中山、河间三镇，遣宰臣授地"；二月，"遣给事中王云使金，以租赋赎三镇地"[②]。《高宗纪五》：绍兴五年（1135）五月辛巳，"遣何藓等奉使金国，通问二帝"[③]；《高宗纪七》：绍兴十六年，"九月甲戌，命何铸等为金国祈请使，请国族"[④]；《高宗九》：绍兴三十一年夏四月，"辛未，遣周麟之使金贺迁都"[⑤]。《孝宗纪》：隆兴二年（1164）十一月，"丙申，遣国信所大通事王抃持周葵书如金帅府，请正皇帝号，为叔侄之国；易岁贡为岁币，减十万；割商、秦地；归被俘人，惟叛亡者不与；誓目大略与绍兴同"[⑥]，等等。

具体交往中，这种不平等也有所体现。书仪上，"自渡江后，北使往来，皆传其国之御名、庙讳，而本朝止传帝名。又北使与馆客往来文牒，皆以花字代书名。隆兴再和，未之有改。"甚至对高宗"称帝名而不称庙讳"；"旧例，宰执亲为金使除馆，且以三衙卫士给役。乾道元年，虞并父执政始革之。又岁赐虏使金银器皿，文思院造成，先令工部长贰临视，版曹继之，次赴都亭驿，中使点集，复赍诣宰执遍阅，然后进呈。"[⑦]双方互赠礼物上："自和戎后，虏人正旦馈上金酒器六事，法碗一，盏四，盘一。色绫罗纱縠三百段，马六匹。生辰，珠一袋，金带一条，衣七对，箱一，合色绫罗五百段，马十匹。而金主生辰、正旦，朝廷皆遗金茶器千两，银酒器万两，锦缯绮千匹云。"[⑧]在这种不平等外交关系下，宋使者出使金国，普遍有一种屈辱、悲愤、伤痛的心态。南宋词人张孝祥"冠盖使，纷驰骛，若为情"

① 脱脱，等：《金史》，中华书局1975年版，第1444页。
② 脱脱，等：《金史》，中华书局1975年版，第439—440页。
③ 脱脱，等：《金史》，中华书局1975年版，第520页。
④ 脱脱，等：《金史》，中华书局1975年版，第565页。
⑤ 脱脱，等：《金史》，中华书局1975年版，第600页。
⑥ 脱脱，等：《金史》，中华书局1975年版，第625页。
⑦ 李心传：《建炎以来朝野杂记》，中华书局2000年版，第696—697页。
⑧ 李心传：《建炎以来朝野杂记》，中华书局2000年版，第96页。

（《六州歌头》）的词句，可谓喊出了所有使者或者所有宋人心底的呼声。

据记载，宋廷对使金之人予以一定物质优待："自绍兴以来，朝廷每遣使往北境贺生辰、正旦，使、副及三节人从往还皆迁一官资。上、中节各十人，下节三十人，并不许白身。使赐装钱千缗，副赐八百缗，银帛各二百两匹。上节银帛共三十，中节二十五，下节一十五。三节人俸外，日给五百钱，探请俸二月。十八年，诏钱赏各减半。若非泛遣使，则如旧。"[①]但这种奖励、补助，并不能驱逐使者对出使命运的担忧。尽管使金之人回国后命运不一，有人获得很大的社会声誉，有人职位升迁，但是，使金而死之者，亦不乏其人。《宋史·欧阳珣传》："金人犯京师，朝议割河北绛、磁、深三镇地讲和，（珣）率其友九人上书，极言祖宗之地尺寸不可以与人。及事急，会群臣议，复抗论当与力战，战败而失其地，它日取之直；不战而割其地，它日取之曲。时宰怒，欲杀珣。乃遣珣奉使割深州。珣至深州城下，恸哭谓城上人曰：'朝廷为奸臣所误至此，吾已办一死来矣，汝等宜勉为忠义报国。'金人怒，执送燕，焚死之。"[②]这是被金人杀害者。《宋史·张邵传》："子……孝曾，后亦以出使，殁于金。金人知为邵子，尚怜之。"[③]《宋史全文》卷二九：嘉泰四年九月，"壬午，遣大理少卿张孝曾贺金国正旦。"[④]《金史·交聘表下》："泰和四年，正月乙丑朔，宋试吏部尚书张孝曾、容州观察使林伯成贺正旦。丁丑，张孝曾回至庆都县卒。"[⑤]这是卒于出使回国途中者。此外，还有出使被扣留不归者，如宇文虚中等；还有出使被扣留15年始放还者如张邵、洪皓等。

不死于金人之手，亦不死于途中，亦不被扣留，而是侥幸按时回国，但在回国之后，遭遇责罚、贬谪、被辱骂者亦大有人在。如洪皓使金，留滞其地十五年，坚拒任职于刘豫、金，回来后以忠义闻，但忤秦桧意，"南谪岭表九年"，而终不得志。后其子适、迈亦使金，迈使金回，无功，连带其父并遭太学生作词辱骂："洪景卢奉使，其父忠宣尝荐之。景卢为金困辱而归，太学诸生作词云：'洪迈被拘留，垂哀作楚囚（"作楚囚"作"告彼酋"）。七日忍饥犹不耐，堪羞。苏武曾经十九秋。　　厥父既无谋。厥子安能解国忧。万里归来夸舌辨，村牛。好摆头时不摆头。'盖洪好摇头也。"[⑥]据罗大经《鹤林玉露》丙编卷三："绍兴辛巳，（完颜）亮既授首，葛王篡位，使来修好。洪景卢往报之。入境，与其接伴约用敌国礼；伴许诺。故沿路表章，皆用在京旧式。未几，乃尽却回，使依近例易之。景卢不可。于是扃驿门，绝供馈，使人不得食者一日。又令馆伴者来言，顷尝从忠宣公学，阳吐情实，令勿固执，恐无好事，须通一线路乃佳。景卢等惧留，不得已，易表章授之，供馈乃如礼。景卢素有风疾，头常微掉，时人为之语曰：一日之饥禁不得，苏

① 李心传：《建炎以来朝野杂记》，中华书局2000年版，第98页。
② 脱脱，等：《金史》，中华书局1977年版，第13209页。
③ 脱脱，等：《金史》，中华书局1977年版，第11557页。
④ 佚名：《宋史全文》，李之亮校注，黑龙江人民出版社2005年版，第2048页。
⑤ 脱脱，等：《金史》，中华书局1977年版，第1472—1473页。
⑥ 潘永因：《宋稗类钞》，书目文献出版社1985年版，第521页。

武当年十九秋。传语天朝洪奉使，好掉头时不掉头。”[1]洪迈在遭到金人刁难、恐吓后，未能以气节自守，被嘲讽自当其理，但牵连其父洪皓，未免过当。词人郑域随张贵谟使金，其《念奴娇·戊午生日作》有云：“嗟来咄去，被天公、把做小儿调戏。蹀雪龙庭归未久，还促炎州行李。不半年间，北胡南越，一万三千里。征衫著破，著衫人、可知矣。”[2]可见，他是归国未久即被贬谪到岭南。相比朝廷的奖励、物质补助，声名、性命可能招致的危险更大。故使金，无论从使命看，还是从使者命运看，在宋人都已成为一项艰辛的心灵磨难：抗节以对金人者，可建立功勋获得良好声名，但也容易遭遇不测；无功而返者，易于遭受社会人群的指责与朝廷的贬谪。可谓进退维谷，凭依失据。这导致多数行人视使金为畏途，他们满怀忧愁，难以振拔，难以高歌慷慨，激情澎湃；甚至不求有功，但求平安还家。

一、羁旅客愁与荒寒之感

宋代使金词，整体上缺少宏大叙事，只有极少数的几首词涉及时局与国事，主要内容都是个人书写，其情感基调是悲愁忧伤交加。这可以从如下几方面认识。

（一）羁旅孤寂之感

出使异域金国，就行人而言，羁旅行役产生的孤独、寂寞之感，最为难堪。欧阳珣《踏莎行》云：“孤馆灯残，小楼钟动。马蹄踏破前村冻。”旅馆孤独，灯火将灭未灭，早起的词人骑马走向前村，孤独不只在旅馆，也在早行、在征途中。胡松年《石州词》之一云：“月上疏帘，风射小窗，孤馆岑寂。一杯强洗愁怀，万里堪嗟行客”，“役役。马头尘暗斜阳，陇首路回飞翼。”疏帘残月，独自在寂静的馆舍里强饮，以驱遣愁怀；万里路程，尘土遮蔽马头，陇头的路崎岖难行，斜阳半吐仍在赶路。之二云：“正是荒城落日，空山残月。一尊谁念我，苦憔悴天涯、陡觉生华发。”面对荒城落日，面对空山残月，天涯憔悴之感，笼罩着词人。曹勋《玉蹀躞·从军过庐州作》：“黯无绪。匹马三游西楚。行路漫怀古。可惜风月，佳时尚羁旅。”良辰美景，古来难得，词人却在羁旅中度过，怎能不黯然无绪？曾觌《金人捧露盘·庚寅岁春奉使过京师感怀作》写道：“塞笳惊起暮天雁，寂寞东风。”寂寞的不是东风，也不是暮天寒雁，真正寂寞的是词人自己。范成大《水调歌头·燕山九日作》道：“寥落桑榆西北，无限太行紫翠，相伴过芦沟。岁晚客多病，风露冷貂裘。”平日里被当作“江山之助”的这些壮阔景境：西北的桑榆，太行山的紫翠，芦沟河的流水，北方的风露，都因为“客”而变得寥落、枯燥。史达祖《齐天乐·中秋宿真定驿》道：“有客踌躇，古庭空自吊孤影”，真定驿是金国接待宋使的一个重要地方，在此设有“御宴”[3]，但是词人感受到的仍是孤独，只有形影相吊。洪皓《木兰花慢·重阳》：“羁

① 罗大经：《鹤林玉露》，中华书局1983年版，第289页。
② 唐圭璋编：《全宋词》，中华书局1965年版，第2301页。
③ 李心传：《建炎以来朝野杂记》，中华书局2000年版，第700页。

旅登高易感，况于留滞殊方。”则道尽所有行人心声。

在寂寞之情的表达中，雁成为常见意象。这些雁，或是“雁字成行”（欧阳珣《踏莎行》），“雁行点点云垂”（胡松年《石州词》），以其成行反衬词人的孤单；或是“宾雁南翔”（洪皓《木兰花慢·重阳》），引起雁南飞，人却北去的人不如雁之感；或是“断鸿悲”（曾勋《饮马歌》），“塞笳惊起暮天雁”（曾觌《金人捧露盘·庚寅岁春奉使过京师感怀作》），人雁同构，孤单如一；或是“惟有平安信，随雁到南州”（范成大《水调歌头·燕山九日作》），“雁足无书古塞幽”（史达祖《鹧鸪天·卫县道中有怀其人》），用鸿雁传书的故事，带出孤独之感。总之，雁是孤独的象征。《建炎以来朝野杂记》云：“旧例，南使入北境，虏遣伴使来迓，正、副使以下至三节人皆乘马。其后以南人不习骑，乃易以车子，使去来乘之。使、副各一车，上、中节各四车，下节三十二人共五车。每车以马骡十馀曳之。又发白军四百人护送，所至县令皆迎迓于境上。”[①]行人似乎并不孤独，但这是说进入金国境内之后；并且，即使同行的还有他人，但词人仍感到孤独，那么，这种孤独是心灵的孤独，也是真正的孤独。

（二）佳节为客之愁

除了负有特殊使命外，宋代行人常规的出使多是贺金正旦、万春节，每于秋季出发，长途跋涉一两个月，于冬、春之际到达金国，完成使命后，于春季返宋。而秋季之中秋、重阳，春季之元宵、清明、寒食等节日，最易引发汉民族的家园亲情、家国乡情。

史达祖《齐天乐·中秋宿真定驿》：“西风来劝凉云去，天东放开金镜。照野霜凝，入河桂湿，一一冰壶相映。殊方路永。更分破秋光，尽成悲境。有客踌躇，古庭空自吊孤影。　江南朋旧在许，也能怜天际，诗思谁领。梦断刀头，书开虿尾，别有相思随定。忧心耿耿。对风鹊残枝，露蛩荒井。斟酌姮娥，九秋宫殿冷。”中秋月，正象征万家团圆的温馨，词人见到的却是与西风、凉云、凝霜相伴随的湿漉、冰冷之月；加之“殊方路永”，故他直以为是两个世界的月，分破了秋光，悲境一片。而江南的友朋也许正在思念他，他也在梦中回到他们身边，赋诗挥毫，其乐融融，可眼下他仍是忧心忡忡，月仍是冷冷地挂在残枝上，挂在荒井上。范成大出使途中遇到重阳佳节，其《水调歌头·九日燕山作》下阕云：“对重九，须烂醉，莫牵愁。黄花为我，一笑不管鬓霜羞。”渴望酩酊以酬佳节，以排愁闷，希望菊花能为自己破颜一笑。葛立方《春光好·寒食将过淮作》：“禁烟却酿春愁。正系马、清淮渡头。后日清明催迭鼓，应在扬州。”这是使金归途中即将到家之时遇到寒食节，词人感受到的也是春愁。阎苍舒于上元节经过旧京，其《水龙吟》云：“少年闻说京华……而今但有，伤心烟雾，萦愁杨柳。宝箓宫前，绛霄楼下，不堪回首。”繁华不再，旧京最有魅力的上元节，目前只有惹人伤心的烟雾，令人悲愁的杨柳。洪皓出

① 李心传：《建炎以来朝野杂记》，中华书局2000年版，第699页。

使，被迫留滞金国十五年，多少个良辰佳节，都是在金独自而过。其《木兰花慢·重阳》云："对金商暮节，此时客、意难忘。正卉木雕零，蛩螀韵切，宾雁南翔。东篱有黄蕊绽，是幽人、最爱折浮觞。须信凌霜可赏，任他落帽清狂。　茫茫。去国三年，行万里、过重阳。奈眷恋庭闱，矜怜幼稚，堕泪回肠。凭栏处空引领，望江南、不见转凄凉。羁旅登高易感，况于留滞殊方。"这是来金第三年，客中过佳节，眷念父母，怜忆子女，凭高望远，独自咀嚼凄凉况味。其《浣溪沙·排闷》词："丧乱佳辰不易攀。四逢寒食尽投闲。踏青无处想家山。　麟殿阻趋陪内宴，萱堂遥忆侍慈颜。感时双泪滴潺潺。"当是第四年寒食节时，回想当年陪侍内宴的情景，慕想双亲的慈颜，不禁双泪滴落。

（三）岁月流逝之叹

出使异国，与浓重的羁旅愁思、时节客情相关联的，还有岁月流逝、鬓丝斑白之叹。曹勋《饮马歌》结云："泪湿征衣悄。岁华老。"泪痕默默沾湿征衣，叹息岁华老去。曾觌《金人捧露盘·庚寅岁春奉使过京师感怀作》上片回忆年少时在京城里歌舞酒醉、眠柳赏花的轻狂生活，过片云："到如今、余霜鬓，嗟前事、梦魂中。"也是鬓发如霜。韩元吉《好事近·汴京赐宴闻教坊乐有感》："多少梨园声在。总不堪华发。"听到当年的梨园旧声，自然回忆起往日京城的繁华，如今自己已经头发花白，情何以堪！范成大《水调歌头·燕山九日作》下阕："黄花为我，一笑不管鬓霜羞。"化用苏轼、黄庭坚等元祐词人重阳词白发黄花的意象构造方式，如苏轼《千秋岁·徐州重阳作》"浅霜侵绿……玉手簪黄菊"，黄庭坚《南乡子》"花向老人头上笑，羞羞，白发簪花不解愁"，张耒《风流子》"老侵潘鬓，谩簪黄菊，花也应羞"。霜鬓羞对黄花，词人却让黄花不管鬓羞，词情跌宕，感慨深沉。阎苍舒《水龙吟》开篇云："少年闻说京华，上元景色烘晴昼。"过片云："谁料此生亲到，五十年、都城如旧。"由昔日的耳闻到如今的亲见，五十年一瞬间，韶华变鬓华，时光奋迅，感慨无端。

有时，这种垂老衰飒之感，很难说就是绝对的生理衰老，光阴虚过、无功而蹉跎时日之感，无疑加重了心理的老化。欧阳珣《踏莎行》词云："青衫小帽这回来，安仁两鬓秋霜重。"词用潘鬓典，言自己鬓发斑白。其实潘岳《秋兴赋·序》："余春秋三十有二，始见二毛。"[①]三十二岁，正当壮年。胡松年《石州词》（歌阕阳关）亦云："一尊谁念我，苦憔悴天涯、陡觉生华发。"华发本非自生，因为羁旅天涯而陡然生出，甚至是感觉到陡然生出。史达祖《龙吟曲·陪节欲行留别社友》结云："看归来，几许吴霜染鬓，验愁多少。"史达祖生卒年不详，但从此词可以看出，当开禧元年（1205）他随李壁使金时，鬓发尚未斑白，所以才有归来几许霜鬓验愁之语。验愁之构思，则来自李白《长相思》诗："不信妾肠断，归来看取明镜前。"而武则

① 萧统：《昭明文选》，李善注，上海古籍出版社1986年版，第585页。

天“不信比来常下泪，开箱验取石榴裙”之句，又早于太白[①]。词人之意犹言因出使而愁而生华发。

（四）北方的荒寒之感

“乾道庚寅岁冬十月，金国主遣金吾卫上将军、兵部尚书耶律子敬来贺会庆节，起居舍人赵雄字温叔假翰林学士充馆伴使”，于是，二人之间有一段对话，这被看作是赵雄有意刺探敌情，其中有涉及气候的对话：“温叔……又云：‘北边此时极寒。’子敬云：‘寒甚，不可忍。’”[②]金国十月已是极寒、寒甚、不可忍，而十月在南方向有“小阳春”之称。故宋使入金特别是进入北方，第一印象就是不可忍受的寒冷，故宋人使金词往往以衰飒荒残的字眼，描写北方空旷、冷落的景色。胡松年《石州词》：“乱山无数，晚秋云物苍然……马头尘暗斜阳，陇首路回飞翼。”乱山、尘暗、云雾、斜阳，没有秩序，没有色彩。其二云：“画船送我薰风，瘦马迎人飞雪。平生幽梦，岂知塞北江南，而今真叹河山阔。”“雁行点点云垂，木叶霏霏霜滑。正是荒城落日，空山残月。”瘦、幽、滑、荒、落、空、残等字，恰与来时的“画船薰风”构成鲜明对照。曹勋根据金国流传到边塞的曲子填词而成的《饮马歌》：“边头春未到。雪满交河道。暮沙明残照。塞烽云间小。”也是“春风不度玉门关”，大雪封锁天地，残阳照在金沙上，峰峦显得极其低小。范成大《水调歌头·九日燕山作》：“旧京行遍中夜，呼啸济黄流……岁晚客多病，风露冷貂裘。”呼啸的声音，貂裘的衣着，似乎也为北方独有。史达祖《鹧鸪天·卫县道中有怀其人》：“雁足无书古塞幽。一程烟草一程愁。帽檐尘重风吹野，帐角香销月满楼。”卫县在河北，古塞幽幽，到处长着衰草，风在原野上悲鸣。曾觌《忆秦娥·邯郸道上望丛台有感》：“风萧瑟，邯郸古道伤行客……连天草树，暮云凝碧。”古道、西风、草树、暮云，就是邯郸丛台的全部景物了，行客之心自然伤悲。葛立方《眼儿媚·回至汴京喜而成长短句》：“暂时莫荡出燕然。冰柱冻层檐。”词人已经回到北宋故都汴京，对北方的印象仍是寒冷，仿佛房檐上那挂着的冰柱，不止是冻住了温暖，还冻住了北方的活力，冻住了词人的心。

比较南方的芳景，更见北方的冷落。葛立方有三首出使词，主要内容都是写出使途中见到的景致，《雨中花·睢阳途中小雨见桃李盛开作》云：“壮岁嬉游，乐事几经，青门紫陌芳春。未见廉纤，膏雨浥花尘。濯锦宝丝增艳，洗妆玉颊尤新。向韶光浓处，点染芳菲，总是东君。　　苏州老子，经雨南园，为谁一扫花林。谁信道、佳声著处，肌润香匀。晓洗何郎汤饼，暮留巫女行云。寄言游子，也须留眄，小驻蹄轮。”小雨打湿花尘，青门紫陌，桃李盛开，春光无限。同调《奉使途中作和

① 清代王琦注《李太白全集》卷三十六“外纪”引《柳亭诗话》：“李自尝作《长相思》乐府一章，末曰：‘不信妾肠断，归来看取明镜前。’其妇从旁观之曰：‘君不闻武后诗乎？“不信比来常下泪，开箱验取石榴裙。”’太白爽然自失。此即所谓相门女也。具此才情，故当与寻真、腾空为侣，第不知娇女平阳，能继林下风否？”见王琦注：《李太白全集》，中华书局1977年版，第1623页。

② 李心传：《建炎以来朝野杂记》，中华书局2000年版，第628—629页。

前韵》云："寄径濉阳，陌上忽看，夭桃秾李争春。又见楚宫，行雨洗芳尘。红艳霞光夕照，素华琼树朝新。为奇姿芳润，拟倩游丝，留住东君。　　拾遗杜老，犹爱南塘，寄情萝薜山林。争似此、花如姝丽，獭髓轻匀。不数江陵玉杖，休夸花岛红云。少须澄霁，一番清影，更待冰轮。"也是好雨洗尘，霞光夕照绚丽，花好月圆。《好事近·归有期作》："几骑汉旌回，喜动满川花木。遥睇清淮古岸，散离愁千斛。

烟笼沙嘴定连艘，鹊脚蘸波绿。归话隔年心事，秉夜阑银烛。"淮河虽存古岸，但是清淮；波是绿波，满川的花木都披上喜气：景物鲜活，色彩也不单调。因为是归途，兴奋、轻松之情溢于言表，但南方景致与北方之差异，亦可见出。

二、故国情怀与乡关之思

宋人使金途中必然经过北宋旧京及故地，触景伤怀，对故国及其所代表的一个繁盛、和平时代的凭吊，对故国文明的追忆、向往，以及与此相关的对故乡风景及文化审美活动的回忆，成为宋人使金词的另一重要内容。

（一）故国繁华与文明的追忆

汴京为使金必经之地，是金国"御宴"宋使的第一站①，宋使来到故都，首先感受到的就是故国的繁盛和文明。刘昌诗《芦蒲笔记》卷十云："蜀人阎侍郎苍野舒使北，过汴京，赋《水龙吟》：'少年闻说京华，上元景色烘晴昼。朱轮画毂，雕鞍玉勒，九衢争骤。春满沉山，夜沈陆海，一天星斗。正红球过了，鸣鞘声断，回鸾驭、钧天奏。　　谁料此生亲到，五十年、都城如旧。而今但有，伤心烟雾，萦愁杨柳。宝箓宫前，绛霄楼下，不堪回首。愿黄图早复，端门灯火，照人还又。'"又载其《念奴娇》词："疏眉秀目，向尊前、依旧宣和装束。贵气盈盈风韵爽，举止知非凡俗。皇室宗姬，陈王爱女，曾嫁貂蝉族。干戈流荡，事随天地翻覆。　　珠泪揾了偷弹，劝人饮尽，愁怕吹笙竹。留落天涯俱是客，何必平生相熟。旧日容华，如今憔悴，付与杯中醁。兴亡休向，为予且醽船王。"而注云："右词，见诸士夫到中原有感而赋。"②词人见到那些依然身着宣和装束的往日贵族，不禁感慨万端，仿佛回到数十年前的故国。《金史·交聘表》谓阎苍舒于金世宗十七年（宋淳熙四年，1177）正月使金③，而《宋史·孝宗纪》则云："淳熙三年十月癸未，遣阎苍舒等使金贺正旦。"④二者并不矛盾，《宋史》所记是始发时间，《金史》为到达时间，可知阎苍舒于淳熙三年十月出发，淳熙四年正月抵金贺正旦，礼毕即返回，上元节时到达汴京。前词上阕描写传闻中京华上元节的繁盛、华丽、壮美景象，使用"烘""争"等动词，"朱""画""雕""玉""红"等修饰词，极力渲染一种太平盛世的礼

① 李心传：《建炎以来朝野杂记》，中华书局2000年版，第700页。

② 刘昌诗：《芦蒲笔记》，张荣铮、秦呈瑞点校，中华书局1986年版，第78—79页。

③ 脱脱，等：《金史》，中华书局1975年版，第1436页。

④ 脱脱，等：《金史》，中华书局1977年版，第662页。

乐文明。后阕则将中原贵族妇女，那种透过眉目、装束等外在形象和非凡举止表现出的天人一般的贵气、风韵，传递了出来。

不只是阎苍舒使金词如此，其他词人的使金作，也具有这个特点。曾觌《金人捧露盘·庚寅岁春奉使过京师感怀作》："记神京、繁华地，旧游踪。正御沟、春水溶溶。平康巷陌，绣鞍金勒跃青骢。解衣沽酒醉弦管，柳绿花红。到如今……但寒烟、满目飞蓬。雕栏玉砌，空馀三十六离宫。"以个人亲身经历，凭吊汴京昔日建筑之华丽今日之衰残。而曹勋《念奴娇·持节道京城中秋日》言："五门照日，是真人膺箓，炎图家国。二百年来，抚四海安乐，六服承德……宫城缺处，望来销尽金碧。　　征辔暂款神州，期宽北顾，且驱驰朝夕。皓彩流天宁忍见，双阙笼秋月色……"则从国威浩大、文德四被方面，刻画汴京崇高的文化形象。这里都涉及宫殿之金碧雄伟、车马之雕金绣饰，但更主要的是繁华所反映的盛世气象，是人物装束及举止神情所透露出的那种"盈盈贵气"。这是金都燕京所缺少的。从外在形象上看，燕京极其壮丽，所谓"燕京宫室雄丽，为古今之冠"，连灭金的蒙古兵都"敬畏不敢仰视"[①]。但在所有宋代使金词中，无一处无一笔描写金国都。这里虽然有文化本位因素在，但对使金的宋人而言，繁华、文明显然超过建筑、物质层面的雄丽。但是这种繁盛、文明，都只成为凭吊的对象，引起词人内心深处的哀伤。

（二）访梅赏花的回忆与渴望

在长路漫漫的羁旅途中，在故国繁华一去不再的伤叹中，南方故乡的温暖，南宋较为先进的文化，往日所拥有的惯常活动，特别是那些文化审美活动，便成为使者的美好回忆与渴望，以与荒寒寂寞的环境，与落后而蛮横的金人金文化抗衡，以疗慰使者的愁怀。文化审美，是一种包涵着深厚文化内蕴的审美活动。在宋代使金词中，它集中体现为访梅、赏花两种活动。洪皓《江梅引》词序称："顷留金国，四经除馆。十有四年，复馆于燕。岁在壬戌，甫临长至，张总侍御邀饮。众宾皆退，独留少款。侍婢歌《江梅引》，有'念此情、家万里'之句。仆曰：'此词殆为我作也。'又闻本朝使命将至，感慨久之。既归，不寝，追和四章，多用古人诗赋，各有一'笑'字，聊以自宽。如暗香、疏影、相思等语，虽甚奇，经前人用者众，嫌其一律，故辄略之。卒押'吹'字，非风即笛，不可易也。北方无梅花，士人罕有知梅事者，故皆注所出。北人谓之'四笑江梅引'。"序中"北方无梅花"，在其子洪迈《容斋五笔》卷三"先公诗词"条，表述为"北方不识梅花"。梅花性喜温，北方严寒，宋代燕山无梅，应该是可信的。而"北方不识梅花"，也是就多数金人而言。洪皓使用梅事，洪迈的说法是："时在囚拘中，无书可捡，但有《初学记》、韩、杜、苏、白乐天集，所引用句语，一一有来处。"[②]韩、杜、苏数家，堪称善用典事大家，作品数量众多；《初学记》是类书，典事之渊薮，洪迈说其父洪皓作梅词，典事出自这几部类书和别集，自注来历，但从洪迈保留的注释看，要远远轶出这几部

① 李心传：《建炎以来朝野杂记》，中华书局2000年版，第852页。
② 洪迈：《容斋随笔》五笔卷三，上海古籍出版社1978年版，第837页。

书。仅第一首词（词云：“天涯除馆忆江梅。几枝开。使南来。还带余杭、春信到燕台。准拟寒英聊慰远，隔山水，应销落，赴愬谁。　　空凭遐想笑摘蕊。断回肠，思故里。漫弹绿绮。引三弄、不觉魂飞。更听胡笳、哀怨泪沾衣。乱插繁华须异日，待孤讽，怕东风，一夜吹。”）所用，就有杜甫的诗句：“忽忆两京梅发时”、“胡笳在楼上，哀怨不堪听”、“安得健步移远梅，乱插繁华向晴昊。”白居易《忆杭州梅花》：“三年闲闷在余杭，曾为梅花醉几场。”柳宗元：“欲为万里赠，杳杳山水隔。寒英坐销落，何用慰远客。”江总《梅花落》：“桃李佳人欲相照，摘蕊牵花来并笑。”高适：“遥怜故人思故乡，梅花满枝空断肠。”卢仝：“含愁更奏绿绮琴，相思一夜梅花发。”刘方平《梅花落》：“晚岁芳梅树，繁华四面同。东风吹渐落，一夜几枝空。”苏轼《次韵李公择梅花》：“忽见早梅花不饮但孤讽”、“一夜东风吹石裂，半随飞雪度关山。”[①]共计八家作品，其中高适、柳宗元、卢仝、刘方平诗，更是初唐类书《初学记》所没有。

问题是：北方无梅，金人不识梅，洪皓却在金国，在燕山，赋写多篇忆梅之词；北方士人罕有知梅事者，他却要在词中大量使用梅事，且为之注释出处。而那些经见语辞，“如‘暗香’、‘疏影’、‘相思’等语，虽甚奇，经前人用者众，嫌其一律，故辄略之”，即有意放弃惯常用语追求僻深。这已经完全超出偶听张总侍御家侍婢唱“念此情、家万里”之句，感慨之下自抒情怀的需要，是文人故习的体现，但显然带有渊深传统、悠久历史的文化底蕴，也是一种优越感的体现。这种优越感，是使节的精神慰藉，也是心理补偿。它可以转化为踏雪访梅的极品文化审美：“何时还使节，踏雪看梅花”（洪皓《临江仙·怀归》），也可以是访梅的期待：“归路且加鞭，看梅花消息”（胡松年《石州词》），还可以是对荼蘼花的记忆和认可：“归处应及荼蘼，与插云鬓，此恨醉时分付”（曹勋《玉蹀躞·从军过庐州作》），对重新恣意游览南方家乡芳郊美景的渴望：“归时元已临流。要绮陌、芳郊恣游。三月羁怀当一洗，莫放觥筹。”（葛立方《春光好·寒食将过淮作》）那种插红戴翠、一洗羁怀的急切情怀，跃然纸上，而要洗去的何止是羁旅愁苦！

（三）家山乡关之思

一般情况下，宋使赴金，取道陆路，多于秋季首途，经过两个月的长途跋涉，到达燕山；完成使命后，返回南方，仍要一两个月。水路者也有，如靖康元年（1126）九月辛卯，“遣给事中黄锷，由海道使金国议和”[②]。但航行者较少。征途漫漫，王命在身，思念家乡亲人、友朋，乃人之常情。乡关之思，也是使者完成使命的精神支柱。当然，这个家乡，是广义的家乡，不仅指词人籍贯，还指父母之邦，有时甚至以“江南”（整个宋国的疆域）概指。

洪皓《江梅引·忆江梅》：“断回肠，思故里。”故里，明指其家乡。思念故里，伤断九曲回肠。史达祖《惜黄花·九月七日定兴道中》：“时节正思家，远道仍怀

---

① 洪迈：《容斋随笔》五笔卷三，上海古籍出版社1978年版，第838页。

② 脱脱，等：《金史》卷二十三，中华书局1977年版，第431页。

古。”思家之情因为时间接近重阳而更烈。胡松年《石州词》(月上疏帘):“梦里姑苏城外,钱塘江北。故人应念我,负吹帽佳时、同把金英摘。”姑苏城外、钱塘江北,都令他魂牵梦绕,这是以故人定义故乡。史达祖《齐天乐·中秋宿真定驿》:“江南朋旧在许,也能怜天际,诗思谁领。梦断刀头,书开蛋尾,别有相思随定。”刀头,由“环”谐音“还”,梦中希望还的地方,也是朋旧所在,同样以朋友定位家乡。而其字眼,已从故里、姑苏、钱塘,扩大到整个“江南”,那其实是借用金人对整个南宋的称呼。洪皓《木兰花慢·重阳》:“奈眷恋庭闱,矜怜幼稚,堕泪回肠。凭栏处空引领,望江南、不见转凄凉。”江南,有自己的父母,有自己的子女,令他眷恋,令他凭栏引领眺望,令他凄凉堕泪。

宋人使金词中的乡关之思,体现了中国古代士大夫家国同构的思想。洪皓《浣溪沙·排闷》云:“丧乱佳辰不易攀。四逢寒食尽投闲。踏青无处想家山。　麟殿阻趋陪内宴,萱堂遥忆侍慈颜。感时双泪滴潺潺。”结合上下阕,家山显然含指朝廷、父母所在在内。其《临江仙·怀归》:“冷落天涯今一纪,谁怜万里无家。三闾憔悴赋怀沙。思亲增怅望,吊影觉欹斜。”漂泊金国已经十二年,如今身在万里之外,有家难回等于无家。而“思亲”之语,及“三闾憔悴赋怀沙”之典,亦兼含家、国在内。史达祖《满江红·九月二十一日出京怀古》:“缓辔西风,叹三宿、迟迟行客。桑梓外、锄耰渐入,柳坊花陌。双阙远腾龙凤影,九门空锁鸳鸾翼。更无人、擪笛傍宫墙,苔花碧。”夏承焘先生指出:“邦卿汴人,故有‘三宿迟迟’及‘桑梓’语。”[①]史达祖之思乡,即思念京城,思念故国。这种家国同构观念,在寻常时候体会不深,或者不明显,一旦离乡万里,间关使金,饱受风霜之苦、相思之痛时,便家国不分感受强烈;但是,这种家国同构,偏于空间、伦理范畴,而不是政治范畴,改变不了使金词个人书写的性质。

三、慷慨意气的缺失

韦居安《梅磵诗话》卷下云:“靖康间,金人犯阙,阳武蒋令兴祖死之。其女为贼虏去,题字于雄州驿中,叙其本末,仍作《减字木兰花》词云。”蒋兴祖女《减字木兰花·题雄州驿》全文为:“朝云横度,辘辘车声如水去。白草黄沙,月照孤村三两家。　飞鸿过也,万结愁肠无昼夜。渐近燕山,回首乡关归路难。”[②]况周颐评曰:“词寥寥数十字,写出步步留恋,步步凄恻。当戎马流离之际,不难于慷慨,而难于从容。”[③]仿佛预知将来会有况周颐提出“当戎马流离之际,不难于慷慨,而难

① 夏承焘:《宋词系》,《夏承焘集》(第三册),浙江古籍出版社,浙江教育出版社1997年版,第512页。

② 韦居安:《梅磵诗话》,丁福保:《历代诗话续编》,中华书局1983年版,第571页。

③ 况周颐:《蕙风词话续编》,况周颐、王国维:《蕙风词话·人间词话》,人民文学出版社1960年版,第134页。

于从容”一样，赵宋的使者们，在出使军事、外交上的强势敌国金源这个万众瞩目的事件上，集体放弃了慷慨意气，他们的词作更多表达的是“儿女情”，而缺少一种“风云气”。

这里，我们不妨比较使者与居者在使金事件上的不同表现。

首先是与一些和作相比较。乾道六年（1170）范成大曾衔命使金，使命之一即向金人交涉废除宋帝的跪拜礼，他也有不俗的表现，堪称不辱使命。此年九月丙戌，正是宋人传统的重阳节，他在燕山，作《水调歌头·燕山九日作》词：“万里汉家使，双节照清秋。旧京行遍，中夜呼禹济黄流。寥落桑榆西北，无限太行紫翠，相伴过芦沟。岁晚客多病，风露冷貂裘。　对重九，须烂醉，莫牢愁。黄花为我，一笑不管鬓霜羞。袖里天书咫尺，眼底关河百二，歌罢此生浮。惟有平安信，随雁到南州。”词人后来也每以“万里汉家使”为句入诗[①]，但正如孔凡礼《范成大年谱》所云：“词中‘袖里天书咫尺’，写此行使命；‘眼底关河百二’，抒发无限感慨。”[②]无限感慨而归于凄凉、无奈。范成大在当时诗名、词名甚著，陈三聘非常仰慕其人，对其作品揣摩、模拟，进行和作，和作词数量达到140首，蔚为大观。在陈三聘的和作中，即有《水调歌头·燕山九日作》一首，词云：“有客念行役，劲气凛于秋。男儿未老，衔命如虏亦风流。决定平戎方略，恢复旧燕封壤，安用割鸿沟。莫献肃霜马，好衣白狐裘。　我何人，怀壮节，但凝愁。平生未逢知己、哙伍实堪羞。金马文章何在，玉鼎勋庸何有，一笑等云浮。拚断好风月，羯鼓打梁州。”上阕写秋高气爽时节，男儿衔命出使到虏中，风流堪羡，正当定计平戎，恢复旧日疆域；下阕写自己空怀壮节，而平生未逢知己；虽然金马文章未著，盖世功勋未建，但内心不以为念，当此好风良月之时，当击打羯鼓《梁州》曲。羯鼓被称为“八音之领袖”[③]，音节高亢，响入云端；而鼓曲《梁州》，亦来自边地，有风沙万里之势[④]。全词以恢复大计、男儿风流、劲气凛秋、羯鼓雄音为旋律，壮怀激烈，慷慨激昂，与范成大原词相比，尤见情感基调之不同。

南渡词人朱敦儒有《木兰花慢·和师厚和司马文季虏中作》：“指荥河峻岳，锁胡尘，几经秋。叹故苑花空，春游梦冷，万斛堆愁。簪缨散，关塞阻，恨难寻杏馆觅瓜畴。凄惨年来岁往，断鸿去燕悠悠。　拘幽。化碧海西头。剑履问谁收。但易水歌传，子山赋在，青史名留。吾曹镜中看取，且狂歌载酒古扬州。休把霜髯老眼，等闲清泪空流。”司马文季即司马朴，是司马光之孙，使金，金人欲借重其名臣之后的身份，授尚书左丞，以收买宋人之心，“朴辞以疾，坚卧不起……其后，以病

① 范成大《丁酉重九药市呈座客》诗序云：“余于燕山首句云：‘万里汉家使’，桂林云：‘万里汉都护’，成都云：‘万里桥边客’，今岁倦游，赋此自戏。”见傅璇琮等《全宋诗》第41册，北京大学出版社1998年版，第25911页。

② 孔凡礼：《范成大年谱》，齐鲁书社1985年版，第186页。

③ 欧阳修，宋祁：《新唐书》，中华书局1975年版，第476页。

④ 唐代顾况《李湖州孺人弹筝歌》：“独把《梁州》凡几拍，风沙对面胡秦隔。”见《全唐诗》，中华书局1960年版，第2941页。

死”[1]，其事迹见于《建炎以来系年要录》卷八三、一二一、一二九、一四九，《宋史·徽宗本纪》《司马池传》《张邵传》等，其金中所作词，及师厚所和作，均不存。这首词是朱敦儒对师厚和作的和作，似乎无以比较；但是，词下阕传达的碧血丹心、易水浩唱、青史留名、狂歌载酒的慷慨意气，在所有使金词中皆难以一见。

其次与送别使者的词作相比较。为使金者送行的词作，也能见出与使金词的不同。

陈亮《水调歌头·送章德茂大卿使虏》：“不见南师久，漫说北群空。当场只手，毕竟还我万夫雄。自笑堂堂汉使，得似洋洋河水，依旧只流东？且复穹庐拜，会向藁街逢。　　尧之都，舜之壤，禹之封。于中应有、一个半个耻臣戎。万里腥膻如许，千古英灵安在，磅礴几时通。胡运何须问，赫日自当中。”《宋史·孝宗纪》：淳熙十二年十一月壬辰，“遣章森等贺金主生辰。”[2]章森，字德茂。据此，词为淳熙十二年送章森使金而作，以其气势雄壮，可以起顽立懦，而获得后世一致高评，李调元称赞其“读之令人神王”[3]，冯煦指出：“忠愤之气，随笔涌出，并足唤醒当时聋聩，正不必论词之工拙也。”[4]陈廷焯评为“精警奇肆，几于握拳透爪。可作中兴露布读。”[5]陈亮另有一首《三部乐·七月送丘宗卿使虏》：“小屈穹庐，但二满三平，共劳均佚。人中龙虎，本为明时而出。只合是，端坐王朝，看指挥整办，扫荡飘忽。也持汉节，聊过旧家宫室。　　西风又还带暑，把征衫著上，有时披拂。休将看花泪眼，闻弦□骨，对遗民、有如皎日。行万里、依然故物。入奏几策，天下里、终定于一。”据《金史·交聘表》：章宗明昌元年八月己酉，宋显谟阁学士丘崈、福州观察使蔡必胜贺天寿节。明昌元年，宋光宗绍熙元年（1190）。此词虽然不如上词激烈，但对丘崈的推崇、信任，对其出使的期待，仍然体现出高昂的精神状态。

史达祖人品备受争议，他曾于开禧元年（1205）随李壁使金贺生辰，创作多首使金词。其《满江红·九月二十一日出京怀古》云：“天相汉，民怀国。天厌乱，臣离德。趁建瓴一举，并收鳌极。”京，亦谓汴京。《宋史纪事本末》卷八十三云：“时金为北鄙鞑靼等部所扰，无岁不兴师讨伐，兵连祸结，士卒涂炭，府库空匮，国势日弱，群盗蜂起，民不堪命。有劝韩侂胄立盖世功名以自固者。侂胄然之，恢复之议遂起……安丰守臣厉仲方言：淮北流民咸愿归附……侂胄大喜。会邓友龙使金还，言金有赂驿使夜半求见者，具言金国困弱，王师若来，势如拉朽。侂胄闻之，用师之意益决矣”，夏承焘先生据此指出：史氏“此词过变‘民怀国，臣离德’云

① 李心传：《建炎以来系年要录》，中华书局1956年版，第2405页。
② 脱脱，等：《金史》，中华书局1977年版，第684页。
③ 李调元：《雨村词话》卷三，唐圭璋编：《词话丛编》，中华书局1986年版，第1424页。
④ 冯煦：《蒿庵论词》，唐圭璋编：《词话丛编》，中华书局1986年版，第3591页。
⑤ 陈廷焯：《白雨斋词话》卷一，唐圭璋编：《词话丛编》，中华书局1986年版，第3794页。

云，盖非虚辞。”[①]则知史氏此词慷慨激昂之音，来自于宋金形势之逆转。清人楼俨从科举制度、科目困人角度，惜史氏其人“乃以词客终其身，史臣亦不屑道其姓氏”，评其“留别社友《龙吟曲》：‘楚江南，每为神州未复，阑干静，慵登眺。’新亭之泣，未必不胜于兰亭之集也”；评其“出京《满江红》词：‘更无人擫笛傍宫墙，苔花碧’，‘老子岂无经世术，诗人不预平戎策’，亦善于解嘲者矣。”[②]楼氏肯定其新亭之泣的国事忧伤，允为得当，而称其“老子”二句善于自我解嘲，言下之意以其为夸。但我们则遗憾地看到，梅溪使金词中，此等即使“善于解嘲”的慷慨语句，数量也很少。倒是其好友高观国有《雨中花慢》词云：“旆拂西风，客应星汉，行参玉节征鞍。缓带轻裘，争看盛世衣冠。吟倦西湖风月，去看北塞关山。过离宫禾黍，故垒烟尘，有泪应弹。　　文章俊伟，颖露囊锥，名动万里呼韩。知素有、平戎手段，小试何难。情寄吴梅香冷，梦随陇雁霜寒。立勋未晚，归来依旧，酒社诗坛。”对照词中西风、客、旆、玉节征鞍、北塞关山、过故宫，所显示出的季节、事件、地点方向，以及“文章俊伟”“平戎手段”“酒社诗坛”等反映的人物身份与相互关系，可知是为史达祖出使送行之作，虽有“有泪应弹”之语，但不像史词那样归于悲伤、忧愁，所谓：“同社诗囊，小窗针线，断肠秋早。看归来，几许吴霜染鬓，验愁多少。”而是先勉以建功立勋的高许，后予以诗社友朋之谊的温暖。

在仅有的几首以国事为主要内容或者涉及国事的使金词中，本该出现振奋人心、鼓舞斗志的慷慨意气，但事实颇令人遗憾。洪皓《浣溪沙·闻王侍郎复命》云：“南北渝盟久未和。斯民涂炭死亡多。不知何日戢干戈。　　赖有兴王如世祖，况闻谋帅得廉颇。蔺卿全璧我蹉跎。”王侍郎，指王纶，胡铨《戊午封事》中欲斩头的三人之一。词人在宋金失和长期干戈相待的时事叙述中，表达对太平的渴望，对生灵的同情，对王纶的“谬赞”，对自己蹉跎金地的感叹。仅“兴王”“谋帅”二语，含有一定的令人振奋的因素。词人邓肃与一般使者不同，他不是长途跋涉、间关万里使北，而是在靖康之难发生、金人围攻汴京之时，受命出使围城的金营，达五十余日[③]，其《瑞鹧鸪》有云：“北书一纸惨天容”，“何日中兴烦吉甫，洗开阴翳放晴空”，天，谓宋帝赵桓，即钦宗。当此国难之时，他也只能祈盼宋室中兴早日到来，别无壮怀激烈之语。曹勋绍兴十一年（1141）使金，其《念奴娇·持节道京城中秋日》：“二百年来，抚四海安乐，六服承德。虎旅横江，胡尘眯眼，恨有中原隔。”京城，谓宋廷旧京汴梁，词前三句回顾赵宋二百年来的文德教化，似有一定的民族自信心在，但后三句渲染金人的强大势力，归结于中原隔断之“恨”。韩元吉出使途经旧京汴京，金帝赐宴，词人闻听宋国原有之教坊乐，感慨异常，作《好事

① 夏承焘：《宋词系》，《夏承焘集》（第三册），浙江古籍出版社，浙江教育出版社1997年版，第512页。

② 楼俨：《书史梅溪词后》，吴熊和主编：《唐宋词汇评·两宋卷》第四册，浙江教育出版社2004年版，第2919页。

③ 脱脱，等：《金史》，中华书局1977年版，第11603页。

近·汴京赐宴闻教坊乐有感》："凝碧旧池头，一听管弦凄切。多少梨园声在。总不堪华发。　　杏花无处避春愁，也傍野花发。惟有御沟声断，似知人呜咽。"使用李唐之时，安禄山兵入长安，大宴乐于凝碧池，诗人王维有"凝碧池头旧管弦"诗事，情感也主要为愤慨、无力和无奈。阎苍舒出使途中过汴京赋《水龙吟》词，仅结尾云："宝篆宫前，绛霄楼下，不堪回首。愿黄图早复，端门灯火，照人还又。"在往日繁盛今日凋零的对比中，词人痛感"不堪回首"，希望神京恢复到昔日上元节那种灯火盛景。只有曹勋《选冠子·淮上兀坐，等待取接。因得汉使一词，他日歌之》下阕云："常念想、圣主垂衣，临朝北顾，泛遣聊宽忧寄。辖轩载揽，虎节严持，谈笑挂帆千里。凭仗皇威，滥陪枢筦，一语折冲遐裔。待归来，瞻对天颜，须知有喜。"表达出对宋室皇威的信心，及对自己出使的信心，是个例外。

余话

出使，作为宋词题材的一种，与前引严羽所论唐人好诗之"征戍、迁谪、行旅、离别"几种题材，关系密切，出使自属征戍、行旅，出使必然导致迁谪、离别；但是，宋代使金词却很少像一般征戍、迁谪、行旅、离别诗词那样，"往往能感动激发人意"，多数归于哀伤愁苦，令人联想到宋人的士气。20世纪30年代末，夏承焘先生因中日战起，"惧亡国之无日，爰取宋人词之足鼓舞人心、砥砺节概者，钩稽史事为之注……并取《诗大序》'一国之事系一人之本'，名之曰《宋词系》"[①]。全书选取宋人23家（另有失名者一人）56首词作，使金之作亦仅有范成大《水调歌头·九日燕山作》和韩元吉《好事近·汴京赐宴》2首。这也从一个侧面反映出宋人使金词能够"鼓舞人心、砥砺节概"者，实在少之又少。缘于军事、外交之弱势，尽管这些词也流露出一定的来自地域、文化的心理优越感，但多属个人书写，缺少宏大叙事；多感伤基调，缺少慷慨之音。这是宋人使金词的整体格局，是其特点所在。它合乎人心之常态恒情，又悖乎一般人惯常之表现与审美期待。从人之常情言，不当强求它一定发出慷慨高音；但从审美心理言，这不能不说是一大遗憾。

[原载《安徽师范大学学报》（人文社会科学版）2012年第6期]

① 夏承焘：《宋词系》，《夏承焘集》（第三册），浙江古籍出版社、浙江教育出版社1997年版，第479页。

《乐府补题》主旨考辨
——兼论"比兴寄托"说词论在清代以来的演变

◆丁 放

【关键词】《乐府补题》；寄托；主旨；清代

【摘 要】清代以来，许多著名词家都认为《乐府补题》有寄托，且对其主旨作了种种指实性的解释，这些说法多缺少证据，流于附会。实际上，此书是元初词社唱和的咏物词集，可能暗含词人们一定的身世之感，但并无可以征实的言外之意。此书在清代复现，对"比兴寄托"说词论产生了较大影响。

《乐府补题》一卷，是成书于元朝初年的咏物词集，共收作者14人，即王沂孙、周密、王易简、冯应瑞、唐艺孙、吕同老、李彭老、李居仁、陈恕可、唐珏、赵汝钠、张炎、仇远，另有佚名者1人。所收词作共5题37首，即《天香·宛委山房拟赋龙涎香》8首、《水龙吟·浮翠山房拟赋白莲》10首、《摸鱼儿·紫云山房拟赋莼》5首、《齐天乐·馀闲书院拟赋蝉》10首、《桂枝香·天柱山房拟赋蟹》4首。从清代至当代，不少学者认为此组词有寓意，且对具体所指作了种种分析，笔者以为这组词并无十分明显的寓意，前贤与时贤的论述多有可商榷之处，故不揣谫陋，发表拙见，向专家们请教。

一、《乐府补题》的重新问世及后人对其主旨的理解

此书元、明两代未见流传，个中原因不得而知。清康熙十七年（1676），著名词人朱彝尊将常熟吴氏抄本的过录本携至京师，然后由蒋景祁镂板行世，此书在清代的初刻时间，严迪昌先生认为在康熙十八年至二十年之间。[①]清人对其主旨多有研究，朱彝尊《乐府补题序》重点介绍了唐珏、周密、仇远、张炎、王沂孙五人，云其"皆宋末隐君子"，并具体介绍此集刊刻经过云："《乐府补题》一卷，常熟吴氏抄白本，休宁汪氏购之长兴藏书家。予爱而亟录之，携至京师。宜兴蒋京少好倚声为长短句，读之赏激不已，遂镂版以传……度诸君子在当日唱和之篇，必不止此，

① 严迪昌：《乐府补题与清初词风》，载《词学》第八辑。又见严迪昌《清词史》第二编第二章第一节。

亦必有序以志岁月，惜今皆逸矣。幸而是编仅存，不为蟫蚀鼠啮，经四百年，藉二子之功，复流播于世，词章之传，盖亦有数焉。”对《乐府补题》的主旨，朱氏也作了大致的推测：“诵其词可以观志意所存，虽有山林友朋之娱，而身世之感，别有凄然言外者，其骚人《橘颂》之遗音乎？”①

与朱氏同时而齐名的阳羡派领袖陈维崧《乐府补题序》云：

嗟乎！此皆赵宋遗民作也。粤自云迷五国，桥识啼鹃；潮歇三江，营荒夹马；寿皇大去，已无南内之笙箫；贾相难归，不见西湖之灯火。三声石鼓，汪水云之关塞含愁；一卷金陀，王昭仪之琵琶写怨。皋亭雨黑，旗摇犀弩之城；葛岭烟青，箭满锦衣之巷。则有临平故老，天水王孙，无聊则别署漫郎，有谓而竟成逋客。飘零孰恤？自放于酒旗歌扇之间；惆怅畴依？相逢于僧寺倡楼之际。盘中烛灺，间有狂言；帐底香焦，时而谰语。援微词而通志，倚小令以成声。此则飞卿丽句，不过开元宫女之闲谈；至于崇祚新编，大都才老梦华之轶事也。②

朱《序》认为此组词不仅为朋友倡和之作，而且可能有身世之感，并认为其品格甚高，有屈子《橘颂》遗意，持论颇为谨慎。陈《序》则推测此组词可能与汪元量（水云）、王昭仪（清惠）事有关，所谓“开元宫女之闲谈”“才老梦华之轶事”，均据词意推测，无非也是认为此组词有故国之思、亡国之痛，所言比朱氏更为具体，但亦未指实。陈《序》系骈文，在意思的表达上亦不甚明了。

朱彝尊词风的继承者、浙西词派著名词论家厉鹗作《论词绝句十二首》，第六首论《乐府补题》云：“头白遗民涕不禁，补题风物在山阴。残蝉身世香莼兴，一片冬青冢畔心。”原注：“《乐府补题》一卷，唐义士玉潜与焉。”厉鹗在这首绝句中，首次将《乐府补题》与宋祥兴元年、蒙古至元十五年（1278）元僧杨琏真伽发掘宋帝在绍兴诸陵、唐珏等潜收宋帝妃骸骨之事相联系。据张丁、罗有开《唐义士传》等书记载，发陵之后，唐珏出家资，招里中少年潜收帝妃遗骸，葬于兰亭山，移宋故宫冬青树植其上，谢翱为作《冬青树引》颂其事③。厉鹗此诗，系就《乐府补题》中残蝉香莼的象征意义及唐珏潜收宋陵遗骸两件事产生的联想，并无确证。且厉氏此诗，以韵语论词，语义难免混沌不清，易生歧解。

清代常州词派词人蒋敦复在《芬陀利室词话》卷三中，第一次明确指出《乐府补题》皆是有寄托之作：

词原于诗，即小小咏物，亦贵得风人比兴之旨。唐、五代、北宋人词，不

① 朱彝尊：《曝书亭集》卷三十六，四部备要本。
② 陈维崧：《陈迦陵文集》卷七，四部丛刊本。
③ 陶宗仪：《南村辍耕录》卷四，中华书局1959年版，第43—48页。

甚咏物，南渡诸公有之，皆有寄托。白石、石湖咏梅，暗指南北议和事。及碧山、草窗、玉潜、仁近诸遗民《乐府补遗》（按：即《乐府补题》）中，龙涎香、白莲、莼、蟹、蝉诸咏，皆寓其家国无穷之感，非区区赋物而已。知乎此，则《齐天乐·咏蝉》、《摸鱼儿·咏莼》，皆可不续貂。①

蒋氏指出《乐府补题》诸咏有家国之恨，并非单纯咏物，虽有主观臆断的成分，但并未一一坐实。清人陈廷焯《白雨斋词话》卷二开始指实《乐府补题》的寄托：

碧山《天香·龙涎香》一阕，庄希祖云："此词应为谢太后作。前半所指，多海外事。"此论正合余意。惟后叠云："荀令而今渐老，总忘却、尊前旧风味。"必有所兴，但不知其何所指，读者各以意会可也。②

碧山《水龙吟》诸篇，感慨沉至……《咏白莲》云："太液荒寒，海山依约，断魂何许。"又云："三十六陂烟雨，旧凄凉向谁堪诉。如今漫说，芳心更苦。"写出幽贞，意者亦指清惠乎？③

碧山《齐天乐》诸阕，哀怨无穷，都归忠厚，是词中最上乘。《咏萤》云："汉苑飘苔，秦陵坠叶，千古凄凉不尽。何人为省，但隔水馀辉，傍杯残影。"咏叹苍茫，深人无浅语。"隔水"二句，意者其指帝昺乎？《咏蝉》首章云："短梦深宫，向人犹自诉憔悴。"言中有物，其指全太后祝发为尼事乎？……次章起句云："一襟馀恨宫魂断。"下云："镜暗妆残，为谁娇鬓尚如许。"合上章观之，此当指王昭仪改妆女冠。后叠云："铜仙铅泪如洗，叹移盘去远，难贮零露。病翼惊秋，枯形阅世，消得斜阳几度。馀音更苦，甚独抱清商，顿成凄楚。"字字凄断，却浑雅不激烈。"馀音"数语，或有感于"太液芙蓉"一阕乎？④

陈氏此论，实系张惠言"比兴寄托"说的具体发挥。陈廷焯云"《词选》云：'碧山咏物诸篇，并有君国之忧。'自是确论。读碧山词者，不得不兼时势言之，亦是定理。或谓不宜附会穿凿，此特老生常谈，知其一不知其二。古人诗词，有不容穿凿者，有必须考镜者，明眼人自能辨之。"⑤详考其所论，确实难免"附会穿凿"之讥，故陈氏曲为之说，好在其所论仅限于王沂孙词，且只部分落实词中寓意。

《四库全书总目》卷199集部词曲类《乐府补题提要》持论亦较审慎：

① 蒋敦复：《芬陀利室词话》，唐圭璋编：《词话丛编》，中华书局1986年版，第3675页。
② 陈廷焯：《白雨斋词话》，人民文学出版社1959年版，第42页。
③ 陈廷焯：《白雨斋词话》，人民文学出版社1959年版，第43—44页。
④ 陈廷焯：《白雨斋词话》，人民文学出版社1959年版，第44页。
⑤ 陈廷焯：《白雨斋词话》，人民文学出版社1959年版，第41页。

(此书)不著编辑者名氏,皆宋末遗民倡和之作。凡赋龙涎香八首,其调为《天香》;赋白莲十首,其调为《水龙吟》;赋莼五首,其调为《摸鱼儿》;赋蝉十首,其调为《齐天乐》;赋蟹四首,其调为《桂枝香》。作者为王沂孙、周密、王易简、冯应瑞、唐艺孙、吕同老、李彭老、陈恕可、唐珏、赵汝钠、李居仁、张炎、仇远等十三人,又无名氏二人。其书诸家皆不著录。前有朱彝尊序,称"为常熟吴氏钞本,休宁汪晋贤购之长兴藏书家,而蒋景祁镂版以传"云云,则康熙中始传于世也。彝尊序又称"当日倡和之篇必不止此,亦必有序以志岁月,惜今皆逸"云云,其说亦是。然疑或墨迹流传,后人录之成帙,未必当时即编次为集,故无序目,亦未可知也。

王树荣作《乐府补题跋》(据《彊村丛书》本)将这组词与"发陵"事的关系进一步坐实:

《乐府补题》一卷,《知不足斋丛书》本。《四库提要》谓皆宋遗民词。荣前读周止庵《宋词选》,于唐玉潜赋白莲曰:"冰魂犹在,翠舆难驻。"曰:"珠房泪湿,明珰恨远。"以为当为元僧杨琏真伽发宋诸陵而作。又赋蝉曰:"佩玉流空,绡衣剪雾。"曰:"晚妆清镜里,犹记娇鬟。"疑亦指其事。今读此卷,依类求之,此意无不可通,殆即玉潜所谓"只有春风知此意,年年杜宇哭冬青"(引者按:据夏承焘先生考证,"只有"二句为谢翱诗)者也。作者十四人,一佚其名。《四库提要》谓无姓名者二人,非也。宛委为陈行之别号,而宛委山房赋龙涎香,陈不与焉。紫云为吕和甫别号,而紫云山房赋莼,吕不与焉。天柱为王理得别号,而天柱山房赋蟹,王不与焉。浮翠山房赋白莲,馀闲书院赋蝉,"浮翠""馀闲",卷中未见,窃谓"浮翠"即唐英发"瑶翠"而讹。以本卷例之,宋季遗民如有以"馀闲"为别号者,则所佚姓名,不难推测而知矣。庚申六月,归安王树荣刚斋跋。

可见,清人对《乐府补题》寓意的认识是逐渐形成并加深的。从开始认为是家国之恨,到落实其具体所指,是有一个过程的,其寓意已有"发陵说""咏谢太后事""咏全太后为尼说""咏王清惠幽贞或为女冠说"等四种观点。

受清人之论的影响,现代学者对《乐府补题》的寓意作了更为深入的研究。夏承焘先生的观点最有代表性,20世纪30年代,夏先生撰《〈乐府补题〉考》,发展了清人的观点,指出:"今案《补题》所赋凡五,曰龙涎香,曰白莲,曰蝉,曰莼,曰蟹。予以周、王之说推之,大抵龙涎香、莼、蟹似指宋帝,而蝉与白莲则托喻后妃。"除了从原词找根据外,其主要证据为周密《癸辛杂识》的两条记载:"周密《癸辛杂识》别集上,记杨琏真伽发陵,以理宗含珠有夜明,倒悬其尸树间,沥取水银，如此三日夜，竟失其首。此《龙涎香》所赋采铅捣唾之本事也。《杂识》又记一村翁于孟后陵得一髻，发长六尺馀，其色绀碧。谢翱为作《古钗叹》，有云：'白烟泪湿樵叟来，拾得慈献陵中髻。青长七色光照地，发下宛转金钗二。'此赋蝉十词九用髻鬟之本事也。"①

吴则虞《花外集笺注》（按：《花外集》为王沂孙词集名）认为王沂孙咏龙涎香指厓山之事。厓山在广东新会县南大海中，为宋末抗元的最后据点。祥兴二年（1279）宋军战败，陆秀夫负帝昺于此沉海。吴则虞说咏白莲"淡妆不扫蛾眉"首"暗寓赵昺之南去"，"翠云遥拥环妃"首指王清惠为女道士事、咏蝉"绿槐千树西窗悄"首指发陵事。萧鹏认为诸人咏龙涎香指厓山之事，咏白莲则是以节操自励，咏蝉的背景是元朝统治大量强征南士赴召，诸人暗中表示不愿合作的思想等等②。

综上所述，清人及今人对《乐府补题》主旨的猜测有以下几种：

1. 宋陵被掘，唐珏等潜收帝后遗骸。
2. 指谢太后北掳至北方事。
3. 指全太后至北方后削发为尼事。
4. 指王昭仪（清惠）为女道士事。
5. 指陆秀夫负帝昺于厓山投海事。
6. 词人以白莲、蝉自喻，或以节操自勉，或自伤身世。

二、《乐府补题》诸词"寓意"辨析

我国文人，论文谈艺，往往迷信权威，先入为主，缺少独立思考的能力。即以《乐府补题》的研究而言，自从朱彝尊提出作者"皆宋末隐君子"之说后，陈维崧、厉鹗、蒋敦复、四库馆臣、王树荣等人均承其说而不暇深考，诸人认为《乐府补题》有言外之意，与认定其作者是"遗民"大有关系。其实朱说并不确切，黄贤俊曾对《乐府补题》中十四位作者的生平作过较为详细的考证，指出周密、张炎、王易简、李彭老、唐珏确为宋遗民，吕同老虽亦被定为宋遗民③，但其依据是《宋诗纪事》，证据似不够充分。冯应瑞、唐艺孙、赵汝钠、李居仁四人生平行事无考，陈恕可、仇远确曾仕元，黄文认为王沂孙未曾仕元，施蛰存为黄文作跋，指出碧山确曾仕元，施说证据确凿，所论甚是。综上所述，《乐府补题》的作者可确定为宋遗民者5人，疑为宋遗民者1人，行事无考者5人（包括无名氏），非遗民（指曾仕于元者）3人，故不宜简单地将《乐府补题》中的作者一概视为宋朝遗民。再看其作年，吴熊和先生据张炎《山中白云词》卷一诸词，考察张炎行踪，指出："自辛卯至癸巳，张

① 夏承焘：《周草窗年谱》，《唐宋词人年谱》，上海古籍出版社1979年版，第378页。

② 萧鹏：《〈乐府补题〉寄托发微——与夏承焘先生商榷》，《文学遗产》1985年第1期，第66—71页。

③ 黄贤俊：《碧山四考》，《词学》第六辑。

炎寓越殆近三载。”“张炎于浮翠山房赋白莲，时在辛卯、癸巳之间，似当近实。”“夏承焘先生《乐府补题考》系诸家之作于祥兴二年（1279），是年陈恕可21岁，仇远18岁，与周密等同赋《水龙吟》、《齐天乐》词，似尚嫌年少，不如定其作于辛卯、癸巳间，更为信而有征。”[①]辛卯为至元二十八年（1291），癸巳为至元三十年（1293），此时距发陵事及宋亡已十余年，故《乐府补题》中诸词，恐不宜如上述诸人那样坐实解释。复从词中具体情调来看，“家国之恨”可能存在，落魄之悲更是难免，但也不乏以节操自励之语及友朋之娱。

当然，要探索《乐府补题》的寓意，主要还应抓住文本的具体描写，从这一角度看问题，以上诸种“寄托”说，若就某一句或某一首词而言，或勉强可说得过去，若联系全部《乐府补题》来看，均扞格难通。因为时代久远，词人事迹多湮没无闻，无确切本事可资考证，诸家观点，皆为悬想之词，且多断章取义，抓住一点穷追猛打，很少顾及全篇、全书。下面我们依据《乐府补题》原作，从其所用主要典故和具体描写来探讨这些词究竟有无寓意。如夏承焘先生所举周密《癸辛杂识》续集、别集所载二事，的确难免胶柱鼓瑟之憾，萧鹏对夏先生力主的“发陵说”作出了令人信服的驳正，其要点有三：第一，没有任何历史记载可以坐实此说；第二，《乐府补题》五咏不是作于同时同地；第三点，指出周密参与《乐府补题》诸词唱和时，尚未听到“发陵”事的有关细节，夏先生所举二证，皆为草窗晚年（指参与《乐府补题》唱和之后）所得材料，足可证明草窗诸人唱和时，并无明确的寄托之意[②]。所论材料丰富、证据确凿。可惜的是，萧鹏先生自己立论时，却重新陷入清人及夏承焘论《乐府补题》的怪圈。萧氏认为：“宛委山房所赋龙涎香八首，据词中的描写，很可能是寄托厓山之覆灭。”“馀闲山房咏蝉……我们推测，此咏的背景应该是元朝统治者开始大量强征南士赴召，或上北都书写《金刚经》，或出任各州学正、教授。”[③]同样是出于臆测。

《乐府补题》的“寄托”说是由浙西词派词人朱彝尊、厉鹗提出，常州词派词人周济、陈廷焯、王树荣进一步发展，晚近词家为前人成说所囿，且受常州词派的比兴寄托说影响过深，难免作出种种臆测。其实，依目前掌握的文献资料，是不宜得出上述（尤其是前五种）过于指实的结论的。依笔者愚见，这五组词首先是词社的咏物词，故当从所咏之物、所用之典及具体描写推求之。

如《天香·咏龙涎香》，龙涎香是抹香鲸病胃的一种分泌物，因得之于海上，故名，亦称龙泄，和以其他香物，其香加烈，经久不散，是一种珍贵的香料。唐人苏

① 吴熊和：《宋人选宋词十种跋·〈乐府补题〉跋》，《吴熊和词学论集》，浙江教育出版社1999年版。夏承焘先生《〈乐府补题〉考古》曰：“然则补题虽无序跋记岁月，其必在至元戊寅、辛卯之间，则无疑矣。”吴先生此文，即针对夏文而发，且言之成理。

② 萧鹏：《〈乐府补题〉寄托发微——与夏承焘先生商榷》，《文学遗产》1985年第1期，第66—71页。

③ 萧鹏：《〈乐府补题〉寄托发微——与夏承焘先生商榷》，《文学遗产》1985年第1期，第66—71页。

鹗《杜阳杂编》下：（同昌）公主令取澄水帛，以水蘸之，挂于南轩，良久，满座皆思挟纩，澄水帛长八九尺，似布而细，明薄可鉴，其中有龙涎，故能消暑毒也。宋、元间亦用龙涎香为熏香，见叶绍翁《四朝闻见录》乙“宣政宫烛”条、周去非《岭外代答》七。可知龙涎香本为宫廷及王公贵人所用之物，其香气浓烈，可作熏香，有清凉去暑的显效。此组《天香》所写之香即为熏香，清人许昂霄《词综偶评》评王易简《天香》曰：“龙涎和众香焚之，能聚香，烟缕缕不散。”词中“骊宫”即指“海市蜃楼”，传说中的海上宫殿，也可指龙宫，古人或以为“龙涎香”当得自此处。词中又多用“荀令衣香”之典；据《太平御览》引《襄阳记》：东汉荀彧为尚书令，相传他的衣带有香气，所到之处，香经日不散，人称为令君香。词中提及“荀令如今渐老，总忘却，尊前旧风味”（王沂孙）、“荀令风流未减，怎奈向，漂零赋情老”（吕同老）、“荀令如今憔悴，消未尽，当时爱香意”（李彭老），都可视为词人们自抒年华老大之悲，词中又多写女性相思离别之事，亦为婉约词常调。词中找不出明显的寄托或影射，只不过总的调子偏于低沉，且“龙涎”“骊宫”等字面令人产生联想而已。我们不妨看看周密的此调词：

> 碧脑浮冰，红薇染露，骊宫玉唾谁捣。麝月双心，凤云百和，宝玦佩环争巧。浓薰浅炷，疑醉度、千花春晓。金饼著衣馀润，银叶透帘微袅。　　素被琼篝夜悄，酒初醒，翠屏深窈。一缕旧情，空趁断烟飞绕，罗袖馀馨渐少。怅东阁、凄凉梦难到。谁念韩郎，清愁渐老。

上片紧扣龙涎香题面展开描写，应是一位女子居室环境，写龙涎香是极力渲染其住处之高雅，暗示女主人公身份之高贵。下片写男子的相思之情，相思无望，故曰“谁念韩郎，清愁渐老”。全词看不出明显寓意。近人俞陛云分析王沂孙《天香·龙涎香》曰：“咏物工细之作，唐五代以来绝少，南宋较多。此调前半体物浏亮，后半即物寓情，咏物之名作也。起笔切合而极凝练，‘蟠’字、‘蜕’字尤工。‘萦帘’二句既状香痕荡漾，而以海山云气关合本题，在离合之间。后四句藉香以寓身世今昔之感，开合有致。”[①]对词中寄托的分析也是相当谨慎的。

《水龙吟·赋白莲》多以杨玉环（太真）比白莲，笔者拈出《开元天宝遗事》卷三（据《四库全书》本）的“解语花”一则记载，或可为此组词进一解：“明皇秋八月，太液池有千叶白莲，数枝盛开，帝与贵戚宴赏焉，左右皆叹羡久之。帝指贵妃示于左右曰：‘争如我解语花。’”此组词中多次写到“环儿”“真妃”“太液池”“霓裳舞”“温泉浴罢”，均与杨玉环有关。词人们或于赏白莲时，想到这一故事，词中反复写唐玄宗时的风流盛况，自然也寓有黍离之悲、荆棘铜驼之感。词中又写到仙人承露盘等，亦可作如此联想，但亦不可落到实处。

---

① 俞陛云：《唐五代两宋词选释》，上海古籍出版社1985年版，第568页。

如吕同老的《水龙吟·赋白莲》:

素肌不污天真，晓来玉立瑶池里。亭亭翠盖，盈盈素靥，时妆净洗。太液波翻，霓裳舞罢，断魂流水。甚依然、旧日浓香淡粉，花不似，人憔悴。 欲唤凌波仙子。泛扁舟、浩波千里。只愁回首、冰帘半掩，明珰乱坠。月影凄迷，露华零落，小阑谁倚。共芳盟，犹有双栖雪鹭，夜寒惊起。

起五句赋白莲本题，“太液”五句咏杨玉环事，或与上引《开元天宝遗事》有关。下阕则主要咏叹花谢之后的零落凄凉之状，仍回到本题，咏物与咏人相结合，无明显寄托。又如王沂孙《水龙吟·赋白莲》:

翠云遥拥环妃，夜深按彻霓裳舞。铅华净洗，涓涓出浴，盈盈解语。太液荒寒，海山依约，断魂何许。甚人间、别有冰肌雪艳，娇无那，频相顾。 三十六陂烟雨。甚凄凉、向谁堪诉。如今谩说，仙姿自洁，芳心更苦。罗袜初停，玉珰还解，早凌波去。试乘风，一叶重来月底，与修花谱。

此词上阕咏杨玉环，兼咏白莲，主要写其盛况。下阕咏白莲为主，兼及玉环，重心在其衰败，语意甚明。近人释此词，也有求之过深者，如俞陛云曰：“惟起五句咏本题，馀皆藉花以抒感。‘海山’‘断魂’句言末造飘流海岛，落日狂涛，宫车不返。‘别有冰肌’四句意谓两朝冠剑，降表签名，大有人在，而不欲斥言，乃托词以隐刺。后段‘仙姿’二句尤为攖心深痛，纵埋名削迹，安能解其饮冰茹蘖之悲，何异于落尽莲衣而莲心更苦，乃极写其哀思。‘早凌波去’句怅鼎湖之去远，‘乘风盼归’句，乃抱弓剑而仍号也……碧山此词，虽意在君国，而本题亦不抛荒。首句之‘翠云环妃’及后段之‘仙姿自洁’‘玉珰凌波’句仍雅切白莲，可谓句意兼得矣。”①此说实受“厓山之变”论的影响，并无任何事实根据。

《摸鱼儿·赋莼》主要用《晋书·张翰传》故事：“齐王冏辟（翰）为大司马东曹掾……因见秋风起，乃思吴中菰米、莼羹、鲈鱼脍，曰：‘人生贵得适志，何能羁宦数千里以要名爵乎！’遂命驾而归。”此组词多是这些词人在发牢骚，曲折地表示不愿与新朝合作，恐难看出更深的言外之意。如李彭老《摸鱼儿·赋莼》词云:

过垂虹、四桥飞雨，沙痕初涨春水。腥波十里吴歈远，绿蔓半萦船尾。连复碎。爱滑卷青绡，香袅冰丝细。山人隽味。笑杜老无情，香羹碧涧，空只赋芹美。 归期早，谁似季鹰高致。鲈鱼相伴菰米。红尘如海邱园梦，一叶又秋风起。湘湖外。看采撷、芳条际晓随渔市。旧游漫记。但望里江南，秦鬟贺

① 俞陛云：《唐五代两宋词选释》，上海古籍出版社1985年版，第585页。

镜，渺渺隔烟水。

俞陛云析李彭老此词曰："起笔从水乡引起采莼，有闲逸之致。'绿蔓'四句咏物工细，旋用香芹碧涧羹诗意作衬，以开宕局势。下阕用季鹰事，虽意所易到，而接以'红尘如海'二句，意境便超。'际晓随鱼市'句涉想殊妙。结处'秦鬟贺镜'，殆谓秦封山及贺监湖，觉炼字过于生硬。"[①]俞氏析王沂孙此题词曰："前四句赋莼，细腻熨贴。'罗带'二句喻新而句秀。'吴中'四句以酪乳、鲈鱼作陪宾，佐秋来之一醉，笔致生动。下阕因莼鲈而动乡思，兼有蒹葭忆远之情。因前半首征实，故后半课虚，虚实相乘，乃布局揣称处。后路托想迢递，词客秋怀，与烟水同其浩渺矣。"[②]所析皆较确，并未往"微言大义"上牵扯。

至于《齐天乐·赋蝉》，如果说寓有词人的身世之感则可能，从唐人骆宾王《在狱咏蝉》、李商隐《蝉》开始，即有此传统，这也可见吴熊和先生对组诗作年的考证有理（若此组词作于1279年，则陈恕可21岁，仇远仅18岁，似不太可能有很深的身世之悲）。如果说蝉鬟即为已去世的后妃长发，则太过牵强。夏承焘先生此说本据周密《癸辛杂识》的记载，那么，我们且看周密的《齐天乐·赋蝉》是否有此意，词曰：

槐阴忽送清泠怨，依稀乍闻还歇。故苑愁长，危枝调苦，前梦蜕痕枯叶。伤情念别，是几度斜阳，几回残月。转眼西风，一襟幽恨向谁说。　轻鬟犹记动影，翠奁应怪我，双鬓如雪。枝冷频移，叶疏犹抱，空负好秋时节。凄凄切切，渐迤逦黄昏，砌蛩相接，露洗馀悲，暮寒声更咽。

此词以正面咏蝉为主，从"转眼西风，一襟幽恨向谁说"和"露洗馀悲，暮寒声更咽"等句来看，词中有亡国末世文人的身世之悲、凄凉之感是可能的，但却找不到与"发陵事"有关的蛛丝马迹。争议较大的是王沂孙的《齐天乐·赋蝉》：

一襟遗恨宫魂断，年年翠阴庭宇。乍咽凉柯，还移暗叶，重把离愁低诉。西园过雨。渐金错鸣刀，玉筝调柱。镜掩妆残，为谁娇鬓尚如许。　铜仙铅泪似洗，叹携盘去远，难贮零露。病翼惊秋，枯形阅世，消得斜阳几度。馀音更苦。甚独抱清高，顿成凄楚。谩想薰风，柳丝千万缕。

清人端木埰《词选批注》评此词云："详味词意，殆亦碧山黍离之悲也。首句'宫魂'字点清命意。'乍咽''还移'，慨播迁也。'西窗'三句，伤敌骑暂退，宴安如故也。'镜暗妆残'，残破满眼。'为谁'句，指当日修容饰貌，侧媚依然。衰世臣

① 俞陛云：《唐五代两宋词选释》，上海古籍出版社1985年版，第528页。
② 俞陛云：《唐五代两宋词选释》，上海古籍出版社1985年版，第577页。

主全无心肝，真千古一辙也。'铜仙'三句，伤宗器重宝均被迁夺北去也。'病翼'三句，更是痛哭流涕，大声疾呼，言海徼栖流，断不能久也。'馀音'三句，哀怨难论也。'谩想薰风，柳丝千万'，责诸人当此尚安危利灾，视若全盛也。语意明显，凄婉至不忍卒读。"[①]此词词调危苦，可能有身世之感与家国之痛，如周济《宋四家词选》所云："此家国之恨。"但端木氏将此词与宋亡之事相比附，且句句落到实处，实亦缺乏根据。唐圭璋先生等人对此词的分析恰到好处，也为我们理解此类词提供了具有规范意义的借鉴："本词以'宫魂'两字点题，指出蝉是齐女之魂所化。以下用拟人法写蝉鸣庭树，深诉离愁。而雨后蝉声，又极清脆动听；镜中蝉鬓，还是缥缈动人。下片由蝉饮露水联系到铜仙铅泪，暗示亡国之痛；接着从'病翼''枯形'说明秋蝉之悲苦，余音之哀抑；并结合自身境遇，以独抱清高而满怀凄楚，暗示故国之思。结尾回溯薰风吹拂，蝉鸣于万缕柳丝的盛时，句意含蓄曲折，言外之意是说回首往事，已是无魂可断，而作者心情之沉痛，也可想见。"[②]

《桂枝香·赋蟹》主要用《晋书·毕卓传》："卓尝谓人曰：'得酒满数百斛船，四时甘味置两头，右手持酒杯，左手持蟹螯，拍浮酒船中，便足了一生矣。"实与张翰之用心相同，均有倦宦之意。古人亦有将莼、蟹并称者，宋人苏舜钦《答韩持国书》（载《苏学士集》卷十）："渚茶野酿，足以消忧；莼鲈稻蟹，足以适口。"[③]此组词亦很难与发陵之事、亡国之痛相联系。举陈恕可《桂枝香·赋蟹》为例：

> 西风故国，记乍免内黄，归梦溪曲。还是秦星夜映，楚霜秋足。无肠枉抱东流恨，任年年、袛匡微绿。草汀篝火，芦洲苇箔，早寒渔屋。　叙旧别、芳笋荐玉。正香擘新橙，清泛佳菊。依约行沙乱雪，误惊窗竹。江湖岁晚相思远，对寒灯、谩怀幽独。嫩汤浮眼，枯形蜕壳，断魂重续。

总之，除非新发现过硬材料，将《乐府补题》与发陵事、与厓山之变及全太后事、谢太后事、王清惠事等联系起来，总嫌牵强，也就是说，1至5说皆不可取，如果将此书视为有一定身世之感的咏物之什，则较为稳妥，换言之，第6说较有可能。因《桂枝香·赋蟹》仅有四首，与前四组明显不成比例，且无序跋之文，故朱彝尊推测原书有残缺是有可能的。

三、《乐府补题》的理解与近三百年"比兴寄托"词学观的演变

词论兴起之初，较少儒家思想的束缚，并未侈言比兴，但以微言大义论词，

① 端木埰：《词选批注》，唐圭璋编：《词话丛编》，中华书局1986年版，第1821页。
② 唐圭璋等选注：《宋词》，北京十月文艺出版社1995年版，第620页。
③ 苏舜钦：《苏舜钦集》（16卷），沈文倬校点，中华书局1961年版，第126页。

宋人已肇其端，黄升《唐宋诸贤绝妙词选》卷二引鲖阳居士论苏轼《卜算子》（缺月挂疏桐）云："缺月，刺微明也。漏断，暗时也。幽人，不得志也。独往来，无助也。惊鸿，贤人不安于位也。回头，爱君不忘也。无人省，君不察也。拣尽寒枝不肯栖，不偷安于高位也。寂寞吴江冷，非贤所安也。此与《考槃》相似。"不过，这种情形在宋代具有偶发性，在元、明两代也不多见。入清之后，以比兴论词渐成风气，人们多以为常州词派是比兴寄托说在清代的始作俑者，其实不然，从上文可见，清初的阳羡词派与浙西词派均重比兴寄托，如阳羡词派领袖陈维崧《乐府补题序》即从比兴寄托的角度着眼，将此组词与汪元量、王清惠之事相联系。浙西词派领袖朱彝尊则认为《乐府补题》诸词"虽有山林友朋之娱，而身世之感，别有凄然言外者"，有"骚人《橘颂》之遗音"[①]。朱氏《陈纬云红盐词序》也指出："词虽小技，昔之通儒巨公，往往为之。盖有诗所难言者，委曲倚之于声，其辞愈微而其旨益远，善言词者，假闺房儿女之言，通于《离骚》变雅之意，此尤不得志于时者所宜寄情焉耳。"《乐府补题》由朱彝尊发现、经蒋景祁刊刻后，在京城形成"后补题"的唱和热，参与其中的文人竟达百人，蒋景祁《刻〈瑶华集〉述》云："得《乐府补题》而辇下诸公之词体一变。"据严迪昌、张宏生诸先生研究，在"后补题"唱和活动中，陈维崧的词多含"故国之思"，与其《乐府补题序》宗旨相近，朱彝尊的词纯乎咏物，并无寄托，与其《乐府补题序》宗旨不同，较为符合当时的时代潮流。[②]浙西词派后期词论家厉鹗《论词绝句》十二首即将词之起源与《离骚》和传为李白所作的那两首寄托遥深的词作相联系："美人香草本《离骚》，俎豆青莲尚未遥。"厉鹗《群雅词集序》称赞集中诸人词"托兴乃在感时赋物登高送远之间"，《吴尺凫玲珑帘词序》说吴词"寓托"深，故《论词绝句》其六论《乐府补题》时，自然注意其比兴之义。可见，清代重比兴寄托的词学理论，实由阳羡词派与浙西词派为之开端，并对后起的词论产生影响。

常州词派的创始人张惠言，亦将词与《诗经》《楚辞》相比附，《词选序》云："词者，盖出于唐之诗人，采乐府之音以制新律，因系其词，故曰词。《传》曰：'意内而言外谓之词。其缘情造端，兴于微言，以相感动。极命风谣，里巷男女哀乐，以道贤人君子幽约怨悱不能自言之情。低徊要眇以喻其致。盖诗之比兴，变风之义，骚人之歌，则近之矣。"在《词选》中，他常将词与《诗经》《楚辞》相比附，且往往深求其"微言大义"，所言多出于主观臆测。兹举数例如下：

> 此感士不遇也。篇法仿佛《长门赋》，而用节节逆叙。此章从梦晓后，领起"懒起"二字，含后文情事，"照花"四句，《离骚》初服之意。——评温庭筠《菩萨蛮》（小山重叠金明灭）

① 朱彝尊：《乐府补题序》，《曝书亭集》卷三十六，四部备要本。

② 参严迪昌《清词史》第二编第二章，张宏生《清代词学的构建》第二章。

三词忠爱缠绵，宛然《骚》《辩》之义。延巳为人，专蔽嫉妒，又敢为大言。此词盖以排间异己者，其君之所以信而弗疑也。——评冯延巳《蝶恋花》（六曲栏杆偎碧树、莫道闲情抛却久、几日行云何处去）

"庭院深深"，闺中既以邃远也。"楼高不见"，哲王又不寤也。"章台"、"游冶"，小人之径。"雨横风狂"，政令暴急也。"乱红飞去"，斥逐者非一人而已，殆为韩、范作乎？——评欧阳修《蝶恋花》（庭院深深深几许）

此与德太学生二词用意相似。"点点飞红"，伤君子之弃。"流莺"，恶小人得志也。"春带愁来"，其刺赵、张乎？——评辛弃疾《祝英台近》（宝钗分）

此章更以二帝之愤发之，故有昭君之句。——评姜夔《疏影》（苔枝缀玉）

碧山咏物诸篇，并有君国之忧。此喜君有恢复之志，南惜无贤臣也。——评王沂孙《眉妩》（渐新痕悬柳）

此伤君臣晏安，不思国耻，天下将亡也"——评王沂孙《高阳台》（残雪庭除）

此言乱世尚有人才，惜世不用也。不知其何所指。——评王沂孙《庆清朝》（玉局歌残）

此伤君子负枉而死，盖以李纲、赵鼎之流。"回首当年汉舞"云者，言其自结主知，不肯远引。结语，喜其已死而心得白也。——评无名氏《绿意》（碧园自洁）

上文所引周济、蒋敦复、陈廷焯、端木埰等人强调《乐府补题》"比兴寄托"的主张，实均与张惠言之论一脉相承，因诸人皆为常州词派后学也。清末著名词家如陈廷焯、况周颐诸人亦均为常州词派后劲，陈氏《白雨斋词话自序》云："倚声之学，千有馀年，作者代出；顾能上溯风骚，与为表里，自唐迄今，合者无几……飞卿、端己，首发其端；周、秦、姜、史、张、王，曲竟其绪。而要皆发源于风雅，推本于《骚》《辩》，故其情长，其味永，其为言也哀以思，其感人也深有感以婉。"《白雨斋词话》卷一论词重沉郁，曰："所谓沉郁者，意在笔先，神馀言外。写怨夫思妇之怀，寓孽子孤臣之感。凡交情之冷淡，身世之飘零，皆可于一草一木发之。而发之又必若隐若见，欲露不露，反复缠绵，终不许一语道破。"况氏《蕙风词话》卷一论词同样重"寄托"："词，《说文》：'意内而言外者也'。意内者何？言中有寄托也。所贵于寄托者，触发于弗克自已，流露于不自知，吾为词而所寄托者出焉，非因寄托而为是词也。有意为是寄托，若为吾词增重，则是鹜乎其外，近于门面语矣。苏文忠'琼楼玉宇'之句，千古绝唱也，设令似此意境，见于其他词中，只是字句变易，别无伤心之怀抱，婉至激发之性真，贯注于其间，不亦无谓之至耶！寄托犹是也，而其达意之笔，有随时逐境之不同，以谓出于弗克自已，则亦可耳。"著名词学家朱祖谋也是遵奉常州词派的。现代词家如龙榆生、夏承焘、唐圭璋等人，同样深受常州词派影响，在对《乐府补题》的认识上，夏承焘先生的观点失之偏颇，唐圭璋先生的意见较为稳妥，对常州词派理论的某些弊病有所纠正。常州词派词论过于求深的毛病，在今人的一些文章中仍然时有发现，这是一个应当引起学术界注意的问题。

[原刊于《安徽师范大学学报》(人文社会科学版) 2001年第4期]

读梦窗词札记〔九〕

◆钟振振

【关键词】宋词；吴文英；梦窗词

【摘　要】南宋著名格律派词人吴文英之《梦窗词》幽邃丽密，索解甚难。本文就其10首词的文本解读，提出了与杨铁夫、陈洵、刘永济等著名学者不同的商榷意见。

南宋著名格律派词人吴文英，其《梦窗词》幽邃丽密，号称“七宝楼台”，索解之难，论者咸以为比于唐诗中之玉溪生。又自宋迄清，问津者寡，“诗家总爱西昆好，独恨无人作郑笺”之憾，固所难免。洎晚今朱孝臧、俞陛云、陈洵、夏承焘、杨铁夫、刘永济诸先生出，或为之笺，或为之注，或为之说，虽笺释全集者仅杨氏一家，其他所笺、所注、所说多寡有差，皆非全豹，而梦窗之词，乃始可读。惟筚路蓝缕，艰难实多，诸所笺说，间有疑义。兹就积年研读所得，撰为札记若干篇，陆续发表，以祈海内方家之教正。前已有二篇分别发表于中华书局《文史》第四十六辑、第四十九辑，一篇发表于中国社会科学院文学研究所《文学遗产》1999年第4期，一篇发表于《暨南学报》2000年第6期，四篇待发，此则第九篇也。

（1）《望江南》上片：“三月暮，花落更情浓。人去秋千闲挂月，马停杨柳倦嘶风，堤畔画船空。”

杨铁夫先生《吴梦窗词笺释》卷四说“人去”二句曰：“此是苏堤人散光景。”[①]

刘永济先生《微睇室说词》曰：“‘人去’，庭院春暮也。‘马停’，陌上春暮也。‘堤畔画船空’，湖上春暮也。”[②]

按：《笺释》《说词》于此词上片之脉络、意旨，似未能窥入，试为述之如次。

“人去秋千闲挂月”，此句属女子。“秋千”乃寒食、清明时节女子游戏之具，今则“闲挂”于明月之中，见美人之“去”也。

“马停杨柳倦嘶风”，此句属男子。“马”乃男子所乘，今则系于“杨柳”树下，见游人之往也。

然则美人、游人果何去何往？下文“堤畔画船空”五字双绾上二句，给出答

① 杨铁夫：《吴梦窗词笺释》，广东人民出版社1992年版，第321页。

② 刘永济：《微睇室说词》，上海古籍出版社1987年版，第21页。

案：美人、游人盖尽乘画船游湖去矣，故“堤畔画船”为之一空也。

美人之中，自含倡女；游人之中，自含荡子。荡子倡女，相携游湖，当时风气如此，自是题中应有之义。此其所谓“情浓”也欤？

（2）《清平乐·书栀子扇》：“柔柯剪翠。胡蝶双飞起。谁堕玉钿花径里。香带薰风临水。　露红滴口秋枝。金泥不染禅衣。结得同心成了，任教春去多时。”

杨铁夫先生《吴梦窗词笺释》卷四说“谁堕”句曰：“‘玉钿’，喻栀子花落如钿坠也。”又说“金泥”句曰：“栀子花黄，故曰‘金’。释子袈裟多作黄色。”又说末句曰：“栀子花开在十月，故曰‘任教春去多时’。”[①]

按：“谁堕玉钿花径里”，谓不知谁堕玉钿于此，化为栀子花也。非“喻栀子花落如钿坠”。下句“香带薰风临水”，显见是写此花盛开而香浓，而非写花落。南朝梁简文帝《咏栀子花》诗曰：“素花偏可喜，的的半临池。”是其所本。

清代汪灏等《广群芳谱》卷三八《花谱》十七《卮子》引明代王象晋《群芳谱》曰：“栀子……入夏开小白花，大如酒杯，皆六出，中有黄蕊，甚芬芳……《酉阳杂俎》云‘相传即西域薝蔔花’，或曰：薝蔔金色，花小而香，西方甚多，非栀也。”梦窗词盖咏白栀子花，上文“玉钿”之喻可证。此曰“金泥不染禅衣”，亦言其花白，而以栀子即西域薝蔔，花色金黄之说为非也。《笺释》曰“栀子花黄，故曰金”，适得其反矣。盖“释子袈裟”虽“多作黄色”，而梦窗明言此花“不染”，即不作黄色也。

又，《笺释》曰“栀子花开在十月”，亦误。此花实开于夏日，上文“薰风”，正夏日之南风也。此本词自证，恰与《群芳谱》合。

（3）《满江红》：“翠幕深庭，露红晚、闲花自发。春不断，亭台成趣，翠阴蒙密。紫燕雏飞帘额静，金鳞影转池心阔。有花香、竹色赋闲情，供吟笔。　闲问字，评风月。时载酒，调冰雪。似初秋入夜，浅凉欺葛。人境不教车马近，醉乡莫放笙歌歇。倩双成、一曲紫云回，红莲折。”

杨铁夫先生《吴梦窗词笺释》卷四曰：“此盖游园之作。时则秋、夏之交。”又说“春不断”三句曰：“‘翠阴浓密’，虽非春，仍觉其为春，故曰‘不断’。”[②]

按：据“春不断”“翠阴浓密”“紫燕雏飞”等语，此词当作于春末夏初。“似初秋入夜，浅凉欺葛”，言入夜时浅凉似初秋耳。用“似”字，正见其非秋也。“葛”即葛布衣服，为夏装。葛衣不敌夜凉，故曰“浅凉欺葛”耳。

“倩双成、一曲紫云回、红莲折”，“折”疑当作“拆”。此谓请美人妙歌一曲，红莲花当为之绽放也。“双成”，即董双成，仙女之名。此代指歌妓。《紫云回》，仙曲也，此代指美妙之歌曲。

（4）《鹧鸪天·化度寺作》：“池上红衣伴倚阑。栖鸦常带夕阳还。殷云度雨疏桐落，明月生凉宝扇闲。　乡梦窄，水天宽。小窗愁黛淡秋山。吴鸿好为传归信，

① 杨铁夫：《吴梦窗词笺释》，广东人民出版社1992年版，第322页。

② 杨铁夫：《吴梦窗词笺释》，广东人民出版社1992年版，第324页。

杨柳阊门屋数间。”

陈洵先生《海绡说词》曰：“‘杨柳阊门’，其去姬所居也。”[①]

杨铁夫先生《吴梦窗词笺释》卷四曰：“此亦忆姬之作。”又说末二句曰：“‘阊门’，姬家所在地。等闲消息，非所欲知；所欲知者，‘归信’耳。‘传’，是由彼方传来；若作传去者，误。”[②]

刘永济先生《微睇室说词》曰：“此词，梦窗寓杭时忆去妾作。‘杨柳阊门屋’，去妾吴中所居也。”又曰：“下半阕设想去妾之心情，而‘吴鸿’传信，歇拍告‘吴鸿’以去妾所居之地也。”[③]

按：宋代潜说友《咸淳临安志》卷八一《寺观》七载：“化度寺，梁朱异舍故居为寺。旧名‘众安’，隋改‘众善’，唐改‘重云’，再改‘承云’，治平二年改今额。”定此词作于临安（杭州），大抵可信。然梦窗中年寓居苏州时，实有短期赴杭之行迹。作此词时乃寄寓寺庙，而非赁屋以居，可见此次在杭，为时较短。又词曰“吴鸿好为传归信，杨柳阊门屋数间”，是不久将归苏州之语气。故此词当是寓苏期间，偶因事短期赴杭，在杭思家之作。所思者究为其妻抑其姬妾，尚难遽断。即使所思者真为其姬妾，亦无以见其此时已“去”（离梦窗而去）也。

要之，诸说者以此为“忆去姬”之词，以“杨柳阊门屋”为去姬所居，皆嫌武断。而《笺释》以“归信”为去姬复归之消息，尤有乖于诗词之辞法、句法、章法云。

（5）《卜算子》：“凉挂晓云轻，声度西风小。井上梧桐应未知，一叶云鬟袅。来雁带书迟，别燕归程早。频探秋香开未开，恰似春来了。”

杨铁夫先生《吴梦窗词笺释》卷四曰：“此词疑咏桂并忆姬作。”又说“井上”二句曰：“因其‘轻’与‘小’，故井梧‘未知’。若桂，则已先开，有人簪鬟矣。入题迤逦。”又说“来雁”二句曰：“二语倒装。下句，姬去；上句，无信。”又说末二句曰：“上句，探听归信；下句，不来亦疑其来。”[④]

按：此词咏立秋，非“咏桂”，更与“忆姬”无关。

“井上梧桐应未知，一叶云鬟袅”，宋代吴自牧《梦粱录》卷四《七月》载：“立秋日太史局委官吏于禁廷内，以梧桐树植于殿下，俟交立秋时，太史官穿秉奏曰‘秋来’，其时梧叶应声飞落一二片，以寓‘报秋’意。都城内外，侵晨满街叫卖楸叶，妇人、女子及儿童辈争买之，剪如花样，插于鬟边，以应时序。”[⑤]其“叶”当为楸叶而非桂花。当凉轻西风小之初秋，桂尚未花也。《梦粱录》卷四《中秋》载“八月十五日中秋节……丹桂香飘”可证。

“来雁带书迟，别燕归程早”，初秋之时，雁尚未来，故曰“迟”；燕亦未去，言

① 陈洵：《海绡说词》，唐圭璋编：《词话丛编》，中华书局1986年版，第4859页。
② 杨铁夫：《吴梦窗词笺释》，广东人民出版社1992年版，第326页。
③ 刘永济：《微睇室说词》，上海古籍出版社1987年版，第107页。
④ 杨铁夫：《吴梦窗词笺释》，广东人民出版社1992年版，第327—328页。
⑤ 吴自牧：《梦粱录》20卷，浙江人民出版社1980年版，第24页。

"早"者，求对仗之工耳。此二句但借候鸟以见节序，谓其分指"姬去""无信"，未免附会矣。

"频探秋香开未开，恰似春来了"。盖言自此频探桂花开未，一似春初来时之探梅也。亦与探姬之"归信""疑其来"全不相干。

（6）《凤栖梧·甲辰七夕》："开过南枝花满院。新月西楼，相约同针线。高树数声蝉送晚。归家梦向斜阳断。　　夜色银河情一片。轻帐偷欢，银烛罗屏怨。陈迹晓风吹雾散。帘钩空带蛛丝卷。"

杨铁夫先生《吴梦窗词笺释》卷四曰："'甲辰'，即为姬去之年。姬以春去。观词语，盖尝约七夕归来而未践也。"又说起句曰："'南枝'，指桂言。"又说"新月"二句曰："约七夕归。"又说"归家"句曰："候之整日，终不归来。"又说末句曰："燕不归来，帘亦空卷而已"[①]

按："开过南枝花满院"，"南枝"不得指桂，盖七夕之时桂尚未花（参看上条按语），遑论"开过"？唐代白居易《六帖》谓："大庾岭上梅花，南枝已落，北枝方开。"故宋词每以"南枝"指梅花。如晏几道《诉衷情》曰："小梅风韵最妖娆，开处雪初消。南枝欲附春信，长恨陇人遥。"晁端礼《水龙吟》曰："夜来深雪前村路，应是早梅初绽。故人赠我，江头春信，南枝向暖。"毛滂《踏莎行·会宗园初见梅花》曰："南枝微弄雪精神，东君早寄春音信。"郑少微《鹧鸪天》曰："谁折南枝傍小丛？佳人丰色与梅同。"叶梦得《菩萨蛮·湖光亭晚集》曰："梅花消息近，试向南枝问。"其例不胜枚举。梦窗此句，"花"字如承上"南枝"，则特指梅花，是"满院梅花开过"之意；如不承"南枝"，则泛指百花，是"梅花开过，满院群花烂漫"之意。若取前意，殆谓早春共赏梅花之约已误矣（故下文另约七夕重逢）；若取后意，则合下二句串解，殆谓梅花谢后、繁花满院之时，曾相约七夕重逢也。

"归家梦向斜阳断"，似自谓淹留在外，"归家"不得。《笺释》乃以此"归家梦"为梦窗盼其去姬"归家"之梦想，于文法似不甚合。

"帘钩空带蛛丝卷"，古俗以蜘蛛能报喜，言"空"者，怨其无灵验也。此"带蛛丝"三字非闲笔，不应忽过。

（7）《凤栖梧·化度寺池莲一花最晚有感》："湘水烟中相见早。罗盖低笼，红拂犹娇小。妆镜明星争晚照。西风日送凌波杳。　　惆怅来迟羞窈窕。一霎留连，相伴阑干悄。今夜西池明月到。余香翠被空秋晓。"

杨铁夫先生《吴梦窗词笺释》卷四曰："此为忆楚伎之词。"又说起句曰："'湘'是楚川……此叙相识之始，为逆入。"又说"妆镜"句曰："借点'晚'字。"又说"西风"句曰："'日'，疑'目'误。此言伎他去。"又说"惆怅"句曰："此言相见恨晚。"又说"一霎"二句曰："此盖言当时相处之暂。"[②]

按：唐代沈亚之《湘中怨解》载："垂拱年中，驾在上阳宫。太学进士郑生，晨

① 杨铁夫：《吴梦窗词笺释》，广东人民出版社1992年版，第328页。
② 杨铁夫：《吴梦窗词笺释》，广东人民出版社1992年版，第330—331页。

发铜驼里，乘晓月，度洛桥，闻桥下有哭甚哀。生下马，循声索之，见一艳女，翳然蒙袖曰：'我孤，养于兄。嫂恶，常苦我。今欲赴水，故留哀须臾。'生曰：'能逐我归之乎？'应曰：'婢御无悔。'遂载归与居，号曰汜人……居数岁，生游长安。是夕，谓生曰：'我湘中蛟宫之娣也，谪而从君。今岁满，无以久留君所，欲为诀耳。'即相持啼泣。生留之不能，竟去。后十余年，生之兄为岳州刺史，会上巳日，与家徒登岳阳楼，望鄂渚，张宴。乐酣，生愁吟曰：'情无垠兮荡洋洋，怀佳期兮属三湘。'声未终，有画舻浮漾而来，中为彩楼，高百余尺，其上施帷帐，栏笼画饰。帷褰，有弹弦鼓吹者，皆神仙蛾眉，被服烟霓，裙袖皆广尺。其中一人，起舞且歌，含颦凄怨，形类汜人。舞毕，敛袖，翔然凝望楼中。纵观方怡。须臾，风涛崩怒，遂迷所往。元和十三年，余闻之于朋中，因悉补其词，题之曰《湘中怨》，盖欲使南昭嗣《烟中志》为偶倡也。"[①]南昭嗣即唐代南卓，字昭嗣。其《烟中志》今不传。惟宋代秦观《淮海居士长短句》卷下《调笑令》十首并诗，中有《烟中怨》，诗曰："鉴湖楼阁与云齐，楼上女儿名阿溪。十五能为绮丽句，平生未解出幽闺。谢郎巧思诗裁剪，能使佳人动幽怨。琼枝璧月结芳期，斗帐双双成眷恋。"曲子曰："眷恋。西湖岸。湖面楼台侵云汉。阿溪本是飞琼伴。风月朱扉斜掩。谢郎巧思诗裁剪。能动芳怀幽怨。"可知《烟中志》或当作《烟中怨》。徐培均先生注《淮海居士长短句》，引（宋代施宿等）《嘉泰会稽志》卷十九："越渔者杨父，一女，绝色，为诗不过两句。或问：'胡不终篇？'曰：'无奈情思缠绕，至两句即思迷不继。'有谢生求娶焉……翁曰：'吾女词多不过两句，子能续之，称其意，则妻矣。'示其篇曰：'珠帘半床月，青竹满林风。'谢续曰：'何事今宵景，无人解与同？'女曰：'天生吾夫！'遂偶之。后七年，春日，杨忽题曰：'春尽花宜尽，其如自是花！'谢曰：'何故为不祥句？'杨曰：'吾不久于人间矣。'谢续曰：'从来说花意，不过此容华。'杨即瞑目而逝。后一年，江上烟花溶曳，见杨立于江中，曰：'吾本水仙，谪居人间。后倪思之，即复谪下，不得为仙矣。'"[②]以为此即《烟中怨》本事。似可从。梦窗词曰"湘水烟中相见早"，殆即糅合《湘中》《烟中》二怨而用之，以水仙比莲花也。此乃用典，并非纪实，何有"楚使"？更无所谓"相识之始"。

"妆镜明星争晚照"，此"晚照"乃夕阳，而题中"一花最晚"盖谓此花最迟开放，两"晚"字意义实不相蒙，故不得言此"晚"字点彼"晚"字也。

"西风日送凌波杳"，"日送"文义自通，不必疑改"目送"。此与上句合诠，盖谓众莲竞艳先发，然入秋即相继凋谢，西风日日送其如洛神之凌波远逝也。有此铺垫，下片乃自然突出彼"来迟"之晚花，章法极顺焉。

（8）《生查子·秋社》上片："当楼月半奁，曾买菱花处。愁影背阑干，素发残风露。"

杨铁夫先生《吴梦窗词笺释》卷四说起二句曰："'月半奁'，盖指西湖言。'菱

① 陈贻焮主编：《增订注释全唐诗》第3册，文化艺术出版社2001年版，第940页。
② 参见徐培均，罗立刚编著：《秦观词新释辑评》，中国书店2003年版，第257—258页。

花’秋开，切题。”[①]

按：“奁”者，镜奁也。“月半奁”，即半圆之月，非指西湖。月自可以“当楼”，若言“湖当楼”，则语病矣。

《广群芳谱》卷六六《果谱》十三《菱》引《群芳谱》曰：“菱……五六月开花。”而“秋社”乃八月（《梦粱录》卷四《八月》载：“秋社日，朝廷及州、县差官祭社稷于坛，盖春祈而秋报也。”），其时无菱花矣。且菱花亦非观赏之花，不闻有买卖之事也。窃谓此“菱花”实即“镜”之代名词。旧题汉代伶玄《赵飞燕外传》载赵婕妤上飞燕二十六物，中有“七出菱花镜一奁”。宋词中以“菱花”指“镜”之例甚多，如赵鼎《怨春风》曰：“宝鉴菱花莹，孤鸾慵照影。”蔡伸《镇西》曰：“菱花清镜里，眉峰暗斗。”石孝友《蓦山溪》曰：“菱花宝镜，拆破双鸾影。”径以“菱花”代“镜”之例亦甚多，如寇准《踏莎行》曰：“菱花尘满慵将照。”吴淑姬《祝英台近》曰：“偷照菱花，清瘦自羞觑。”康与之《采桑子》曰：“却对菱花淡淡妆。”皆是。

梦窗此二句盖用唐代孟棨《本事诗·情感》篇南朝陈驸马徐德言与妻乐昌公主破镜重圆故事。因当楼之月半圆，故拟之以半镜。原典谓德言与公主当国将亡时，“乃破一镜，人执其半，约曰：‘他日必以正月望日卖于都市……’”。梦窗词中“买菱花”之“买”字，即本于此。

(9)《霜天晓角》：“香苺幽径滑。萦绕秋曲折。帘额红摇波影，鱼惊坠、暗吹沫。　　浪阔。轻棹拨。武陵曾话别。一点烟红春小，桃花梦、半林月。”

杨铁夫《吴梦窗词笺释》卷四说曰：“此为忆楚伎而作。”又说“武陵”句曰：“‘武陵’，楚地。”[②]

按：“武陵”“桃花”，出陶渊明《桃花源记》。宋代李昉等《太平御览》卷九六七《果》部四《桃》引《幽冥录》（南朝宋刘义庆《幽明录》）、《太平广记》卷六一《女仙》六《天台二女》条引《神仙记》（晋葛洪《神仙传》）载汉刘晨、阮肇入天台山邂逅女仙故事，中有桃树子为媒介；《桃花源记》载武陵渔人入桃源，亦有桃花林相指引：故词中每牵合用之，以述男女恋情。后唐庄宗《忆仙姿》词曰：“曾宴桃源深洞，一曲清歌舞凤。长记欲别时，和泪出门相送。如梦，如梦，残月落花烟重。”已开此风。本篇亦其例也。宋人词中，此类甚多，如韩琦《点绛唇》曰：“惆怅前春，谁向花前醉？愁无际，武陵回睇，人远波空翠。”王安石《渔家傲·梦中作》曰：“隔岸桃花红未半，枝头已有蜂儿乱。惆怅武陵人不管。清梦断，亭亭伫立春宵短。”晁补之《斗百草》曰：“血写香笺，泪封罗帕，记三日、离肠恨搅。如今事，十二楼空凭谁到？此情悄。拟回船、武陵路杳。”韩元吉《六州歌头》曰：“前度刘郎，几许风流地，花也应悲。但茫茫暮霭，目断武陵溪，往事难追。”皆是其例。若谓诸公皆忆“楚伎”，何有宋一代“楚伎”如是之多也！《笺释》以梦窗词中

① 杨铁夫：《吴梦窗词笺释》，广东人民出版社1992年版，第331页。
② 杨铁夫：《吴梦窗词笺释》，广东人民出版社1992年版，第331—332页。

有“武陵”二字，辄断为“忆楚伎”，恐失之泥。此或“无谓之词以应歌”者，未必即有本事也。

(10)《好事近·秋饮》：“雁外雨丝丝，将恨和愁都织。玉骨西风添瘦，减尊前歌力。　　袖香曾枕醉红腮，依约唾痕碧。花下凌波入梦，引春雏双鸂。”

杨铁夫先生《吴梦窗词笺释》卷四说“玉骨”二句曰：“指自己说。”又说末句曰：“‘双鹈’，指二子。余于《事迹考》(即《笺释》所附《吴梦窗事迹考》)指姬有二子，即据此。”[①]

按：据“尊前歌”三字，可知“玉骨”二句所写乃一歌妓。因其多情多感，有“恨”与“愁”，故秋来瘦弱愈甚，尊前歌唱，亦有气无力矣。《笺释》以此二句为梦窗自指，非也。

“双鹈”，即双“鸂鶒”，犹双鸳鸯之比。词中常用以反衬抒情主人公之“孤独”，如唐代温庭筠《菩萨蛮》曰：“翠翘金缕双鸂鶒，水纹细起春池碧……青琐对芳菲，玉关音信稀。”五代毛文锡《醉花间》曰：“春水满塘生，鸂鶒还相趁……偏忆戍楼人，久绝边庭信。”宋代石孝友《谒金门》曰：“远岸双飞鸂鶒，一水无情自碧。飒飒白蘋风正急，断肠人独立。”杨炎正《满江红》曰：“笔染相思，暗题尽、朱门白壁……想深情、幽怨绣屏间，双鸂鶒。”皆是其例。梦窗词亦如此而已。《笺释》据此断言梦窗与其去姬生有二子，等于无据，实难令人信服。

[原刊《安徽师范大学学报》(人文社会科学版)2001年第2期]

① 杨铁夫：《吴梦窗词笺释》，广东人民出版社1992年版，第335页。

文廷式的词学主张及其近代意识

◆杨柏岭

【关键词】文廷式；词学；胸臆；比兴；近代意识

【摘　要】文廷式词学主张与政治倾向、学术思想一致，呈现出鲜明的近代意识。他以“写其胸臆”为填词指导思想，在词史观上，推崇北宋词，力挺辛派词，肯定了清代词家通过新知新事的描绘对词境的开拓；在词人修养论上，主张养胸中之性情，突出政治情怀，彰显近代知识分子的主体精神及人格内涵；在词的接受上，主张读者“心通比兴”，在近代学人的古今中西学术视野下务求心得，关注词家情志旨归的时代心理。

文廷式（1856—1904）是晚清清流派的后期代表人物，在政坛变幻、时势变迁、思想变化的大氛围中，身历其中，平生跌宕起伏，走在时代思潮演变的前沿。文氏亢傲之个性、特殊的仕宦经历与政治体验，以及富有近代精神的见识远虑，在成就其政治家身份的同时，亦确立了近代学者、思想家、文学家的地位。据文氏《望江南》（川流昼夜）词序载，其自同治九年（1870）初学词，此后30余年，填词不废，至光绪二十八年（1902）编成《云起轩词》。其词因为能多涉政事，彰显政治体验，自抒胸臆，不为门派所限，拓展词境，凸现个性化风格，或被列入“清季四大词人”，或被誉为“清词之结穴”，或被尊为“近代词之开端”，成为研习中国词史不可忽视之重要人物。

不过，学界对其政治、学术思想、诗文创作中的时代特色论述较多，而对其词学主张深入分析不够。其实，文氏研究词学30余年，涉猎百家，平生虽非“肆力于词学”，亦无专门论词专著，但词学造诣极深，散见于《纯常子枝语》、诸种《日记》等著述的论词资料颇为丰富[①]。其中，他的《云起轩词自序》更是集中陈述了自己的词学主张。结合其他论词资料，可以看出文氏词论的核心即在于“写其胸臆，则率尔而作”这个极富近代精神的观点。由此，文氏纵论了历代词学、词派之得

---

① 龙榆生《重校集评云起轩词》末附有《文芸阁先生词话》12则，系杂录近人论及《云起轩词》之语汇成，非文廷式本人的论词之语。施蛰存辑《纯常子词话》14则，系从文廷式《纯常子枝语》中抄集而成，为文氏说词之语。何东萍《云起轩词笺注》在此基础上，自汪叔子编《文廷式集》辑补22条，成《纯常子词话补》。

失、词人襟抱之厚薄与要求、词的接受原则与方法、词体的源流本末等一系列话题。

呼应近代词坛风气：推崇北宋词，力挺辛派词的词史观

以时代论词之盛衰，是词家论词的常见思路。清代朱彝尊《词综·发凡》曾针对“世人言词，必称北宋”现象予以反思，认为“词至南宋始极其工，至宋季而始极其变”。文氏《云起轩词自序》开篇即云：“词家至南宋而极盛，亦至南宋而渐衰。”很显然，在词学史观上，文氏的思考起点始于对浙西词派宗法对象的反思，在对南宋词的态度上，更是与朱氏针锋相对。在他看来，自从朱氏“以玉田为宗，所选《词综》，意旨枯寂，后人继之，尤为冗漫”，以及“以‘二窗’为祖祢，视辛、刘若仇雠”等做法，严重束缚了词史的发展，真可谓“家法若斯，庸非巨谬”！

就词学宗风而言，清初阳羡派、浙西词派有鉴于明代中后期言词必称北宋的现象，主张宗法南宋。乾嘉之际，常州词派崛起，在以比兴说词的旗帜下，开启了推尊北宋、五代词的风气。于是在浙西、常州两大词派宗风交织作用下，南北宋词学之争以及由南宋而上追北宋、五代，几成清后期词坛最突出的词学话题与门径。在此风气感召下，文廷式亦复如是，其诗文“皆入北宋之室”①，其“生平论词，以北宋为宗，雅不以梦窗诸人为然”②，“其所师法，在前代则崇北宋，而不满于南宋”③。当然，若是简单地认为文氏“不满于南宋”，这种说法过于片面，因为文氏尤为青睐苏辛派，他对南宋词的态度还是比较复杂的。他所云“词家至南宋而极盛”指的即是辛派词，而“至南宋而渐衰”，抑或说他所不满意的南宋词，说的主要是姜、张一派。

文氏论词推崇北宋，于南宋力挺辛派词，充分体现了他的以“写其胸臆，则率尔而作”为轴心的论词宗旨。为此，他在《云起轩词自序》中批评姜、张派词曰：“其声多啴缓，其意多柔靡，其用字则风云月露、红紫芬芳之外，如有戒律，不敢稍有出入焉。”《湘行日记》记载在阅读《绝妙好词》时，又“觉南宋人词亦颇有习气。近人不善学之，颇足厌也”④。这是因为以姜、张、二窗为代表的南宋词束缚于规范，词家才情淹没在各种戒律之中，未能尽其所能，抒其胸臆。相反，辛派词在绽放个性与才情的同时，又能彰显用世之心，发抒时代感喟，是典型的“写其胸臆”篇什，自然为文氏所重。

至于北宋词，文氏《湘行日记》曾记载夜间拟秦观词，得《满庭芳》（蘸水兰红）一阕，并自我评价曰：“此词微具北宋体。然以示王木斋，又将谓有作（所）指

① 朱德裳：《文廷式笔记》，《三十年闻见录》，岳麓书社1985年版，第39页。
② 王钟麒：《惨离别楼词话》，《民吁报》1909年11月1日。
③ 龙榆生：《清季四大词人》，《龙榆生词学论文集》，上海古籍出版社2009年版，第492页。
④ 汪叔子编：《文廷式集》（下），中华书局1993年版，第1125页。

矣。岂非痴人前不宜说梦乎！明到金陵，将以示之，为一笑也。”[1]上元（今南京）王德楷（字木斋）系文氏好友，于词最服文氏，唱和为多[2]，对文氏亦十分了解。因文氏平日填词多有寄托，故猜想好友木斋读这首“微具北宋体”的《满庭芳》时，会习惯性地从“有寄托”的角度解读。由此可见，文氏所谓词的“北宋体”，颇接近周济“无寄托出”的观点。周济《宋四家词选目录序论》曾说：“北宋主乐章，故情景但取当前，无穷高极深之趣……然南宋有门径，有门径故似深而转浅。北宋无门径，无门径故似易而实难。”尽管无论是南宋词的“有寄托入”，还是北宋词的“无寄托出”，对“写其胸臆”而言，仅是呈现方式不同；尽管文氏个人填词多用比兴寄托手法，亦不乏有门径的寄托之作，但就景叙情、自然圆融的“北宋体”才是其心中追慕的对象。若是以辞害意，抑或是徒具辞采而无性情，更有甚者“声多啴缓，意多柔靡”，则是文氏所不取的。

关于元明词，与多数词家认识一致，文氏认为这是词史衰弱期。其《云起轩词自序》认为：“迈往之士，无所用心，沿及元、明，而词遂亡，亦其宜也。”对此，他在谈及《永乐大典》中引书硃圈断句时，又例举申说“明人词学之疏”“往往有误，词曲尤甚”等现象。[3]关于清代词，文氏在词学复振的明确主张下，又有一种历经反复的发展观。自复振而言，如《云起轩词自序》云，清初词家“颇能宏雅”，此后部分词家亦不为浙西词派笼绊，于词境多有所开拓。对此，叶恭绰在《全清词钞序》中亦记载文氏曾说过“词的境界到清朝方始开拓”的话，且云文氏所说与朱祖谋一致，“实可代表词家公论”。而文氏所以这么说，与包括他本人在内的近代词家填词、论词有开拓词境的自觉意识有关。因受到“西学东渐”以及“千年未有之变局”时势变迁的影响，此时词家确实开拓了一些新题材、新主题。就中国词史而言，这种创作特点也的确为前代词史所不及。自清词发展之“反复”角度说，文氏主要对像浙西词派“如有戒律，不敢稍有出入焉”等问题，以及部分词家“论韵遵律，辄胜前人”，但不能自由地“写其胸臆”的填词风气不满。

至此，从词学演进的历程上看，清代词家在选择学习对象上，呈现出由南宋向北宋、五代逆归的整体走势。如浙西词派主张学习南宋尤其是姜夔、张炎，至常州派，如张惠言《词选序》则标举晚唐五代“深美闳约”的温庭筠词为典范，周济提出“问途碧山，历梦窗、稼轩，以还清真之浑化”（《宋四家词选目录序论》），蒋敦复所谓“力追南唐、北宋诸家”（《芬陀利室词话》卷三）把周济的意思申说得更为清楚，陈廷焯认为填词“根柢于风骚，涵泳于温、韦，以之作正声也可，以之作艳体亦无不可”（《白雨斋词话》卷五）……至王国维更将五代、北宋词视为有境界的最典型代表。有清一代尤其是近代词坛，这种学词门径的逆归现象虽有一种复古情结，但又是对“借复古而革新”的近代学术风气的一种反应。同时，苏辛豪放派

① 汪叔子编：《文廷式集》（下），中华书局1993年版，第1129页。
② 王瀣：《娱生轩词序》，《词学季刊》第一卷第三号，第180页。
③ 文廷式：《纯常子枝语》卷三，民国三十二年刻本。

在词史上虽时有推尊者，但总体上在“婉约为正”的观念下一直颇受非议。这种现象至近代词坛有了较大的改观，先是如周济“退苏进辛”，接着如刘熙载本着“厚而清”艺术观，既将苏轼词视为词体“声情悲壮”的正调以及“元分人物”的上品，又对稼轩爱之甚笃，视为由“峥嵘突兀”至“元分人物”的一个重要过渡[①]……文氏力挺苏辛派，亦是这种风气的回响。至朱祖谋，初学吴文英，后又肆力苏轼、辛弃疾二家，于苏轼词则尤所嗜喜。进而，文氏能从“词境之开拓”角度肯定清代词学的复振，其中近代词坛创作风气就是他的重要参照系。由此，文氏论词呼应了近代词坛的风气，而近代词家在学词宗法对象选择上的趣味，除了有词学主张及其艺术观等方面要求，还有就是近代社会转型发展中对知识分子人格内涵的呼应。像文廷式青睐苏辛词，就是一例。

关注近代文士人格：“养胸中之性情”的词人修养论

文廷式以“写其胸臆”为准的，在纵论历代词史时实已树立了一种以人格修养为内核的词人观。他在《云起轩词自序》中说：“国初诸家，颇能宏雅，迩来作者虽众，然论韵遵律，辄胜前人，而照天腾渊之才，溯古涵今之思，磅礴八极之志，甄综百代之怀，非窘若囚拘者所可语也。”在这里，文氏“极力张扬一种高远豪迈的志向，开阔博大的襟怀，穿透历史的眼光，挥洒自如的才情，也即词人要具备非同一般的主体精神，从而形成‘兀傲差若颖’的卓荦不群的艺术风貌”[②]。为此，文氏接着列举数例，从正反两面予以了说明。像曹贞吉“有俊爽之致”，蒋春霖“有沉深之思”，纳兰性德“学《阳春》之作而笔意稍轻”，张惠言“具子瞻之心而才思未逮”……“然皆斐然有作者之意，非志不离于方罫者也”。《礼记·乐记》曾云：“作者之谓圣，述者之谓明。”文氏以“作者”（创始者）要求词人，实则在强调真词人应当有创新、开拓的精神。

中国文论素来强调作家修养、襟抱之于创作的重要性，文氏《南轺日记》亦道及“经史之学，以考据而明；诗文之才，则不由于考据，在养胸中之性情，而多读古文之名作，以求其神志气韵之所才”[③]。而“养胸中之性情”除了多读古人名作，尚须有才气。《湘行日记》光绪十四年记载：“阅《汪梅村诗词集》，于咸丰、同治间事颇有见闻，惜才分稍隘，未足抒其胸臆耳；词笔尤近粗率。”[④]进而，还须从生活、时代中炼心性，像《南轺日记》记载的“乱离以来，始复有讲求才翰者；然气萧而词杂，且多脉洛不清”，就是因为心性炼养不足的表现。[⑤]可见，既须涵养于传

① 杨柏岭：《刘熙载“厚而清”艺术理念评介》，《安徽师范大学学报》（人文社会科学版）2006年第1期。

② 陈良运主编：《中国历代词学论著选》，百花洲文艺出版社1998年版，第687页。

③ 汪叔子编：《文廷式集》（下），中华书局1993年版，第1142页。

④ 汪叔子编：《文廷式集》（下），中华书局1993年版，第1122页。

⑤ 汪叔子编：《文廷式集》（下），中华书局1993年版，第1142页。

统，更须汲取时代需求，文氏此论明显带有近代具有革新精神的知识分子人格的时代特征。如此，方能真正理解他所谓真作者"非窘若囚拘者""非志不离于方罫者"的用意，也才能咀嚼出所谓"照天腾渊"之才、"溯古涵今"之思、"磅礴八极"之志、"甄综百代"之怀中这些修饰性定语的所指。而对文廷式个人来说，真作者的修养更应当以远见卓识、干预时事的政治情怀为主。沈曾植《清翰林院侍读学士文君芸阁墓表》云：

> 君所论内外学术，儒佛元理，东西教本，人材升降，政治强弱之故，演奇而归平，积微以稽著，于古学无所附，今学无所阿。九州百世以观之。呜呼，岂得谓非有清元儒、东洲先觉者哉。

可以说，在近代中国新旧冲突中，文氏这位"东洲先觉者"既有浓郁的民族自尊心，又能以世界眼光辩证看待中西文化优劣、异同。他曾主张通过废科目而废科举，要求培养"新民"的文化教育理念；多次批评那种以"攘夷"为核心的传统夷夏观，认为这是一种建立在虚骄心理的固陋之见；提出限制君权，抬高民权，提倡平等，尊重法制等一系列颇具近代政治意识的建议。如《纯常子枝语》卷十四指出"华夷之分在于政教"，因此"侈然自称为中国，诋人以夷狄，则适为万国之所笑而已"[①]；在《罗霄山人醉语》中又主张近代中国人要正视西方先进的政教文明，且"正当取西人之学以裨中国之不足"[②]，鉴于"有君以守法，胜于无君而无法。然君权无限，则几于无法者同"[③]的危害性，在《自强论》中进而呼吁今人治国当由"有治人而后有治法"向"有治法而后有治人"转变[④]……诸如此类，均能丰富文氏"养胸中之性情"的内涵。

这一点若结合文廷式的词作，可得到实质性的认识。相比较而言，在近代词家中，龚自珍词多从思想家的角度针砭时弊，在"略工感慨是名家"（《歌筵有乞书扇者》）的创作诉求中，其词的情感具有哲学化的特点；蒋春霖耳闻目睹了社会乱象，其词多着眼于社会图景、民生疾苦，其中情感具有历史化的特点；而"身系政局"的文廷式则多着眼于历史大事件，尤其是侧重于时事政策的利弊得失以及党祸纷争，由此发抒自己对王朝命运的感喟以及个人运命的困顿与抉择，其词的情感具有政治化的特点。正如钱仲联在《纯常子枝语序》中所云："晚清学者开派标宗者文芸阁、王半塘、朱古微，巍然鼎峙称巨匠，然以词人而为学人并身系政局之垂者则独推芸阁。"[⑤]钱氏此论确实指出了文氏词学的一大特色，而这一特点即便置于中国

---

① 文廷式：《纯常子枝语》卷十四，民国三十二年刻本。
② 汪叔子编：《文廷式集》（下），中华书局1993年版，第821页。
③ 汪叔子编：《文廷式集》（下），中华书局1993年版，第819页。
④ 汪叔子编：《文廷式集》（上），中华书局1993年版，第135页。
⑤ 文廷式：《纯常子枝语》，重修增刻本，广陵古籍刻印社1979年版。

词史中，亦具有一席之地。

究其原因，文氏生于一个“家风重名节，十世清德绍”（文廷式《畅志诗十首》之一）的封建仕宦之家。其入仕为宦，潜心时务，好论时事，始终存有务在用世之心，与家风密不可分。观其一生，青年时期多次客武壮幕，壮年进士及第，入仕途，大考被光绪亲拔为一等第一名，擢翰林院侍讲学士，兼日讲起居注，随后卷入帝党、后党纷争之中，直至被罢，亡命天涯。可以说，政治生活是文氏生命的最重要内容，又因其生活在近代中国的多事之秋，其“一身之进退，所系于世变者大也”（冒鹤亭语）[①]，而诗词活动与其政治生命血缘深厚。汪辟疆曾记载：文氏于甲午战役后，叹曰：“时事不可为，还是词章为我辈安身立命之地。”“生人之祸患，实词章之幸福。”[②]于是，在“自写胸臆”词学主张下，身为政治家的文氏自然亦将一己之政治态度、见解、经历及感喟流露于词中，将政治家的素质纳入词家性情、襟抱之中。

汲取近代学术精神：“心通比兴”的词作接受观

与提高对“词人”要求一致，文氏亦自然提升了词体的地位。他在《云起轩词自序》中指出：“词者，远继风骚，近沿乐府，岂小道欤？”有清一代，此论似乎成为词家论词的门面语，但文氏之说则浸染着近代社会意识。关于风人之旨，文氏《纯常子枝语》卷十一曾评曰：“周美成词柔靡特甚，虽极工致而风人之旨尚微。”然随后又依据周邦彦《汴都赋》末段“讥徽宗之求仙荒宴”的特点，认为“以此意观其词”，乃知周氏《扫花游》首句“晓阴翳日”、《点绛唇》首句“辽鹤归来”，“皆非寻常赋景怀人之句矣”，其中当有讽谏意味，且可见周氏忠君之心。由此，文氏认为刘熙载《词曲概》“讥美成词‘富艳精工，只是当不得个贞字’，亦过甚之论也”。[③]同时，因性情、环境关系，与屈原“忠而被谤”经历类似的文氏有着浓厚的屈骚情结，其“自写胸臆”的词学主张与《惜诵》“惜诵以致愍兮，发愤以抒情”之间渊源有自，皆强调了以政治情感体验为核心的创作观。据夏敬观《学山诗话》载，文氏“尝谓全以《楚辞》入词，可另开一境界”[④]，且调寄《沁园春》，隐括《楚辞·山鬼》篇意，以招隐士。文氏《读楚辞》诗有云“高阳苗裔有灵均，此是衰周第一人”，《论诗》又说“风雅而还读楚辞，纫兰佩芷不相师。洪炉自有陶钧术，怕看人间集字诗”，尊崇屈骚而又自铸胸臆。

作为晚清清流派代表人物，文氏以遇事敢直言著称，其词亦多有寄托讽喻之篇。正如前文已说，只要能“写其胸臆”，无论是门径易寻的有寄托，还是门径难觅

① 钱仲联：《文廷式年谱》，《中华文史论丛》1982年第4期，第302页。
② 汪辟疆：《汪辟疆文集》，上海古籍出版社1988年版，第394页。
③ 文廷式：《纯常子枝语》卷六，民国三十二年刻本。
④ 缄斋（夏敬观）：《学山诗话》，《同声月刊》1941年第8期。

的无寄托，皆为文氏所看重，但比较之下文氏论词尤重后者，更看重北宋体的“不期厚而厚”的旨趣。于是，《纯常子枝语》卷六先批评张惠言《七十家赋钞》“持论甚正，然有失文章之理者”，因为张氏所论“已附会无谓矣”，接着提出“凡读古人文字，心通比兴足矣，不必字字主张道学也”①，要求问学而不求甚解，务求作者之精神，从读者阅读的角度进一步充实了“写其胸臆”的词学主张，也合乎其认为的“北宋体”旨趣。此虽因论赋而起，然显然已上升到普遍的文章阅读之理。他对“字字主张道学”的附会读文的批评，与周济之后近代词家对张惠言以比附说词的反思方向基本一致。如同样主张“填词第一要襟抱”的况周颐，在《蕙风词话》卷五中即云：“词贵有寄托。所贵者流露于不自知触发于弗克自已。身世之感通于性灵。即性灵，即寄托，非二物相比附也。”略有不同的是，在政治斗争边缘徘徊的况氏更强调从“身世之感”层面将词人“襟抱”情感化，故其认为“即性灵，即寄托”；而始终处在政治漩涡中的文廷式，则更强调从“志之所在”层面将词人“胸臆”导向化、心意化，故其认为阅读古人文字，“心通比兴”即可。

事实亦如此，文氏作诗填词，擅用比兴，多有寄托，自写胸臆而类有所指，以意为尊，以风雅为归，希冀见补于采风，裨于化育。在《闻尘偶记》中，文氏纵论清代诗歌云：“国朝诗学凡数变，然发声清越、寄兴深微，且未逮元、明，不论唐、宋也。固由考据家变秀才为学究，亦由沈归愚以‘正宗’二字行其陋说，袁子才又以‘性灵’二字便其曲谀。”②“发声清越，寄兴深微”，正可谓文氏论诗词之美的准的。沈德潜“格调”说重规范而汩没诗才诗情，袁枚“性灵”说又易滑入“逞才”的陷阱，皆远离了风骚传统。正是在这个意义上，陈锐《褒碧斋词话》评曰：“文道羲词，有稼轩、龙川之遗风，唯其敛才就范，故无流弊。”才肆气昌的文氏，控引情源，抑气归神，制胜文苑的主要方法，便是以“自写胸臆”为本的寄兴之法。

乾嘉之后，“通经致用，微言大义”的今文经学一度得以发展。文廷式论学则主今古文经学融合、汉宋调和，故对今文经学家张惠言那种“字字主张道学”的固陋做法颇不满意。他提出的“凡读古人文字，心通比兴足矣”，不仅要尊重文学形象传情达意的规律，彰显主体精神的个性化要求，而且也是他以及近代学者治学务求心得的反映。时至“同光新政”时期，学术思想趋向的一个重要体现，便是“以为汉学宋学都包含‘以儒术治天下’的所谓微言大义，通过读书而领略儒学经传的真道理，才能从根本上有益于去弊图治”③。如刘熙载晚年自撰《寤崖子传》即云“其为学与教人，以迁善改过为归，而不斤斤为先儒争辨门户”④，而“承学者不必为门户之言所惑”（《复堂日记》卷二己巳年），更是谭献时常道及的。较之这些传统学

① 文廷式：《纯常子枝语》卷六，民国三十二年刻本。

② 汪叔子编：《文廷式集》（下），中华书局1993年版，第736页。

③ 朱维铮：《求索真文明：晚清学术史论》，上海古籍出版社1997年版，第178页。

④ 刘熙载：《昨非集》卷二，《刘熙载集》，刘立人、陈文和点校，华东师范大学出版社1993年版，第485页。

者，“于古学无所附，今学无所阿”的文廷式，已由汉学、宋学之融通走向了汲取古今中西学术精神之路。在近代学术史上，文氏被冠以“杂家”之名，其中就包括他论学不拘一隅，“上下古今，无所不尽”，追求学术自由的态度。

文氏这种治学态度，正是学者治学以获取个人心得为重的反映。文氏《畅志诗十首》之二针对“圣者不可作，群言日纷纭”的现象，指出“积势之所趋，偏重乃失真。经术与师儒，各以风气因。何必分汉宋？力行贵近‘仁’”，期望能以“仁”统万殊，消除汉、宋门派纷争。文氏《纯常子枝语》卷二曾记载了与其师陈澧的一段对话：

> 师云：“‘微言大义’四字，后世必以此坏经学。余所撰《东塾读书记》于孝经一卷，曾一用之，拟即改去。此斩足趾，避沙虫之意也。”廷式言：“‘微言大义’未遽坏经学，近来专好言西汉之学，乃真足以坏经学。此佛家所谓‘师子身中虫自食师子身中肉者’也。”师曰：“然。”①

陈澧问学后来走向了古文经学之路，故对早年曾用“微言大义”解经之法颇有悔意。但文廷式不同意他的反思，认为其误不在“微言大义”本身，而在于那些好言西汉之学者肆意释经的方式②。此后陈澧言及“微言大义”便调整思路，反复强调“微言大义，必从读书考古而得”，若如此，“庶乎无弊矣”③。在《纯常子枝语》卷二中，文氏又云陈澧30岁后，“学术一变务求心得，不敢蔑弃成说，亦不敢轻徇时趋。”同时，《罗霄山人醉语》亦认为：“不读古书，不足知后世之变；专信古书，不足知后世之变。三微而成一著，惟有识者知之。”像那种“以一指蔽目，而言天地万物不外于此”，“拈一字一句以为学问宗旨，而言六经群籍理皆在是”等做法，“特以之训学人、立门户，则可；若真以为古今学术尽在于此，则欺人之说”。由此，为学须打破门户之见，通古今，融中外，因为“别白而定一尊，学术之所以隘也，隘则陋；而人材之奇伟者，亦暖暖姝姝而束于一先生之教矣”。④可以说，文氏在《云起轩词自序》中评述词史各派所表现出的“不尚苟同”的态度，以及“自写胸臆”“心通比兴”的主张，正是这种融通古今中西，而“务求心得”，求其精神的治学态度的体现。

---

① 文廷式：《纯常子枝语》卷二，民国三十二年刻本。

② 尽管文氏与康有为交往甚密，然文氏此处显然有针对康有为之意。其《纯常子枝语》卷六即云：“国初人讥宋学家不读书，近时讲汉学者标榜公羊，推举西汉便可以为天下大师矣！计其所读尚不如宋学者之多也。”

③ 杨寿昌：《陈兰甫先生澧遗稿》，《岭南学报》1932年第3期。

④ 汪叔子编：《文廷式集》（下），中华书局1993年版，第801、803、806页。

结穴与开端：文廷式词学的价值与地位

除了上述所论，文氏在词之音律、音韵、词作校勘等方面也有一些言论，但皆系碎语，唯有“写其胸臆”才是其最具个性才情、时代特征及词史意义的主张。关于文氏的个性才情，陈三立《萍乡文氏四修族谱序》说其“才气横溢，高睨大谈，不可一世”“固奇杰非常人也”，而与文氏交恶的王闿运亦多次述及文氏的性格，认为文氏属于造访其湘绮楼人群中“楼客之异者”，指责文氏“无礼”“张扬”“自傲”等[①]。其实从《云起轩词自序》“志之所在，不尚苟同”“三十年来，涉猎百家，搉较利病，论其得失，亦非扪钥而谈”等语，亦可见文氏“意在自负”（叶恭绰《全清词钞序》）的一面。综合而论，文氏于才气迥绝、学识淹博中，亦有兀傲、刚直、坚贞，乃至于清狂、自负的特点。对此，文氏词中时有表现，如《鹧鸪天·即事》二首之一云：

> 劫火何曾燎一尘，侧身人海又翻新。闲拈寸砚磨砻世，醉折繁花点勘春。　闻柝夜，警鸡晨。重重宿雾锁重闉。堆盘买得迎年菜，但喜红椒一味辛。

据考，此阕作于光绪二十一年（1895）除夕。此前，中日甲午战事已过，清廷被迫与日方议和，文氏既屡屡上书痛斥，又奏劾李鸿章等贻误战机，致使慈禧太后怒，主和派愤，李鸿章恨，后者更欲中以奇祸。期间，宫中又有废立之谋，整个清廷政治气氛极其紧张。文氏此阕便是将自己置于这种政治环境，以一尘自喻，描述自己遭遇劫火，直言弹劾权贵而险遭不测的经历，抒写了自己在险恶环境中却“寂寞闲居，虽有危苦之词，不改萧况之度”（文廷式《冬夜绝句》诗序）的生活状态。下片进而由新年岁首用椒酒习俗，身为江西人原本嗜辣的特点，表明自己闻鸡起舞的报国之志、“但取”辛辣红椒的倔强性格以及抗直不屈的坚贞品格。文氏此词“极似稼轩”（叶恭绰《云起轩词评校补编》），恰似辛弃疾《鹧鸪天·博山寺作》所云“宁作我，岂其卿”，所彰显的正是那种强烈的倚才自负以及自我塑造的主体意识。

这种主体意识在承继中国诗歌言志、缘情传统的同时，更体现了时代精神的呼唤。龙榆生曾云：“廷式词虽力崇北宋，而因性情环境关系，不期然而与稼轩一派相出入，固绝非以摹拟为工者。”[②]不过，龙榆生的解读似乎侧重在文氏的用世之志，以及因社会环境的刺激所呈现出的豪放、悲慨风格，并没有挖掘文氏“自写胸臆”主张所蕴含的诗歌思想史价值。《庄子·天下篇》论及庄子的苦心时，曾说其“以天下为沉浊，不可与庄语”，故而“以卮言为曼衍，以重言为真，以寓言为广”，通过

① 王闿运：《湘绮楼诗文集》，马积高主编，岳麓书社1996年版，第464—467页。
② 龙榆生：《清季四大词人》，《龙榆生词学论文集》，上海古籍出版社2009年版，第497页。

"游心"而沉浸于"心游"的精神世界中。庄子这种写作观及言说方式，实则具有一定的普遍性。历史上，那些除旧布新者多强调主体的价值，如此方更能发挥"务去陈言"，直抒胸臆，解构"传统"枷锁的作用。譬如，明代中后期在王阳明心学体系基础上，逐渐形成的追求个性自由，冲击文化传统的思想解放潮流，便强调主观精神为世界的第一原理。于此，"写其胸臆"便成为这一思潮的重要话题。王阳明《五经臆说序》即云"名之曰《臆说》，概不必尽合于先贤，聊写其胸臆之见，而因以娱情养性焉耳"①；徐渭《胡大参集序》亦批评那种"言非自有"的创作倾向，而求"无一字不写其胸臆者"②；至于李贽"童心说"，公安派"性灵说"，以及清代袁枚《随园诗话》卷四所说的"凡作诗，各有身份，亦各有心胸"，等等，皆主张诗歌创作须抒发真情，抒写一己之真我。

时至晚清，面对积弱的国势，在革新求变时代精神的召唤下，"写其胸臆"更是成为富有"近代精神"的知识分子们冲破传统桎梏，体现他们想"言说"的动机，表达政治抱负的鲜明主张。龚自珍以展示其"心力"为基础，在《述思古子议》中提出了为何写作的问题，认为"言也者，不得已而有者也。如其胸臆本无所欲言，其才武又未能达于言，强之使言，茫茫然不知将为何等言"③。黄遵宪在《杂感》诗中亦是旗帜鲜明地主张"我手写我口，古岂能拘牵"。由此来看文廷式"写其胸臆""心通比兴"等主张，便可更深刻地领悟其中所蕴涵的时代诉求，以及"胸襟气象，超越凡庸"的个性丰采。

百余年来，文廷式颇受词学研究者重视。概括而言，一是从不为派别所限的角度，赞其词学的独特个性与追求。如朱祖谋《杂题诸家词集后〈望江南〉》说其"拔戟异军能特起""傲兀故难双"，朱庸斋《分春馆词话》说"浙西、常州两派而外，独树一帜者为文廷式"④。二是从词史发展的角度，肯定其承传苏辛派之力，褒扬其词境开拓之功。如叶恭绰云"近代词学辛者尚有之，能近苏者惟芸阁一人耳"（载夏敬观《忍古楼词话》）⑤，沈轶刘《繁霜榭词札》甚至说，若无文廷式，"则清词结局必不能备足声色"⑥。后来，像钱仲联、严迪昌等均发挥了沈氏的说法。不过，与如严氏所云"在这清词'结穴'之局中，文廷式是足堪与'四家'中坚朱孝臧对垒的大手笔"⑦不同，施蛰存本着"'近代文学'是文学上的近代"与"'近代文学'是具有近代精神的文学"的标准，提出从旧体诗词的近代精神来看，近代词"应当从文廷式开始"⑧。其中的矛盾一方面可见他们界定"近代文学"标准的差

① 王守仁：《阳明全书》，吴光等编，上海古籍出版社1992年版，第876页。

② 徐渭：《徐渭集》，中华书局1999年版，第907页。

③ 龚自珍：《龚自珍全集》（上），王佩诤校点，中华书局1959年版，第123页。

④ 张璋等：《历代词话续编》，郑州：大象出版社2005年版，第1183页。

⑤ 张璋等：《历代词话续编》，郑州：大象出版社2005年版，第362页。

⑥ 张璋等：《历代词话续编》，郑州：大象出版社2005年版，第846页。

⑦ 严迪昌：《清词史》，江苏古籍出版社1990年版，第519页。

⑧ 施蛰存：《历史的"近代"和文学的"近代"》，《北山四窗》，上海文艺出版社2001年版，第34、35页。

异，另一方面反映出文廷式在近代中国社会转型过程中的特殊地位。

论及近代知识分子，人们常以龚自珍为开风气者。龚氏曾在《臣里》一文中以“臣孤于纵，不孤于横”表明自己的觉醒意识，而视野更为开阔的文氏在感受这种“觉醒”孤独的同时，较之于龚氏的激越，则多了一份理性，甚至以“至迂至阔”批评龚氏的经济主张[①]。文氏在《罗霄山人醉语》中清醒地认识到“中国积弊极深，不可不速变法”，然“徒欲亟亟变法者，犹非国手之弈也”，惟有“明于各国之大势，明于五洲之性情，明于吾今日受病之处与他日病愈之效，则可与言救急方矣。吾观天下，未遇其人也”[②]。正是这种清醒的孤独，使得其诗词在尽显“狂放”的同时，又内敛着难以抑制的郁勃之气。其《自题诗书稿册》云：“山川不发骚人兴，天地能知狂者心。凭仗纵横一枝笔，可怜无古亦无今。”《浪淘沙》（寒气袭重衾）云：“岁序使人惊，染尽缁尘。寂寥空草《太玄经》。别有苍茫千古意，独坐观星。”这里，文氏以一系列象征性的景象与行为，在时序变化与时势变迁的清冷环境中，自喻才高寂寞的扬雄，虽洞悉天道人事变化的规律，却无人赏识，浑然“东洲先觉者”寂寞心灵的写照。

龙榆生《近日学词应到之途径》（《词学季刊》第二卷第二号）谈到阅读文氏《云起轩词钞自序》的感受，认为文氏之说“怵于国势之阽危，与词风之衰敝”，具有“拯士习人心于风靡波颓之际”之力，而文氏对词人修养的要求更令其认识到“吾辈责任，不在继往而在开来，不在守缺抱残，而在发扬光大”，深刻揭示出文廷式词学的近代意识及其词史影响。当然，与同时黄遵宪“半取佛理，又参以西人植物学、化学、生理学诸说，实足为诗界开一新壁垒”[③]，以及梁启超《夏威夷游记》提出的“新意境”“新语句”和“以古人之风格入之”等新派诗“三长”相比，文氏所开拓的词境则同中有异。就异者而言，文氏尽管在《纯常子枝语》等笔记中大量言说中西交通后出现的新知新物，但其词境之拓展并非通过这些新名词、新器物、新意象、新学说等显豁要素表现出来，而是在看似传统的情感抒发中，渗透着“帝党”与“后党”斗争、新旧派对立、主战与主和的冲突，抒写个人或同道遭受排挤打击的命运感喟及政治情怀。从这个层面上说，文氏词境之拓展合乎梁启超“（诗界）革命者，当革其精神，非革其形式”[④]的总体旨趣。这也正是文氏“自写胸臆”“心通比兴”等主张重在务求精神的本质显现。

文氏去世前一年，张之洞入京，作《读史绝句》四首，第四首《张孝祥》即为文氏而作：“射策高科命意差，金杯劝酒颤宫花。斜阳宫柳伤心后，仅得词场一作家。”从文氏大考第一、受德宗特知、行事不捡、宫掖之变，至以《云起轩词》一卷

---

① 文廷式：《纯常子枝语》卷三，民国三十二年刻本。
② 汪叔子编：《文廷式集》（下），中华书局1993年版，第806—807页。
③ 梁启超：《饮冰室诗话》，人民文学出版社1959年版，第30—31页。
④ 梁启超：《饮冰室诗话》，人民文学出版社1959年版，第51页。

为终生所得作结。[①]文氏去世当年，挚友陈三立在《哭胡粮储，时以从役，殁于姑苏》诗中喟叹："半塘蜕去（王给谏鹏运）纯常死（文学士廷式），海内词人日寂寥。"同光时期，词学复振，在这群星璀璨的词坛，文氏也曾有参与词社的经历[②]，然或入社未能持久，或所参与的词社原本"松散"，他的词史地位主要凭借其"写其胸臆"这个特立独行的词学个性，以及如施蛰存所说的其词学具有的"近代精神"等要素，而成为其中极其耀眼的一颗。

[原载《安徽师范大学学报》(人文社会科学版) 2014年第3期]

① 黄濬:《花随人圣庵摭忆》(上册)，中华书局2008年版，第126页。

② 光绪十五年己丑（1889）八月，考取内阁中书第一名，九月出都，南下至苏州，与郑叔问、易顺鼎、易顺豫、蒋其章（次湘）、张祥龄结词社于叔问之壶园，旋往广州。(见冒广生《小三吾亭词话》卷三"易顺豫词"条）在京期间，参加过松散的"宣南词社"，其他成员尚有盛昱、陈锐、王鹏运、郑文焯、况周颐、朱祖谋等。(王易《词曲史·振衰第九》)

现代词学的传统资源

◆陈水云

【关键词】现代词学；传统资源；表达形式；思想观念；现代价值

【摘　要】中国现代词学是建立在传统词学基础上的，保留着传统词学思想和形态的印记。在表达形式上有词话、论词书札、论词诗词、序跋笔记等，在思想观念上也继承发展了传统词学的相关提法，提出“真实”与“自然”、宋词是音乐文学、宋词是时代文学等一系列观念。传统词学作为一种文化遗产和理论资源，在新的时代不是走向消亡而是走向新生，在中国词学的现代化进程中发挥着它应有的作用。

中国词学从传统走向现代，是对传统的继承和发展，更是运用现代的科学方法整理和研究传统文化，它在外在形态上必然具有强烈的现代色彩，思想上摆脱了传统的诗教观念而代之以现代性的审美理念，形式上也以思想观念的系统性表述为其外在表征，具体说来就是学术专著和长篇论文。然而，现代词学既然从传统词学而来，是对传统文化的现代研究，无论是在思想资源上还是在言说方式上，必然也离不开传统，特别是在清末民初的社会转型之际，往往是传统与现代并存，有的是现代思想被包装以传统的形式，有的是传统思想被包装以现代的形式。长期以来，人们只看重那些现代特色的学术专著和长篇论文，忽略了这些以传统形式表现出来的词学观念，其实，这些传统形式对于现代词学研究而言也是很有价值的。

一、传统词学表达方式的生命力

表达方式，简言之，就是观念的载体。一般说来，现代学术是以长篇论说的方式展开思想的，但传统学术却并不是这样，它通常是以诗性亦即文学性的方式来言说思想的。在中国思想发端肇始的先秦时期，这时文学批评因其对文学、历史、思想的依附性，在观念的表达方式上多以语录体、对话体、辩说体的面貌呈现。两汉时期经史之学的发达带来了文学批评的新形态，序跋、书札、传记成为两汉时期文学批评的主导形态。魏晋南北朝是中国文学的自觉时代，也是文学批评史上第一个辉煌的年代，赋、论、骈文、诗品、选本等形态有着非常浓厚的文学性色彩。唐宋以后，诗话、评点、论诗诗、摘句批评等新的样式，更进一步充实丰富了传统文学批评的表达方式。[①]五四以来，随着中国文化由传统向现代的转型，文学批评的主流表达方式是以论说见长的长篇论文或学术专著，但因为中国文化自身的传承性，决定着传统的文学批评方式依然富有旺盛的生命力。也就是说，在新旧思想并存的现代存在着新旧两种不同的表达方式，比如《中国新文学大系》“建设理论集”“文学论争集”所收多为长篇论文，也有被《民国诗话丛编》收录的完全是传统形态的各种传统的诗话之作，还有在各家别集里反复出现的谈诗论文书札，等等。

那么，现代词学的情况又如何呢？受现代学术观念的影响，长篇论文或学术专著确实是现代词学的主流表达方式，但更有大量的以词话、词选、论词书札、词集序跋、书目题跋、诗话笔记、论词诗词等形态出现的传统批评样式。

其一，在清末民初的社会转型之际，许多民初遗老继续沿袭传统学术的路数撰写词话。当时最具影响力的权威学术丛刊《国粹学报》，先后刊载有况周颐的《玉棲词话》、王国维《人间词话》、陈锐《褒碧斋词话》等；同时，一些南社词人也在各类报刊发表了数量相当可观的词话之作，有周焯《倚琴楼词话》（《夏星杂志》1914年）、方廷楷（仙源山人）《习静斋词话》（《小说海》第3卷第5、6期）、碧痕《竹雨绿窗词话》（《民权素》1915年）、陈匪石《旧时月色词谭》（《民权素》1916年）、王蕴章《然脂余韵》（商务印书馆1918年）、《梁溪词话》（未刊稿）、《梅溪菊影词话》（连载于《双星》《文星》《春声》杂志）、全若芬《绾春楼词话》（《妇女时报》7、8期）、周瘦鹃《绿蘼芜馆诗话》附词话（《妇女时报》5、6期）、陈去病《镜台词话》（《女子杂志》1卷1号）、陶骏保《从军词话》（《南洋兵事杂志》1916年）、刘哲庐《红藕花馆词话》（《小说新报》1916年第2卷1、4、5期）、于右任《剥果词话》（《夏声》2—5期）等；还有，一些活跃在三四十年代词坛的词人或学者，也在《词学季刊》《同声月刊》《青鹤》等刊物连载词话，比如赵尊岳《蕙风词史》（《词学季刊》）、《珍重阁词话》（《同声月刊》）、宣雨苍《词谰》（《国闻周报》）、张尔田《芳菲菲堂词话》（《词学季刊》）、沤庵《词话》（《杂志》1940年第5、6、7期）、郑逸梅《双梅花龛词话》（《半月》第3卷第12号）、陈运彰《双白龛词话》（《雄风月刊》《茶话》连载）等。

其二，词选依然为旧派学者所乐于从事，比较著名的有朱祖谋《词莂》《宋词三百首》《湖州词征》、况周颐《薇省词钞》、叶恭绰《广箧中词》、林葆恒《词综补遗》、仇埰《金陵词钞续编》、刘瑞潞《唐五代词钞小笺》、杨锺羲《白山词介》、王煜《清十一家词钞》等。就是那些持现代文学观念者亦乐于从事词选的编纂工作，比较著名的有胡适《词选》、胡云翼《词选》、刘麟生《词絜》、谢秋萍《唐五代词

① 李建中：《古代文论的诗性空间》，湖北人民出版社2005年版，第81—92页。

选》等。但是，在后世广为流传的，还是那些能兼容传统与现代两派之长，既注意词的艺术性也不忽视对情感、意境表现的选本。比如龙榆生的《唐宋名家词选》、陈匪石的《宋词举》、孙人和的《唐宋词选》、俞陛云的《唐五代两宋词选释》、刘永济的《唐五代两宋词简析》、唐圭璋《唐宋词简释》等。当然，这些选本都是承载着编选者的词学观念的，比如胡适《词选》张扬的就是白话为词的文学观，朱祖谋的《宋词三百首》则标榜的是以梦窗为极诣的观念。

其三，论词书札在现代学者的日常生活中亦经常用到，有的甚至还发表在正式的学术刊物上，比如陈匪石的《与檗子论词书》、夏承焘《致胡适之论词书》、吴梅《与夏臞禅论白石旁谱书》《与龙榆生论急慢曲书》、唐圭璋《与赵叔雍论百名家词书》、夏承焘《与龙榆生论陈东塾译白石暗香谱书》、程善之《与臞禅论词书》、赵尊岳《与唐圭璋论百家词书》、陈钟凡《与陈柱尊教授论自由词书》，等等。这些书札通常是就同一话题展开讨论，不但起到交流思想的作用，而且还能将有关理论问题作深入细致地探讨。最近，台湾"中研院"文哲所出版了张寿平汇辑的《近代词人手札墨迹》，影印了龙榆生先生收藏的近现代词人论词书札墨迹，保存并公布了一大批极为珍贵的近现代词学研究史料。词集序跋的方式在现代也极为常见，像胡适的《词选序》就是现代词学史上的一篇名作，在这篇序文里他提出了著名的词史发展三段论。一般说来，现代词集序跋多出现在词选、词集、个人别集、报纸杂志，特别是在一些近现代学者的文集里出现频率尤高，像《饮冰室合集》《胡适文集》《吴梅全集》《顾随文集》《遐庵汇稿》《夏承焘集》《龙榆生词学论文集》都收有大量的词集序跋，而《青鹤》《词学季刊》《同声月刊》等杂志更是刊载了一大批近现代词人的序跋，像陈衍《闽词征序》、陈匪石《宋词举自序》、龙榆生《彊村语业跋》、叶恭绰《款红楼词跋》、王瀣《娱生轩词序》、夏承焘《红鹤山房词序》、黄孝纾《近知词序》、潘飞声《刘廉生词集序》、严既澄《驻梦词自序》、邵瑞彭《珠山乐府叙》、吴梅《词源疏证序》等。

其四，论词诗词的形式在数量上虽不及清代丰富，但也为少数词人或诗人所乐于运用，像高旭《论词绝句三十首》、潘飞声《论岭南词绝句二十首》、姚锡钧《示了公论词绝句十二首》、张峙亭《论词绝句三首》、杨仲谋《说词韵语二十首》、郑骞《论词绝句三十首》、朱祖谋《望江南·论清词》、卢前《望江南·论清词百家》等。值得注意的是，由现代学者撰写的诗话或笔记，也保存有大量的论词资料，比如陈衍《石遗室诗话》、杨锺羲《雪桥诗话》、王蕴章《然脂余韵》、夏闰枝《枝巢四述》、黄濬《花随人圣庵随笔》都有很重要的词学文献。

如上所述，传统的形式并非为传统派学者所独尊，其实，现代派学者也在运用传统的批评方式，这说明传统的批评方式在现代依然有着强大的生命力，这一方面与当时人们的思维惯性有关，即传统的批评方式比较贴近生活，为人们所乐意接受并运用；另一方面，传统的形式也有长篇论文和学术专著所不能替代的表达功能，像片言只语的感悟、论说双方思想的交流与对话、对古代优秀作品的选择等等，都是以说理见长的论文和专著所无法承载的。

二、传统词学思想观念的现代延续

现代词学与传统词学之间界线分明，不仅表现在言说方式上，更表现在思想观念上。比如传统词学崇仰儒家诗教，标榜温柔敦厚，而现代词学强调文学自律，以纯文艺的观点衡估作品的价值，正如有的学者所说是“以现代的‘真’取代传统的‘善’”。[①]如同它在表达方式上无法割断与传统的联系一样，在思想观念上它也不是完全抛弃传统，反倒在很多方面继承并发展了传统的思想。传统思想已参与到现代词学建设的历史进程，并成为现代词学建设的重要思想资源。

（一）“真实”与“自然”

自《周易》出现以来，中国文学就已形成“修辞立其诚”的书写观念，后来虽有“言志”和“缘情”之分，但“修辞立其诚”的书写传统却始终没有改变过。对于在唐五代才兴起的词而言，原本是作为一种娱乐性文体出现，但到了李煜笔下境界渐开，从写男女恋情转向抒亡国之悲。北宋年间又有柳永状都市繁华、苏轼抒士夫情怀、周邦彦写羁旅行役，因而使得两宋词坛走上“嬉笑怒骂之辞皆可书而诵之”的通衢大道，并确立了陶写性情、直抒胸臆的写作路向。这一书写传统到清代有了理论上的升华，清初周在浚和晚清谢章铤对此都有非常精辟的论述，在清末民初社会转型之际又有陈廷焯、沈祥龙、况周颐继续阐扬这一书写传统，强调填词当自然真切。或曰：“词之言情，贵得其真，劳人思妇，孝子忠臣，各有其情。古无无情之词，亦无假托其情之词。”[②]或曰：“真字是词骨，情真，景真，所作必佳，且易脱稿。”[③]

讲求“真实”是传统词学的理论基石，也成为现代词学建构的核心理念。王国维提到词之高格的“境界”，构成其二原质的便是“真性情”和“真景物”。“能写真景物、真感情者，谓之有境界，否则谓之无境界。[④]这个“真”是和“自然”相联系的，“真实”的核心内涵就是“自然”，换而言之，它对于作者来说是“真实”，对于作品来说就是“自然”了。不过，胡适与王国维的理解稍有不同，他认为文学之本在其言之有“物”，这里“物”指的是“情感”与“思想”。“情感者，文学之灵魂，文学而无情感，如人之无魂。”“思想不必皆赖文学而传，而文学以有思想而益贵，思想亦以有文学的价值而益贵也。”“文学无此二物，便如无灵魂无脑筋之美人，虽有秾丽富厚之外观，抑亦末矣!”这是就文学本质而言的，从文学表达的角度言之，则是要务去俗词滥调，崇尚真实自然的作派。“吾所谓务去烂调套语者，别无他法，

① 朱崇才：《词话史》，中华书局2006年版，第346页。
② 沈祥龙：《论词随笔》，唐圭璋编：《词话丛编》，中华书局1986年版，第4053页。
③ 屈兴国：《蕙风词话辑注》，江西人民出版社2000年版，第14页。
④ 滕咸惠：《人间词话新注》，齐鲁书社1986年版，第38页。

惟在人人以其耳目所亲见亲闻所亲身阅历之事物，一一自己铸词以形容描写之；但求其不失真，但求能达其状物写意之目的，即是工夫。”[①]在王国维、胡适崇尚真实自然的文学观念影响下，刘大杰、胡云翼、冯沅君、薛砺若等对于词人的评价，都以是否表达真情描写真景为皈依的。如刘大杰谈敦煌曲子词时，特别强调其言情真切自然的特点：“或写商人的落魄境遇，或写妓女的苦痛生活和恋情，无不生动自然。表情的曲折深细，用语的素朴尖新，表现了民间文艺的特色。”[②]冯沅君在分析韦庄词创作特点时说：“在这几首词中，有作者的欢笑，有作者的惆怅，有作者的颓废，有作者的浪漫，这种作品是作者的生命与身世的整个的表现。”[③]薛砺若在分析苏轼词的创作特征时也说，苏轼一生潇洒狂放，而其诗词与散文，亦能充分表现出他的个性来，比如《水调歌头》，“把他醉后飘逸的胸怀，和对景怀人的情绪，全盘托出，音节和格调也极清新自然”。[④]

不仅现代派学者是这样，即便是被称之为传统派的学者，也认为对真景物与真性情的表达是其最重要的表征。詹安泰说：“盖我国士大夫，素以词为末技小道，其或情意不能自遏，不敢宣诸诗文，每于词中发泄之。此种不容不言而又不容明言之情意，最为真实，其人之真性情、真品格，胥可于是观之焉。”[⑤]龙榆生谈到清词之复兴便在其表现了作者的真性情，指出：“三百年来，屡经剧变，文坛豪杰之士，所有幽忧愤悱、缠绵芳洁之情，不能无所寄托，乃复取沉晦已久之词体，而相习用之，风气既开，兹学遂呈中兴之象。”[⑥]唐圭璋在评价李煜、纳兰性德、蒋春霖等人的创作时，都是以“性灵”“真实”“自然”为其品评标准的。如对李煜的评价是：“直言本事，一往情深”，“纯任性灵，不假雕饰”，“像后主这样纯任性灵的作品，真是万中无一”。[⑦]对于纳兰性德的评价是：“若容若者，盖全以‘真’胜者。待人真，作词真，抒情真，虽力量未充，然以其真，故感人甚深。一种凄婉处，令人不忍卒读者，亦以其词真也。”[⑧]对蒋春霖的评价是：“他只知独抒性灵，上探风骚的遗意，写真情，写真境，和血和泪，喷薄而出。”[⑨]在崇尚真性情的观念上，现代词学是对传统词学的进一步发扬，它已摆落了传统词学所要求的“温柔敦厚”的诗教，而主张“纯任性灵”的自然朴实之美。

（二）词是“音乐文学”

词作为一种有别于诗的文体，从文学角度言，是对真性情真景物的表现，从音乐角度言，又是特别讲求音律谐美的新型文体，这是从其产生的唐五代就已有的文

① 胡适：《文学改良刍议》，朱正编选：《胡适文集》（第1卷），花城出版社2013年版，第4—8页。
② 刘大杰：《中国文学发展史》，复旦大学出版社2006年版，第124页。
③ 冯沅君：《中国诗史》，百花文艺出版社1999年版，第469页。
④ 薛砺若：《宋词通论》，开明书店1949年版，第116—117页。
⑤ 詹安泰：《詹安泰词学论稿》，汤擎民整理，广东人民出版社1984年版。
⑥ 龙榆生：《近三百年名家词选·序》，古典文学出版社1957年版，第233页。
⑦ 唐圭璋：《李后主评传》，《读书顾问》创刊号，1934。
⑧ 唐圭璋：《纳兰容若评传》，《中国学报》1944年第1期。
⑨ 唐圭璋：《蒋春霖评传》，《词学季刊》1933年第3期。

体观念。北宋时期，由于帝王的倡导，作曲制乐之风更是一时大盛。到徽宗崇宁年间，官府还设有专门的音乐机构——大晟府。在当时，人们认为倚声填词是一种理所当然的事，“大抵倚声而为之词，皆可歌也”[①]，陈师道批评苏轼以诗为词，“如教坊雷大使舞，虽极天下之工，要非本色”（《后山诗话》），其意是指苏轼词于音律多有不合之处。后来，李清照撰写《词论》，以李八郎故事为发端，也是强调词在音乐方面有特殊的要求。在元明，因为北曲的兴盛，词乐的失传，词曲不分、以曲为词、重文轻音的现象比较普遍，所以，在清代便有了许多专事词谱、词律、词乐研究的学者，力图复原词在唐宋时期作为音乐文学的真实面貌。至于晚清，方成培、陈澧、郑文焯于词乐有专门著述，秦巘、杜文澜、舒梦兰则有词谱词律之作问世，刘熙载更明确提出“词为声学”的命题：“乐歌，古以诗，近代以词。如《关雎》《鹿鸣》，皆声出于言也。词则言出于声矣，故词，声学也。”[②]

作为清代词学集大成的“晚清四大词人”，对于词的音律尤为讲究，郑文焯有《词律斠源》，朱祖谋也被人称为“律博士”，况周颐于声律并非专诣，但也反对填词者自放于律外。他们对音律的重视，并不简单停留在音韵平仄上，而是深入到对字声的讲求上，朱祖谋在唐宋词籍校勘过程中提出了著名的“校律之法”，郑文焯则提出“词律之严密不在韵而在声”[③]的重要主张。吴梅在《词学通论》中极推朱祖谋、况周颐填词守法，他主张“吾人操管，自当确从”，原因在词为声律之文，其要在可歌，“昔人制腔造谱，八音克谐。今虽音理失传，而字格具在。学者但宜依仿旧作，字字恪遵，庶不失此中矩矱。”[④]因此，在综论词学旨趣后，吴梅在《词学通论》中专论平仄四声、押韵和音律等问题。

龙榆生是朱祖谋的衣钵传人，其思想对朱氏有继承也有发展。一方面，他认为词是唐宋以来与新兴音乐结合产生的一种新诗体，作词叫填词，又叫倚声，“乐曲的节拍长短和声音轻重，都有一定的组织和适当的配合，所以倚曲而填的歌词，必须依照他的各个不同的曲调，一一按其长短，权其轻重，叫他与歌曲配起来吻合无间，这样才能歌唱，这样才配叫‘填词’”。[⑤]另一面，他又认为词之音谱在明清时代已经亡佚，后世填词纵极严于守律，而词情未必与声情相应，所作实乃为“长短不葺之诗”耳，因此，“今言词之音律，既不能规复宋人之旧，则何妨自作长短句，而使新乐家协之以律，以验声词配合之理？”[⑥]所以，今日填词应取之途径，当创制一种吸收西方音乐，与传统音乐相融合，富有新思想、新题材并能表现我国国民的“新体乐歌”。不仅如此，他还提出词学“八科”的图谱之学、词乐之学、词韵之学和声调之学，这四科皆关乎词的音律、用韵、四声平仄。特别是“声调之学”更是

① 张耒：《东山词序》，张惠民：《宋代词学资料汇编》，汕头大学出版社1993年版，第205页。
② 刘熙载：《艺概》，上海古籍出版社1978年版，第106页。
③ 郑文焯：《与张孟劬书》，《同声月刊》1934年第4期。
④ 吴梅：《词学通论》，华东师范大学出版社1996年版，第6、10页。
⑤ 龙榆生：《唐五代宋词选·导言》，商务印书馆1937年版，第1—3页。
⑥ 龙榆生：《词律质疑》，《词学季刊》1933年第3期。

龙榆生的独创，所谓“声调之学”，就是探讨词中所表之情与曲中所表之情的应合之处，在现代词虽已脱离音乐，但仍不失为最富于音乐性之文学，“即其句度之参差长短，与语调之疾徐轻重，叶韵之疏密清浊，比类而推求之，其曲中所表之声情，必犹可睹”。①

至于夏承焘，自称对朱祖谋是“怀企之私，不能自已”，并经龙榆生介绍，开始与近代词学大师朱彊村老人通信，“直到彊村老人病逝为止，我们通了八九回信，见了三四次面”②。“瞿禅少从林鹍翔前辈学词，创作与研究并重，深得朱祖谋前辈的赞赏”。③但对于朱祖谋严守四声的做法，他表示不能苟同，认为南宋以来高谈律吕、细判阴阳，以致守律愈难而词道日衰，进而提出“不破词体、不诬词体”的新见。“谓词可勿守四声，其拗句皆可改为顺句，一如明人《啸余图谱》所为，此破词体也；万氏《词律》论之已详。谓词之字字四声不可通融，如方、杨诸家之和清真词，此诬词体也。”④他的提法得到了吴眉孙、冒鹤亭等的积极回应，他主张从词乐的角度了解曲调的抑扬变化，为此，多次写信与吴梅、龙榆生讨论白石之旁谱，并在词乐之学上取得了骄人的业绩。“夏先生根据姜白石十七首自度曲的旁缀乐谱及集中《凄凉犯》《征招》等七词小序，进行解译和乐理方面的探讨……用姜氏之制，明姜氏之说，创通条例而成一家之言。”⑤“虽然，这项破译是吸收了古代、近代和同代中外学人的成果，引用了近代考古学新发现和传于国外的古籍文献，但先生的考证发明，折冲论断，则是大成之集，从而为近年来继续研究的新进展奠定了基础。”⑥

即使是现代派学者，也不是完全抛弃传统，而是在前人之论的基础上提出“词乃音乐文学”的主张。王国维对于词的音律问题并未作专门探讨，但在《清真先生逸事》中特地提到周邦彦的“妙解音律”。胡适虽力主白话为词，强调词的文学性，但对于音乐性却并不轻视，认为词其实是乐府的一种变相，而乐府多是可以歌唱的，“后来诗都是不可歌唱的，故凡可歌唱的都归到词里去了”。⑦值得注意的是，他认为词是从乐府发展而来，这说明诗歌与音乐有着密切的关系。在他这一思想的影响下，胡云翼进一步提出词是“音乐文学”的观点。他说，凡是与音乐结合关系而产生的文学，便是音乐的文学，便是有价值的文学。“歌词之法，传自晚唐，而盛于宋。作者每自度曲，亦解其声，制词与乐协应。又有自度腔者，每自制新腔，并作新词，任随词家的意旨，驱使文学在音乐里面活动。这种音乐文学的价值很大。只是后来歌词之

① 龙榆生：《今日学词应取之途径》，《词学季刊》1935年第2期。

② 夏承焘：《我的治学道路》，参见李剑亮编《夏承焘年谱》，光明日报出版社2012年版，第6页。

③ 唐圭璋：《瞿禅对词学之贡献》，吴无闻等：《夏承焘教授纪念集》，中国文联出版社1988年版，第15页。

④ 夏承焘：《唐宋词字声之演变》，《唐宋词论丛》，古典文学出版社1956年版，第87页。

⑤ 周笃文：《词坛泰斗，学海名师：纪念夏承焘先生逝世一周年》，《夏承焘教授纪念集》，中国文联出版社1988年版，第51页。

⑥ 王延龄：《天籁人声，尽在抑扬吟咏中：夏承焘先生的词乐研究》，《夏承焘教授纪念集》，中国文联出版社1988年版。

⑦ 胡适：《国语文学史》，《胡适文集》第八册，北京大学出版社1998年版，第62页。

法随有宋之亡而亡，元曲代兴，此后作者填词，只能一步一趋，模拟宋词的格调，已失却音乐文学的意义，变成死文学了。”[①]以词为音乐文学，强调词是可以歌唱的，目的是要把它与不合乐的诗区分开来，也是要把作为平民文学的“词”与作为贵族文学的“诗”区分开来。后来，朱谦之谈到“平民文学”与“贵族文学”的区别就是：“前者是可协之音律，老妪能听，有井水处能唱；后者不能协音律，不能歌，歌亦不能听。前者与音乐有关系，后者与音乐无关系，只有这音乐方面的不同罢了。”[②]

但是，以上诸家所论，对于“音乐文学”的理解有些过于宽泛，亦即只要合乐的东西都可称之为“音乐文学”，在刘尧民看来，“音乐文学”不但要诗歌与音乐的系统相合，而且要诗歌的形式与音乐的形式相合。“我认为中古以来的诗歌，从古诗起，便趋向着音乐的状态，到近体诗便进一步接近音乐，到了词便完全成为音乐的状态，所以它的艺术价值，是在从来诗歌之上。”从这个角度看，词才够得上说是与音乐融合的诗歌，因为它是由音乐陶铸出来的一种新型的诗歌，它在外在形式上完全合于音乐的形式。“词的真价值与真精髓，即在这里。一面有自身的‘内在音乐’的谐畅，一方面又和‘外在音乐’相谐畅。”如果没有谐畅的“内在音乐”的诗歌，虽然在形式上的长短句和词一样，那算不得词；同样，有了“内在音乐”而和“外在音乐”不相调协，不相谐畅，也不能叫做词。“词之所以成为纯美的诗歌，所以得称为真正的‘音乐的文学’，便是这个道理。”[③]这样的看法，不但清晰地阐释了音乐文学的内涵，而且论述了词的文学形式与音乐形式之间的内在联系。

（三）宋词是“时代文学”

在现代词学史上，还有一个非常重要的观念，这就是宋词是“时代文学”的思想，也就是说宋词是“一代文学”的标志。对于这样的观念，大家现在都比较认同是由王国维提出来的说法，其实它的溯源却可以追溯到金代刘祁和元代罗宗信。刘祁说：“唐以前诗在诗，至宋则多在长短句，今之诗在俗间俚曲。”[④]罗宗信《中原音韵序》说：“世之共称唐诗、宋词、大元乐府，诚哉!”[⑤]这在明清已是比较流行的说法，如陈继儒将六朝骈文、唐人小说、宋人诗余、元人南北剧并称，尤侗进一步从文学角度将楚骚、汉赋、唐诗、宋词、元曲、明代时文并称，焦循更从文学通变的角度谈到“文体的代胜”问题，指出：“楚骚、汉赋、魏晋六朝五言、唐律、宋词、元曲、明人八股，都是一代之所胜。”[⑥]正是在明清时期文学代胜观的基础上，王国维才正式提出了“一代有一代之文学”的观念，他说：“楚之骚，汉之赋，六代之骈语，唐之诗，宋之词，元之曲，皆所谓一代之文学，而后世莫能继焉者也。”[⑦]这里

---

① 胡云翼：《宋词研究》，岳麓书社2010年版，第5页。

② 朱谦之：《中国音乐文学史》，上海人民出版社2006年版，第47页。

③ 刘尧民：《词与音乐》，云南人民出版社1982年版，第22、99、100页。

④ 刘祁撰，崔文印点校：《归潜志》卷十三，中华书局1983年版，第145页。

⑤ 吴毓华编著：《中国古代戏曲序跋集》，中国戏剧出版社1990年版，第12页。

⑥ 焦循：《易余龠录》卷十五，嘉庆二十四刊本。

⑦ 王国维：《宋元戏曲史序》，《宋元戏曲史》，凤凰出版社2010年版，第1页。

有两点值得注意，一是所论都是“一代之文学”，二是它们在后世无法被超越，这说明王国维之论修正和完善了历代相沿的文体递嬗的观念，将传统的“一代有一代之文学”之论进行了理论提升，成为金元以来此论的集大成者。[①]

到五四时期，胡适引进西方进化论思想，对王国维“一代有一代之文学”之论作了新的阐释，指出：“文学者，随时代而变迁者也。一时代有一时代之文学：周秦有周秦之文学，汉魏有汉魏之文学，唐宋元明有唐宋元明之文学。此非吾一人之私言，乃文明进化之公理也……凡此诸时代，各因时势风会而变，各有其特长，吾辈以历代进化之眼光观之，决不可谓古人之文学皆胜于今人也……此可见文学因时进化，不能自止。”[②]这一观点深刻地影响着五四以来对于中国文学史的书写，也影响着五四以来对于中国词史的认识，即宋词是中国词史发展的顶峰，也是宋代的“时代文学”。明确提出宋词是时代文学的是胡云翼，他在《宋词研究》中说：“一千年的词史，不都是可述的。词的发达，极盛，变迁种种状态，完全形成于有宋一代。宋以前只能算是词的导引；宋以后只能算是词的余响。只有宋代，是词的时代。”[③]在胡云翼看来，词在宋代最成熟，“在宋代才大发达”，也最富于创造性，表现了一个时代的文艺特色；到了宋代以后，因为词这种文体为宋人用旧了，渐渐地就由宋词向元曲发展了，所以，元明的词便不再是时代的文学。

这一观点在现代学术界实际上已成为一种通识，柯敦伯在《宋代文学》中说：“词上承唐旧而体制加繁，附庸而蔚为大国，独占一代文坛，允为一代之文学，后世莫能继焉者也。”[④]薛砺若在《宋词通论》中也说：“这‘词’上冠一个‘宋’字，就是表示词到两宋正如赤日中天，娇花放蕊，前乎此者，尚未暨于纯熟自然之境，后乎此者，则又为余声末流，渐成绝响也。”“两宋时代在文学上的贡献，不是欧阳修等所倡导的八家派古文，不是黄庭坚等所造成的江西诗派，而为当时及后来人所目为‘诗余’，远不足与诗及古文分庭抗礼的一种‘词’。这‘词’虽非宋人的特创，然发扬光大，使形成为中国全部诗歌中最重要的一段者，其功绩舍宋人莫属了。”[⑤]由胡云翼、冯沅君、吴烈、刘大杰等学者撰写的中国诗史或中国词史或韵文史，他们谈到词史发展进程时，都是以宋代为词之极盛期，以为宋以后词便走上了衰落之途，正如胡适所说的是词的“替身”或“词鬼”的历史。

三、传统词学资源的现代价值

无论是表达方式上，还是思想观念上，现代词学都保留有传统词学的印记。诚

① 齐森华，刘召明，余意：《“一代有一代之文学”论献疑》，《文艺理论研究》2004年第5期。
② 胡适：《文学改良刍议》，岳麓书社2010年版，第4页。
③ 胡云翼：《宋词研究》，朱正编选：《胡适文集》（第1卷），花城出版社2013年版，第5—6页。
④ 柯敦伯：《宋代文学》，柳存仁等：《中国大文学史》，上海书店出版社2001年版，第385页。
⑤ 薛砺若：《宋词通论》，开明书店1949年版，第2页。

然，现代词学具有鲜明的时代特征，比如在批评标准上以纯美取代至善，在言说方式上以系统取代琐碎，在研究方法上以科学理性取代感性直观。但是，作为一门探讨词之创作经验及历史的现代学科，它必然要建立在对中国词史的充分尊重和理解的基础上，就是说现代词学的理论建设并不是完全抛弃传统，而是从传统那里汲取了合理的思想资源和话语资源。反而言之，传统词学作为一种文化遗产和理论资源，在新的时代不是走向消亡而是走向新生，在中国词学的现代化进程中发挥着它应有的作用，积极地推动着中国词学由传统向现代的转型。

首先，它使得现代词学建立在坚实的历史基础上，而不是推倒历史，建构在虚无飘渺的空中楼阁上。以王国维《人间词话》为例，他使用了属于古典诗学的“词话”这一表达形式，将来自西方的思想观念、概念范畴、表达形式等尽量地隐藏在中国古典诗学的外壳之内。他之所以这样做是想让习惯于这一形式的中国学人能接受这些新的思想观念。①还有胡适《词选》一书，采取的也是以传统形式输灌现代思想的策略，他选词论词是为了贯彻其提倡的“白话文学”的主张，亦即用人们喜闻乐见的词选形式传播其“白话文学”的思想，所选以五代北宋浅俗自然之作较多，而对南宋典雅晦涩之作基本不选。“胡适这部《词选》，无论选词还是论词，都已脱离旧的词话词选的藩篱，表现了新的理论意识和科学观念。”②他的这一选本，在当时影响极大，“自胡适之先生《词选》出，而中等学校学生，始稍稍注意于词，学校中之教授词学者，亦几全奉此为圭臬；其权威之大，殆驾任何词选而上之。”③

同样，现代词学体系的建构也是以传统词学为其重要理论资源的，龙榆生说过，所谓“词学”，就是“推求各曲调表情之缓急悲欢，与词体之渊源流变，乃至各作者利病得失之所由”，它需要归纳众制，“以寻求其一定之规律，与其盛衰转变之情，非好学深思，殆不足以举千年之坠绪，如网在纲，有条不紊，以昭示来学也”。④很显然，这里所说的“归纳众制”，不是对现代词坛而言的，而是对唐宋以来词史而言的，亦即通过千年词史的考察、梳理和辨析，试图找到曲调表情的“缓急悲欢”、词体的“渊源流变”和作者的“利病得失”等规律。也正因为这样，才会有现代词学的理论建设之作，如王蕴章的《词学》、梁启勋《词学》、汪东的《词学通论》、吴梅的《词学通论》、刘永济的《词论》等，运用现代的思维方式对传统词学资源进行理论建构和系统总结。

其次，在现代语境下，在现代科学观念影响下，这些传统资源自身也在发生新变，走向现代。以词话为例，过去词话主要以文言的方式呈现，但在五四以后出现了许多白话文写作的新式词话，比如朱保雄《还读轩词话》；有的虽然保存“词话”之名，但在内容上已经是结构完整的现代学术专著，比如谭正璧的《闺秀词话》实

① 朱崇才：《词话史》，中华书局2006年版，第349—351页。
② 郝世峰：“出版前言”，胡适：《词选》，河北人民出版社1999年版。
③ 龙榆生：《论贺方回质胡适之先生》，《词学季刊》1936年第3期。
④ 龙榆生：《研究词学之商榷》，《词学季刊》1934年第4期。

际上是一部女性文学史，陈匪石的《声执》也是一部内容完整的词学通论著作。也就是说，现代词话逐渐摆脱其细碎不成体系的缺陷，开始向现代学术性著作靠拢，传统词话的色彩逐渐淡化。再如，论词绝句的形式在现代也有新的发展，它不但继承发展了晚清以来联章的写作方式，而且还把韵文与散文两种形式结合起来，以韵文的形式发表自己的论词见解，在散文部分对韵文的内容作具体的解释和说明，较之传统的论词绝句而言思想更为明晰。比如杨仲谋的《论词韵语》20首和郑骞的《论词绝句》30首，都采取的是这种韵、散结合的方式。这一写作方式到现代发展成为缪钺和叶嘉莹合著的《灵谿词说》，将传统的论词绝句与现代的学术论文完美地结合起来，将传统的诗性表达与现代的理性辨析有机结合起来。

第三，它将传统性与现代性有机结合在一起，使得现代词学具有一种特殊的内在张力。相对现代诗学而言，现代词学是一个传统色彩比较浓厚的学科，对于现代词学建树最大的是龙榆生、夏承焘、唐圭璋等学者，虽然他们在词学研究方面各有其长，但是他们在学术理念上都带有比较浓厚的传统色彩，他们都强调要立足传统建构现代词学，反对抛弃传统另起炉灶。如龙榆生批评胡适《词选》所录姜、史、吴、张诸家之作，率取习见之调，或较浅白近滑易者，集中得意诸阕反被遗弃，这样的做法存在着舍长取短、厚诬古人之缺失。[①]唐圭璋对于王国维《人间词话》的“境界”说也持保留态度，认为王氏之论过于褊狭，在他看来境界乃自人心中体会得来，不能截然独立，所以，切不可舍情韵而专倡境界二字。[②]他们已注意到现代词学建构过程中存在的问题，并有意对之进行反拨，强调要尊重历史事实，不可以一已之私见取代学术之公理。他们特别注意从传统词学那里汲取思想资源，如吴梅借用了陈廷焯的“沉郁”说（《词学通论》），唐圭璋借用了王鹏运的“重拙大”说（《唐宋词简释》），詹安泰借用了常州派的比兴寄托说（《词学研究》），刘永济借用了古代文论的“风会说”（《词论》）。但是，他们并不固守传统，而是将传统的资源进行现代性转换，亦即对传统的思想进行现代性阐释。比如詹安泰论“寄托”即从寄托之义界、寄托与时代、寄托与比兴、寄托与词史、寄托之不可拘泥偏执等几个方面，全面地阐释了“寄托”说的理论内涵及其运用的有限性。因此，他们提出的学术观点，既有丰厚的传统底蕴，又有鲜明的时代特色，实现了传统与现代之间的有效对接，对于现代词学的学科走向成熟，起到了积极地推动和促进作用。

总之，现代词学是对传统词学的继承和发展，它在大量汲取传统词学资源基础上，进行了创造性的转换，使传统词学的表达形式和思想观念，在现代依然焕发它旺盛的生命力，中国词学在现代不是消亡而是走向重生，即它适应时代的需要，以现代学术的面貌呈现出来。

[原刊于《安徽师范大学学报》（人文社会科学版）2013年第4期]

---

① 龙榆生：《论贺方回质胡适之先生》，《词学季刊》1936年第3期。

② 唐圭璋：《评人间词话》，《斯文》1938年第21期。

若干重要诗集创作与评价上的理论问题

◆**蓝棣之**

【关键词】 统一场论；孙大雨；孙毓堂；卞之琳；戴望舒；何其芳

【摘　要】 以20世纪30年代出版的艾青《大堰河》、孙大雨《自己的写照》、孙毓棠《宝马》、戴望舒《望舒草》、卞之琳《鱼目集》以及何其芳《预言》为研究对象，围绕着诗歌的形式，技巧及评价等问题逐一分析，试图发现其中贯串的理论脉络，并理论联系实际，从而建立起"统一场论"的诗学研究模式。

这里列出的，仅仅是20世纪30年代出版的六本诗集，并非新诗史上的重要诗集的全部。不过，以后若有时间，我将会继续这种研究模式，对于例如20世纪40年代、80—90年代的重要诗集，以及50年代以来台湾地区的重要诗集，逐个加以讨论。同时，本文也只是提出问题和触及问题，并不是进行彻底讨论。这种方法，或者说这种研究模式，有利于把实践与理论结合起来，有利于具体地把握理论，在这一个个"个案"的基础上，把它们相互沟通起来，把其间的脉络贯串起来，不就是诗学上的"统一场论"了吗？这里所谓重要诗集，主要是就艺术本身说的，是就在新诗发展进程里的重要性而言。如果我说所谓重要诗集是就形式、技巧说的，那么，这里所说的"形式"，指的是英国视觉艺术评论家克莱夫・贝尔在评论法国后印象派绘画时所提出的"艺术乃是有意味的形式之形式"，而这个理论，是现代艺术中最令人满意的理论。与此同时，还有俄国形式主义诗学，在此之后，有形式主义或审美批评理论。我不拟在此逐个引证这些理论的基本论点，只想约略提出几点，希望能够把握住这种批评理论的要点，因为对于评价诗歌来说，这个批评理论尤其重要。

一、形式并不是外在地装饰已经找到的现成内容，而是第一次让人们找到和看见内容。借助于这种形式，才第一次在生活中看到它显露出来的东西。在这个意义上艺术是发现事物的技巧。

二、诸多诗歌流派的全部活动，从特定的意义上说，不过是积累和发现新的手法，以便安排和设计语言材料，而且安排形象远远超过创造形象。而且，形象的目的并不是要使它的意义更容易理解，而是要创造特别的感觉，创造它的视角，而不是它的识别。

三、艺术是感觉事物，而不是认识事物。

四、形式主义批评理论所要揭示的，是一切文学文献用连篇累牍的空话未能掩饰的东西：文学艺术的固有特性。

五、习惯往往使我们看不到、感觉不到各种事物，一定要使这些事物变形，我们才会注意到。列夫·托尔斯泰所用“奇特化手法，就是不直呼事物的名称，而是描绘事物，仿佛他第一次见到这种事物”。[①]

六、现代批评已经证明，只谈内容就根本不是谈艺术，而是谈经验；只有谈完成了内容即形式，亦即作为艺术品的艺术品时，才是作为批评家在说话。

七、北京大学教授杨周翰先生生前曾经说，形式主义批评理论带给我们的最大变化，乃是从艺术的角度谈文学。

八、衡量一首诗审美价值主要有这样三点：新奇、惊异，丰富的审美内涵，困难的难以做到的美。

然而，以上八条并不就是本文标题所说的理论问题。标题所说的理论问题，将从每本诗集具体提出，希望与大家一起来进行探讨。

《大堰河》：“把灵魂分开了两边”

《大堰河》是艾青的第一部诗集。艾青说他早在巴黎（1929—1932）学画的时候，就试着写诗，在速写本里记下一些偶然从脑际闪过的句子，在从巴黎回国的途中也写了一些短诗，但从来没有想要当一个诗人[②]。他说他在巴黎时读过一些法文的现代诗，而他最喜欢、受影响较深的是比利时大诗人凡尔哈仑的诗，它深刻地揭示了资本主义世界的大都市的无限扩张和广大农村濒于破灭的景象。回国后，因美展事件被判刑、关押期间（1932年夏到1935年10月），艾青的妹夫张祖良寄给他一本巴黎水晶书店出版的《兰波诗全集》，兰波也是艾青最尊崇的法国诗人之一。长时间的监禁，使艾青染上了严重的肺病。在狱中，当艾青把自己写好的一首诗拿给一个难友看时，向他问道：“依你看，我的诗写得好些呢，还是我的画画得好些呢?”“你的诗写得好些。”[③]对方毫不犹豫地回答。艾青说决定他从绘画转变到诗，使母鸡下起鸭蛋的关键，是监狱生活。从1932年9月直到1934年10月转押到苏州反省院之间，艾青在看守所与监狱中先后写下了26首诗作。1936年秋天在上海，艾青从这期间所写的诗中选出《大堰河——我的保姆》等九首编成一集。诗集编好之后，由留法老同学、在文化出版社工作的俞福祚交给该社总编辑审阅，未被采用。艾青很不

---

① 维·什克洛夫斯基：《艺术作为手法》，托多罗夫编选，蔡洪滨译：《俄苏形式主义文论选》，中国社会科学出版社1989年版，第66页。

② 艾青：《艾青诗选自序》，人民文学出版社1979年版。

③ 艾青：《我怎样写诗的》，《学习生活》，1941年第3—4期。

服气决心自费出版。

《透明的夜》一首于1932年9月写成，这首诗的前身是在法国写成的，但那个稿子包含许多空想的成分。艾青后来解释说："这首诗写在看守所，是回忆家乡金华农村的一个场面。金华的乡间风俗，是善尚斗牛，旧社会偷牛、杀牛的贼也多，不能说他们都是坏人。那是生活逼出来的。"艾青说他"不是颂扬贼，赞美强盗，而是歌颂一群人的力量，歌颂他们在黑暗中粗暴的、反抗的力量"。艾青说"有人硬是要从我的诗中寻找尼采的东西，那也只有随他们的便"①。但姚文元曾经批判这首诗："描写血腥""原始的强力"的疯狂性，说它"表现出艾青心中有一种异常阴暗的东西。这是狂热的个人英雄主义和一种冷酷残忍的资产阶级反动哲学相化合的产物"②。胡风是最早（1936年12月10日）给艾青诗作真切评价的人，他说："但最异彩的是《透明的夜》。这是一幅色画，一曲高歌，他用着明朗的调子唱出了新鲜的力量，充溢着乐观空气的野生的人生。虽然在这里我们不容易直接和作者底情绪相触，也看不到情欲去向底远景，但却预告了作者底另一视角和心神底健旺了。"③

《大堰河——我的保姆》一诗，作于1933年1月14日。此时监狱外纷纷扬扬下着大雪，艾青瑟缩着身体，任思绪驰骋。艾青后来说读者可能认为大堰河她很美，其实她长得不好看，喂养他时已是第五个了，奶汁已不多，不可能哺育得很好。艾青不止一次说过，这首诗中所写的都是"真事"，它和艾青的另一首诗《我的父亲》一样，都带有自传性质。艾青写成这首诗之后，狱中一个被判了死刑的人用上海话念了起来，念着念着便哭了。这个被判了死刑的人，成了这首诗的第一个读者。为了躲避狱方的监视，艾青不再用"莪伽"的笔名，在诗作上第一次用了"艾青"两个字。胡风评论这首诗说："虽然全篇流着私情底温暖，但他和我们中间已没有了难越的限界了。"④茅盾也评价这首诗说："这是一首长诗，用沉郁的笔调细写了乳娘兼女佣（大堰河）的生活痛苦，这在体制上使我联想到《学徒苦》（引者按：作者为刘大白）。可是两诗比较，我不能不喜欢《大堰河》。"⑤

艾青在巴黎学画那三年。他说是精神上的自由，物质上的贫困的三年，他后来还回忆说："我很孤独，而我的心却被更丰富的世界惊醒了。我对生活，对人世都很倔强地思考着，紧随着我的思考，我在我的画本和速写薄上记下了我的生活的警句——这些警句，产生于一个纯真的灵魂之对于世界提出责难的时候，应该是最纯真的诗的语言。"⑥《巴黎》《马塞》《芦笛》等几首诗，就是根据那些当时记下的警句写成的。对于这些诗，当时《现代》杂志的编者戴杜衡在当时就作了精辟的预言式的分析，他说艾青诚然是咒诅，但也赞美；诚然是厌弃，但也有耽爱；一方面是渴

① 艾青：《我怎样写诗的》，《学习生活》，1941年第2卷，第3—4期。
② 姚文元：《艾青的道路》，姚文元主编《文艺思想论争集》，作家出版社1964年版，第254页。
③ 胡风：《吹芦笛的诗人》，《密云期风习小纪》，海燕书店1949年版，第141页。
④ 胡风：《吹芦笛的诗人》，《密云期风习小纪》，海燕书店1949年版，第141页。
⑤ 茅盾：《论初期白话诗》，《文学》1937年第8卷第1期。
⑥ 艾青：《我怎样写诗的》，《学习生活》，1941年第3—4期。

望着毁灭的暴徒，一方面是虔诚的艺术的巡礼者。戴杜衡由此进一步论证说：正是在这片“‘男盗女娼’的欧罗巴的土地上，那大堰河的单纯的少年却开始把灵魂分开了两边”。那两个艾青，一个是暴乱的革命者，一个是耽美的艺术家，但这“两个艾青在现实中是不可能‘互相谅解’‘言归于好’”的。[①]

在将要结束艾青的有关介绍的时候，我们还是回到对于艾青最早的评论——胡风的《吹芦笛的诗人》这篇文章上来。这的确是一篇很中肯的评论。在开始时，胡风说他的前提是：诗应该能够唱出一代的痛苦、悲哀、愤怒、挣扎和欲求，应该能够丰润地被人生养育而且丰润地培育人生，但目前却是不振而且受着冷遇。而如果不能够有自信地向读者画出这些诗人所有的健康的棱角，就不应该随便地落下评论的笔。由此可见胡风给自己写下的要求是很高的，在此前提下，胡风对于艾青的《大堰河》下了这样一个总的评论：

> 我想写一点介绍，不仅因为他唱出了他自己所交往的，但依然是我们所能够感受的一角人生，也因为他底歌唱总是通过他自己底脉脉流动的情愫，他底言语不过于枯瘦也不过于喧哗，更没有纸花纸叶式的繁饰，平易地然而是气息鲜活地唱出了被现实生活所波动的他底情愫，唱出了被他底情愫所温暖的现实生活底几幅面影。如果说诗人只应该魔火似地热烈，怒马似地奔放，那么艾青是要失色的；如果说诗人非用论理的雄辩向读者解明什么问题或事象不可，那艾青也是要失色的;至于用不着接触内容就明显地望得到排列底苦心的精巧的形式，他更没有。[②]

《自己的写照》：“森严的秩序，紊乱的浮嚣”

孙大雨本时期在《诗刊》上发表几首商籁体，注重于艺术形式探索，他曾经说他是中国第一个用商籁体写诗并发表的人，本打算写一千行而实际写成三四百行的《自己的写照》，“用整个纽约的城的风光形态来托出一个现代人的错综的意识”[③]，深受欧美现代派艺术和文学的影响，它的标题受到笛卡尔“我思故我在”哲学观念的启示。徐志摩称赞它是“十年来（这就是说自有新诗以来）最精心结构的诗作”[④]，感情深厚，观照严密，笔力雄浑，气魄莽苍。大致上可以将已写成的部分划成八个段落：一、晨起看纽约；二、我是全纽约居民痛苦的精华；三、黑人的哀痛；四、乘车进城所见所思；五、阳光泼满长街；六、东江与赫贞江；七、大铁桥；八、港湾。请读者欣赏的下面一段断续摘至第五段，内容为当时纽约长街所见：

---

① 戴杜衡：《读〈大堰河〉》，《新诗》1937年第1卷第6期。
② 胡风：《吹芦笛的诗人》，《密云期风习小纪》，海燕书店1949年版，第136页。
③ 徐志摩：《诗刊·前言》，《诗刊》1931年第2期。
④ 徐志摩：《诗刊·前言》，《诗刊》1931年第2期。

阳光泼满了长街第五条。
……
街头，那一幅迷离的紫幕
分明是万众杂踏的尘埃。
……
其间的女人！ 戴着花冠
如燕翅的女人！ 绕着嫩腰
如拂枝的女人！ 如狂醉的春花，
如雨后抽芽的竹笋！
……
不尽的女子，不尽的丝衣。
健康在她们挺秀的长身
当捷足的向导；健康的双肩
主持着她们如花的行动；
健康在她们圆浑的乳峰上
说句话，能点破五千年来倡言
禁欲者的巨诳；健康抱着
她们底厚臀，在她们阴唇里
开一朵摄人魂魄的鲜花。
……
所以除了打字
和交媾之外，她是无非
是许多天字一等的木偶。

朱光潜说，有一派新诗作者“改句为行”时，在每行里规定顿的数目，孙大雨的《自己的写照》便是好例①。朱光潜这里所谓“顿”，闻一多叫“音尺”，孙大雨说正确的称谓应是“音组”，试读他的《决绝》前四行，每行都是五个音组：

天地/竟然/老朽得/这么/不堪！
我怕/世界/就要/吐出/他最后/
一口/气息。/无怪/老天/要破旧，
唉，/白云/收尽了/向来的/灿烂

① 朱光潜：《论中国新诗的韵》，《新诗》1936年第2期。

孙大雨当时译的莎士比亚的《罕姆雷特》，用每行五音组无韵体：

你不能/推辞，/说这是/情爱，/因为，
在你/这样的/年岁，/血里的/欲火
已经/驯静，/已经/卑微/无力。

《自己的写照》则通篇是四个音组：

森严的/秩序，/紊乱的/浮嚣。

孙大雨在解释《自己的写照》的“跨行”时说：就像长江大河，停不下来，节奏很快，有很大的冲劲，每行四个音组，意思未完，又跳到第二行了。这样的形式对于表现大都市的脉搏是适宜的。关于用韵，孙大雨说，写无韵体并不是因为押韵困难，以莎士比亚而论，成熟了，就不要韵了。正如弥尔顿在《失乐园》的序言里所说，押韵是未开化的蛮野人之行为。孙大雨后来在20世纪80年代初自己解释《自己的写照》时说：

因环境突变，未能写完，诚为憾事。我信我在这五十多年后若能有机会再去纽约，虽历经沧桑生死，还可能在一年左右的时间内写完它。这首诗是谱写现代派意识、感受、思想的作品，能了解它，对它发生共鸣的人恐怕极少。它有西方哲学史、西方音乐交响乐章、西方哥德式（Gothic）建筑、西方绘画艺术的壁画、西方歌剧、舞蹈艺术等等的影响在内；诗行脉博冲击着一个现代人（知识分子）在一个现代化的大都市中的意识、感受和遐想，奔腾飞扬，浩瀚暗暗，气象万千，化恣肆纷扰（heterogeneity）为谐和协调（homogeneity），在严峻的和谐中见杂乱繁芜，正如全诗第一行所总括的，“森严的秩序，紊乱的浮嚣”，而全诗的格律则是每行有四个音组，泛行极多。法国十七世纪首倡唯理主义的哲学家笛卡尔（Rene Descartes，1596—1650）所谓“我思维，故我存在”是这首未完成的长诗的发端思想路子，因为意识和感觉是思维的起点，从我所目睹耳闻及亲身的经历中，我生出各种感受和遐想，进而感触到古往今来的未来的种种联想和幻念——这一切都是我当时在二十四小时内的感觉、联想和纪念的写照，故曰《自己的写照》。①

总之，通常的研究论著只知道闻一多对于“诗的格律”的倡导，未能了解孙大雨在其中的重要贡献，他对此很是失望。以上所述，算是涉及到一些他在这方面的

① 孙大雨：《致蓝棣之信件》，1982年4月12日，未刊稿。

贡献了。后来他还有更为理论性的论述："惠特曼主要是对于维多利亚时代英美诗坛上流行的诗情诗意，以及诗人的人生态度起了绝大的反感。惠特曼作品底艺术性就比较差。惠特曼作品不耐多读久读，理智不够，感情过甚，缺少结构。一句话，浪漫过了头，叫人受不了。而探本溯源，造成他艺术性差而重复单调，情感泛滥，理智微弱的重要原因，恐怕就是这形式方面的大缺陷——没有整齐的节奏，没有音组，因而毋须有任何结构。"①

《宝马》：默默无闻缘底事

孙毓棠的长篇历史叙事诗《宝马》，司马长风在《中国新文学史》里称之为"史诗"，给予极高的评价。我也曾当面或在文章里听到九叶派诗人唐湜对于《宝马》的高度评价，以及它对于唐湜创作之重要影响。孙毓棠本是有成就的专攻两汉史的历史学者，他写诗并不多，现在能查到的，只有三个诗集：《梦乡曲》（震东印书局1931年版）、《海盗船》（立达书局待售；1934年5月）、《宝马》（文化生活出版社1939年版）。我把对于他创作的叙述放在这里，是因为在艺术形式和风格上，《宝马》与刚刚讲过的孙大雨《自己的写照》有某些相似：如果说孙大雨的《自己的写照》是因为美国纽约而生出的种种感受和遐想、联想和幻念、感觉和思考，那么，孙毓棠的《宝马》则是因为汉朝历史而生出的种种感受和遐想、联想和幻念、感觉和思考。同时，二者都是用格律体来表现现代意识。我之所以把孙毓棠放到"后期新月派"里来叙述，除了艺术形式上他的诗讲究节奏，有鲜明整齐的格律，还因为他的"文学圈子"属于这个范围。对此，我曾经指出过："《新月》停刊后，一批人又在《大公报》开辟《文艺副刊》，1935年11月又辟《文艺副刊·诗刊》，实际上是在继续着新月派的探索"，在这个名单中，孙毓棠赫然在目②。孙毓棠的长诗《宝马》，从文学史上说，是一部有殊荣的作品，因为它在1937年5月，与曹禺的剧本《日出》，何其芳的散文集《画梦录》，芦焚的小说集《谷》一起，荣获沈从文、萧乾主持的"大公报文艺奖金"。在20世纪30年代中期这段文学收获时代举行的这次京派文学奖，在新诗方面脱颖而出的，是长诗《宝马》。就是这样很特殊的一部长诗，在以后出版的文学史著作里，从来就未曾被提起，这里的原因，我也未能想得很明白。唐弢主编的《中国现代文学史》和北京大学《中国现代文学三十年》（钱理群、温儒敏、吴福辉著）的最新修订本，在讲"大公报文艺奖金"时都只讲到《日出》《画梦录》《谷》三个作品，《宝马》从未被提及。当然，我们可以说，《中国现代文学三十年》是沿用《中国现代文学史》的资料，但是问题在于：唐弢主编现代文学史为什么不提及孙毓棠和《宝马》？唐弢不可能不知道孙毓棠和他的《宝马》。粉碎

① 孙大雨：《诗歌的格律》，《复旦学报》1956年第2期。

② 蓝棣之：《论新月派在新诗史上的地位》，《北京师范大学学报》（哲学社会科学版）1982年第2期。

"四人帮"后，孙毓棠就住在唐弢楼下（永安里七号楼），我还记得20世纪70年代末期有一次孙毓棠上楼来借用唐弢的电话，唐弢还给我指说这是孙毓棠，他住在楼下。那么，为什么不被提及呢？司马长风在他的《中国新文学史》里，也说《宝马》是新文学运动以来唯一的一首史诗，"前无古人，至今尚无来者"。孙毓棠的艺术风格与闻一多、陈梦家接近，但比他们恢宏、洒落。《宝马》763行，竟也做到字字细致，句句精巧，行行严谨，真是鬼斧神工，征解史实，考明风习，文化风俗史的功夫，究明和体会古人的境遇和感情，尤其特别珍贵。然而，司马长风提问说：就这样一首伟大的史诗"何以悠悠四十年竟默默无闻"？是我们的文学批评家太贪睡呢，还是鉴赏心已被成间俗见勒死，"对这一'光芒万丈'的巨作竟视而不见、食而不知其味？"[1]《宝马》写汉武帝为要西域大宛国王交上血汗宝马，而派将军李广利率师远征的故事。下面我断续摘录一些诗行请读者鉴赏：

（宛王）他爱用金罇来饮美酒，张血口
向黄月唱英雄的歌；美酒香透了
琵琶舞袖，洒红了裸乳和玉袍。
但是他更爱宝马，（天注的劫数！）
爱他们八尺的腰身，红鬃与黑鬣；
爱他们昂首的雄姿，和千里奔驰的
骨力。
……
长安坐着汉家皇帝。他戴的是
世界上第一座神冠，治理着
天下第一处富丽堂皇的国度，
他的长安是世界上第一座城池，
是人间第一等的光荣
……
他们要囊括四海，席卷八荒，都因为
这是先祖先宗遗留的责任。
……
全军兵马像洗新了勇气，冰冷的
三个整月，这铁刀枪到今天才尝着了
腥咸的暖人肉。是军马加了新装，那
车辕边矛英下答拉着血淋淋的头颅，
压队的辎车里藏满半活的女人腿。

① 司马长风：《中国新文学史》（中卷），香港昭明出版社1978年版，第187页。

……
战胜汉兵的不是恐怯，焦急，不是
疲劳（他们的意志硬过他们的刀矛）
战胜汉兵却是阳春暖雨天，
和大宛国红唇白肉体的年青女子。
……
军法的皮鞭下抽得死灵魂，可是
抽不死毒舌样一条男子的欲望。
……
“如今有两条路请陛下
裁度：是今夜大家去拿生命换点威风，
还是陛下为几十万人民肯牺牲宝马?”
……
“要雪恨得洗清你们的军营，先除尽虱?
你的仇敌，吞了雄心的怪魔鬼!”
全军一声呼应，奔回了军营，转眼
在平野的中心，山堆起一堆赤条条
雪白又颤抖着湿红的女人的尸体。

读过上面这些断续摘出的重要诗行，读者是否对于司马长风所说使得批评家不敢对《宝马》置评的批评的“成见”“俗见”有所感觉了呢？我想，《宝马》的题旨，仅说它批评了汉家皇帝的“穷兵黩武”，一定是很不够的。看来，作为一位专攻两汉史的历史学家，他写《宝马》的目的，是要“消解”历史，是要从历史里提出一些重要的看法，而这些看法肯定是有些骇人听闻，从未有人敢说，从批评家们一直保持沉默这一点来看，这题旨又一定与当代历史、现实很有关联；然而这一切又终归说不清楚，因为《宝马》叙事的笔调相当客观，作者和叙事者深深隐藏在事件的后面。这样说来，沉默、沉默，再留下空白，就是很没有办法的事了。我今天斗胆在此置评，并非在于我的智慧和勇气，而是因为时代变了，历史已经翻过了一页。这使得我们可以客观地对于文本作出分析了。《宝马》的题旨，最值得注意的有两点：一、欲望在历史进程中到底起什么作用？二、历史的目标多少有些像血汗马。《宝马》是“史诗”但血汗马不妨是一个人类目标的象征，一个寓言；《宝马》叙述的，表层是一个西征大宛的历史故事，然而故事下面是关于人的可怕的欲望的故事。谁若不了解这两点，谁对于历史的真相就可谓一无所知。《宝马》的题旨说起来好像很异端，其实不是这样；之所以说它异端，不过是因为我们固守在司马长风所说的“成见”“俗见”之中。《宝马》的题旨，用恩格斯的理论表述来说，可谓是：这个故事告诉读者，“恶”是历史发展的杠杆，同时也在诉说，空想是不好的，盲目的，奴性的乌托邦是不好的，因此从反面说明科学的理想主义在历史进程中的重要性。

《望舒草》：其实并非“诗歌的正路”

戴望舒活了45岁，留下来的四本诗集，总共也就90几首诗，其中在艺术上对于诗坛产生重要影响，使他成为“徐志摩而后诗坛首领”的是《望舒草》。该诗集1932年出版，此时诗人27岁。《望舒草》收诗41首，其中有7首从《我的记忆》（1929年出版）移入，为诗人1927至1932年五年间的作品，5年41首，每年平均8首。这里不仅表示了戴望舒的创作态度和创作方式，而且透露了他成功的奥秘。据他的诗友杜衡在“序”里介绍，“望舒为诗，有时苦思终日，不名只字”，而“有时诗思一到，摇笔可成”，正好是苦思终日的结果。戴大约十七八岁时开始写诗，那时候他“把诗当作另外一种人生，一种不敢轻易公开于俗世的人生”。迄1933年杜衡写序时仍是这样，“厌恶别人当面翻阅他底诗集”。所以他一开始就不能接受那时的诗风：直说、坦白与奔放。大约在十九、二十岁时他学习法文，直接阅读了魏尔伦、保尔·福尔、果尔蒙、耶麦等法国前与后期象征派诗人的作品，这对于他日后的艺术方向影响很大，最早也最明显的，是他对象征派独特音节发生很大的兴味，因此从旧诗词那样的平仄和韵律转向旋律一样的节奏。例如《雨巷》，正如袁可嘉指出，运用“音乐片语”理论，节奏单位不以轻重音节数为准，而用一连串字（片语）作为单位来算，而一连串字常常就是意念和情绪单元。这就是当时代理《小说月报》编辑的叶圣陶所说的替新诗的音节开了一个新的纪元。《望舒草》里的诗创作的年代，正是中国社会和诗人本人都经历了很不寻常的年代，这是他22岁到27岁的年纪，对于他本人来说，充满了磨难，痛苦，思想上的斗争，理想的幻灭，爱情的失败等等，然而正是这些成就了《望舒草》。杜衡在“序”里说：“我觉得，没有真挚的感情做骨子，仅仅是官能的游戏，像这样地写诗也实在是走了使艺术堕落的一条路。”[①]在前面的引文里，杜衡说诗不可以直说，不可以坦白，不可以奔放，这里又说，诗要有感情做骨子，不可以是官能的游戏。这两句话合起来，就可以见出杜衡诗歌理念了。这句话正好描绘出20世纪20年代和30年代前后两个时期，两种不同的写诗风气。前者坦白、直说，后者不再重感情，而重官能。杜衡既不赞成前者，也不赞成从前者向后者的转变，可是这正好是诗潮变化的症候所在，重要的是，在这方面，戴望舒与杜衡其实是不一样的，这只要看看1932年发表的《诗论零札》就足够，1944年的《诗论零札》则说得更清楚。《诗论零札》（1932）通篇就没有出现过“感情”二字，所说都是情绪，情绪，情绪，随后就谈到杜衡所不愿看到的“感官”，而且要求“全感官”。在1944年的《诗论零札》也只谈组织、形式、韵律、情

① 见戴望舒《望舒草》，浙江文艺出版社1997年版，第53—57页。

绪，未曾谈及“感情”，他所说诗情乃是诗的情绪。诗人在创作过程中所着重的东西已经转移了，这一点杜衡未能深入进去，因此调子相当陈旧。这样，他所说远在北京的朋友说戴诗形式是象征派，内容是古典派，而且说这是诗之正路。对于这些论述，虽然过去因为论文题旨的限制，未加评论，但今天看来，确实不得要领，而且妨碍了对于戴诗的研究。什么叫“正路”？创新都是在“歧路”上甚至在“绝路”上展开的。戴诗在情绪和境界上都十分求新，追求艺术的时代性，怎么能说是古典派的内容？杜衡所说“远在北京的朋友”，据考证当是胡适。如果真是胡适，那他说此话的潜在目的是希望阻止诗歌创作往“官感”方向转变，而他本人则仍然固守他“五四”时期“诗的经验主义”和“明白清楚主义”，而此时，诗风却已经变化了，对于诗之为诗的诗的本质已经变化了。这点从戴氏诗论零札可以充分看出。梁实秋曾经批评过胡适的诗歌理念对于象征派诗的不了解。当然，戴望舒从情感走到情绪官感，但依然是感性创作（所谓诗情），还不曾如后来1935年的卞之琳、废名那样的感觉追求思想的知性创作。这也就是戴诗在新诗发展史上的位置。戴望舒在编定《望舒草》时为了纯粹，把《雨巷》一诗也删去了。然而，正是《雨巷》一诗，才是诗集《望舒草》症候所在。从《雨巷》可以解开戴望舒创作之谜。法国象征派诗人马拉美说过一句让人难忘的话：只要把对象直接说出来，魅力就减少四分之三[①]。这就是象征派所谓“暗示”。照我理解，暗示不只是不直说或不想直说，或不能直说，甚至是不知道自己正是不直说。成功的暗示常常在有意无意之间，《雨巷》可谓正是如此。一开始我们就不难注意到，《雨巷》与美国诗人T·S·艾略特长诗《荒原》（1922）的某种联系，先请看《荒原》前几行：

> 四月是最残忍的一个月，荒地上
> 长着丁香，把回忆和欲望
> 掺合在一起，又让春雨
> 催促那些迟钝的根芽。
> （据赵萝蕤译本）

是否可以说，这就是《雨巷》里“春雨”和“丁香”的出处？四月和“残忍”没有直接说出来，这正是所谓暗示。《荒原》前几行的意境是春雨、丁香、四月、荒原，《雨巷》的意境同样是春雨、丁香、四月，变了的只是“雨巷”。而这“雨巷”也还是人类“荒原”上的一个景象。这雨巷不在别处，就在杭州。《雨巷》最重要的一个细节是：“她静默地远了，远了，/到了颓圮的篱墙，/走尽这雨巷。”在大革命的年代，女主人公家的篱墙颓圮了，这里所暗示的东西是很清楚的。左翼诗人蒲风说这诗是“辛酸的回忆”，是很对的，但还不够，还有欲望。说得正确些，是“把回

① 车成安等主编《西方现代派文学与艺术》，时代文艺出版社1987年版，第65页。

忆和欲望掺合在一起”。在这里，“回忆”是中国式的，“欲望”是法国式的。“欲望”和“回忆”是什么呢？据考证，“雨巷”就是戴望舒度过中小学时代的东西蜿蜒的大小塔儿巷和横贯南北的皮市巷和光华巷。戴出生在大塔儿巷11号，他由光华巷向南去上学，又沿着皮市巷北行去中学读书。这些小巷都铺着青石板。这里的大塔为清朝时代杭州城区中心的标志，戴家的北面是高墙深院的前清宰相府。往西，穿过小巷和大街，就是西湖，所以这雨巷在湖东。《雨巷》里姑娘的形象是对大革命当中曾经梦一样闪过的前清宰相府后代小姐身姿的回忆。你看她那么高傲，充满怨愁，可是又依然那么妩媚，真让人难忘啊，这不反衬出命运的“残忍”吗？大概正是对于革命所持的这种人道主义态度，使戴望舒后来脱离了共青团而成了“第三种人”。《望舒草》收有41首诗，都写得不错，但到底哪几首更重要呢？从艺术独创性，从诗的纯净，从其中包含着更多的诗人个人的经验来说，这六首诗更好一些：《游子谣》《夜行者》《深闭的园子》《过时》《三顶礼》《妾薄命》等。这六首当比《寻梦者》《乐园鸟》在艺术上更现代一些。

《鱼目集》：“好像是忽然之间”

卞之琳在新诗史上，是一位与戴望舒同样重要的诗人，决定性的标志是他1935年间所创作的几首诗。我在1989年8月撰写并于卞之琳先生80周岁纪念时发表的论文《论卞之琳诗歌创作的脉络》[①]里，曾经指出：“好像是忽然之间，从1935年开始，卞之琳的声音有了很大的变化，1月间他写成《距离的组织》，接着，6月他写成《尺八》，7月写成《圆宝盒》，10月写成《音尘》。”与此惊人地相似，香港大学张曼仪教授在研究卞之琳的专著里说：“卞之琳在最受艾略特和瓦雷里影响的几年间（1935年至1937年，尤其是1935年）写出最艰深的诗篇，为他赢得‘晦涩’的诗名。”[②]虽然该著作早已赠我，可我其实是刚刚才读到这几句话，我为我与张曼仪女士之间惊人相似的感觉和惊人相似地在同时发表的论著里提出同样一个问题而高兴。我们同时提出相同的问题，但对于问题的回答，却容有不同。张曼仪的认识是：第一，她认为1935年卞诗的特点是艰深晦涩；第二，她认为其原因是受艾略特和瓦雷里影响；第三，这种影响具体说来，是艾略特所强调的“组合与模式”和瓦雷里所强调的“创造过程与结构模式”，因为瓦雷里认为一首诗是错综复杂的智力问题，诗人只是创造一系列意象以提示繁复的思想感情状态。我自然对此也很有同感。不过，趁此机会，我想把一个我早就提出的论点略作分析：卞诗在1935年间“声音”的“忽然”变化，决定性的原因是他1934年春初，遵叶公超之嘱，翻译艾

① 此文同时发表在《文学评论》1990年第3期和《卞之琳与诗艺术》论文集（袁可嘉主编，河北教育出版社1990年版）。

② 张曼仪：《卞之琳著译研究》，香港大学中文系1989年8月出版。作者于1990年夏来北京开会时当面持赠给我。

略特重要论文《传统与个人才能》①。1935年的诗作，除上述几首外，还有《旧元夜遐思》《断章》，甚至1936年创作的《鱼化石》也在此列，典型的诗篇总共有7首。我想从这7首的分析得出相应的结论。但不妨让我先把结论写在这里，再作分析。

这结论与张曼仪的结论略有不同，她说至此卞接触到与自己时代更为相近的声音："受到现代人知性泛滥的蛊惑，尤其受到他们在诗篇结构手法上的影响"，而我的结论正好是颠倒过来的，卞尤其受到知性影响。

又由此结论连类而及，我也相应不能同意张曼仪所说，卞之琳不能如许芥昱所说那样归入玄学派，卞与约翰·多恩大异其趣，更不同意她说穆旦对于卞的评论"站不住脚"，而穆旦在评论《鱼目集》时所说的话真的太重要了：自"五四"以来的抒情成分，到《鱼目集》作者手下，才真正消失了。我之所以要在这里借此机会郑重提出与张曼仪花费十年时光做出的研究成果的三点不同意见，是为了要报她"一剑之仇"，因为她在这本《卞之琳著译研究》的最重要的最终总结里，说我在《现代派诗选》（1986）里列入卞之琳好像不太准确，其模棱程度正与王瑶的《中国新文学史稿》（1953）和刘绶松的《中国新文学史初稿》（1956）依希仿佛。而我这本诗选重要标准就是以"知为主脑"。艾略特《传统与个人才能》（1917），在写诗方面提出了这样一个新颖的论点：成熟诗人的心灵只是工具或贮藏器，它可以让特殊的或很多变化的各种感情，例如无数种感觉、词句、意象能在其中自由组成新的结合，而心灵它是中立的。创造的心灵与感受的人要完全分开，创造的心灵它的作用是点化作为材料的激情。只是工具，不是个性，使种种印象和体验就在这个工具里用种种特别意想不到的方式来相互结合。在这个意义上，诗是许多经验的集中，集中后所发生的新东西。然而这种集中的发生，既非出于自觉，亦非由于思考，诗人仅是被动伺候他们变化而已。诗不是放纵感情，而是逃避感情，不是表现个性，而是逃避个性。诗里"意义重大感情"很难得有刻意而为，艺术里的感情是非个人的，成熟诗人所能做的，就是整个地把自己交付给他所从事的工作，这时他就达到了"非个人"的境界。艾略特在18岁时（1906）进哈佛大学受业于新人文主义者白璧德，因此，他在这里反对浪漫主义，主张诗人必须增强它的客观性，他一再强调说，无个性就是客观性，客观性是指诗歌在表现的技术过程中为淹没诗人自己个性所做的努力。卞之琳1935年几首诗作最大特点，就是他以自己的方式，去尝试逃避个性和逃避感情，是诗人心灵、自我客化，使个人的感情客观化，所谓晦涩艰深，其实就是读者按读传统诗的方式在其中很难找到诗人的自我感情罢了。感情隐退，知性自己也就升腾起来了。艾略特的意见并不具备操作性，就如工程施工指南那样，所以，卞之琳这些创作即使成功，也只是一种尝试而已，留给后来者的路是十分宽广的。照我看来，逃避个性和客观性在诗里表现出来就是智性，金克木所谓以智为主脑，而不再是以诗人心灵或自我为主脑。具体说来，在卞之琳诗里的表现，例如在《旧元夜遐思》里，"独醒者"从玩世态度到同

① 发表于叶公超、林徽因主编的《学文》月刊创刊号，1934年5月1日。

情态度的突变，对互为梦中人的支持，《断章》为《旧元夜遐思》情景的拓展，《鱼化石》炽热的情爱却又归结为雪泥鸿爪之理智，甚至《灯虫》里的诗人，从局中人变为局外人，失落又是解脱。总之，所谓“独醒者”，就是诗人从感情中醒来。

《预言》：“年轻的神”

作为诗人的何其芳，有三本诗集传世，《预言》《夜歌》和《何其芳诗稿》。《预言》所选编的都是何其芳在20世纪30年代的诗歌作品，但延迟到抗战胜利才得以印刷出来，然而，其中的诗都曾经在当时的重要报刊上发表，并且引起注意。诗集的名称“预言”取自集内一首叫《预言》的诗。诗集《预言》分为三卷，卷一创作时间为1931－1933年，内容上集中于青春和爱情；卷二为1933－1935年，写到了一些个人以外的事情，诗人所关注的事情越出了个人的太狭窄的天地；卷三为1936－1937年，诗人开始接触到了些现实，看到了社会阴暗面。单从艺术上说，还是卷一更好一些，更富于体验，也最下工夫雕琢，更经得起时间的考验。何其芳早期的诗风影响于象征主义。梁宗岱的《瓦雷里评传》，对何其芳有很大影响。同时，他也爱晚唐五代精致冶艳的诗词，蛊惑于那种憔悴的妩媚，而在几位后巴那斯派诗人之作品里找到了同样的迷醉。何其芳自述他开始写诗是在从四川万县来北京读书之后，他刻意地形容说：“衰落的北方的旧都成为我的第二故乡，在那寒冷的气候和沙漠似的干涸里却坚忍地成长起来了，开了憔悴的花朵。……那无云的蓝天，那鸽笛，那在夕阳里所闪耀着凋残的华丽的宫阙确曾使我作过很多的梦。”[①]在他最初写诗过程中，逐渐地，那阴影一样压在他身上的那些19世纪的浮夸的情感，转变为宁静透明，仿佛呼吸着一种新的柔和，新的美丽。何其芳说早年的他，不是一个在诗里深思的人，他读诗不要寻找一份意义，他称诗文本是空幻的光彩和文字的魔障，他说他从儿童起读书就坠入文字的魔障和空幻的光影，他喜欢是那种锤炼，那种色彩的配合，那种镜花水月。他喜欢读一些唐人的绝句，他说那譬如一微笑，一挥手，纵然表现着意思，而他欣赏的却是姿态。他说还在小时候读书时，他就惊讶、玩味，而且沉迷于文字的彩色、图案、典故的组织，含义的幽深和丰富。因此他的创作就带上了这种倾向。他倾听飘忽的心灵语言，捕捉刹那间闪光的意象。他最大的快乐或辛酸在于一个崭新的文字建筑的完成或失败，这种寂寞中的工作竟成了他的癖好。他说他不追问是什么在他的自感空虚里鼓弄出悦耳之声，也不反省是何等偶然的遭遇，使他开始抒情的写作，他说他不是从一个概念的闪动，去寻找他的形体，浮现在他心灵上的原来就是一些颜色，一些图案，而用口语去现这些颜色和图案，很费苦涩的推敲。他还从陈旧的诗文里选择可以重新燃烧的字，使用一些可以引起新的联想的典故，但他有时又厌弃自己的精致。《预言》这首诗是《预言》这本诗集

① 何其芳：《梦中道路》，《何其芳选集》第1卷，四川人民出版社1979年版，第214页。

最难解的一首诗，在新诗史上是一首很独特的诗，同时也真是何其芳日后生活的一个“预言”。《预言》这首诗写于1931年秋，诗人此时19岁。诗中一再提到的“年轻的神”，典出瓦雷里的长诗《年轻的命运女神》。瓦雷里这首诗很有意思，很深邃，但很难确解。何其芳既然从梁宗岱著《瓦雷里评传》里了解瓦雷里这首长诗，那我们用梁宗岱对于瓦雷里这首诗的解释来理解何其芳诗里“年轻的神”的含义，可能就会接近一些。梁宗岱认为，长诗所写一个年轻的命运女神，不如说是一个韶华的少妇。在深沉幽邃的星空下，在柔波如烟的海滨，梦中给一条蛇咬伤了，她回首往日的贞洁，想与肉的诱惑，试作最后的抗拒，可是终于给荡人的春气所陶醉，在晨曦中礼拜光明和生命。何其芳写《预言》这首诗则是勉励自己成为预言里无语而来，不被歌声留下的“年轻的神”，是说他“与肉的诱惑试作最后抗拒”。事后二年，他专门写了一篇名叫《夏夜》的剧本，以解释“预言”这个他生命的“母题”。在剧本里，故事更复杂了，诗意被展开了，思想更深了。剧本里说，为什么要让他无语而过，不被歌声留下呢？为的是使成为“年轻的神”，尽管可能失悔，但比较起被留下来，失悔更美丽，更温柔。他说他曾经在初恋时“装扮”过一个“年轻的神”，但完全失败。而今的诗人仍然坚持要再试对于肉的诱惑的抗拒：“爱情是要用痛苦来培养，而且是要用痛苦来衡量的。”

[原载《安徽师范大学学报》（人文社会科学版）2002年第2期]

论朱湘的诗学思想

◆谢昭新

【关键词】朱湘；诗学；为人生；重感情；艺术美

【摘　要】朱湘的诗充满着深厚的爱国精神和民族意识，同时又特别讲究诗情、诗意、诗形、诗韵，注重诗的音乐的美。他的诗学观是以爱国思想、民族意识为主导的，认为真正的诗人要在对自然、人生的歌咏中，显现诗人的内在的本真情感，必须符合“诗的真理即是美”的审美标准。关注人生社会、亲近自我情感、注重艺术美就成了朱湘诗学思想的主体。

朱湘是现代著名诗人，在他短短的一生中，不仅为我们留下了许多丰富多彩的诗篇，而且留下了极其珍贵的诗学理论遗产。他论诗、评诗，论文学、治批评，又是一位非常出色的富有个性的诗学思想家、文学批评家。他的诗充满着深厚的爱国精神和民族意识，同时又特别讲究诗情、诗意、诗形、诗韵，注重诗的音乐的美。他的诗学思想与他的诗歌创作的美学追求是相谐和的，其诗学观是以爱国思想、民族意识为主导的，由初期崇尚自然到后期正视人生，由自然诗人逐渐过渡到社会诗人，他在理论上始终强调“诗的真理即是美”“最简单而美好的，这便是‘诗的’两字的注释”[①]。在朱湘看来，作为真正的诗人，他要在对自然、人生的歌咏中，显现诗人的内在的本真情感，而这本真情感的显现又必须在诗形上符合“诗的真理即是美”的审美标准，因而关注人生社会、亲近自我情感、注重艺术美就成了朱湘诗学思想的主体。

一

朱湘的诗学思想蕴含着深厚的爱国精神和民族意识。朱湘出生在湖南沅陵县，故以湘为名，以子沅为字。其出生地和祖籍安徽太湖县，古时均属楚文化区域，古楚民风轻疾剽悍、坚韧不拔、清廉刻苦、忠于诺言、勇于任事、敢于牺牲的精神，

① 朱湘：《吹求的与法官式的文艺批评》，《时世新报》1924年10月6日（文学周刊第142期）。

无不熏染着对楚文化情有独钟的诗人朱湘，养成了那种刚烈正直、执拗任性、孤独傲岸的内向性格。在文化接受方面，他早年对楚辞、唐诗、宋词、元曲均有着深厚的研读功力。他喜欢屈原、王维、杜甫，尤其是屈原的爱国主义精神对他感染颇深。据柳无忌在《朱湘：诗人的诗人》一文中所忆：他们在美国威州苹果里上学时，朱湘因不甘忍受美国学生对中国留学生的侮辱而愤然退学[①]。这种退学行为本身就包含着浓厚的民族精神和爱国情怀。他的炽热的爱国情怀在给夫人的书信中也时常加以流露："我是极端主张爱国之人，我生也是中国人，死也是中国人。祖宗父母，儿孙男女，都是中国人。只要男女同胞大众一心，努力向前，中国将来一定可以成为一个强国。"[②]他还说："我越在外国住得久，越爱祖国。"[③]他始终具有民族精神，认为华族并不比西人差，我们有着悠久的历史文化。他希望国人能从盲目崇外的禁锢中摆脱出来，以树立起民族自信心。朱湘正是在这一爱国思想支配下，进而思索了中国的精神文明建设问题，尤其是文学与社会、人生的关系问题。他说："我近来思想起一大变化，以前专顾文学，不管其他的方针已经取消。自然我将来作事还是在文学一方面，不过社会中各问题，尤其是本国社会各问题，我决定多多研究。至少要知道有那些问题，各问题实情如何，对他们我应当取何种态度。"[④]这里提出文学要研究社会、人生问题的主张，实质上是对文学研究会"为人生"文学观的继承。这种为人生的文学观在他1929年回国后更有所加强。随着诗人与社会现实关系的贴近，他对文学的性质、功能等问题的思考也更加深入。

从"为人生"的文学观出发，朱湘认为："文学本是一种最有力量的社会工具，可以团结人民，可以激发爱国的热情，可以辅助教育，可以改造社会。"[⑤]在《为什么要读文学》一文中谈了文学的三大功能：完成教育，发抒情感，扩大体验、增长见闻。[⑥]文学除了具有社会的教育作用外，还有娱乐消遣的作用。对这一点，朱湘认识得也比较清楚。他在《文学与消遣》一文中说："消愁遣闷，那正是文学的第二种功用。"[⑦]文学反映社会人生的功用与娱乐消遣的功用相比较，朱湘更重视文学的社会作用，而消遣的作用只是文学的副作用，消遣的文学只是低级的，"是一般作者与文人所极端嫉视的"[⑧]。朱湘还在《文以载道》一文中，论述了世界文学发展中有三种类型的文学，即"载神道，载世道，以及载人道"的文学，"古代便是载神道的文学的兴盛期，中代便是载世道的文学的，近代便是载人道的"。从载神道的文学说，"古代所遗留下的丰富的神道的文献，它们却仍然能以供给聪明的文人去利用、象征

① 柳无忌：《朱湘：诗人的诗人》罗念生编：《二罗一柳忆朱湘》，三联书店1985年版，第48—49页。
② 朱湘：《朱湘书信集》，罗念生编，上海书店1983年版，第1页。
③ 朱湘：《朱湘书信集》，罗念生编，上海书店1983年版，第147页。
④ 朱湘：《朱湘书信集》，罗念生编，上海书店1983年版，第182页。
⑤ 朱湘：《江行的晨暮》，内蒙古人民出版社1999年版，第241页。
⑥ 朱湘：《朱湘书信集》，罗念生编，上海书店1983年版，第189—192页。
⑦ 朱湘：《朱湘书信集》，罗念生编，上海书店1983年版，第193页。
⑧ 朱湘：《江行的晨暮》，内蒙古人民出版社1999年版，第193页。

的……利用着古代的迷信，现代的短篇小说作者，例如韦尔斯（H.G.Wells），梅·辛克莱（May SincLair）等等，仍然作着神怪小说”。载世道的文学，朱湘认为它“表现社会的势力”，有着社会学的价值。载人道的文学，是以“表现个性势力为目标的”，他认为托尔斯泰是一个“人道主义文学的伟大的作家”，他作的不是载人道的文学，莎士比亚所写的才是“载人道的文学，而并非人道主义文学”[①]。朱湘既重视表现社会又重视表现个人、表现个性，表现社会是通过表现个人来实现的。从表现社会出发，他的诗学观大体上是为人生的、写实的。但从表现个人来看，他的诗学观又含有浪漫抒情的成分。

是的，朱湘的诗学观是比较复杂的，用国家民族意识和为人生是概括不了的。从创作方法上考察，他既提倡现实主义，又对浪漫主义怀有较深的感情。他在《说作文》一文中强调文学要表现自我，表现自我情感，“人是完全囿于自我的；无论是写神思，写人类，写他人，写自己，写动植物，写自然，到头来都是脱离不了自我的范围”[②]。他从文学与接受者之间的关系上，论述了文学应适应不同年龄层次的读者的需要，认为中国文学缺乏儿童文学，现今流行的肉欲小说与侠义小说，不利于儿童心灵的成长。他在强调建设为儿童需要的文学的同时，又把《红楼梦》《西游记》《水浒传》列为儿童不宜读的书，说儿童读这些书会“贫血”“多愁善感”“想象力单薄”。这里又留下了从传统的道德观念出发对这类文学作品具有广泛的适应价值认识不足的偏颇。但另一方面，他在《文学与年龄》中又认为浪漫主义文学则比较适应儿童心理需要，认为：浪漫主义的文学，“在教育上，是地位极为重要的。”“与其让中学生读《水浒》《红楼梦》，还不如让他们读西方的浪漫体文学的中译本。”“浪漫体的文学，虽是受尽了指摘，然而它的教育的价值既是那样的重大，在现今的中国更是这样迫切的需要。”他对浪漫文学的特点也作了富有诗兴的论述，认为“猛烈的情感，它更是浪漫文学的主要发动力”，“感伤，这便是情感猛烈时所必有的现象。浪漫文学的感伤，它便等于青年时代的忧郁病”。浪漫文学题材取自外国、古代，“在技巧上不像古典文学那么成熟。它是一个想象新鲜，情感热烈的青年”[③]。应该说，朱湘对浪漫文学特征的概括，基本上是正确的。从表达热烈的甚至是感伤的情感出发，作为诗人的朱湘，他当然更钟情于浪漫文学。但作为诗学家、批评家的朱湘，他又必须保持理智的冷静。当他把文学与时代、与社会现实联系起来进行思考时，认为在当时的中国更需要现实主义的文学。所以他在《寄徐霞村》信中说：“中国如今最需要作木牛流马的诸葛亮，但作《正气歌》的文天祥也是一个英豪。单就文学书讲：王维固然同杜甫一样好，但在当今时势之下杜甫实在更需要”[④]。可见，朱湘是非常重视文学与时代、与社会的关系的。

---

① 朱湘：《江行的晨暮》，内蒙古人民出版社1999年版，第222—227页。
② 朱湘：《江行的晨暮》，内蒙古人民出版社1999年版，第263页。
③ 朱湘：《江行的晨暮》，内蒙古人民出版社1999年版，第219页。
④ 朱湘：《美国通讯·致莫索》，《文学周报》1928年第7卷（10—13）。

从以上的论述可以看出，当朱湘在理论上思考文学的性质、功能、内容、方法时，他多从时代、社会出发，偏重于“为人生”、写实，但他对“为艺术”、表现自我情感、浪漫抒情又比较亲近，这样就形成了他的诗学思想中的理论素养的二重性。这二重性在他的诗歌创作也即实践诗学上呈交织融通的形态，而在他的诗论、诗评中，则更多地偏重情感与形式、诗味与诗美。

二

朱湘在论文学的体裁方面虽然也涉及了小说、戏剧，但他论述最多用心最深的是诗歌，诗论是他诗学思想中最富特色的部分。他从小就喜欢诗，后来也是以诗人的身份登上文坛的。诗人论诗，除了重视诗歌的思想内容外，更看重的是诗歌的形式、技巧。“五四”白话新诗在胡适等人的开创下，打破了旧诗格律，采用自由诗体，取得了丰硕的成果。尤其是郭沫若《女神》的出现，将自由体诗推到了时代的艺术高峰。但初期的新诗在艺术上也还存在缺憾，过于自由，过于散文化，缺乏艺术锤炼。就在新诗急需要向前发展，急需要克服过于散文化倾向的期待中，新月派诗人提出了“新格律”的主张。朱湘是“新格律”的积极倡导者，也是闻一多诗歌“三美”主张的最得力的实践者。他对新诗的理论探讨，首先是建立在对“五四”初期白话新诗的反思基础上的。他在《北海纪游》中，用了大段的文字批评了胡适等人对新诗所持的“浅尝”的态度。他说：“诗，与旁的学问旁的艺术一般，是一种终身的事业，并非靠了浅尝可以兴盛得起来的。”又说：“抒情的偏重，使诗不能作多方面的发展；浅尝的倾向，使诗不能作到深宏与丰富的田地，便是新诗之所以不兴旺的两个主因。”同时，他还鲜明地指出：“最可恨的便是这些浅尝者之中有人居然连一点自知之明都没有，他们居然坚执着他们的荒谬主张，溺爱着他们的浅陋作品，对于真正的方在萌芽的新诗加以热骂与冷嘲，并且挂起他们的新诗老前辈的招牌来蒙蔽大众：这是新诗发达上的一个大阻梗”。朱湘对新诗“浅尝”的弊端作激烈的批评，目的是为了发展新诗，他肯定了新诗的长处，并提出要发展新诗的长处。他说：“如今正是新诗的时代，我们应当尽力来搜求、发展它的长处”。他对新诗的前景充满信心，认为“有充分发展的可能”，“有丰美收成的希望”。[①]如何建设中国的新诗，朱湘认为要吸收西方诗歌的艺术营养，主张融化外来文学思潮，以促进新文学的发展，“外来思想并非不能融为己有——有时还极当融为己有”[②]。他在给孙大雨的信中，一再谈到译诗的重要，而且还专门写了一篇《说译诗》的文章。他在这篇文章中写道：“我国如今尤其需要译诗。因为自从新文化运动发生以来，只有些对于西方文学一知半解的人，凭借着先锋的幌子在那里提倡自由诗，说是用韵犹如裹脚，西方的诗如今都解放成自由诗了，我们也该赶紧效法，殊不知音韵是组成诗

① 朱湘：《朱湘文集》，线装书局2009年版，第14页。
② 范桥，夏小飞：《二十世纪中国名人书信集·文情卷》，中国文联出版公司1998年版，第347页。

之节奏的最重要的分子，不说西方的诗如今并未承认自由体为最高的短诗体裁，就说是承认了，我们也不可一味盲从，不运用自己的独立的判断”①。可见，他既主张借鉴西诗，而又强调不可一味盲从，要有自己的“独立的判断”，不要只从自由体的形式上效法，而要从诗歌的艺术本征上创新，因此他特别强调了音韵的重要性，这一点恰恰是初期提倡自由诗体时重视不够的。在介绍西方新诗方面，朱湘认为以往我们没有把西方“真诗”介绍过来。他说：“倘如我们能将西方的真诗介绍过来，使新诗人在感兴上节奏上得到鲜颖的刺激与暗示，并且可以拿来同祖国古代诗学昌明时代的佳作参照研究，因之悟出我国旧诗中那一部分是芜蔓的，可以铲除避去，那一部分是菁华的，可以培植光大；西方的诗中又有些什么为我国的诗所不曾走过的路，值得新诗的开辟？”②可见，朱湘提出建设中国的新诗要走“中西融合”的路，既要吸取西方诗歌的艺术营养，又要借鉴中国古代诗歌的艺术精华。

针对“五四”以来的新诗出现的某些否定中国诗歌传统的倾向，朱湘提出了要重视我国古典诗歌和民歌的主张。他在《谈诗》一文中，强调作新诗的人要读旧诗，同时提出新诗要“学词”。因为“词是最讲究音节的”，而词的外形，又是一种“节律的图案”，这种情况在西诗中，只有雪莱的《夜》才能与之媲美。他主张：“新诗内努力于创造新腔的人，应该拿词的原本的精神来作基础，而深恶痛绝摹仿者的按谱填字。”③这里即要求把词的音节的美用于新诗的创作，所以我们看他本人的诗歌创作就留有受词的影响的印痕，如《恳求》即取法于词的。至于说到新诗要向民歌学习，朱湘认为学习民歌比学习古典诗词更为重要。他指出：“民歌之可贵，在于它们是一个民族的心声。”他归纳了古代民歌有五种特彩，即题材不限，抒写真实，比喻自由，句法错落，字眼游戏。除了字眼游戏外，朱湘认为“别的四种特彩，都是值得我们从事于新诗的人的充分注意的”。将民歌的有益的艺术营养用到新诗的创作中，“一定能发出极美丽的花来”。④朱湘如此倡导，也如此进行实践，他的《催妆曲》《采莲曲》便留有旧词和古代民歌的调子。

由于朱湘主张新诗要向古代诗、词、曲以及民歌学习，而古代的词曲、民歌又特别注重音节、韵律，所以他在论述诗的形式问题时，也突出了音调、音节在诗歌创作中的重要作用。他在《〈草莽集〉的音调与形式》一文中，结合自己的诗歌创作实际，谈了他是如何用加强音调的方法而增强诗歌音乐美、艺术美的。他说他在《婚歌》里，首章起首用“堂”的宽宏韵，结尾用“箫”的幽远韵，便是想用音韵来表现出拜堂时热闹的锣鼓声，撤帐后轻悄的箫管声，以及拜堂时情调的紧张，撤帐后情调的温和。《采莲曲》中“左行，右撑”“拍紧拍轻”等处便是想以先重后轻的韵表现出采莲舟过路时随波上下的一种感觉。《晓朝曲》用“东”“扬”两韵是描摹

① 朱湘：《中书集》，生活书店1934年版，第219页。
② 朱湘：《中书集》，生活书店1934年版，第219页。
③ 朱湘：《江行的晨暮》，内蒙古人民出版社1999年版，第249页。
④ 朱湘：《中书集》，生活书店1934年版，第107页。

钟声的“洪”“杭”。朱湘说：“《草莽集》以后我在音调方面更是注意，差不多每首诗中我都牢记着这件事。”[①]他重视音调，更重视音节，“音节之于诗，正如完美的腿之于运动家……想象，情感，思想，三种诗的成分是彼此独立的，惟有音节的表达出来，他们才能融合起来成为一个浑圆的整体”[②]。他评别人的诗，也多从音节上去肯定它们的音乐美的。而他本人更是在音节上特别下工夫的，他曾想在新诗音节上作出了成绩之后，希望能够得到一个音乐上的朋友。为此，他还专门举办了一个个人读诗会，以显示他对新诗音节的重视和追求。可见，朱湘无论在理论上，还是在实践上，都是一位追求音乐美的诗人。

朱湘除了重视音调、音节外，也重视诗行的安排。他在《评徐君志摩的诗》一文中，对新诗提出“行的独立”和“行的匀配”的要求。他解释说：“行的独立便是说每首‘诗’的各行每个都得站住，并且每个从头一个字到末一个字是一气流走，令人读起来不至于生疲弱的感觉，破碎的感觉；行的匀配便是说每首‘诗’的各行的长短必得要按一种比例，按一种规则安排，不能无理的忽长忽短，教人读起来时得到紊乱的感觉、不调和的感觉。”[③]他的诗在诗行的排列上，基本上做到了他所提出的要求。他的诗一段之内，各行之间常常是长短不同，参差各异，但各段之间的句式结构比例却完全一样，显得很有规律。他在诗行上面，从一字到十一字的都尝试过，尝试的结果，他认为“诗行不宜再长，以免不连贯，不简洁，不紧凑”[④]。太长了，也会影响朗读，影响诗的音乐美。他对诗行的安排不仅强调了诗的“建筑美”，而且还要符合音乐美的要求。所以，在他的诗学理论和诗歌创作上，无论是音调、音节，还是诗行、诗段，都把它们紧紧地扣在音乐美上面，音乐美是朱湘诗学思想中的最重要的审美特色。

三

如果说朱湘在诗论中注重形式美、音乐美，那么他在诗评乃至文学批评中也是以形式美、音乐美作为标尺去衡量别人的。他的批评明显地带有对中国古代某些诗人作品的偏爱倾向，而对中国现代诗人作品则表现出严酷批评的特点。

朱湘不仅从建设新诗、发展新诗出发，提出了向古代诗词曲及民歌学习的主张，而且对古代著名作家作品作了高度评价，显现出诗学批评的偏爱价值。他对《诗经》的评价，不是从全盘着手，而是从某一点加以突破，抓住三百篇中的爱情诗遭到注释者的误解，从而作出实事求是的匡正。尤其对《诗经》风诗里的爱情诗，表现出特别的好感，认为这些情诗如《邶风·静女》《卫风·氓》《唐风·绸缪》

① 朱湘：《〈草莽集〉的音调与形式》，《文学周报》1928年第7卷（18—11）。
② 朱湘：《朱湘书信集》，上海书店1983年版，第29—30页。
③ 朱湘：《中书集》，生活书店1934年版，第157页。
④ 朱湘：《〈草莽集〉的音调与形式》，《文学周报》1928年第7卷（18—11）。

等，在写“情”上具有“俏皮”“真实”[①]的两种长处，故经久不衰。他对古诗中咏女子的篇章尤其喜爱，在《五绝中的女子》中将五绝中的咏女子的诗篇归为五类，即咏古代失宠的妃女的诗；讥讽女子的诗；宫词；忆夫诗；咏女子意态的诗。每一类均有其审美价值，而第五类“极其鲜颖有趣”[②]，比起前四类，艺术价值更高。朱湘对古代咏女子的诗的浓厚兴味，也烙印到他的诗歌创作中，他的咏古代仕女的长篇叙事诗《王娇》以及相当数量的情诗，都写得非常朴实、真切、动人。

在古代大诗人中，他崇尚的是屈原、王维、杜甫，对屈原、杜甫，没作专题论述，对王维则有专论《王维》。他把王维放在东西文化的比较中，以显示其价值、地位。认为“以画家而兼为诗人的在英国有罗赛蒂（D.G.Rossetti），在法国有戈提哀（Gautier），在中国有王维。罗氏的诗微妙，戈氏的诗光明，王氏的诗幽秀。这三国的民性的结晶便是这三位诗人”。不同的民族性使他们具有不同的诗风，而王维那种“既有情又有景，外面干枯，而内部丰腴的五言绝句是别国的文学中再也找不出来再也作不出来的诗。它们是中国特有的意笔之画与印度哲学化孕出的骄子”[③]。

朱湘对古代民歌不单是赞扬，主要是为了总结出古代民歌的艺术特色，以供新诗借鉴。而对曲的评价，则从诗与曲的亲密关系上，去认识它的价值的。比如在系统评价清代戏曲家蒋士铨时，不仅分篇缕述他的戏曲创作的一般内容，而且从中总结出带有规律性的问题，突出他的戏曲的主要特色。“他的戏曲作到最精彩的时候，好处终究是‘诗’的，不是戏剧的，或者更精确一点说，大半是‘诗’的”[④]。蒋是以诗人而写戏的，朱湘也是带着诗人的激情去评曲的。他在评杨笑湖的《吟风阁》和关汉卿的《救风尘》时，突出前者“以艺术擅长”，称赞后者的写实本领和心理描写的逼真深切。这些批评都是从形式、艺术美的角度着手的。也许因为朱湘从小就热爱民间戏曲，更因为戏曲本身与诗歌有亲密的缘分，所以当朱湘以诗人的气质去评曲时，又能将诗的艺术养料作为审美心理的积淀，流入到他的诗歌创作中。

但是，当朱湘把这种形式的审美的批评，运用到现代诗人、现代作家身上，情况发生了变化，不再是深情的偏爱，而是一种偏执、严酷的形态了。除了对鲁迅的作品有较高的赞赏外，现代作家的多数作品尤其是诗人的诗作，成了他苛刻批驳的靶子。虽然他的批评比较偏执、严酷，但他不是胡批乱砍，而是作比较深入细致的分析，说他“挑剔”也罢，可他的“挑剔”总能体现其真诚的人格，总能给人以审美观照上的某些启示。他称赞鲁迅的《呐喊》能给人一种“愉快的感觉”，是“妙文”，读了它“只觉到美”，同时认为《呐喊》的艺术美表现在作者描写乡间生活运用了三种方法：姓名的制作，背景的烘托，人物的刻画。当然，他不是为了赞扬而赞扬，而是从诗人特有的情感感悟出发，说出鲁迅作品的妙处，同时也指出像《故

① 朱湘：《中书集》，生活书店1934年版，第103页。
② 朱湘：《中书集》，生活书店1934年版，第103页。
③ 朱湘：《王维》，《小说月报》1927年第17期（号外），第1页。
④ 朱湘：《中书集》，生活书店1934年版，第121页。

乡》最后三段对人生的解释，是多余的，“不该赘人”的。[①]

朱湘在评论同时代的诗人时，“往往带着强烈的情绪色彩，有的表现了他独具慧眼”[②]。他的诗评主要从“诗的真理即是美”的理念出发，而美的标准更多的是在形式、音节音韵方面。这是因为他受了英国诗人济慈和柯尔律治影响，柯尔律治就特别强调诗的形式、语言的形象化以及音乐，他说“心灵里没有音乐，决不能成为一个真正的诗人”[③]。用美的标准去评价诗人，在具体运作时，他又提出了“宁可失之过律，不可失之过誉”的要求，认为这样做才能促进新诗的发展。上文已提及，他从建立新诗“格律”出发，对胡适等人的初期新诗不讲音韵、过于散文化，作了尖锐的批评。他认为胡适《尝试集》是“内容粗浅，艺术幼稚”，尤其是在17首诗里竟用了33个“了”字的韵尾，有一处是三个“了”字成一联，这样用“了”字韵尾太多，就“令人发生一种作者艺术力的薄弱的感觉了”[④]。在评价康白情的《草儿》时，认为诗人最大的毛病是时常大发议论，“深中了旧诗的流毒”；描写是康君的长处，他最会写风景，可惜不能在描写上加进音节。这里既指出了康白情的诗在音节上的弱点，又肯定了他在写景上的贡献。应该说“五四”初期的白话诗，的确像朱湘所批评的那样，存在着“内容粗浅、艺术幼稚”的毛病。但朱湘又进一步看到，新诗到郭沫若手里，艺术上有了大的发展。他在评康白情的《草儿》时，就表现出对郭沫若的欣赏，他说康与郭的诗有两点相同，即“反抗的精神与单调的字句”，这两点在郭沫若的努力下是“成功”的，而在康白情则“完全失败了”。他称赞郭沫若的浪漫主义，认为构成郭诗的紧张的成分有三条：“单色的想象；音调的结构；对于一切‘大’的崇拜。”而对一切“大”的崇拜，则根源于“泛神论与自我主义”。同时他还认为郭的浪漫主义能从超经验上寻求新题材，如《天上的市街》，有时取材于现代文明，如《笔立山头展望》等。郭诗“在一般的时候，对于艺术是很忽略的，诚然免不了‘粗’字之讥。但有时候，他的诗在形式上，音节上，都极其完美”[⑤]。这里的评价都是比较诚挚和中肯的。

朱湘对同一流派的诗人的评价，比如对新月诗派的徐志摩、闻一多的批评，则较多地带上情绪化色彩，从形式、字句、音节、音韵等方面多作“挑剔”，虽然有时也能闪出其独到的见解，但在总体上是有失公允的。比如《评徐君志摩的诗》一文，虽然对徐志摩的散文诗、平民风格的诗以及情诗在情调、想象、音乐方面多有肯定，但从艺术上概括了徐诗的六大缺点：土音入韵；骈句韵不讲究；用韵有时不妥；用字有时欠当；诗行有时站不住；有时欧化太生硬。在《翡冷翠的一夜》一文中，说他看了这本诗，“简直要呕吐出来”，感到“浮浅”。像这样的批评显然带上对

① 陆耀东：《中国新诗史》（第1卷），长江文艺出版社2005年版，第319页。
② 陆耀东：《中国新诗史》（第1卷），长江文艺出版社2005年版，第360页。
③ 伍蠡甫主编：《西方文论选》（下卷），上海译文出版社1979年版，第33页。
④ 朱湘：《中书集》，生活书店1934年版，第141页。
⑤ 朱湘：《中书集》，生活书店1934年版，第190页。

与他有嫌隙的人的个人的恩怨情绪了。他对闻一多的批评，与对徐志摩的批评相比，在情绪化的色彩上似乎减弱了一些，少见讥讽、挖苦之语。在《评闻君一多的诗》，用了绝大部分篇幅谈闻诗的“短处”，对闻诗否定较多。他将闻诗的“短处”列了四种：用韵不讲究；用字有太文、太累、太晦、太怪的毛病；将幻想误认为想象，放纵地去滋蔓；感觉的紊乱、浮夸的紧张。最后，他也摘引了《玄思》《小溪》《也许》《伯夷》四首好的例子，但总体上认为闻一多的诗是路狭小而且不长。[①]朱湘这篇文章写于1926年，当时，闻一多的《红烛》已出版，《死水》集里的诗只发表了一部分。到1928年《死水》出版后，朱湘于1933年做客清华时，写了《闻一多与〈死水〉》的长文[②]，在朴实而中肯的评论中，表达了对闻一多真正的钦佩之意。他盛赞闻一多是“一个高超的诗人”，“全部《死水》是一篇整体的诗；便是作者的全个大我——作诗，治学，立身，处世——那也是一篇整体的诗”。他深刻探讨了作者成就《死水》的文化基因：渊博的古典文学素养，尤其是从屈原、杜甫、陆游的诗歌中引来了诗神；戏剧兴趣成就了他的诗的排列方法；绘画艺术不仅增添了诗集的封帧的美，而且为诗的色彩美提供了保证。因此，《死水》是一篇完美的诗，从诗情、诗意、诗行、诗韵，以及“用字方面”，都是“新鲜而真确”的。朱湘对《红烛》与《死水》的评论，无论其反差多大，我们都可以看出作为诗学批评家的朱湘的真诚的人格，和他为发展新诗所作的艰苦的理论探索。他的诗评虽“酷”，但在“酷”中有其诗学思想的价值，他每一处的“酷评”，都能说出些道理，具有独特的见解。他对越熟悉、越亲近的人越“酷”，认为“越熟的人越在学问上彼此激励，越有交情的人越想避去标榜，那时候我国的新诗或者有点希望”[③]。总之，诗是他的生命，他为诗所作的一切理论探讨，都是为了促进中国新诗的发展。

[原载《安徽师范大学学报》(人文社会科学版) 2006年第2期]

---

① 朱湘：《中书集》，生活书店1934年版，第193页。

② 朱湘的长篇论文《闻一多与〈死水〉》写于1933年作客清华时，此文被顾一樵读后大加赞赏，但闻一多看了阻止其公开发表，顾将此文保存下来，直到闻一多逝世后，顾才将此文拿出来，发表在1947年7月1日《文艺复兴·闻一多逝世周年特辑》上。唐弢在《晦庵诗话》的《诗人朱湘》一文中记有此事，他说朱湘的稿子就由别人收起并且保存下来，这别人即是顾毓琇。关于朱湘这篇论文的史料，可参阅本文作者于1999年5月在美国访问顾毓琇先生后写的文章《听顾毓琇先生谈文说理》，载1999年5月28日5《人民日报》(海外版)。

③ 朱湘：《中书集》，生活书店1934年版，第172页。

现代焦虑的诗性表达
——戴望舒新诗创作的欲望化嬗变

◆杨四平

【关键词】戴望舒；爱情；政治；文学；焦虑；象征派

【摘　要】从戴望舒的爱情上的坎坎坷坷、政治上的风风雨雨和文学上的反反复复三个方面，论述了戴望舒新诗发生的源泉、新诗发展的方向和新诗象征的正路。从而揭示戴望舒精神世界和文学世界丰富而痛苦的一面，把写诗和人生、象征派的形式和古典派的内容统一起来。

提起戴望舒，人们自然会联想到“雨巷诗人”和“现代派”[①]。戴望舒在爱情、政治和文学三个方面都不是单面的，而是矛盾复合的，是他诸种欲望的集中展现。这既是他的丰富，也是他的痛苦。

新诗发生的源泉：爱情上的坎坎坷坷

戴望舒一生只写过90多首诗。而其中绝大部分是爱情诗。从这个意义上说，它们是戴望舒爱情生活的诗化记录，具有“自叙传”性质。爱情是戴望舒诗歌写作的潜在驱力，是戴望舒的“诗库”。这与汪静之和徐志摩很相似。戴望舒“是一个魁梧大汉，大麻子，人却和蔼，好一副书生气质”[②]，“透过近视眼镜，两眼露出柔和的光芒，带有莫名的忧郁”[③]。戴望舒小时候因患天花留下了满脸的麻子，加上脸黑，常常受到朋友们的嘲笑。生理的缺陷影响了他的心理，致使他长期以来处于敏感的、防范的、封闭的、内向的、忧郁的精神状态，渐渐形成了偏执和孤寂的个性。1929年，在《我的素描》里，他自卑地白描道：“我是高大的，我有光辉的眼；/我用爽朗的声音恣意谈笑。”在外界，诗人是用恣意谈笑来掩盖内心的自卑。而在内心，诗人是怯懦的。他说：“但在悒郁的时候，我是沉默的，/悒郁着，用我二十四岁的整个的心。”他还说：“我是青春和衰老的集合体，/我有健康的身体和病的

① 孙作云：《论“现代派”诗》，《清华周刊》1935年第1期。
② 郑家镇：《我所认识的戴望舒》，《香港文学》1985年第2期。
③ 冯亦代：《戴望舒在香港》，载《龙套集》，生活·读书·新知三联书店1982年版，第32页。

心。”正是因为如此，他内心脆弱的防线一旦受到攻击，就会拿出比常人更激烈的反应来抵制。所以，他的脾气非常暴躁，导致了他一生三次婚恋的最终失败。戴望舒一生用心去爱着三个女人，她们是施绛年、穆丽娟和杨静。然而事与愿违，这三位女人最终都离开了诗人。有人说，爱情是两性之间深层的语法关系，双方之间的链接要和谐，否则就会始乱终弃！戴望舒与这三位女性之间的“语法关系”显然没有链接好。

戴望舒出生在银行职员家庭，虽说不上养尊处优，但童年舒适的生活还是或多或少地往他精神里灌注了“贵族”气质。1922年至1925年他在上海大学和震旦大学读书期间，受到了邓中夏和茅盾等人的影响，对中国革命一时也充满了小资产阶级知识分子的狂热。1932年入了共青团，随后还“跨党”加入了国民党。“四·一二”后，他因避难而隐居在松江施蛰存家。就在这时，他爱上了施蛰存的正在上海女中上学的大妹施绛年。

施绛年“黑色的大眼睛”（在《我的恋人》和《灯》两次提到），缄默的神态和沉哀的情调，给戴望舒印象最深。不对等的是，戴望舒深爱着施绛年，而施绛年并不爱戴望舒。除了他外相上有缺陷，他俩的性格差距也很大。但是因为戴望舒是她哥哥的好朋友，加上她内向温和，所以在很长时间里她没有正面直接拒绝他的追求。这种马拉松式的所谓的爱情一拖就是8年。

戴望舒的第一本诗集《我底记忆》第3辑“我底记忆”和第二本诗集《望舒草》里绝大部分诗篇几乎是依次写了他们俩由所谓的初恋、热恋、失恋到殉情、订婚、分手。在诗集《我底记忆》出版时，戴望舒在其扉页上赫然写着“AJeanne”。他还煞费苦心地将“绛年”二字分别藏在《林下的小语》的末句和《夜是》的第3节的首句中。无独有偶，在1928年9月10日出版的《无轨列车》创刊号上，戴望舒以《诗二首》为题把这两首诗作为组诗发表，同期还配发了他翻译的意大利作家沃维提乌斯所著的小说《爱经》。

此期的戴望舒完全沉浸在对爱情的狂热假想中。他手足无措，不知道该如何才能表达这种感受。有时他把情话正着说，比如在《路上的小语》中，他直接吁请他的18岁的恋人：“给我吧，姑娘，那在你衫子下的/你的火一样的，十八岁的心，/那里是盛着天青色的爱情的。”诗中的意象来自于他所翻译的法国后期象征派诗人保尔·福尔的《我有几朵小青花》和耶麦的《屋子里充满了蔷薇》①。有时他把情话反着说，比如在《林下的小语》中，他就把施绛年假想成狂热地追求自己的恋人：“‘追随你到世界的尽头’，/你固执地这样说着吗？/你说得多傻！你去追随天风吧！/我呢，我是比天风更轻，更轻，/是你永远追随不到的。//哦，不要请求我的心了！/它是我的，是只属于我的。/什么是我们的恋爱的纪念吗？/拿去吧，亲爱的，

① 前者里有这样的诗句：“我有几朵小青花，我有几朵比你的眼睛更灿烂的小青花。——给我吧！——她们是属于我的，她们是不属于任何人的。在山顶上，爱人啊，在山顶上。”后者里这样的诗句：“于是我会找到了，在你的嘴唇的胭脂色上，/金色的葡萄的味，红蔷薇的味，蜂儿的味。”

拿去吧，/这沉哀，这绛色的沉哀。”显然，诗中的“我”指的是施绛年。通读戴望舒的这类诗篇，我们发现其中极少有像《夜是》里的“夜是清爽而温暖”“飘过的风带着青春和爱的香味”此类抒写爱情温馨的诗句。我想这不仅是因为戴望舒有着青春的“病的心”，而且这场恋爱本身就是病态的。作为“单恋者”的戴望舒在恋爱的当初就担心着他的恋人将会移情别恋。在《残花的泪》里，诗人写道：“你会把我孤凉地抛下，/独自蹁跹地飞去。/又飞到别枝春花上，/依依地将她恋住。”这首诗好像就是诗人对自己爱情的一个不幸的预言。

经过一段时间后，施绛年婉言拒绝了诗人的爱情。戴望舒失恋后终日躁动不安、神情恍惚、苦不堪言。失望中的诗人仍撕心裂肺地呼唤着施绛年能重新回到他身边。《到我这里来》就写了这种心绪。明知爱已不在，还要抱着希望；明知等待是徒劳，还要苦等。这是失恋者难以摆脱的悲苦。在《对于天的怀乡病》里，诗人像“夜行人”那样在寂寞冷清的街上如幽灵一般地寻找对方。在《单恋者》里也活现出了失恋中的戴望舒的惨象：“在烦倦的时候，/我常在暗黑的街头踯躅着，/我走遍了嚣嚷的酒场，/我不想回去，好像在寻找什么。/飘来一丝媚眼或是塞满一耳腻语，那是常有的事。/但是我会低声说：‘不是你！’/然后踉跄地又走向他处。”

更有甚者，戴望舒有时还跟新感觉派的文朋诗友们一起去嫖妓，借以排遣内心的郁积。我们可以在他此期写的《梦都子》《百合子》《八重子》和《老之将至》里看到这种生活的印记。施蛰存在回忆戴望舒和刘纳鸥的一段生活时说，他们每天晚饭后就“到北四川路一带看电影，或跳舞。一般总是先看七点钟一场的电影，看过电影，再进舞场，玩到半夜才回家”①。这种洋场生活无疑加深了施绛年对他的冷漠。像许多西方现代派诗人那样，戴望舒大胆地把妓女引为同调。所以，“百合子”和诗人就可以通过眼睛秘密地进行交谈，她的微笑也就能使诗人坠入怀乡病里，而永远忧郁着的“八重子”又使诗人产生了怜香惜玉之情。显然，嫖妓不但丝毫不能减轻他失恋的痛苦，反而使他倍感身心的疲惫，“老之将至”。

1931年，戴望舒约请施绛年作最后一次交谈，表示如果她不能接受他的爱情，他将跳楼殉情。在这种情况下，万般无奈的施绛年，只得勉强地答应了他。随即他们举行了订婚仪式。此时，戴望舒感觉自己像“小病”之后刚康复过来那样。心情愉快，同时也略带苦涩，一气写了6首诗，即《村里的姑娘》《三顶礼》《二月》《我的恋人》《款步》和《小病》，发表在《小说月报》1931年10月号上。虽然订了婚，可戴望舒仍担心会发生变故。所以他向施绛年提出了具体完婚日期。但是，为了拖延婚期，施绛年提出了等到戴望舒出国留学归来并找到一份稳定的工作后方能完婚的要求。从1932年10月初赴法到1935年4月回国。此间，诗人度日如年。我们可以从他在法国写《见毋忘我花》和《微笑》两首诗，体会到他对施绛年的眷恋和怀想。虽然他通过一些渠道得知施绛年另有所爱，但他还是半信半疑。他以乐园鸟自

① 施蛰存：《我们经营过三个书店》，《沙上的脚迹》，辽宁教育出版社1995年版，第12页。

喻。借问“乐园鸟”：“那天上的花园已荒芜到怎样了？”请读《乐园鸟》的首节：“飞着，飞着，春，夏，秋，冬，/昼，夜，没有休止，/华羽的乐园鸟，/这是幸福的云游呢/还是永恒的苦役？”回国后，他得知施绛年已经同一个冰箱推销员相爱了。在事实面前，他再次感到的是“心的枯裂”（《秋夜思》），最后登报声明解除婚约。至此，这一对相互痛苦的人儿才真正从这纠缠不清的婚恋关系中解脱出来。

穆丽娟出生在一个小资产阶级家庭，是号称“新感觉派圣手”穆时英的妹妹。兄妹俩都喜欢文学。穆时英对戴望舒推崇备至，并时常在自己的小说里镶嵌进戴望舒的诗句。他还把戴望舒称为Pierrot（先锋），而且在1933年2月出版的小说集《公墓》的《自序》里特地写了这样一句话：“我要把这本书献给远在海外笑嘻嘻的Pierrot，望舒。”

当戴望舒与施绛年正式解除婚约后，穆时英有意为戴望舒和穆丽娟的结合创造条件。他常让年方17岁的单纯、文静、娴雅而落落大方的穆丽娟陪伴着苦闷中的戴望舒交游、打桥牌或给戴望舒抄文稿。这样，戴望舒就自然而然地与比他小12岁的穆丽娟相爱了。此时的穆丽娟不可能不知道戴望舒在婚恋上的失败，但她能“不计前嫌”，还依然固执地爱着戴望舒。

1935年冬天，他们订婚，1936年5月结婚。婚后的6个月里，戴望舒颇有感触地写了《小曲》《眼》《夜蛾》。毕竟他们俩从相识到订婚才半年的时间，戴望舒对施绛年还没有完全忘却。在《小曲》里，他自比为“啼倦的鸟”，把他与施绛年的已逝去的爱情比喻成“老去的花”，说它们既不在天堂也不在地狱，而“在他的心的永恒的宇宙”里。如果说他把施绛年当作他的爱情，那么他就把穆丽娟当作他的婚姻了。这也就为他俩最后的离异埋下了悲剧的种子。

当然，像所有的新婚燕尔一样，这对新人被巨大的幸福包围着。在《眼》里，戴望舒就写出了新婚时情感的高峰体验：“我伸长，我转着，/我永恒地转着，/在你的永恒的周围/并在你之中……而我是你/因而我是我。”有人说，爱情的至高境界就是使恋爱的双方都能感觉到宇宙化、永恒化。

随着日本军入侵上海，戴望舒举家迁徙到香港。戴望舒把居住的地方取名叫“林泉居”[①]。他们的确在那里度过了一段幸福美满的时光。这在他的回忆性诗歌里《过旧居》和《示长女》以及散文《失去的园子》里有温情的回望。他把那里比喻成人间天堂，而他们的家就在这个天堂里。请读《过旧居》：“我没有忘记：这是家，/妻如玉，女儿如花，/清晨的呼唤和灯下的闲话，/想一想，会叫人发傻。”再请读《示长女》：“我们曾有一个安乐的家……我们曾有一个临海的园子//你呢，你在草地上追彩蝶，/然后在温柔的怀里寻温柔的梦境。”

对此，戴望舒非常满足。他整天看书写作，加上一直忙于编辑《星座》《顶点》和外文版《中国作家》和应对其他日常矛盾（比如1940年穆丽娟的哥哥穆时英作为

① 贺知章《题袁化别业诗》：“生人不相识，偶坐为林泉。”

国民党的中统特务被军统所杀；又如穆丽娟的妈妈死时戴望舒向她隐瞒了实情；为报复施绛年故意让施蛰存同他们夫妻俩同睡一房等），几乎没有时间同妻子谈心聊天，所以冷落了妻子；因而他们几乎就没有什么可以交流的了。1940年，忍无可忍的穆丽娟在带着女儿回到上海追悼死去有些时日的妈妈后，就正式向戴望舒提出协议离婚。为了保住这个家，戴望舒急忙赶到上海，想作最后的努力。但穆丽娟对戴望舒的心已死，离婚的心意已定。尽管此间戴望舒为此自杀过，穆丽娟也没有妥协。1943年初，戴望舒不得不向远在上海的穆丽娟寄去"离婚契约"。也许是接受上次同施绛年分手的教训，他这次退场是有准备的，是在同杨静有了确定的爱情关系后才同意跟穆丽娟分开的。

戴望舒在办《星座》时，有抗日倾向，所以日本占领香港后，他就被捕入狱。后经好友叶灵凤保释出狱。经朋友推荐，到日伪机构"大同图书印务局"当编辑，同比他小21岁的打字员杨静在1942年底结婚。毕竟他们俩有代沟，难以真正沟通。所以，长期以来，他们各人忙各人的，互不干涉。杨静后来爱上了一个姓蔡的青年，于1948年正式向戴望舒提出离婚，但戴望舒至死也不同意。新中国成立后，戴望舒在国家新闻出版署工作时，还给杨静去信，希望她来北京，说她在香港只是一个装饰品，而来北京则大有发展前途。可惜，杨静毫无悔意。仅是在戴望舒1950年2月28日上午8点因自己注射过量的麻黄碱不幸死亡后，杨静才从香港赶来北京出席戴望舒的追悼会，向诗人作了最后的告别。总之，施绛年、穆丽娟、杨静和戴望舒之间的关系构成了戴望舒情爱世界的起起伏伏的曲线。除穆丽娟给了诗人些许温暖外，施绛年和杨静给诗人带来的是无尽的痛苦。

新诗发展的方向：政治上的风风雨雨

在风雨如晦的年代里，戴望舒徘徊在古典气味和现代革命之间。在私立中学严格的精神控制下，他很少有机会接触到新文学的成果，而只能偷偷摸摸地阅读市民气味较浓的鸳鸯蝴蝶派小说。尽管他在自己办的民刊《兰友》上也发表了具有爱国激情的散文《国破后》，但这种可贵的政治情感几乎被大量的古典知识气味给遮蔽了。

只是到了就读上海大学时，有幸遇到了早期中国马列主义的传播者邓中夏（总务长）、陈望道（中文系主任）、茅盾、恽代英、郭沫若（教师）等，接受了他们的教育和感召；戴望舒的思想渐渐被"灌注"进了马列主义，形成了一种朦胧的革命意识。所以在"五卅"惨案发生后，在民族爱国情绪的鼓动下，他投身到反帝运动的洪流中，走上街头游行示威。1926年，他加入了共青团，在第一次国共合作期间"跨党"加入了国民党。他的这种政治激情刚刚抬头就被随后而来的"四·一二"政变给扼杀了。这之后的三年，他同新感觉派的作家们开书店、办杂志、出诗集，认真地做起文化事业来，把先前伸向政治领域的触角缩回来，退回到自己和朋友间个人狭小的天地，从此为他得了“雨巷诗人”的美名。社会环境的窒息导致的个人情感的苦闷，是他在20年代末期的思想特征。

30年代是戴望舒思想最为复杂的时期。国内和国外思想的碰撞，大陆和香港思想的感应，是这一时期戴望舒思想突出的表征。1930年左翼文学界权威、他的好朋友冯雪峰劝他和施蛰存恢复党组织关系。他们没有同意，原因是他们都是独生子，都害怕牺牲；同时不大愿意接受组织的约束。尽管这样，戴望舒还是参加了左联成立大会，成为第一批会员。第二年加盟到《现代》杂志并成为“《现代》派”诗歌的首领。此间他翻译了苏联伊可维支的《唯物史观的文学论》和伊凡诺夫的《铁甲车》等进步书籍；同时，还写作了《诗人玛耶阔夫司基的死》，以马雅可夫斯基的悲剧道路来警策自己：“大凡一个艺术家当和自己的周围的社会环境起了一种不调和的时候，艺术家往往走着两条道路：一是消极的道路，即退避到Tour'divoire（象牙之塔）里去，讴歌着那与自己环境离绝的梦想；一是积极的道路，即对于围绕着自己的社会环境，做着为自己的理想的血战。”[①]由此可知，戴望舒是不赞同马雅可夫斯基的“末路”的。他主张走积极的道路，努力把握社会群众运动的根柢和灵魂。看来，此期的戴望舒在思想认识上已经具有马列主义的思想了。不过，他把诗歌视为另一种人生。在他的诗歌里几乎看不到革命情绪，除了《断指》和《祭日》两首外。他把这种革命进步思想装载到他的翻译文章和散文里了。可以说，戴望舒的思想是马列的，而诗歌是唯美的。施蛰存在80年代曾这样评价自己和戴望舒同冯雪峰之间的关系——“政治上的同路人，私交上的朋友”[②]。实质上，正如左联曾一度偏离过自己的方向那样，戴望舒也一度摇摆于无产阶级革命和自由主义道路之间。最后，与无产阶级革命者成了同路人。留学期间，戴望舒就在国外参加了反法西斯组织，阅读并翻译了世界反法西斯的诗篇。抗战爆发后，他到了香港，原准备在香港安好家后就到抗战大后方去，但这时正有一个机会使他能办他“理想中的副刊”——《星座》，因而他就留在了香港，为广大的民主人士和进步作家开辟一块发表言论的园地。在《创刊小言》里，戴望舒说：“编者惟一渺小的希望，是《星座》为它的编者忠实地代替了天上的星星，与港岸周遭的灯光尽一点照明之责。”此后，他又和朋友们办起了《星岛周报》（与张光宇合办）、《顶点》（与艾青合编）、《中国作家》（与冯亦代、叶君健、徐迟合办）和《耕耘》（与郁风、冯亦代、叶灵凤合办）。戴望舒成了此期香港文学的中心人物，为鼓舞中国作家坚持人文精神和知识分子立场，同时为中外反法西斯斗争进行交流提供了很大空间。有时乃至在报刊上用“天窗”的形式无言地、机智地抵抗当局的报刊审读检查制度。这种抗战精神，我们是不应该忘记的。同时，他还着手研究过中国古典文学，写作了几十万字的论文；后来结集为《小说戏曲论集》[③]出版。

---

① 戴望舒：《诗人玛耶阔夫司基的死》，《小说月报》1932年第12期。

② 施蛰存：《最后一个老朋友——冯雪峰》，《新文学史料》1983年第2期。

③ 戴望舒：《小说戏曲论集》，作家出版社1958年版。

20世纪40年代，诗人被政治误解的痛苦折磨着。日本正式占领香港后，很多作家离开香港安全抵达后方。戴望舒没有，“他舍不得这一屋子多年收集起来的好书，他怕颠沛流离的生活”[①]。作为抗日爱国人士，1942年3月戴望舒被捕入狱，在狱中受到了非人的拷问，写作了《狱中题壁》这样视死如归、英勇不屈、气壮山河的英雄主义、乐观主义的战斗诗篇，其中有这样感人肺腑的诗句：“如果我死在这里，/朋友啊，不要悲伤。/我会永远地生存/在你们的心上。……当你们回来，从泥土/掘出他伤损的肢体，/用你们胜利的欢呼，/把他的灵魂高高扬起。”5月出狱后，为了策略性生存和从事特殊战斗，在日伪机构当编辑；同时，又先后主办《华侨日报》的《文艺周刊》、《香岛日报》的《日曜文艺》和《新生日报》的《文协周刊》。戴望舒在此期的有些文艺活动被有的人怀疑为“附敌”。事态最为严重的是，何家槐等21人在1946年1月1日的《文艺生活》和《文艺阵地》（同为光复版）的第二期同时发表《留港粤文艺作家为检举戴望舒附敌向中华全国文艺协会重庆总会建议书》及三个附件：一是1944年1月28日《东亚日报》一则征稿启事里有戴望舒的名字；二是《南方文丛》收有戴望舒和周作人等人的文章；三是戴望舒为罗拔高（卢梦殊）作《跋〈山城雨景〉》。好在戴望舒当时写作了《狱中题壁》《我用残损的手掌》《等待》《偶成》等表述战斗心迹的诗篇。同时，据马凡陀证实，戴望舒在此期有十几首抗战歌谣在香港民间广为传唱[②]。为了解除误会，1946年初戴望舒到上海向“文协”解释他在香港沦陷期间的活动，取得了组织上的理解和信任。几天后为了逃避国民党法院的通缉又回到香港。直到新中国成立前夕，戴望舒才带着两个女儿，怀着喜悦的心情离开香港，与卞之琳一道回到北京，直至不幸去世。他死后，政务院敬献的挽联上有这样一句话：“雄心在入党知先生非复象征诗人。”这是国家对戴望舒在政治上最后的评定。

综观戴望舒在政治上曲折轨迹，可知，诗人是一位并非始终热心政治而有着良知的知识分子；只是到了民族危亡的惨痛时刻，他才感觉到这个“大政治”的意义，才起来作文化上的抗战，才向往解放区[③]。尽管有不少误解，但最终都被排除了。

新诗象征的正路：文学上的反反复复

在中国现代诗歌史上，戴望舒是个异数。他几乎是以最少的诗篇而赢得一个诗歌流派——“《现代》诗派”[④]盟主的称号及其地位的。施蛰存在当时致戴望舒的一

① 杜宣：《忆望舒》，《文学报》1983年8月18日。

② 马凡陀：《香港战时的民谣》，《华商报》1945年11月18日。

③ 见《我用残损的手掌》里的诗句：“只有那辽远的一角依然完整，/温暖，明朗，坚固而蓬勃生春，/在那上面，我用残损的手掌轻抚。”

④ 孙作云《论“现代派”诗》（《清华周刊》1935年第1期）称他们为“现代派”。笔者认为用“《现代》诗派”更合适些，随后他主编的《新诗》更见他自觉标举自己诗歌旗帜的意念。

封信里说："有一个南京的刊物说你以《现代》为大本营，提倡象征派诗，现在所有的大杂志，其中的诗大都是你的徒党。""徐志摩而后，你是有希望成为中国大诗人的。"据此，施蛰存称戴望舒是"诗坛的首领"①。穆时英也认为戴望舒是中国新诗的先驱②。尽管它们都是海派作家同仁相互之间的赞誉，难免有溢美之词，但是却能够从一个侧面看出戴望舒在当时的影响。

戴望舒生前自己编定了4本诗集，即《我底记忆》《望舒草》《望舒诗稿》和《灾难的岁月》。在《戴望舒诗全编·引言》里，施蛰存说《望舒诗稿》不是一本理想的结集，它的市侩气太重；他还将戴望舒诗歌写作分为前后两个时期——以《我底记忆》和《望舒草》为前期写作的标志，而以《灾难的岁月》为后期写作的标志。他说《望舒草》标志着戴望舒诗歌艺术性的完成，而《灾难的岁月》则标志着戴望舒诗歌思想性的提高。现在，人们比较一致地赞同这种说法。

从《望舒草》前有杜衡的"序"和后有戴望舒的"诗论零札"17条，可以看出这本诗集是戴望舒刻意为自己或者说为"'现代'诗派"树立的一个代表性的诗歌样本。而在《望舒草》里，备受杜衡推崇的有《我底记忆》和《乐园鸟》两首诗。他认为前者标示着戴望舒诗歌艺术的定型，而后者则"灌溉着作者底整个灵魂"。这两首诗应该可以看成是中国后期象征主义诗歌的顶峰之作。而《我底记忆》是戴望舒诗歌写作在艺术追求上，否弃包括名诗《雨巷》在内的"旧锦囊"而决心培植新的芳草地的信号。卞之琳称赞它是"既有民族特点也有个人特色的白话新诗体"③。艾青也说："戴望舒起初写的诗是用韵的，到写《我底记忆》时，改用口语，也不压韵。这是他给新诗带来的新的突破，这是他在新诗发展上立下的功劳。"④尽管这首诗在思想上仍然是写记忆，属于慰藉性写作，但是在艺术上它已经明显地摆脱了早期诗歌里的英国颓废派唯美派诗人道生（Emest Dowson）和晚唐诗风的影响，而表现出对法国象征主义诗歌的倚重了。那么这样一首举足轻重的诗，我们自然有重读它的必要。第一、二节如下："我底记忆是忠实于我的，／忠实得甚于我最好的友人//它存在在燃着的烟卷上，／它存在在绘着百合花的笔杆上。／它存在在破旧的粉盒上，／它存在在颓垣的木莓上，／它存在在喝了一半的酒瓶上，／在撕碎的往日的诗稿上，在压干的花片上，／在凄暗的灯上，在平静的水上，／在一切有灵魂没有灵魂的东西上，／它在到处存在着，像我在世界一样。"

此诗是1927年夏诗人蛰居在家乡时所作。而此前的两年，他开始学习法文，直接阅读法国象征诗派魏尔伦、保尔·福尔、果尔蒙、耶麦等人的作品。它们在精神深度上给诗人以震撼，并导致他最终放弃浪漫主义而试验象征主义。戴望舒对这些

① 施蛰存1933年4月28日和5月29日给戴望舒的两封信，见孔另境编《现代作家书简》，花城出版社1982年版，第65页。

② 孙作云：《论"现代派"诗》，《清华周刊》1935年第1期。

③ 卞之琳：《戴望舒诗集·序》，《卞之琳文集》（中卷），安徽教育出版社2002年版，第349页。

④ 苗得雨：《就当前诗歌问题访艾青》，《山东文学》1981年第5期。

异域诗人诗篇的阅读（包括翻译）为他的创作提供了一种借鉴或说一种诗歌写作的高度。所以有人据此说戴望舒的创作比较早地就拥有世界性的眼光。在艺术技法上，《我底记忆》也是运用了西方象征主义诗歌惯用的“时间空间化”“思想知觉化”写法。它是为象征派诗人的思想寻找“客观对应物”或说“契合”的具体路径。在精神向度上，戴望舒与耶麦表现出了惊人的相似！请读耶麦的《膳厅》的首节：“有一架不很光泽的衣橱，/它会听见过我的姑祖母的声音，/它会听见过我的祖父的声音，/它会听见过我的父亲的声音。/对于这些记忆，衣橱是忠实的。/别人以为它只会缄默着是错了，/因为我和它谈着话。”

如果说戴望舒的诗写到《我底记忆》时就已经超越了那被叶圣陶誉为“替新诗底音节开了一个新纪元”的《雨巷》[①]，重视诗歌音乐性和绘画性和浪漫主义感伤的话，如果说《我底记忆》已经把“散文美”引入新诗，但多少还有些对外来诗歌进行仿写的痕迹的话，那么当戴望舒写《乐园鸟》的时候就已经能够自如娴熟地运用情绪和谐的内在诗感，从内里来表现“诗情的抑扬顿挫”了。而且，《乐园鸟》进一步体现了戴望舒作为“‘现代’派”诗人在“小处敏感，大处茫然”（卞之琳语）的思想特征，以及诗人在个人心灵空间进行诗美创造的实绩。这首诗在精神上贯通了中西，使诗人能够站在中西文化的平台上，通过乐园鸟这一具有象征意义的中心意象来思考和传达现代人迷惘的心绪。诗中的“饮露”之句出自《离骚》，而“乐园鸟”出自西方神话传说。此前，戴望舒写过的《对于天的怀乡病》《百合子》和《八重子》等诗里都提出了怀乡病的问题，同时也塑造了“怀乡病者”的形象。“怀乡”是指对于青天的怀想。这也是一个融入了中西文化内涵的意象。苏轼的《水调歌头·中秋》开篇：“明月几时有，把酒问青天，不知天上宫阙，今夕是何年？”而根据耶麦的《为带驴子上天堂》，我们知道，青天是指“好天主的乡土”。又根据西班牙诗人沙里纳思的《物质之赐》，我们进一步知道，怀乡病是指对Being（存在）的怀想，也表现出对于现实的隐忧。显然，“乐园鸟”比“怀乡病者”在思想上更沉潜些，更饱满些。因为“怀乡病者”还只是停留在“怀乡”上，而不像“乐园鸟”那样勇往直前，怀疑起“乡”“青天”本身的实在来。由此可知，乐园鸟既是个上下求索的探求者形象，又是个具有现代忧患意识的怀疑者形象。至此，戴望舒在表现自己和隐藏自己之间，在真实和想象之间已经做到游刃有余了。

在《灾难的岁月》里，要算《我用残损的手掌》最有代表性。它表明了在民族危难时刻，戴望舒在超越以往对个人情爱吟唱的同时，也超越了过去对时代思考乃至对存在追寻所持的犹疑姿态。《元日祝福》和《狱中题壁》似乎在为《我用残损的手掌》的诞生作了前期铺垫。这些诗在外来影响上可以看出西班牙诗人洛尔迦和西

① 关于这首诗的解释有新意的有两家：金克木说它的几个意象如雨巷、油纸伞和丁香因具有民俗学意味而耐人寻味；蓝棣之认为它的首节和艾略特的《荒原》在隐喻方面是一致的，他还从症候分析的角度说诗中所写的是诗人一段单恋史，说雨巷是具体指从他家所在地杭州大塔儿巷8号经清宰相府或西湖到华光巷入他就读的宗文中学所在的皮市巷。所谓“悠长，悠长又寂寥的雨巷”是也。

班牙抗战谣曲以及法国后期象征主义诗歌的影子。它与穆旦的《赞美》同气相求。施蛰存称戴望舒后期的诗为“左翼的后期象征主义诗歌”或“为革命服务的超现实主义”诗歌。

我认为，戴望舒的诗歌写作可以分为三个时期，而不是施蛰存说的两个时期。在上文我以单个诗篇为例以点带面地简洁地勾勒了戴望舒诗歌发展的轨迹。前期以《雨巷》为代表，是“梦欧”式的感伤写作，受当时强势的“新月派”追求“三美”的影响。中期以《我底记忆》和《乐园鸟》为代表，是“望舒”式的慰藉写作和痛苦写作。后期以《我用残损的手掌》为代表，是超现实主义的或称左翼的后期象征主义的民族性的激情写作。在前中期，戴望舒把写诗当作另一种人生，而只有到了后期才真正将写诗和人生统一起来。戴望舒从后期浪漫派那里走出来，尽管很快就被他所喜欢的象征主义和后期象征主义所取代，但是，戴望舒的聪明就在于他在写作象征主义诗歌时没有完全驱逐浪漫主义诗歌所主张的感情，而是将“情”“智”糅合在一起，从而形成了自己象征主义诗歌的特殊风格。番草和杜衡都认为，戴望舒的诗，兼具“象征派的形式，古典派的内容”，很少架空的感情，铺张而不虚伪，华美而不失法度。他们还说，戴望舒走的这条路是中国新诗写作应该走的一条正路。戴望舒不断地调整自己，既勇于吸收，又勇于放弃，更勇于创造。这对于我们当下的诗歌写作是有着警世意义的。[①]

[原载《安徽师范大学学报》(人文社会科学版) 2003年第2期]

① 附注：孙另境（1904—1972），与戴望舒同学，是茅盾的妻弟，在上海大学读书时与戴望舒的姐姐戴瑛同居。后分手，茅盾感情用事地在《回忆录·十五》（原刊于《新文学史料》1982年第2期）里说：“戴望舒的寡姐，另有新欢（指戴瑛后来与留日归来的王某结婚——作者加注），为了甩脱他，就诬告他是共产党。结果在一九三二年七月被抓去坐了牢……另境被保释出狱了，但那时天津的家早已人去楼空，所有细软也被戴氏囊括而去。”

卞之琳早期诗歌中抒情主体的泛化

◆蔡玉辉

【关键词】卞之琳；诗歌；抒情主体；泛化

【摘　要】卞之琳早期诗歌中的抒情主体呈泛化特征。这是西方现代派诗歌及其理论东渐的结果，是中国新诗走向成熟的标志之一。主体的泛化浸润着诗人含蓄内敛的性情旨趣，寄寓着主体多元的诗学指归，包孕着兼收“古”“欧”诗歌精华、承继更新诗学传统的艺术追求，承载着新诗创作平民化、大众化和多重文化身份构建的价值诉求，蕴涵着“一”“多”共存互生的哲学观念和模糊朦胧的美学理念。

“一般来说，诗不论长短，长如史诗或短如俳句，也不论体裁，叙事诗或抒情诗，其中总有一个或隐或显的‘我’。这个‘我’寄托着诗人的理想与追求，浸润着诗人的情感与旨趣，承载着诗人的观念与风格，是诗人诗心、诗性、诗趣的具体体现。”① “我”作为抒情主体，既是作者抒情的角度，审美观照的门户，也是读者解读的焦点，解开诗心的锁钥，读者借此与作者一起携手进入艺术美的殿堂。但是，被认为体现卞之琳创作最高成就的早期诗歌中的“我”却颇为复杂，“极大多数诗里的‘我’也可以和‘你’或‘他’（‘她’）互换”②。把握“我”对读者来说有一种猜“谜”的感觉，这使得颇具“解心”的批评家刘西渭（李健吾）遭遇尴尬，像朱自清、闻一多这样介乎作家、学者之间的“通人”也不能完全把握其主旨，即使到现在也有评论家认为“至今仍然是一个困难课题”③。究其原因，在很大程度上就是由于“我”的换位乃至泛化模糊了读者的视野，造成大量的歧义甚至误读。笔者认为，早期卞诗中抒情主体的泛化不单单是一种创作方法的运用，也与诗人的主导性格密切相关，是中、西诗歌传统优化的结果，标志着新诗创作的成熟，具有多重意义。本文即以早期卞诗文本为对象，考察泛化“我”的实现方式、因由及其意义。

① 蔡玉辉：《荒原中的诗化“我”及其诗学蕴涵》，《外国文学》2005年第5期。

② 卞之琳：《雕虫纪历自序》，《雕虫纪历》，人民文学出版社1984年增订版，第3页。

③ 蓝棣之：《论卞之琳诗创作的脉络》，袁可嘉，杜运燮，巫宁坤：《卞之琳与诗艺术》，河北教育出版社1990年版，第55页。

一

据卞之琳自己介绍，他的早期诗歌是指1930年到1937年期间创作的诗。根据陈丙莹的研究，早期卞诗一共有98首[①]，但因诗人追求完美，有些在他看来不甚满意的诗作，或不拿去发表，或发表后不再重印或不同意别人重印[②]，因此目前流行的几种诗集或文集收入的早期诗歌篇数不一。其中收集较多的有两个版本：一是诗人自己编选的《雕虫纪历》（1984年增订版），共收69首；另一是由江弱水和青乔编选的《卞之琳文集》（安徽教育出版社2002年版），共收早期诗歌60首。本文以这两个版本作为依据，考察诗人怎样使抒情主体在诗歌中换位转移，实现“我”的泛化。

所谓抒情主体的泛化，是指诗歌中那个“或隐或显的‘我’”的诗学角色不由“我”来扮演，而是通过诗歌的表现对象来完成。换句话说，“我”化身于诗歌的表现对象。这样做卞之琳自己称之为“互换”，有评论家称为“自我意识的遁化”[③]。笔者认为“泛化”才更能反映卞诗文本的实际，因为“互换”只限于“你”“我”“他”（“她”），但文本中换位的对象并不限于此；“遁化”的“我”一般是以隐含形式呈现，读者看不见其存在，但卞诗中的“我”无处不在。

那么“我”是如何泛化的呢？对此卞之琳有自己的言说。他指出，“这时期我更多借景抒情，借物抒情，借人抒情，借事抒情”。他又说，“就我自己论，问题是看写诗能否‘化古’‘化欧’”，“在我自己的白话新体诗里所表现的想法和写法上，古今中外都有不少相通的地方”。他还说，“我自己着重含蓄，写起诗来，就和西方有一路诗的着重暗示性，也自然容易合拍”[④]。看来，卞之琳是在“化古”“化欧”的实践中使“我”渐渐转移而达到“我”的泛化，再通过“我”的泛化来实现“化古”和“化欧”这两大目标。具体来说，早期卞诗中“我”的泛化就是用借景、借物、借人借事这四种手法和“暗示性”的语言来抒发情怀，“设境构象”（卞之琳语）。至于说哪些诗中采取了哪种手法，也许可以作大致的分析，但本文不赞成作机械的类分。严格地说，早期卞诗中采取单一手法的并不多，多半是两种或多种手法交叉使用。明显景抒情手法为主的诗有《傍晚》和《墙头草》，以借物抒情为主的有《圆宝盒》《鱼化石》《一块破船片》，以借人抒情为主的有《寒夜》《一个闲人》《一个和尚》《几个人》，以借事抒情为主的有《路过居》《记录》《过节》，等等。即使是上述这些以某一种手法为主的诗歌中也有一些交叉使用了别的抒情手法，比如被认为以借物抒情为主的《一块破船片》里那位“在崖石上坐定”“不说话”“只好送还”“破船片”“给大海漂去”的“她”，显然是以“她”的面目出现的“我”，寄寓

① 陈丙莹：《卞之琳的诗歌》，《新文学史料》2001年第3期。
② 周良沛：《永远的寂寞——痛悼诗人卞之琳》，《新文学史料》2001年第3期。
③ 江弱水：《卞之琳诗艺研究》，安徽教育出版社2000年版，第74—85、98页。
④ 卞之琳：《雕虫纪历自序》，《雕虫纪历》，人民文学出版社1984年增订版，第15、3页。

着诗人的沉思；被诗人十分看好的《寒夜》，固然是借“老陈”“老张”来抒发对寒夜昏沉又不乏温馨氛围的感慨，但诗中的雪夜围炉何尝不是一幅动人的情景；《一个和尚》里年复一年、日复一日的钟声和木鱼声掺杂着“破殿里到处弥漫的香烟”，既是一幅延续千年的图画，也是一种重复千年的行为，隐喻的是对长期延续不变、因循守旧文明的厌倦与叹息。

在大部分情况下，早期卞诗中著名的诗篇常常是几种手法交错并用的。《断章》里有“看风景的人”和彼此成为风景的“人”，这些“人”又连同明月、窗子、桥、楼、梦一起构成了独特而又意蕴无穷的风景，可谓人在景中，景在人中，“人在你梦里，你在人梦里”（《旧元夜遐思》）。《春城》里有在垃圾堆上放风筝的小孩子和老头子，有“怨天”“骂天”的“老方”和“老崔”，也有垃圾遍地、灰土漫天飞舞的北京城，这里灰蒙蒙的景与灰蒙蒙的人是交融在一起的，成为一幅灰蒙蒙的画。《尺八》里既有人，也有物，还有事：尺八为抒情物，海西客是借来抒情的人，而从“长安丸载来的海西客”，“夜半听楼下醉汉的尺八”，“听了雁声，动了乡愁”，想象着“次朝在长安市的繁华里/独访取一枝凄凉的竹管”，随后连呼三遍“归去也”，这一系列行为构成了一个较为完整的情节片断。一向被认为晦涩的《距离的组织》，实际上也是人、物、景俱有。“我又不会向灯下验一把土”中的“我”，“友人带来了雪意和五点钟”中的“友人”是“人”，只不过这里面的人缺少《寒夜里》“老陈”和“老张”那样连贯的“戏剧性处境”或“小说化”描写。书籍《罗马衰亡史》、刊载“罗马灭亡星”的“报纸”及地图都是物。“灰色的天。灰色的海。灰色的路”再加“雪意”，“诗句所提示的一片灰蒙蒙意境，仿似一幅印象派油画，使人不期然受到感染，悠然而兴苍茫之感”[①]。倘若调动想象力，将看报纸、看地图、看“寄来的风景”、午睡、朦胧听见有人呼喊自己的名字、友人来访这一系列动作连接起来，足可以构成一个事件的片断，只不过这样的片断更多带有《荒原》第二节“弈棋”里有关“一战”后伦敦生活场景描写[②]的风格，上下不连贯，跳跃得厉害，彼此之间留下了很多空白，需要读者运用自己的想象与生活积累去填补。

景、物、人、事都被借来抒情的显例，莫过于诗人那五首著名的《无题》诗。这是诗人所有诗作中为数极少的爱情诗，虽然有论者认为还有一些别的诗作也表现了爱情，比如陈丙莹就认为“在《旧元夜遐思》《淘气》《灯虫》等，甚至《鱼化石》《断章》中也都或多或少、或深或浅地有着他爱的生活的痕迹”[③]。据诗人自述和研究者的看法，《无题》诗所反映的是诗人与张小姐之间长达数年的故事[④]，而后来证明这一故事在卞先生心中保留了终生的美好回忆[⑤]。即使是表现这样一个通常会

① 张曼仪：《卞之琳》，人民文学出版社1995年版，第268页。

② T·S·艾略特：《情歌·荒原·四重奏》，汤永宽译，上海译文出版社1994年版，第19—24页。

③ 陈丙莹：《卞之琳的诗歌》，《新文学史料》2001年第3期。

④ 北塔：《卞之琳先生的情诗与情事》，《新文学史料》2001年第3期。

⑤ 周良沛：《永远的寂寞——痛悼诗人卞之琳》，《新文学史料》2001年第3期。

经历之时狂风骤雨、经历之后刻骨铭心的故事，卞之琳也一反众多同代人直抒胸臆的表现手法，将“我”泛化，借用外在的景、物、人、事来暗示情怀。《无题一》借用小水、笑影、春潮、船、杏花等意象，将恋人小别之后的重逢描写得委婉而又真切：三日前你带着笑漾离去，如同山间欢快的溪水；今朝你回来了，我竟难以相信自己的眼睛，待我发现这是真的，我们那兴奋啊，就像小溪被春潮所涨满；分离期间我有多少愁啊，哀啊，就像水一样多，渡船也载不动，但我不愿对你讲；你怎么回来了？难道有渡过愁水的船吗？杏花一夜开齐了啊！诗人通篇不著一个“我”字，却将“我”的情感表达得淋漓尽致。《无题二》同样不著“我”字，借用种种物象和动作将等待恋人难熬的沉默和见面后的欢悦写得极为真切，尤其是“鸢飞，鱼跃；青山青，白云白”一行，连着用了四个明快亮丽的意象，用逗号和分号隔开，不仅表现出美丽欢悦的意境，读来还有着欢跳轻盈的音乐美。其余三首《无题》虽然都有“我”字出现，但放在各自的上下文中，可以替换为其他人称，这以《无题五》中的“我”最为显然：“散步中”的“我”和“怅然”的“我”是可以替换为“你”或“他”（“她”）的，因为这里的“我”所怀有的色空观念能够为有着相同经历和观点的人所共有。正如诗人晚年在谈及这些诗时所言，“在我那一路寥寥几首诗里，正如悲喜都可以颠来倒去讲，因为都是拓古托人托物托景来写自己和一位不平凡的当年同辈女友之间不值为外人道的若干年平凡交往的缘故，‘你’‘我’也可以颠来倒去变换称呼的”。[①]

正是这种将“我”的情感、思绪、追问、畅想寄寓于诗中景、物、人、事来加以含蓄、曲折表达的方法，使“我”既无处不在，又隐身于万物，还可以在“你”或“他”（“她”）之间互换，实现了“我”的泛化。

二

新诗运动随“五四”发端，《尝试集》（1920）踉跄起步，义无反顾，《女神》（1921）狂飙突进，《志摩的诗》（1925）清新馥郁，极情感之幽境与胜境，《红烛》（1923）与《死水》（1925）或激昂或沉郁，《我底记忆》（1929）从象征走向现代，《十年诗草》（1942）融汇中、西意境与技巧。显而易见，新诗创作就是伴随着这些代表性作品的步伐，从幼稚粗糙走向成熟。与新诗发展同步，新诗的抒情主体也在不断演进。郭沫若笔下的“我”激昂狂放，汪洋恣肆，可以概括为大写的“我”；徐志摩笔下的“我”或清新明朗，或沉思忧郁，可以概括为小写的“我”；李金发笔下的“我”阴郁颓丧，可以概括为消沉的“我”；闻一多笔下的“我”沉郁深思，可以概括为沉思的“我”；戴望舒笔下的“我”变得身份复杂，可以概括为多面的“我”；而卞之琳笔下的“我”一如上述，可以用泛化的“我”加以概括。从以上显

① 卞之琳：《追忆邵洵美和一场文学小论争》，《行文学史料》1989年第3期。

得有些简单化的梳理概括中，我们可以清楚地看出新诗抒情主体的演化的轨迹；从张扬走向隐含，从单一走向多元，从确定走向泛化。早期卞诗中“我”的泛化正是顺应了这种新诗发展的历史潮流。可以说，“我”的泛化是新诗在创作技巧上成熟的标志。

然而，“我”的泛化不只是新诗创作发展的必然产物，也与诗人的性格情趣有着直接关联，否则很难解释，何以在许多新诗人中唯独卞之琳几乎是终其一生采用了这一抒情手法。从北塔有关卞之琳的情诗与情事的介绍[①]，周良沛纪念卞之琳的文章[②]和陈丙莹的《卞之琳评传》[③]等一系列文献记述来看，卞之琳性格极为内敛，表达十分含蓄，思多于行，具有内倾性哲人气质，喜欢自我否定，并且追求完美。这样的性格特征在他那篇近似于创作自传的《〈雕虫纪历〉自序》一文中得到了清晰的印证。他说，“我写诗，而且一直是写抒情诗，也总在不能自已的时候，却总倾向于克制，仿佛故意要做‘冷血动物’”。的确如此，对于那件一辈子唯一的一次而且几乎是终生难以忘却的往事，他在文中也只用了短短几行文字作了平淡的叙述，用来介绍五首《无题》诗的来历，“仿佛作为雪泥鸿爪，留个纪念”。他告诉读者，“只是我一向怕写自己的私生活，而正如我面对重大的历史事件不会用语言表达自己的激情”[④]。相同意思的话卞之琳后来在为《李广田散文选》作的序言中再次说起，“我向来不善交际，在青年男女往来中更是矜持”[⑤]。很显然，卞之琳含蓄的性格与暗示性的写诗方法“合拍”，在诗歌创作中自然而然就会选择含蓄的表达方式。为此，抒情主体就要虚化、弱化、淡化、转化，“我”就要不确定或隐身，就要泛化到景、物、人、事中去。这样，“我”的泛化就在诗人性格情趣与诗歌表达之间形成了完美的契合。就这一点而言，郭沫若的奔放，徐志摩的清丽洒脱，闻一多的沉郁，戴望舒的悒郁，艾青的豪迈，也许都能从他们的主导性格中找到一定程度的相关性。

“我”的泛化还是西方现代派诗学观与诗学技艺在中国传播并被接受归化的结果。20世纪二三十年代，随着法国后期象征主义诗歌和英国现代派诗歌及其诗学理论被陆续介绍进中国，新诗创作者眼界大开，从这些理论和作品中受到启发和鼓舞。他们借鉴现代派的技法和手段进行创作，将中国新诗的发展推向一个新的阶段。卞之琳的创作可以说就是这种影响的直接结果。一般认为，卞之琳在观念上深受T.S.艾略特的“非个人化”和“客观对应物”诗学观的影响[⑥]，在诗歌形式和表现手段上吸取了艾略特早期诗歌[⑦]和P.瓦雷里诗歌的技巧[⑧]。此说至少有以下事实可以

---

① 北塔：《卞之琳先生的情诗与情事》，《新文学史料》2001年第3期。

② 周良沛：《永远的寂寞——痛悼诗人卞之琳》，《新文学史料》2001年第3期。

③ 陈丙莹：《卞之琳评传》，重庆出版社1998年版。

④ 卞之琳：《雕虫纪历自序》，《雕虫纪历》，人民文学出版社1984年增订版，第3页。

⑤ 卞之琳：《〈梦广田散文选〉序》，江弱水，青乔编：《卞之琳文集》（中卷），安徽教育出版社2002年版，第365页。

⑥ 陈丙莹：《卞之琳的诗歌》，《新文学史料》2001年第3期。

⑦ 罗振亚：《“反传统”的歌唱》，《文学评论》2000年第2期。

⑧ 江弱水：《卞之琳诗艺研究》，安徽教育出版社2000年版，第49—58页。

提供佐证。其一，卞之琳曾受叶公超之约翻译艾略特《传统与个人才能》一文，于1934年5月1日发表。可以想见，刚出大学校门又正在进行新诗创作的卞之琳在翻译这篇现代派经典论文的过程中会受到很大的影响。其二，就在卞之琳翻译该文的同时及之前，介绍艾略特的诗歌《荒原》和他的论文译文在当时北平的《新月》《清华周刊》《诗与批评》《清华学报》等杂志上登载，作为英文系学生及后来翻译艾略特论文的卞之琳不可能不关注[①]。其三，此前对艾略特很有研究的英国批评家阿·瑞恰兹在清华讲学一年，时处"大一"的卞之琳听过他的课。其四，卞之琳说到"我在大学听了一年级英诗课，上了一年级第二外国语法文课以后，就已经接触了英国二三十年代的可称为现代主义诗和法国的象征主义以及后期象征主义诗。"[②]可见，卞之琳接受艾略特和瓦雷里现代主义诗歌的影响不只是通过间接的介绍，更重要的是作为英语专业学生直接阅读了文本，不用说，通过文本直接阅读所获得的影响会深刻而又持久。综合这些因素，初入诗歌创作百花园的卞之琳深受西方现代派诗人的影响是理所当然的。诗人自己对此也从不讳言，"写《荒原》以及其前短作的托·斯·艾略特对于我前期中间阶段的写法不无关系；同样情况是在我前期第三阶段，还有叶慈（W.B.Yeats）、里尔克（R.M.Rilke）、瓦雷里（Paul Valery）的后期短诗之类"，他在《雕虫纪历自序》中这样说。在"文革"后出版的文稿中，他又多次说到自己是按照"非个人化"的原则进行创作，比如在1991年为日本学者秋吉由纪夫编译的日本版《卞之琳诗集》写的序言里还明确说，"三十年代早、中期我写诗较趋成熟以后，我更最忌滥情发泄，更最喜用非个人化手法设境构象"[③]。质言之，借景、物、人、事抒情也就是借"客观对应物"抒情，也就是诗人的"非个人化"，即，"不是感情的放纵，而是感情的脱离"；"不是个性的表现，而是个性的脱离"[④]。此外，他对艾略特和瓦雷里诗歌十分熟悉以及受艾略特的影响也可从他的散文中得到旁证。比如，他在1936年5月31日写就的《成长》一文中，有关艾略特的论据和瓦雷里的诗行信手拈来[⑤]；再如，在作于1936年5月8日的《尺八夜》一文中就明确地提到了"历史的意识"[⑥]。结合卞氏在《尺八》一诗中所表达的对民族衰落的感叹，我们可以推断这里的"历史的意识"与《传统与个人才能》一文中所指的25岁以上的诗人应有的"历史意识"应该是相通的。

---

① 张洁宇：《"荒原"与"古城"——30年代北平对荒原的接受与借鉴》，《中国现代文学研究丛刊》2000年第1期。

② 卞之琳：《英国诗选序言》，湖南人民出版社1983年版，第2页。

③ 江弱水青乔：《卞之琳文集》（中卷），安徽教育出版社2002年版，第560页。

④ T·S·艾略特：《传统与个人才能》，《艾略特文学论文集》，李赋宁译，百花洲文艺出版社1994年版，第11页。

⑤ 江弱水青乔：《卞之琳文集》（中卷），安徽教育出版社2002年版，第18—23页。

⑥ 江弱水青乔：《卞之琳文集》（中卷），安徽教育出版社2002年版，第12页。

三

抒情主体的泛化不仅标志着新诗表现手段的丰富与成熟，还体现了新诗创作在主体意识构建和人文关怀上的自觉，有着更为重要的诗学、文化、甚至于哲学和美学层面的意义。

追寻一下抒情主体在中国古典诗词中的足迹会发现，“我”的凸现一直是抒情主体的主要特征，“我”的隐藏或内化的情况较少。《诗经》中的“我”，多来自于民歌民谣，带有古老先民的淳良与率真：《离骚》中的“我”，反映出上下求索的苦闷；陶渊明“田园诗”中的“我”，充满着醇厚平淡的韵致。李白的“我”奔放飘逸，杜甫的“我”沉郁愁苦，李商隐的“我”抑郁哀艳。直到词的出现，这种状况才有所改变，但以“我”入词，直抒胸臆，仍是主要的表现方式，如苏东坡的“我”豪放洒脱，李清照的“我”凄惨寂寞。总而言之，“我”在诗词中以外显为主流的状况一直延续到新诗运动开展以后都没有根本的变化，上文对此已作了粗略的考察。在这样的背景下，卞之琳采用“我”的泛化的表现手法就显示出极其不平常的艺术勇气。在新诗运动蓬勃发展，新诗人如雨后春笋、各领风骚的30年代，坚持以泛化“我”的手法来写那些被许多评家和读者都认为“晦涩难懂”、不被大多数人欢迎的诗是要有耐得住冷落和寂寞的艺术胸怀与毅力的。周良沛在《永远的寂寞》一文中指出，“他一开始，选择的就是一条寂寞的路”[①]。周先生的意思指的是卞之琳对完美的追求导致了一生的寂寞，究其根底，“我”的泛化这一与众不同的表现手法构成了诗人追求完美艺术境界而导致寂寞的重要原因之一，因为将“我”泛化，或者“可以与‘你’或‘他’（‘她’）互换”，这显然与中国一千多年来诗歌创作主流有所不同，会造成诗歌含义的晦涩，会被不适应这种全新表现手段的读者所冷落，甚至受到传统护卫者们的攻击。袁可嘉早在1947年就指出：“卞诗中传统感性与象征手法的有效配合及冯至先生更富现代意味的《十四行集》都遭到过一切改革者在面对庸俗、浮浅、偷懒的人们时所必不可避免的反抗阻力。”[②]

不仅如此，抒情主体的泛化又显示出诗人卓然的诗学意识。新诗的现代化急切需要有人来尝试拓宽抒情主体这只螃蟹，因为抒情主体的拓展成为促进新诗现代化的主要因素之一，这从西方现代派诗歌的经验里就能明显反映出来。其时深受现代派理论和创作影响的卞之琳深知这一点。因此，他开始尝试使用这种手法，并坚持充满“寂寞”的实践。正如有研究者所指出，采用“‘借景抒情，借物抒情，借人抒情，借事抒情’，这在新诗的发展中尽管不能说绝无仅有，但有这样的自我意识，

① 周良沛：《永远的寂寞——痛悼诗人卞之琳》，《新文学史料》2001年第3期。

② 袁可嘉：《新诗现代化——新传统的寻求》，《论新诗现代化》，生活·读书·新知三联书店1988年版，第4页。

并在写作实践中身体力行的人恐怕是绝无仅有的”[①]。可以说，泛化“我”的采用与成功实践，拓展了中国新诗创作的抒情主体，丰富了其表现手段，将其内涵推向纵深，使其开始实现真正意义上的现代化。

抒情主体的泛化还为实现中国诗学传统的继承与更新，借鉴吸收西方现代派诗学精华提供了有效的手段。卞之琳是一位有着很高艺术自觉的诗人。他提出的“化古”与“化欧”诗学指归，不仅自始至终指导了他的创作，也成为中国新诗理论中不可多得的重要观点。按照卞之琳的解释，“化古”，就是化用中国古典诗词中的意境，“化欧”，就是化用西方现代派、准确说是后期象征派诗歌的语言和表现手法。古诗词中的意境讲究含蓄、内敛、深沉、高远，而西方现代派诗歌的语言追求口语化与暗示性，手法则以象征、隐喻为主。如何将意在言外、旨在象外的传统意境与象征、暗示性的手法结合起来，使两者之间达到圆融通达的境界，必须找到两者之间的同质性，并且找到表现这种同质性的诗歌手段。卞之琳发现，两者的同质性是含蓄与隐蔽，而表现这种同质性的手段就是“我”的泛化。将抒情主体“我”泛化或隐匿于不同或众多的主体之中，使“‘我’可以与‘你’或‘他’（‘她’）互换”，也就实现了两者之间的对接。假如可以将“化古”与“化欧”看作卞之琳新诗创作中意欲达到的并列双峰，“我”的泛化就像一条连接起双峰之间的通道，帮助他实现其沟通中西、融汇古今的艺术创新。在“五四”新文化狂潮将包括古典诗歌在内的一切所谓“旧”文化摧枯拉朽之后，在中国文化界许多有识之士开始反思应以怎样的科学态度与行动保留和更新传统之时，卞之琳以“我”的泛化所进行的“化古”“化欧”新诗创作使传统诗学中的景、物、人、事的意境在泛“我”的新诗语境中得以重现，为中国古典诗歌传统的更新与传承提供了一个成功的范例。“传统是必要的，传统是一个民族的存在价值，我们现在都知道，保持传统却并非迷恋死骨”，“传统的持续，并不以不变的形式”。[②]1944年时卞之琳就这样说。“复古不足为训；民族气派，却不容置诸脑后。”1985年卞之琳仍这样说。“应该从说话的自然节奏里提炼出新的诗式诗调以便更能恰当、确切传达新的诗思诗情。这只能从传统的和外国的诗律基础的比较中，通过创作和翻译的实验探索新路。”[③]1987年卞之琳还这样说。可见，对于诗学传统的继承与更新，采攫他山之石以攻玉，卞之琳不仅有着超出一般的自觉，而且几乎是倾毕生之精力。

“我”的泛化所带来的诗歌抒情主体的革命性变化还为重塑以“众我”“多我”为主要内涵的中国现代性文化身份提供了诗学角度的参照。上文已述，抒情主体的选择是创作主体的个体行为，但又不只是一种纯粹的个体行为，有着一定的时代性。自“五四”开始直到1937年，新诗运动发展近20年，作为抒情主体的“我”经历了从郭沫若的大“我”到徐志摩的小“我”再到卞之琳的泛“我”的变化，这一

① 陈太胜：《象征主义与中国现代诗学》，北京大学出版社2005年版，第150页。
② 卞之琳：《卞之琳文集》（中卷），安徽教育出版社2002年版，第49页。
③ 卞之琳：《卞之琳文集》（中卷），安徽教育出版社2002年版，第540页。

发展轨迹实际上与当时社会文化思潮变迁的轨迹大体吻合：郭沫若大“我”的高歌是否可以看作“五四”大变革在文化激变阵痛时所发出的狂飙突进之声？徐志摩小“我”的吟唱是否可以看作社会激变后知识分子群体对平静、恬适、温和的寻求？卞之琳“我”的泛化或隐藏是否可以看作社会在经历大起大落之后文化界人士在彻悟反思时对人的本质的思索与追问、以及对现代人多重身份的寻求？这样的类比也许有些简单化，但新诗创作群体都在自己的实践中自觉地担当起中华文化批判、更新、重构和文化身份重塑的任务却是不争的事实。《女神》喊出了打碎旧文化的最强音，《死水》“唱出了这一时代青年人对现实绝望之后的痛苦之声”[①]，《我底记忆》折射出诗人们对古老文化失落的眷恋，《春城》中的“老方”与“老崔”，《寒夜》中的“老张”和“老陈”显然都是劳动者的形象，在他们身上无疑倾注着诗人们的情感，承载着他们使表现对象平民化的艺术诉求。显而易见，“新诗作为中国新文化运动的急先锋与主要组成部分，不可避免地被中国新文化运动的参与者赋予鲜明的文化追求……中国新诗在其现代性发展过程中，也担任起了中国现代主体塑造的功能”[②]。“我”的泛化以一种新的表现手段完成诗学意义上的创新，在传承更新传统的同时，也使“我”扩展为多种身份的主体，为以大众化、平民化为趋附的新时代文化身份构建作出了贡献。

“我”的泛化还具有哲学和美学上的意义。就哲学意义而论，“我”的泛化张扬了“多”的内涵。我们知道，“一”与“多”是一组对应的观念，“一”寓于“多”，“多”汇于“一”。在老庄哲学看来，“道”即为最高境界，“道生一，一生二，二生三，三生万物”，道与“一”和“多”是源与水的关系，而“一”与“多”则并列相生。但在儒家学说里，“一”与“多”常用来指导社会秩序的构建，“一”代指正统大道，“多”指称天下万物和芸芸众生，“多”是归于和从于“一”的。在这种观念笼罩下，“多”常常被“一”所淹没和遮蔽，成为几千年来民众的声音被抑压和消解的思想根源之一。泛化“我”所张扬的正是那个长期被遮蔽的“多”。因此，“我”的泛化对民本主义思想观念的确立无疑会起到一定的促进作用。就美学意义而言，泛化“我”为模糊美和朦胧美拓展了生存空间，提升了他们在美学上的地位。“我”的泛化，或“我”与“你”或“他”（“她”）互换，或“我”圆融于景、物、人、事之中，就其本质而言，也就是“我”的不确定，是“我”的身份的多重性。不确定或多重性构成了美学上的模糊性或朦胧性，其审美观照就是模糊美或朦胧美。早期卞诗中有许多内涵都难以得出一种确定的解释，以至于有时候围绕某些诗作评家与评家、评家与读者、评家与作者之间争论不休，各执一词，其根源在很大程度上是由于“我”所指的不定与多义，而这正是朦胧美的蕴涵之所在。

概而言之，早期卞诗中抒情主体的泛化在“晦涩难懂”的表象之下，浸润着诗人含蓄内敛的性情旨趣，寄寓着抒情主体多元的诗学指归，包孕着兼收“古”“欧”

① 孙玉石：《中国现代诗导读》，北京大学出版社1990年版，第41页。

② 陈太胜：《象征主义与中国现代诗学》，北京大学出版社2005年版，第220页。

诗歌精华、承继更新中国诗学传统的艺术追求，承载着新诗创作平民化、大众化和多重文化身份构建的价值诉求，蕴涵着“一”“多”共存互生的哲学观念和模糊朦胧的美学观念，总之，其内涵丰富而又深邃，对中国新诗贡献巨大。正因此，笔者认同下面的评语：“卞之琳三十年代的诗作，是中国现代诗的最高成就……卞之琳诗在中国现代文学史上是独一无二、无可替代的。”①

[原载《安徽师范大学学报》（人文社会科学版）2012年第5期]

① 江弱水：《中西同步与位移——现代诗人丛论》，安徽教育出版社2003年版，第71页。

编后记

中国是一个诗的国度，在浩瀚的文学宇宙里，诗歌特别璀璨夺目；中国诗学源远流长，成为中华民族优秀文化传统的重要组成部分，也是长久以来广大人文学者勤奋耕耘的热土。

安徽师范大学是安徽建校最早的高等学府，历史悠久，学术研究积淀深厚，特别是中国文学研究方面形成了传统和优势，拥有一批海内外知名的专家学者，尤擅中国诗学研究。2000年学校申报建立中国诗学研究中心，2001年3月正式被教育部批准为省属高校文科重点研究基地。《安徽师范大学学报》（人文社会科学版）同步跟进，从2000年第3期起开辟并着力建设"中国诗学研究"栏目，重点刊发中国诗学研究的论文。

《安徽师范大学学报》创刊于1957年，是安徽省最早创办的高校学报。50多年来，始终坚持社会主义办刊方向，坚持"繁荣文化，发展学术，百花齐放，百家争鸣"的办刊宗旨，逐渐形成了求是创新、厚实严谨的学风和刊风，蝉联了历届全国高校文科学报"百强期刊"，2014年"第五届全国高校社科期刊评优活动"中晋升为全国高校"精品社科期刊"，并入选中文核心期刊要目总览、中国人文社会科学核心期刊、中国人文社会科学引文数据库（CSSCI）来源期刊、中国人文社会科学学报核心期刊等,在海内外有着广泛的影响。

"中国诗学研究"栏目的创设，旨在推动中国诗学的研究，深入开掘中国诗学丰富的文化资源，服务于当代文化建设，弘扬优秀的文化传统，光大中国诗学精神，努力为社会主义文化建设贡献力量。十多年来，得到了学界的广泛认同和海内外诗学研究专家学者的鼎力支持，截至目前，已经持续15年，计有50余期，总载文达到160余篇；既有名家巨擘的精辟宏论，更有中青年骨干精英的力作，还有英姿勃发学术新人的佳构。刊发的文章主要涉及以下几个方面并形成了栏目的特色：

（1）历代诗人诗作研究，包含文献整理研究、历史文化背景研究、诗歌形式体制和思想艺术研究。这些文章努力做到文献学和文艺学的结合，把传统的"知人论世"，纳入到历史唯物主义研究方法中去。避免蹈空，力图使研究跟当代接近，具有现代眼光和现代气息。其中，屈原与楚辞研究、李商隐研究、金元诗学研究、魏晋玄学与诗学研究等文章，都处于国内领先水平。

（2）诗学理论研究，系统清理中国诗学理论遗产，致力于传统诗学的现代转换。一方面对中国古代诗论、词论等诗学理论遗产，作历史通观；一方面作综合研究，发掘它的文化哲学底蕴、美学精神。其中，诗学史研究、中国诗歌意象理论研究、司空图与《二十四诗品》研究、明清词学理论研究等，在学界都有广泛的影响。

（3）诗歌接受史研究。借鉴接受美学和诠释学的理论和方法，以历代诗话、词话、选本和评点以及其他接受史材料为基础，对中国诗歌史上经典作家和经典作品接受史作系统的考察研究，诸如李商隐诗歌的接受、登高和归隐母题的接受、韩愈的接受等，受到广泛好评。

（4）诗学研究方法论研究，主要涉及诗学研究之融通古今、中西参照、传统与现代承接，以及以史证诗、阐释诗学、诗文互通研究和从语言学（音韵学和词汇学）的角度研究，等等。

此外，还组织了李商隐研究（2002年第1期和第4期）、21世纪国际华文诗歌研究等专题（2001年第4期），及时报道中国诗学研究的新进展、新动向、新成果。

我们力求做到：（1）关注学术热点和前沿研究。中国诗学研究是历史悠久的老学科，涉及的面很宽。我们在注意系统清理和研究中国诗学历史的基础上，抓住研究重点、学术热点、薄弱环节，增强问题意识。（2）注重重点课题的研究成果。近年来中央提出哲学社会科学繁荣计划，国家加大了对国家课题的资助力度。根据这个情况，本刊注重优先发表国家和省部级重点课题成果。（3）注重学术名家，推介学术新人。学术需要传承，也需要创新，其中研究队伍的发展壮大是学术传承和创新的人才保障。名家稿件富有精见卓识，鞭辟入里，功力深厚；新人作品则有锐气，无论是选题、观点，还是角度和方法往往新颖独到，颇能启思。（4）坚持学术的原创性和厚实严谨的文风。本刊对所有稿件一律坚持三审制，每篇稿件都进行学术检测，杜绝抄袭、雷同、重复发表等现象，保证每篇文章的原创性和独创性。我们追求学术观点、研究角度和材料的新颖，不搞哗众取宠，不片面追求所谓吸眼球的“新见”，而是要求见解新颖，言而有据，逻辑严密，材料信实，形成深刻厚实、严谨规范的学风和刊风。

“中国诗学研究”栏目经过十多年的经营，取得了一些成就，但是我们同时认为，还有很广阔的发展空间，还有许多需要开拓的领域。今后，我们将进一步加大组稿和策划的力度，特别是多组织一些引领学术前沿的“范导性”文章，放开学术视野，在注重传统研究和国内学者成果的同时，加强组织对域外流传汉诗的研究，中国诗学对外国诗学的影响、中外古典诗歌比较研究，以及海外学者的中国诗学研究成果。这些方面，需要海内外中国诗学研究专家学者继续关心支持我们，是所盼焉。

呈现在读者面前的这本《释诗——中国诗学研究论文选粹》，是我们从15年间刊发的约160余篇论文中遴选结集的，限于篇幅，收录文章约占四分之一，其余的留待后续。此次编选，按照诗学理论研究、中国古代诗人诗作研究、历代词学研究、现当代诗人之作研究的顺序，重新予以了梳理。其用意主要是向读者呈现一个相对完整的中国诗学演变史。而取名“释诗”，其意主要是表明本刊“中国诗学研究”栏目多年来坚持的刊文标准，即以诗学阐释为主的一种严谨务实、求真求善的问学态度以及行文风格。总之，我们认为，中国诗学是一巨大宝藏，需要也值得学者们倾力挖掘开拓。我们期待着广大学者继续有更多更好的研究成果面世，不断推进中国诗学研究这一宏伟工程的建设。

“中国诗学研究”栏目建设和《释诗——中国诗学研究论文选粹》的编辑出版，由安徽师范大学学报编辑部组织编选，期间得到了安徽师范大学科研处、文学院、中国诗学研究中心、安徽师范大学出版社等部门和单位的指导和帮助，得到了许多相关领导、广大作者的关心和支持，就此一并鸣谢！

编　者

2015年3月8日